Daniel Easte[r]

Der neunte B[...]

DANIEL EASTERMAN, geb. 1949 in Belfast, hat Anglistik, Persisch, Arabisch und Islamwissenschaften studiert. Neben wissenschaftlichen Werken hat er neun Bestseller geschrieben und sich ein internationales Publikum erobert. Er lebt mit seiner Fau in Newcastle.

Im Aufbau Verlag erschien 2009 sein Thriller »Das Schwert«.

1921: Auf der Suche nach seinem entführten Sohn William reist Christopher Wylam, ein Mitarbeiter des britischen Geheimdienstes, nach Indien. Doch seine Tarnung fliegt bald auf, und sein Leben ist in Gefahr. Auf geheimen Wegen schlägt er sich mitten im Winter in ein tibetisches Kloster durch, wo er seinen Sohn vermutet. Aber auch im Kloster ist er nicht sicher, denn sein Gegenspieler ist schon da, und es gehen finstere Dinge vor sich.

Packend und kenntnisreich erzählt Easterman vom Kampf der Geheimdienste um die Macht in Tibet und der Mongolei.

Daniel Easterman

Der neunte Buddha

Thriller

Aus dem Englischen
von Helmut Ettinger

aufbau taschenbuch

Die Originalausgabe unter dem Titel
»The Ninth Buddha«
erschien 1988 bei Grafton Books, A Division
of the Collins Publishing Group, London.

ISBN 978-3-7466-2598-0

Aufbau Taschenbuch ist eine Marke der
Aufbau Verlag GmbH & Co. KG

1. Auflage 2010
© Aufbau Verlag GmbH & Co. KG, Berlin 2010
Copyright © 1988 by Daniel Easterman
Umschlaggestaltung morgen, Kai Dieterich
unter Verwendung eines Motivs
von © The Art Archive
Satz LVD GmbH, Berlin
Druck und Binden C. H. Beck, Nördlingen
Printed in Germany

www.aufbau-verlag.de

Für Beth mit einem lautlosen Schnurren

ERSTER TEIL

Advent

Hexham

»… zwanzig Jahrhunderte steinernen Schlafes
Zum Alptraum erweckt vom Stoß einer schwankenden Wiege …«

W. B. Yeats, *Das zweite Kommen*

1

Hexham, England, Dezember 1920

In der Nacht war Schnee gefallen – silberweißes Sinnbild einer anderen Welt, einer Reinheit, wie sie in den Tiefen der Menschheit gescheitert und verlorengegangen war. Über Causey Hill lag eine Nebelbank wie ein gefrorenes Leichentuch. Das schräge, schwache Licht des Advents versank in der kalten Dämmerung, verlosch in Erwartung des Mysteriums, das kommen sollte. In Hütten und Palästen waren die Lichter der Weihnacht mit Frost geschmückt und von Ruß geschwärzt. Auf Dorfplätzen, über die sich Dunkelheit senkte, bildete sich Eis auf den neuerrichteten Gedenksteinen für die zehn Millionen Toten.

Nacht und das Warten auf sie, eine große, sich ungehindert ausbreitende Finsternis, die den ganzen Winter lang um die Wohnstätten heulen und raunen sollte, der schleichende Angriff des Mysteriums auf das verhärtete, verstummte Herz einer nicht erlösten und nicht verzeihenden Welt. Gott und die Erwartung der Ankunft Gottes. Der Herr über Licht und Schatten würde kommen wie immer, geboren in der Kälte des ausklingenden Jahres. Der Friedefürst würde herabsteigen in eine Welt, gerade erst erwacht aus dem Alptraum eines Gemetzels, in dem ganze Armeen von Unschuldigen den Tod gefunden hatten, eines Aderlasses, der selbst Herodes in den Schatten gestellt hätte. In eine Welt, gnadenloser als je zuvor.

In der anheimelnden, von Kerzen erleuchteten Kirche St. Mary's strebte die Abendmesse ihrem Höhepunkt zu. Wegen des schlechten Wetters hatte man entschieden, für jene, die die Kirche am Morgen nicht hatten erreichen können, an diesem Tag eine zweite Messe abzuhalten. Im Halbdunkel entfaltete die uralte Liturgie ihr Mysterium. Das violette Gewand des Priesters am Altar verstärkte das Halbdunkel, seine Stimme steigerte noch die Stille. Den Kelch in der linken Hand, schlug er mit der rechten das Kreuz.

Benedixit, deditque discipulis suis, dicens: Accipite, et bibite ex eo omnes.

Er erhob den Kelch – Wein zum Blut Christi verwandelt.

Hic est enim Calix Sanguinis mei – Das ist der Kelch meines Blutes …

Christopher Wylam saß in der letzten Reihe der Kirchgänger, erhob sich und setzte sich mit ihnen, sprach gemeinsam mit ihnen die Antworten, betete den Rosenkranz und sog den Weihrauch ein. Sein Sohn William saß neben ihm, ahmte mit seinen kleinen Fingern die Bewegungen des Vaters nach und sprach die Antworten mit, wenn er sie wusste. William war zehn, wirkte aber älter, als ahnte er, was das Leben noch für ihn bereithalten sollte.

Der Vater war dem Sohn ein Rätsel. Bis vor vierzehn Monaten war Christopher für ihn kaum mehr als ein Name gewesen. William erinnerte sich an die Fotografien im Zimmer seiner Mutter in Carfax, dem Haus am Rande von Hexham, wo sie bei seiner Tante Harriet und deren Kindern Roger, Charles und Annabel wohnten. Den Mann auf den verblichenen Aufnahmen konnte er nie mit der Schattengestalt zusammenbringen, die seiner Mutter und ihm im Alter von drei Jahren traurig nachgewinkt hatte, als ihr Zug langsam aus dem Bahnhof von Delhi rollte.

Die Erinnerung an diese Stadt war nahezu verblasst. Nur manchmal tauchten Bilder auf wie aus einem Traum: eine alte Ayah – Kinderfrau –, die sich über ihn beugte und ihn leise in den Schlaf sang, ein Spielzeugelefant auf Rädern, den er an einer Schnur hinter sich her zog, oder das wallende weiße Moskitonetz über seinem Kinderbett in der Hitze der Nacht.

Christopher war nur in Williams Welt zurückgekehrt, um sie zu zerstören: ein Fremder in merkwürdiger Kleidung, der ihn für sich einforderte. Der Junge erinnerte sich gut an die hektische Betriebsamkeit, die seine Mutter entfaltete, als die Rückkehr des Vaters näher kam: wie sich ihre Wangen mit roten Flecken bedeckten, wie ihre eingefallenen Augen glänzten, wenn sie an seine bevorstehende Ankunft dachte. William hatte sich einen Soldaten vorgestellt, der endlich aus dem Krieg heimkehrte – in Uniform und mit Medaillen an der Brust, die in der Sonne blinkten. »Bye, Baby Bunting, Papa aus dem Haus zur Jagd ging«, hatte seine Mutter abends an seinem Bett gesungen, als er klein war, um dem vaterlosen Jungen die Angst vor der Dunkelheit zu vertreiben. »Bringt ein Hasenfellchen heim, hüllt Baby Bunting darin ein.« Aber dann hatte ihn ein stiller Mann in Zivilkleidung am Tor begrüßt, der keine Heldengeschichten erzählen konnte und keine Medaillen mitbrachte, die sein Sohn hätte putzen können.

William war tief enttäuscht. Und von seinen Cousins konnte er keinen Trost erwarten. Ihr Vater, Williams Onkel Adam, war drei Jahre zuvor an der Somme gefallen. Seine Fotografien mit einem schwarzen Trauerflor standen, für jedermann sichtbar, auf den Kaminsimsen überall im Haus. Seine Medaillen waren in der Diele auf Samtkissen ausgestellt, und links vom Altar in St. Mary's hatte man sogar eine Gedenktafel für ihn angebracht.

Roger und Charles machten William das Leben zur Hölle. Sie spotteten über seinen Vater, der, so meinten sie, überhaupt kein Soldat gewesen war. Und wenn, dann hatte er bestimmt den ganzen Krieg an einem Schreibtisch in Indien verbracht. Das klang, als hätte er den Wehrdienst verweigert. Einmal legten sie William eine Gänsefeder mit dem handgeschriebenen Schild »Für deinen Vater« aufs Bett, wie es Feiglinge verdienen.

All das war für einen neunjährigen Jungen schon schwer genug. Aber kaum war der Vater zurück, da nahm seine Mutter den letzten Kampf gegen die Krankheit auf, die bereits seit achtzehn Monaten an ihr nagte. »Das Endstadium«, nannten es die Leute, wenn sie glaubten, William höre nicht zu. Und die Art, wie sie seinem Blick auswichen, sagte ihm, dass sie das Schlimmste befürchteten. In Erwartung von Christophers Rückkehr hatte die Mutter in den vergangenen sechs Monaten all ihre Kraft zusammengenommen. Er konnte es in ihren Augen lesen, wenn er zu ihr in das kalte Schlafzimmer ging – dieses heftige Verlangen, das sie antrieb und zugleich auszehrte.

Zwei Monate nach Christophers Ankunft, kurz vor Weihnachten, da alle Welt, festlich gestimmt, die Geburt neuen Lebens in einer alten Welt erwartete, schlief Williams Mutter friedlich ein.

Obwohl der Junge wusste, dass es ungerecht war, machte er seinen Vater für ihren Tod verantwortlich. Und Christopher selbst trug ein Schuldgefühl mit sich herum, das den Sohn nur in seinem unausgesprochenen Vorwurf bestärkte. Die Wahrheit war, dass er mit dem Jungen nicht zurechtkam und mit dem Tod seiner Frau nicht fertig wurde. Rationale Erklärungen gab es dafür nicht. In dem strengen Winter, der nun folgte, lief er stundenlang über öde, gefrorene Felder, um seine Schuldgefühle loszuwerden oder zumindest für eine Weile zum Schweigen zu bringen. Es blieb bei der schmerzhaften Distanz zwischen ihm und dem Jungen.

Der Frühling vertrieb den Frost aus dem Boden. Auf Elizabeths Grab erblühten die ersten Blumen, aber Vater und

Sohn waren sich nicht nähergekommen. Man entschied, dass William im Herbst ins Internat nach Winchester gehen sollte. Doch dann war mit einem Mal alles anders. Eines Tages, als Christopher seine Schwester Harriet in Hexham besuchte, schlich sich William heimlich in das Zimmer des Vaters und öffnete dessen Schreibtisch. Was er wohl dort suchte? Er wusste es selber nicht. Im Grunde genommen seinen Vater. Und in einem gewissen Sinne fand er ihn auch.

In einer Schublade oben rechts stieß er unter einem Stapel von Papieren auf ein rotes Kästchen. Den Deckel zierte das königliche Wappen, und darin lag eine Medaille in Form eines Kreuzes. William erkannte es sofort: Es war das Victoriakreuz, die höchste militärische Auszeichnung des Landes. Er hatte während des Krieges einmal ein Bild in einer Zeitschrift gesehen. Ein Umschlag unter dem Kästchen enthielt einen Brief aus dem Buckingham-Palast, der Major Christopher Wylam in den höchsten Tönen für »außerordentlichen Mut im Dienste von König und Vaterland« pries.

Tagelang war William zwischen Begeisterung über diesen Fund und Schuldgefühlen über die dabei angewandten Mittel hin und her gerissen. Am Sonntag nach dem Gottesdienst beichtete er seinem Vater, denn sein Drang nach einer Erklärung war inzwischen viel stärker als die Furcht vor möglicher Strafe. An diesem Nachmittag sprachen die beiden zum ersten Mal in Christophers Arbeitszimmer miteinander, bis das Feuer im Kamin erloschen war.

Christopher erklärte dem Jungen, Krieg sei mehr als Feldschlachten mit Panzern und Flugzeugen. Der Krieg, den er in Indien führen musste, sei eine einsame, kranke, heimtückische Angelegenheit gewesen. Und was er William gesagt habe, müsse ein großes Geheimnis zwischen ihnen beiden bleiben.

Von diesem Tag an kamen sie einander näher. Zumindest teilten sie ihre Trauer, soweit das möglich war. Sie kamen überein, William werde zunächst ein weiteres Jahr in Carfax bleiben, wonach zu entscheiden war, ob er überhaupt eine auswärtige Schule besuchen sollte. Als der Sommer begann, wuchsen Rosen auf Elizabeths Grab.

Die Weihnachtsmesse war beim Vaterunser angelangt. Der Priester sprach das bekannte Gebet laut vor, es ging ihm glatt von den Lippen. Die Worte musste er schon Tausende Male in seinem Leben hergesagt haben. Der junge Mann von Anfang Dreißig hatte im Krieg als Feldgeistlicher gedient. Christopher fragte sich, woran er beim Gebet wohl dachte. An Christus, der da hing, Hände und Füße an den hölzernen Rahmen seines Gott geweihten Lebens genagelt? An den Ernst seiner täglichen Verrichtungen? An seine Rolle als Priester, bestimmt, zu verbinden und zu trennen, zu verfluchen und zu segnen? Oder hatte er das bevorstehende Festessen im Kopf – Steckrüben und Fleischpastete, dazu gebratene Kartoffeln, die in dicker Soße schwammen?

Ein aufmerksamer Betrachter konnte auf den ersten Blick erkennen, dass der Engländer Christopher Wylam wenig Zeit in England verbracht hatte. Er schien sich in den dicken Wintersachen gar nicht wohl zu fühlen, und seine Haut hatte viel von der Färbung bewahrt, die man nur in wärmerem Klima erwirbt. Das blonde Haar war von der Sonne gebleicht und aus der hohen, traurigen Stirn gekämmt. In seinen Augenwinkeln zeigten sich bereits Fältchen, feingeätzte Linien, die auf die Schläfen zuliefen wie die Fäden eines Spinnennetzes. Unter schweren Lidern schauten dunkelblaue Augen hervor, deren Blick von einer Tiefe und Klarheit war, dass er andere Menschen überraschen konnte. Vielleicht lag es nur am Kerzenlicht in der Kirche, aber man konnte spüren, dass die Vorgänge um ihn herum ihn wenig berührten und er andere, ferne Bilder vor sich sah.

Er blickte sich um in dem kleinen Raum. Zur Abendmesse waren nicht viele Menschen gekommen. Männer, Frauen und unruhige Kinder füllten die ersten Reihen. Einige, weil sie wirklich glaubten, andere aus Gewohnheit oder Pflichtgefühl. Er selbst war wegen William gekommen, vielleicht aber auch als Buße dafür, dass er Elizabeth alleingelassen hatte. Der Priester hatte die Hostie gebrochen und den Leib Christi gegessen. Er hob den Kelch und trank den geweihten Wein, das Blut Gottes, das Blut Christi, das Blut der Welt, das rote Blut der Erlösung.

Christopher versuchte sich vorzustellen, wie der Wein wohl schmecken mochte. Als ihm einfiel, dass es sich um verwandeltes Blut handelte, spürte er einen sauren Geschmack in seiner Kehle aufsteigen. Pater Middleton hatte über die Ankunft Christi gepredigt und dafür gebetet, dass der Weihnachtsfriede das ganze kommende Jahr anhalten möge. Aber Christopher konnte das bleiche Gotteskind der Weihnacht nicht willkommen heißen. Keine Freude erfüllte sein Herz an diesem Abend, nur dumpfer Groll, der gegen Gott und dessen trügerisches Jubelfest aufbegehrte.

Tiefes Schweigen breitete sich aus, als der Priester ein Stück der Hostie vor der Gemeinde hochhielt.

»*Ecce Agnus Dei* – sehet das Lamm Gottes«, sprach er. »*Qui tollit peccata mundi* - das hinwegnimmt die Sünde der Welt.«

Eines nach dem anderen erhoben sich die Mitglieder der Gemeinde und schritten zum Altar, alle von Sünden bedrückt, außer den Kindern. Christopher stand auf und folgte William zu der Reihe der wartenden Sünder. Ein alter Mann kniete nieder, öffnete den Mund und streckte seine Zunge ein wenig heraus, um den Leib des Herrn zu empfangen.

Corpus Domini nostri …

So viele Sünden, dachte Christopher bei sich, als er den silbernen Hostienteller im Kerzenlicht blinken sah. Die Hostie berührte die Zunge des alten Mannes. Lässliche Sünden, die sieben Todsünden. Sünden des Tuns und des Lassens, die Sünden von Hochmut, Lust und Völlerei, Sünden des Fleisches, des Geistes und des Glaubens. Sünden der Augen, der Ohren und des Herzens.

… Jesu Christi …

Christopher kniete nieder und öffnete den Mund. Er spürte, wie die Oblate seine Lippen berührte – trocken, trist und ohne jeden Geschmack.

… *custodiat animam tuam in vitam aeternam. Amen.*

Als Elizabeth starb, war etwas von ihm mit ihr gegangen. Vor der Messe hatten er und William ihr Grab aufgesucht, einen kleinen schneebedeckten Hügel unter so vielen anderen hinter der Kirche. Sie gehörte nun wieder der Mutter Erde. Das Begräbnis fiel ihm ein, der Frost, der steinhart gefrorene Boden, gegen den Spaten nichts ausrichten konnten, die schwarzen Pferde, deren Atem nackt und verlassen in der dünnen Winterluft hing.

Er sah seine Frau vor sich, wie sie in den letzten zwei Monaten gewesen war: kreidebleich, dann wieder hochrot vom Fieber, in sich gekehrt, das Gesicht zur Wand gedreht im Wissen um den nahen Tod. An ihrem Dahinscheiden war nichts Romantisches, nichts Erhabenes oder Himmlisches gewesen. Nur eine junge Frau, gequält von Schmerzen, nur Blut und Schleim und dann der Verfall. Als sie gestorben war, kamen Männer, die ihre Kleider und die Möbel ihres Schlafzimmers verbrannten. Sie kratzten sogar die Wände ab, als verberge sich dort eine Krankheit bringende, tödliche Kraft. Elizabeth war nur 31 Jahre alt geworden.

Zwei Monate lang hatte er an ihrem Bett gesessen und ihre Hand gehalten. In dieser Zeit hatte er begriffen, dass sie einander fremd geworden waren. Sie starb in seinen Armen, aber eine Krankenschwester hätte es auch getan. Zwischen ihnen lag mehr als ein Krieg. In ihrer Welt war Liebe so schwer zu erlangen wie Vergebung.

Elf Jahre zuvor hatten sie sich auf dem ersten Ball der Wintersaison in Delhi kennengelernt. Sie war mit der »Fischfangflotte« – dem jährlichen Aufgebot heiratsfähiger junger Damen auf der Suche nach einem Ehemann – gekommen und bald darauf Mrs. Wylam geworden. Er hatte sie nicht geliebt – die Mädchen dieser Flotte erwarteten keine Liebe –, aber er hatte gelernt, für sie zu sorgen.

Christopher nahm wieder in seiner Bankreihe Platz. Der Priester am Altar reinigte den Kelch und stimmte den liturgischen Wechselgesang an: »*Ecce Virgo concipiet et pariet filium.* – Seht, die Jungfrau wird ein Kind empfangen, sie wird einen Sohn gebären.«

In einem Monat sollte Christopher Vierzig werden, aber er fühlte sich älter. Seine Generation – was der Krieg davon übrig gelassen hatte – war schon alt: junge Greise, die ein zerfallendes Imperium regieren und die Wunden des Krieges heilen sollten. Ihn schauderte bei dem Gedanken. Es würde wieder Krieg in Europa geben. Noch vor einem Jahr hätte ihn die Vorstellung kalt gelassen. Aber jetzt hatte er einen Sohn, um dessen Leben er fürchten musste.

Wie bei so vielen, die in den Schützengräben von Frankreich und Belgien gekämpft hatten, waren auch Christophers Geist und Körper intakt. Aber sein eigener Krieg, dieser düstere, geheime, schmutzige Krieg, über den er nicht einmal sprechen durfte, hatte ihn verändert. Er war zurückgekommen mit einem unversehrten Körper, aber einer zerstörten Seele voller Kälte und Einsamkeit. Der Staub Indiens würgte ihn, füllte Nase, Hals und Brust mit trockenen, bitteren Gerüchen.

Dass Elizabeth so bald nach seiner Rückkehr gestorben war, hatte all diese Veränderungen einfrieren, erstarren, versteinern lassen. Das zeigte sich in den offenbaren Dingen, die Krieg und Tod nun einmal mit sich bringen – in Verbitterung, Freudlosigkeit, dem Erkalten der Gefühle, bodenloser Trauer und der tiefen Erkenntnis der Sinnlosigkeit alles Tuns. Aber dann fand er in sich auch andere Empfindungen, die ihn überraschten: den Gauben daran, dass es hinter all dem trügerischen Schein noch menschliche Werte gab, Mitleid mit den Menschen, die er getötet hatte, und mit sich selbst in seiner früheren Erbarmungslosigkeit, Geduld, das Unabänderliche zu akzeptieren. Manchmal träumte er von hohen weißen Bergen und kühlen, spiegelblanken Seen. Er verbrachte viel Zeit mit William.

Der Priester machte die letzte Schriftlesung, die abschließenden Gebete wurden gesprochen, die letzten Töne verklangen. Die Messe war zu Ende. Christopher nahm William bei der Hand und führte ihn aus der festlich geschmückten Kirche in die Dunkelheit hinaus. Es war der 4. Advent, aber er konnte kaum glauben, dass Gott jemals wieder auf die Erde herabsteigen werde.

Den Wagen, der am Straßenrand vor ihnen im Schatten wartete, bemerkten sie nicht.

2

»Christopher!«

Als er sich umwandte, sah er eine Gestalt, die aus der Seitentür der Kirche getreten war. Pater Middleton kam, noch im Priesterrock, auf sie zu.

»Guten Abend, Pater. Was kann ich für Sie tun?«

»Ich möchte mit Ihnen sprechen, Christopher. Wenn Sie erlauben, begleite ich Sie ein Stück.«

Der Priester fröstelte ein wenig in der Kälte. Sein Ornat war eher ein spirituelles als ein materielles Kleidungsstück. Aber er war ein starker Mann, der gern zeigte, dass er den Elementen trotzen konnte, wenn es darauf ankam. Christopher mochte ihn. Nach Elizabeths Tod hatte er ihn mit demonstrativer Pietät verschont und ihm sehr geholfen, weil er das Gerede von den glücklichen Seelen im Paradies vermied.

»Lassen Sie uns in der Kirche sprechen«, schlug Christopher vor. »Sie frieren doch hier draußen.«

Pater Middleton schüttelte heftig den Kopf.

»Unsinn, Christopher. Das bringt mich nicht um. Sie haben ein gutes Stück Weg vor sich. Ich komme mit bis zur Sele, dann lasse ich Sie in Ruhe und kehre an mein Feuerchen zurück.«

Christopher nickte, und sie gingen weiter. Er spürte die kleine warme, zarte Hand des Sohnes in der seinen. Der gefrorene Schnee knirschte unter seinen Füßen, und außerhalb des Scheins der flackernden Gaslaternen wurde der Nebel dichter. Die Anwesenheit des Priesters machte ihn ein wenig befangen. Im Dunkeln hinter ihnen wurde eine Autotür geöffnet und wieder geschlossen.

»Ich bin schon seit einiger Zeit der Meinung,« sagte der Priester, »dass es an der Zeit ist, unseren Kriegstoten ein dauerhaftes Denkmal zu setzen. Ich habe an eine kleine, der Jungfrau gewidmete Kapelle gedacht. Nichts Pompöses. Nur einen ruhigen Ort vorn in der Kirche. Wo eine Witwe ihre Kerze anzünden und in Ruhe beten kann.«

In der Dunkelheit waren gedämpfte Schritte zu hören, die die Straße überquerten und sich ihnen näherten. Zu anderer Zeit und an anderem Ort wäre Christopher jetzt aufmerksam geworden. Aber es war Sonntag, und man befand sich in England. Die langen Monate der Untätigkeit hatten seinen Instinkt für Gefahr eingeschläfert. Die tiefe Finsternis um sich herum empfand er beinahe als etwas Festes, das sich gegen ihn presste.

»Was kann ich dafür tun, Pater? Geht es um eine Spende? Ich leiste gern einen Beitrag.«

»Natürlich. Ich bin für alles dankbar, was Sie dafür geben wollen. Aber ich habe mir überlegt, ob ich Sie bitten kann, mehr zu tun. Sie sind ein Mann des Militärs. Ich habe gehört …« – er zögerte einen Augenblick –, »… dass Sie ausgezeichnet wurden.«

Sie näherten sich dem Flüsschen Sele. Eine einsame Laterne kämpfte gegen das Dunkel an. Ihr gelber Schein lag auf dem festgetretenen Schnee. Christopher starrte in die schwarze Nacht hinaus. Wer hatte es dem Priester wohl gesagt? Nicht William, davon war er überzeugt. Bei dem Jungen war das Geheimnis sicher. Vielleicht Harriet …

»Ja«, sagte er. In der klaren Luft vermischte sich sein Atemhauch weiß und träge mit dem des Priesters wie Milch mit Wasser.

»Ich möchte eine Stiftung gründen«, fuhr Pater Middleton fort. »Seit Major Ridley tot ist, sind Sie der Hausherr auf Carfax. Natürlich ist da noch Ihre Schwester. Aber ich hätte gern einen Mann, einen Soldaten als Erstunterzeichner des Aufrufs.«

»Ich bin nie Soldat gewesen.«

»Stimmt. Aber Sie sind hochdekoriert. Und das aus gutem Grund. Ich stelle keine Fragen. Und Sie haben einen militärischen Rang.«

»Pater, ich bin nicht sicher …«

Die Schritte waren jetzt ganz nah. Zwei Männer, die in dem trüben Licht aschfahl wirkten, traten aus dem Schatten heraus. Sie trugen dicke Mäntel und hatten flache Pelzmützen tief in die Stirn gezogen. Der erste hatte ein schmales, griesgrämiges Gesicht und übernächtigte Augen. Sein Begleiter war schwergewichtiger, hatte grobe Züge und ein stoppliges Kinn.

Was dann passierte, dauerte nur ein paar Sekunden, aber es sollte sich Christopher fürs ganze Leben tief ins Gedächtnis graben. Auf ein Zeichen des Dünnen stürzten beide Männer auf sie zu. An Entkommen war nicht zu denken. Christopher wurde zu Boden geworfen. Sofort war der dünne Mann über ihm und drückte ihn in den Schnee, so dass er kaum noch Luft bekam.

Er hörte einen unterdrückten Schrei. Als er seinen Kopf mit großer Mühe drehen konnte, sah er, dass der kräftige Mann William von hinten gepackt hielt und den Jungen durch den Schnee mit sich zerrte. Der trat um sich und versuchte sich loszureißen, aber gegen die Kraft des Erwachsenen konnte er nichts ausrichten.

Christopher stemmte sich hoch und bekam den rechten Arm frei. Er wollte den Mann bei der Gurgel packen und so von sich abwerfen. Der entwand sich ihm jedoch, fuhr in die Manteltasche und zog eine große Pistole hervor. Christopher erstarrte, als er die Mündung an seinem Kopf spürte.

»Ich habe Anweisung, Sie nicht zu verletzen«, sagte der dünne Mann. Die Stimme war sanft, und er sprach mit einem ausländischen Akzent, den Christopher nicht zu orten vermochte. »Doch ich kann nicht immer befehlsgemäß handeln und habe schon viele Menschen getötet. Ich möchte ohne Probleme wieder von hier verschwinden. Verstehen Sie? Also halten Sie still und lassen Sie uns tun, was wir tun müssen. Dem Jungen wird nichts geschehen. Das verspreche ich Ihnen.«

William wehrte sich heftig gegen seinen Entführer.

»Hilf mir, Vater! Hilf mir!«, schrie er verzweifelt.

Der dünne Mann entsicherte die Pistole und presste sie fest gegen Christophers Schläfe. Unter sich spürte er den kalten Schnee und einen Stein, der sich ihm gnadenlos ins Kreuz bohrte.

Pater Middleton hatte er ganz vergessen. Der Priester, von der Heftigkeit des Überfalls überrascht, stand mit erhobenem Arm mitten auf der Straße. Ob er damit einen Schlag gegen sich selbst abwehren oder die Angreifer segnen wollte, war nicht zu erkennen. Als der Junge aufschrie, fuhr er zusammen und stürzte über den glatten Schnee vorwärts.

Da William nach wie vor Widerstand leistete, kam der untersetzte Mann kaum voran. Bei der Glätte hätte der Junge ihn beinahe umgeworfen. Den einen Arm hatte er um dessen Hals geschlungen, während er mit dem anderen bemüht war, die wild um sich schlagenden Arme des Kindes festzuhalten.

Mit einem dumpfen Schrei stürzte der Priester herbei und versuchte den Mann zu packen. Die ruhige Stimme, die noch vor wenigen Minuten die Messe zelebriert hatte, heulte nun auf vor Angst und Wut. Er zerrte den Mann von dem Jungen fort. Beide rutschten über den eisigen Boden und suchten nach Halt. Der Angreifer fiel hin und riss den Priester mit.

»Lauf, William, lauf!«, rief Pater Middleton. »Lauf, so schnell du kannst!«

William zögerte einen Moment, wandte sich dann aber um und rannte in Richtung Stadt, wo er Hilfe zu finden hoffte. Der Priester suchte den Kidnapper mit einem geschickten Griff zu überwältigen. Er hatte einmal Rugby gespielt, aber der Mann unter ihm war stärker als er und hatte den Schreck des Sturzes bereits überwunden. Der Priester bekam den Mann bei der Kehle zu fassen und würgte ihn heftig. Doch diesem gelang es, ihm mit aller Wucht das Knie in die Leistengegend zu rammen.

Pater Middleton stöhnte auf und krümmte sich vor

Schmerz. Das nutzte der Mann aus, um sich ihm zu entwinden. Als er auf die Füße kommen wollte, hatte sich der Priester wieder in der Gewalt, packte ihn von unten und riss ihn zu Boden.

Da blitzte etwas im trüben Laternenlicht auf. Als der Priester sich herumwarf, um den Mann am Boden festzuhalten, hatte der bereits ein Messer gezogen und hielt es in der erhobenen Faust. Die Klinge glänzte noch einmal im Licht auf und fuhr dann in die Brust des Priesters. Pater Middleton wollte ihr ausweichen, aber der Schwung seiner Bewegung ließ sie bis ins Heft eindringen. Er fiel über den Mann, und sein Blut spritzte in dessen Gesicht.

»Jesus!«, schrie er auf und wand sich vor Schmerz. Er versuchte noch das Messer beim Griff zu packen, doch seine Hand hatte bereits alle Kraft verloren. Blutbeschmiert fiel sie auf die Brust herab. Mit letzter Kraft schlug er das Kreuz über seinem Herzen. Sein Arm sank herab, die Beine zuckten noch ein wenig, dann lag er still.

Christopher wollte trotz der Pistolenmündung an der Schläfe aufstehen. Aber eine Hand legte sich schwer auf seine Schulter und drückte ihn zu Boden.

»Ihr Bastarde!«, brüllte er. »Ihr Mörderbande!« Der Mann mit der Pistole lockerte seinen Griff nicht. Auch die Mündung der Waffe blieb, wo sie war. Im Haus auf der anderen Straßenseite ging Licht an. Dann wurde ein Fenster geöffnet.

»Was ist denn da los?«, rief jemand.

»Holt die Polizei!«, schrie Christopher. Der dünne Mann versetzte ihm einen harten Schlag gegen den Kopf und hielt ihm den Mund zu.

Er sah, wie der Dicke sein Messer an der Robe des Priesters abwischte und aufstand. Seine Miene war völlig bewegungslos, von Bedauern keine Spur. Er hatte den Geistlichen getötet, als sei er ein Schaf oder ein Schwein, und sich auch nicht mehr dabei gedacht. Gar zu gern hätte Christopher ihm den Garaus gemacht. Wenigstens William war ihnen entkommen. Was auch immer mit ihm selbst geschehen mochte, der Junge war in Sicherheit.

Schritte ertönten. Jemand lief die Straße entlang. Offenbar hatte man die Schreie gehört. Endlich kam Hilfe.

Ein Mann trat aus dem Schatten. Er trug Mantel und Mütze von gleicher Art wie die ersten beiden, aber von besserem Schnitt und Material. Vor ihm, die Hände gefesselt und ein Tuch vor den Mund gebunden, ging William.

Es folgte ein rascher Wortwechsel in einer Sprache, die Christopher nicht erkennen konnte. Wahrscheinlich war es Russisch, aber der Mann sagte so wenig, dass er nicht sicher war. Er öffnete schon den Mund, um William Mut zu machen, ihm zuzurufen, dass er ihn finden und retten werde, komme, was da wolle. Aber bevor er auch nur ein Wort über die Lippen brachte, hob der Mann die Pistole und versetzte ihm einen Schlag gegen die Schläfe. Die Welt stürzte auf ihn zu und wich ebenso rasch wieder zurück.

Christopher verlor nicht ganz das Bewusstsein. Er spürte Schnee in seinem Mund und begriff, dass man ihn in die Bauchlage gerollt hatte. Als er sich aufzurichten versuchte, hörte er, wie Autotüren zuschlugen und ein Motor ansprang. Aus der Dunkelheit drangen Stimmen an sein Ohr. Lichter tanzten vor seinen Augen, er sah das rote Blut auf dem Schnee und die schwarzen Umrisse von Männern und Frauen, die ihn umstanden und schweigend anstarrten. Dann heulte der Motor laut auf, die Scheinwerfer eines großen Wagens bohrten sich durch die Dunkelheit bis zu ihm. Sekunden später waren sie fort. Nur er lag da und schluchzte hemmungslos in den Schnee.

3

Die Uhr am Turm der Abteikirche schlug sechsmal. Es war Dienstagabend. Der Marktplatz, noch vor kurzem voller Menschen, die für die bevorstehenden Feiertage Gänse und Truthähne einkauften, lag verlassen da. Schneeflocken fielen, die sich zart und hell vom fahlen Licht einer Straßenlaterne abhoben.

Christopher wurde langsam kalt. Winterpole hätte inzwischen längst da sein müssen. Am Telefon hatte er gesagt, er nehme den Vormittagszug von King's Cross nach Newcastle und werde den Rest des Weges bis Hexham mit dem Wagen fahren. Selbst bei einer kurzen Mittagspause unterwegs hätte er bereits vor zwei Stunden eintreffen müssen.

Der Überfall und Williams Entführung waren nun zwei Tage her, aber die Polizei tappte nach wie vor im Dunkeln. Ein Inspektor hatte Christopher stundenlang scharf ins Verhör genommen. Er hatte ihm Fragen gestellt, die niemand beantworten konnte, das wussten sie beide. Scotland Yard war benachrichtigt und ein Befehl zur Überwachung aller Häfen war ausgegeben worden. Aber drei Ausländer mit einem Jungen in einem großen Wagen waren nirgendwo aufgetaucht. Auch die Kidnapper meldeten sich nicht. Keine Botschaft, kein Telefonanruf, keine Lösegeldforderung. Es war, als hätten sie sich in Luft aufgelöst.

Christopher schritt hin und her, um sich warm zu halten. Hinter ihm hingen die farbigen Glasfenster der Abteikirche schwerelos in der Finsternis – schwach erleuchtete Zeichen einer anderen Zeit. Leiser Gesang drang an sein Ohr: Der Vespergottesdienst war fast vorüber.

Die kalte Nachtluft wehte ihm alle Gerüche Englands zu. Ob sie wirklich vorhanden waren oder er sie sich nur einbildete, kümmerte ihn nicht. Er nahm den Geruch der toten

Blätter unter dem Schnee auf dem Eis der Sele wahr, darunter den Duft zahlloser Sommertage, den Geruch von Leder, Harz und glattem Weidenholz, von Gras, das die Füße der Kricketspieler niedergetreten hatten, von akkurat geschnittenem grünem Rasen und von nackter Erde, aus der Regenwürmer krochen.

Da näherte sich von Priestpopple Motorengeräusch in Richtung Battle Hill. Er hörte, wie der Wagen in die Beaumont Street einbog und in Richtung Abteikirche fuhr. Wenig später tauchten die Scheinwerfer auf. Das Fahrzeug hielt an der Ecke ihm gegenüber, der Fahrer löschte das Licht und stellte den Motor ab. Endlich war Winterpole da. Winterpole und alles, wofür er stand. Fröstelnd ging Christopher über die Straße. Eine offene Autotür erwartete ihn.

Die Gaslaterne in der Nähe gab gerade so viel Licht, dass Christopher bestätigt fand, was er bereits vermutete: Winterpole hatte sich seit ihrer letzten Begegnung äußerlich kaum verändert. Vielleicht war er an den Schläfen etwas grauer geworden und presste seine Lippen ein wenig fester zusammen. Wie immer musste Christopher als Erstes an einen Leichenbestatter denken. Winterpole war stets in Schwarz gekleidet, als trage er Trauer. Um wen oder was er trauerte, blieb sein Geheimnis.

Als Christopher in den Wagen stieg und die Tür hinter sich schloss, sah er ganz kurz Winterpoles Augen. Wer nur hatte vor langer Zeit bemerkt, dass sie Puppenaugen glichen? Sie waren glänzend und von einem perfekten Blau, strahlten aber nicht mehr Leben aus als zwei Stückchen Kobaltglas. Splitter in der Haut, gehärtet von den Jahren. Gerüchten nach hatte man ihn nur ein einziges Mal lächeln sehen, und zwar als seine Mutter nach langer Krankheit verstorben war. Er war zu einem Rugby-Match nicht pünktlich erschienen.

»Sorry, ich habe mich verspätet, ich habe gerade meine Mutter unter die Erde gebracht«, soll er mit einem Lächeln gesagt haben.

»Es tut mir leid, dass ich Sie so lange in der Kälte habe warten lassen«, sagte Winterpole, als Christopher es sich auf dem weichen Sitz bequem gemacht hatte. »Ich habe mich beeilt, so gut es ging. Die Züge sind pünktlich, aber die Straße nach Hexham ist schlecht. Ich hatte Glück, dass ich überhaupt durchgekommen bin.«

Christopher wischte einen Halbmond von der beschlagenen Scheibe und schaute hinaus. In der Abteikirche gingen die Lichter aus, und die letzten Gottesdienstbesucher machten sich schweigend auf den Heimweg. Seit Sonntag hockten die Leute beisammen.

»Ja«, murmelte Christopher. »Sie hatten Glück.«

Major Simon Winterpole leitete die Abteilung Russland und Ferner Osten des Britischen Militärgeheimdienstes. Seit der Revolution der Bolschewiken von 1917 war er einer der einflussreichsten Männer im Lande, der die britische Außenpolitik gegenüber Weltgegenden, von denen die meisten Minister kaum je gehört hatten, diskret, aber mit festem Griff steuerte. Schon vor dem Krieg hatten er und Christopher sich regelmäßig getroffen, um über die Aktivitäten des russischen Geheimdienstes an der Nordgrenze Indiens zu sprechen.

»Wie lange ist es her, Christopher?«, fragte Winterpole.

»Was meinen Sie?«

»Seit wir das letzte Mal miteinander geredet haben.«

Christopher brauchte nicht lange nachzudenken. An diese letzte Begegnung erinnerte er sich sehr genau.

»Fünf Jahre«, sagte er. »Das war Ende 1915. Nach dem Verschwörungs-Prozess in Benares sind Sie nach Delhi gekommen.«

»Richtig. Jetzt fällt es mir wieder ein. Seitdem ist viel passiert.«

Christopher antwortete nicht. Es ging ihm gegen den Strich, sich hier im Dunkeln zu treffen, als ob sie etwas zu verbergen hätten. Als ob sie ein heimliches Paar wären. Aber Winterpole hatte darauf bestanden. Anders als Christopher liebte er das Geheime an seinem Beruf, die kleinen Rituale, die ihn und seine Kollegen von gewöhnlichen Menschen unterschieden.

»Und wie lange ist es jetzt her, dass Sie den Dienst verlassen haben?«, fuhr Winterpole fort.

»Ein Jahr«, antwortete Christopher. »Ein gutes Jahr. Damals hatte ich Sie erwartet. Sie oder jemanden Ihres Ranges. Aber niemand kam. Nur ein Brief, unterschrieben von einem gewissen Philpott. Darin war vom Gesetz über Staatsgeheimnisse die Rede. Und von meiner Pension.«

»Wir glaubten, Sie brauchten Zeit«, sagte Winterpole.

»Zeit? Wofür?«

»Um die Dinge zu überdenken. Um Abstand zu gewinnen.«

»Was gab es da zu überdenken? Ich hatte mich entschieden.«

»Dehradun.[*] Den Krieg als solchen. Den Tod Ihrer Frau. Was Ihnen wichtig war. Was Ihnen heute wichtig ist.«

In Dehradun waren mehrere von Christophers besten Agenten aufgeflogen – wegen eines bürokratischen Fehlers im Delhier Büro seines Geheimdienstes, dem er unterstellt war. Obwohl ihn keine Schuld traf, fühlte er sich immer noch für ihren Tod verantwortlich.

»Ich war überrascht«, sagte Christopher schließlich.

»Überrascht?«

---

[*] Hauptstadt des Bundesstaates Uttarakhand in Nordindien.

»Dass Sie mich so leicht haben gehen lassen. Dass nur dieser Brief kam. Der Brief von Philpott, wer immer das sein mag.«

Winterpole zog ein silbernes Zigarettenetui aus der Tasche und ließ es aufschnappen. Er bot Christopher eine Zigarette an, aber der lehnte ab. Mit einer eleganten Bewegung nahm er eine für sich selbst heraus, klappte das Etui zu und steckte sich das Stäbchen zwischen die Lippen. Er unterbrach kurz seinen Redefluss, um es anzuzünden. Den Geruch kannte Christopher aus alten Tagen. Das Streichholz flammte auf und erlosch.

»Wie kann ich Ihnen helfen, Christopher?«, fragte Winterpole. »Sie haben mitgeteilt, Ihr Junge sei entführt worden. Das zu hören, tut mir leid. Und wenn ich richtig verstehe, ist dabei jemand getötet worden – ein Priester. Hat die Polizei inzwischen etwas herausbekommen?«

Christopher schüttelte den Kopf.

»Das wissen Sie doch.«

»Und Sie haben keine Vorstellung, wer das gewesen sein kann?«

»Ich hoffe, dass Sie es mir sagen.«

Ein angespanntes Schweigen folgte. Winterpole zog an seiner Zigarette und ließ den Rauch langsam aus den Mundwinkeln strömen. Ein parfümierter Geruch breitete sich im Wagen aus.

»Ich? Woher soll ich etwas darüber wissen?«

»Sie haben sich doch nicht auf den weiten Weg von London bis hierher gemacht, um mir zu erzählen, dass Sie nichts wissen. Dafür hätte ein Telegramm genügt. Ein Anruf. Oder ein Bote.«

Darauf sagte Winterpole nichts. Er sah zu, wie die Schneeflocken auf die Windschutzscheibe sanken.

»Ich will Ihnen genau schildern, was geschehen ist«, sagte

Christopher schließlich. Ausführlich beschrieb er den Vorfall vom Sonntagabend. Als er geendet hatte, wandte er sich Winterpole zu.

»Ich bin kein reicher Mann«, sagte er. »Es hat auch keine Lösegeldforderung gegeben. Die Männer, die meinen Sohn entführt und Pater Middleton getötet haben, waren Russen, dafür wette ich meinen Kopf. Wenn das zutrifft, dann muss es eine Verbindung zu Ihnen geben. Ob es sich nun um Weiße, Rote oder Leute einer anderen Farbe handelt, sie können nicht in diesem Lande sein, ohne dass Sie etwas davon wissen. Und wenn Sie involviert sind, wird die Verbindung zu mir verständlich.«

»Ich bin nicht involviert, Christopher, das versichere ich Ihnen.«

»Tut mir leid«, erwiderte Christopher. »Vielleicht ist ›involviert‹ nicht das richtige Wort. Hätte ich ›verwickelt‹ sagen sollen? Oder ist ›informiert‹ zutreffender?«

Winterpole schwieg eine Weile. So viel hing davon ab, wie er sich ausdrückte. In diesem Geschäft war die Wahl des richtigen Wortes oft wichtiger als die Wahl der richtigen Waffe. Das Leben eines Menschen konnte davon abhängen. Oder mehrerer Menschen. Winterpole sah sich als General, wenn auch seine Truppen gering an Zahl waren und leicht verschlissen. Er schob sie hin und her wie winzige Schachfiguren auf einem riesigen geneigten Brett, wie kleine Bauern aus Glas, die auf der schiefen Ebene verzweifelt nach Halt suchten: eine Armee von Glasfiguren, zerbrechlich, verraten und träumend.

»Ich denke«, sagte er schließlich gedehnt, »dass ich Ihnen vielleicht helfen kann. Und dass Sie mir helfen können.«

»Sie meinen, das ist der Preis, den ich zahlen muss, wenn ich William lebend wiedersehen will?«

Darauf antwortete Winterpole nicht. Nachdenklich zog er

an seiner Zigarette. Dann kurbelte er das Fenster herunter und warf sie halb geraucht hinaus. Langsam schloss er das Fenster wieder. Im Wagen war es plötzlich kalt.

»Sagen Sie mir bitte«, kam es nun von Winterpole, »haben Sie je von einem Mann namens Samjatin gehört? Nikolai Samjatin?«

4

»Samjatin«, hub Winterpole an, »ist wahrscheinlich der gefährlichste Agent der Bolschewiken, der gegenwärtig im Fernen Osten operiert. Er ist eine wichtige Figur in der Komintern, der Kommunistischen Internationale, die die Partei im März letzten Jahres gegründet hat, um die Vorbereitung der Weltrevolution zu koordinieren. In Moskau ist er Trotzkis Graue Eminenz. Im Osten handelt er fast völlig selbständig. Man kann mit Bestimmtheit sagen, dass es ohne Samjatin keine bolschewistische Politik in der Region gäbe. Um ehrlich zu sein: Ohne ihn könnte ich nachts ruhiger schlafen.«

Und ohne Simon Winterpole, dachte Christopher bei sich, könnten viele andere Leute besser schlafen.

»Was hat das, was Sie mir da erzählen, mit mir oder dem Verschwinden meines Sohnes zu tun?«, fragte er. »Ich kenne diesen Nikolai Samjatin nicht. Ich habe nie von ihm gehört und er bestimmt auch nicht von mir.«

Winterpole warf Christopher einen Blick zu.

»Da wäre ich mir nicht so sicher«, warf er ein.

Etwas an Winterpoles Tonfall ließ Christopher aufhorchen. Wie ein Schwimmer, der zum ersten Mal spürt, wie eine verborgene Strömung ihn nach unten ziehen will, hatte er plötzlich das Gefühl, von seiner Vergangenheit eingeholt zu werden. Er wollte aufschreien, sich dagegen wehren, in

Wellen zu ertrinken, die er vielleicht selbst aufgewühlt hatte, aber seine Glieder waren verkrampft und seine Kehle heiser von der kalten Nachtluft.

»Fahren Sie fort«, sagte er nur.

»Samjatin ist zur Hälfte Russe, zur Hälfte Burjate. Sein Vater war Graf Pjotr Samjatin, ein reicher Grundbesitzer aus Tscheremchowo, das liegt nördlich vom Baikalsee. Seine Mutter war eine Burjatin, die auf dem Gut seines Vaters arbeitete. Beide leben nicht mehr. Nikolai wurde um 1886 geboren. Er muss also um die vierunddreißig Jahre alt sein.

Als Kind stand ihm eine kleine Geldsumme zur Verfügung, die ausreichte, um in Irkutsk zu erwerben, was man damals für Bildung hielt. Aber ihm wurde bald klar, dass er aus dem Erbe seines Vaters keine Kopeke zu erwarten hatte. Bereits mit sechzehn war er aktives Mitglied der Sozialdemokratischen Arbeiterpartei Russlands in der Region, der Vorläuferin der Kommunistischen Partei. Mit kaum zwanzig ging er nach Moskau. Als die russische Revolution ausbrach, war er um die dreißig Jahre alt. Der Rat der Volkskommissare, die erste Regierung der Sowjets, schickte ihn nach Transbaikalien, wo er helfen sollte, die neue Ordnung zu errichten. Von nun an ging es mit ihm steil bergauf. In Moskau akzeptierten ihn die Russen, weil er der rebellische Spross einer Adelsfamilie war, der für das Volk eintrat. Und in Transbaikalien ging er als Junge aus der Gegend durch, der es zu etwas gebracht hatte. Der einstige Nachteil, die gemischte Herkunft, wurde nun sein Ticket zur Macht.

Während des ganzen Bürgerkrieges ist er in Transbaikalien Moskaus Nummer eins. Mit Lenin, Trotzki und Sinowjew spricht er über ein Reich, das nicht nur Sibirien umfassen soll – eine Volksrepublik bis hin zu den Küsten des Pazifiks. China, die Mongolei, die Mandschurei und Tibet könnten dazugehören. Die Bolschewiken sehen, dass Europa ein hoffnungsloser Fall ist und es für die nächsten fünfzig oder gar hundert Jahre auch bleiben wird. Aber sie wollen träumen. So träumen sie eben vom Osten. Und da steht Samjatin bereit wie ein Hypnotiseur und flüstert ihnen ein, dass er ihren Traum wahrmachen kann.«

Winterpole hielt einen Moment inne und starrte in die Dunkelheit hinter den Autoscheiben hinaus, als könnte er sehen, wie sich dort eine zweite Finsternis zusammenbraute, die geduldig wartete, bis ihre Zeit kam. Er erschauerte.

»Vor etwa einem Jahr«, fuhr er fort, »ist Samjatin verschwunden. Ständig schickten mir meine Leute Berichte darüber, was er tat. Plötzlich war er weg. Anfangs wollte man ihn hier und da noch gesehen haben, aber stets stellte es sich als Irrtum heraus. Die inneren Säuberungen hatten bereits begonnen, daher glaubte ich zunächst, er sei ein Opfer seiner vormaligen Freunde im Kreml geworden. Der kommende Mann in Russland ist Stalin, und der will den Sozialismus in seinem Lande aufbauen. Vielleicht hatte man Samjatin geopfert, damit andere nicht zu sehr von der Weltrevolution träumten.

Aber die Zeit verging, und Samjatins Name tauchte nirgendwo auf. Da wusste ich, dass er noch am Leben sein musste. Sie prangern ihre Opfer öffentlich an, denn es nützt ihnen nichts, sie nur bei Nacht und Nebel umzubringen. Ihr Tod ist eine Art Sühne, und ihre Sünden müssen öffentlich gebrandmarkt werden. Zur Abschreckung für andere.

Plötzlich, vor vier Monaten, ist er eindeutig wieder gesichtet worden. Darauf kann ich mich verlassen, denn die Nachricht kam von einem meiner besten Leute.« Winterpole stockte einen Augenblick. »Er hielt sich in Westtibet beim Berg Kailash in der Nähe eines Klosters namens Phensung Gompa auf. Er war allein und schien bereits längere Zeit unterwegs zu sein. In Tibet, Christopher. Nikolai Samjatin.

Zuerst wollte ich es gar nicht glauben. Aber mein Mann hat Fotos gemacht. Darauf ist er zweifelsfrei zu erkennen. Er ist dort gewesen. Können Sie mir folgen?«

Christopher nickte. Was Winterpole da sagte, ergab einen Sinn. Tibet hatte zu Christophers Bereich gehört, es war eines seiner Spezialgebiete gewesen. Der Agent, der die Fotos geschickt hatte, konnte durchaus von ihm angeworben und ausgebildet worden sein. Er folgte Winterpoles Blick in die Dunkelheit hinaus. Mehr als zuvor spürte er, dass die Strömung ihn nach unten zog. Nur noch seine schmalen Hände ragten aus dem Wasser, er schmeckte Salz auf seinen Lippen und spürte den scharfen Wind vom Land, der ihn aufs offene Meer hinaustrieb.

»Sie waren doch 1912 am Kailash, nicht wahr, Christopher?«, stellte Winterpole fest.

»Ja«, kam es dumpf von Christopher.

»Was haben Sie dort gemacht?«

»Ich habe nach Agenten gesucht. Nach russischen Agenten. Wir hatten einen zuverlässigen Bericht erhalten. Dem sollte ich nachgehen.«

»Und was haben Sie herausbekommen?«

Christopher zuckte die Schultern.

»Nichts«, erwiderte er. »Ich habe mich einen Monat lang am Kailash und in der Gegend um den See Mansarowar herumgetrieben. Die Landschaft ist den Tibetern heilig. Ich habe mehrere Klöster besucht und mit Pilgern gesprochen. Wenn Russen dort waren, dann müssen sie unsichtbar gewesen sein.«

Er sah, dass Winterpole den Kopf schüttelte.

»Nicht unsichtbar«, sagte er. »Tot.«

Christopher wurde plötzlich bewusst, dass er mit einer Hand den Griff der Autotür auf seiner Seite umklammerte. Ertrinkende lassen nicht los, das ist eine unwiderlegbare

Tatsache. Seine Finger krampften sich fest um das kalte Metall.

»Es waren zwei«, fuhr Winterpole fort. »Maiski und Skrypnik. Maiski war Jude, der Sohn eines Uhrmachers aus einem Schtetl. Ich bin ihm einmal in Petersburg begegnet. Ein kleiner Mann mit schlechten Zähnen. Sie hatten einen dritten bei sich, einen mongolischen Führer. Er fand sich nach ihrem Tod wohlbehalten in Russland ein und lieferte seine Informationen ab. Der Tibetexperte in Moskau war damals Badmajew. Er sprach ausführlich mit dem Mann und schrieb dann einen Bericht.

Offiziell waren Maiski und Skrypnik als Forscher nach Tibet gereist. So kam es, dass mit einem umfangreichen wissenschaftlichen Apparat versehene Versionen des Berichts von ihrer Expedition auch in die entsprechenden Institutionen gelangten – das Institut für Ostsprachen beim Außenministerium, die Ostsektion der Archäologischen Gesellschaft und die Akademie der Wissenschaften. Sogar in Zeitschriften erschienen mehrere Artikel. Einige habe ich gelesen.«

Winterpole verstummte und drehte gedankenverloren am Lenkrad. Niemand ging über die Straße. Es war Dienstagabend und kalt, die Kinder waren bereits im Bett und sahen im Traum den Weihnachtsmann oder den großen Pudding, den sie gegessen hatten.

»Der eigentliche Bericht, die unbearbeitete Version, wurde in einer Akte des Geheimdienstarchivs abgelegt und geriet prompt in Vergessenheit. Der Mongole verschwand. Ziemlich sicher wurde er getötet, weil er zu viel wusste.«

»Was wusste er denn?«

»Nur Geduld, Christopher. Darauf komme ich noch. Ich denke, Badmajew wollte auf Grund des Berichts etwas unternehmen. Aber zunächst brauchte er dafür Geld und die Unterstützung der richtigen Leute. Allerdings schrieb man das Jahr 1913, und für eine Unternehmung in Tibet war die Lage alles andere als günstig. So blieb die Akte, wo sie war, und staubte langsam ein. Ich hatte natürlich keine Ahnung, dass es sie überhaupt gab. Niemand wusste davon.

Von allem, was ich Ihnen gerade erzählt habe, erhielt ich erst in diesem Jahr Kenntnis, nachdem mir der Bericht über Samjatins Auftauchen am Berg Kailash zugesandt worden war. Die Information stellte sich als verlässlich heraus. Ihr lagen Fotos bei, das sagte ich bereits. Das überzeugte mich, dass Samjatin tatsächlich dort gewesen war. Ich fragte mich natürlich, was einen Mann wie Nikolai Samjatin an einen so gottverlassenen Ort geführt haben mag. Einen Mann, der eindeutig auf dem Weg nach oben ist. Der Zugang zu den Korridoren der Macht hat.

Da fiel mir ein, dass Sie 1912 in dieser Gegend gewesen waren und dort nach russischen Agenten gesucht hatten. Vielleicht, so dachte ich mir, hatten Sie sich geirrt und russische Agenten waren wirklich dort gewesen, zumindest einer. Wenn das so war, so überlegte ich, dann musste es irgendwo einen Bericht darüber geben … Nikolai Samjatin hatte ihn wahrscheinlich gefunden und gelesen.«

Winterpole streckte seine Hand aus und wischte die frisch beschlagene Scheibe wieder frei. Draußen fielen noch immer dichte Flocken. Sie schwebten vor der Straßenlaterne herunter, fern und farblos wie Schatten von einem anderen Stern.

»Ich wies meinen besten Agenten in Moskau an, nach dem Bericht zu suchen. Nach einer Woche hatte er ihn gefunden. Genauer gesagt, die Akte, in der er gelegen hatte. Der Bericht selbst war verschwunden. Samjatin hatte ihn entweder mitgenommen oder vernichtet. Das war nicht mehr festzustellen. Badmajew hatte jedoch noch ein zweites Papier angefertigt. Dabei handelte es sich um eine Zusammenfassung, die der Zar persönlich zur Kenntnis erhielt. Sie ist kaum eine

Seite lang und für unsere Zwecke wenig ergiebig. Aber eines geht daraus klar hervor: Maiski und Skrypnik wurden nach Tibet geschickt, um nach etwas zu suchen. Und was immer es war, sie haben es gefunden.

Außerdem ließ das Papier darauf schließen, dass ihre Entdeckung nicht zusammen mit dem mongolischen Führer nach Russland gelangt war. Sie war in Tibet geblieben. Badmajews Zusammenfassung endete mit der Bitte nach weiteren Finanzmitteln, um eine Expedition auszurüsten, die sie nach Russland holen sollte. Dann aber brach in Europa der Krieg aus, und die Expedition kam nie zustande. Bis zu diesem Jahr. Bis Nikolai Samjatin sich selbst mit dieser Sache beauftragte.«

Irgendwo waren laute Schritte auf hartem Untergrund zu hören und verklangen. In einem Haus auf der anderen Straßenseite ging ein Licht an und verlosch wieder. Ein Hund bellte und beruhigte sich bald. Die Nacht trat in ihre Rechte ein.

»Was hat all das mit mir oder meinem Sohn zu tun?«, fragte Christopher noch einmal.

Winterpole presste seine Stirn gegen das kalte Metall des Lenkrades und atmete langsam aus.

»Ich weiß es nicht«, sagte er dann. »Bei Gott, ich wünschte, ich wüsste es, aber leider … Ich sage die Wahrheit, das schwöre ich.«

»Aber warum …«

»… reden wir über all diese Dinge? Weil ich sicher bin, Christopher, dass da ein Zusammenhang besteht, obwohl ich es Ihnen nicht erklären kann. Bislang weiß ich nur, dass Sie vor acht Jahren am Kailash waren. Und dass Nikolai Samjatin dort vor vier Monaten gesichtet worden ist.«

»Und deswegen haben Sie sich auf den langen Weg zu mir gemacht? Mein Sohn ist entführt worden, und Sie kommen hierher und erzählen mir etwas von irgendwelchen Zufällen? Geschichten von einem Mann, den ich nie gesehen und von dem ich nie gehört habe?«

Winterpole antwortete nicht sofort. Die Schneeflocken draußen tanzten weiter, als er sich dem Kern der Sache näherte. Sie alle bewegten sich in einem Tanz – er, Christopher Wylam, irgendwo weit weg Christophers Sohn und ein Mann namens Samjatin. Sie alle waren gefangen in einem Totentanz, drehten sich ohne Ende in der stummen Finsternis wie die Figuren einer altertümlichen Uhr.

»Da gibt es noch etwas«, sagte Winterpole schließlich in leisem, fast gleichmütigem Ton.

»Fahren Sie fort.«

»Letzten Monat«, berichtete er, »ist ein tibetischer Mönch in Kalimpong in Nordindien eingetroffen. Er war dem Tode nahe. Er hatte den Weg über die Hochgebirgspässe bei sehr schlechtem Wetter genommen. Auf irgendeine Weise – wie, wissen wir nicht genau – muss es ihm gelungen sein, einem Mann namens Mishig eine Nachricht zuzuspielen. Das ist der mongolische Handelsagent in Kalimpong, der auch als Agent für die Russen arbeitet. Vor der Revolution stand er im Dienste des Zaren. Jetzt spielt er den Laufburschen für die Bolschewiken ... und fühlt sich dabei genauso wohl. Er informiert sie darüber, wer nach Tibet reist und wer von dort kommt. Keine hochwichtigen Dinge zumeist, aber zuweilen findet sich eine Perle darunter. Sie haben ihn mit einem kleinen Funkgerät ausgerüstet, das er für die Verbindung zu seinem Führungsoffizier in Kalkutta benutzt. Den kennen wir allerdings noch nicht.

Wir wissen nur, dass der Mann in Kalkutta Nachrichten nach Moskau und nach Europa weitergibt, aber nicht, auf welchem Wege. Vorläufig fangen wir alle Funksprüche ab, die zwischen Mishig und Kalkutta hin und her gehen.«

Winterpole unterbrach seinen Bericht und atmete tief durch.

»Am 10. November ist uns ein Funkspruch von Mishig nach Kalkutta ins Netz gegangen, der als ›dringend‹ gekennzeichnet und mit einem anderen Code verschlüsselt war als bisher. Er war mit *Sima*, dem russischen Wort für ›Winter‹ unterzeichnet. Das ist der offizielle Deckname von Nikolai Samjatin.«

Winterpole verstummte wieder. Christopher spürte, dass er zögerte, auf den Punkt zu kommen.

»Was stand in dem Funkspruch?«, fragte er.

»Verstehen Sie bitte, Christopher«, sagte Winterpole in ruhigem Ton, »dass es von jetzt an kein Zurück mehr gibt. Wenn ich Ihnen das sage, dann werden Sie keine Ruhe mehr finden. Noch kann ich die Sache für mich behalten und Sie da rauslassen. Es ist Ihre Entscheidung.«

»Sagen Sie es mir. Ich muss es wissen.« Christopher spürte, wie sein Magen sich zu einem Knoten zusammenzog. Draußen tanzten noch immer die Schneeflocken.

»Er hat um Informationen gebeten«, sagte Winterpole. »Informationen über einen Engländer namens Christopher John Wylam, der für den britischen Geheimdienst in Indien gearbeitet hat. Und über seinen Sohn. Einen Jungen namens William.«

Jetzt hatte die unsichtbare Meeresströmung Christopher fest im Griff, und er fühlte, wie sie ihn nach unten zog. Verzweifelt wehrte er sich mit wilden Armschlägen dagegen, dass das Sonnenlicht langsam verschwand. Er sagte nichts.

»Drei Wochen später«, fuhr der andere erbarmungslos fort, da er nun einmal begonnen hatte, »fingen wir einen Funkspruch aus Kalkutta an Mishig ab. Darin hieß es, man habe Sie in einem Ort namens Hexham in England ausfindig gemacht. Der Absender bat um weitere Instruktionen.«

Winterpole hielt inne.

»Ich fürchte, an diesem Punkt sind die Dinge etwas außer Kontrolle geraten«, fuhr er dann fort. »Wir glaubten, Mishig werde noch am selben Tag antworten. Er sandte fast täglich zu einer bestimmten Zeit Funksprüche. Aber dieser eine kam nicht. Statt dessen nahm Mishig den nächsten Zug von Siliguri nach Kalkutta. Wir sind sicher, dass er die Instruktionen dem Mann in Kalkutta persönlich überbracht hat. Ob mündlich oder schriftlich, spielt keine Rolle. Das war vor sechs Tagen.«

Christopher starrte Winterpole an.

»Sie haben das gewusst und mich nicht gewarnt? Sie wussten, dass etwas passieren kann, aber Sie haben es für sich behalten?«

»Verstehen Sie doch, Christopher. Wir mussten herausbekommen, was Samjatin vorhatte. Er sollte seine Nase herausstecken. Ich befürchtete, Sie könnten versuchen, das zu verhindern, wenn Sie es vorher gewusst hätten. Es tut mir leid.«

»Die hätten meinen Sohn töten können! Vielleicht ist er bereits tot. Und sie haben Pater Middleton umgebracht. Wofür?«

»Das müssen wir herausbekommen, Christopher. Was Samjatin in Tibet tut. Was er mit Ihrem Sohn vorhat. Ich möchte, dass Sie nach Indien reisen, nach Kalimpong. Und, wenn nötig, nach Tibet. Ich denke, dorthin wird Ihr Sohn gebracht.«

»Ich weiß«, erwiderte Christopher. Er wandte seinen Blick von Winterpole ab. Draußen sanken die Schatten der Nacht auf graugefleckten Schwingen durch die von Schnee gefüllte Luft herab. »Ich weiß«, sagte er. Für ihn fiel kein Schnee mehr. Er sah nur noch Finsternis ringsum.

5

Ihm war kalt. An diesem Morgen fiel noch mehr Schnee, blendend weißer Schnee, der Gesicht und Hände peitschte. Er deckte alles zu – den Weg, die Felsen und die Fußspuren, die sie hinterließen. Es war unmöglich zu sagen, ob sie noch auf dem Pass waren oder nicht. Er meinte, sie könnten sich bereits verirrt haben. Tobchen hatte Angst, das sah er deutlich. Einmal wäre das Pony auf einem Felsvorsprung über einem tiefen Abgrund um ein Haar ausgeglitten. Seitdem ließ Tobchen ihn zu Fuß gehen und führte das Tier am steif gefrorenen Zügel. Der alte Mann schritt voran, sprach unablässig Mantras und ließ hektisch seine Gebetsmühle kreisen.

Als Mittag vorüber war, folgte auf das Schneetreiben ein scharfer Wind. Man glaubte, er könne einem Mann das Fleisch von den Knochen reißen, zu solchen Böen steigerte er sich jeden Nachmittag. Tags zuvor waren sie einer Gruppe Reisender begegnet, die Masken trugen, dunkle Ledermasken, bemalt mit den Gesichtszügen von Dämonen. Tief erschrocken hatte er gerufen: »Tobchen, Tobchen, wer sind diese Leute? Warum haben sie sich so hergerichtet?«

Der alte Mann hatte zurückgeschaut und etwas geantwortet. Der Wind verwehte seine Worte, und er musste warten, bis der Junge ihn eingeholt hatte.

»Seien Sie unbesorgt, Herr. Das sind Reisende. Sie tragen Masken, um ihre Gesichter vor dem Wind zu schützen. Und sie bemalen sie auf diese Weise, um die Dämonen abzuschrecken.«

Die Männer waren ohne ein Wort an ihnen vorbeigezogen, schweigend und gleichmütig, gehetzt vom Wind, dunkle

Gestalten, die er gnadenlos ins Leere trieb. Er und Tobchen mussten weiter allein mit den Elementen kämpfen.

Als die Sonne unterging, machten sie Rast. Der alte Mann fand irgendwo getrockneten Yakdung und zündete ein Feuer an. Wie immer gab es Tee und *Tsampa,* geröstetes Gerstenmehl, aber Samdup beklagte sich nicht. Und wenn, dann hätte Tobchen es überhört. Er war zwar ein *Trulku,* ein buddhistischer Meister und Reinkarnation eines früheren Meisters, aber dennoch ein Kind, das Tobchen mit einer Mischung aus Ehrfurcht und Strenge behandelte, die keine Disziplinlosigkeit duldete. Er befürchtete, der alte Mann werde bald erschöpft sein. Und er fragte sich, wie lang ihre Reise wohl noch dauern werde.

»Wie weit ist es noch bis Gharoling?«, erkundigte er sich.

Der alte Mönch blickte auf, den Teebecher mit halb erfrorenen Fingern umklammert.

»Bald sind wir da, Herr, bald.«

»Wie bald, Tobchen? Morgen?«

Der Lama schüttelte den Kopf.

»Morgen noch nicht«, antwortete er. »Aber mit Hilfe Ihrer Gebete und der Gnade unseres Herrn Chenrezi wird es nicht mehr lange dauern.«

»Vielleicht übermorgen?«, beharrte der Junge.

»Trinken Sie Ihren Tee, Herr, und stellen Sie nicht so viele Fragen. Wenn Sie fertig sind, zünde ich eine Lampe an, und wir studieren gemeinsam den *Kangyur*[*]. Ihre Bildung darf nicht leiden, nur weil Sie auf Reisen sind.«

Der Junge verstummte und schlürfte seinen Tee. Von Zeit zu Zeit nahm er sich ein Kügelchen *Tsampa,* der einzigen wirklichen Nahrung bei dieser kargen Mahlzeit. Der Wind

---

[*] Die tibetische Übersetzung einer Sammlung der Heiligen Schriften des Buddhismus, bestehend aus 1380 Werken.

blies immer noch stark, aber sie hatten sich im Schutze einer Felsnase niedergelassen, wo sie ihn nur noch heulen hörten. Der Himmel war von schweren Wolken bedeckt.

»Warum gehen wir überhaupt nach Gharoling, Tobchen?«, fragte Samdup.

»Das habe ich Ihnen doch schon gesagt. Um Geshe Chyongla Rinpoche zu besuchen. Rinpoche ist ein großer Lehrer, ein größerer als ich. Es ist Zeit für Sie, die Sutren zu studieren. Dann werden Sie bereit sein, an das Studium der Tantren zu gehen. Sie müssen beide beherrschen, um Ihre Bestimmung zu erfüllen.«

»Aber in Dorje-la Gompa* gibt es auch Lehrer.«

»Ja, und sogar sehr gute. Doch keiner ist so groß wie Chyongla Rinpoche. Erinnern Sie sich, als wir das *Lama Nachupa* gemeinsam studiert haben, was dort über die Pflichten des Schülers gegenüber seinem Guru geschrieben steht?«

»Ja, ich erinnere mich.«

»Jetzt ist es für Sie Zeit, alle diese Ratschläge in die Praxis umzusetzen. Sie sind nicht zu uns gekommen, um zu lernen. Sie sind gekommen, um sich auf all das zu besinnen, was Sie in früheren Leben schon einmal wussten. Rinpoche wird Sie darin unterweisen, wie das zu erreichen ist.«

Beide schwiegen eine Weile. Der Schneefall hatte wieder eingesetzt. Es würde eine kalte Nacht werden. Die Stimme des Jungen klang schwach in der Dunkelheit.

»Gab es Gefahr in Dorje-la Gompa?«

Der alte Mönch erstarrte innerlich.

»Warum glauben Sie, Herr, dass es Gefahr gegeben hat?«

»Ich habe sie gespürt. Als der Fremde gekommen ist. Ich spüre sie immer noch. Habe ich recht?«

Nach einem Moment des Zögerns antwortete der alte

---

* Kloster Dorje-la.

Mann: »Sie haben sich nicht geirrt, Herr. Es war Gefahr im Verzug.« Und nach einer Weile: »Große Gefahr.«

»Für mich?«

»Ja. Für Sie.«

»Das heißt, wir fliehen nach Gharoling? Sind wir deshalb nachts aufgebrochen?«

Der alte Mann seufzte schwer.

»Ja. In Gharoling sind wir sicher. Chyongla Rinpoche versteht die Zusammenhänge. Wenn … wenn mir etwas zustoßen sollte, Herr, dann gehen Sie allein weiter nach Gharoling. Man erwartet Sie dort. Versuchen Sie nicht, nach Dorje-la zurückzukehren. Gehen Sie nur nach Gharoling. Vertrauen Sie niemandem außer Chyongla Rinpoche und denen, die er Ihnen empfiehlt.«

Wieder schwiegen beide. Der Junge musste erst einmal verdauen, was er da gehört hatte. Diese Welt war ein schlimmerer Ort, als er geglaubt hatte. Dann unterbrach seine Stimme erneut die Gedanken des alten Mannes.

»Ist es mein anderer Körper?«, fragte er. »Ist er für dies alles verantwortlich?«

Tobchen schüttelte den Kopf.

»Nein, Herr. Ich bin sicher, er weiß nichts von Ihnen. Zumindest glaube ich das. Wenn die Zeit gekommen ist, wird man es ihm sagen.«

»Würde er versuchen, mich zu töten, wenn er es wüsste?«

Der Lama antwortete nicht sofort. So viele Inkarnationen, dachte er bei sich. Zuerst waren sie Kinder, dann wuchsen sie auf, alterten und starben. Und wurden wiedergeboren. Ein endloser Kreis.

»Ja«, sagte er. »Das glaube ich. Ich denke, er würde Sie töten lassen.«

Kalimpong

6

Kalimpong döste in der blassen Januarsonne. Es träumte von Wolle und Baumwolle, von farbenfrohen Kaschmirschals, von Seide, Geweihsprossen und Moschus aus China, von Zucker, Glas und billigen Kerzen aus Indien, von langen Karawanen, die das Chumbi-Tal aus Tibet herunterkamen, von Händlern, die ihre Waren in Jutesäcken aus den Ebenen Indiens herantransportierten. Aber über den Hochgebirgspässen im Norden fiel Schnee, eine weiße, federleichte Pracht, die wie der Stoff, aus dem die Träume sind, auf Felsen, kalt wie Grabstätten, herniedersank. Bereits seit zwei Wochen wagte niemand, den Nathu-la-Pass zu überqueren. Als die letzte Karawane aus dem tibetischen Gyantse eingetroffen war, hatte sich der Handel in Kalimpong wieder belebt. Aber das war jetzt vorbei, und der kleine Handelsplatz wartete dringend auf Nachricht, dass die große Lieferung aus Lhasa zumindest unterwegs war.

Christopher Wylam sog tief die klare Luft ein. In Kalimpong ging es ihm besser. Das Städtchen war kaum mehr als eine Handelsstation am Rande des Empires, ein Umschlagplatz für Händler, die aus Tibet mit Wolle und Yakschwänzen kamen, die sie für billige Bedarfsgüter und kostspieligere Stoffe einzutauschen gedachten. Aber Kalimpong lag auch am Rande eines Mysteriums. Hier konnte Christopher bereits den Schnee und das Eis des Himalajas spüren. Auf der Zunge hatte er einen Geschmack, den er aus Kindertagen kannte, vertraut und exotisch zugleich, die Erinnerung an stille Reisen im Dämmerlicht fallenden Schnees.

Er brauchte nur den Blick zu heben, und schon sah er in der Ferne die stummen Berge hinter grünen Vorgebirgen stehen. Sie ragten auf wie Bollwerke, die den Zugang zu dem riesigen Hochland von Tibet versperrten, einem verbotenen Königreich, sorgfältig gehütet von seinen Schutzgöttern. Oder, prosaischer ausgedrückt, von bewaffneten tibetischen Grenzwächtern.

Als Christopher von seinem Pony stieg, erinnerten ihn die Gewürze und Gerüche des Basars sofort lebhaft an seinen Vater. Hier war er mit ihm herumgegangen, gefolgt von ihrem Büroangestellten Jit Bahadur. Und hinter ihnen seine Mutter ganz in Weiß in einer offenen Sänfte, die auf den Schultern von vier tadellos gekleideten Dienern ruhte. Das war in den Tagen, als sein Vater als britischer Resident am Hofe des lokalen Herrschers Mahfuz Sultan amtierte.

Arthur Wylam war ein wichtiger Mann gewesen. Der Vizekönig selbst hatte ihn ernannt. Die Wylams waren Anglo-Inder, das heißt Nachkommen eines englischen Vaters und einer indischen Mutter, seit drei Generationen. Christophers Großvater William war mit der britischen Ostindien-Gesellschaft unmittelbar vor dem Sepoy-Aufstand ins Land gekommen und später als Friedensrichter des Indian Civil Service in Secunderabad geblieben. Der kleine Christopher war mit Geschichten über die großen Beamtenfamilien – die Rivett-Carnacs, die Maynes und die Ogilvies – aufgewachsen. Ständig wurde ihm vorgehalten, es sei seine Pflicht, wie auch später die seines Sohnes, den Namen der Wylams in diesem illustren Kreis zu verewigen.

Kalimpong hatte sich kaum verändert. Die Hauptstraße, eine Ansammlung winziger Läden, war wie eh und je erfüllt von den Schreien der fliegenden Händler und Maultiertreiber. Hier drängten sich bengalische Kaufleute neben kleinwüchsigen nepalesischen Sherpas und finster dreinblickenden

Nomaden aus Tibets Ostprovinz Cham. Die hübschen Frauen aus Bhutan mit ihrem auffallend kurzen Haarschnitt zogen die Blicke der jungen niederen tibetischen Mönche, *Trapas* genannt, auf sich, die zum ersten Mal zum Buddha Gaya pilgerten. Aufgeweckte Chinesen feilschten mit schlauen Marwari-Händlern und hatten davon meist Gewinn. Auf einem flachen Stein in der Mitte des Basars saß ein blinder Bettler – seine Augen eine triefende Wunde, seine Finger ein permanentes Flehen. Christopher ließ eine Münze in seine Hand fallen, und der alte Mann zeigte ein zahnloses Lächeln.

Christophers Vater hatte das geschäftige, anarchische Kalimpong dem steifen Darjeeling, dem britischen Verwaltungszentrum fünfundzwanzig Kilometer weiter westlich, immer vorgezogen. Wie oft hatte er Christopher erklärt, wenn er in Indien leben wolle, müsse er lernen, ein Inder zu sein. Seine eigene Kaste, die Brahmanen, die vom Himmel gesandten Beamten des Verwaltungs- und Regierungsapparates, hatte Arthur Wylam stets verachtet, weil er sie für abgehoben und voreingenommen hielt.

Die nervtötende Rangliste, die Klubs mit ihren lächerlichen Vorschriften für Etikette und Protokoll, die wirksame Rassentrennung, die selbst hochgeborene und gebildete Inder zu Fremden im eigenen Lande machte – all das hatte bei ihm mit der Zeit nur noch Zorn ausgelöst. Seine Liebe für die Menschen Indiens, für ihre Sprachen, ihre Sitten, ihre Religionen, ihre Torheit und Weisheit hatten ihn zu einem beredten und erfolgreichen Vermittler zwischen der Regierung Indiens und den verschiedenen einheimischen Herrschern gemacht, an deren Höfen er tätig war. Aber seine Verachtung für alle Konventionen in einer Gesellschaft, die davon durchdrungen war wie ein alter Schrank vom Holzwurm, hatte ihm auch Feinde eingebracht.

Christopher stellte sein Pony in einer Ausspanne ein und

begab sich mit seinem Gepäck zu einem kleinen Rasthaus, das eine alte Bhutanesin in der Nähe von McBride's Wolllager betrieb. Dort roch es übel, es war laut und wimmelte von den kleinen aggressiven Kalimpong-Fliegen, deren Urgroßeltern in einem besonders widerlichen Schaffell aus dem tibetischen Shigatse eingewandert sein mussten. Aber es war ein Ort, wo niemand viel fragen würde, woher ein Mann kam und was er in dieser Stadt wollte.

Er hätte auch im Gästehaus der Regierung absteigen können, einem kleinen Dak-Bungalow am Stadtrand, mit Kübelpflanzen, Dienern und eisgekühlten Getränken. Aber dann hätte er sich in Kalkutta anmelden und als Regierungsbeamter reisen müssen. Das war das Letzte, was Christopher und Winterpole wollten. Für die Regierung Indiens war Christopher Wylam ein Privatmann, der diese bergige Gegend besuchte, um Kindheitserinnerungen aufzufrischen und über den Tod seiner Frau hinwegzukommen. Sollte es Ärger geben und sollten Fragen gestellt werden, dann existierte ein Mr. Wylam offiziell überhaupt nicht.

Als Christopher von seinem Raum die Treppe herunterkam, fand er das Rasthaus in hellem Aufruhr. Eine Gruppe Nepalesen war nach einer Reise von fast drei Wochen aus Kathmandu eingetroffen. Sie suchten Arbeit auf den Teeplantagen um Darjeeling. Es waren etwa ein Dutzend arme Männer in zerschlissenen Kleidern, Bauern, auf deren Feldern im letzten Jahr kaum Gerste gereift war, weshalb sie den Winter über nicht genug zu essen hatten. Das Rasthaus war ihnen von einem nepalesischen Händler empfohlen worden, dem sie unterwegs begegnet waren. Aber jetzt musste ihnen die forsche kleine Wirtin erklären, dass sie für so viele Leute keinen Platz hatte.

Es sah nicht so aus, als könnte die Szene wirklich außer Kontrolle geraten. Solche Händel gingen selten über Wortgefechte oder ein harmloses Stoßen und Schubsen hinaus. Christopher taten die Männer leid. Früher hatte er zuweilen mit Bauern wie diesen zusammengelebt und war viel in Nepal herumgekommen. Er verstand, was sie zu dieser Jahreszeit dazu trieb, Heim und Familie zu verlassen und sich auf einen so gefährlichen und beschwerlichen Weg zu machen, stets ihre kleine Habe auf dem Rücken.

Der Kontrast zu seiner eigenen Reise nach Indien konnte größer nicht sein. Winterpole hatte für Christopher arrangiert, dass er mit einem Handley-Page-Doppeldecker über Ägypten, Irak und Persien fliegen konnte. Während diese Männer sich durch Schnee und Eis gekämpft, Stürme und ständige Gefahren überwunden hatten, war er wie ein Vogel über die Welt geflogen, wobei Enge und ein wenig Kälte die schlimmsten Unbequemlichkeiten waren.

Er wollte schon eingreifen, beherrschte sich aber im letzten Moment. Seine Ausbildung siegte über den Instinkt. Denn eine eherne Regel seines Gewerbes lautete, nie aufzufallen und sich stets im Hintergrund zu halten. Er war als armer englischer Handelsmann aus Kalkutta nach Kalimpong gekommen, den das Glück verlassen hatte und der fernab vom Ort seines Misserfolges eine neue Chance suchte. Auf einen solchen Mann würde niemand achten, denn von seiner Sorte gab es genug in den billigen Herbergen der großen Städte und in den Absteigen der Grenzlandbasare.

Christopher wandte sich von den streitenden Bauern ab und begab sich in den großen Gemeinschaftsraum. Er war der Mittelpunkt des Rasthauses, wo die Gäste tagsüber ihr Essen kochten und sich nachts diejenigen ohne eigenes Zimmer zur Ruhe betteten.

Der Raum war dunkel und schmierig, es roch nach Schweiß und altem Essen. In den Ecken waren Wollballen und Jutesäcke mit Reis oder Gerste aufgeschichtet. An einer Wand kochten ein alter Mann und eine Frau etwas auf einem kleinen eisernen Dreifuß. Neben ihnen versuchte jemand, unter einer fleckigen Decke zu schlafen. Eine große Fliege, die es zu dieser Jahreszeit gar nicht mehr geben durfte, flog laut summend im Raum umher, ohne etwas von Interesse zu finden. Durch das halboffene Fenster war die Stimme eines Mädchens zu hören. Einfach, aber hingebungsvoll, mit verträumter, entrückter Stimme sang es ein bengalisches Lied über Krishna:

> *Bondhur bangshi baje bujhi bipine*
> *Shamer bangshi baje bujhi bipine*

> *Ich höre die Flöte meines Geliebten im Walde spielen.*
> *Ich höre die Flöte des Dunklen Herrn im Walde spielen.*

Christopher versuchte, sich das Mädchen vorzustellen. Sicher hatte es dunkle Augen, kleine Brüste und das Haar zu festen langen Zöpfen geflochten wie auf den Bildern von Radha, die in so vielen Häusern an der Wand hingen. Einen Augenblick lang fragte er sich, wer sie sein mochte, die da draußen in der Gasse sang, als wollte ihr das Herz brechen. Dann entzog er sich dem Zauber der Stimme und rief nach der Bedienung. Ein Junge lief herbei.

»Ja, Sahib? Was wünschen Sie?«

»Tee. Ich möchte Tee.«

Ystrang?«

»Nein, nicht dieses verdammte Zeug! Milden Tee, indischen. Und einen *Chota peg* dazu.«

»Whisky haben wir hier nicht, Sahib. Tut mir leid.«

»Dann hol welchen, Abdul, verdammt noch mal! Hier, nimm!« Er drückte dem Jungen eine schmierige Rupie in die Hand. »Los, beweg dich! *Juldi, juldi*!«

Der Junge stürzte davon, und Christopher lehnte sich

gegen die Wand. Er hasste die Rolle, die er hier zu spielen hatte. Aber er spielte sie, weil sie ihn unverdächtig machte. Das störte ihn mehr als alles andere, dass man unverdächtig war, wenn man sich ungehobelt gab … Dass er mit Höflichkeit gegenüber einem Landesbewohner sofort aufgefallen wäre.

Die Fliege summte immer noch, und das Mädchen sang weiter, während es seiner Hausarbeit nachging. Seit seiner Ankunft aus Kalkutta hatte Christopher zum ersten Mal Zeit, in Ruhe über alles nachzudenken. Die Reise war eine einzige Hetzerei gewesen: die überstürzten Vorbereitungen, der eilige, unbeholfene Abschied, die holprigen Flüge von einer Zwischenlandung zur anderen rund um den Globus, die Eisenbahnfahrt von Kalkutta nach Siliguri im glühend heißen Waggon ohne jeden Schlaf und schließlich der Ritt auf dem Pony bis nach Kalimpong. Keine Zeit, um sich bewusst zu werden, was er da eigentlich tat. Nur Landschaften, die an ihm vorbeirasten: Wasser, Sand und stille grüne Täler, in denen die Zeit stillzustehen schien. Dazu die wachsende Erkenntnis dessen, worauf er sich eingelassen hatte. Ein dicker Klumpen Angst in seiner Brust, der immer härter und größer wurde, je näher er seinem Ziel kam.

William war ständig in seinen Gedanken. Er versuchte zu begreifen, wie seine Entführung in Samjatins Pläne passen konnte, was immer diese sein mochten. Außer seiner Reise zum Kailash auf der Suche nach russischen Agenten konnte er keine Verbindung von sich selbst zu diesem Mann erkennen. War William vielleicht nur ein Köder, um Christopher aus Gründen, die für ihn noch im Dunkeln lagen, mit dem Russen zusammenzubringen? Aber das erschien ihm zu weit hergeholt und auch wieder zu plump. Nicht zum ersten Mal kam ihm der Gedanke, dass Winterpole ihm vielleicht nicht die ganze Geschichte erzählt hatte oder das Gesagte weitgehend frei erfunden war.

Der Junge erschien mit einem Tablett. Darauf eine billige, angeschlagene Teekanne, eine gesprungene Tasse und ein kleines Glas mit whiskyfarbener Flüssigkeit, in der Christopher alles andere als Whisky vermutete. Der Boy setzte das Tablett auf einem niederen Holztisch in der Nähe ab und schenkte in die schmierige Tasse Tee ein. Er war stark, so wie Europäer nach Meinung der Inder ihren Tee mögen. Christopher zuckte die Achseln. Bald würde er tibetischen Tee mit Butter und Salz trinken müssen. Warum also über Darjeelings beste Sorte die Nase rümpfen?

»Es ist ja so still geworden«, sagte er. »Sind die Nepalesen wieder weg?«

»Ja, Sahib. Keine netten Leute. Sehr arm. Kein Platz hier für sie.«

»Aber wo sollen sie hin?«

Der Junge zuckte die Schultern. Was kümmerte ihn, wo die hingingen? Er hatte sie bereits abgehakt wie jeden, der ihm keinen sofortigen Nutzen brachte. Er wandte sich zum Gehen.

»Einen Moment noch«, sagte Christopher. »Kannst du mir sagen, wie ich zu den Knox Homes, dem Waisenhaus, komme?«

Ein Schatten schien über das Gesicht des Jungen zu huschen, aber schon lächelte er wieder. Wenn auch nicht sehr überzeugend.

»Das Waisenhaus, Sahib? Was können Sie im Waisenhaus zu tun haben? Da gibt es doch nichts, Sahib, nur Kinder.«

»Hör mal zu, Abdul. Ich habe dich nach dem Weg gefragt, nicht nach deinem Rat. Also, wie finde ich da hin?«

Wieder dieser merkwürdige Blick. Dann ließ der Junge nachlässig fallen: »Ganz einfach, Sahib. Haben Sie den Kirchturm gesehen?«

Christopher nickte. Das war der markanteste Punkt von ganz Kalimpong.

»Das Waisenhaus ist ein roter Bau neben der Kirche. Ein großes Gebäude mit vielen Fenstern. Es fällt Ihnen sofort auf, Sahib, wenn Sie vor der Kirche stehen. Ist das alles, Sahib?«

Christopher nickte abwesend, und der Junge wandte sich erneut zum Gehen. An der Tür, halb im blassen Sonnenlicht und halb im Schatten, wandte er sich noch einmal um.

»Sind Sie ein Christ, Sahib?«

Christopher fand die Frage merkwürdig. Denn wie für den Durchschnittseuropäer alle Inder entweder Hindus oder Moslems sind, meint auch fast jeder Inder, alle Weißen seien Christen.

»Das weiß ich nicht so genau«, erwiderte Christopher und fragte sich sofort, ob das wohl die richtige Antwort war. »Was meinst du?«

»Keine Ahnung, Sahib. Sie sehen nicht aus wie ein Missionar.«

»Sprichst du von dem Waisenhaus?«

»Ja, Sahib.«

Christopher schüttelte den Kopf.

»Nein«, sagte er dann. »Ich bin kein Missionar.«

»Aber Sie wollen zu den Knox Homes.«

»In der Tat. Gehen denn nur Missionare dorthin?«

Jetzt war es an dem Jungen, den Kopf zu schütteln.

»Das glaube ich nicht, Sahib. Da gehen alle möglichen Leute hin. Es ist ein sehr wichtiger Ort. Und zum Waisenhaus gehen wichtige Leute.« Wieder dieser seltsame Blick.

»Und du meinst, ich sehe nicht wichtig genug oder nicht christlich genug aus? Meinst du das?«

Der Junge zuckte die Achseln. Er spürte, dass er zu weit gegangen war. Es brachte nie etwas, einen Europäer zu verärgern.

»Ich weiß nicht, Sahib. Es geht mich auch nichts an. Verzeihen Sie, Sahib.«

Er wandte sich um und schlüpfte hinaus.

»Boy!«, rief Christopher ihm nach.

Der Junge schaute noch einmal zur Tür herein.

»Wie heißt du?«

»Abdul«, antwortete er. Er spuckte das Wort förmlich aus, als hätte es einen schlechten Geschmack.

»Das kann nicht sein. Du bist kein Moslem. Und wenn du einer wärst – Abdul ist kein richtiger Name. Das weiß sogar ich. Also?«

»Lhaten, Sahib.«

»Laten?« Christopher sprach den Namen absichtlich falsch aus. »Sehr gut, Laten. Wenn ich dich brauche, rufe ich.«

»Danke, Sahib.«

Lhaten streifte Christopher mit einem letzten verwunderten Blick, bevor er verschwand.

Christopher schlürfte seinen Tee. Er schmeckte widerlich. Er setzte die Tasse ab und stürzte den *Chota peg* hinunter. Der war auch nicht viel besser. Draußen hatte das Mädchen aufgehört zu singen. Die Geräusche von Mensch und Tier auf dem Basar wurden schwächer. Über Kalimpong senkte sich nachmittägliche Stille. Christopher setzte das leere Whiskyglas ab und seufzte tief auf. Jetzt war er angekommen.

7

Mishig, der mongolische Handelsvertreter, der den Funkspruch nach Kalkutta abgesetzt hatte, war verschwunden. Nach Auskunft von George Frazer, seinem britischen Amtskollegen, war er noch einmal in Kalimpong gewesen, hatte es dann aber vor zehn Tagen ohne Vorankündigung wieder verlassen. Frazer berichtete Christopher, was er über den Mönch wusste, der die ursprüngliche Nachricht aus Tibet gebracht hatte.

Dessen Name war Tsewong. Er war offenbar über den Nathu-la-Pass und durch Sikkim aus dem Gebirge gekommen, bevor er am Rande von Kalimpong vor Erschöpfung zusammenbrach. Dort hatte ihn nach Frazers Informationen am 14. Dezember ein zufällig vorbeikommender Bauer mit hohem Fieber, schon im Delirium und dem Tode nah, aufgefunden.

Er hatte ihn mit seinem Wagen zu dem Waisenhaus gebracht, wo Reverend John Carpenter und dessen Frau sich um ihn kümmerten, bis der Arzt der Mission von einem Besuch in einem nahegelegenen Dorf zurückkehrte. Der war dagegen gewesen, Tsewong ins Krankenhaus der Presbyterianer zu verlegen, und hatte die ganze Nacht bei ihm gewacht. Am Morgen war der Mönch tot, offenbar ohne noch etwas Verständliches von sich gegeben zu haben.

Bevor der Leichnam dem tibetischen Vertreter übergeben wurde, der sich um seine Verbrennung kümmern wollte, hatte der Doktor die Taschen des Mannes durchsucht, genauer gesagt, den Beutel in den Falten seines Gewandes, wo tibetische Männer ihre persönlichen Habseligkeiten mit sich führen.

Dort fand er neben solchen für einen Lama typischen Dingen wie einem hölzernen Teebecher (der auch als Gefäß für den Verzehr von *Tsampa* diente), der traditionellen metallenen Wasserflasche, die am Gürtel getragen wird, auch einen Rosenkranz mit 108 Perlen aus gelbem Holz, ein kleines Talisman-Behältnis und ein paar Kräuter sowie einen Brief in ausgezeichnetem, korrektem Englisch. Darin wurde jeder, »den dies betreffen mag«, darum gebeten, seinem Besitzer,

Tsewong Gyaltsen, jegliche Unterstützung zuteilwerden zu lassen, da er als Abgesandter eines tibetischen religiösen Würdenträgers reise, der nur als »Dorje Lama« bezeichnet war.

Im selben Umschlag lag noch ein weiteres Blatt. Es enthielt ganze fünf Zeilen, die aber auf Tibetisch abgefasst waren, das der Arzt nicht verstand. Er hatte es für besser gehalten, die beiden Papiere nicht zusammen mit dem Leichnam und den anderen persönlichen Gegenständen an den tibetischen Vertreter zu übergeben. Stattdessen hatte er sie Frazer gezeigt, der die tibetischen Zeilen von einem seiner Angestellten übersetzen ließ. Es handelte sich lediglich um Hinweise, wie der mongolische Handelsagent Mishig zu finden war.

Eine Frage ließ Christopher nicht los, als er auf dem Weg, den Lhaten ihm beschrieben hatte, zu dem Waisenhaus ging: Wenn der Mönch Tsewong bereits mit dem Tode rang, als er Kalimpong erreichte und in der Tat am nächsten Morgen in den Knox Homes gestorben war, wie in aller Welt war es ihm dann gelungen, Samjatins Nachricht Mishig zuzuleiten? Hatte das ein anderer für ihn getan? Und wenn ja, wer?

Das Waisenhaus wie auch die Kirche, neben der es stand, machte den Eindruck, als sei es wie der Palast in »Aladins Wunderlampe« aus dem schottischen Hochland an diesen Ort versetzt worden. Hier in Kalimpong präsentierte sich der Christengott nicht nur als offene Herausforderung an die endlose Zahl von Schutzgöttern hoch oben in den Bergen, sondern der schottische Presbyterianismus zugleich als Barriere gegen die zweifelhaften Sitten der bisher nicht erlösten Massen der Ebenen Indiens.

Während ganz Kalimpong die kalte Wintersonne genoss, die die strahlend weißen Berge im Norden zu reflektieren schienen, lagen die Knox Homes und der Weg dorthin in schattigem Halbdunkel, als ob die Steine der mächtigen Gebäude nichts als graue, melancholische Farbtöne hereinließen. Der Weg war von dichten dunkelgrünen Zypressen gesäumt, die den Eindruck erweckten, als seien sie direkt einem Gemälde von Böcklin entsprungen. Alles hier war in Schatten getaucht, nicht nur von ihm berührt, sondern geradezu von ihm durchtränkt und geplagt. Reverend Carpenter hatte wohl mehr als den Christengott und den Presbyterianismus nach Kalimpong gebracht.

Der Pfad führte direkt zu einer kurzen Treppe, die vor einer schweren hölzernen Tür endete. Jetzt gab es kein Ausweichen mehr. Christopher, Katholik und Engländer, und noch mit dem Reisestaub in den Kleidern, hob den schweren Türklopfer aus Messing und kündigte sich den Bewahrern des Christentums drinnen mit lautem Geräusch an.

Die Tür öffnete ein indisches Mädchen von etwa fünfzehn Jahren, gekleidet, wie es wohl in den Knox Homes üblich war. Sie trug ein dunkelgraues Gewand, das in der Taille von einem schwarzen Ledergürtel zusammengehalten wurde. In Gesicht und Haltung war nicht die Spur von Freundlichkeit zu entdecken. Der schwache schottische Akzent brachte Christopher auf den Gedanken, dass in ihrer Seele wohl mehr als eine Spur von calvinistischer Härte zu finden war.

»Würdest du bitte Reverend Carpenter mitteilen, dass Mr. Wylam, den Mr. Frazer angekündigt hat, in Kalimpong eingetroffen ist und ihn so rasch wie möglich sprechen möchte.«

Das Mädchen musterte ihn von oben bis unten, und was sie sah, gefiel ihr offenbar gar nicht. In diesem Hause wurde man zu Sauberkeit, Gottesfurcht und Keuschheit angehalten. Der unrasierte Mann vor ihr machte wohl den Eindruck, dass es ihm an all dem mangelte. Aber er sprach wie ein englischer Gentleman und hatte auch dessen Auftreten.

»Ja, Sahib. Darf ich Ihre Karte haben, Sahib?«

»Sorry«, antwortete er. »Ich bin gerade erst aus England angekommen und hatte noch keine Zeit, mir Karten drucken zu lassen. Würdest du bitte Reverend Carpenter einfach meinen Namen und meine Bitte mitteilen?«

»Reverend Carpenter ist heute sehr beschäftigt, Sahib. Vielleicht kommen Sie besser morgen wieder. Mit Karte.«

»Ich habe doch gerade gesagt, dass ich keine Karte habe, junge Lady. Würdest du bitte tun, was ich sage und meine Nachricht an …«

In diesem Augenblick wurde die junge Lady von einer mageren, sehr presbyterianisch wirkenden Frau von Anfang vierzig brüsk beiseitegeschoben.

»Ich bin Moira Carpenter«, sagte sie höflich mit einem Edinburgher Akzent, der Glas zerspringen lassen konnte. »Kenne ich Sie?«

»Zu meinem Bedauern, nein, Madam«, erwiderte Christopher. »Mein Name ist Wylam, Christopher Wylam. Soviel ich weiß, hat Mr. Frazer, der Handelsvertreter am Ort, vergangene Woche mit Ihrem Gatten über mich gesprochen. Zumindest teilte man mir das mit, bevor ich Kalkutta verließ.«

»Ach, Sie sind Mr. Wylam. Wie schön, dass Sie bei uns vorbeischauen. Ich habe, äh … Sie mir etwas anders vorgestellt.«

Was Moira Carpenter da sagte, meinte sie auch. Sie passte genau in ihre Umgebung, als habe John Knox' mürrischer und ungeselliger Gott sie beide in ein und demselben kosmischen Augenblick erschaffen – dunkle Erscheinungen, in die strahlende Sonne Indiens versetzt, um sie gleichsam zu verdüstern. Wie jemand, der permanent trauert, trug sie Schwarz, ein langes Kleid ohne eine Spur von Besatz oder Schmuckwerk, eher ein Käfig für den Körper als eine Hülle für die Seele.

Als Mutter Dutzender bettelarmer indischer Kinder – wenn dieses Wort hier überhaupt angebracht war – hatte sie es bereits mit achtundzwanzig Jahren aufgegeben, eigenen Nachwuchs zu bekommen. Ihr Schoß, so hatten ihr die Ärzte der königlichen Geburtsklinik in Edinburgh eröffnet, sei dafür nicht geschaffen. Die vier missgestalteten Fehlgeburten, die sie zur Welt brachte, hatten den Ärzten die Grenzen ihrer Kunst gezeigt. So war in ihrem Herzen etwas zerbrochen, das kein Arzt und keine Gebete heilen konnten.

Als Christin, deren Bestimmung im Leben darin lag, das Reservoir aufzufüllen, aus dem Gott der Herr einst seine Auserwählten bezog, sprach sie voller Verzweiflung von diesem Makel. Die Ursache für dieses Versagen suchte sie in ihren eigenen Sünden. Aber insgeheim war sie froh, dass sie keine Kinder mehr bekam. Denn Kinder hatten ihr nie viel bedeutet und noch weniger der schwülstige Akt, der für ihre Erzeugung notwendig war. Sie hatte nie verstanden, weshalb der Herr sich dafür nicht eine raschere, weniger peinliche und reinlichere Methode ausgedacht hatte.

Jetzt widmete sie sich unter anderem dem Wohlergehen der Waisen von Kalimpong, die sie auf den Seiten Tausender Gemeindezeitschriften berühmt gemacht hatte, und der Beförderung der Pläne ihrer Mission, den unwissenden Heiden von Nordsikkim und Tibet die christliche Lehre zu bringen. Sie war vierundvierzig, flachbrüstig, nervös und von Nierenschmerzen geplagt. Zwei Jahre später sollte sie bei einem Unfall an einem sechzig Meter tiefen Abhang in der Nähe von Kampa-Dzong ums Leben kommen, dem außer ihr zwei tibetische Ponys und ein überladenes Maultier zum Opfer fielen. Jetzt aber stand sie auf der einen Seite und Christopher auf der anderen Seite der Tür.

»Es tut mir leid, wenn ich Ihren Erwartungen nicht entspreche, Mrs. Carpenter«, sagte Christopher, so höflich er konnte. »Wenn es im Moment nicht passt, dann komme ich ein anderes Mal wieder. Aber eine dringende Angelegenheit führt mich nach Kalimpong, und ich möchte mit meinen Erkundigungen sobald wie möglich beginnen.«

»Erkundigungen? Was wollen Sie denn erkunden, Mr. Wylam? Ich versichere Ihnen, hier gibt es nichts zu erkunden.«

»Ich denke, das zu beurteilen, sollten Sie doch lieber mir überlassen, Mrs. Carpenter. Seien Sie bitte so nett und teilen Sie Ihren Gatten mit, dass ich hier bin.«

Die abweisende Person wandte sich um und bellte in das Dunkel der Vorhalle: »Mädchen! Sag Reverend Carpenter, hier ist ein Mann, der ihn sprechen will. Ein Engländer. Er sagt, sein Name sei Wylam.«

Das Mädchen lief davon, aber Mrs. Carpenter blieb stehen, als fürchte sie, Christopher könnte es auf ihren Türklopfer aus Messing abgesehen haben. Den hatte sie persönlich aus einem Laden in der Princes Street bis nach Indien gebracht. Sie wollte nicht, dass er einem Mann ohne Visitenkarte in die Hände fiel.

In weniger als einer Minute war das Mädchen zurück und flüsterte seiner Herrin etwas ins Ohr. Die trat einen Schritt zurück und bedeutete Christopher ohne ein weiteres Wort, einzutreten. Als er an ihr vorüberging, schwirrten düstere Kindheitsgeschichten über Protestanten durch seinen Kopf. Das Mädchen führte ihn einen schmalen, mit Teppichen ausgelegten und von schwachen Glühlampen erleuchteten Gang entlang zu einer Tür aus dunklem Holz. Er klopfte, und eine dünne Stimme forderte ihn zum Eintreten auf.

8

John Carpenters Arbeitszimmer war wie seine Frau, sein Glaube und seine eigene Person *virgo intacta* aus Schottland mitten ins Herz des Heidentums verpflanzt worden. Nichts Indisches, Dunkelhäutiges oder ungehörig Fremdes hatte in dieses friedliche Refugium christlicher Männlichkeit vordringen können. An den Wänden trotzten die präparierten, mit Geweihen bewehrten Köpfe von Hirschen aus den schottischen Highlands tapfer den Motten und anderen Insekten des indischen Nordostens, starrten Männer im Kilt und mit struppigen Bärten herausfordernd auf die Heiden und ihre Götter.

Wäre Jesus Christus – dunkelhäutig und ganz weltlich – in persona in diesen Raum getreten, hätte der gute Reverend Carpenter ihn sicher auf der Stelle zu bekehren versucht und ihn Angus oder Duncan getauft. Der Aramäisch sprechende jüdische Lehrer aus Nazareth wäre für John und Moira Carpenter ein Nichts oder noch Schlimmeres gewesen. Sie sahen Jesus als bleichen Galiläer, der blond, blauäugig und bartlos wie durch ein Wunder über Wildblumen und Heidekraut einer schottischen Gebirgslandschaft schritt.

John Carpenter stand da, die Hände auf dem Rücken, und blickte Christopher über eine goldgeränderte Brille hinweg prüfend an. Er war ein Mann in den Fünfzigern, mager, leicht gebeugt, mit schütterem Haar und einem Gebiss, das jeden Zahnarzt zur Verzweiflung gebracht hätte. Er hatte wohl schon bessere Tage gesehen, dachte Christopher bei sich. Der Reverend wirkte leicht nervös.

»Mr. Wylam?«, sagte er in einem Tonfall, der dem seiner Frau in nichts nachstand. »Nehmen Sie Platz. Wir hatten wohl noch nicht das Vergnügen. Sind Sie zum ersten Mal in Kalimpong?«

Dieses Thema wollte Christopher eigentlich vermeiden.

»Ich bin schon hier gewesen«, sagte er. »Ein, zwei Mal und immer sehr kurz. Keine Zeit für gesellschaftliche Kontakte.«

Carpenter warf ihm einen skeptischen Blick zu, als wollte er sagen, dass er von einem Mann wie Christopher gesellschaftliche Kontakte am allerwenigsten erwartete.

»Oder für einen Kirchenbesuch?« Seine Äuglein hinter den dicken Gläsern blinzelten leicht.

»Äh, nein. Ich fürchte …, also … ich bin kein Presbyterianer, Dr. Carpenter.«

»Das ist zu schade. Sie gehören natürlich der anglikanischen Kirche an.«

Das war nicht gerade ein guter Anfang.

»Hm, nicht direkt. Ich bin mehr römisch-katholisch.«

Christopher war sicher, dass es den Männern im Kilt bei diesen Worten den Atem verschlug.

»Entschuldigen Sie schon, Mr. Wylam«, entgegnete Carpenter, »aber ich verstehe nicht ganz. Man kann doch nicht ›mehr‹ oder ›weniger‹ römisch-katholisch sein. Diese Kirche ist nicht gerade für Kompromisse bekannt. *Extra ecclesiam nulla salus,* stimmt das etwa nicht mehr?«

»Doch, ich glaube schon.«

»Sie sind in diesem Glauben erzogen worden, nehme ich an?«

»Ja. Dr. Carpenter, ich …«

»Natürlich. So geht das immer. Es gibt einige wenige Konvertiten zu diesem Heiligenkult. Anglikaner schlagen zuweilen diese Richtung ein. Aber halb sind sie sowieso schon dort. Das ist ja das Schlimme.«

»Gewiss. Doch wenn Sie nichts dagegen haben, möchte ich jetzt …«

»Wissen Sie«, fuhr Carpenter fort, ohne auch nur im

Geringsten auf Christophers Worte zu achten, »mir ist schon oft in den Sinn gekommen, dass Ihr Glaube – das ist nicht abschätzig gemeint – etwas mit dem zu tun hat, was einem hier in dieser finsteren Wildnis begegnet. Ich denke da an die Hindus mit ihren extravaganten Göttern, Priestern und Opferriten. Oder die Buddhisten Tibets mit ihren Hierarchien von Heiligen, den ewig brennenden Kerzen auf Altären aus Gold und Silber. Zwar habe ich noch nie auch nur einen Fuß in ihre primitiven Tempel gesetzt, aber ich ...«

»Dr. Carpenter«, unterbrach ihn Christopher, »es tut mir leid, aber ich bin nicht hergekommen, um mit Ihnen über Theologie zu disputieren. Vielleicht haben wir einmal die Gelegenheit. Im Augenblick muss ich mich um andere Dinge kümmern.«

Auf diese Zurückweisung reagierte der langjährige Märtyrer von Kalimpong mit einem zahnlosen Lächeln und einem Nicken.

»Natürlich. Mr. Frazer hat Sie angekündigt und mir gesagt, Sie wollten mir einige Fragen stellen. Er hat mich nicht eingeweiht, worum es geht, deutete aber an, dass sie vertraulicher Natur sind. Ich werde Ihnen nach bestem Wissen und Gewissen antworten, obwohl ich mir nicht vorstellen kann, was ich mit Ihren Geschäften zu tun haben sollte, Mr. Wylam. Ich weiß nichts von Handel und Wandel. Der eine und einzige Zweck meines Aufenthaltes hier ist es, Seelen vor der Verdammnis zu retten. Dafür zahle ich nicht mit Kupfermünzen. Und erst recht nicht mit Silber oder Gold. Ich handle mit ...«

»Es tut mir leid, wenn Mr. Frazer sich so geheimnisvoll ausgedrückt hat. Ich bin in Kalimpong in einer wichtigen Angelegenheit, die Sie nicht weiter kümmern sollte. Aber vielleicht können Sie mir trotzdem helfen. Ich benötige eine Information, die Sie mir eventuell geben können. Wenn ich richtig unterrichtet bin, haben Sie sich um einen tibetischen Mönch gekümmert, der vor einigen Wochen hier verstorben ist. Einen Mann namens Tsewong. Alles, was Sie über ihn wissen, kann von Nutzen für mich sein.«

Der Missionar warf Christopher einen überraschten Blick zu, so als wäre dies nicht die Frage, die er erwartet hatte. Er wirkte etwas irritiert. Das Lächeln verschwand von seinem Gesicht, und er schaute sein Gegenüber forschend an. Er rieb sich die Nase und schob dabei die Brille etwas nach oben. Offenbar wog er seine Antwort sorgfältig ab. Dann äußerte er sich sehr vorsichtig.

»Ich kann nicht erkennen, was dieser Mönch Sie oder Mr. Frazer angeht. Er war kein Händler. Nur ein unglücklicher Teufelsanbeter ohne jede Bedeutung. Darf ich fragen, was der Grund für Ihr Interesse ist?«

Christopher schüttelte den Kopf.

»Die Sache ist rein privater Natur. Ich versichere Ihnen, sie hat nichts mit Handel zu tun. Ich möchte lediglich wissen, ob er etwas von Bedeutung von sich gegeben hat, während er in Ihrer Obhut war, oder ob Ihnen sonst etwas Besonderes an ihm aufgefallen ist.«

Der Missionar blickte Christopher durchdringend an.

»Was mag für Sie von Bedeutung sein? Wie soll ich das beurteilen? Ich habe über die Angelegenheit bereits an Mr. Frazer und an Norbhu Dzasa, den tibetischen Handelsvertreter am Ort, einen Bericht gegeben.«

»Aber vielleicht war da etwas, das Ihnen zunächst so trivial erschien, dass Sie es in Ihrem Bericht nicht erwähnt haben, das aber für mich von Interesse sein könnte. Ich möchte wissen, wie er nach Kalimpong gelangt ist, woher er kam und wen er hier aufsuchen wollte. Vielleicht können Sie mir Hinweise geben, die mir helfen, das herauszufinden.«

Carpenter nahm seine Brille ab und legte sie sorgfältig,

einen Bügel nach dem anderen, zusammen, wie eine Gottes-
anbeterin ihr Opfer mit ihren feingegliederten Vorderbeinen
bearbeitet. Für einen Augenblick schien sich der mildtätige
Missionar in eine völlig andere Person zu verwandeln. Aber
bereits eine Sekunde später hatte Carpenter sich wieder unter Kontrolle. Die nur kurz gelüftete Maske saß fest an ihrem
Platz. So methodisch wie zuvor klappte er seine Brille auseinander und setzte sie sich erneut auf die Nase.

»Der Mann war dem Tode nahe, als man ihn uns brachte«,
sagte er. »Er starb am nächsten Tag. Das steht alles in meinem Bericht. Wie froh wäre ich, wenn ich sagen könnte, ich
hätte ihn in die Arme eines gnädigen Erlösers entlassen, aber
das kann ich nicht. Im Delirium redete er von Dingen, die
ich nicht verstanden habe. Ich spreche ein wenig Tibetisch,
aber das reicht nur, um mich mit den *Dzong-pöngs* und den
Shapés zu unterhalten, wenn sie mich besuchen.«

Christopher unterbrach ihn.

»Hat jemand von dieser Art Sie aufgesucht, während der
Mönch hier lag? Vielleicht der tibetische Vertreter? Wie war
doch gleich sein Name?«

»Norbhu Dzasa. Nein, Mr. Wylam, es gab keine Besucher,
wenn ich Dr. Cormac nicht rechne. Dieser Tsewong ist unter Fremden gestorben, leider.«

»Sie sagten, er habe im Delirium geredet und Dinge ge-
murmelt, die Sie nicht verstanden. Hat er etwas von einer
Nachricht gesagt? Kam vielleicht der Name Samjatin vor?
Oder mein Name, Wylam?«

Christopher war sicher, dass die Fragen den Schotten be-
troffen machten. Er wurde rot und blass. Erneut schien die
Maske sich für einen Augenblick zu heben, aber sofort hatte
sich Carpenter wieder in der Gewalt.

»Nichts von alledem. Das hätte ich bemerkt, da bin ich sicher. Nein, es war nur Geschwafel von den Göttern und

Dämonen, die er in den Bergen zurückgelassen hatte. Sie wissen, wovon ich rede.«

Christopher nickte. Er glaubte dem Geistlichen kein Wort.

»Soso«, sagte er. »Haben Sie Tibeter unter Ihren Angestellten? Oder vielleicht unter den Waisenkindern?«

Carpenter stand abrupt auf.

»Mr. Wylam«, sagte er streng, »ich möchte wirklich wissen, worauf Sie mit Ihren Fragen hinauswollen. Sie werden langsam unverschämt. Ich will gern über alles sprechen, das mir vernünftig erscheint, aber Fragen nach meinen Mitarbeitern oder den Kindern, die mir anvertraut sind, überschreiten die Grenzen dessen, was mir schicklich und zulässig erscheint. Sie sind kein Polizist, nehme ich an. Und offenbar auch kein Regierungsbeamter. Ich möchte also wissen, woher Sie das Recht nehmen, Ihre Nase in meine Angelegenheiten und die dieser Einrichtung zu stecken. Ich denke, es ist das Beste, Sie gehen jetzt.«

Christopher blieb sitzen. Endlich war es ihm gelungen, den Mann aus der Fassung zu bringen.

»Es tut mir leid«, sagte er. »Ich wollte nicht unverschämt erscheinen. Nun bin ich Ihnen wohl eine Erklärung schuldig. Vor zwei Wochen wurde mein Sohn William entführt. Bisher weiß ich nicht, welches Motiv hinter dieser Tat steckt. Aber ich habe Grund zu der Annahme, dass er auf eine Anweisung hin gekidnappt wurde, die in einer von diesem Tsewong aus Tibet nach hier gebrachten Nachricht enthalten war. Ich bin nicht in der Lage, Ihnen zu eröffnen, warum ich das glaube. Aber ich kann Ihnen versichern, ich habe sehr schwerwiegende Gründe für mein Handeln.«

Carpenter ließ sich langsam wieder in den Sessel sinken, als hätte man ihm einen schmerzhaften Stich versetzt. Er wirkte tief erschüttert.

»Wo genau, sagen Sie, wurde Ihr Sohn ... äh ... entführt?«

»Zu Hause in England.«

»Und das war vor zwei Wochen?«

»Am Sonntag vor Weihnachten. Wir kamen gerade von der Messe.«

Bei diesem Wort nahm das Gesicht des Missionars einen angewiderten Ausdruck an.

»Und das soll ich Ihnen glauben?«, sagte er scharf. Christopher entging nicht, dass er nervös mit einem kleinen Brieföffner aus Elfenbein spielte, der auf seinem Tisch lag. »Es ist doch gar nicht möglich, dass jemand, der noch vor zwei Wochen in England gewesen sein will, jetzt hier in diesem Raum sitzt und mit mir spricht. Das wissen Sie so gut wie ich, wenn Sie nicht ganz von Sinnen sind. Leben Sie wohl, Mr. Wylam. Sie haben mir genug Zeit geraubt.«

»Bleiben Sie bitte sitzen und hören Sie mir zu. Ich bin bis vor neun Tagen in England gewesen, wenn Sie es genau wissen wollen. Und es ist gar nichts Besonderes daran, dass ich jetzt hier sitze. Freunde in England haben für mich arrangiert, dass ich in einem Doppeldecker nach Indien fliegen konnte. Die Welt verändert sich, Mr. Carpenter. Bald wird jeder nach Indien fliegen können.«

»Und Ihr Sohn? Der angeblich entführt wurde? Wo ist er jetzt? Auch in Indien?«

Christopher schüttelte den Kopf.

»Ich weiß es nicht«, antwortete er. »Er könnte durchaus in Indien sein. Aber eher wohl bereits auf dem Weg nach Tibet.«

»Vielleicht, Mr. Wylam, sagen Sie ja die Wahrheit darüber, wie Sie hierhergekommen sind. Die moderne Wissenschaft vollbringt wahre Wunder. Der Herr hat uns die Mittel gegeben, sein Evangelium in die entlegensten Regionen des Erdballs zu tragen. Aber der Rest Ihrer Geschichte leuchtet mir trotzdem nicht ein. Es tut mir sehr leid zu hören, dass Ihr

Sohn entführt wurde. Meine Frau und ich werden für seine Rückkehr beten. Doch ich kann nicht erkennen, wie ich Ihnen dabei behilflich sein soll. Der Mann, der in unserer Obhut gestorben ist, hatte keinerlei Nachrichten bei sich. Er hat auch nichts Zusammenhängendes von sich gegeben. Er wurde von niemandem besucht. Und nun entschuldigen Sie mich bitte. Auf mich warten dringende Angelegenheiten.«

Carpenter erhob sich wieder und streckte seine Hand über den Schreibtisch. Christopher tat es ihm gleich. Die Finger des Missionars fühlten sich trocken und zerbrechlich an.

»Ich bitte Jennie, Sie hinauszubringen.« Er nahm eine kleine Messingglocke und klingelte heftig. Ein beklommenes Schweigen trat ein. Christopher sah, dass Carpenter ihn dringend loswerden wollte. Was verbarg er vor ihm? Und wovor hatte er Angst? Da brach der Missionar noch einmal das Schweigen.

»Mr. Wylam«, sagte er. »Entschuldigen Sie bitte. Ich war etwas kurz angebunden. Im Augenblick stehe ich unter großem Druck. Die Werke des Herrn fordern unseren vollen Einsatz. Und natürlich ängstigen Sie sich sehr um Ihren Sohn. Das muss Sie stark beschäftigen.

Dürfte ich ein wenig wiedergutmachen und Sie für heute Abend zum Essen einladen? Nur mit meiner Frau und mir. Zu einem einfachen Mahl, denn dies ist ein Haus der Barmherzigkeit, kein Palast. Aber für einen Gast reicht es bei uns immer. Und vielleicht kann mitfühlende Gesellschaft Ihren Kummer ein wenig lindern.«

Normalerweise hätte Christopher abgelehnt. Die Vorstellung, mit der schwarzgewandeten Mrs. Carpenter und ihrem vertrockneten Gatten ein frugales Mahl einzunehmen, erschien ihm nicht gerade verlockend. Aber diese Einladung, die Christopher unnötig und überraschend vorkam, bestärkte

ihn in der Überzeugung, dass Carpenter über etwas beunruhigt war.

»Ich nehme gerne an. Vielen Dank.«

»Gut. Das freut mich. Wir essen um sieben. Keinerlei Formalitäten. Seien Sie ein wenig eher hier, dann zeige ich Ihnen
etwas von unserer Arbeit, bevor wir uns zu Tisch setzen.«

Es klopfte und das indische Mädchen, das Christopher geöffnet hatte, trat ein.

»Jennie«, sagte Carpenter. »Mr. Wylam verlässt uns jetzt.
Wir erwarten ihn heute zum Abendessen. Wenn du ihn zur
Tür geleitet hast, dann teile bitte Mrs. Carpenter mit, dass
sie zu mir kommen möchte.«

Das Mädchen knickste stumm. Christopher schüttelte noch
einmal Carpenters Hand und verließ das Arbeitszimmer.

John Carpenter blieb an seinem Schreibtisch stehen, die
Hände auf der Tischplatte, als brauche er jetzt eine Stütze.
Er hörte, wie sich die Haustür öffnete und schloss und wie
Jennie zum Zimmer seiner Frau eilte. Der Teil des Waisen-
hauses, den er mit seiner Frau bewohnte, war ruhig, voller
Teppiche und Samtvorhänge, mit dunklen Tapeten an den
Wänden und mit schweren Möbeln eingerichtet. Die Ge-
räusche waren gedämpft, das Licht trübe und die Luft zum
Schneiden dick.

Hinter dem Missionar tickte eine Uhr auf einem niedrigen Regal. Er schloss die Augen, als wollte er beten, aber
seine Lippen blieben fest zusammengepresst.

9

Kalimpong fiel von ihm ab wie ein Traum. Alle Städte Indiens mit ihren Türmen, Kuppeln und Säulen versanken,
und es blieb nur ein dünner Schleier ockerfarbenen Staubes

in der Luft. Mutterseelenallein folgte er einem ungepflasterten Weg, der zur Residenz des *Tsong-chi,* des tibetischen Handelsvertreters, führte. Nach Norden hin stießen weiße Berge in den Himmel wie Schlösser aus Schnee und Eis. Dicke Wolken, wie von Drachen ausgestoßen, zogen um die Gipfel.

Als er auf die Berge schaute, befiel ihn ein Unbehagen, das er zum ersten Mal elf Jahre zuvor, kurz nach seiner Heirat, verspürt hatte. Er hatte Elizabeth nach Simla gebracht, wo sie den Sommer verbringen wollte. Einmal waren sie bis zu den Vorbergen des Himalajas gefahren. Am nächsten Tag blies ein eisiger Wind von Norden und rüttelte an den Bäumen im Garten des Hotels. Sie hatten miteinander auf der Terrasse gestanden, aus dicken Gläsern eisgekühlten Whisky getrunken und dem Spiel der Wolken über den Bergen zugesehen.

»Spürst du es?«, hatte Elizabeth gefragt, und Christopher wusste instinktiv, was sie meinte. All die rohe Kraft, die riesige materielle Stärke ihrer Zivilisation ballte sich über den stillen Orten dieser Erde zusammen. Christopher empfand dies auch jetzt wie all die Jahre zuvor, aber mit noch größerer Macht. Wie ein Krake streckte sie ihre Arme bis in die entlegensten Winkel dieser Welt, schlug zu, presste und sog allem, was sie berührte, die letzte Kraft aus. Geschichtsträchtige Orte, Heiligtümer und unberührte Reiche – alles verwandelte sich in ein endloses Schlachtfeld, auf dem Panzer wie schwarze Käfer rollten und neue Männer in neuen Uniformen einen düsteren Tanz aufführten.

Er fand die Residenz des *Tsong-chi* in einem kleinen Tal einen guten Kilometer von der Stadt entfernt. Es war ein kleines Haus im tibetischen Stil mit chinesischem Schmuckwerk auf dem Dach. Neben der Tür stand eine eindrucksvolle Gebetsmühle wie ein Wächter, der den Besucher daran erinnern sollte, dass jeder Tibeter Religion, nicht Handel in seinem Herzen trägt.

Norbhu Dzasa, der *Tsong-chi,* war anwesend. Christopher hatte gehofft, ein Empfehlungsschreiben von Frazer zu erhalten, da dieser aber nicht in Kalimpong weilte, hatte er es selber verfasst. Es machte nicht viel her, doch das wollte er auch gar nicht. Hier in Kalimpong musste er die Rolle spielen, die er sich auferlegt hatte.

Er übergab das Schreiben einem ernst dreinblickenden, kleinwüchsigen nepalesischen Diener und bat ihn, es seinem Herrn zu bringen. Der kleine Mann maß Christopher mit einem Blick, der wohl bedeutete, allein seine Erscheinung sei eine Unverschämtheit und sein Auftauchen ohne Termin grenze an eine schwere Beleidigung. Er nahm den Brief, räusperte sich laut und verschwand in einem dunklen Gang.

Christopher glaubte in der Ferne ein Murmeln zu hören. Offenbar betete jemand in der Tiefe des Hauses. Die Stimme klang selbstvergessen und melancholisch. Es war eine einzige *Mantra,* die endlos wiederholt wurde. Dann hörte er Schritte, und der kleine Diener trat aus dem Dunkel hervor. Ohne ein Wort bedeutete er Christopher einzutreten und schloss die schwere hölzerne Tür hinter ihm.

Der Raum, in den Christopher geführt wurde, war auf seine Weise ebenso nach Kalimpong verpflanzt worden wie John Carpenters Arbeitszimmer, wenn auch über eine wesentlich geringere Entfernung. Eine gänzlich andere Welt, in diese Welt versetzt: verpackt, eingehüllt und wie durch ein Wunder an diesen Ort gebracht. Andere Farben, andere Schatten und andere Düfte. Vorsichtig trat Christopher über die Schwelle wie einer, der sich aus einem Element in ein anderes begeben muss: ein Schwimmer, der nackt am Ufer eines riesigen Wassers steht, oder eine Motte, die eine Flamme umschwirrt, welche sie im nächsten Augenblick verschlingen wird.

Drinnen empfing ihn ein verborgenes, raffiniert aufgebautes Paradies von Vogelflügeln und Drachenaugen, das auf rätselhafte und doch einfache Weise mit der Erde verschmolz, der es angehörte. Wie eine Biene, die nach blütenreicher Zeit in Honig versinkt, fühlte er, wie all die Süße schwer auf ihm lastete.

Aus vielfarbigen Teppichen wuchsen lackierte Säulen einer reichgeschmückten Decke entgegen. Um den ganzen Raum herum liefen dicke Vorhänge aus rot und gelb besticktem Brokat unten in einer Art Sofa aus. Niedrige lackierte Tische chinesischer Herkunft standen zwischen geschnitzten und reichlich vergoldeten Schränken, auf denen sich zornige Drachen wanden und üppige Päonien blühten. An den Wänden sah man nackte Götter beim Liebesspiel zwischen lodernden Flammen. An einem Ende des Raumes war ein vergoldeter, mit Edelsteinen besetzter Altar aufgebaut, der Figuren tibetischer Götter und Heiliger trug. In kleinen goldenen Ständern brannte Weihrauch, der den Raum mit schwerem, berauschendem Duft erfüllte. Vor dem Altar verbreiteten silberne Butterlämpchen ein gelbes, ätherisches Licht.

Dann erblickte Christopher Norbhu Dzasa selbst, der gerade erst in den Raum getreten zu sein schien, einen Mann, als Gott verkleidet, das Bild eines Menschen, ganz in Seide gehüllt, mit Korallen und Edelsteinen geschmückt. Sein offenbar gefärbtes pechschwarzes Haar war zu festen Rollen zusammengedreht, und von seinem linken Ohr baumelte ein einzelnes langes Ohrgehänge aus in Gold gefassten Türkisen. Sein Obergewand war aus feiner gelber, mit Drachen bestickter Seide und wurde in der Taille von einer purpurroten Schärpe zusammengehalten. Er stand bewegungslos in einer Ecke des Raumes in der Nähe des Altars, die Hände unter den langen Ärmeln seiner Robe vor der Brust zusammengelegt.

Unterwegs hatte Christopher an einem Stand im Basar *Khatags,* die feinen weißen Seidenschals, gekauft, die in der ganzen Region bei offiziellen Gelegenheiten zum Zeichen der Hochachtung überreicht werden. Den Schal, zart wie Spinnweb, legte er sich über die ausgestreckten Arme und näherte sich so dem *Tsong-chi*. Norbhu Dzasa streckte seine Arme aus, nahm den Schal mit einer leichten Verbeugung entgegen, legte ihn auf einem Tischchen ab und nahm von dort einen anderen Schal, den er Christopher mit beiden Händen überreichte, die nun aus den Ärmeln herausschauten. Dabei wirkte er gelangweilt. Die beiden Männer tauschten steife Grußformeln aus, wonach der kleine Tibeter Christopher bat, auf Kissen beim Fenster Platz zu nehmen.

Im nächsten Augenblick erschien der Diener, der Christopher hergeleitet hatte, in der offenen Tür und verbeugte sich tief.

»*Cha kay-sho*«, ordnete Norbhu Dzasa an. »Bring uns Tee.«

Der Diener verbeugte sich wieder, atmete hörbar ein und murmelte dabei: »*La-les*«.

Nun wandte sich Norbhu Dzasa Christopher zu und sprach ihn auf Englisch an.

»Entschuldigung, nicht gefragt, indischen oder tibetischen Tee?«

Christopher entschied sich für tibetischen Tee, was der *Tsong-chi* umgehend seinem Diener mitteilte.

»*Pö cha kay-sho*«, sagte er. »Bring tibetischen Tee. Soso«, ließ Norbhu Dzasa dann hören, als der Diener gegangen war. »Trinken tibetischen Tee. In Tibet gewesen?« Offenbar hatte er nur das nötigste Englisch gelernt, das er in Kalimpong brauchte.

Christopher schwankte, wie er diese Frage beantworten sollte. So viele seiner Besuche in Tibet hatten illegal stattgefunden. Von wenigen Ausnahmen abgesehen, ließ man keine Ausländer ins Land, und Christopher wusste aus eigener Erfahrung, dass dieses Verbot beileibe keine Formalität war.

»Ich war 1904 in Lhasa«, sagte er. »Mit Younghusband.«

1903 hatten den Vizekönig von Indien, Lord Curzon, besorgniserregende Berichte über den wachsenden Einfluss Russlands in der tibetischen Hauptstadt erreicht. Entschlossen, die weltabgeschiedenen Tibeter zu zwingen, mit dem Vereinigten Königreich über diplomatische und Handelsbeziehungen zu reden, schickte er eine kleine Truppe unter dem Befehl von Oberst Francis Younghusband nach Kampa Dzong. Von den Tibetern ignoriert, konnte Younghusband seine Einheit verstärken. Bald hatte er 1000 Soldaten, 1450 Träger, 70 000 Maultiere, 3451 Yaks und sechs unglückliche Kamele zur Verfügung. Mit dieser Truppe zog er das Chumbi-Tal hinauf.

Christopher erinnerte sich noch gut an diesen Marsch: an die eisige Kälte, an die Leiden der Fußsoldaten, die die heftigen Winde und die Höhe nicht gewöhnt waren, deren Haut bei dem strengen Frost am Metall der Waffen festklebte, die ihre Lippen nicht mehr von gefrorenen Löffeln lösen konnten, an die unerwarteten Verluste, wenn Männer und Ausrüstungen von schmalen Felsvorsprüngen in Abgründe stürzten. Am stärksten war ihm die irrwitzige Weihnachtsfeier im Gedächtnis geblieben, als man den Männern Plumpudding und Truthahn servierte und die Offiziere gefrorenen Champagner trinken wollten.

Der eigentliche Wahnsinn begann aber erst vor der Stadt Gyantse. Tibetische Truppen mit Vorderladern und Breitschwertern, die britische Kugeln mit Amuletten ablenken wollten, stürzten sich in den Kampf gegen Soldaten, die mit modernen Karabinern und Maschinengewehren bewaffnet waren. Das Massaker, das dann folgte, würde Christopher wohl sein Leben lang nicht vergessen. Nach vier Minuten lagen siebenhundert Tibeter tot auf dem Schlachtfeld, und Dutzende weitere schrien vor Schmerz. Das Expeditionskorps nahm Gyantse ein und zog, ohne auf Widerstand zu stoßen, weiter nach Lhasa. Dort traf es im August 1904 ein. Der Dalai Lama war bereits nach Urga in der Mongolei geflohen, um beim dortigen Lebenden Buddha Zuflucht zu suchen. In seiner Abwesenheit wurde der Regent gezwungen, zu sehr nachteiligen Bedingungen mit Großbritannien einen Friedensvertrag zu unterschreiben.

»Kann mich nicht an Sie erinnern«, sagte Norbhu Dzasa.

»Ich war damals viel jünger«, antwortete Christopher, »und von niedrigem Rang. Man hat uns einander bestimmt nicht vorgestellt.«

Norbhu Dzasa seufzte.

»Auch ich damals junger Mann«, erklärte er. Ihre Blicke kreuzten sich, aber der *Tsong-chi* gab nichts preis. Das hatte er nach seinem Verständnis an diesem Ort zu tun: Nichts preiszugeben. Das beherrschte er gut.

Kurz danach kam der Tee. Er wurde in Tassen aus Jade mit silbernen Ornamenten serviert. Norbhus Diener hatte ihn in der Küche aus einem Stück halbfermentiertem Teeziegel aus der Provinz Yunnan gebrüht und in einem hölzernen Gefäß mit Salz, Soda aus Holzasche und *Dri*-Butter verrührt. Das Gebräu war eher eine Suppe als Tee, aber die Tibeter tranken es in riesigen Mengen. Vierzig bis fünfzig Tassen am Tag waren keine Seltenheit. Als Christopher sah, wie Norbhu Dzasa die erste Tasse auf einen Zug leerte, wusste er sofort, dass er selbst für tibetische Verhältnisse einen Rekordtrinker vor sich hatte.

Norbhu war seit sieben Jahren *Tsong-chi* in Kalimpong, und es ging ihm offenbar sehr gut dabei. Er konnte es sich leisten, eimerweise Tee zu trinken, wenn er es wollte. Am meisten fürchtete er, zu früh nach Lhasa zurückberufen zu werden, bevor er genügend Rupien beiseitegebracht hatte, um sich selbst, aber vor allem seinen Kindern, eine Zukunft in Wohlstand zu sichern. Er war nun schon über sechzig, was er allerdings selbst nicht genau wusste. Seine Mutter meinte, er sei im Jahr der Feuerschlange im Vierzehnten Zyklus geboren. Dann musste er nun dreiundsechzig Jahre alt sein. Sein Vater hatte aber mit gleicher Bestimmtheit erklärt, seine Geburt falle in das Jahr des Holzhasen, was ihn zwei Jahre älter machte.

»Was kann ich für Sie tun, Wylam-la?«, fragte der kleine *Tsong-chi* und goss sich eine zweite Tasse des dickflüssigen, rosafarbenen Getränks ein.

Christopher zögerte. Die Erwähnung des Younghusband-Feldzuges war wohl ein schlechter Auftakt gewesen. Am Ende hatten sich die Briten den Respekt der Tibeter erworben, denn sie plünderten keine Tempel, vergewaltigten keine Frauen und zogen bei der ersten sich bietenden Gelegenheit wieder ab. Aber die Erinnerung an die siebenhundert Toten und das Gefühl, angreifbar zu sein, das die britischen Truppen hinterlassen hatten, war offenbar immer noch sehr lebendig.

Christopher hatte das Problem, dass er den wirklichen Grund für seinen Besuch nicht nennen konnte. Es gab jede Menge Hinweise darauf, dass der mongolische Agent Mishig mit Tsewong zusammengetroffen sein musste. Es konnte aber auch sein, dass der tibetische *Tsong-chi* damit zu tun hatte. Nach allem, was man bisher wusste, konnte er die Person sein, die Samjatins Botschaft an den Mongolen weitergab. Die Residenz des *Tsong-chi* lag zwischen den Bergen und dem Ort, wo man Tsewong gefunden haben wollte. Der Mönch konnte Norbhu Dzasa aufgesucht haben, bevor er seine Reise fortsetzte, die so verhängnisvoll endete.

»Es ist nur ein kleiner Gefallen«, sagte Christopher. »Vielleicht werden Sie mich für sentimental halten. Aus meinem Schreiben können Sie ersehen, dass ich Geschäftsmann bin.

Ich habe hier in Kalimpong mit Mr. Frazer zu tun. Ich kenne ihn seit Jahren aus meiner Zeit in Patna. Er weiß von einer Sache, die damals mit meinem Sohn William passiert ist. Auf dem Weg nach Aurangabad kamen William und ich durch Bodh Gaya. Damals lebten wir in Patna, das sagte ich schon. Meine Frau war noch am Leben.« Mit dieser Mischung aus Fakten und Fiktion wollte Christopher bei dem *Tsong-chi* überzeugender wirken.

»William wurde krank«, fuhr er fort. »In Bodh Gaya und der ganzen Umgebung gab es weit und breit keinen britischen Arzt. Ich war verzweifelt. Meinem Sohn ging es sehr schlecht, ich befürchtete, er könnte sterben. Aber einer der Pilger, die den heiligen Baum aufsuchten … Sie kennen doch den heiligen Baum dort, Mr. Dzasa?«

Norbhu nickte. Den gab es wirklich, er hatte ihn mit eigenen Augen gesehen. Buddha war erleuchtet worden, als er darunter saß.

»Sehen Sie«, fuhr Christopher fort und erwärmte sich zusehends für seine Geschichte. »Einer der Pilger hörte davon, dass William krank sei. Er suchte uns auf und gab uns den Hinweis, in der Nähe sei ein tibetischer Mönch, eine Art Heiler. Ich suchte den Mönch auf, er kam mit, schaute sich William an und sagte, er könne ihn behandeln. Er ging wieder fort, das war spät Abends. Ich erinnere mich genau, wie ich im Dunkeln an Williams Bett saß, der schreckliches Fieber hatte.«

Der Junge hatte tatsächlich einmal hohes Fieber gehabt und wäre beinahe daran gestorben … Das hatte allerdings nichts mit einem Mönch oder einem heiligen Baum zu tun, nur mit einem alten Arzt, der schließlich erschienen war.

»Ich glaubte wirklich, er müsste sterben, so schlecht ging es ihm. Der Mönch ging also fort und kam schon nach einer Stunde mit ein paar Kräutern zurück, die er, Gott weiß wo, beschafft hatte. Er machte daraus einen Aufguss, den er dem Jungen irgendwie einflößte. Der rettete William das Leben. Das Fieber ging noch in derselben Nacht zurück. Zwei Tage später war er wieder auf den Beinen. Ich wollte den Mönch aufsuchen, um ihm zu danken und ihm seine Hilfe zu vergelten. Doch er war verschwunden.

Mr. Frazer kannte die Geschichte. Als er hierher kam, erkundigte er sich, aber niemand hatte von dem Mönch gehört. Bis vor ein paar Wochen.«

Norbhu Dzasa blickte von seiner dampfenden Tasse auf. Seine schmalen Augen glitzerten.

»Mr. Frazer sagte mir, vor kurzem sei hier ein tibetischer Mönch gestorben. Ein Mann mit dem gleichen Namen wie mein Mönch. Und von ähnlichem Alter. Frazer sagte auch, er habe Kräuter bei sich gehabt. Er schrieb mir das, weil er dachte, es könnte mich interessieren. Ich musste ohnehin geschäftlich nach Kalimpong. Ich dachte, da könnte ich gleich ein paar Erkundigungen einziehen. Über diesen Mönch.«

»Aber wozu? Sie ihn nicht mehr treffen. Nicht danken. Er tot.«

»Schon, aber er könnte doch eine Familie, Verwandte haben. Eltern, Brüder oder Schwestern. Vielleicht brauchen die jetzt Hilfe, da er verstorben ist.«

»Welcher Name dieser Medizinmönch?«

»Tsewong«, antwortete Christopher. »Kommt er in Tibet oft vor?«

Norbhu zuckte die Schultern.

»Nicht oft. Nicht, nicht oft.«

»Aber der Mann, der hier gefunden wurde, hieß doch so? Der hier gestorben ist.«

Der *Tsong-chi* hob den Blick zu Christopher.

»Ja«, sagte er. »Derselbe Name. Aber vielleicht nicht derselbe Mann.«

»Wie war er gekleidet?«, fragte Christopher. »Vielleicht kann ich ihn daran erkennen.«

Norbhu Dzasa war klar, dass Wylam ihm Informationen entlocken und nicht etwa etwas bestätigt haben wollte, was er schon wusste. Das Ganze erinnerte ihn an theologische Debatten der Mönche in Ganden, denen er beigewohnt hatte – Wortgefechte, bei denen der geringste Fehler die Niederlage bedeutete. Was mochte wohl ein Fehler in diesem Fall bedeuten?, fragte er sich.

»Er war wie ein Mönch der Sakyapa-Sekte gekleidet. Ihr Mönch von dieser Sekte?«

»Das weiß ich nicht«, sagte Christopher. »Wie sehen die denn aus?« Er war bereits dabei, das Thema einzugrenzen. Die meisten Mönche Tibets gehörten zur politisch dominierenden Gelugpa-Sekte. Sakyapa-Mönche und -Klöster gab es viel weniger.

Norbhu Dzasa beschrieb Christopher die Robe eines Sakyapa-Lamas: die niedrige runde Haube mit Ohrklappen, die rote Robe, den Reisemantel mit den weiten Ärmeln und dem auffallenden Gürtel.

»Ja«, sagte Christopher, »etwa so war er gekleidet.« Er wollte seinen Gegenstand noch weiter einkreisen.

»Haben Sie vielleicht etwas bei ihm gefunden«, fuhr er fort, »was darauf hindeutet, woher er kam? Vielleicht den Namen seines Klosters?«

Norbhu sah ganz genau, was der Engländer wollte. Warum spielte er dieses Spiel mit ihm? Hielt er ihn für dumm?

»Woher Ihr Freund gekommen?«, fragte er zurück.

Christopher zögerte.

»Das hat er mir nicht gesagt. Wissen Sie, woher der Tote kam?«

Der *Tsong-chi* lächelte.

»Nicht jeder Berg hat eigenen Gott«, erklärte er. »Nicht jedes Kloster hat Namen.« Wenn der Brite erwartete, dass er in diesem Possenspiel den gerissenen, rätselhaften Orientalen gab, dann wollte er ihm eine virtuose Vorstellung liefern.

Christopher bemerkte die Veränderung in Norbhus Verhalten. Er musste die Taktik ändern.

»Haben Sie diesen Tsewong gesehen, bevor er starb? Ihr Haus liegt an dem Weg, den er gekommen sein muss, wenn er nach Kalimpong wollte. Vielleicht hat er bei Ihnen hereingeschaut. Vielleicht sind Sie ihm begegnet. Sie oder einer Ihrer Angestellten.«

Norbhu Dzasa schüttelte den Kopf.

»Nicht gesehen. Niemand gesehen.« Es wurde still im Raum. Der *Tsong-chi* sah Christopher durchdringend an. »Was suchen wirklich, Wylam-la? Welche Sache? Welche Person?«

Wieder zögerte Christopher, bevor er antwortete. Wusste der kleine Tibeter Bescheid? Wollte er ihn mit dieser Frage aus der Reserve locken?

»Meinen Sohn«, sagte er. »Ich suche meinen Sohn.«

Der *Tsong-chi* nahm wieder einen großen Schluck Tee aus seiner Tasse und setzte sie mit einer eleganten Bewegung ab.

»Hier Ihren Sohn nicht finden. Verständnis vielleicht. Weisheit vielleicht. Andere Dinge, die nicht suchen. Aber nicht Sohn. Ich rate Ihnen, Wylam-la, gehen nach Hause. In eigenes Land. Berge hier sehr trügerisch. Sehr hoch. Sehr kalt.«

Die beiden Männer beäugten sich scharf wie Fechter mit erhobenem Florett. In der Stille war die *Mantra* deutlicher zu hören als zuvor.

»Sagen mir«, ließ Norbhu Dzasa hören, »Wylam häufiger Name?«

Christopher schüttelte den Kopf. Nicht häufig. Nicht, nicht häufig, wollte er sagen. Aber das verkniff er sich.

»Nein. Es gibt nicht viele Wylams. Viele Christophers, aber nicht viele Wylams.«

Norbhu Dzasa lächelte wieder. Etwas an diesem Lächeln störte Christopher. Eine Lampe auf dem Altar flammte kurz auf und erlosch.

»Ich kannte Mann mit Namen Wylam«, sagte der *Tsong-chi.* »Vor vielen Jahren. In Indien. Sah sehr ähnlich. Vielleicht Vater?«

Hatte Norbhu Dzasa das von Anfang an vermutet?, fragte sich Christopher.

»Vielleicht«, sagte er. »Mein Vater war politischer Repräsentant. Er ist schon viele Jahre tot.«

Norbhu Dzasa blickte Christopher unverwandt an.

»Ihr Tee kalt«, sagte er. Christopher nahm seine Tasse und trank rasch aus. Die dicke, lauwarme Flüssigkeit verklebte ihm Mund und Rachen.

»Ich habe Ihnen genug von Ihrer Zeit geraubt, Mr. Dzasa«, sagte er dann. »Es tut mir leid, dass ich Sie vergeblich bemüht habe.«

»Macht nichts«, antwortete der kleine Mann. Er stand auf und klatschte zweimal in die Hände. Dumpf hallte der Ton in dem halbdunklen Raum wider.

Die Tür öffnete sich, und der Diener kam, um Christopher hinauszugeleiten.

»Goodbye, Wylam-la«, sagte Norbhi Dzasa. »Bedaure, dass nicht mehr Hilfe.«

»Das bedaure ich auch«, sagte Christopher. Von dem starken Tee war ihm leicht schwindlig. Er musste aus dieser stickigen Atmosphäre heraus.

Norbhu Dzasa verbeugte sich, und Christopher ging, begleitet von dem Diener. Der *Tsong-chi* atmete erleichtert auf. Seine Frau und seine Kinder fehlten ihm. Sie waren zum Neujahrsfest Ende Januar und zum dreiwöchigen Mondfest, das darauf folgte, nach Lhasa gereist. Es würde Monate dauern, bis sie zurückkamen. Seine neue Frau war jung und hübsch. In ihrer Gegenwart wurde er selber wieder jung. Aber ohne sie spürte er den Druck des Alters, das auf ihm lag wie eine Schicht harten Schnees, der nicht tauen will. An den Wänden um ihn herum tanzten und liebten sich Götter und Dämonen in feierlichen Abstufungen von Wonne und Schmerz. So wenig Wonne, dachte er bei sich, und so viel Schmerz.

Der Vorhang an der Wand zu seiner Linken teilte sich. Ein Mann in Mönchskleidung trat hervor. Sein schmales, blasses Gesicht war von Pockennarben bedeckt.

»Na?«, fragte Norbhu Dzasa. »Hast du es gehört?«

Der Mönch nickte.

»Wylam«, fuhr Norbhu Dzasa fort. »Sucht nach seinem Sohn.«

»Ja«, antwortete der Mönch. »Ich habe es gehört.« Er fuhr sich mit der schmalen Hand über den glattrasierten Kopf. Die flackernden Lampen schickten Schatten wie laufende Ameisen über seine fleckige Haut.

»Die Götter treten heraus zu ihrem Spiel«, sagte er. »Wir müssen bereit sein, wenn es beginnt.«

10

Als Christopher wieder den Stadtrand von Kalimpong erreichte, versank die Sonne gerade im Westen. Rasch war das Tageslicht dahin. Die Nacht brach über die Welt herein – überraschend und ohne auf Widerstand zu stoßen, wenn man von einigen Lichtpunkten auf dem Basar und einer einsamen Lampe absah, die in der Kirche St. Andrew's brannte.

Er ging über den Basar zurück, der schwach erleuchtet war,

wo es berauschend nach Kräutern und Gewürzen roch. An einem Stand verkaufte ein alter Mann dicken *Dhal,* ein nepalesisches Bohnengericht, in groben Tontöpfen. An einem anderen bot eine Frau in zerschlissenem Sari Pfeffer, Chilischoten und Kerne des wilden Granatapfels an. Auf kleinen Messingwaagen wurden die Schätze Indiens als Prise oder Handvoll abgewogen. Das alte Kaleidoskop der wechselnden Bilder fing Christopher wieder ein. Aber zum ersten Mal spürte er hinter der verwirrenden Fassade den kalten Atem einer drohenden Gefahr.

Das Missionskrankenhaus fand er in dem Teil der Stadt, der dem Waisenhaus gegenüberlag. Dazwischen erstreckte sich symbolisch der britische Friedhof. Martin Cormac, der Arzt, der den sterbenden Mönch in den Knox Homes behandelt hatte, war nicht anwesend.

Die Schwester, die Christopher empfing, konnte ihm nicht weiterhelfen. Sie sagte nur, Cormac sei zu einem dringenden Fall nach Peshok, einem Dorf zwischen Kalimpong und Darjeeling, gerufen worden. Mehr wisse sie nicht, behauptete sie.

Christopher hinterließ eine Notiz mit seinem Namen und der Adresse des Rasthauses, wo er abgestiegen war. Die Schwester fasste den Zettel mit den Fingerspitzen an, als fänden sich auf ihm Keime von allen Krankheiten des Subkontinents und den Plagen Ägyptens dazu. Sie ließ ihn in einen kleinen verwahrlosten Kasten im Vestibül des Krankenhauses fallen und verschwand mit einem Blick, der ihm sagte, fiebrige Stirnen abzutupfen, sei wichtiger.

Er ging zu seinem Rasthaus zurück, machte ein Nickerchen, stärkte sich mit einem weiteren Glas *Chota peg,* rasierte sich und suchte nach dem passenden Outfit für das Essen bei den Carpenters. Im Rasthaus war alles still, als er ging. Niemand nahm Notiz von ihm.

An der Tür der Knox Homes empfing Reverend Carpenter ihn persönlich. Er war jetzt etwas sorgfältiger gekleidet als zuvor, aber nicht im Abendanzug. Der Missionar führte ihn sofort in den Teil des Waisenhauses, wo die Mädchen wohnten. Sie waren hier in der Überzahl, denn Jungen galten als wirtschaftlich wertvolle Nachkommen, die sich als Erwachsene um ihre betagten Eltern kümmern konnten, Mädchen dagegen als Last, weil sie später weggeheiratet wurden. Weibliche Säuglinge legte man gern vor einer fremden Tür ab, aber dieses Glück hatten bei weitem nicht alle.

Der Saal der Mädchen war ein blitzsauber gescheuerter, spartanischer Ort, der eher wie eine Durchgangsstation wirkte als ein Zuhause. Wände, Fußböden und Mobiliar durchdrang der Geruch von Karbol, Kohle, Teerseife und Jod. Die muffige Luft schien von einem Gemisch weniger eindeutiger Herkunft erfüllt – dem dünnen Erbrochenen von Kindern, gekochtem Kohl und der feinen aber unverwechselbaren Ausdünstung, die man in allen Einrichtungen findet, wo heranwachsende Mädchen in großer Zahl leben. Dem sauren Menstruationsgeruch, der an allem haftet, mit dem er in Berührung kommt.

In einem dunkel getäfelten Raum, wo die Porträts von Schutzpatronen und fromme Sprüche in pechschwarzen Rahmen an den Wänden hingen, wurden Christopher die Kinder vorgestellt. Reihen schweigender, gleichgültiger Gesichter blickten zu ihm auf, als er, verwirrt und peinlich berührt, auf einem niedrigen Podium am Ende des Raumes vor ihnen stand. Da waren Mädchen jeden Alters, gekleidet in die gleiche triste Uniform mit dem gleichen abgestumpften Ausdruck von Verständnislosigkeit und hoffnungsloser Ergebenheit in den Gesichtern. Die meisten schienen Inderinnen zu sein, aber es waren auch Nepalesinnen, Tibeterinnen und Lepchas darunter. Mehrere Mischlinge fielen Christopher auf – Anglo-Inderinnen, dazu zwei Mädchen von europäischer Herkunft. Insgesamt waren es über einhundert.

Das Abstoßendste war nach Christophers Empfinden die Temperatur, die in dem Raum herrschte. Es war weder ungemütlich kalt noch gemütlich warm. Versottete Rohre brachten von einem irgendwo verborgenen uralten Boiler ein wenig Wärme herein, doch nicht so viel, dass man sich entspannt fühlen konnte, und nicht so wenig, dass man sich mit dicken Kleidern vor der Kälte schützen musste. Die Kinder wirkten weder gut noch schlecht ernährt. Er vermutete, dass sie nicht gerade hungrig zu Bett gehen mussten, aber niemals richtig satt wurden. Diese Waisen lebten in einem Schwebezustand, waren weder völlig verlassen noch wirklich geliebt, und das bestimmte auf Jahre hinaus die innere Struktur ihres Lebens.

»Mr. Wylam ist kürzlich von den fernen Ufern Englands zu uns gekommen«, hub Carpenter in einem Ton an, als predige er von der Kanzel. »Er ist zu uns gekommen, um etwas über seinen Sohn herauszufinden, einem Kind, das im zarten Alter durch schlimme Umstände von ihm gerissen wurde. Wer von uns hat nicht schon im Dunkel der Nacht um einen liebenden Vater gebetet, der uns sucht und nach Hause holt? Wer von uns hat sich nicht nach einer Liebe wie die dieses Mannes gesehnt, der aus freien Stücken über den ganzen Erdball reist, um sein einziges Kind zu finden und es in den Schoß der Familie zurückzuführen?

Das bringt mich zu den Worten unseres Herrn in der schönen Geschichte vom Vater und seinen Söhnen: ›Dafür ist mein Sohn gestorben und wiederauferstanden. Er war verloren und wurde wiedergefunden.‹ Vielleicht kann uns Mr. Wylams Reise als Gleichnis dienen. Denn hier ist ein Vater, der nach uns sucht, der uns zu sich holen will, zerknirscht und voller Reue. Und er reist über die ganze Erde, um zu uns zu kommen.«

Carpenter machte eine Pause, um Luft zu holen. Er schien jetzt erst richtig in Schwung zu geraten. Die Mädchen schauten gleichgültig drein. Sie husteten nicht, zappelten nicht und scharrten auch nicht mit den Füßen, wie englische Kinder es getan hätten. Offenbar hatten sie längst gelernt, dass einer Predigt zu lauschen so selbstverständlich zu ihrem Leben gehörte wie Essen und Schlafen. Christopher musste an sich halten, um nicht zu gähnen.

»Mr. Wylam, unsere Herzen sind bei Ihnen in der Stunde Ihrer Not, wie auch Ihr Herz in der Vergangenheit zweifellos bei den Witwen und Waisen dieses gottlosen, verlorenen Landes war. Dies sind Kinder der Götzenanbetung, Mr. Wylam, Kinder der Sünde. Ihre Mütter und Väter waren nichts anderes als heidnische Kannibalen, aber durch die Gnade unseres Herrn sind sie aus dem Dunkel ins Licht geholt worden. Ich bitte Sie also, mit uns dafür zu beten, dass unsere Seelen sich eines Tages vor unserem barmherzigen und liebenden Erlöser wiederbegegnen mögen. Lasset uns beten.«

Wie Aufziehpuppen schlossen die Mädchen in den exakt ausgerichteten Reihen die Augen und senkten die Köpfe. Ihre Nacken und Augenlider schienen nur für diese Aufgabe gemacht zu sein.

»Gnädiger Vater, der du die Sünden und Verfehlungen von uns elenden Sündern kennst, wir flehen dich an, richte dein Auge heute auf deinen Diener Christopher …«

So begann dieser Abend.

Die Mahlzeit bestand aus Kohl und knorpeligem Fleisch, das es lange aufgegeben hatte, nach etwas auszusehen oder zu schmecken. Moira Carpenter war weniger Gastgeberin an einer Tafel als eine Bestatterin, die die Trauerfeier für das arme Tier überwachte, das in Scheiben geschnitten und mit

Soße bedeckt auf den Tellern lag. Sie spielte ihre Rolle bei der gestelzten Konversation mit gequälter Höflichkeit.

»Mein Mann hat mir von Ihrem Kummer berichtet, Mr. Wylam«, sagte sie und legte ihm gekochten Kohl auf. »Ich habe den größten Teil des heutigen Tages im Gebet verbracht und dabei unseren Herrn angefleht, Ihnen den Sohn zurückzugeben. Und seiner armen Mutter zu Hause, die in großer Not sein muss.«

»Meine Frau ist tot, Mrs. Carpenter. Sie ist vor etwas über einem Jahr verstorben.«

»Das tut mir aber leid, wirklich sehr, sehr leid.« Sie klatschte eine Scheibe von etwas Grauweißem neben den Kohl. »Hat sie eine Krankheit dahingerafft?«

»Die Schwindsucht, Mrs. Carpenter. Sie litt an Schwindsucht. Sie wurde nur einunddreißig Jahre alt.«

Zum ersten Mal an diesem Abend belebte sich Moira Carpenter ein wenig. Krankheiten waren ihr Lieblingsthema – so wie Götzenanbetung das ihres Gatten.

»Sie ist eine Geißel, Mr. Wylam, eine schreckliche Strafe. Wir sind gesegnet, in dieser Gegend zu leben, wo die Bergluft sie vertreibt. Aber wir haben hier natürlich andere Leiden zu ertragen. Sie machen sich keine Vorstellung, wovon diese armen Menschen hier geplagt werden. Das ist der Preis, den sie für ihre Verderbtheit zahlen müssen. Syphilis, Mr. Wylam, ist hier weit verbreitet … lassen Sie sich das Essen schmecken … und auch die Gonorrhoe fordert schreckliche Opfer.«

Bald musste Christopher feststellen, dass die Gastgeberin die schlechteste Gesellschafterin beim Essen war, die man sich nur denken konnte – eine Hypochonderin, die von nichts anderem redete als von Krankheiten. Während sie in ihrem Essen stocherte, belegte sie Christopher mit Berichten von ihren eigenen Leiden, von denen, die ihren Gatten, die unglücklichen Waisen von Kalimpong und schließlich den ganzen Subkontinent heimsuchten.

Christopher blieb nichts anderes übrig, als sich das Dessert, einen abscheulichen gelben Vanillepudding mit Stückchen eines undefinierbaren Etwas darin, hineinzuzwingen, während sie in allen Einzelheiten einen Fall von Nasenkrebs schilderte, dessen Opfer sie kürzlich im Krankenhaus besucht hatte.

»Das mag ja alles gut sein«, unterbrach sie ihr Gatte schließlich. »Aber wir dürfen unseren Gast nicht glauben machen, dass unsere Sorge vor allem den körperlichen Beschwerden dieser Unglücklichen gilt. Das überlassen wir jenen, die dafür Neigung verspüren. Doch ich versichere Ihnen, Christopher – ich darf Sie doch Christopher nennen? –, wie schrecklich die Erkrankungen auch sein mögen, die das Fleisch Indiens befallen, so sind sie doch nichts gegen die Übel, die seinen Geist quälen. Der Böse ist in diesem Land am Werk und zerrt diese elenden Menschen Generation um Generation zur Hölle hinab. Wir tun alles, was in unseren schwachen Kräfte steht, aber es ist eine mühselige Aufgabe.«

Nun war er an der Reihe, die Schrecken Indiens und dessen götzendienerischen Glaubens in allen Farben zu schildern. Die Hindus waren verdammt wegen ihrer Verehrung so zahlreicher Götter, die Muslime dafür, dass sie zu dem falschen Gott beteten. Die Yogas waren Scharlatane und die Sufis Fälscher, denn grundsätzlich konnte es keine Art von Spiritualität ohne die Anwesenheit von Gott geben. Gott aber war für John Carpenter ein weißhäutiger Presbyterianer. Christopher kam zu dem Schluss, dass es keinen Sinn hatte, dem zu widersprechen. Er war selbst zu wenig gläubig, um den Glauben anderer zu verteidigen.

Er brauchte jedoch fast bis zum Ende des Abends, um zu begreifen, dass der Mann ein ausgeklügeltes Spiel mit ihm trieb. Er war kein Narr mit antiquierten, grotesken Ideen von der Ausübung des Glaubens und auch kein beschränkter Eiferer, der von einer persönlichen fixen Idee schwafelte, sondern ein ausgebuffter Schauspieler.

Der Moment am Vormittag fiel ihm wieder ein, als Carpenter die Brille abgenommen und ihm für einen kurzen Moment sein wahres Gesicht gezeigt hatte. Jetzt, da der Missionar und seine Frau sich ohne Ende über körperliche Gebrechen und moralische Verderbtheit ergingen, erhaschte er von Zeit zu Zeit einen lauernden Ausdruck in Carpenters Miene. Ob das Ironie, Spott oder einfach nur Bosheit war, konnte er noch nicht sagen.

»Erzählen Sie uns doch, Christopher«, bat er, als sie nach der Mahlzeit dünnen Tee tranken, »wie oft sind Sie schon in Kalimpong gewesen?«

»Als Kind war ich häufig hier. Mein Vater hatte in der Nähe zu tun.«

»War er Geschäftsmann wie Sie?«

»Ja, er hat … mit Tee gehandelt.«

Der Missionar schaute ihn über seine Tasse hinweg an.

»Und Sie? Womit handeln Sie?«

»Mit verschiedenen Sachen. Ich habe in meinem Leben schon vieles ausprobiert.«

»Aber Sie machen einen gebildeten Eindruck. Eher wie ein Mann, der in der Verwaltung oder in der Politik Karriere machen könnte. Nicht wie ein kleiner Händler. Bitte nehmen Sie mir nicht übel, wenn ich das sage.«

»Das geht schon in Ordnung. Ich bin auf eigenen Entschluss in die Wirtschaft gegangen. Eine andere Laufbahn hätte vielleicht besser zu mir gepasst. Meine Geschäfte gehen in der letzten Zeit nicht gerade glänzend.«

»Und jetzt leben Sie in England?«

Carpenter nahm ihn ins Verhör – dezent aber gründlich.

»Ja. Meine Frau und mein Sohn sind bei Kriegsausbruch nach England zurückgegangen. Ich bin ihnen erst letztes Jahr gefolgt, aber Elizabeth ist bald darauf gestorben. Ich wollte mit William in England bleiben.«

»Aha. Und was haben Sie während des Krieges gemacht? Sie waren in Indien, nehme ich an.«

»Ich war Lieferant für die Armee. Getreide, Viehfutter, Reis – alles, was notwendig war. Zum ersten Mal habe ich recht gut verdient. Aber nicht genug.«

»Und wer kann Sie so hassen, um Ihnen Ihr Kind zu rauben? Haben Sie einen Verdacht? Warum sind Sie gerade nach Indien gekommen, um Ihren Sohn zu suchen? Warum nach Kalimpong?«

Christopher spürte, dass Carpenter ihn nicht aus Neugier so eingehend befragte. Den Missionar ängstigte etwas. Er glaubte Christophers Legende nicht. Aber da war noch mehr. Er wusste etwas und wollte herausfinden, was Christopher wusste.

»Man hat mir geraten, nicht darüber zu sprechen«, sagte Christopher.

»Wer hat Ihnen das geraten? Die Polizei?«

»Ja. Die Polizei.«

»Hat die sie nach Indien geflogen? Verzeihen Sie mir, wenn ich etwas aufdringlich erscheine. Aber es verwundert mich schon, dass ein Mann wie Sie so viel Einfluss haben soll, um von einer Behörde nach Indien geflogen zu werden. Nur um nach seinem Kind zu suchen, wie kostbar es für ihn auch sein mag. In der Regel sind die Behörden nicht so zuvorkommend.«

Jetzt schien es für Christopher Zeit zu gehen.

»Dr. Carpenter, ich danke Ihnen und Ihrer Gattin herzlich für den schönen Abend. Ich habe das Mahl und das Gespräch mit Ihnen sehr genossen.« Er wandte sich Carpenters

Frau zu. »Bitte nehmen auch Sie meinen Dank entgegen, Mrs. Carpenter. Sie waren eine überaus aufmerksame Gastgeberin. Aber nun muss ich leider aufbrechen. Ich bin erschöpft von der Reise, und ich fürchte, Sie zu langweilen, wenn ich noch länger bleibe. Sie haben so schwere Pflichten zu erfüllen.«

»Natürlich, natürlich. Wie gedankenlos von uns, Sie so lange aufzuhalten.« Moira Carpenter erhob sich. Ihr Gatte folgte ihrem Beispiel.

»Wenn es Sie nicht zu sehr ermüdet, Mr. Wylam«, sagte der Missionar nun, »würde ich Ihnen gern noch den Teil unseres Hauses zeigen, wo die Jungen leben. Die Kinder schlafen jetzt, aber es würde mich sehr freuen, wenn Sie sie in Augenschein nähmen, bevor Sie gehen.«

Der Flügel der Jungen befand sich ganz in der Nähe. Eine mit grünem Tuch beschlagene Tür führte in einen kurzen Gang, hinter dem ein langer Schlafsaal im Mondlicht lag. In exakt ausgerichteten Reihen wie die Patienten in einem Krankensaal schliefen die Kinder, und die Stille des Raumes wurde nur von ihren Atemzügen unterbrochen. Carpenter schritt mit einer blakenden Laterne durch die Reihen und führte Christopher die schlafenden Jungen vor, wie der Kustos in einem Wachsfigurenkabinett einem Besucher seine Stücke präsentiert. Auf schmalen Pritschen lagen die Kinder in dünne Decken gehüllt und hatten schwere Träume.

Christopher hätte gern gewusst, warum Carpenter ihn hierher geführt hatte, ja, was hinter der ganzen Abendeinladung steckte. Wollte er damit die am Nachmittag gezeigte Nervosität überspielen? Als er die schlafenden Jungen sah, stieg in ihm der Gedanke auf, ob man William vielleicht hier festgehalten hatte. War das der Grund für Carpenters bohrende Fragerei? Aber die Idee war ihm kaum gekommen, da tat er sie bereits als lächerlich ab.

Die Carpenters geleiteten ihn zur Tür und übertrafen sich dabei in Liebenswürdigkeiten. Ansonsten war es im Waisenhaus still. Christopher stellte sich die Mädchen im Schlaf vor, wie sie in ihren Träumen von dunklen Göttern und Göttinnen geängstigt wurden: von der schwarzen Kali, die auf den Leichen ihrer blutbefleckten Opfer tanzte, von Schiwa, der mit mörderischen Händen das Universum zerstörte. Oder träumten sie von Kannibalen in den Bergen, die englische Kinder aßen? Und wenn, was bedeutete das für sie?

Erst nach zehn kam er wieder in seinem Rasthaus an. Der Gemeinschaftsraum lag im Halbdunkel. Überall sah man kleine Hügel. Es waren die schlafenden Reisenden, die um ein oder zwei Uhr morgens aufbrechen wollten. Es hieß, das Wetter im Norden bessere sich, was die Aussicht bot, die Pässe ins Chumbi-Tal könnten in ein, zwei Tagen wieder passierbar sein.

Er stieg die wacklige Treppe zum Obergeschoss hinauf und leuchtete sich den Weg mit der stinkenden Öllampe, die er für diesen Zweck unten hatte stehen lassen. Die dünnen Holzwände des Hauses boten keinerlei Schutz vor der Kälte. Der Regen hatte sie aufgeweicht und der Frost die Bretter springen lassen. In einem Raum im hinteren Teil des Korridors stöhnte ein Mann vor Schmerz, aber niemand reagierte darauf. Draußen streiften Hunde durch die Straßen, alte Tiere, klapprig und krank, die es nicht wagten, sich bei Tageslicht zu zeigen. Christopher konnte hören, wie sie einsam und verzweifelt in der Nacht heulten.

Er sah den Mann nicht, der ihm einen Schlag versetzte, als er die Tür öffnete. Er spürte auch nicht mehr, dass er bewusstlos auf den schmierigen Boden seines Zimmers sank. Einen Augenblick lang sah er helles Licht und Gesichter, die sich darin bewegten. Vielleicht war es auch nur ein einziges Gesicht, verschwommen und nicht zu fassen. Dann schwankte der Boden unter seinen Füßen, die Welt um ihn schimmerte rötlich und war verschwunden, während es ihn einsam und allein durch die Dunkelheit wirbelte.

11

Er war auf See in einem offenen Boot, das wie wild auf blauen Wellen von Salzwasser tanzte. Dann verschwand das Boot, das Wasser unter ihm öffnete sich, und er versank in einem schwarzen Loch. Irgendwie verging die Dunkelheit, und er kam wieder ans Licht. An der Oberfläche musste ein Sturm im Gange sein. Er wurde hin und her geworfen – ein Stück Treibgut auf riesigen Wogen. Dann, wie durch ein Wunder, beruhigte sich das Meer, und er trieb auf stillem Wasser dahin, das ihn sanft schaukelte.

Ein Gesicht erschien, danach ein paar Hände, die ihn kräftig anpackten, und schon trieb er nicht mehr auf ruhigem Wasser, sondern lag auf einem harten Bett. Das Gesicht war unrasiert und gehörte einem Europäer. Es kam in Sichtweite und verschwand wieder.

»Können Sie mich hören, Mr. Wylam? Hören Sie meine Stimme?«

Das Gesicht sprach Englisch, aber mit einem schweren Akzent. Sein erster Gedanke war, dies müsse der Russe Samjatin sein, aber etwas sagte ihm, dass sei absurd.

»Können Sie sich aufsetzen?«, beharrte die Stimme. Christopher spürte, wie Hände in seine Achselhöhlen griffen und ihn in eine sitzende Position brachten. Widerwillig ließ er es geschehen. Als er saß, drehte sich alles in seinem Kopf. Einen Moment lang fürchtete er, das schwarze Loch werde zurückkehren. Ihm war übel. Das undefinierbare Fleisch und die traurigen Beilagen fanden, es sei nun an der Zeit, ins

Freie zu gelangen. Sie hatten bereits seinen Bauch über alle Maßen anschwellen lassen. Jetzt machten sie sich selbständig.

»Müssen Sie sich erbrechen?«, fragte die Stimme.

Als er nickte, schossen grüne Blitze in allen Richtungen durch seinen geplagten Kopf.

»Sie haben eine Schüssel neben sich. Hier, auf der rechten Seite. Lassen Sie es heraus. Ich helfe Ihnen dabei.«

Er fühlte, wie eine Hand seinen Kopf führte, dann explodierte etwas in seinem Magen und drängte nach oben mit der Gewalt eines Expresszuges auf der Heimfahrt. Heiße Flüssigkeit plätscherte in eine metallene Schüssel.

Als das saure Zeug heraus war, sank Christopher erschöpft auf das Bett zurück. Jemand musste seinen Kopf abgenommen und gegen einen Kreisel ausgetauscht haben. Ein wildes Kind stand über ihm und versetzte diesen mit klatschenden Peitschenhieben in rasende Bewegung.

»Ist Ihnen jetzt besser?«, fragte die Stimme, die er nun etwas stärker vernahm. Er kannte diesen Akzent, wusste aber nicht, woher. War er schottisch? Irisch?

»Wenn Sie noch einmal brechen müssen, dann steht eine weitere Schüssel bereit. Und wenn die voll ist, hole ich auch noch eine dritte. Können Sie die Augen aufmachen?«

Er hatte einen üblen Geschmack im Mund. Irgendjemand musste da mit großen, schmutzigen Schuhen durchmarschiert sein.

»Schmeckt ... furchtbar«, konnte er nur krächzen.

»Hier, spülen Sie sich damit den Mund aus. Es ist sicher, ich habe es selber abgekocht.«

Der Fremde hielt ihm eine Tasse an die Lippen. Darin war Wasser. Er nippte ein wenig, ließ es durch seinen Mund laufen und spie es in die Schüssel, die er neben sich spürte. Mit großer Anstrengung öffnete er die Augen ein wenig.

Er lag im Rasthaus auf seinem Zimmer. Er erkannte es an dem Tisch und dem defekten Stuhl vor dem Fenster. Jemand hatte ein Kohleöfchen gebracht, das mitten im Raum glühte. Auf dem Tisch brannte eine stinkende Öllampe. Der Mann, der ihm geholfen hatte, saß auf einem zweiten Stuhl an seinem Bett.

»Sie sind soweit in Ordnung«, sagte er und versuchte Christophers Blick auf sich zu ziehen. »Ein bisschen lädiert. Daran werden Sie ein, zwei Tage laborieren. Aber es ist nichts gebrochen. Ihr Kopf wird noch eine Weile schmerzen und die Beule wird erst nach ein paar Wochen verschwinden, aber sterben werden Sie davon nicht.«

»Danke«, sagte Christopher und zuckte vom Kopfschmerz zusammen.

»Sie werden sich fragen, wer ich bin«, meinte der Fremde.

Christopher schloss kurz die Augen und öffnete sie dann wieder.

»Da haben Sie wohl recht«, sagte er. Seine Stimme klang wie die einer Kreuzung von Kamel und Hyäne. Sie hallte merkwürdig in seinen Ohren nach. Der Magen hatte sich ein wenig beruhigt, versetzte ihm aber ab und zu einen Stich, als wollte er, dass er ihn nicht ganz vergaß. Er nahm an, etwas von dem Fleisch – wenn es denn solches war – lag immer noch dort, unschlüssig, was es als Nächstes unternehmen sollte.

»Mein Name ist Cormac, Martin Cormac. Sie haben im Schwarzen Loch von Kalimpong eine Notiz für mich hinterlassen. So nennen die Leute hier mein Krankenhaus.«

Christopher schielte zur Seite, um den Mann genauer in Augenschein zu nehmen. Wie ein Arzt sah der nicht gerade aus. Er schätzte ihn auf Mitte vierzig. Er musste wohl rasch gealtert sein mit seinem grauen Haar, den grauen Augen und der grauen Haut. Sein Gesicht war das eines Mannes, der vor zwanzig Jahren für einen Moment die Augen geschlossen hatte und sich, als er sie wieder öffnete, in derselben elenden Lage wiederfand. Irgendwo unterwegs hatte er ein Pfund verloren und dafür einen Sixpence gefunden. Jetzt war er staubbedeckt, als sei er gerade von einer Reise zurück. Christopher fiel ein, dass er ja nach Peshok unterwegs gewesen war.

»Sie werden sich fragen, was ich hier zu suchen habe«, fuhr der Doktor fort.

»Auch daran habe ich bereits gedacht«, antwortete Christopher.

»Natürlich. Also: Ich bin nicht der, der Ihnen eins über den Kopf gezogen hat. Dafür kann ich nichts. Aber ich weiß auch nicht, wer es war. Er lief weg, als ich hier auftauchte. Ich hatte draußen darauf gewartet, dass Sie vom Haus des Kalten Trostes zurückkehren. Ich sah Sie hereingehen und bin Ihnen etwa eine Minute später gefolgt. Er wühlte gerade Ihre Taschen durch, doch ich glaube nicht, dass er etwas mitgenommen hat. Ihr Zimmer hatte man schon gründlich durchsucht, bevor Sie zurückkamen. Sie sollten dann einmal nachsehen, ob etwas fehlt.«

Cormac hielt inne und warf Christopher einen besorgten Blick zu.

»Was macht Ihr Kopf?«

Christopher versuchte ein standhaftes Lächeln, aber das war mehr, als sein Schädel ertragen konnte. Es geriet ihm zur Grimasse.

»Schlimm, was? Ich gebe Ihnen etwas dagegen. Die habe ich immer bei mir.«

Cormac zog ein braunes Gläschen Pillen aus der Tasche. Er schüttete sich zwei auf die Handfläche, hielt sie Christopher hin und reichte ihm ein Glas Wasser. Der schluckte sie eine nach der anderen. Sie fühlten sich an, als seien es Glassplitter.

»Schade, dass Sie die jetzt haben schlucken müssen«, sagte Cormac, als das erledigt war. »So wie Schwester Campbell über Sie gesprochen hat, dachte ich mir, nach dem Besuch bei den beiden Lieben auf dem Hügel könnten Sie vielleicht eine Aufmunterung gebrauchen. Ich habe eine Flasche von echtem Zeug dabei, um unseren Kummer zu ertränken. Vorausgesetzt, Sie haben welchen. Aber jetzt ist Ihr Kummer von der Art, dass ich wohl die Flasche mit mir selbst teilen muss. Wollen Sie, dass ich gehe, oder soll ich noch ein wenig bei Ihnen rumhängen?«

Christopher, dem wieder übel wurde, schüttelte schwach den Kopf.

»Es ist in Ordnung. Ich möchte gern, dass Sie bleiben. Was ist denn das ›echte Zeug‹?«

»Sehen Sie her!«, sagte Cormac stolz, und zog einen Halb-Pint-Flachmann aus seiner Tasche. »Poteen. Irischer Whiskey, aus Kartoffeln gemacht. Ein Freund in Newry schickt mir immer mal eine Flasche. Ich glaube, so etwas finden Sie nicht noch mal zwischen hier und der Fähre nach Belfast.«

Nordirisch – das war der Akzent. Wahrscheinlich stammte der Mann aus Belfast, aber Christopher war sich nicht sicher. Wie man in Newry sprach, hatte er noch nie gehört. Es gab viele Nordiren in Indien: Beherrschte regierten andere Beherrschte. Vielleicht war es das, was das Empire ausmachte – in gewisser Weise.

»Es ist merkwürdig«, fuhr Cormac fort, »aber, um die Wahrheit zu sagen, Kalimpong ist normalerweise nicht der Ort, wo man überfallen wird. Hier wird viel geklaut, doch kaum jemand niedergeschlagen. In all den Jahren, die ich hier bin, habe ich einen solchen Fall noch nicht erlebt. Im Streit einen außer Gefecht setzen, das gibt es. Aber nicht bei einem Raub. Als ich sah, wie der Kerl sich über Sie beugte, glaubte ich, ein *Thug** wollte Ihnen den Garaus machen. Cheers! Auf Ihre Gesundheit!«

Cormac hob seinen Flachmann und setzte ihn an die Lippen. Er schluckte schwer, schloss die Augen, und es schüttelte ihn.

»Gott, wie habe ich das gebraucht«, keuchte er. »Genau was der Doktor verschrieben hat. Bedenken Sie«, fuhr er fort und verschloss die Flasche wieder, »er ist ein bisschen scharf. Er brennt dir das Maul weg, wie mein verstorbener Vater zu sagen pflegte. Und er bekommt mir auch nicht besonders.«

»In Indien gibt es doch gar keine *Thugs* mehr«, murmelte Christopher. »Seit fast hundert Jahren nicht.«

»Klar, das weiß ich auch. Aber sagen Sie das nicht Ihrem … äh … Freund auf dem Hügel. Der glaubt fest daran. ›Der Heide in seiner Blindheit verneigt sich vor Holz und Stein‹ – das ist sein Lieblingslied, das er am Morgen, am Mittag und am Abend singt. Das haben Sie doch mitbekommen, oder?«

»Woher wissen Sie, dass ich heute Abend im Waisenhaus war?«

»Hm«, machte Cormac und schraubte seine Flasche wieder auf. »In Kalimpong bleibt nichts verborgen. Schwester Campbell hat sich in den Kopf gesetzt herauszufinden, wer Sie sind und was Sie hier wollen. Ich glaube, sie hat erfahren, dass Sie bei den Carpenters waren. Ihr selber wird diese Ehre selten genug zuteil. Und mir noch weniger. Es sei denn, jemand dort oben fühlt sich schlecht. Aber bis die zu diesem Schluss kommen, geht es immer gleich um Leben und Tod.«

»Warum haben Sie mich heute Abend aufgesucht?«, fragte Christopher. Mit seinen geistigen Kräften kehrte auch sein instinktives Misstrauen zurück.

»Das weiß ich selber nicht so genau, um die Wahrheit zu

---

* Mitglied eines traditionellen indischen Geheimbundes.

sagen«, meinte Cormac. »Aber wenn Sie so lange wie ich im Schwarzen Loch gelebt haben, werden Sie es vielleicht verstehen. Ich war am frühen Abend aus Peshok zurück. Das Erste, was ich zu sehen bekam, war Schwester Campbell, die mir mit eisiger Miene erklärte, was für eine schäbige Person nach mir gefragt hat. Dann hörte ich gerüchteweise, auch Lady Carpenter sei von Ihrer Aufmachung nicht gerade beeindruckt gewesen, und doch habe Ihnen ihr guter Mann höchste Ehren erwiesen. Das hat mich doch neugierig gemacht. Ich dachte mir, ich sollte Sie selbst in Augenschein nehmen. Das war doch genau richtig, oder? Auf Ihre Gesundheit!«

»Was meinen Sie, könnte ich vielleicht doch ein Schlückchen von Ihrem ›echten Zeug‹ haben?«, fragte Christopher.

Cormac versuchte noch einmal, den strengen Arzt zu geben, aber es wollte ihm nicht recht gelingen.

»Also, eigentlich dürfen Sie zu den Pillen, die Sie da eben geschluckt haben, keinen Alkohol trinken. Aber ich denke, ein winziges Schlückchen wird schon nicht schaden. Vielleicht hilft es sogar mehr als die Pillen. Haben Sie ein Glas oder etwas Ähnliches dabei?«

Christopher wies schweigend auf eine seiner Taschen in der Ecke. Er konnte sehen, dass sie durchsucht und nur notdürftig wieder geschlossen worden war. Cormac wühlte lange darin herum und zog schließlich einen zerbeulten Zinnbecher hervor.

»Meinen Sie den?«, fragte er triumphierend.

Christopher nickte. »Nicht gerade Waterford-Kristall«, sagte er.

»Stimmt«, erwiderte Cormac und goss ein wenig von dem Whiskey in das Gefäß. »Eher Rathgormuck-Messing. Aber Rathgormuck sagt Ihnen wohl nichts.«

Christopher lächelte.

»Gibt es das überhaupt?«

Cormac nickte weise.

»Natürlich. Es ist ein Dorf nicht weit von Waterford. Da ist nicht viel los. Man wird geboren, heiratet, hat einen Haufen Kinder, stirbt, und die Kinder begraben einen. Das ist alles. Wie woanders auch, vermute ich.« Er hielt inne. »Ich war einmal in London. Da schien es auch nicht anders zuzugehen.« Er verstummte wieder und nahm einen Schluck, bevor er fortfuhr.

»Und was führt Sie hierher in den Hinterhof des Himalajas?«

»Geschäfte, Dr. Cormac, Geschäfte.«

Der Doktor zog eine seiner grauen Augenbrauen hoch.

»Tatsächlich? Mit großem oder kleinem G? Ich frage ja nur. Sehen Sie, Mister, ich lebe lange genug an diesem Ort, um auf Bengali zu furzen, und ich habe gewusst, was Sie sind, als ich Ihnen das erste Mal über Ihre fiebrige Stirn gewischt und Ihr Erbrochenes gerochen habe. Wenn Sie ein Kaufmann sind, dann bin ich ein Yogi.«

Christopher seufzte. Zuerst Carpenter und jetzt auch noch dieser Kerl.

»Was glauben Sie denn, was ich bin?«, fragte er.

Cormac zuckte die Achseln. »Genau kann ich das natürlich nicht sagen. Verwaltungs- oder Staatsdienst … Auf alle Fälle einer von weiter oben. So sehen Sie aus. Und so benehmen Sie sich auch. Ihre Stimme passt dazu, auch wenn sie im Moment etwas zittrig ist. Bekomme ich jetzt einen Preis?«

Christopher schüttelte den Kopf. Das tat sehr weh.

»Ich vergebe keine Preise. Wie dem auch sei« – er versuchte das Thema zu wechseln –, »wenn Sie ein Missionsarzt sind, dann bin ich die Kaiserinmutter.«

Der Doktor öffnete wieder die Flasche mit dem Feuer-

wasser und setzte sie an die Lippen. Dabei zog er eine Grimasse.

»*In whiskey veritas,* mein Sohn. Sie könnten recht haben …, aber auch wieder nicht. Um die Wahrheit zu sagen,
manchmal weiß ich es selber nicht genau. Ich bin Arzt – ein
echter McKay. Zuerst die Queen's-Universität in Belfast,
dann eine Zeitlang bei Daniel Cunningham, dem Anato-
mieprofessor in Edinburgh. Danach bekam ich einen Posten
als Assistenz-Chirurg im Königlichen Hospital. Dort ging es
dann schief.« Er schwieg und nahm noch einen Schluck.

»An dem Krankenhaus gab es eine Gruppe von Christen.
Sie kennen den Typ: picklige Gesichter, Drüsenprobleme,
Masturbation und tägliche Gebete. Ärzte für Jesus nannten
die sich. Wie andere Leute sie nannten, sage ich lieber nicht.

Ich weiß bis heute nicht, ob Jesus die Hauptattraktion war
oder eine bildhübsche Schwester namens May Lorimer. Er
hatte die Macht, Tote zum Leben zu erwecken, aber auch sie
konnte ein paar Wunder vollbringen, die nicht viel weniger
spektakulär waren. Wie auch immer, ich trat der Gruppe bei,
hörte auf zu trinken, begann zu masturbieren und betete
jede Nacht um die Liebe von Jesus Christus und May Lorimer.

Für einen Mann mit einem Religions-Tick ging es mir ganz
gut, bis zu dieser Großveranstaltung in Inverkeithing. Drei
Tage Predigten, Gebete und Gebumse. Am letzten Tag wurden Missionsärzte gesucht. Wenn wir die Seele der Schwarzen schon nicht retten konnten, dann sollten wir wenigstens
ihre Körper retten, damit die auferstehen oder ewige Qualen
erleiden könnten.

Wie dem auch sei, die großartige Miss Lorimer stand auf
dem Podium und richtete diesen Ruf des Herrn an uns. Ich
war im Saal, und mein Fleisch zog mich zu Miss Lorimer.
Das Nächste, woran ich mich erinnere, war, dass ich auf dem

Podium stand. Und bevor ich zur Besinnung kam, fand ich mich auf einem großen Schiff wieder mit der Bibel in der einen und einem Satz gebrauchter chirurgischer Instrumente in der anderen Hand. Nächster Halt Kalimpong. Das war vor zwanzig Jahren.«

Jetzt schraubte er seine Flasche schon langsamer auf und schluckte ruhiger.

»Und was ist aus der göttlichen Miss Lorimer geworden?«, fragte Christopher, noch unsicher, ob er Cormacs traurige Geschichte einfach übergehen sollte.

»May Lorimer? Ich habe sie gefragt, ob sie mit mir gehen will. Ich habe ihr die Möglichkeit eröffnet, Jesus gemeinsam als Mann und Frau zu dienen. Ich habe ihr einen Heiratsantrag gemacht. Sie war sehr freundlich. Sie sagte, sie sehe in mir einen Bruder im Herrn, keinen Ehemann. Ich hätte doch Jesus, sagte sie, wozu brauchte ich dann noch sie? Darauf hatte ich damals keine Antwort parat. Wenn ich sie allerdings noch einmal wiedersähe, wüsste ich genau, was ich ihr sagen würde.

Ein Jahr später hörte ich, sie sei mit einem Wachmann des Edinburgher Schlosses durchgebrannt. Von der Black Watch, denke ich. Bekannt für starke Potenz. So bin ich in Kalimpong gelandet – ohne May Lorimer, ohne Jesus und ohne einen wirklichen Grund, nach Hause zurückzukehren. Ich habe wieder zu trinken angefangen, die Masturbation aufgegeben und bin hier eine Art Skandalfigur. Was ist Ihre Geschichte?«

Zum ersten Mal setzte Christopher den Becher an die Lippen und nahm einen Schluck. Der raubte ihm den Atem und löste einen Hustenanfall aus, aber dann durchströmte ihn wohlige Wärme, und er fühlte sich besser. Als er die blasse Flüssigkeit in dem Becher sah, fiel ihm der Priester ein, wie er während der Weihnachtsmesse den Kelch erhoben hatte. *Hic est enim Calix Sanguinis mei.* Wein und Whiskey, Blut und Feuer, Glaube und Verzweiflung. Er hob den Becher noch einmal und trank. Diesmal musste er nicht mehr husten.

»Ich bin hier in der Nähe geboren«, antwortete er auf Cormacs Frage. Er glaubte, er könnte es sich erlauben, ehrlich zu ihm zu sein. »Mein Vater war im politischen Dienst tätig. Er hat mich gelehrt, dieses Land zu lieben. Ich denke, dass auch er nichts anderes geliebt hat als Indien. Auf jeden Fall nicht meine Mutter. Sie starb, als ich zwölf war. Da hat man mich nach England auf die Schule geschickt. Als ich fünfzehn wurde, verschwand mein Vater.«

Der Doktor schaute ihn verblüfft an.

»Was? Hat sich einfach in Luft aufgelöst, meinen Sie? Wie ein Fakir?« Er sprach das Wort aus, als meine er *faker* – Fälscher.

Christopher zeigte ein schiefes Lächeln.

»Wie ein Fakir«, bestätigte er. »Nur ohne Seil. Ohne Seil und Musik. Damals stattete er Major Todd, unserem Handelsvertreter in Yatung einen Besuch ab. In Gyantse hatten wir zu jener Zeit niemanden. Mein Vater verließ Kalimpong an einem Oktobertag mit mehreren Bergführern und Trägern. Das Wetter wurde schlechter, aber sie kamen ohne Mühe über den Nathu-la. Sie waren schon lange auf tibetischem Gebiet, als er verschwand.

Seine Leute wachten eines Morgens auf, und er war weg. Keine Nachricht, kein Zeichen und keine Spur, der sie hätten folgen können. Er hatte sein gesamtes Gepäck im Lager zurückgelassen. Sie suchten natürlich nach ihm – den ganzen Tag und auch den nächsten –, aber er war nicht zu finden. Dann setzten schwere Schneefälle ein. Sie mussten die Suche abblasen und eilig nach Yatung weiterziehen.

Er ist nie wieder aufgetaucht. Doch ein Leichnam wurde auch nicht gefunden. In meiner Schule kam ein Brief an. Ich habe ihn eines Tages mitten in der Lateinstunde erhalten. Er war sehr offiziell abgefasst. Keinerlei Mitgefühl, die nackten Formalitäten. Schließlich wurden mir seine Sachen zugeschickt – Auszeichnungen, offizielle Briefe, seine Ernennungsurkunde und ähnliches Zeug. Das liegt alles noch in einer Truhe zu Hause in England. Ich habe es nie angeschaut, aber es ist da.«

»Sie sind also in England geblieben?«, unterbrach ihn Cormac.

Christopher schüttelte den Kopf. »Dorthin bin ich erst kürzlich zurückgekehrt. Ich habe England verlassen, sobald ich mit der Schule fertig war, und reiste sofort nach Indien, wo ich in der Verwaltung zu arbeiten begann. Das war 1898. Ich weiß nicht mehr, warum ich überhaupt zurückkam. Manchmal denke ich, ich wollte nach meinem Vater suchen, aber das kann eigentlich nicht stimmen. Vielleicht hatte ich nur das Gefühl, dass hier noch etwas zu Ende gebracht werden musste. Das wollte ich tun.«

»Und haben Sie es getan?«

Christopher starrte auf die Wand, auf einen feuchten Fleck oben kurz unter der Decke. Daneben saß ein Gecko. Blass und geisterhaft presste er sich an das Gemäuer.

»Nein«, antwortete er schließlich leise, als spreche er zu sich selbst.

»Es ist schrecklich, nicht wahr?«, ließ Cormac hören.

Christopher sah ihn verständnislos an.

»Das Leben«, meinte der Arzt. »Eine ziemlich schlimme Angelegenheit. Das«, fuhr er fort, »ist der einzige Vorteil, wenn man alt wird. Man hat nicht mehr so viel davon vor sich.«

Christopher nickte und nippte an seinem Becher. Ein Schauer überlief ihn wie von einer schlimmen Vorahnung. Es war spät geworden.

»Ich muss mit Ihnen reden«, sagte er.

12

»Legen Sie los«, antwortete Cormac und lehnte sich auf seinem Stuhl zurück.

»Irgendwas läuft hier«, stellte Christopher fest. »Heute Abend bin ich überfallen worden. Vielleicht war es ein Dieb, wie Sie meinen, vielleicht auch ein Räuber, der es satt hatte, den Leuten an Straßen und Wegen aufzulauern. Möglicherweise aber auch jemand, der nicht wollte, dass ich hier in Kalimpong herumlaufe und Fragen stelle. Langsam denke ich, dass die letzte Variante die wahrscheinlichste ist.«

»Was für Fragen haben Sie denn gestellt, Mr. Wylam?«

Christopher sagte es ihm. Cormac schwieg eine Weile, als ob er sich sammeln wollte. Das Licht der billigen Kerze blendete ihn. Er wandte sein Gesicht ab.

»Ich glaube, ich habe nicht das Recht, Sie geradeheraus zu fragen, weshalb Sie sich so für diesen Mönch interessieren oder, wichtiger noch, weshalb jemand Ihren Sohn entführen und ihn ausgerechnet hierher nach Kalimpong oder nach Tibet hinaufbringen sollte.«

»Ich kann nur sagen, dass ich für die Regierung gearbeitet habe und dass jemand, der davon weiß, glaubt, die Entführung meines Sohnes habe etwas mit dieser Tätigkeit zu tun. Wir wissen, dass der Mönch eine Nachricht aus Tibet gebracht hat, die an den mongolischen Handelsvertreter hier, einen Mann namens Mishig, weitergegeben wurde.«

»Mishig kenne ich gut. Es sollte mich nicht wundern, wenn er an einer krummen Sache beteiligt ist. Fahren Sie fort.«

»Ich möchte herausfinden, wie ein Mann, der im Sterben lag, den angeblich niemand mehr besucht hat und der im Delirium gewesen sein soll, jemandem eine Nachricht überbracht haben kann. Langsam denke ich, dass ich hier nur meine Zeit verschwende.«

»Da wäre ich mir nicht so sicher«, sagte Cormac leise.

Christopher reagierte nicht, aber er spürte, dass die Atmosphäre im Raum sich verändert hatte. Ob es an dem Schnaps lag, an der späten Stunde oder dem Schwelgen in Erinnerungen – jedenfalls war Cormacs Stimmung von spöttischem Zynismus in ernste Nachdenklichkeit umgeschlagen. Er war drauf und dran, bisher streng gehütete Dinge auszusprechen.

»Ich glaube«, sagte der Arzt, der seine Worte jetzt sorgfältig abwog, »der Mann, den Sie brauchen, ist Reverend Dr. Carpenter. Er kennt Mishig sehr gut. Und wenn ich nicht irre, kannte er den Mönch sogar noch besser. Aber, um die Wahrheit zu sagen, ist es ebenso gut möglich, dass Tsewong die Nachricht Mishig selbst überbracht hat. Es ist entweder das eine oder das andere, glauben Sie mir.«

Nachdem Cormac das gesagt hatte, breitete sich tiefes Schweigen im Raum aus. Christopher hatte es den Atem verschlagen.

»Carpenter? Wieso der? Was für ein Motiv sollte ein Mann wie er haben, eine Nachricht von jemandem weiterzugeben, den er bestenfalls für einen Teufelsanbeter hielt?«

»Ein Motiv? Das Johnny Carpenter haben soll? Guter Gott, da geht die ganze Nacht drauf, wenn wir erst einmal anfangen, über Motive zu sprechen.«

»Als da sind?«

Darauf antwortete Cormac nicht sofort. Vielleicht war es nun an ihm, misstrauisch zu werden. Christopher spürte, dass er bei dem Arzt etwas in Gang gesetzt hatte, das der zu bedauern begann.

»Lassen Sie uns an einem anderem Ende anfangen«, sagte Cormac schließlich. »Offiziell ist Tsewong an Erschöpfung gestorben. Ich habe den Totenschein selbst ausgestellt. Ein Exemplar liegt im Register der Geburts- und Sterbefälle des

Bezirks Kalimpong. Der Mann hieß Hughes, war Waliser aus Neath. Wir sind lauter Kelten hier. In Wirklichkeit ist Tsewong nicht an Erschöpfung gestorben. Können Sie mir folgen?«

»Woran denn dann?«, fragte Christopher. Er stellte fest, dass Cormac weiter seinem Whiskey zusprach.

»Er hat sich das Leben genommen.«

»Das kann doch nicht sein.«

»Warum nicht?« Cormacs Stimme war jetzt sanft, fast traurig. Er hatte den toten Mann gesehen, sein Gesicht, seine Haut berührt. »Meinen Sie, ein buddhistischer Mönch kann nicht Hand an sich legen? Für manche von ihnen ist das ganze Leben ein langsames Sterben. Es gibt Männer in Tibet, die lassen sich in einer Felsenhöhle einmauern, und es bleibt nur ein kleines Loch, um das Essen hinein- und die Scheiße herauszubefördern. Wussten Sie das nicht? Es sind lebende Tote. Sie können dort viele Jahre verbringen. So einer geht als junger Mann hinein und wird als Leiche herausgetragen. Abgesehen davon ist ihr Leben ohnehin sehr hart. Auch sie haben Frustrationen, Versuchungen, dunkle Stunden. Eine gelbe Robe schützt nicht vor menschlichen Regungen.«

Keiner der beiden sagte etwas. Wachs tropfte still von der Kerze. Die Flamme flackerte und richtet sich wieder auf.

»Wie hat er es getan?«, fragte Christopher schließlich.

»Er hat sich aufgehängt. Carpenter sagt, er hat ihn gefunden, wie er da in seinem Zimmer hing. Er hat seine Gürtelschnur benutzt. An der Decke gab es einen Haken. Es war ein Raum auf dem Boden, wo sie ihr altes Gerümpel aufbewahren. Dort hat er es getan.«

Christopher erschauerte.

»Ich verstehe das nicht«, sagte er dann. »Ich verstehe nicht, wie jemand so etwas tun kann. Sich selbst das Leben nehmen. Mord ist mir begreiflich, aber Selbstmord nicht.«

Cormac warf Christopher einen Blick zu. Der war so voller Trauer, dass nicht einmal der Whiskey es verbergen konnte.

»Sie sind ein glücklicher Mann«, sagte er. Dann schwieg er wieder. Auf den Straßen liefen die Hunde herum. Oder war es nur ein einzelnes Tier, das durch die Stille tappte?

Mit einer weiteren Frage unterbrach Christopher das Schweigen.

»Warum mag er sich wohl umgebracht haben? Wissen Sie das?«

Cormac schüttelte den Kopf.

»Das kann ich Ihnen nicht sagen. Ich denke, John Carpenter kennt den Grund, aber er wird ihn ganz bestimmt für sich behalten. Ein, zwei Vermutungen habe ich allerdings.«

»Vermutungen?«

»Ich denke, Tsewong hatte Probleme. Vielleicht waren sie ernster Natur, vielleicht schien es ihm nur so. Das kann ich nicht sagen. Aber Probleme hatte er, daran besteht kein Zweifel.«

Der Arzt überlegte einen Moment und fuhr dann fort:

»Erstens glaube ich, dass er kein Buddhist war. Zumindest nicht mehr. Ich könnte wetten, er war ein christlicher Konvertit.«

Überrascht schaute Christopher den Iren an.

»Wie denn das? Er war Tibeter. Es gibt keine tibetischen Christen. Er trug die Robe eines buddhistischen Mönchs. Und er war tot. Woher wollen Sie wissen, dass er Christ war?«

Cormac stärkte sich noch einmal mit seinem scharfen Whiskey, bevor er weitersprach.

»Dazu gibt es mehreres zu sagen. Ich habe den Leichnam zur Untersuchung ins Krankenhaus bringen lassen. Als ich ihn auszog, achtete ich streng darauf, dass nichts verloren ging, denn ich wusste, dass ich alle Sachen zusammen mit dem Toten an Norbhu übergeben musste. Dabei habe ich in der Innentasche seines Gewandes den Brief, die Notiz, ein Gebetbuch, ein Amulett und all das andere gefunden. Aber Sie werden nicht erraten, was er unter all seinen Sachen versteckt auf der Brust trug. Ein Kreuz, Mr. Wylam. Ein silbernes Kreuz. Ich habe es in meinem Schreibtisch verwahrt. Wenn Sie wollen, kann ich es Ihnen zeigen.«

»Hat es zu dem Selbstmord keine Fragen gegeben?«

»Wer sollte die stellen? Sie glauben doch nicht, ich hätte Norbhu Dzasa mitgeteilt, dass einer seiner Lamas Hand an sich gelegt hat? Ich sagte doch, ich habe den Totenschein selbst ausgestellt. In dieser Jahreszeit sterben viele Leute an Erschöpfung. Darunter auch tibetische Mönche. Es wurden keine Fragen gestellt.«

»Aber was ist mit Carpenter? Sie haben gesagt, er könnte wissen, warum der Mann seinem Leben ein Ende gesetzt hat.«

Cormac antwortete nicht sofort. Als er es dann tat, klang seine Stimme vorsichtig.

»Habe ich das? Ja, ich denke, er muss etwas wissen. Doch ich kann es nicht beweisen. Der Mann hat bei Carpenter gewohnt, bevor all das geschah. Carpenter hat dann die Geschichte in Umlauf gesetzt, ein Bauer habe Tsewong an der Straße gefunden und ihn einen Tag, bevor er starb, zu ihm ins Waisenhaus gebracht. Das haben Sie wahrscheinlich auch gehört. So hat es Carpenter mir erzählt, und ich habe es Frazer gesagt. Aber das ist ein Haufen Unsinn. Ich weiß zufällig, dass sich Tsewong mindestens eine Woche lang bei Carpenter aufgehalten hat, bevor er sich umbrachte. Er war kein armer Schlucker, der durch Kalimpong kam, von dem gütigen Doktor Carpenter aufgenommen wurde und sich zufällig umbrachte, während er bei ihm wohnte. Nein, was immer Tsewong sonst noch in Kalimpong zu erledigen hatte, vor allem wollte er zu Carpenter. Das könnte ich beschwören.«

»Warum zu Carpenter?«

»Das ist eine gute Frage. Ich wünschte, ich wüsste die Antwort. Manchmal denke ich, dass Carpenter etwas mit Tsewongs Übertritt zu tun hatte. Wie wir wissen, hieß er ja auch nicht Tsewong, sondern Gordon oder Angus.«

Christopher lächelte schwach.

»Können Sie überhaupt sicher sein, dass er tatsächlich ein Konvertit war? Ist es nicht möglich, dass Carpenter ihm das Kreuz erst gegeben hat, als er im Waisenhaus war? Vielleicht kannte der Mönch ja nicht einmal seine Bedeutung.«

Cormac schaute Christopher mitleidig an.

»Ich sehe, Sie sind nicht in Belfast aufgewachsen. Es sollte mich sehr wundern, wenn John Carpenter es ihm gegeben hätte. Presbyterianer tragen keine Kreuze, schon gar keine mit Jesus Christus drauf.«

»Sie meinen ein Kruzifix?«

»Genau. Tsewong muss das Kruzifix von jemand anderem bekommen haben. Trotzdem glaube ich, dass zwischen ihm und Carpenter ein Zusammenhang bestanden hat.«

»Worin sollte der bestehen?«

Cormac erhob sich abrupt und trat ans Fenster. Draußen hatten Mond und Wolken ein Spitzenmuster an den Himmel gewoben. Er sah eine Weile zu, wie dieses sich auflöste und neu formte. Vielleicht, so dachte er, würde das immer so weitergehen. Er fühlte sich klein und voller Furcht.

»Wen, glauben Sie, hatten Sie heute Abend vor sich?«, fragte er schließlich mit leiser, aber eindringlicher Stimme. »Einen Gottesmann? Einen Mann? John Carpenter ist kein Mann. Er ist eine Maske, eine ganze Serie von Masken, eine über der anderen! Man könnte den Verstand verlieren, weil man immer das Gefühl hat, nie sein wahres Gesicht zu sehen. Und sollten Sie zu ihm durchdringen, dann bedauern Sie es bestimmt. Ich weiß, wovon ich spreche.

Auf jeden Fall hat er ungeheure Ambitionen. Nicht solche, wie wir alle sie haben. Er wird von Ehrgeiz zerfressen. Er ist gerade fünfzig geworden, und was hat er vorzuweisen? Hier in Kalimpong ist er ein großer Mann, aber das bedeutet so viel, als sei er ein berühmter Briefmarkensammler oder der Bürgermeister von Limavady, einem Nest in Nordirland. Klar ist eines: Er hat nicht die Absicht, sein Leben in diesem Kaff hier zu beschließen mit all den beschissenen Heiden um sich herum. Und noch weniger Mrs. Carpenter. Die ist aus Stahl gemacht und mindestens doppelt so kalt.

Carpenter weiß, dass es auf dieser Welt mehr zu holen gibt und wo er es bekommen kann. Es arbeitet in ihm jetzt schon über fünfundzwanzig Jahre lang. Wenn er der Livingstone[*] von Indien werden will, dann muss er ein großes Ding landen, das ihm Aufmerksamkeit verschafft. Hier in dieser Gegend kann das nur eines bedeuten.«

Er hielt erneut inne und setzte die Flasche an die Lippen. Der Whiskey tat seine Wirkung.

»Was sollte das denn sein?«, fragte Christopher.

»Tibet«, antwortete Cormac. »Tibet aufbrechen. Eine christliche Mission dort wäre die Krönung für jedermanns Karriere. Damit könnte sich selbst der Papst einen Namen machen. Das ist bisher noch keinem gelungen, zumindest, seit es ein paar Jesuiten im 17. und 18. Jahrhundert versucht haben. Eine presbyterianische Kirche in der Verbotenen Stadt, vielleicht noch höher als der Potala-Palast. Er bekehrt den Dalai Lama zum Christentum, stürzt die Idole und erobert das Land für Jesus Christus. Das wäre ein Triumph! Er

---

[*] David Livingstone, berühmter schottischer Missionar und Afrikaforscher.

könnte als der große Sieger heimkehren! Man würde ihm vor dem New College von Edinburgh ein Denkmal setzen. Das von Walter Scott würde abgeräumt und statt dessen eine Carpenter-Statue aufgestellt werden. Ladies in Tweedröcken und Luxusunterwäsche würden Schlange stehen, um seine Lebensgeschichte aufzuschreiben. Einige könnten sogar die Röcke lüpfen und ihn seine eigene Story schreiben lassen.«

»Wäre das möglich?«

»Warum nicht? Wenn er seinen Weg durch die Unterwäsche findet?«

»Das meine ich doch nicht. Könnte es Carpenter tatsächlich gelingen, in Tibet eine Mission zu eröffnen?«

Cormac grunzte.

»Sind Sie noch bei Trost? Aber das hält den Bastard doch nicht auf. Er hat seine Kontakte, zumindest behauptet er das. Bald soll es einen britischen Botschafter in Lhasa geben. Schauen Sie nicht so verdutzt, ich kenne mich ein bisschen aus, was hier läuft. Und der Botschafter wird einen Pfarrer brauchen. Das wäre ein Anfang. Er arbeitet daran, glauben Sie mir.«

»Und Sie denken, Tsewong hatte mit diesem Vorhaben zu tun?«

»Es sollte mich nicht wundern.«

Das klang plausibel. Plausibel, aber harmlos. Christopher dagegen war überzeugt, was hier auch immer vorging, harmlos war es nicht.

»Vielleicht haben Sie recht«, sagte er. »Aber das Ganze scheint mir ziemlich abwegig zu sein. Wo komme ich ins Spiel? Und mein Sohn? Er ist doch nicht wegen eines Kirchenkomplotts zur Eröffnung einer Mission in Lhasa entführt worden.«

Cormac zuckte die Schultern.

»Dazu kann ich nichts sagen. Da stecke ich nicht drin.

Vielleicht haben Sie ja recht. Doch eines ist sicher: Wenn Carpenter an einer Mission in Tibet bastelt, wird das eine teure Sache. Da müssen Leute geschmiert, Männer in hohen Stellungen überzeugt und Einfluss muss gewonnen werden. Das ist nicht billig. Man wird Zugeständnisse machen und Vorteile bieten müssen. Bibel und Handel gehen oft Hand in Hand. Und dann sind die Gewehre auch nicht weit. Wenn so ein Projekt existiert, hat Johnny Carpenter auf jeden Fall etwas damit zu tun.«

Ich zahle nicht mit Kupfermünzen. Und erst recht nicht mit Silber oder Gold …

»Wo bekommt er das Geld her? Wenn Sie recht haben, braucht er sehr viel Geld. Ich bin in den Knox Homes gewesen. Von Reichtum keine Spur.«

Jetzt warf Cormac Christopher einen Blick zu, unter dem er zusammenzuckte. Der blanke Hass schaute ihm entgegen.

»Wirklich nicht?«, stieß er hervor. Aber sofort hatte er sich wieder in der Gewalt.

»Ich habe wohl etwas zu viel getrunken«, sagte er. »Sie müssen mich jetzt entschuldigen. Wir bewegen uns auf ziemlich dünnem Eis, Mister. Da sollten wir nicht weitergehen, bevor ich nicht wieder nüchtern bin und Sie sich etwas besser fühlen. Vielleicht sollten wir es auch ganz lassen.« Er holte tief Luft, bevor er fortfuhr. »Aber möglicherweise haben Sie das Recht, mehr zu erfahren. Kommen Sie morgen Vormittag zu mir. Ich habe erst am Nachmittag wieder Dienst. Sie finden mich in meinem Bungalow. Jeder im Krankenhaus wird Sie hinführen. Ich habe ein paar Dinge in meinem Schreibtisch, die möchte ich Ihnen zeigen.«

Der Doktor verstummte und schaute wieder zum Fenster hinaus. In den Bergen hatte jemand ein Feuer entzündet. Man konnte es gerade noch sehen – ein winziger, einsamer Fleck in der Dunkelheit.

114

»Jesus«, sagte er leise, wie zu sich selbst. »Manchmal frage ich mich, warum wir überhaupt hierhergekommen sind und warum wir bleiben. Das ist kein Ort für Leute wie Sie und mich. Er verschlingt uns bei lebendigem Leibe und spuckt uns wieder aus. Haben Sie das noch nie gespürt? Es ist, als würden Sie aufgefressen werden. Als hätte ein Tiger seine Zähne in Ihr Fleisch geschlagen und würde daran kauen. Ein Raubtier, das an Menschenfleisch Geschmack gefunden hat.«

Ihn schauderte bei dieser Vorstellung. Er hatte schon Menschen behandelt, die von Tigern angefallen worden waren, bzw. was von ihnen übrig war.

»Und der Brief?«, fragte Christopher. »Der englische Brief, den man bei Tsewong gefunden hat. Kann Carpenter ihn geschrieben haben?«

Der Doktor schüttelte den Kopf.

»Das könnte sein, aber er hat ihn nicht geschrieben. Es war nicht seine Handschrift. Keine, die ich kenne. Aber eines weiß ich: Wer das geschrieben hat, ist mit der englischen Sprache aufgewachsen. In Wort und Schrift.«

»In dem Brief soll gestanden haben, Tsewong sei ein Emissär gewesen.«

»Das ist richtig.«

»Den ein gewisser Dorje Lama geschickt hat. Von dem habe ich noch nie gehört. Sie vielleicht?«

Cormac antwortete nicht sofort. Er starrte auf das Feuer in den Bergen. Dort draußen gab jemand den Flammen Nahrung und wartete.

»Ja«, antwortete er so leise, dass Christopher nicht sicher war, ob er überhaupt etwas gesagt hatte. »Sie erwähnen ihn nicht oft. Und nie gegenüber Ausländern. Einer meiner Patienten hat mir ein bisschen von ihm erzählt. Aber das ist Jahre her. Er soll eine Art Legende sein. In einem Kloster irgendwo an einem geheimen Ort. Die Leute fürchten sich davor. Der Dorje Lama ist dort der Abt. Es soll seit Hunderten von Jahren einen Dorje Lama geben, heißt es.«

Als der Arzt sich Christopher wieder zuwandte, war die Wirkung des Whiskeys verflogen. Er wirkte jetzt verängstigt.

»Und Tsewong war sein Bote?«, fragte Christopher.

»So stand es in dem Brief.«

»Glauben Sie das?«

Cormac zögerte.

»Ich denke«, sagte er schließlich, »Sie sollten sich einmal ansehen, was ich Ihnen zeigen will. Kommen Sie morgen früh bei mir vorbei. Dann reden wir über alles. Ich werde Ihnen sagen, was ich weiß.«

13

Als Christopher am nächsten Morgen erwachte, plagten ihn Kopfschmerzen, wie er sie noch nie erlebt hatte. Er nahm einige von den Tabletten, die Cormac zurückgelassen hatte, aber davon wurde ihm kaum besser. Draußen sang das Mädchen wieder. Es war immer noch dasselbe Lied, als kenne sie kein anderes. Aber jetzt fuhr die Melodie wie ein rostiges Messer durch Christophers Kopf, und er fluchte auf sie, während er sich anzog.

Beim Rasieren schnitt er sich gleich zweimal. Dann kämmte er sich, aber sein Haar blieb wirr, denn einen Teil des Kopfes wagte er nicht mit dem Kamm zu berühren. Unten trank er nur rasch eine Tasse schwarzen Tee und aß ein paar Fladen mit Butter. Der Junge, Lhaten, streifte ihn mit einem merkwürdigen Blick, sagte aber nichts. Das Haus war fast leer. Die Leute von der Karawane waren, wie geplant, in aller Frühe aufgebrochen, aber da hatte Christopher gerade in einem unruhigen Schlaf gelegen und nichts gehört. Ohne sie wirkte das Rasthaus öd und leer.

Als Christopher das Haus verlassen wollte, sprach ihn Lhaten besorgt an.

»Geht es Ihnen gut, Sahib? Der Sahib Doktor hat gesagt, Sie hätten gestern Abend einen Unfall gehabt. Sie seien die Treppe hinuntergefallen.«

Christopher nickte.

»Das stimmt. Heute Abend werde ich vorsichtiger sein.«

In Lhatens Miene war Mitgefühl zu erkennen.

»Ja, Sahib. Sie müssen vorsichtig sein. Rufen Sie mich, wenn Sie heute Abend kommen. Ich bleibe so lange auf.«

Christopher spürte, dass der Junge sich entweder einiges zusammenreimte oder mehr wusste, als er sagte.

»Danke, Lhaten. Ich werde daran denken.«

Über Lhatens Gesicht huschte ein Lächeln. Er verschwand in der Küche. Christopher hörte die schrille Stimme der Lepcha-Frau.

Draußen schien die Sonne, die Luft war frisch und rein. Vielleicht galt das auch für die Welt, dachte Christopher bei sich. Vielleicht saß all der Schmutz ja nur in seinem Inneren.

Zur Linken erklang die Stimme des rätselhaften Mädchens, das seine eintönige Melodie sang. Er wandte sich um und sah sie, von ihm abgewandt, auf der Erde sitzen. Langes schwarzes Haar fiel anmutig über ihren Rücken. Ihr Kopf schwang beim Singen sanft hin und her. Er sah, dass sie am Boden vor sich mit einer Arbeit beschäftigt war.

> *Aro ekdin shamero ai bangshi*
> *Bejechilo kanone.*
> *Eines Tages spielte die Flöte des Dunklen Herrn*
> *Wieder im Wald.*

Etwas zog ihn zu ihr hin. Er wollte ihr Gesicht sehen, ihr auf den Mund schauen, während sie sang, ihre Hände bei der Arbeit beobachten. Vorsichtig, um sie nicht zu erschrecken, ging er an ihr vorbei und wandte sich nach einigen Schritten um.

Sie bemerkte nicht, dass er sie anblickte. Sie war ganz auf den Gegenstand konzentriert, der vor ihr lag. Sie sang wie ein Engel, den die Außenwelt nicht erreichen kann. Dabei war ihr Gesicht abstoßend hässlich. Sie streckte missgebildete Beine von sich wie krumme Stöcke. Das eine Auge war zugenäht, die langen Narben von den groben Stichen verunstalteten ihre linke Wange. Die Haut des Gesichts aber auch der Arme und Beine war entzündet und voller Blasen. Aber all das schockierte Christopher nicht so sehr wie das, was sie mit ihren Händen tat.

Er glaubte, es müsse ein Hund sein, aber er war sich nicht sicher. Das Messer, das sie benutzte, war stumpf und rostig, weshalb ihre Metzgerarbeit eine mühselige, langsame Angelegenheit war. Die Passanten wandten den Blick ab, als scheuten sie das Mädchen und das Fleisch, das sie bearbeitete. Nur Christopher stand da wie angewurzelt und konnte den Blick nicht von ihr wenden. Der Gesang begleitete ihr Tun, und Christopher begriff, dass sie für das tote Tier sang. Ihre Finger waren voller Blut und die langen, aufgeschlagenen Ärmel ebenfalls. Schließlich riss Christopher sich los und ging durch das Gedränge in der schmalen Straße fort. Hinter ihm hob und senkte sich die Stimme des geistesgestörten Mädchens in einer endlosen Beschwörung des toten Tieres. Die Hunde fielen ihm ein, die er nachts gehört hatte, ihr Gebell, das die Dunkelheit durchdrang.

Er ging in Richtung Krankenhaus durch Straßen voller Menschen und Tiere. Im Basar war der blinde Bettler an seinem Platz und murmelte Gebete vor sich hin. Christopher eilte vorüber und ignorierte diesmal sein Flehen. Aus einer Seitengasse zu seiner Rechten bog eine kleine Gruppe singender Männer in die Hauptstraße ein. Es waren *Bauls,* Mitglieder einer Kultgemeinschaft von Wandermönchen, die Gott außerhalb der Rituale und Zeremonien organisierter Glaubensgemeinschaften suchten. Sie hatten einfache Musikinstrumente bei sich, spielten und sangen beim Gehen. Als sie sich näherten, wurde Christopher bewusst, dass sie dasselbe Lied sangen, das er vor einigen Minuten von dem Mädchen gehört hatte.

Bondhur bangshi baje bujhi bipine;
Shamer bangshi baje bujhi bipine.

Plötzlich fühlte er sich wie in einem Alptraum gefangen. Er lief davon, die Stimmen der Männer im Ohr und darunter die klagende Melodie des Mädchens, kalt und unvergesslich.

Das Krankenhaus stand neben der von der Regierung betriebenen Apotheke. Es war eine kleine Einrichtung mit nur 28 Betten, wirkte aber sauber und gepflegt. Der kleine, weiß getünchte Vorraum war leer, als Christopher eintrat. Eine lackierte Holztafel an der Wand kündete vom Eröffnungsjahr des Hospitals und dass es dem Ruhme des christlichen Gottes gewidmet war. Darunter stand ein Verbandwagen mit mehreren Nierenschalen, einem Spülgerät und einer Sterilisationszange in einem Glas. Ein blutgetränkter Verband in einer weißen Emailleschale störte den Eindruck der keimfreien Umgebung. Von einem Bild über dem Wagen lächelte ein blonder Jesus makellos und selbstgefällig herab, umgeben von Scharen lachender Kinder, von denen nicht eines etwas Indisches an sich hatte.

»Koi hai«, rief Christopher, und seine Stimme hallte in der Stille wider. Äthergeruch schlug ihm entgegen. Irgendwo bat jemand um Hilfe und verstummte wieder. Dann erklang ein trockener, quälender Husten, der in Erbrechen überging. Metall schlug gegen Metall.

Wie aus dem Nichts tauchte ein Angestellter auf. Er trug

eine gestärkte weiße Uniform und die *Pugaree,* eine mit festem Band umwickelte Kopfbedeckung, an der das Emblem des Krankenhauses steckte.

»Haben Sie gerufen, Sahib?«

»Ja«, sagte Christopher. »Ich möchte zu Dr. Cormac. Er erwartet mich. Er sagte, ich sollte zu seinem Bungalow kommen. Wo finde ich den?«

»Wenn Sie aus dem Haus treten, Sahib, halten Sie sich links, dann stoßen Sie auf eine Zedernallee. Dort ist ein Tor. Gehen Sie den Weg weiter bis zum dritten Bungalow. Ich führe Sie gern hin, Sahib.«

Das bedeutete, dass er ein Auge auf Christopher haben wollte.

»Nein, danke. Ich finde es schon selbst.«

Ohne abzuwarten, ob der Mann ihm folgte, trat Christopher in den Sonnenschein hinaus. Ein Diener fegte den Schotterweg vor dem Haus. Mit gleichmäßigen Bewegungen schwang er den Besen hin und her, als hätte er ein Leben lang nichts anderes getan. Als Christopher herauskam, blickte er kurz zu ihm auf, wandte sich aber sofort wieder ab, denn der Sahib könnte sich gestört fühlen.

Vor dem Krankenhaus erstreckte sich akkurat geschnittener Rasen, dann kamen die Zedern, deren mächtige Äste fast bis zum Boden reichten. An dem Tor hing ein kleines Schild, das mit schwarzen Buchstaben auf weißem Grund verkündete: »Für Eingeborene Zutritt verboten«. Christopher schob den Riegel zurück und ging durch das Tor.

Unter einer weiteren Reihe von Zedern standen sechs Bungalows eng beisammen. Der Zugang zu dem von Cormac war auf beiden Seiten von roten und pinkfarbenen Chrysanthemen in Töpfen geschmückt. Unter den Töpfen waren Wasserspuren zu sehen, was bedeutete, dass der Krankenhausgärtner in der Nähe sein musste. Christopher bezweifelte, dass Cormac eigenes Personal hatte, das seinen Garten in Ordnung hielt.

Er klopfte an der Tür und wartete. Von drinnen kam keine Antwort. Vielleicht hatte Cormac doch etwas zu viel Whiskey getrunken. Christopher klopfte wieder, diesmal etwas lauter. Nichts regte sich. Das war merkwürdig. Nach seinem Eindruck war Cormac nicht der Mann, der einen großen Haushalt unterhielt, aber ein, zwei Diener hatte er bestimmt.

Die Tür war nicht verschlossen. Christopher trat ein und ließ sie hinter sich zufallen. Nun stand er in einer kleinen Diele mit cremefarben gestrichenen Wänden. An diesen hingen vom Boden bis zur Decke Glaskästen mit Hunderten von Schmetterlingen in allen Farben. Das nahe gelegene Sikkim war für sie berühmt, es galt geradezu als Paradies dieser Insekten mit den phantastisch gefärbten Flügeln. Hier in dem kleinen Vorraum von Cormacs Haus verhielten sie sich so ruhig, als hätten sie gerade erst das Wunder des Chloroforms genossen. Scharlachrote Streifen liefen über ihre Flügel wie frische Wunden.

Christopher rief Cormacs Namen, hörte aber nur das schwache Echo seiner eigenen Stimme, das von der Stille verschluckt wurde.

Er öffnete eine zweite Tür. Dahinter lag der größte Raum des Bungalows. Er war von blassem Licht erfüllt, das Fleckenmuster auf die dürftigen Möbel warf. Ein paar Rohrsessel und ein kleiner Tisch, ein wackliger Schreibtisch – alles Sachen, die man in Darjeeling für ein paar Rupien im Jahr mieten konnte. Ein fadenscheiniges leinenes Tischtuch aus Belfast, an den Wänden Fotos von Schüler- und Studentengruppen, ein Ruder, das die Namen eines vergessenen Achters trug, eine Rugby-Mütze mit schwarzen und goldenen Quasten, ein paar medizinische Fachbücher auf roh zusammengezimmerten Regalen.

Wie die Schmetterlinge im Vorraum wirkten auch diese Zeugnisse von Martin Cormacs Vergangenheit an den Wänden, als habe man sie gerade der Chloroformflasche entnommen. Oder dies war die Chloroformflasche – der Raum, das Haus, das Hospital, Kalimpong. Eine durchsichtige Flasche aus konzentrischen Ringen, durch die ein sterbender Mann herausschauen und die Sterne betrachten konnte.

Er war sich nicht sicher, wann er zum ersten Mal auf das Summen aufmerksam wurde. Es war von Anfang an da gewesen, aber so leise, dass seine Ohren es zunächst nicht erfassten. Nun stand er einen Augenblick still und lauschte. Es war ein tiefer, gereizter Ton, wie ihn die Flügel großer Insekten verursachten, die in der Sommerhitze umherschwirrten, wie das Brummen dicker Fliegen über einem Schlachthaus, angelockt vom Geruch des Blutes. Aber in Kalimpong war Winter, und zu dieser Jahreszeit gab es hier keine Fliegen.

Das Geräusch kam von einer Tür im hinteren Teil des Raumes. Sie stand ein wenig offen, doch Christopher konnte nicht in das Zimmer dahinter schauen. Er rief noch einmal, der Klang der eigenen Stimme ließ ihn beinahe erschrecken.

»Cormac, sind Sie da? Ist da jemand?«

Nur das Summen antwortete ihm. Dazu ein Geruch, der ihm vertraut erschien, aber so schwach, dass er nicht sofort begriff, wonach es roch.

Vorsichtig näherte er sich der Tür. Dünne Streifen Sonnenlicht fielen durch eine Jalousie. Staubkörnchen tanzten darin. Christophers Herz krampfte sich zusammen. Er spürte, wie ihm das Blut durch die Adern schoss und in seinem schmerzenden Kopf zu pochen begann. Der Raum war voller Fliegen. Laut summend schwirrten sie in Schwärmen durch die Streifen von Licht. Welle auf Welle, in ganzen schwarzen Bataillonen kreisten sie mit schimmernden Flügeln im Raum herum. Als er den Geruch erkannte, wurde ihm übel. Er wollte weglaufen, aber seine Füße trugen ihn durch die Tür. Seltsam. Es war Winter, da durfte es keine Fliegen geben.

Er trat in das Zimmer und hielt sich die Hände vors Gesicht, halb geblendet von den Insekten, die wie wild durch Licht und Dunkel schossen. In einer Ecke hing über der Jalousie eine weiße Gardine, die in einem leichten Lüftchen flatterte, bedeckt von den dicken Körpern der Schmeißfliegen. Über Christophers Kopf hingen die Insekten als dicker Klumpen an dem Ventilator, der dort angebracht war. Unter seinen Füßen knackten tote Fliegen, die den ganzen Fußboden bedeckten.

Das Bett war eine einzige wimmelnde Masse, die den Eindruck erweckte, als bewege sich dort etwas Lebendiges, das im Halbdunkel Gestalt annahm. Christopher schlug einen Bogen um das Bett, trat ans Fenster und ergriff den Gurt der Jalousie. Er zog sie ein wenig hoch, nicht zu viel, aber ausreichend, um mehr Licht in den Raum zu lassen. Er musste sich förmlich überwinden, um einen Blick auf das Bett zu werfen.

Da lag Cormac. Die Fliegen hatten sich auf seinem Körper vor allem dort gesammelt, wo das Blut war. Christopher sah genug vom Gesicht, um den Mann zu erkennen. Offenbar hatte man ihm im Schlaf die Kehle durchgeschnitten. Auf dem Kissen sah Christopher das Skalpell liegen, das der Mörder benutzt hatte – blinkender, blutbesudelter Stahl. Beim Sterben schien sich das Opfer nur wenig bewegt zu haben. Ein Arm war zurückgeworfen, die Hand lag an der verwundeten Kehle, die bleichen, gekrümmten Finger waren blutverschmiert. Cormac war an diesem Morgen gestorben, wahrscheinlich ein, zwei Stunden, nachdem er eingeschlafen war. Das Blut war bereits geronnen, und die Leichenstarre hatte eingesetzt.

Christopher wandte sich von dem Bett und dem Teppich aus lebenden Fliegen und Blut ab. Er öffnete das Fenster und sog tief die frische, reine Luft ein. Hinter ihm summten die Insekten in dem kleinen, übelriechenden Raum. Am liebsten hätte er sich erbrochen, um diesen klebrigen, süßlichen Geruch loszuwerden.

Jäh wandte er sich um und lief hinaus, ohne noch einen Blick auf das Bett zu werfen. Als er wieder in das große Zimmer kam, fiel ihm etwas auf, das er bisher nicht beachtet hatte. Cormacs Schreibtisch war durchsucht worden. Er trat an ihn heran. Man hatte die Schubläden herausgezogen und die kleinen Fächer geöffnet. Auf der Schreibplatte lagen Papiere bunt durcheinander – Briefe, Rechnungen, Krankenakten – alles in wildem Chaos. Einige der Dokumente waren heruntergefallen, und man hatte sorglos darauf herumgetrampelt. Er hob einen dicken blauen Ordner auf und stellte ihn auf den Tisch zurück. Auf seinem Rücken stand in großen schwarzen Lettern: »Die Kalimpong-Hausfliege: statistischer Überblick über Vermehrungsraten in Gefangenschaft«. Das erklärte die Fliegen. Cormac musste mit den Insekten experimentiert haben. Sein Mörder hatte wahrscheinlich die Zuchtkästen zerstört, wodurch die Insekten ins Freie kamen. Aus dem Schlafzimmer war immer noch ihr drohendes Summen zu hören. Sie würden sterben – erfroren, blind und von Blut gesättigt.

Er schaute die Papiere noch einmal sorgfältig durch, entdeckte aber nichts von Interesse. Cormacs Mörder hatte gefunden, was er suchte. Das silberne Kreuz, das der Doktor Tsewong abgenommen hatte, war nicht zu sehen. Hatte der Mörder auch das mitgenommen? Dann erinnerte sich Christopher, dass Cormac gesagt hatte: »Ich verwahre es in meinem Schreibtisch.« Hatte dieser vielleicht irgendwo ein Geheimfach?

Das war bald gefunden. Ein einfacher Hebel hinter einer Schublade setzte eine Feder in Bewegung, die ihrerseits ein flaches Behältnis direkt unter der Schreibtischplatte freigab. Er griff hinein und zog ein in braunes Papier gehülltes Päckchen hervor. Darin lagen mehrere Fotos, insgesamt etwa zwei Dutzend. Jeweils zwei wurden von einer Stecknadel zusammengehalten. Auf einem war ein Mädchen in der grauen Uniform der Knox Homes zu sehen, die Christopher vom Abend zuvor kannte, und auf dem anderen dasselbe Mädchen im Sari, geschminkt und mit Schmuck behängt. Die Fotos der ersten Art waren mit einer Kamera und stets vor demselben Hintergrund aufgenommen, die der zweiten Art dagegen variierten in Größe, Qualität und Ambiente.

Außerdem lagen einzelne Fotos von Jungen dabei, gekleidet in die für sie bestimmte Uniform. Ganz unten stieß er noch einmal auf zwei Aufnahmen eines Mädchens. Das erste Bild zeigte sie wie die anderen in der grauen Uniform des Waisenhauses. Als aber Christophers Blick auf das zweite fiel, blieb ihm fast die Luft weg, und es schwindelte ihn. Das Summen der Fliegen, die nebenan ihr Festmahl hielten, vermischte sich mit dem Rauschen des Blutes in seinem Kopf. Er streckte eine Hand aus, um das Gleichgewicht wiederzuerlangen. Auf dem zweiten Foto war das singende Mädchen vor dem Rasthaus abgebildet, dessen blutige Hände Christopher vor kaum einer Stunde gesehen hatte. Sie blickte in die Kamera wie jemand, der in eine weite Ferne schaut. Sie war es und war es auch wieder nicht. Auf dem ersten Bild wirkte sie völlig normal, sogar hübsch. Sie war also nicht verkrüppelt gewesen, als sie in den Knox Homes lebte.

Auf die Rückseite aller Bilder hatte jemand, wahrscheinlich Cormac, mit Bleistift eine paar Worte geschrieben. Den Namen, einen Ort und in mehreren Fällen ein Datum: »Jill, Jaipurhat, 10. 2. 15«; »Hilary, Sahibganj, 9. 5. 13«. Auf den

Aufnahmen der Jungen war der Ort stets der gleiche, gefolgt von einem Fragezeichen: »Simon, Dorje-la?, 1916«; »Matthew, Dorje-la?, 1918«; Gordon, Dorje-la?, 1919«. Dorje-la! War das nicht der Name des Klosters, dem Tsewongs rätselhafter Dorje Lama vorstand?

Christopher wickelte die Fotos in das Packpapier und steckte das Päckchen in seine Jackentasche. Sein Herz schlug immer noch aufgeregt. Es war wie ein Alptraum, in dem ihn zuerst die Stimme und nun das Gesicht des wahnsinnigen Mädchens von der Straße verfolgte. Hatten diese Aufnahmen etwas mit den Dingen zu tun, über die Cormac letzte Nacht gesprochen hatte? War es das, was der Arzt ihm hatte zeigen wollen? Eines schien klar zu sein: Wer auch immer den Doktor getötet hatte, war nicht darauf gekommen, dass noch etwas in dem Schreibtisch versteckt sein könnte.

Wieder schob er seine Hand tief in das Fach hinein. Da bekamen seine Finger etwas Kaltes, Hartes zu fassen. Es war eine feine Kette, befestigt an einem Gegenstand. Das silberne Kreuz! Behutsam zog Christopher es hervor. Angst erfasste ihn.

Es war ein einfaches Kruzifix. Holz und Fleisch waren zu Silber erstarrt. Christophers Nackenhaar sträubte sich. Es war so unglaublich, dass er es zuerst gar nicht bemerkte. Dieses Kreuz kannte er. Kein Wunder: Er hatte es viele Male betrachtet. Als Kind hatte er es oft in der Hand gehalten. Er drehte es um und fand seine Erwartung bestätigt: Auf der Rückseite neben dem Silberstempel waren die Buchstaben R. V. W. eingraviert. Die Initialen seines Vaters: Robert Vincent Wylam. Dieses Kreuz hatte seinem Vater gehört. Es war das einzige Erbstück, das man nicht zusammen mit seinen Medaillen und Manschettenknöpfen nach England geschickt hatte. Aus den Händen und Füßen der zierlichen Christusfigur schauten die Köpfe von Nägeln heraus. Als

Christopher klein war, hatte er sie nur mit Erschauern berührt. Jetzt umklammerte seine Hand das Kreuz, bis die scharfen Kanten ihm ins Fleisch drangen und ein paar Blutstropfen zwischen seinen Fingern hervorsickerten.

Er hörte das Summen der Fliegen, die immer noch fieberhaft durch den dunklen Raum kreisten, das Heulen der Hunde, die auf der Suche nach etwas Fressbarem durch dunkle, stinkende Gassen schnürten, und die Stimme des Mädchens, das in der Nacht draußen sang. Mit blutenden Finger umkrampfte er das Kreuz. Er stand mitten im Raum, bitterlich schluchzend, einsam und verlassen, ohne zu wissen, wo er war und warum.

14

Christopher verlor jedes Zeitgefühl. Er blieb in dem Raum, umklammerte das Kruzifix und hatte alles ringsum vergessen. Er war dem Teufel begegnet, dem Herr der Fliegen, dort in diesem winzigen Schlafzimmer, wo Tausende Flügel surrten. Bilder von seinem Vater, der in einem Schneesturm umkam, von dem entstellten Mädchen, das vor seinem Fenster sang, von Männern, die er getötet oder sterben sehen hatte, stiegen in ihm auf.

Gleichzeitig blieb ein Teil seines Hirns eiskalt und suchte fieberhaft zu ergründen, was geschehen war. Jemand musste sein Gespräch mit Cormac am Abend zuvor belauscht haben, davon war er jetzt überzeugt. Das hatte diesen überstürzten, stümperhaften Versuch zur Folge, zu verhindern, dass der Arzt preisgab, was er wusste. Carpenter oder jemand, der in seinem Auftrag handelte, war für den Mord verantwortlich. Jetzt zweifelte Christopher nicht mehr daran, dass der Missionar tief in die Vorgänge verstrickt war, die hier abliefen. Das hieß aber, dass er auch mit Williams Entführung etwas zu tun haben musste. Weiter wagte er gar nicht zu denken. In einem Winkel seines Gedächtnisses wisperte die Stimme seines Vaters längst vergessene Worte aus der Vergangenheit, die Christopher nicht recht verstand.

Schließlich erhob er sich und verstaute das Kruzifix sorgfältig in der Innentasche seiner Jacke. Er prüfte noch einmal den Inhalt von Cormacs Schreibtisch, konnte aber nichts entdecken, das im Zusammenhang mit Carpenter, Tibet oder den Fotos zu stehen schien.

Es war Zeit zu gehen. Jetzt wusste er genau, welches Ziel er anzusteuern hatte. Diesmal musste John Carpenter ihm alles sagen, und wenn brutale Gewalt erforderlich sein sollte, um ihm die Wahrheit zu entreißen.

Da klopfte es laut an der Haustür. Christopher fuhr zusammen. Im Vorraum waren Schritte zu hören.

»Doktor Cormac! Ist bei Ihnen alles in Ordnung?« Es war der Angestellte, der Christopher den Weg zum Bungalow gewiesen hatte.

Die Tür sprang auf und drei Männer traten in den Wohnraum – ein Offizier der britischen Polizei und zwei indische Polizeibeamte. Der Angestellte des Krankenhauses blieb im Vorraum zurück.

Ohne ein Wort bedeutete der Offizier einem der Polizisten, die anderen Räume zu durchsuchen. Der Mann lief sofort zum Schlafzimmer. Christopher hörte nur, wie die Fliegen zornig aufsummten. Sekunden später wankte der Polizist wieder aus dem Raum. Ihm war sichtlich übel. Er trat an den Offizier heran, sagte ihm etwas ins Ohr, und beide gingen ins Schlafzimmer zurück.

Als der Captain wieder auftauchte, war auch er leichenblass. Der junge Mann, offenbar frisch von der Polizeischule, hatte vielleicht seine erste Leiche gesehen. Beinahe tat er Christopher leid.

»Wie ist Ihr Name?«, fragte der Captain.

»Wylam. Major Christopher Wylam.«

Bei dem Wort »Major« zuckte der Polizeioffizier ein wenig zusammen. Aber er hatte sich rasch wieder unter Kontrolle, richtete sich zu voller Größe auf und sprach Christopher an, wie es Vorschrift war: »Major Christopher Wylam, ich verhafte Sie wegen des Mordes an Dr. Martin Cormac. Ich teile Ihnen mit, dass ich Sie unverzüglich dem Richter des Bezirkes Kalimpong zur Eröffnung einer strafrechtlichen Ermittlung vorführen werde. Ich weise Sie darauf hin, dass alles, was Sie von jetzt an sagen, gegen Sie verwendet werden kann.«

Er nickte dem Polizisten zu, der die Leiche gefunden hatte. Der hakte ein Paar Handschellen von seinem Gürtel und trat an Christopher heran. Da jetzt das übliche Prozedere ablief, schien der Polizist wieder etwas sicherer zu sein. »Ihre Hände, bitte«, sagte er. Christopher streckte die Hände vor. Der Mann trat näher und wollte die Handschellen zuerst um Christophers rechtes Handgelenk legen. Da drehte sich Christopher abrupt um, packte den Polizisten beim Arm, schleuderte ihn herum und umklammerte mit seinem freien Arm den Nacken des Mannes. In Sekundenschnelle hatte er ihm die Pistole entrissen. Die presste er gegen den Kopf des Polizisten.

»Du!«, rief er dem Bediensteten zu, der schüchtern durch die Tür lugte. »Rein mit dir! *Juldi*!«

Ein Europäer wäre davongelaufen und hätte Alarm geschlagen. Aber indische Krankenhausangestellte litten an einer Doppeldosis von Unterwerfung: unter die Hierarchie der Mediziner, die noch dazu von Vertretern der Herrenrasse angeführt wurde. Der Mann tat, wie ihm geheißen.

»Die Waffen auf den Fußboden, die Hände über den Kopf!«, befahl Christopher den beiden anderen Polizisten. »Und keine jähe Bewegung!«

Sie folgten seinem Befehl. Nun wandte er sich wieder an den Krankenhausangestellten.

»Geh ins Schlafzimmer! Bring etwas, womit man die Männer fesseln kann: Krawatten, Bettwäsche, was du willst. Aber schnell!«

Der Mann nickte und stürzte ins Nebenzimmer. Christopher hörte, wie es ihn würgte, als er der Szene ansichtig wurde. Nach einer Minute kam er mit einem Bettlaken zurück.

»Reiß es in Streifen«, befahl Christopher. »Fessle sie!«

Der Mann bebte am ganzen Körper, er sah aus, als werde er jeden Moment vor Angst ohnmächtig werden. Aber irgendwie tat er mit zitternden Händen, was man von ihm verlangte. Christopher hieß die Polizisten sich auf Stühle setzen, wo sie festgebunden wurden. Die ganze Zeit fixierte der englische Captain Christopher mit seinem Blick, als wollte er sich sein Gesicht einprägen.

»Und jetzt den«, wies Christopher an. Der Angestellte band auch den dritten Polizisten an einen Stuhl.

»Bitte, Sahib«, flehte er, als er seine Aufgabe erfüllt hatte. »Mich brauchen Sie nicht auch noch zu fesseln. Ich bleibe hier, solange Sie wollen. Ich verhalte mich still. Ich mische mich nicht ein.«

Christopher ignorierte seine Worte und fesselte ihn an den Schreibtischstuhl. Dann wandte er sich an den Captain.

»Es tut mir leid«, sagte er.

»Es wird Ihnen noch viel mehr leid tun, wenn Sie hinter Gitter gehen. Sie kommen nicht weit, das wissen Sie doch. Sie sollten besser aufgeben. Damit könnten Sie sich viel Ärger ersparen. Und Schmerzen.«

»Ja, ja«, sagte Christopher. »Das würde ich gern tun. Denn ich habe Martin Cormac nicht getötet. Aber leider fehlt mir die Zeit, das zu beweisen. Dies ist keine Angelegenheit für die Polizei. Sagen Sie Ihren Leuten, sie sollen da ihre Nase nicht reinstecken. Sprechen Sie mit jemandem vom Britischen Geheimdienst. Verlangen Sie Winterpole. Er wird alles erklären.«

Er wandte sich zur Tür. Hinter ihm drangen die Fliegen in den Wohnraum ein.

15

Vor den Knox Homes parkten zwei große Wagen. Christopher erkannte, dass es Silver Ghosts von Rolls-Royce waren. Die wurden gern von lokalen Potentaten gefahren. Offenbar hatte Carpenter Besuch. Wichtigen Besuch.

Er sah, wie verwirrt das Mädchen dreinblickte, als es auf sein Klopfen die Tür öffnete. Es wusste nicht, wie es mit ihm umgehen sollte. Christopher war keine *persona non grata* mehr, denn er hatte am Abend zuvor mit den Carpenters gespeist und war den versammelten Waisen als trauernder Vater vorgestellt worden. Aber etwas hielt die Kleine davon ab, ihn ohne weiteres einzulassen. Er löste ihr Dilemma, indem er sie einfach beiseiteschob. Ohne auf ihre Protestschreie zu achten, stürzte er zu Carpenters Arbeitszimmer und riss die Tür auf. Es war leer. Die toten Tiere an den Wänden starrten ihn mit ihren Glasaugen an. Er schloss die Tür und lief zum Empfangssalon der Carpenters. Er machte sich nicht die Mühe anzuklopfen.

Moira Carpenter hatte Besuch – eine reiche indische Lady, gekleidet in das Gewand der Gattin eines muslimischen Adligen, und eine europäische alte Jungfer in Dienstkleidung, die dasaß und ihre Teetasse hielt wie eine gelangweilte Gouvernante in mittleren Jahren. Als die Tür aufsprang und Christopher hereinstürzte, verschüttete sie ihren Tee in den umfangreichen Schoß, und Moira Carpenter hätte beinahe die Katze verbrüht. Nur die Begum blickte ungerührt, als gehörten derartige Unterbrechungen für sie zum Alltag.

Christopher sprach als Erster.

»Wo ist Ihr Mann, Mrs. Carpenter?«, stieß er hervor. Seine Nerven waren zum Zerreißen gespannt.

»Mr. Wylam, ich …«, hub Moira Carpenter an und stellte ihre Tasse aus blauweißem Porzellan ordentlich auf dem mit einem Spitzendeckchen verzierten Tischchen neben sich ab.

»Ich muss ihn sprechen. Wo ist er?«

»Das passt aber jetzt gar nicht gut.« Mrs. Carpenter hatte sich rasch von ihrem Schrecken erholt. »Was denken Sie sich eigentlich, hier auf diese Weise einzudringen? Sie …«

»Martin Cormac ist tot. Ermordet. Ich denke, Ihr Mann weiß etwas darüber. Wo ist er?«

Moira Carpenter wollte sich gerade erheben, als Christopher diese Nachricht von sich gab. Die Beine schienen ihr den Dienst zu versagen, denn sie sank in ihren Sessel zurück. Das Rot, das gerade in ihre Wangen geschossen war, wechselte augenblicklich zu einer fahlen Blässe. Für einen Moment glaubte Christopher, sie könnte ohnmächtig werden. Aber Sekunden später war sie wieder ganz sie selbst. Cormac hatte recht gehabt. Unter der äußeren Hülle war sie aus Stahl, und zwar von der besten Sorte.

»Erklären Sie das«, sagte sie, die Lippen zusammengepresst und blutleer. »Martin Cormac ist tot? Erklären Sie es mir!«

»Ich habe ihn vor kaum einer halben Stunde in seinem Bungalow gefunden. Im Bett. Man hat ihm die Kehle durchgeschnitten. Mehr weiß ich nicht.«

»Und Sie glauben, mein Mann weiß etwas darüber, was Sie nicht wissen? Wieso?«

»Das möchte ich gern Ihrem Mann erklären, Mrs. Carpenter, wenn Sie so nett wären, mir zu sagen, wo er sich befindet.«

Die beiden anderen Frauen hatten sich bisher mäuschenstill verhalten. Die blasse Gouvernante war sichtlich verstört und rieb mit einem Spitzentüchlein heftig an den Flecken in ihrem Schoß herum. Die Begum beobachtete die Szene gelassen.

»Entweder Sie erklären es mir, Mr. Wylam, oder niemandem!«, gab Moira Carpenter zurück. Sie war noch blass, aber das Blut, das ihr aus dem Gesicht gewichen war, funktionierte anderswo schon wieder recht gut.

»Martin Cormac hat etwas über Ihren Mann gewusst, das der werte Reverend Carpenter wohl lieber für sich behalten hätte. Ich wollte Cormac heute Morgen in seinem Haus besuchen, um zu erfahren, was es ist. Als ich hinkam, war er tot, sein Schreibtisch aufgebrochen und durchwühlt. Da haben Sie Ihre Erklärung. Sagen Sie mir jetzt, wo Ihr Mann ist?«

»Reverend Carpenter ist im Gespräch mit meinem Gatten.« Den Satz hatte die Begum gesprochen. Sie war eine beleibte Dame in den Vierzigern, deren Macht im Harem wohl weniger auf persönlicher Schönheit als politischem Scharfsinn beruhte. Dass jemand plötzlich und auf unerklärliche Weise zu Tode kam, dürfte ihr in der Tat nicht fremd sein, dachte Christopher bei sich.

»Ich bedaure«, fuhr sie fort, »dass sie im Moment unter keinen Umständen gestört werden dürfen. Vielleicht kann Mrs. Carpenter für heute Nachmittag eine Begegnung mit Ihnen arrangieren. Inzwischen haben Sie die Freundlichkeit und entfernen sich.«

»Und wer ist Ihr Gatte, Madam?«, fragte Christopher. Er hatte keine Lust, sich von einer Frau einschüchtern zu lassen, die mit ihrer Gouvernante in einem Rolls Royce zum Morgentee fuhr.

»Der Nawab von Hasanabad«, erklärte jetzt Moira Carpenter, als dürfe die Begum auf Grund einer unbekannten Regel der muslimischen Etikette den Namen ihres Mannes nicht selbst aussprechen. »Was die Begum sagt, trifft zu. Sie dürfen nicht gestört werden. Gehen Sie nach Hause, Mr. Wylam. Bringen Sie sich in Ordnung. Denken Sie über das nach, was Sie soeben geäußert haben. Und wenn Sie dann immer noch der Meinung sind, Sie müssten meinen Mann sprechen, kommen Sie bitte am Nachmittag wieder, wie die Begum angeregt hat, und wir werden Sie empfangen. Soll ich einen Boten schicken, um Ihre grausige Entdeckung der Polizei zu melden?«

Sie war krampfhaft bemüht, einen Schleier der Normalität über die peinliche Szene zu werfen. Die Gouvernante atmete jetzt auch wieder etwas ruhiger. Sie hatte festgestellt, dass die Teeflecke sich auswaschen ließen.

»Man hat Cormac die Kehle von einem Ohr bis zum anderen durchgeschnitten!«, herrschte Christopher sie an. »Mit einem Skalpell. Soll ich es Ihnen zeigen? Vielleicht fahren wir alle miteinander mit diesen feinen Autos da draußen zu Cormacs Haus, und Sie überzeugen sich selbst? Wir können ja Tee und Sandwiches mitnehmen. Nur mit den Fliegen müssen Sie aufpassen. Dort gibt es jetzt eine Menge davon.« Er spürte, dass er gleich zu brüllen anfangen würde, doch das war jetzt ohne Bedeutung.

Die beiden Europäerinnen wurden bei Christophers Tirade merklich blasser, nur die Begum blieb unbewegt. Sie allein hatte schon Männer mit durchschnittener Kehle gesehen. Nur als der Fremde von Fliegen redete, glaubte sie, er sei nicht ganz richtig im Kopf.

»Gehen Sie auf der Stelle«, sagte sie, »oder ich muss die Leute meines Mannes rufen, dass sie Sie hinauswerfen. Die sind nicht zimperlich, und es sollte mich nicht wundern, wenn Sie sich dabei den Hals brechen.«

Christopher ließ einen lästerlichen Fluch hören und stürmte aus dem Raum. Er hatte genug Zeit verschwendet.

Von den Wohnräumen der Carpenters führte eine Doppeltür in das Waisenhaus. Christopher spürte die Kälte, als er hindurchging. Nur im Gebäudeteil der Carpenters heizte man stark. Am Abend zuvor hatte er einen flüchtigen Eindruck vom Plan des Hauses erhalten. Im Parterre, durch das man ihn kurz geführt hatte, lagen der Versammlungsraum, die Klassenzimmer, der Speisesaal und die Küche. Im ersten Stock waren rechts die Schlafsäle und Waschräume der Mädchen. Links war der Teil der Jungen, den er am Abend zuvor besucht hatte.

Dorthin lief er zuerst. Hinter der Haupttür kam ein langer, leerer Korridor. Zu beiden Seiten gingen Holztüren mit Glasfenstern in der oberen Hälfte ab. Als er durch das erste blickte, sah er einen Lehrer vor der Wandtafel und zwei Bankreihen. Durch die geschlossene Tür hörte er die Jungen im monotonen Singsang wiederholen: »Neun mal sieben ist dreiundsechzig, neun mal acht ist zweiundsiebzig, neun mal neun ist einundachtzig, neun mal …«

Er lief weiter, und die Stimmen wurden leiser. Der Gang führte in einen gefliesten Saal, in dem seine Schritte widerhallten. Außerhalb der Klassenräume, wo nur das pageienhafte Nachplappern vorgefertigter Sätze auf eine Spur von Leben hindeutete, war das Gebäude von einer merkwürdigen, unangenehmen Stille erfüllt. Es war ein Schweigen, das aus Elend und Stumpfsinn erwuchs, wie Unkraut aus seinem Samen wächst – dicht, hoffnungslos und abstoßend. Er stellte plötzlich fest, dass er langsamer und auf Fußspitzen ging, als müsse er sich der Atmosphäre des Ortes anpassen. Links von ihm führte eine breite Treppe in das oberste Geschoss. Er lief auf sie zu, weil es ihn ohne ersichtlichen Grund dorthin zog.

Die Treppe endete im nächsten engen Gang, in dem es nach billiger Seife und gestärkter Bettwäsche roch. Die Wände waren weiß und kahl. Schlaf war hier eine Pflicht wie jede andere, mit festen Zeiten und strengen Regeln. Nur die Träume entzogen sich der Reglementierung. Die Träume und die Alpträume.

Christopher öffnete die Tür zum Schlafsaal. Es war ein langer Raum mit Reihen von Betten wie der, in dem er selber einmal in Winchester geschlafen hatte, nur kälter und noch trauriger. Jemand hatte ein Fenster offen gelassen. Ein kalter Wind von den Bergen fuhr durch den Raum, als wollte er sich hier nach dem langen Weg austoben.

Christopher spürte eine innere Unruhe in sich aufsteigen. Blasse Bettlaken flatterten im Luftzug. Die kleinen metallenen Bettgestelle, die weißen Wände, die Reihen der Nachtschränkchen ohne Farbe oder persönliches Gesicht – all das erinnerte ihn an einen Krankensaal … oder ein Asyl. Welche Alpträume hatten die Kinder der Knox Homes wohl, wenn sie in einer Winternacht in ihren schmalen Betten lagen? Sahen sie dunkle Götter … oder Reverend und Mrs. Carpenter, wie sie ihnen kühl zulächelten und tröstende Worte aus der Bibel vorlasen?

Hinter der nächsten Tür befand sich ein kalter Waschraum. Wasser tropfte von einem Hahn auf weiße Emaille. Feuchte Handtücher hingen schlapp auf Holzgestellen. Ein Gitter von blassem Licht lag auf den Kacheln.

Am Ende des Ganges erblickte Christopher eine kleine hölzerne Tür mit der Aufschrift »Krankenrevier«. Er klopfte vorsichtig, aber es kam keine Antwort. Er drückte die Türklinke herunter. Die Tür war nicht verschlossen. Drinnen stand ein niedriges Bett mit straff gespannten Laken und daneben ein Waschtisch. Über der Emailleschüssel lag ein sorgfältig gefaltetes Handtuch. Auch hier keinerlei Abweichungen von der spartanischen Einrichtung. Er erinnerte sich daran, dass Moira Carpenter ihm zu erklären versucht hatte, dass Krankheit eine Folge von Sünde sei, dass man die Kranken behandeln müsse, aber nicht verwöhnen dürfe. Schwäche gegenüber Krankheit war eine Schwäche gegenüber der Sünde.

Er wollte schon gehen, da fiel ihm etwas auf. An der Wand gegenüber dem Bett stand ein kleiner Wäscheschrank. Er schien erst kürzlich einen halben Meter von der Tür weggerückt worden zu sein, denn an der Stelle, wo er vorher gestanden hatte, war die Wand deutlich heller. Christopher konnte sich nicht erklären, weshalb man das getan hatte, denn jetzt befand er sich viel zu nahe an dem Waschtisch, wodurch die Schubladen nicht voll herausgezogen werden konnten.

Er öffnete die oberste und schaute hinein. Darin lagen Laken, sorgfältig zusammengelegt und aufstapelt. Weiter unten hatte der Schrank noch zwei Schübe. Auch dort fand er nur Handtücher und ein paar einfache medizinische Utensilien. Vielleicht war mit der Wand hinter dem Schrank etwas nicht in Ordnung. Christopher zwängte sich zwischen Schrank und Waschtisch und versuchte den Schrank wegzuschieben. Er war schwer, aber auf dem glatten Fußboden ließ er sich ohne große Mühe bewegen.

Christopher musste einen Schritt zurücktreten, damit das Licht des Fensters auf die Wand fiel. Was er da erblickte, war so unauffällig, dass er es übersehen hätte, wäre da nicht der verschobene Schrank gewesen. Jemand hatte mit einem Nagel oder vielleicht auch einem Taschenmesser zwei Buchstaben in die Wand geritzt. Er kannte sie, denn er hatte sie bereits gesehen. Er brauchte niemanden zu fragen, was sie bedeuteten oder wer sie hier hinterlassen hatte. Es waren zwei verschlungene große W, und sie bedeuteten: William Wylam. Er selbst hatte dieses einfache Monogramm für seinen Sohn entworfen. Nun gab es keinen Zweifel mehr. William war hier gewesen.

<h1 style="text-align:center">16</h1>

Er rannte wieder zurück ins Vestibül. Am Fuße der Treppe, die zu den Schlafsälen der Mädchen führte, standen zwei vornehm gekleidete Männer, offenbar die Leibwächter des Nawab. Als er sich näherte, trat der eine einen Schritt auf ihn zu und streckte ihm eine Hand entgegen.

»Verzeihung, Sahib, aber ich habe Anweisung, hier niemanden durchzulassen. Man hat Sie gebeten zu gehen. Ich bringe Sie zur Tür.«

Christopher war nicht in der Stimmung zu diskutieren. Er zückte den Revolver, den er dem Polizisten in Cormacs Haus abgenommen hatte. Den hielt er dem Wächter direkt an die Stirn.

»Zur Tür gehen wir beide auf keinen Fall«, erklärte er. »Dort hinüber«, befahl er und zeigte mit der Pistole in Richtung des Salons. »Dein Freund auch. Sag ihm, er soll sich bewegen, sonst puste ich dir das Hirn weg.«

Der Mann sah, das er es ernst meinte. Zusammen mit dem anderen ging er in Richtung Salon.

»Tür auf und hinein mit euch!«

Die beiden Männer gehorchten. Drinnen schlürften die drei Damen immer noch ihren Morgentee und knabberten Kümmelkuchen. Als die Leibwächter hereinkamen, ließ die Gouvernante ihre Tasse gleich zu Boden fallen. Die Begum sah von ihrem Teller auf, begriff sofort, was geschehen war, und warf Christopher einen Blick zu, der in Hasanabad glatt das Todesurteil bedeutet hätte. Moira Carpenter wirkte auf Christopher wie das Fleisch gewordene Gegenteil von christlicher Nächstenliebe. Niemand sagte ein Wort.

Christopher ging nur hinein, um den Schlüssel an sich zu nehmen, der von innen in der Tür steckte. Er schloss von außen ab und steckte den Schlüssel in die Hosentasche. Dabei fragte er sich, ob sie inzwischen Carpenter gewarnt hatten.

Im Obergeschoss schaute er in jeden Raum des Mädchenflügels hinein. Alle waren kalt und leer. Irgendwo fiel eine Tür zu. In der Ferne hörte er einmal kurz Stimmengewirr, dann war wieder alles still. Am Ende des Ganges führte eine schmale Treppe ins Dachgeschoss. Christopher fiel ein, dass sich Tsewong irgendwo dort oben erhängt haben sollte.

Die Treppe endete vor einer schmucklosen Holztür. Christopher stieg langsam hinauf, wog jeden Schritt ab und lauschte auf das leiseste Geräusch. Sein Herz schlug heftig. Er glaubte, Stimmen hinter der Tür zu hören, aber sie verstummten wieder, und er war nicht sicher, ob er sich das alles nicht nur eingebildet hatte. Aber er spürte, dass da etwas war.

Als er die Tür öffnete, lag wiederum ein schmaler Gang mit Holzdielen vor ihm, ein dunkler Tunnel, nur von einer einzelnen Glühbirne erleuchtet. An seinem Ende sah er eine zweite Tür, die der ersten aufs Haar glich. Er näherte sich ihr vorsichtig, wobei er sich von den dicht beieinanderstehenden dunklen Wänden beengt fühlte. Als ein Dielenbrett knarrte, stand er eine Weile still, die ihm wie eine Ewigkeit vorkam.

Hinter der Tür hörte er eine Art Scharren, ein gedämpftes, rhythmisches Geräusch, das er nicht definieren konnte. *Scharr-scharr*. Dann eine kurze Pause. *Scharr-scharr*. Wieder eine Pause. *Scharr-scharr*. Erneut eine Pause. Und so weiter.

Christopher lauschte angestrengt und zerbrach sich den Kopf, was das sein könnte.

Scharr-scharr. Pause. *Scharr-scharr.*

In Augenhöhe hatte die Tür eine kleine Klappe mit einem Knopf, etwa fünfzehn mal acht Zentimeter groß. So etwas hatte Christopher schon an Zellentüren im Gefängnis gesehen. Vielleicht war dies das Krankenrevier der Mädchen, ein Ort, wo Fiebernde isoliert werden oder Herzkranke Ruhe finden konnten. Vielleicht hatte ja der Mönch Tsewong hier logiert.

Scharr-scharr. Das Geräusch war jetzt deutlicher zu hören.

Christopher ergriff den Knopf und öffnete die Klappe. Durch eine kleine Glasscheibe konnte man einen Teil des Raumes überschauen. Die Wände und der staubige Fußboden waren hell erleuchtet. Durch eine Milchglasscheibe in der Decke fiel mildes Sonnenlicht in die kleine Kammer. Christopher trat ganz nahe heran und drückte sein Gesicht an die Glasscheibe.

Direkt vor ihm, mit dem Rücken zur Tür, saß John Carpenter über ein kleines Feuer gebeugt. In einer Hand hielt er einen langen Schürhaken, mit dem er mechanisch über den eisernen Rost fuhr. Damit erzeugte er das rätselhafte Geräusch, das Christopher gehört hatte. Das Feuerchen war schon am Erlöschen, die wenigen Kohlen waren zu Asche zerfallen und schwelten nur noch wenig. Hier und da züngelten Flämmchen aus der Glut, aber auch sie wurden kleiner und kleiner. Carpenter fuhr mit dem Haken lustlos durch den Rest, wodurch ab und zu noch ein Funken aufsprühte, der rasch verglühte.

Aber nicht Carpenter fesselte Christophers Aufmerksamkeit. Der war Nebensache angesichts dessen, was sich in der Mitte des Raumes abspielte. Dort standen zwei Personen – ein Mann und ein Mädchen –, gleichsam ein lebendes Bild im Sonnenlicht. Der Mann war Inder, aber er trug einen Anzug von einem Luxusschneider der Londoner Savile Row und stützte sich auf einen Rohrstock mit silbernem Knauf. Er war um die Fünfzig, klein und rundlich. Er sah aus, als hätte ihn jemand für die Szene hergerichtet und poliert. Er glänzte und strahlte wie ein frisch geputzter alter Löffel in einem Antiquitätenladen. Wie gebannt starrte er auf das Mädchen.

Es war nackt. Ein weißes Unterkleid lag auf dem Boden, wo die Kleine es abgelegt hatte. Langes schwarzes Haar floss ihr über die Schultern und berührte leicht ihre zarten Brüste. Sie war vielleicht fünfzehn oder sechzehn Jahre alt. Die Augen hielt sie geschlossen, als wollte sie sich von diesem Ort wegträumen, aber aus Carpenters Alptraum gab es für sie kein Entrinnen.

Der Mann streckte die Hand aus und berührte sie sacht, ließ seine dicklichen Finger über ihre Haut gleiten, fuhr damit durch die zarte Behaarung ihrer Unterarme. Dann drehte er sie wieder und wieder wie eine Tänzerin, wie ein Püppchen auf einer Spieldose zum Klang einer alten Melodie. Er ließ sie die Arme heben und wieder senken, um zu sehen, wie sich ihre Brust hob und senkte. Er bewunderte die weiche Linie ihres Halses, wenn sie den Kopf in den Nacken legte. Kein Laut drang aus dem Zimmer, nur das Kratzen des Feuerhakens. Schließlich verstummte auch dieses, und Schweigen breitete sich aus. Das nackte Mädchen drehte sich weiter zu einer Musik, die es ganz allein hörte.

Christopher öffnete die Tür. Niemand nahm Notiz von ihm. Carpenter war in die Betrachtung der erlöschenden Glut vertieft, der Nawab sah nur das Mädchen, und dieses war in Trance. Er stand lange da und wartete darauf, dass das Ritual zu Ende gehen möge. Der Nawab bemerkte ihn zuerst. Er fuhr herum, das Gesicht von unbeschreiblicher Wut verzerrt.

»Das ist doch! Was erlauben Sie sich? Einfach hier einzu-dringen! Wofür halten Sie sich? Bei Gott, ich lasse Sie aus-peitschen, wenn Sie nicht sofort von hier verschwinden!«

Der Nawab hatte in Eton und Oxford studiert, wie sich ein orientalischer Gentleman zu benehmen hatte. In Eton hatte man ihm britische Manieren und in Oxford das Ru-dern beigebracht. Nicht zu lehren brauchte man ihn, wie man jemanden behandelte, der kein Nawab oder Vizekönig war.

»Ich möchte Reverend Carpenter sprechen«, sagte Chris-topher. »Die Angelegenheit geht Sie nichts an. Sie können also den Raum verlassen. Bevor ich Sie hinauswerfe.«

»Wissen Sie überhaupt, mit wem Sie reden? Ich werde Sie auspeitschen lassen für diese Unverschämtheit!«

»Streiten Sie besser nicht mit mir!«, fuhr ihn Christopher an und hielt ihm den Revolver vor die Nase. »Ich habe keine Zeit. Ich knalle Sie ab, wenn Sie mich dazu zwingen. Es liegt ganz an Ihnen.«

Der Mann schnaufte vor Empörung und hob seinen Stock, als wollte er Christopher schlagen. Aber er war nicht unvernünftig genug, es auch zu tun. Grollend bewegte er sich zur Tür. Auf der Schwelle drehte er sich noch einmal um.

»Meine Boys unten werden Ihnen das heimzahlen. Es wird Ihnen leid tun, dass Sie je geboren wurden, wenn die mit Ihnen fertig sind. Bei Gott, das will ich sehen!«

Christopher schlug ihm die Tür vor der Nase zu. Er warf Carpenter, der immer noch vor dem Feuerchen saß, einen scharfen Blick zu und hob dann das Unterkleid des Mäd-chens vom Boden auf. Es stand stocksteif da und starrte ihn an. Ihr Blick schien zu fragen, was als Nächstes passieren würde.

»Zieh dich an«, sagte er und reichte ihr das Kleidungs-stück.

Sie nahm es, hielt es aber stumm in der Hand, als sei sie unsicher, was sie tun sollte.

»Zieh es an«, wiederholte er.

Sie rührte sich noch immer nicht. Da nahm er das Unterkleid und streifte es ihr über den Kopf, wobei er ihr half, in die Ärmel zu schlüpfen.

»Geh fort von hier«, sagte er. »Du darfst hier nicht bleiben, verstehst du?«

Sie blickte ihn verständnislos an. Er musste es ihr erklären.

»Sie machen dich unglücklich«, beharrte er. »Du musst von hier fort.«

Als ob er in den Wind gesprochen hätte, begann sie sich wieder zu drehen, hob und senkte die Arme. Christopher packte sie und schlug ihr leicht auf die Wangen, um sie zur Besinnung zu bringen. Sie schaute ihn an, als spüre sie nichts.

»Verstehst du nicht?«, rief er laut. »Das ist kein passender Ort für dich. Du musst hier weg!«

»Weg?«, fragte sie. Ihre Stimme zitterte. »Aber wohin? Das ist mein Zuhause. Ich kann nirgendwohin gehen. Nirgendwohin.«

»Es ist gleichgültig, wohin du gehst«, sagte er. »Nur hier bleiben darfst du nicht.«

Sie blickte ihn mit ihren blanken Augen an.

»Es ist nicht gleichgültig«, widersprach sie kaum hörbar.

»Lassen Sie sie in Ruhe, Wylam. Sie begreift besser als Sie es je können.« Er hatte sich inzwischen erhoben. Er trat an das Mädchen heran und legte einen Arm um ihre Schultern. So schritten sie beide zur Tür, der Missionar und sein Schützling. Mit leiser Stimme, unhörbar für Christopher, sprach er auf sie ein.

Carpenter öffnete die Tür, sagte noch ein paar Worte zu dem Mädchen und ließ es dann gehen. Er sah ihm nach, wie es den schmalen Gang entlangging. Dann schloss er die Tür und wandte sich Christopher zu.

»Sagen Sie mir, Mr. Wylam«, hub er an, »glauben Sie an Gott?«

Christopher erschien die Frage grotesk und völlig unangebracht.

»Was hat Gott mit all dem zu tun?«, fragte er. »Ich habe Ihnen schon einmal erklärt, dass ich nicht gekommen bin, um mit Ihnen über Theologie zu disputieren.«

»Aber, Mr. Wylam, sehen Sie denn nicht, dass alles am Ende auf Theologie hinausläuft? Zu Gott führt alles zurück. Wie könnte es anders sein? Doch wenn Sie selber nicht gläubig sind, werden Sie das wohl kaum verstehen.«

»Ich bin nicht hier, um zu verstehen. Ich bin hier, um meinen Sohn zu finden. Er ist in Ihrem Waisenhaus gewesen! Und nach allem, was ich weiß, kann er noch hier sein!«

Carpenter ging zu dem Stuhl bei der Feuerstelle zurück und setzte sich. Er wirkte müde und unglücklich.

»Wie kommen Sie darauf, dass er hier war?«, frage er.

»Ich habe im Krankenrevier seine Initialen gefunden. Sie sind in der Wand hinter einem Schrank eingeritzt. Hören Sie also auf, mir etwas vorzumachen. Heute Morgen ist Martin Cormac getötet worden, weil er Informationen über Sie und Ihre Machenschaften besaß. Solange man mich nicht vom Gegenteil überzeugt, mache ich Sie für seinen Tod verantwortlich!«

Der Schock, der sich nun auf dem Gesicht des Missionars abzeichnete, schien nicht gespielt zu sein.

»Cormac? Tot? Wovon reden Sie? Davon weiß ich nichts!«

Christopher berichtete, was er gesehen hatte. Während er sprach, wich das Blut aus Carpenters Gesicht. Er blickte noch entsetzter drein.

»Ich schwöre, von alledem habe ich nichts gewusst«, stammelte er. »Ich schwöre es. Ich weiß von Ihrem Sohn, ja. Ich habe auch von diesem Mönch Tsewong gewusst. Aber das ist etwas anderes. Mit diesem Mord habe ich nichts zu tun. Das müssen Sie mir glauben.«

»Dann reden wir über meinen Sohn. Wo ist er jetzt?«

Carpenter wandte den Blick ab.

»Er ist nicht hier. Sie haben recht. Er war hier. Aber er hat diesen Ort vor einer Woche verlassen.«

»Mit wem? Wohin hat man ihn gebracht?«

»Mishig hat ihn mitgenommen, der mongolische Handelsvertreter. Sie sind nach Tibet aufgebrochen. Ich glaube, sie wollten über den Sebu-la-Pass gehen.«

»Was ist ihr Ziel?«

Carpenter schüttelte den Kopf. Er schaute Christopher fest an.

»Ich weiß es nicht«, sagte er dann. »Sie wollen nach Tibet. Das ist das Einzige, was ich weiß.«

»Gehen sie nach Dorje-la? Ist das ihr Ziel?«

Der Missionar geriet etwas aus der Fassung. Heftig schüttelte er den Kopf.

»Ich weiß nicht, wovon Sie reden. Von einem Ort namens Dorje-la habe ich noch nie gehört.«

»Sie haben einige Ihrer Kinder dorthin geschickt. Aber keine Mädchen, nur Jungen. Von dort ist der Mönch Tsewong gekommen, nicht wahr? Der Dorje Lama hat ihn geschickt.«

Carpenter atmete schwer. Er schwankte bereits.

»Sie wissen eine Menge, Mr. Wylam. Wer sind Sie? Was wollen Sie? Was ist so Besonderes an Ihrem Sohn?«

»Ich dachte, das könnten Sie mir sagen.«

»Ich habe ihn nur so lange bei mir gehabt, bis die Reisevorbereitungen abgeschlossen waren. Mishig hat mir nichts gesagt. Auch Tsewong nicht. Das müssen Sie mir glauben!«

»Wo liegt Dorje-la?«

»Ich weiß es nicht!«

»Wer ist der Dorje Lama?«

»Der Abt von Dorje-la! Das ist alles, was ich weiß, ich schwöre es.«

Christopher verstummte. Was wusste Carpenter wirklich? Was war er bereit zu tun, wen zu verkaufen für ein bisschen Einfluss, ein bisschen Geld?

»Und Sie haben keine Ahnung, wer Martin Cormac umgebracht haben könnte?«

»Keine! Darauf leiste ich einen heiligen Eid.«

»Hat man Sie bezahlt?«

»Mich bezahlt?«

»Dafür, dass Sie William hier behalten haben. Dass Sie ihn an Mishig übergaben.«

»Da war kein Geld im Spiel. Nur Versprechen. Hilfsversprechen. Hören Sie, Sie müssen den höheren Zusammenhang sehen. Ich habe wichtige Arbeit zu tun, Arbeit für den Herrn. Seelen müssen gerettet werden. Verstehen Sie nicht? Sie fahren in die Hölle, all diese Millionen Seelen, wenn keiner sie erlöst. Ich kann sie retten, ich kann ihnen das Paradies schenken. Verstehen Sie? Der Herr benutzt uns alle – Sie, mich, meine Waisen, Ihren Sohn. Wir sind alle seine Werkzeuge. Es ist ein Mysterium. Alles was Er tut, ist ein Mysterium. Wenn Sie das nicht begreifen, dann begreifen Sie gar nichts. Was ich tue, geschieht für Ihn. Es sind Seine Werke.«

Christopher packte den Mann und zerrte ihn von seinem Sitz hoch.

»Sie verkaufen kleine Mädchen für Gott? Sie verkaufen Jungen, um die Heiden zu bekehren?«

»Ach, Sie verstehen nicht …!«

Christopher stieß ihn auf den Stuhl zurück.

»Haben sie ihm etwas angetan? Ich bete zu Gott, dass sie ihm nichts angetan haben. Um Ihretwillen!«

Der Schotte protestierte heftig.

»Nein! Er ist sicher, und es geht ihm gut. Das schwöre ich! Sie haben ihm nichts getan, und sie werden ihm nichts tun. Sie brauchen ihn für irgend etwas. Sie brauchen ihn heil und ganz. Er ist wichtig für sie. Glauben Sie mir, er ist nicht in Gefahr.«

Christopher brachte es nicht über sich, den Mann noch einmal anzufassen. Er hatte ihm nichts mehr zu sagen, denn nichts konnte Martin Cormac wieder zum Leben erwecken und William ihm auch nur einen Zollbreit näher bringen.

»Wenn Sie Ihre Mission in Lhasa haben werden«, sagte Christopher, »denken Sie immer daran, welchen Preis Sie dafür bezahlt haben. Denken Sie jeden Tag daran. Immer, wenn die Hörner in den Tempeln Ihre Gebete übertönen. Und dann fragen Sie sich, ob es das wert war. Fragen Sie sich, ob Gott das wert war.«

Er öffnete die Tür und ging langsam hinaus. Sie fiel mit einem dumpfen Geräusch ins Schloss.

Carpenter starrte in die Reste des Feuers. Kein Phönix mit glänzendem Gefieder stieg daraus auf, er sah nur Asche und Staub. Er schaute nach oben und erblickte den Haken in der Decke. Sonnenlicht lag darauf und vergoldete ihn. Er besaß noch die Gürtelschnur, die der Mönch benutzt hatte. Cormac hatte sie nicht mitgenommen. Sie lag in einer Schublade in der Ecke. Der Stuhl war gerade hoch genug, dass er den Haken erreichen konnte.

17

Vor der Tür des Rasthauses stand ein Polizist. Er wirkte, als hätte er schon immer dort gestanden – ein Fixpunkt, ein Fels in der Brandung der pulsierenden Geschäftsstraße. Er trug die blaue Uniform mit der *Pugaree,* an der die Kokarde seiner Einheit steckte. Ein riesiger Schnurrbart hing ihm über einen humorlosen Mund. Stocksteif wie ein Zinnsoldat stand er da. Christopher wusste, dass er auf ihn wartete. Dabei rechnete er sich bestimmt schon aus, welche Beförderung er für diese Festnahme erwarten konnte. Er hatte einen dicken Stock bei sich und machte den Eindruck, dass er ihn zu gebrauchen verstand.

Christopher tauchte in den Schatten am Straßenrand. Ein Büffelkarren verbarg ihn vor den Augen des Beamten. Bisher, so dachte er bei sich, war er umhergestolpert wie ein Anfänger. Es wurde Zeit, dass er zu seiner alten Form zurückfand. Er atmete tief durch und beobachtete die Straße nach beiden Seiten. Er musste aus Kalimpong verschwinden. Aber seine Ausrüstung und sein Geld waren noch in der Herberge, Letzteres gut versteckt unter einem Dielenbrett.

Da fiel ihm die Hintertür ein. Durch ein Gewirr stinkender Gässchen gelangte er unbeobachtet auf den kleinen Hof voller Gerümpel an der Rückseite des Hauses. Wie erwartet, hatte die Polizei nicht daran gedacht, auch hier einen Mann hinzustellen. Vorsichtig drückte er gegen die wacklige Tür. Sie war nicht verschlossen. Er schlüpfte hindurch und stand in einem düsteren Gang, an dessen Ende ein dünner Sonnenstrahl einfiel. Er schloss sacht die Tür, und die abgestandene Luft des Hauses drang in seine Lungen. Überall roch es nach ranziger Butter.

Das Haus war still, und er gelangte ohne Schwierigkeiten zu seinem Zimmer. Auch das war unbewacht. Er steckte den einfachen eisernen Schlüssel ins Schloss und trat ein. Der Mann in dem Rohrsessel zeigte keine Überraschung und erhob sich auch nicht, um Christopher willkommen zu heißen. Christopher schloss leise die Tür und steckte den Schlüssel in die Tasche. Er sah, dass sein Zimmer nun schon ein zweites Mal gründlich durchsucht worden war, glaubte jedoch nicht, dass sein Besucher dies getan hatte. Er trug die Kleidung eines tibetischen Mönchs, war aber eindeutig kein niederer *Trapa*. Sein Gewand, sein Verhalten, seine Augen, seine Lippen gehörten einer Person von Stand. Das Gesicht war von Pockennarben übersät. Er schaute Christopher unverwandt an.

»Wer sind Sie?«, fragte Christopher. »Was wollen Sie?«

Der Mönch musterte Christopher mit Blicken, die über normale Neugier hinausgingen. Es war, als zöge er ihm die Haut ab und das rohe Fleisch komme zum Vorschein.

»Ich will gar nichts«, sagte er mit sanfter Stimme. Sein Englisch war klar, aber etwas gestelzt. »Sie dagegen«, fuhr er fort, »sind auf der Suche nach etwas. Ich wüsste gern, was es ist.«

»Wenn Sie nichts wollen, was tun Sie dann hier?«, fragte Christopher. Der durchdringende Blick des Mönchs machte ihn nervös. Ebenso, mit ihm allein in einem Raum zu sein.

»Sie warnen«, sagte der Mönch leise.

»Mich warnen?«

Der Gecko an der Wand bewegte sich, um Schatten und Deckung zu finden.

»Sie haben Fragen gestellt. Ungehörige Fragen. Fragen, auf die es keine Antwort gibt, die Sie verstehen könnten. Sie sind heilig, ich darf Sie nicht antasten. Aber ein Mann ist bereits gestorben. Sein Blut klebt an meinen Händen. Verstehen Sie? Es wird in meinem nächsten Leben und auch in allen weiteren an meinen Händen bleiben. Für mich sind Sie heilig, aber andere könnten Ihnen Böses tun. Ich weiß, dass Sie das nicht verstehen. Das ist auch besser für Sie. Daher mein Rat: Kümmern Sie sich nicht länger um den Lama, der hier zu Tode gekommen ist. Schlagen Sie sich alle Gedanken an

Ihren Sohn aus dem Kopf. Denken Sie nicht an Rache. Fahren Sie nach Hause. Alle anderen Wege sind für Sie versperrt. Die Götter spielen jetzt nur. Verlassen Sie diesen Ort, bevor sie der Spiele überdrüssig werden.«

Was meinte er wohl mit »Sie sind heilig für mich«? Christopher fiel der dünne Mann in Hexham ein. »Ich habe Anweisung, Sie nicht zu verletzen«, hatte er gesagt.

»Wollen Sie mir sagen, Sie haben Martin Cormac getötet?« Christopher trat einen Schritt auf den Mönch zu. Der blieb bewegungslos.

»Sie verstehen nicht«, flüsterte der Mönch. Christopher glaubte das Geräusch der Fliegen in dem Raum zu hören. Er sah das Sonnenlicht auf dem zerwühlten Bett. Er rang nach Luft.

»Ich verstehe durchaus!«, rief er laut, um das Summen zu übertönen.

Der Mönch schüttelte den Kopf.

»Sie verstehen überhaupt nichts«, flüsterte er.

Christopher trat noch näher an den Mann heran, aber etwas hielt ihn davon ab, sich auf ihn zu stürzen.

»Bitte«, sagte der Mönch. »Versuchen Sie nicht, mich anzugreifen. Wenn Sie das tun, muss ich Sie daran hindern. Und ich möchte nicht auch das noch auf mein Gewissen laden. Mein *Karma* ist heute bereits mit Blut befleckt worden. Aber Sie sind heilig. Zwingen Sie mich nicht, Sie anzutasten.«

Unbeschreiblicher Zorn stieg in Christopher auf, doch die Ruhe, die der Mönch ausstrahlte, machte es ihm schwer, die Hand gegen ihn zu erheben. Der Mann stand auf, und sein Gewand umspielte elegant seine eindrucksvolle Gestalt.

»Ich habe Sie gewarnt«, sagte er. »Verlassen Sie Kalimpong. Kehren Sie nach England zurück. Wenn Sie Ihre Aktivitäten fortsetzen, kann ich keine Verantwortung mehr übernehmen.«

Als er an Christopher vorbei zur Tür ging, streifte er ihn mit einem Zipfel seines Gewandes.

Was dann geschah, wusste Christopher später nicht mehr. Er spürte die Berührung des Gewandes an seiner Hand. Sie erinnerte ihn daran, wie sich Cormacs Moskitonetz angefühlt hatte, und sein Zorn erwachte wieder. Die Gelassenheit des Mönchs war ihm egal, er wollte ihn packen, irgendwie Gerechtigkeit an ihm üben. Er griff nach ihm, um ihn herumzureißen und ihm wenigstens aus nächster Nähe ins Gesicht zu schauen. Ob er ihn schlagen wollte, wusste er nicht genau.

Er spürte nur noch die Hand des Mönchs in seinem Nacken, einen sanften Druck ohne Gewalt oder Schmerz. Dann verschwand die Welt vor seinen Augen, und er hatte das Gefühl zu fallen, ohne Ende in einen lichtlosen, farblosen Abgrund.

Er träumte von einer großen Stille, die an ihm klebte wie Wachs. Das Wachs schmolz, und er schritt durch lange Korridore. Auf jeder Seite leere, schweigende Klassenräume. Kalkstaub hing in der Luft wie zerstampfter weißer Pollen in langen Strahlen von Sonnenlicht. Er erklomm Treppen, die sich in der Unendlichkeit verloren. Dann war er plötzlich wieder in einem Korridor. Von fern hörte er ein Summen. Er ging durch eine Tür und stand in einem langen weißen Schlafraum, wo ebenfalls Schweigen herrschte. Über dem Mittelgang hatte man zwei Reihen rostiger Haken in die Decke geschraubt. Von jedem Haken hing ein Seil herab, und an seinem Ende der Körper eines jungen Mädchens. Alle trugen weiße Unterkleider, wandten ihm den Rücken zu und hatten langes schwarzes Haar, glatt wie Seide. Mit Entsetzen sah er, wie sich Seile und Körper drehten. Ein Summen erfüllte den Raum, aber er sah keine Fliegen. Plötzlich knallte eine Tür, und das Echo rollte durch das ganze Haus.

»Wachen Sie auf, Sahib! Wachen Sie auf!«

Er bemühte sich, die Augen zu öffnen, aber seine Lider waren wie zusammengeklebt.

»Sie können hier nicht liegenbleiben, Sahib! Sie müssen aufstehen!«

Eine letzte Anstrengung, und seine Augen öffneten sich ohne Schmerz. Der Mönch war fort. Lhaten, der Junge, der ihn bedient hatte, beugte sich mit angstvollem Gesicht über ihn. Er selbst lag ausgestreckt auf dem Boden seines Zimmers.

»Der Mönch hat mir gesagt, ich würde Sie hier finden, Sahib. Was ist passiert?«

Christopher schüttelte den Kopf, um wieder klar denken zu können. Er glaubte, er habe Watte unter der Schädeldecke. Watte, von Eisendraht durchzogen.

»Ich weiß nicht«, sagte er. »Wie lange liege ich schon hier?«

»Nicht lange, Sahib. Zumindest denke ich das.«

»Lhaten, steht die Polizei noch vor der Tür?«

»Nur ein Mann. Es heißt, er wartet auf Sie. Haben Sie etwas verbrochen, Sahib?«

Wieder schüttelte er den Kopf. Die Watte fühlte sich jetzt eher an wie Zement.

»Nein, Lhaten. Aber das ist nicht leicht zu erklären. Hilfst du mir hoch?«

»Natürlich.«

Der Junge legte einen Arm um Christophers Nacken und setzte ihn auf.

Mit seiner Hilfe schaffte es Christopher bis zum Stuhl. Er fühlte sich so schlapp wie nie zuvor. Ihm war, als hätte man ihm alle Luft aus den Lungen gepresst. Was immer der Mönch getan hatte, er war für kurze Zeit bewusstlos geworden, ohne ernsthaft verletzt zu sein. Von derartigen Griffen hatte er schon gehört, sie aber noch nie in Anwendung erlebt.

»Weiß die Polizei, dass ich hier bin, Lhaten?«

Der Junge schüttelte den Kopf. Er war sechzehn, siebzehn Jahre alt. Nach seinem Akzent war er sicher Nepalese.

»Ich muss hier weg, ohne dass man mich sieht«, vertraute er dem Jungen an. »Kannst du mir dabei helfen?«

»Kein Problem, Sahib. An der Hintertür steht keiner. Aber wo wollen Sie hin? Die Polizei sucht überall nach Ihnen. Sie müssen etwas sehr Schlimmes getan haben.« Die Vorstellung schien dem Burschen zu gefallen.

Christopher wollte den Kopf schütteln, aber sein Nacken verweigerte ihm den Dienst.

»Ich habe nichts getan, Lhaten«, sagte er. »Ein Mann ist ermordet worden. Ich habe ihn gefunden.«

»Und jetzt denkt die Polizei, Sie haben ihn umgebracht?« Lhaten zog die Augenbrauen hoch und ließ einen Pfiff hören. Genau so reagierte William, wenn er verblüfft war, dachte Christopher bei sich.

»Genau. Aber ich war es nicht. Glaubst du mir?«

Lhaten zuckte die Achseln.

»Spielt das eine Rolle? Zweifellos war er ein schlechter Mensch.«

Christopher runzelte die Brauen.

»Nein, Lhaten, er war kein schlechter Mensch. Und es spielt eine Rolle. Es ist Dr. Cormac, der mich gestern Abend aufgesucht hat. Erinnerst du dich?«

Jetzt wurde Lhaten ernst. Er kannte Cormac. Der Arzt hatte ihn mehrfach behandelt. Er mochte ihn.

»Keine Sorge, Sahib. Ich bringe Sie hier raus. Aber Sie müssen irgendwohin.« Christopher schwankte. Er war nicht sicher, ob er dem Jungen trauen konnte. Aber er war jetzt ganz auf sich allein gestellt. Niemand in London würde für ihn einstehen. Niemand in Delhi würde zu seinen Gunsten eingreifen. Er brauchte die Hilfe des Jungen dringend.

»Lhaten«, sagte er und war sich bewusst, welches Risiko er einging. »Ich will fort aus Kalimpong. Ich muss Indien verlassen.«

»Natürlich. Sie können nicht in Indien bleiben. Wohin wollen Sie gehen?«

Wieder zögerte Christopher. Wenn die Polizei den Jungen verhörte …

»Sie können mir vertrauen, Sahib.«

Was erhoffte sich der Junge? Geld?

»Wenn es Geld ist, das du …«

»Ich bitte Sie!« Der Junge verzog gekränkt das Gesicht. »Ich will kein Geld. Ich will Ihnen helfen, das ist alles. Wohin wollen Sie gehen?«

Christopher wurde klar, dass er Zeit verschwendete. Die Polizei konnte jeden Augenblick hier sein, um seine Sachen noch einmal durchzugehen. Er vermutete, dass sie die zweite Durchsuchung vorgenommen hatte.

»Ich will über den Sebu-la«, sagte er leise. »Nach Tibet. Am liebsten möchte ich heute Abend aufbrechen, wenn das möglich ist.«

Lhaten starrte ihn entgeistert an. Es war, als hätte er gesagt, er wolle zum Mond fliegen.

»Sie meinen bestimmt den Nathu-la, Sahib. Der Sebu-la ist geschlossen. Das bleibt er auch den ganzen Winter lang. Selbst der Nathu-la und die Pässe danach werden geschlossen, wenn das Wetter umschlägt.«

»Nein, ich meine den Sebu-la. Ich muss über Lachen ins Tista-Tal und dann über die Pässe. Ich brauche einen Bergführer. Jemanden, der diesen Weg kennt.«

»Ihnen geht es wohl nicht gut, Sahib? Der Schlag gestern Abend und das eben …«

»Ich weiß, was ich tue, verdammt noch mal!«, rief Christopher ärgerlich.

»Ja. entschuldigen Sie, Sahib.«

»Ist schon in Ordnung. Es tut mir leid, dass ich laut geworden bin, Lhaten. Ich komme dir sicher ein bisschen verrückt vor, was?«

Der Junge grinste.

»Das dachte ich mir. Kennst du jemanden, der so aberwitzig ist, mich dorthin zu führen? Er muss nicht mit mir über den Pass gehen. Er soll mich nur bis zum Sebu-la bringen. Ich zahle auch gut.«

»Ja. Ich wüsste da schon jemanden.«

»Sehr gut. Meinst du, du kannst mich ungesehen zu ihm bringen?«

Lhaten grinste wieder.

»Nichts einfacher als das.« Christopher erhob sich. Vor seinen Augen drehte sich alles.

»Na, dann los.«

»Keine Sorge, Sahib, der Mann, den Sie brauchen, ist hier. Ich kann Sie zum Sebu-la führen. Vielleicht bin ich ja auch ein bisschen verrückt.«

Christopher ließ sich auf den Stuhl zurückfallen. Dass sich der Junge selbst anbot, irritierte ihn, obwohl er spürte, dass er sich auf ihn verlassen konnte.

»Das siehst du richtig. Aber ich will keinen Ausflug machen. Ich will nach Tibet hinein, ohne dass auf halbem Wege alle Alarmglocken des Himalajas läuten. Das Ziel besteht darin, heil und ganz dorthin zu gelangen. Ich brauche einen Bergführer, keinen Kellner aus einem Rasthaus.«

Lhatens Miene verdüsterte sich. Es war, als hätte Christopher ihm eine Ohrfeige versetzt.

»Tut mir leid, wenn ich …«, sagte Christopher, aber Lhaten unterbrach ihn.

»Ich bin nicht nur Kellner. Ich bin achtzehn. Und ich bin ein richtiger Bergführer. Ich komme aus einer Sherpa-Familie. Wir kennen die Berge, wie ein Bauer sein Feld kennt. Mit meinem Vater bin ich schon viele Male über den Sebu-la gegangen.«

»Im Winter?«

Der Junge senkte den Kopf.

Nein«, sagte er. »Nicht im Winter. Niemand geht im Winter über den Sebu-la. Niemand.«

»Aber ich werde es tun, Lhaten.«

»Ohne meine Hilfe, Sahib, kommen Sie nicht einmal bis zum ersten Sattel.«

Lhaten hatte recht. Bei diesem Wetter brauchte Christopher mehr als nur Glück und seine begrenzten Erfahrungen, um den Sebu-la zu finden und zu überqueren. Im Moment dachte er noch nicht darüber nach, was er tun wollte, wenn er ihn erreicht hatte. Eines aber war klar. Er konnte nicht den üblichen Weg im Osten durch das Chumbi-Tal nehmen. Dort wartete man auf ihn. Alle Karawanen und Einzelreisenden würden angehalten und gründlich kontrolliert werden. Wenn er Glück hatte, schickte man ihn nur zurück. Wahrscheinlich aber würden sein Besucher und dessen Kumpel, wer immer sie auch waren, auf ihn warten. Und der Mönch hatte ihn nicht im Unklaren darüber gelassen, dass seine Freunde keine Hemmungen hatten, ihm etwas anzutun.

»Warum willst du bei einem Unternehmen wie diesem dein Leben riskieren, Lhaten?«, fragte Christopher.

Der Junge zuckte die Achseln.

»Ich bin jetzt den dritten Winter hier, Sahib. Wie lange soll das noch so weitergehen?«

Christopher sah das Zimmer, die schäbige Einrichtung und den Gecko an der Wand.

»Hast du keine Angst, dich bei diesem Wetter dorthin zu wagen?«

Lhaten grinste, dann aber wurde er ganz ernst.

»Große Angst.«

Das genügte Christopher. Er würde den Jungen nehmen. Das Letzte, das er auf dieser Reise brauchte, war jemand, der nicht wusste, was Angst bedeutet.

18

Sie hatten sich verirrt. Zwei Tage kämpften sie nun schon gegen Schnee und Wind, aber noch immer war von dem *Chörten*, der tibetischen Stupa, nichts zu sehen, die, wie Tobchen behauptete, den Zugang zum Tal von Gharoling markierte. Das Pony war verloren. Es war am Tag zuvor zusammen mit dem größten Teil ihrer Verpflegung in eine tiefe Gletscherspalte gestürzt. Die Schmerzensschreie des sterbenden Tieres, das tief unten festsaß, wo sie ihm nicht helfen konnten, hatten sie in der Stille der Berge noch kilometerweit verfolgt.

Der alte Mann wurde sichtbar schwächer. Nicht nur physisch, sondern auch mental. Seine Willenskraft schwand, und der Junge wusste, dass er kurz vor dem Aufgeben war. Schon mehrmals hatte er Tobchen gegen dessen Willen aus einem Tagtraum oder einem Schlaf aufrütteln müssen. Manchmal gerieten sie in frostkalte Wolkenschwaden, deren blendendes Weiß alles ringsum verschlang. Er spürte, dass der alte Mann am liebsten in eine Wolke geschritten und verschwunden wäre. Er musste ihn fest bei der Hand halten und immer wieder zum Gehen antreiben. Ohne ihn war auch er endgültig verloren.

»Wird Herrin Chindamani auch nach Gharoling kommen, Tobchen?«, fragte er.

Der alte Mann seufzte.

»Das glaube ich nicht, Herr. Pema Chindamani muss in Dorje-la bleiben. Dort ist ihr Platz.«

»Aber sie hat gesagt, wir werden uns wiedersehen.«

»Wenn sie das gesagt hat, dann wird es auch geschehen.«

»Aber nicht in Gharoling?«

»Das weiß ich nicht, Herr.«

Und der alte Mann schritt weiter in den Schneesturm hinein. Dabei murmelte er die Worte der Mantra *om mani padme hum* vor sich hin wie eine alte Frau, die den Pflug durch ihr Feld zieht. Das war er tatsächlich. Eine alte Frau, in ihren Pflug gespannt.

Am siebenten Tag frühmorgens zwischen dem Aufbruch und der ersten Rast war der alte Mann dann endgültig verschwunden. Ohne jede Warnung. Tobchen schritt wie immer voraus in eine Wolkenbank und wies den Jungen an, ihm langsam zu folgen. Anfangs schien alles normal. Dann hob sich die Wolke, und der Weg vor ihm war leer. Zu seiner Linken ging es steil in einen tiefen Abgrund, dessen Ende von Nebel verhüllt war. Über eine Stunde lang rief er laut und flehend den Namen des alten Mannes, aber nur das Echo antwortete ihm. Ein Sonnenstrahl legte den Gipfel des hohen Berges vor ihm frei. Plötzlich fühlte sich Samdup schrecklich allein.

Er war zehn Jahre alt. Tobchen hatte ihm erzählt, es seien in Wirklichkeit viele hundert Jahre, aber hier, in Schnee und Eis gefangen, fühlt er sich nur wie ein Kind. Er wusste, ohne den alten Mann war er verloren. Er hatte keine Ahnung, wohin er sich wenden sollte. Ob nach vorn oder zurück, für ihn war alles gleich. Die Berge schienen ihn zu verhöhnen. Selbst wenn er Jahrhunderte alt war, was bedeutete das schon? Älter als sie waren nur die Götter.

Der Proviant in seiner Tasche reichte bei guter Einteilung noch für zwei Tage. Wenn er doch nur auf den *Chörten* oder einen Gebetsstock stieße! Wenn doch nur ein Tempelhorn in der Ferne erklänge! Aber er sah nichts als Eisnadeln ringsum und hörte den Wind pfeifen.

Im Dunkel der Nacht weinte er, weil er fror und sich, so schrecklich allein, fürchtete. Er wünschte, er hätte Dorje-la Gompa nie verlassen, wäre dort bei Pema Chindamani und seinen anderen Freunden geblieben. Niemand hatte ihn je gefragt, ob er ein *Trulku* sein wollte. Vor sieben Jahren waren Männer im Hause seines Vaters erschienen, hatten ihn einigen Prüfungen unterzogen und ihm dann gesagt, wer er sei. Viel lieber wäre er bei seinen Eltern geblieben. Sicher gab es nichts Größeres als das Leben in seinem *Labrang* in Dorje-la, aber zu Hause hätte ihn niemand gezwungen, zu studieren oder, in Seidengewänder gehüllt, stundenlangen Zeremonien beizuwohnen.

Als die Nacht vorüber war, fand er die Welt in Nebel gehüllt. Er blieb, wo er war, spürte, wie ihm die Feuchtigkeit in alle Glieder kroch, fürchtete aber, einen einzigen Schritt zu tun, um nicht auch in einen Abgrund zu stürzen. Er wusste, dass er sterben würde, und empfand darüber kindlichen Groll. Der Tod war ihm nicht fremd. Er hatte die Leichname der Äbte in ihren goldenen *Chörten* im obersten Geschoss des Klosters gesehen, wo niemand über ihnen stehen konnte. Als eine seiner ersten Amtshandlungen in Dorje-la hatte er die Trauerfeier für einen alten Mönch namens Lobsang Geshe leiten müssen. Und überall an den Wänden und Decken der Klostergemächer tanzten die Toten wie Kinder. Seit er drei Jahre alt war, waren sie seine Spielgefährten. Trotzdem hatte er Angst.

Zeit war in diesem Nebel ohne Bedeutung. Er hatte keine Vorstellung, welche Tageszeit es war, als er zum ersten Mal die Schritte hörte. Er lauschte, wie zu Stein erstarrt. An den Bergpässen gab es Dämonen. Dämonen und *Ro-lang*, Untote, die der Blitz getroffen hatte. Mit geschlossenen Augen streiften sie durch die Berge, unfähig zu sterben und wiedergeboren zu werden. Während der langen Nächte im *Labrang* hatte Pema Chindamani ihm Geistergeschichten erzählt, und er hatte ihr beim Kerzenlicht mit großen Augen gelauscht. Aber hier, allein im Nebel, ließ die Erinnerung an ihre Geschichten ihm das Blut gefrieren.

Eine große Schattengestalt in Schwarz tauchte auf. Der Junge presste sich gegen den Felsen und flehte um Hilfe zu Gott Chenrezi oder Göttin Tara. Er murmelte die Mantren, die er von Tobchen kannte. *Om Ara Pa Tsa Na Dhi*, zitierte er die Manjushri-Mantra, die er erst kürzlich gelernt hatte.

»Rinpoche, sind Sie das?«, ertönte da eine dumpfe Stimme. Der Junge kniff die Augen fest zusammen und betete die Mantra immer schneller.

»Dorje Samdup Rinpoche? Ich bin Thondrup Chophel. Ich bin von Dorje-la gekommen, um Sie zu suchen.«

Er spürte eine Hand auf seinem Arm und biss sich vor Angst fast die Zunge ab.

»Bitte, Rinpoche, fürchten Sie sich nicht. Machen Sie die Augen auf. Ich bin es. Thondrup Chophel. Ich bin gekommen, um Sie nach Hause zu holen.«

Endlich überwand der Junge seine Furcht und wagte einen Blick.

Das war nicht Thondrup Chophel. Es war niemand, den er kannte. Das war ein Dämon in Schwarz, der ihn mit schrecklich bemaltem Gesicht anstarrte. Er sprang auf und wollte weglaufen. Eine Hand packte ihn beim Arm und hielt ihn fest. In Panik blickte er auf den Dämon. Das Wesen hob eine Hand und nahm die Maske vom Gesicht. Es war eine Ledermaske, wie die Reisenden vor drei Tagen sie getragen hatten. Darunter kam das Gesicht von Thondrup Chophel zum Vorschein.

»Verzeihen Sie, dass ich Sie erschreckt habe, Herr«, sagte der Mann. Dann hielt er inne. »Wo ist Geshe Tobchen?«

Der kleine Rinpoche erklärte es ihm.

»Dann wollen wir Gott Chenrezi danken, dass er mich zu Ihnen geführt hat. Schauen Sie, der Nebel löst sich auf. Wenn wir gegessen haben, müssen wir uns auf den Weg machen.«

Zunächst stärkten sie sich, wie üblich mit Tee und *Tsampa*. Thondrup Chophel war nie sehr gesprächig gewesen. Der Junge mochte ihn nicht. Er war der Geku des Klosters, dafür zuständig, auf die Disziplin der Mönche zu achten. Samdup erinnerte sich, wie er in seinem schweren Gewand mit den gepolsterten Schultern bei Zeremonien in der großen Tempelhalle von Dorje-la durch die Reihen der Mönche schritt, die die glattrasierten Köpfe gesenkt hielten. Er hatte Samdup nie persönlich gemaßregelt, das war Aufgabe von Geshe Tobchen gewesen, dem obersten Wächter und Lehrer des Jungen. Aber Thondrup Chophel hatte ihn oft böse angesehen und jede seiner Verfehlungen sofort Tobchen gemeldet.

»Sind Sie gekommen, um mich nach Gharoling zu bringen?«, fragte der Junge.

»Nach Gharoling? Warum sollten wir nach Gharoling gehen, Herr? Ich bringe Sie zurück nach Dorje-la Gompa.«

»Aber Geshe Tobchen wollte mit mir nach Gharoling gehen, wo ich bei Geshe Chyongla Rinpoche studieren sollte. Er sagte, ich würde nicht nach Dorje-la zurückkehren, unter keinen Umständen.«

Der Mönch schüttelte den Kopf.

»Bitte, streiten Sie nicht mit mir, Herr. Ich habe Anweisung, Sie zurückzubringen. Der Abt sorgt sich um Sie. Geshe Tobchen hatte keine Genehmigung, mit Ihnen fortzugehen oder Sie gar nach Gharoling zu bringen. Sie sind zu jung, um das zu verstehen. Sie müssen mit mir gehen. Sie haben keine andere Wahl.«

»Aber Geshe Tobchen hat mich gewarnt …«

»So? Wovor hat er Sie gewarnt?«

»Vor … Gefahr.«

»Wo? In Dorje-la?«

Der Junge nickte. Er war unglücklich, dass er dem Wunsch seines Lehrers nicht nachkommen konnte.

»Das haben Sie sicher falsch verstanden, Herr. Ihnen droht keine Gefahr in Dorje-la. Dort sind Sie sicher.«

»Und wenn ich selber nach Gharoling gehen will?«

Er sah, wie Zorn in dem Geku aufstieg. Er war ein mächtiger Mann, den man besser nicht reizte. Samdup war oft Zeuge gewesen, wie er andere Mönche bestraft hatte.

»Sie würden eher sterben, als Gharoling zu erreichen. Das ist nicht der Weg dorthin. Gharoling ist fern von hier. Ich bin gekommen, um Sie nach Dorje-la zurückzubringen. Darüber gibt es keine Diskussion. Sie haben keine andere Wahl.«

Der Junge schaute in den Nebel. Die Welt war ein schrecklicher Ort. Tiere und Menschen stürzten in dieser Einöde ab, ohne je zurückzukehren. Wenn er hier blieb, drohte auch ihm dieses Schicksal. Geshe Tobchen hätte gewusst, was jetzt zu tun war. Er hatte es immer gewusst. Aber Geshe Tobchen war im Nebel verschwunden. Er hatte tatsächlich keine Wahl. Er musste nach Dorje-la zurückkehren.

ZWEITER TEIL

Inkarnation

Dorje-La

»Ich blieb zurück, um den bösen Traum zu Ende zu träumen.«
Joseph Conrad, *Herz der Finsternis*

19

Sie verließen Kalimpong spät in der Nacht, als es stockdunkel war und kein Mondlicht sie verraten konnte. Nur die streunenden Hunde schlugen an, wenn sie ihnen begegneten. Auf einem Balkon schluchzte eine Frau im Dunkeln. In den Knox Homes hinter der Kirche waren die Nachtgebete vorüber. Ein kleines Mädchen, das nicht schlafen konnte, lauschte dem traurigen Ruf eines Käuzchens.

Christopher hatte den Rest des Tages in einem unbenutzten Anbau verbracht, während Lhaten Proviant erwarb – ein bisschen hier, ein bisschen da, um keinen Verdacht zu erregen. Vor allem war es *Tsampa*, dann Butter, etwas Tee, Streifen von getrocknetem Rindfleisch und Salz. Außerdem hatte ihm Christopher eine Liste von Dingen gegeben, deren Zweck Lhaten sich nicht erklären konnte: ein Fläschchen dunkler Haarfarbe, Jod, Walnusssaft, ein paar Zitronen und eine Flasche Klebstoff. Auch etwas Geld hatte er getauscht. Für eine Rupie bekam er fünf tibetische *Trangkas*. Auf eigene Faust wechselte der Junge ein paar *Trangkas* in kleinere Kupfermünzen ein. Nur ein sehr reicher Mann oder ein *Pee-ling*, ein Ausländer, konnte so viele Silber-*Trangkas* bei sich tragen. Er glaubte nicht, dass sein neuer Freund für den einen oder den anderen gehalten werden wollte.

Vom Postamt in der Prince Albert Street schickte Lhaten ein Telegramm an Winterpole ab: »Nachricht von Onkel William. Komplikationen hier machen es unmöglich, bei Tante zu bleiben. Freunde raten zu Camping in den Bergen. Werde im nächsten Monat nicht erreichbar sein.« Eine ausführlichere versiegelte Nachricht hinterlegte Lhaten in der britischen Handelsvertretung. Von dort sollte Frazer sie auf sicherem Wege nach London übermitteln. Darin erfuhr die Familie zu Hause, wie es Christopher im fernen Indien ging. Winterpole wurde gebeten, bei der Kriminalpolizei in Delhi Ermittlungen gegen Carpenter und die Knox Homes zu erwirken.

Vor dem Aufbruch veränderte Christopher sein Äußeres. Vor Kälte zitternd, zog er sich splitternackt aus und bestrich sich von Kopf bis Fuß mit einer Mixtur aus Walnusssaft und Jod. Als die Flüssigkeit eingetrocknet war, schlüpfte er in die dicken Sachen, die für die Reise notwendig waren. Darüber drapierte er verschiedene übelriechende, vielfach geflickte Lumpen, die Lhaten an unsäglichen Orten aufgelesen hatte. Wo, wollte Christopher lieber nicht wissen. Die Haarfarbe machte ihrem Namen alle Ehre: »Phataks weltberühmtes Mittel, um Haupthaar zu färben und wiederherzustellen. Wirksam gegen Ergrauen, Kahlköpfigkeit und Kopfjucken«. Christopher behielt genügend von dem Mittel in der Flasche zurück, um die Farbe jede Woche auffrischen zu können. Wenn er dann überhaupt noch Haare auf dem Kopf hatte. Die letzte Prozedur war die schwierigste: Er träufelte sich ein paar Tropfen Zitronensaft in die Augen. Es brannte höllisch. Aber als er die Augen wieder öffnen und in den Spiegel schauen konnte, sah er, dass das Blau der Iris weitgehend verschwunden war und ihre dunkle Farbe perfekt zu Haut und Haar passte.

In dieser Nacht schritten sie kräftig aus, um am Morgen Kalimpong möglichst weit hinter sich gelassen zu haben. Ihr erstes Ziel war Namchi, etwa elf Kilometer in nordwestlicher Richtung. In der Dunkelheit überquerten sie die Grenze zwischen Britisch-Indien und Sikkim, ohne Markierungen zu bemerken. Christopher wusste, dass sie damit mehr als eine

Staatsgrenze überschritten hatten. Vor ihnen lagen die Berge, unübersehbar und ständig in ihren Gedanken präsent.

Durch Namchi zogen sie kurz nach Mitternacht. Es war eine Ansammlung von Bambushütten, die, unbewacht, in tiefem Schlaf lagen. Christopher konnte sich nicht erklären, wie Lhaten in der Finsternis den Weg fand. Der stieg unablässig an, wand sich durch dampfende Wiesen und Wald. Der Wald sollte immer dichter werden, bevor sie die Baumgrenze ereichten und sich den Pässen näherten.

Auf Lhatens Rat schlugen sie etwa fünf Kilometer nach Namchi ihr erstes Lager auf. Christopher war gar kein bisschen schläfrig und wollte weitergehen, aber Lhaten bestand auf einer Rast.

»Wenn wir nicht ein wenig rasten, sind Sie morgen müde. Wir haben noch weit zu gehen, bevor wir die Dörfer hinter uns lassen. Wenn Sie nicht schlafen können, dann ruhen Sie wenigstens ein bisschen. Ich werde eine Mütze Schlaf nehmen. Ich hatte einen langen Tag … Und ich weiß, was uns bevorsteht.«

Seit sie Kalimpong verlassen hatten, war der Junge wie ausgewechselt. Dort war er unterwürfig, fast servil gewesen, hatte Christopher ständig Sahib genannt und sich in jeder Hinsicht verhalten, wie es von ihm als Angehörigem einer niederen Rasse gegenüber seinem Herrn erwartet wurde. Je weiter sie sich jedoch von der Stadt entfernten, desto mehr erwachte in ihm ein natürliches Selbstbewusstsein. Das Wort Sahib benutzte er jetzt viel seltener und mit einem Unterton, aus dem Ironie, zuweilen aber auch wachsende Zuneigung klang. Noch immer fragte sich Christopher, weshalb der Junge sich bereitgefunden hatte, einem Mordverdächtigen als Führer zu dienen. Bald musste er sich eingestehen, dass Lhatens Behauptung, er habe so etwas früher schon getan, der Wahrheit entsprach.

Christopher versuchte zu schlafen, aber er verfiel nur in einen unruhigen Schlummer, aus dem er von Zeit zu Zeit hochfuhr. Lhaten an seiner Seite atmete tief und gleichmäßig. Der Boden war hart und die Luft bitterkalt. Sobald die Sonne kam, würde es wieder warm werden, aber das war in der Nacht ein schwacher Trost. Die Bilder vom Vortag standen Christopher noch zu klar vor Augen, als dass er hätte völlig abschalten können.

Der leicht verschleierte Himmel wechselte von Purpur zu Scharlachrot und schließlich zu gleißendem Gold, als die Sonne über den Bergen von Bhutan aufging. Bei ihren ersten Strahlen erwachte Lhaten. Er wollte an diesem Tag gut vorankommen und die ausgetretenen Pfade möglichst weit hinter sich lassen. Aus der Ferne ging der *Pee-ling* als nepalesischer Reisender durch, aber er wollte möglichst vermeiden, dass sie näher in Augenschein genommen wurden. Vor allem Christophers Körpergröße würde unnötige Aufmerksamkeit erregen. Und daran war nun einmal nichts zu ändern.

In Damtung teilte sich der Weg. Nach links führte ein Pfad zum Buddhistenkloster Pemayangtse, und der breitere Weg nach rechts senkte sich ins Tal der Tista hinab. Weiter ging es dort nach Gantok, der Hauptstadt von Sikkim.

»Wir müssen die Straße nach Gantok nehmen, Sahib. Wir haben keine andere Wahl. Wenn wir auf andere Menschen treffen, dann überlassen Sie das Reden mir. Ich werde behaupten, Sie seien stumm.«

Es folgte ein steiler Abstieg. Die Tista war von schweren Regenfällen stark angeschwollen. Sie war ein breiter Fluss, doch sie schoss mit einer Wucht dahin wie ein Bergstrom, der sich durch enge Schluchten zwängt. Eilig passierten sie die Dörfer Temi und Tarko, als seien sie Händler, die rechtzeitig zum Markttag in Gantok sein wollten. Die Hitze wurde unerträglich. Gegen Mittag wanderten sie mit freiem Oberkörper. Die

Kälte der Nacht kam ihnen jetzt wie ein Traum oder eine ferne Erinnerung vor.

Bald waren sie von düsterem, feuchtem Dschungel umringt, der ihnen dicht auf den Leib rückte. Er berührte sie beim Vorübergehen mit Fingern aus feuchten grünen Blättern und Ranken, die schleimigen Schlangen gleich von moosigen Ästen herabhingen. Neben Bambus und Palmen drängten Riesenfarne zum Licht. Jeder Stamm war von Lianen und anderen Schlingpflanzen umschlungen. Orchideen blühten in üppigen Büschen und sandten einen berauschenden Duft aus. Grell gemusterte Schlangen glitten durch das dichte, modrige Unterholz. Die schwere, feuchte Luft roch nach Fäulnis. Sie versuchten, so flach wie möglich zu atmen, als durchquerten sie einen Ort, wo Krankheiten und anderes Unheil ausgebrütet wurden.

In diesem Wald waren Leben und Tod untrennbar miteinander verwoben. Sterbendes bot Nahrung für neues Leben, das sich überall zeigte. Es umbrauste sie – heiß, grün und ruhelos. Alles schien von einem wilden Fieber erfasst – Insekten, Blumen, Vögel, Reptilien und andere Tiere.

Christopher sah einen ganzen Schwarm von Schmetterlingen, die in einem Sonnenstrahl dicht am Boden tanzten. Ihre Flügel schienen Feuer gefangen zu haben. Sie strahlten in Rot, Blau und Gelb wie bunte Glasfenster in einer dunklen Kathedrale. Aber als er näher hinschaute, sah er, dass sie auf dem verwesenden Kadaver eines kleinen Tieres saßen, von dem sie sich ernährten. Dann zeigte ihm Lhaten eine einzelne Blüte von großer Schönheit, die wie ein blutroter Edelstein von einem langen Ast herabhing. In der Dunkelheit darüber hatte eine Spinne ihr Netz ausgespannt, in dem Insekten, von den roten Blütenblättern angelockt, sich rettungslos verfingen.

Von Anfang an wurden sie von Blutegeln geplagt. Wie

kurze, dünne Regenwürmer ließen sie sich von überall her auf sie herabfallen, fanden jede winzige Öffnung in ihren Kleidern, bis sie den von ihnen so ersehnten nackten Körper erreicht hatten. Dort saugten sie dann Blut, bis sie gesättigt waren. Es nützte nichts, sie herauszureißen. Ihr Maul blieb in der Haut stecken und erzeugte eine eiternde Wunde. Lhaten und Christopher mussten alle paar Kilometer innehalten und sich gegenseitig mit kleinen Salzsäckchen behandeln, die sie in Wasser tauchten. Die zwangen die Egel, loszulassen und abzufallen.

Meist schritten sie schweigend aus. Die Hitze und die drückende Luft machten Sprechen zu einem Luxus. Grellbunte Vögel, Frösche, Affen und all die anderen Bewohner dieser Treibhauswelt übernahmen das für sie. Der Dschungel selbst schien sie verzaubert zu haben, entlockte diesen Kreaturen Töne in ihren Sprachen, wie die Egel den Menschen das Blut aus den Adern saugten.

Wenn sie sich nachts zur Ruhe legten, dann redeten sie nur im Flüsterton miteinander, während Raubtiere ihren Opfern auflauerten und üppige Blüten ihren Duft in die Nacht verströmten.

»Haben Sie im Krieg gekämpft, Sahib? Im Weltkrieg? Haben Sie Panzer und Flugzeuge gesehen?«

»Nein, Lhaten. Zu dieser Zeit war ich in Indien. Da gab es Spione, deutsche Spione. Sie wollten den Krieg hierherbringen und uns Indien wegnehmen.«

»Ihnen. Sie wollten Ihnen Indien wegnehmen.«

»Ja, natürlich. Aber nicht, um es den Indern zurückzugeben. Sie wollten es für sich selbst. Dann wäre ein deutscher Vizekönig gekommen.«

»Hätte das etwas geändert?«

Christopher dachte nach. Für die Briten schon. Aber für die Inder? Oder für Nepalesen wie Lhaten? Er hätte die Frage des Jungen gern mit ja beantwortet, aber das wäre gegen seine Überzeugung gewesen.

»Haben Sie Deutsche in Indien gefangen genommen?«

»Ja.«

»Haben Sie sie getötet?«

»Einige. Der Rest wurde festgesetzt.«

»Weil sie Indien erobern wollten?«

»Ja.«

»Wie die Briten?«

»Ja.«

In der Finsternis bewegte sich etwas. Auf einen unterdrückten Schrei folgte Flügelklatschen. Räuber und Opfer kamen und gingen in diesem undurchschaubaren nächtlichen Spiel.

Am dritten Tag stießen sie auf einer von Gras überwucherten Lichtung auf die Ruinen eines Tempels. Efeu verehrte die gestürzten Figuren von Schiwa und Wischnu auf seine Weise mit festem Griff. Überall lagen Steine übereinander, gesprengt von Regen, Hitze und den schleichenden grünen Armen des Dschungels.

Von morbider Neugier getrieben, trat Christopher auf die Lichtung hinaus. Lhaten blieb zurück. Er wollte keinen Fuß an einen so lange verlassenen Ort setzen. Er beobachtete Christopher, wie er von einem moosigen Stein zum anderen schritt, mit den Händen uralte Reliefs und vergessene Inschriften betastete. Er blickte angstvoll auf die seltsamen Götter, die in merkwürdigen Stellungen im Gras lagen. Er sah, wie eine schwarze Schlange durch Schiwas Finger glitt, als halte der Gott einen lebenden Stab in der Hand.

»Verweilen Sie nicht an diesem Ort, Sahib«, rief er von den Bäumen her, vor Angst unvermittelt wieder in den unterwürfigen Ton verfallend. »Hier gibt es böse Geister. Bitten Sie um Verzeihung und kommen Sie, Sahib.«

In den Baumwipfeln kreischte ein Vogel auf und verstummte wieder. Im Umkreis der Ruinen wirkte der Dschungel stiller, als sei dies das Herz eines uralten Schweigens. Christopher wandte sich um und sah, wie Lhaten ihn zu sich winkte. Angst stand ihm ins Gesicht geschrieben.

»Keine Sorge, Lhaten«, rief er zurück, aber seine Stimme wirkte schwach, heiser und unsicher. An einer niedrigen Mauer zu seiner Linken erkannte er die Gestalten von Männern und Frauen im Liebesakt, die verschlungenen Glieder durch das grüne Moos leicht verwischt. Nichts rührte sich. Kein Lüftchen, keine frische Brise bewegte die Blätter. Die abgefallene Hand einer Figur zu seinen Füßen griff ins Leere. Christopher hatte das Gefühl, die grünen Mauern des Dschungels bewegten sich auf ihn zu. Plötzlich wollte er weg von diesem Ort und die frische Luft der Berge atmen. Wortlos gesellte er sich Lhaten wieder zu. Sie umgingen die Lichtung und kämpften sich weiter durch das Unterholz in Richtung Norden. In dieser Nacht stellte Lhaten erneut seine Fragen.

»Jetzt gibt es doch keine Deutschen hier, Sahib?«

»In Indien, meinst du?«

»Ja.«

»Ich glaube nicht.«

»Briten und Deutsche sollen jetzt Freunde sein. Stimmt das?«

Christopher zuckte die Schultern.

»Ich weiß nicht, ob wir Freunde sind, aber wir haben miteinander Frieden geschlossen.«

»Sie suchen also nicht mehr nach Deutschen.«

»Nein, Lhaten. Ich suche nicht nach Deutschen.«

»Wonach suchen Sie dann?«

Christopher wünschte, sie könnten ein Feuer anzünden. Wie viele Nächte sollten sie noch so im Dunkeln liegen?

»Ich habe einen Sohn«, sagte er. »Einen zehn Jahre alten

Jungen namens William. Jemand hat ihn entführt. Er wurde nach Kalimpong gebracht. Aber sie haben ihn jetzt noch weiter verschleppt – über den Sebu-la nach Tibet.«

Lhaten verstummte eine Weile.

»Haben Sie darüber mit Reverend Carpenter gesprochen, Sahib?«, fragte er schließlich.

»Warum sollte ich das tun?«

»Weil er sich mit solchen Dingen auskennt. Mit Jungen, die verschwinden. Mädchen, die man nie wiedersieht. Er ist ein sehr gläubiger Mann. Ein sehr christlicher, meinen Sie nicht auch, Sahib?«

»Was weißt du über die Knox Homes, Lhaten?« Christopher erinnerte sich, dass ihn der Junge bei seiner ersten Frage nach dieser Einrichtung so merkwürdig angesehen hatte.

»Es ist ein Ort, wo man sich um Kinder kümmert. Manchmal bringt man die Kinder von dort fort. Ein sehr christlicher Ort.«

»Wissen viele Menschen davon, Lhaten? Dass Reverend Carpenter Jungen und Mädchen an reiche Leute verkauft?«

Lhaten nickte. »Manche wissen das. Aber Reverend Carpenter ist ein sehr frommer und gutherziger Mann. Wir sind dankbar für seine christliche Wohltätigkeit. Hätte ich Ihnen gleich am Anfang gesagt, dass dort Kinder verschwinden, hätten Sie mir geglaubt? Und wenn nicht Ihr Sohn darunter wäre, hätten Sie sich dann für das Schicksal dieser Kinder interessiert?«

Christopher zuckte zusammen. Der Junge hatte recht. Heuchelei war viel weiter verbreitet als jedes andere Laster.

»Wohin bringt man Ihren Sohn?«, fragte Lhaten.

Christopher wusste die Antwort oder war sich zumindest ziemlich sicher.

»Hast du je von einem Ort namens Dorje-la gehört?«, fragte er.

Nur der Dschungel antwortete.

»Lhaten, ich habe dich gefragt, ob du je von einem Ort namens Dorje-la gehört hast.«

In der Nähe erklang das dünne Pfeifen einer Fledermaus.

»Ich denke, es ist Zeit zu schlafen, Sahib«, sagte Lhaten schließlich.

Auf Christophers Frage antwortete er nicht.

20

Sie überquerten den Fluss auf einer schwankenden Brücke bei Shamdong – drei Bambusstangen, über den eisigen Strom gelegt. Der Dschungel endete abrupt, und sie kamen in offenes Gelände. Am sechsten Tag hatten sie bereits eine Höhe von über 2000 Metern erreicht, und das Klima veränderte sich merklich. Es war nicht mehr warm. Über den Berggipfeln, die nun von Zeit zu Zeit sichtbar wurden, fiel bereits Schnee. Schatten zogen darüber hin, und es war, als lösten sich Stücke von Eis und stürzten in die Tiefe. Graue und weiße Wolken ballten sich zusammen und zerfielen wieder. Sie brachten einen kalten Nieselregen mit. Die Reisenden holten ihre Wintersachen aus dem Gepäck und zogen sie an.

Christopher war das Herz schwer. Nicht einmal Lhatens Lachen und seine kleinen Sticheleien konnten den Trübsinn vertreiben, der ihn befallen hatte. Wenn er auf die Berge und die über den Schnee huschenden Schatten blickte, dann überlief ihn ein Schauer, als wäre er schon in dieser düsteren Einöde.

Sie kamen an Bambushütten vorbei, die den Winter über verlassen dastanden. Manchmal suchten sie dort für die Nacht Schutz. Oft regnete es stundenlang. Sie begegneten fast keinem Menschen, denn alle Dörfer und Häusergruppen auf ihrem Weg umgingen sie in weitem Bogen. An den wenigen Reisenden, die ihnen entgegenkamen, schritten sie, tief in ihre Gewänder gehüllt, wortlos vorüber.

Hinter Tsöntang teilte sich der Fluss in den Lachung zur Rechten und den Lachen zur Linken. Sanfter, feuchter Nebel füllte das enge Lachen-Tal. Ohne ein Wort bog Lhaten dorthin ein, wobei er unruhig zwischen Steinen und Büscheln des giftigen Grases *Duk-shing,* das überall zu wachsen schien, nach dem Weg suchte. Am nächsten Tag hob sich der Nebel, und gegen Abend erblickten sie die ersten Zeichen dafür, dass sie den Pässen bereits nahe waren: Auf dem Grund des Tales lagen Reste von Eis und nichtgeschmolzenem Schnee.

Am nächsten Morgen fielen vereiste Schneeflocken vom bleigrauen Himmel. Schweigend gingen sie dahin, jeder in seine Gedanken vertieft. Lhaten blickte sorgenvoll drein, sagte aber nichts. Der Weg war härter, als er erwartet hatte. Dabei wusste er, dass sie weiter oben noch viel schwerer vorankommen würden. Wenn das Wetter sich verschlechterte, brachte sie jeder Schritt, den sie taten, dem Punkt näher, wo es kein Zurück mehr gab. Diesen genau abzuschätzen, sah er jetzt als seine wichtigste Aufgabe an.

Aber das war es nicht allein. Allmählich erreichten sie die kritische Höhe von etwa 3600 Metern, wo jeder weitere Aufstieg lebensgefährlich werden konnte. Christopher hatte ihm versichert, er habe diese Höhe bereits mehrfach überschritten. Doch das war vor Jahren gewesen. Auch das Herz eines körperlich gesunden Mannes konnte bei dieser Belastung versagen.

Die Nacht brach herein, und sie fühlten sich verloren in Kälte und Finsternis. Sie spürten, dass die Schneeflocken weiter fielen, langsam, weich und tödlich, kalte Sendboten einer anderen Welt. Vom Dorf Lachen waren sie jetzt zwanzig Kilometer aufwärts gestiegen. Vor ihnen lag noch Tangu, die letzte Ansiedlung, bevor sie die Pässe erreichten. Wenn das Wetter und die Götter es ihnen erlaubten.

Der steile Anstieg von Lachen hatte sie auf eine kritische Höhe gebracht. Hier wollten sie ihr Lager aufschlagen und sehen, wie es Christopher ging, bevor sie über ihr weiteres Vorgehen entschieden. Sollte diese Höhe zu anstrengend für ihn sein, dann mussten sie so rasch wie möglich den Rückzug antreten. Ein Tag zu spät konnte das Ende bedeuten.

Das winzige Zelt aus Yakhaar schlugen sie an einer geschützten Stelle dicht bei der Talwand auf. Lhaten wälzte sich in der Nacht unruhig herum, er konnte nicht schlafen. Der Junge war besorgt. Zuerst hatte er noch gezweifelt, aber seit vierundzwanzig Stunden war er sicher, dass ihnen jemand folgte. Zumindest seit Nampak, wo der Dschungel zu Ende war. Wahrscheinlich waren die Verfolger – es mussten mindestens zwei sein – ihnen bereits im Wald auf den Fersen gewesen, aber sie hatten sie nicht bemerkt.

Auch Christopher schlief unruhig, während der Schnee ununterbrochen weiterfiel wie weiße Blütenblätter. Im Zelt war es warm, es schützte gut gegen die frostige Kälte. Die Elemente wandten sich gegen sie. In den Bergen bliesen Winde über nacktes Eis.

Am Morgen gerieten sie in Streit. Lhaten wollte noch mehrere Tage an diesem Ort verweilen, damit Christopher sich besser akklimatisieren konnte. Technisch gesehen, hatte der Junge wohl recht, wenn er es auch nicht überzeugend erklären konnte. Bei 3600 Metern sinkt der alveoläre Sauerstoffdruck auf etwa 50 Millimeter ab. Wenn dies geschieht, erhöht sich die Atemfrequenz, und der Kohlendioxyddruck in den Lungen beginnt zu fallen. Das Ergebnis ist eine Hypoxie, ein Mangel an Sauerstoff, der schwerwiegende, ja sogar fatale Folgen haben kann, wenn der Körper sich nicht entsprechend anpasst. Auf ihrem Weg hatten sie noch Höhen von fast 5500 Metern zu bewältigen. Wenn Christopher das früher bereits getan hatte, dann würde sein Körper sich relativ schnell anpassen. Aber wie er selbst einräumte, war er noch nie bei derartigem Wetter über die Pässe gegangen.

»Ich muss mich nicht weiter akklimatisieren. Ich fühle mich pudelwohl«, beharrte er.

»Bitte, Sahib, streiten Sie nicht mit mir. Bisher ist alles gut gegangen. Aber jetzt wird es schwer. Geben Sie Ihrem Körper Zeit, sich daran zu gewöhnen.«

»Verdammt noch mal, ich bin hier früher schon gewesen, Lhaten. Ich habe dich nicht mitgenommen, damit du mir Vorschriften machst. Du sollst mir nur zeigen, wie ich zu den Pässen komme, sonst nichts. Meinetwegen kannst du jetzt schon umkehren.«

Lhaten erwiderte nichts. Reizbarkeit war häufig das erste Anzeichen für Höhenkrankheit.

»Ich habe gesagt, dass ich mit Ihnen bis zu den Pässen gehe«, erklärte der Junge schließlich. »Wenn Sie wollen, kann ich Sie auch hinüberbringen. Allein werden Sie nicht weit kommen.«

»Es wird schon gehen. Ich lasse mich nicht von dir bemuttern.«

»Warten Sie doch wenigstens noch einen Tag, Sahib. Bis das Wetter aufklart.«

Der Schneefall hatte an diesem Morgen aufgehört. Aber vor und hinter ihnen versperrten hohe Schneewehen den Weg.

»Nein. Wir müssen weiter. Wenn es wieder schneit, kommen wir überhaupt nicht mehr durch. Das möchtest du wohl? Betest du für genug Schnee, damit die Pässe unpassierbar werden?«

»Nein, Sahib. Ich bitte die Göttin Tara um Schutz. Und um gutes Wetter.«

Aber schon während er sprach, sah er, wie sich hinter den Bergen dunkle Wolken auftürmten. Allein auf sich gestellt, wäre er bereits vor zwei Tagen umgekehrt. Jeder aus seiner Familie oder seinem Freundeskreis hätte das getan. Aber Christopher war stur wie alle *Pee-lings*. Er hatte kein Gefühl für die Gefahr. Was auch geschehen mochte, er würde weiter vorwärtsdrängen, selbst wenn das bedeutete, große Risiken einzugehen. Deshalb musste jemand bei ihm sein, wenn es so weit war. Lhaten seufzte. Er sah nur allzu klar, wem diese Aufgabe zufiel.

Gegen zehn Uhr vormittags zogen sie weiter. Christopher schritt voran, missmutig und verärgert über die Schneewehen, die sie am Vorwärtskommen hinderten. Seinen Körper als Schneepflug benutzend, bahnte er einen Weg durch das hinderliche Weiß, das manchmal weit über einen Meter hoch lag. Lhaten folgte ihm und schleppte dabei weit mehr als seinen Anteil am Gepäck. Zu beiden Seiten des engen Tals behinderten steile Felswände die Sicht. Es gab kein Ausweichen. Der einzige Weg führte steil nach oben.

Den ganzen Tag und auch den nächsten kämpften sie sich auf diese Weise vorwärts, bis sie eine flache Gegend erreichten, die fast frei von Schnee war. Das Wetter hielt, aber mit zunehmender Höhe wurde es immer kälter. Im offenen Gelände unmittelbar vor den Pässen waren sie den scharfen Winden schutzlos ausgesetzt. Sie stürzten sich auf sie wie Vampire, die ihnen den Atem raubten und das Blut gefrieren ließen. Lhaten beobachtete Christopher scharf, denn er erwartete weitere Anzeichen von Höhenkrankheit. Irgendwann mitten in der zweiten Nacht erfasste eine starke Windböe ihr leichtes Zelt und riss es mit sich in die Dunkelheit.

Zu den Gefahren dieser Höhe kam nun auch noch das Risiko, in den frostigen Nächten ungeschützt zu sein.

»Wenn wir weitergehen«, flüsterte Lhaten, »dann geraten wir immer tiefer in all das hinein. Der Wind wird so stark werden, dass er uns das Fleisch von den Knochen reißen kann. Und es wird noch mehr schneien. Nicht ein bisschen, wie bisher, sondern viel mehr. Auch Schneesturm ist möglich. Das überlebt niemand, Sahib. Niemand.«

Aber Christopher wollte nichts hören. Er war in einer Art Hochstimmung, fand Eis und Schnee sogar schön. Er konnte spüren, wie sein Herz schneller schlug, als die Luft immer dünner wurde und sein Blut den Sauerstoffverlust zu kompensieren suchte. Lhaten hörte, wie sich sein Atem beschleunigte, sagte aber nichts. Er wollte, dass die Höhe ihn stoppte. Dann konnte er ihn den Weg zurückführen wie ein Lamm.

Am nächsten Tag erreichten sie den Chumiomo-Gletscher. Von dort ging ein schmaler Seitenpfad zum ersten Pass. Der Anstieg war steil, und Christopher musste mehr als einmal stehen bleiben, um wieder zu Atem zu kommen. Beim Gehen stützte er sich jetzt schwer auf einen dicken Stock. Das Atmen bereitete ihm immer mehr Mühe, und Lhaten fragte sich, wann die Erschöpfung ihn zwingen werde, aufzugeben und umzukehren.

Sie steckten gerade mitten in einem Hohlweg, als die Lawine kam. Zuerst hörte man ein leises Poltern, das rasch anschwoll, als ob ein Schnellzug aus einem dunklen Tunnel auf sie zuraste. Lhaten erkannte das Geräusch sofort. Entsetzt schaute er um sich und sah, dass sie in der Schlucht gefangen waren. Eine riesige Masse von Schnee, Felsbrocken und feinem weißen Nebel sauste mit halsbrecherischer Geschwindigkeit den steilen Abhang zu ihrer Linken herunter. Die ganze Welt schien zu beben. Es krachte und hämmerte ohrenbetäubend, als Tonne auf Tonne losgerissener Materie ihnen entgegenstürzte.

Wie zur Salzsäule erstarrt, sahen sie es kommen: Schneekristalle spritzten schimmernd in die Luft, funkelten im Licht, tanzten im Raum, bis sie taumelnd niedersanken. Das Ganze hatte eine eigene Schönheit, es wirkte fast schwerelos, weiß und rätselhaft, geformt aus Luft und Wasser, so fein wie Wolken oder Nebel … Und so zerstörerisch wie gehämmerter Stahl.

Lhaten besann sich als Erster und packte Christopher am Arm.

»Lauf!«, brüllte er, aber seine Stimme wurde von dem anschwellenden Donner verschluckt.

Christopher stand da wie in Trance. Seine Beine waren wie Blei und wollten sich nicht mehr bewegen.

»Wir müssen rennen, Sahib«, brüllte der Junge wieder, aber das Dröhnen riss seine Worte fort wie leichte Federn. Er zerrte Christopher mit sich.

Der folgte Lhaten wie einer, der im Traum durch einen zähen Sumpf zu waten versucht. Als die ersten Schneebrocken sie hart trafen, schoss Angst in Christopher hoch, und er spürte, wie seine Beine wieder Kraft gewannen. Hinter Lhaten lief er seitlich einen schmalen Steig hinauf. Es war, als flögen sie senkrecht die Felswand hinan.

Ein Schlag traf ihn am Arm, ein anderer am Bein. Die Welt vor ihm wurde schneeweiß. Lhaten verschwand in einer Wolke blitzender Kristalle.

Christopher lief weiter, obwohl ihm fast die Lunge zerplatzen wollte und er verzweifelt nach Luft rang. Er glaubte, sein Herz müsste versagen, so wild schlug es in seiner Brust. Er strauchelte, kam wieder auf die Beine und schleppte sich weiter. In seinen Ohren heulte es, und er sah nur noch rot vor den Augen. Jeder Schritt erforderte jetzt übermenschliche

Anstrengungen. Die Welt versank im Schnee. Alles Licht, alle Geräusche waren dahin. Der Körper wurde ihm schwer, die Beine wollten nicht mehr, und er stürzte vornüber.

Dann war das Heulen vorbei, und die letzten Schneekristalle sanken langsam herab. Im Tal wurde es still. Die Berge sahen zu, unbewegt, gefühllos und selbstgefällig in ihrer weißen, unbefleckten Entrücktheit. Sie hatten das schon so oft erlebt und würden es wieder erleben.

21

In der Stille konnte er sein Herz klopfen hören wie eine Begräbnistrommel. Es pochte langsam und melancholisch, aber er war am Leben. Er öffnete die Augen. Ringsum war alles schwarz. Für einen Moment geriet er in Panik, weil er glaubte, er sei erblindet. Dann begriff er, dass die Lawine ihn unter sich begraben hatte. Er spürte das Gewicht des Schnees, das ihn niederdrückte. Schwer, aber nicht zu schwer. Er war sicher, dass er sich daraus befreien konnte.

Nur das Ende der Lawine, wo der Schnee mehrere Dutzend Zentimeter dick war, hatte sie verschüttet. Christopher brauchte nicht lange, um sich freizuschaufeln. Wesentlich länger dauerte es, bis er Lhaten fand. Der Junge war vor ihm gelaufen, als die Lawine niederging, also suchte Christopher in dieser Richtung. Mit bloßen Händen scharrte er jede nur mögliche Erhebung im Schnee beiseite. Dabei blickte er immer wieder ängstlich nach oben, denn die Lawine konnte weiteren Schnee gelockert haben.

Schließlich fand er Lhaten unter einer fast meterdicken Schneeschicht ganz in seiner Nähe. Zuerst glaubte er, der Junge sei tot, so ruhig lag er da. Aber dann stellte er fest, dass Lhaten noch atmete. Er entdeckte Blut an seiner linken

Schläfe, und ein großer Stein lag in der Nähe. Christopher nahm an, der habe ihn bewusstlos geschlagen. Erst als er ihn ganz aus dem Schnee zog, fiel ihm das Bein auf.

Lhatens linkes Bein lag in merkwürdiger Stellung da. Unter dem Knie war seine Hose blutig, und als Christopher die Stelle vorsichtig betastete, spürte er etwas Hartes unter dem Stoff. Sein Schienbein war beim Fallen gebrochen, und der Knochen hatte sich durch die dünne Haut gebohrt.

Christopher richtete das Bein, während der Junge noch bewusstlos war, und riss sein eigenes Unterhemd in Streifen, um das Bein zu bandagieren. Dann schnitt er dickere Stücke aus seiner *Chuba* heraus, dem Schaffellmantel, den Lhaten in Kalimpong für ihn beschafft hatte, und legte sie zwischen die Beine des Jungen. Nachdem er die Wunde versorgt hatte, band er beide Beine fest zusammen.

Als das vollbracht war, sank er neben seinem Gefährten zu Boden und fiel in tiefen Schlaf. Sollte es noch eine weitere Lawine geben, dann würde das ihr Ende sein. Christopher konnte keinen Schritt mehr tun, und wenn es um sein Leben gegangen wäre.

Als er schließlich wieder erwachte, war es stockdunkel. Wind blies von irgendwoher, ein alter Wind, voller Traurigkeit und grundloser Wut. Er war allein, hungrig und bösartig. Er füllte die ganze Welt – Himmel, Berge, Pässe, Gletscher, alle Höhen und alle Pfade der Verdammten. Er fuhr durch die Schlucht, in der sie lagen, und wütete dort mit der Heftigkeit einer verlorenen Seele.

Da der Wind so laut heulte, hörte Christopher zuerst nicht Lhatens Stöhnen. Dann drang es an sein Ohr wie das Heulen eines verlassenen Hundes. Christopher rückte näher an ihn heran.

»Lhaten!«, rief er und versuchte, das Getöse zu überschreien. »Ich bin es, Christopher! Wie geht es dir?«

Da keine Antwort kam, beugte er sich ganz nah über ihn. Diesmal antwortete Lhaten.

»Mir ist kalt, Sahib. Und ein Bein tut mir weh. Jemand hat meine Beine zusammengebunden. Aber meine Finger sind zu steif. Ich kann die Fessel nicht lösen. Und ich habe schreckliche Schmerzen im linken Bein.«

Christopher erklärte ihm, was geschehen war, und der Junge beruhigte sich ein wenig. Dann zog er Christopher näher zu sich heran und sagte: »Wir müssen einen Unterschlupf finden, Sahib. Wenn wir hier liegen bleiben, werden wir sterben.«

Der Junge hatte recht. In diesem geschwächten Zustand würde die Kälte sie umbringen, wenn nicht in dieser Nacht, dann am nächsten Tag oder am übernächsten. Binnen Stunden würde Christopher zu matt sein, um sich noch zu bewegen, und dann war es mit beiden aus. Zum Glück hatte ihn die erzwungene Ruhe wieder etwas gekräftigt. Es war die längste Pause seit einigen Tagen. Sie hatte seinem Körper die Möglichkeit gegeben, sich zu akklimatisieren. Seine früheren Erlebnisse mit großer Höhe ließen diesen Prozess schneller ablaufen, und nach dieser Krise funktionierte er wieder fast normal. Jetzt war die Hauptgefahr nicht die Höhe, sondern der Wind, der dem menschlichen Körper sehr rasch jedes bisschen Wärme entzog.

Christopher fand die große Segeltuchtasche wieder, die Lhaten getragen hatte. Seine eigene kleinere Tasche hatte er unter dem Schnee verloren. In der großen Tasche lag das Grabwerkzeug, das der Junge auf sein Drängen hin mitgenommen hatte. Es war klein, aber stabil. Mit ein bisschen Glück konnte es ihnen das Leben retten.

Der Wind nahm an Stärke zu, als Christopher sich zu den Resten der Lawine begab. Er musste kriechen, damit ihn der Sturm nicht umriss. Es war gerade so hell, dass er sich orientieren konnte. Als er den Schneeberg erreicht hatte, schnitt er Schneeblöcke heraus, jeder etwa 75 Zentimeter lang und 30 Zentimeter breit. Sobald er auf diese Weise eine Fläche von etwa zwei Quadratmetern geräumt hatte, stapelte er die Blöcke zu einer Mauer auf. Er brauchte etwa eine Stunde, bis so etwas wie ein roher, rechteckiger Iglu fertig war, den er mit dickeren und längeren Blöcken abdeckte. Als er zu Lhaten zurückkam, schlotterte der Junge vor Kälte. Er hatte bereits viel Wärme verloren. Von Zeit zu Zeit stöhnte er und murmelte etwas vor sich hin. Als Christopher ihn ansprach, reagierte er nicht. Sein Puls war schwach, sein Atem langsam und flach. Er konnte unmöglich selbst zu dem Unterschlupf gehen, auch nicht, wenn Christopher ihn stützte. Der Wind hätte beide sofort umgeblasen.

So musste Christopher ihn dorthin schleifen. Es waren kaum zehn Meter, aber der Wind und Christophers Sorge, das gebrochene Bein nicht zu verschieben, ließen die Strecke zehnmal so lang erscheinen. Nach der Anstrengung des Bauens gaben ihm seine Lungen zu verstehen, dass sie ihm bald den Dienst aufkündigen würden. Mit geschlossenen Augen schleppte er seine Last weiter. Nicht jetzt, betete er, nicht jetzt.

Das Beten fiel ihm leicht. Die Worte kamen wie von selbst über seine Lippen. Das Kind in ihm betete für den Mann, der Gläubige für den Ungläubigen. Wie Lhaten mit seinen *Mantren* in einer anderen Sprache und in einem anderen Glauben, so betete er beim Heulen des Windes zur Heiligen Jungfrau. Er bat sie um Liebe, um Leben, um die Kraft, den Jungen noch ein Stückchen über den windumtosten Boden der Schlucht zu ziehen.

Heilige Maria, Muttergottes, bete für uns Sünder jetzt und in der Stunde unseres Todes. Heilige Maria, Muttergottes, bete für uns Sünder jetzt und in der Stunde unseres Todes. Heilige Maria, Muttergottes …

Der Wind riss ihm die Worte vom Mund. Er verschnaufte ein wenig und schleppte Lhaten weiter. Der Junge wog schwer, obwohl er unter normalen Umständen für Christopher leicht sein musste. Endlose Zeit schien vergangen zu sein, bis sie bei dem Iglu angelangt waren.

Christopher legte den Jungen ganz hinten in dem Unterschlupf auf eine Decke, die er der Tasche entnommen hatte. Dann verschloss er den Eingang mit weiteren Schneeblöcken, die er dafür bereitgelegt hatte. Er bearbeitete sie so lange, bis sie richtig passten. Als der letzte Block gesetzt war, verstummte das Heulen des Windes plötzlich. Christopher und sein Begleiter waren von Stille umgeben, als befänden sie sich im Auge des Sturms. Mit losem Schnee dichtete Christopher die Ritzen ab und rollte sich dann zu Füßen des Jungen zusammen. Wenige Minuten später schlief er schon wieder. Er träumte von Ernte und Überfluss im Herbst, von goldenen Garben und reifen Äpfeln an tief herabhängenden Ästen.

In der Nacht schlug das Wetter um. Es war der 12. Januar. Zwei Karawanen wurden vom Schneesturm auf dem Nathula eingeschlossen, und ein Hurrikan riss vom Tempel in Mindroling das Dach herunter. In dieser Nacht zeigte sich am Himmel über Tashi Lhumpo ein Meteor.

Es war die Nacht, da die Götter nicht mehr spielten, sondern über Orte schritten, die sie noch nie betreten hatten.

Gegen Morgen herrschte in dem Unterschlupf eine angenehme Temperatur. Lhaten war wieder bei Bewusstsein und sagte, er fühle sich ganz gut, wenn er von dem Schmerz in seinem Bein absehe. Dagegen konnte Christopher nichts tun. Er fand etwas getrockneten Yakdung, den eine Karawane im Sommer zurückgelassen hatte, und entfachte damit ein Feuerchen. In Tibet, wo es so wenig Bäume gibt, ist dies nahezu das einzige Brennmaterial.

Er musste das Feuer in dem Iglu anzünden und ließ den Rauch durch ein Loch entweichen. Draußen wüteten immer noch starke Winde. Einmal prasselte ein schwerer Hagelschlag durch die Schlucht. Am dunklen Himmel prallten dicke Wolken heftig aufeinander.

Christopher bereitete heißen Tee in einer Schüssel und gab etwas *Tsampa* hinzu. In Lhatens Tasche hatte er ein wenig Butter gefunden, die er ebenfalls hineinrührte. Der Junge verschlang das Ganze gierig, und seine Lebensgeister regten sich wieder. Aber Christopher wusste, es war nur eine Frage der Zeit, dass ihm die Kräfte erneut schwanden. Er brauchte so rasch wie möglich richtige Behandlung.

»Wir müssen zurück, sobald du wieder gehen kannst«, sagte er zu dem Jungen.

»Ich brauche eine Schiene«, sagte Lhaten.

»Daran habe ich auch schon gedacht. Ich will versuchen, meine Tasche und meinen Wanderstock zu finden. Sie müssen dort sein, wo mich die Lawine erwischt hat. Es ist sicher nicht schwer, sie auszugraben. Den Stock können wir für dein Bein zurechtschneiden. Es wird nicht leicht werden, aber wenn du dich auf mich stützt, müssten wir hinunterkommen.«

»Was ist mit der Lawine? Mit dem Schnee? Die Schlucht ist davon blockiert. Da komme ich nicht durch. Lassen Sie mich zurück. Sie können aus Tsöntang Hilfe holen. Wenn Sie sich beeilen, sind Sie in einigen Tagen wieder hier.«

Aber der Junge sagte nicht die Wahrheit. Er wusste, welches Wetter sie zu erwarten hatten. Und da war noch etwas, das er ebenfalls für sich behielt. Unmittelbar bevor die Lawine niederging, hatte er weiter oben einen scharfen Knall gehört, wie von einem Schuss. Jemand hatte die Lawine absichtlich ausgelöst. Vielleicht war das Geräusch ja auch Christopher aufgefallen. Aber er wusste nicht, dass ihnen jemand folgte.

»Ich denke, dass man die Lawine eventuell umgehen kann. Selbst wenn wir dafür ein wenig weiter nach oben steigen müssen. Da findest du bestimmt einen Weg.«

Lhaten schüttelte den Kopf.

»Tut mir leid, Sahib. Es gibt nur einen Weg: Das ist der, den wir gekommen sind. Sie müssen bald aufbrechen, wenn Sie noch vor Dunkelheit über die Lawine hinwegkommen wollen.«

Christopher antwortete nicht. Es kam nicht in Frage, dass er ohne den Jungen zurückging. Er wusste ja nicht einmal, ob er allein nach unten durchkommen würde. Es gab nur eine Möglichkeit: Sie mussten nach Tibet hinüber und das nächste Dorf erreichen. Das bedeutete wahrscheinlich, dass man Christopher dort festnahm, aber im Augenblick war ihm das Leben des Jungen noch wichtiger, als seinen Sohn zu finden.

Kurz vor Mittag brachen sie wieder auf. Christopher ging gebeugt, so dass der Junge sich auf ihn stützen konnte. Denn auch mit einer Schiene konnte Lhatens gebrochenes Bein nicht das geringste Gewicht tragen. Wenn er sich aus Versehen darauf zu stützen versuchte, kamen beide ins Straucheln. Am Nachmittag frischte der Wind wieder auf. Eine Stunde später setzte Schneefall ein. Die Flocken fielen nicht gerade herunter, sondern wurden vom Wind gepeitscht. Dieser schien zu einem Geist geworden zu sein, der in dem Schneetreiben Gestalt angenommen hatte. Je höher sie kamen, desto schärfer wurde der Wind. Es war, als gingen sie gegen Rasierklingen an. Selbst den Atem riss einem der Wind aus dem Mund. Sie brauchten mehrere Stunden, um eine Strecke zurückzulegen, die sie vorher in einer Stunde bewältigt hatten.

Am Abend waren sie zu erschöpft, um sich einen Unterschlupf herzurichten. Christopher grub nur einen tiefen

Graben in den Schnee, wo sie sich unter Lhatens *Namda,* der Filzdecke, eng zusammendrängten.

Am Morgen klagte Lhaten darüber, dass sein linker Fuß stärker schmerze als am Tag zuvor. Christopher zog ihm Schuh und Socken aus. Der Fuß war weiß und hart und, als er ihn berührte, kalt wie Stein. Da er nicht mehr normal durchblutet wurde, hatte sich Lhaten eine schwere Erfrierung geholt. Ohne ein Wort zu sagen, zog Christopher ihm Socken und Schuh wieder an.

»Was ist, Sahib? Habe ich ihn mir erfroren?«

Christopher nickte.

Es war sinnlos, den Fuß auftauen zu wollen. Er würde nur wieder frieren, noch schlimmer als zuvor. Christopher machte Sorge, dass auch Lhatens anderer Fuß dasselbe Schicksal erleiden könnte. Seine Schuhe waren aus billigem Leder, und er trug zu dünne Socken. Christopher opferte zwei Streifen der *Namda,* um Lhatens Füße besser zu schützen, aber er fürchtete, dass das nicht ausreichen werde.

An diesem Tag brach der Schneesturm mit voller Wucht los. Es war, als würde die Welt in Stücke gerissen. Wind und Schnee rasten in wahnsinnigen Böen von den Pässen herab. Man sah die Hand vor den Augen nicht mehr. Wenn sie nicht gehen konnten, dann krochen sie, wobei Lhaten sein Bein hinter sich her zog. Er gab keinen Mucks von sich, aber Christopher wusste, dass er höllische Schmerzen leiden musste.

Bis zum Mittag hatten sie nur sehr wenig Boden gewonnen, aber Lhaten konnte nicht mehr weiter. Der Sturm hatte kein bisschen nachgelassen, und sie waren immer noch nicht am Pass angelangt. Nach und nach kam Christopher zu der Überzeugung, dass er den Jungen doch zurücklassen und Hilfe holen musste. Aber wie sollte er jemanden überzeugen, bei diesem Wetter hierher mitzukommen?

Aus Schnee baute er eine neue Höhle. Dort drängten sie sich zitternd eng zusammen. Von Zeit zu Zeit gab Christopher Lhaten trockene *Tsampa* zu essen, die dieser mit einer Handvoll Schnee hinunterwürgte. In seinen Gedanken war Christopher in Carfax, wo er vor den lodernden Holzscheiten in der Bibliothek William eine Geschichte von Arthur Mee vorlas.

In der Nacht bekam Lhaten Fieber. Im Delirium stieß er erschrockene Worte und dumpfe Schreie aus.

»Nimm das weg!«, schrie er so laut, dass er das Heulen des Windes draußen übertönte.

»Was soll weg?«, fragte Christopher. »Was siehst du?«

Aber der Junge gab keine klare Antwort. Christopher redete leise auf ihn ein, um ihm ein wenig Sicherheit zu geben, die keine Bedeutung hatte, das wusste er. Die Nacht war lang. Als es Tag wurde, war es draußen trübe und grau.

Lhaten schlief endlich wie ein Baby, das vom Schreien müde geworden ist. Als er wieder erwachte, war sein Kopf klar, aber er klagte über Schwäche. Nicht einmal die *Tsampa,* die Christopher ihm anbot, behielt er bei sich. Er hatte sich auch den zweiten Fuß erfroren.

Christopher half ihm auf die Beine. Er musste sich bewegen oder sterben. Wie Kinder in einem Alptraum, fest aneinander geklammert, krochen sie in dem wilden Sturm weiter vorwärts. Am Nachmittag erreichten sie den ersten Pass des Sebu-la. Der Sattel war breit und flach, so dass sie durch den Schneesturm etwas besser sehen konnten.

»*Lha-gyal-lo. De tamche pham*«, flüsterte Lhaten einen Dank an die Götter, die ihnen diesen Sieg geschenkt hatten. »Die Götter haben gesiegt«, sagte er. »Die Dämonen sind geschlagen.« So sprachen alle Reisenden, wenn sie einen Pass sicher erreichten. Aber aus den gefrorenen Lippen des Jungen klangen diese Worte wie eine grausame Ironie.

»*Lha-gyal-lo*«, wiederholte Christopher und verfluchte dabei alle Götter in seinem Herzen. Er hatte geglaubt, sie spielten immer noch. Aber die Spiele waren längst vorbei.

Lhaten wollte auf dem Pass liegen bleiben, doch Christopher zwang ihn nach einer kurzen Pause weiterzugehen. Dort oben waren sie viel zu ungeschützt. Der Weg senkte sich ein wenig, um bald darauf zum zweiten und letzten Pass anzusteigen. Jeder Fußbreit, den sie sich ihm näherten, war für Christopher ein Triumph.

Die Nacht verbrachten sie in der Senke zwischen den Pässen. In den frühen Morgenstunden flaute der Wind ab, und als es hell wurde, war der Schneesturm vorüber. Als Christopher aufschaute, schien es ihm, als sei die Welt für ihn neu erstanden. Aus einem grauen Himmel sickerte trübes Licht.

An diesem Tag erreichten sie die höchste Stelle des Passes. Aber Christopher wusste, dass sie fast am Ende ihrer Kräfte waren. Er hatte den Jungen den größten Teil des Weges getragen. Dafür musste er mehrere Gepäckstücke zurücklassen.

In einer großen Felsspalte richteten sie ihren Rastplatz ein. Lhaten erklärte, er könne nicht mehr weitergehen, und diesmal stritt Christopher nicht mit ihm. Er wollte am nächsten Morgen aufbrechen und das Kampa-Becken zu erreichen versuchen. Wenn das Wetter so blieb, würde jemand mit ihm zurückkommen. Wenn nicht, wollte er Holz kaufen und ein Gestell bauen, auf dem er Lhaten über den Schnee ziehen konnte. Am Ende war das alles unnötig. Am nächsten Morgen half Christopher Lhaten aus der Spalte ins Tal und ging daran, eine Schneehütte für ihn zu bauen. Dort hatte er es wärmer als in der Spalte und konnte leichter gefunden werden.

Während er wieder Schneeblöcke schnitt, hörte er hinter sich eine Stimme. Ein Mann rief sie von weiter unten aus dem Tal an. Er ließ seine Arbeit liegen und wartete ab, bis sich drei Männer näherten. Sie steckten in schweren Reisekleidern, und ihre Gesichter waren hinter dicken Schals verborgen. Einer war größer als die anderen und ging voran, als sei er der Anführer des Trupps. Es waren Mönche, das konnte Christopher an den Säumen der orangefarbenen Gewänder sehen, die unter ihren *Chubas* hervorschauten. Sie näherten sich langsam und vorsichtig wie alle Reisenden, wenn sie in offenem Gelände Fremden begegnen.

Der große Mann trat an Christopher heran und grüßte ihn auf Tibetisch.

»*Tashi delay*.«

Tashi delay«, antwortete Christopher.

»Wart ihr bei diesem Sturm unterwegs?«, fragte der Ankömmling.

Christopher nickte.

»Ja. Wir sind vor dem Sebu-la abgeschnitten worden. Mein Freund ist verletzt. Ich wollte ihn zurücklassen, um Hilfe zu holen. Ihr kommt gerade recht.«

»Was ist mit ihm?«

Christopher erklärte es. Der Mann nahm den Schal nicht vom Gesicht und musterte Christopher mit einem stechenden Blick. Der glaubte für einen Moment, dass dieser ihn erkannt habe, als wären sie sich schon einmal begegnet.

»Wann ist das passiert?«

»Vor fünf Tagen.«

»Soso. Sie sagen, Sie waren in der Schlucht vor dem Sebu-la?«

»Ja.«

»Waren Sie allein? Oder haben Sie noch jemanden gesehen?«

»Nein. Wir haben niemanden gesehen.«

»Lassen Sie mich einen Blick auf den Jungen werfen.«

Der Mann trat an Lhaten heran und beugte sich zu ihm nieder. Die beiden Mönche standen in Christophers Nähe und behielten ihn im Auge. Der Fremde sah sich Lhatens Bein und Füße genau an und prüfte auch seinen allgemeinen Zustand. Dem Jungen ging es wieder schlechter. Eine Stunde zuvor hatte er das Bewusstsein verloren.

Was dann geschah, entging Christopher, bis es zu spät war. Der Mann richtete sich auf und zog etwas aus seiner Tasche. Er beugte sich erneut über Lhaten und legte seine Hand an die Schläfe des Jungen. Ein lauter Knall ertönte, und Christopher begriff voller Entsetzen, dass der Fremde Lhaten erschossen hatte. Der Mann richtete sich auf und steckte den Revolver in die Tasche zurück.

Christopher glaubte, er habe eine Ewigkeit wie angewurzelt dagestanden. Das Echo des Schusses hallte in seinem Kopf nach, als dringe die Kugel wieder und wieder in Lhatens Schädel ein. Er schaute zu ihm hin und sah, dass ein Rinnsal von hellrotem Blut in den weißen, jungfräulichen Schnee sickerte.

Vor Wut und Schmerz schrie Christopher auf und wollte sich auf den Mörder des Jungen stürzen. Aber die Mönche hatten ihn bereits bei den Armen gepackt und hielten ihn fest.

»Warum?«, schrie Christopher. »Warum haben Sie ihn getötet?«

»Er wäre ohnehin gestorben«, sagte der Fremde in gelassenem Ton. »Von Hilfe sind wir noch zu weit entfernt. So ist es besser. Für ihn und für uns alle.«

»Wir hätten ihn retten können! Einige Kilometer weiter ist ein Dorf!«

»Wir gehen nicht zu diesem Dorf. Das würde uns zu viel Zeit kosten. Das Wetter kann wieder schlechter werden. Ein Krüppel wäre eine Gefahr für uns alle gewesen.«

Christopher versuchte sich loszureißen, aber es gelang ihm nicht. Er wollte den Mann schlagen, ihm den Schal herunterreißen und sein Gesicht sehen. Doch die Mönche hielten ihn in eisernem Griff.

Der Mann maß den schlaffen Körper am Boden hinter ihm mit einem Blick.

»Sie waren gewarnt, Mr. Wylam. Man hat Ihnen geraten, Tibet nicht zu betreten. Es hat schon eine Tragödie gegeben, weil Sie die Warnung nicht beachtet haben. Es sollte nicht noch mehr geben.«

Er schwieg. Ein Windstoß lüftete einen Zipfel seines Schals, der sofort wieder herabfiel. Er blickte Christopher intensiv in die Augen, als suche er nach etwas.

»Wer sind Sie?«, fragte Christopher. Aber er wusste es bereits.

Der Fremde hob die Hand und zog den Schal herunter. Christopher sah in das pockennarbige Gesicht.

»Ich hätte nicht gedacht, dass Sie so weit kommen, Mr. Wylam«, sagte der Mönch. »Aber da es Ihnen nun einmal gelungen ist, sollten Sie uns am besten auf dem Rest des Weges begleiten.«

»Dem Rest des Weges? Wohin bringen Sie mich?«

»Sie wollten doch Ihren Sohn finden«, sagte der Mönch. »Ich kann Sie zu ihm führen.« Er schaute zum Himmel hinauf, wo sich wieder graue Wolken zusammenballten. »Es ist Zeit, dass wir gehen. Wir haben noch einen langen Weg vor uns.«

22

Schon am nächsten Tag waren sie wieder mitten in den Bergen. Nach dem Abstieg von den Pässen in der Nähe des Ortes, wo der Weg in die Kampa-Ebene mündet und man bald darauf Kampa Dzong erreicht, waren sie nach Westen abgebogen, hatten die Berge an ihrem Nordrand umgangen und waren dann einem Tal gefolgt, dessen Zugang man nur schwer ausmachen konnte.

Christopher begriff nicht, wie die Mönche ihren Weg fanden, aber sie schienen ihn in- und auswendig zu kennen. Auf unpassierbar scheinenden Pfaden kletterten sie hoch hinauf, überwanden selbst die steilen Abhänge dunkler Gletscherspalten.

Schweigend zogen sie durch das Herz einer weißen, schlafenden Welt, winzige Gestalten vor Wänden aus Fels und gefrorenem Schnee. Manchmal fielen Flocken, nicht so heftig wie vorher, sondern in sanften, friedlichen Schauern, die sie in weiße Mäntel einhüllten. Sie kamen an Eisfällen vorbei, die an verlassene Städte unter Glas erinnerten. Wenn es Morgen wurde, ragten Felsspitzen, die gnadenloses Eis über Jahrhunderte geformt hatte, aus weißen Nebelbänken hervor. Abends fielen die Strahlen der untergehenden Sonne auf Türme von verwitterndem Eis und gefrorene Vorhänge aus langen, dünnen Eiszapfen.

So gingen sie mehrere Tage lang. Stets hielten sie nur kurze Rast, um zu essen und ein wenig auszuruhen. Christopher, von den Strapazen der Vorwoche erschöpft, spürte, dass er nicht mehr lange durchhalten würde. Er ging wie im Traum, angetrieben von den Mönchen, die ihn über die schwierigsten Stellen schoben und zogen. Manchmal musste er richtig klettern. Er fürchtete, er könnte ausgleiten und sich zu Tode stürzen. Aber Glück und zähe Beharrlichkeit halfen ihm immer wieder weiter.

Er hielt durch, weil er den Lama töten wollte. Aber bislang ergab sich dafür keine Gelegenheit. Nachts fesselten sie ihn an Armen und Beinen und legten ihn etwas abseits zum Schlafen nieder, wo er in der bitteren Kälte fror, dass es schmerzte. Er lag stundenlang wach, dachte an Lhaten und seinen grausamen Tod. Auch Cormac erschien ihm blutüberströmt unter Myriaden summender Fliegen.

Der Name des Lamas war Tsarong Rinpoche. Nach dem ersten Tag richtete er kaum noch ein Wort an Christopher. Von Zeit zu Zeit wechselte er einige Sätze mit den beiden Mönchen, aber meist gingen sie in Schweigen gehüllt.

Die Mönche sagten fast nichts. Während der Rast beteten sie. Wenn der Weg leichter war, zogen sie kleine silberne *Mani-khors* aus ihren Gewändern und ließen sie kreisen, dass die Luft surrte. Diese Gebetsmühlen waren hübsch geschmückte Zylinder, die auf polierten hölzernen Griffen ruhten, um deren Achse sie sich drehten, angetrieben vom Schwung eines Gewichts an einer kleinen Kette. Drinnen steckten auf Papier gedruckte Zeilen des *Mani*-Gebets, die Tausende Male wiederholt wurden. Bei jeder Umdrehung galt das Gebet als einmal gesprochen. So konnte ein Mönch an einem einzigen Tag Millionen Mal die Götter anflehen. Und während sie die Mühlen drehten, murmelten ihre Lippen hinter den Schals andere Gebete.

Diese offenbare Frömmigkeit passte für Christopher nicht damit zusammen, wie gleichgültig sie Lhatens Ermordung zugeschaut hatten und wie hart sie mit ihm unterwegs umsprangen. Oder war dies eine Art von Frömmigkeit, die er nie begreifen würde?

Zuweilen erhoben sie sich mitten in der Nacht und füllten das brutale Schweigen von Christophers Schlaflosigkeit mit dem Lesen von *Sutren,* die für ihn sinnlose Laute waren. Vom wolkenlosen Himmel fiel gefrorenes Mondlicht auf die stillen Gestalten. Mehrmals sah Christopher den Anführer aufstehen und hin und her gehen wie einer, der sich Bewegung verschaffen musste. Der Mann schlief wenig, wirkte aber morgens nie müde oder gereizt.

Einmal trat er an Christopher heran, der gefesselt im Dunkeln lag.

»Es tut mir leid, dass wir Sie binden müssen«, sagte er. »Aber ich habe keine andere Wahl. Ich weiß, dass Sie mich töten wollen. Sie müssen für den Jungen und für den Doktor Rache nehmen. Da Sie nicht verstehen und auch nicht so bald verstehen werden, muss ich Sie daran hindern. Leider.«

»Hätte es denn so viel Verspätung bedeutet, wenn Sie das Leben des Jungen geschont hätten? Einen, vielleicht zwei Tage.«

»Wir waren in Eile. Wir sind es immer noch.«

»Wenn ich zurückbleibe, töten Sie mich dann auch?«

»Ich werde es nicht zulassen, dass Sie zurückfallen.«

In der Dunkelheit hatten seine Worte einen merkwürdigen Klang. »Wahl«, »verstehen«, »hindern«, »zulassen« – all das waren Glieder einer Kette, die sich immer fester um Christopher zusammenzog.

»Und wenn ich stürze und mich verletze, was dann?«

»Dann werden die Männer Sie tragen. Ihnen darf nichts geschehen. Die Mönche haben eine entsprechende Weisung.«

Christopher fiel ein, was der Mann in Kalimpong zu ihm gesagt hatte: *Sie sind heilig. Ich darf Sie nicht antasten.*

»Und was ist mit Ihnen?«, fragte er.

»Ich habe darauf zu achten, dass die Weisung ausgeführt wird.«

»Wann werde ich William sehen?«

Der Mönch zuckte die Schultern. »Das entscheide nicht ich«, antwortete er.

»Sagen Sie mir wenigstens, ob er sicher ist.«

»Das ist er. Oder er war es, als ich ihn zum letzten Mal gesehen habe. Wenn unser Gott Chenrezi es will, ist er es immer noch.«

»Wo befindet er sich jetzt?«, fragte Christopher drängend. »Wohin bringen Sie mich? Gehen wir nach Dorje-la?«

Der Lama streckte seine nackte Hand aus und berührte Christophers Wange.

»Sie sind wie ein Kind«, sagte er. »Ein Kind, das nicht schlafen kann.«

»Sie haben meine Frage nicht beantwortet.«

»Tatsächlich?«, antwortete der Fremde und erhob sich. Er schritt in die Dunkelheit hinaus, schweigend den Morgen erwartend.

Sie gingen nun schon sechs Tage lang. Christopher versuchte festzustellen, wo sie sich befanden. Aber das war sinnlos. Markante Punkte gab es zur Genüge – in der Ferne tauchten die Gipfel des Kangchendzönga, des Chombu, des Kangchengyao, des Panhunri und des Chomolhari auf. Zuweilen waren sie zu sehen, dann wieder verdeckten sie näher gelegene Massen von Fels und Eis. Je weiter sie vorankamen, desto schwieriger wurde es allerdings, selbst markante Berge zu erkennen. Christopher hatte sie noch nie aus dieser Perspektive gesehen, und meist konnte er sie nur durch Schätzung ihrer relativen Höhe und Lage erraten.

Die Sache wurde dadurch kompliziert, dass die Berge selbst einen Mummenschanz der Verkleidung mit ihm zu spielen schienen. Der erste setzte sich eine Krone aus Wolken auf, ein zweiter hüllte sich in Nebel, während ein dritter sich einen Mantel von dickem Schnee umlegte, der seine Umrisse sofort veränderte. Licht und Schatten tanzten über jede Klippe und Schlucht, die sie erreichen konnten. Was wie ein Tal wirkte, konnte sich im nächsten Augenblick als Gletscher erweisen, aus einem stumpfen Felsvorsprung wurde plötzlich eine rasiermesserscharfe Kette, ein strahlend weißes Schneefeld lag im nächsten Augenblick im tiefsten Schatten.

Nichts war von Dauer, und Christopher gab es bald auf, sich den Weg merken und je wieder zurückfinden zu wollen. Ein-, zweimal blieben selbst die Mönche stehen und besprachen sich, bevor sie entschieden, welchem Pfad sie folgen wollten.

Gegen Abend des sechsten Tages sah Christopher, dass sie sich einem breiten Pass näherten. Die Luft war unglaublich dünn, und das Atmen fiel im unsäglich schwer. Selbst die Mönche hatten zuweilen Schwierigkeiten. Kurz vor dem Pass legten sie noch einmal eine Rast ein.

»Unsere Reise geht zu Ende«, flüsterte der Lama Christopher zu. »Dort liegt unser Ziel.«

Er wies zum Pass hinauf. Die sinkende Sonne lag auf den Zinnen einer geschwungenen Bergkette. Ein Lämmergeier schwebte schwerelos über dem Sattel, stieg dann wieder auf, das Sonnenlicht auf seinen Flügeln. Unter ihm zog eine Nebelbank träge dahin.

»Ich kann nichts erkennen«, sagte Christopher.

»Schauen Sie genauer hin«, riet ihm der Lama. »Dort oben, links neben der Nebelschwade.«

Da sah Christopher, dass sich in der Ferne etwas bewegte. Er brauchte einige Sekunden, bis er erkannte, was es war – ein *Tarcho,* die traditionelle Holzstange, an deren ganzer Länge eine mit Gebeten und dem Symbol des Windpferdes bedruckte Baumwollfahne flatterte. Irgendwo in der Nähe musste es menschliche Behausungen geben – ein kleines Dorf oder die Klause eines Eremiten.

Plötzlich, als sei die Entdeckung des *Tarcho* durch Christopher ein Signal, hallte das Tal von Klängen wider. Irgendwo hoch oben ertönte ein tiefes Tempelhorn. Das war kein gewöhnliches Blasinstrument, sondern ein riesiges *Dungchen*. Tief und voluminös durchdrang der Schall des großen Horns jeden Winkel des Passes und des darunterliegenden Tals. In der bedrückenden Stille dieser riesigen Einöde erfüllte das Brummen Christopher mit tiefem Schrecken. Er spürte, wie ihn eine Gänsehaut überlief, als das Echo von allen Seiten widerhallte.

Dann riss der Ton ab. Als die letzten Echos verklungen waren, herrschte wieder Stille ringsum. Sie stiegen zur Passhöhe hinauf. Der Weg war steil und tückisch. Große Eisfelder zwangen die Männer, auf allen Vieren zu kriechen. Von unten war der Pass zum Greifen nahe erschienen. Jetzt aber neckte er sie, indem er weiter und weiter vor ihnen zurückwich, je höher sie kletterten. Sie erlagen einer Art optischer Täuschung, erzeugt durch ein merkwürdiges Zusammentreffen von Schatten und dem Licht der untergehenden Sonne.

Endlich hatten sie die Passhöhe erreicht und schritten darüber hinweg. »*Lha-gyal-lo! Lha-gyal-lo!*«, riefen die beiden Mönche laut. Das war die erste deutliche Gefühlsäußerung, die Christopher an ihnen bemerkte.

Tsarong Rinpoche trat dicht an Christopher heran und nahm ihn beim Arm. Seine Augen zeigten deutliche Erregung. Der Rest seines Gesichts war hinter dem Schal verborgen.

»Schauen Sie dorthin«, sagte er in scharfem Flüsterton, der sich in der klaren Luft überlaut anhörte.

Christopher tat, wie ihm geheißen. Zunächst konnte er nichts Außergewöhnliches entdecken. Gegenüber lag eine Felswand, die aus einem dichten Vorhang wabernder Nebel hervortrat. Der Dunst schien den ganzen Raum vor ihnen zu füllen. Er wuchs wie eine Mauer zu einer Schicht gefrorener Wolken auf. Eis und Nebel schienen um sie herum eine Wiege zu bilden, in der sie sanft geschaukelt wurden.

»Da ist nichts«, murmelte Christopher. »Nur Steine und Nebel.«

Plötzlich erschallte das Horn wieder, aber diesmal näher

als zuvor. Viel näher. Seine tiefen, schwingenden Töne kamen durch den Dunst wie das Heulen eines Nebelhorns auf See. Aber wohin er auch blickte, Christopher sah nur eisbedeckte Felsen, in ziehende Nebel und niedrig hängende Wolken gehüllt.

»Nur Geduld«, flüsterte Tsarong Rinpoche. »Gleich werden Sie es sehen.«

Die beiden Mönche ließen wie wild ihre Gebetsmühlen kreisen, deren leises Surren mit dem Echo des unsichtbaren Instruments verschmolz, das hinter dem Nebel erklang.

Und dann, als hätte das Horn im Himmel ein Wunder bewirkt, hob sich ein Teil des Nebels. Ein goldenes Dach erschien und darunter eine Terrasse, auf der eine orangegekleidete Gestalt bewegungslos vor der sinkenden Sonne stand. Der Mann blies in ein riesiges Instrument, das auf Holzblöcken ruhte. Die schrägen Sonnenstrahlen, die darauf fielen, ließen es wie im Feuer aufflammen. Wieder riss der Klang ab, und wie das Murmeln von Wellen, die an einen Strand mit Kieselsteinen branden, drang von fern der schwache Klang singender Stimmen an ihr Ohr. Die Gestalt auf der Terrasse verbeugte sich und verschwand im Nebel.

Wie gebannt starrte Christopher auf das Schauspiel. Nach und nach löste sich der Nebel auf und gab Stück für Stück die dicht gedrängten Gebäude einer riesigen Klosteranlage frei. Das gewaltige Bauwerk schien zwischen Himmel und Erde zu hängen, wie durch Zauber auf einem Nebelkissen zu schweben, während seine höchsten Spitzen in den Wolken verschwanden.

In der Mitte stand ein mächtiges, rot gestrichenes Gebäude, um das sich zahlreiche kleinere wie Küken um die Henne drängten. Das mehrstöckige Haupthaus hatte ein vergoldetes Dach, dessen Spitzen im Licht der untergehenden Sonne glänzten. Die Fenster waren bereits vor dem Abendwind geschlossen worden. Eiszapfen hingen von allen Firsten wie die Verzierungen einer riesigen Torte.

Nach so vielen Tagen eintöniger weißer Landschaft erfüllte dieser Anblick Christopher geradezu mit Ehrfurcht. Die Farbenpracht blendete ihn. Er hatte ganz vergessen, wie viel Leben Farben ausstrahlen konnten. Wie ein Verhungernder genoss er das goldene Traumbild, das vor ihm lag, bis das schwindende Sonnenlicht ins Violette umschlug und die warmen Töne mit sich nahm. Das Bild versank in der Dunkelheit, und er fragte sich, ob es überhaupt real gewesen war.

»Was ist das?«, flüsterte er, ohne jemanden direkt anzusprechen.

»Unser Ziel«, sagte Tsarong Rinpoche. »Der Pass, den wir gerade überschritten haben, ist der Dorje-la. Das Kloster vor uns ist Dorje-la Gompa. Eigentlich heißt es Sanga Chelling – der Ort geheimer Zauber.«

Christopher blickte wieder auf. In einem Fenster ganz oben unter dem Dach hatte jemand eine Lampe angezündet. Ein Mensch schaute zu ihnen herüber. Sie wurden erwartet.

23

Dorje-la Gompa, Südtibet, Januar 1921

Am Morgen darauf zogen sie im Kloster ein. Sie waren vom Klang des Tempelhorns geweckt worden, das in der Dunkelheit auf der großen Terrasse erdröhnte, um das Licht auf die Erde zu rufen. Und es kam. Es verweilte kurz über den riesigen Gipfeln des östlichen Himalajas, bevor es widerwillig in das dunkle Tal unterhalb des Dorje-la glitt.

Die Klosteranlage war nur über eine lange Holzleiter zu erreichen, die jeden Moment nachzugeben und sie auf die darunterliegenden Felsen zu schleudern drohte. Ohne jede Gefühlsregung kletterte Christopher hinauf. Furcht, Erwartung oder gar Triumph, dass er diesen Ort erreicht hatte – all das war von ihm abgefallen.

Als sie das Gebäude betraten, war das erste Morgengebet gerade beendet. Sie gingen durch ein kleines rotes Tor, aber die Mönche saßen noch im *Lha-kang* beim Tee, bevor sie ihre Andacht wieder aufnahmen. Ein kleiner dicker Mönch, wahrscheinlich eine Art Verwalter, nahm die Reisenden in Empfang. Die beiden *Trapas* murmelten einen Gruß und trabten sofort in einen schwach erleuchteten Gang hinein wie Kaninchen, die in ihrem Bau verschwinden. Der Lama trat durch eine Tür zur Linken und schloss sie hinter sich ohne ein Wort. Christopher wurde durch einen Gang in anderer Richtung geführt. Ranzige Butterlampen verbreiteten ein gelbliches, fast schwefelfarbenes Licht. Nach der langen Zeit in der frischen, dünnen Luft der Berge empfand Christopher den Geruch von alter *Dri*-Butter und menschlichen Ausdünstungen, der das ganze Gebäude durchdrang, als besonders unangenehm.

Der Verwalter führte Christopher in einen kleinen Raum im ersten Stock und fragte ihn, ob er etwas essen wolle.

»Nein, danke«, antwortete der. »Ich möchte nur schlafen. Ich bin sehr müde.«

Der Mönch nickte, zog sich zurück und schloss die Tür von außen. An einer Wand stand eine niedrige Pritsche. Ohne sich im Raum auch nur umzusehen, ließ sich Christopher darauf fallen. Das Letzte, woran er dachte, bevor der Schlaf ihn übermannte, war Lhatens Antwort auf seine Frage, ob er jemals etwas vom Dorje-la gehört habe.

Ich denke, es ist Zeit zu schlafen, Sahib.

Das war es in der Tat.

Als Christopher erwachte, konnte er nicht sagen, wie viel Zeit vergangen war. Die Butterlampe, die sein Begleiter zurückgelassen hatte, brannte ruhig auf einem Tischchen neben der Tür, aber sie war nicht mehr so gefüllt wie am Anfang. Der Luxus eines Bettes und der tiefe Schlaf hatten Christophers Erschöpfung eher noch verstärkt. Jedes Gelenk und jeder Muskel tat ihm weh. So zwischen Wachen und Schlafen hätte er ewig liegenbleiben können.

Von weit her hörte er Stimmen, viele Stimmen, die eine getragene, steigende und fallende Melodie intonierten. Ob sie Freude oder Trauer ausdrücken sollte, konnte er nicht sagen. Der Gesang wurde von mehreren Instrumenten begleitet. Eine große Trommel gab einen langsamen, stetigen Rhythmus vor, ein Muschelhorn umspielte die tiefen Töne einer Schalmei, von Zeit zu Zeit fielen kleine Zimbeln mit blechernen Klängen ein. Christopher erkannte auch die gespannten, nervösen Töne einer *Damaru*, der kleinen Handtrommel, die aus Schädeldecken von Menschen gefertigt wird und bei Tantra-Zeremonien zum Einsatz kommt.

Während er so im Dunkeln lag und das Murmeln der Gebete der Mönche an sein Ohr drang, dämmerte Christopher allmählich, in welcher Lage er sich befand. Bisher verstand er das Ganze kaum. Obwohl viele Dinge miteinander verbunden zu sein schienen, konnte er die Logik des Zusammenhangs noch nicht durchschauen, was ihn schwer bedrückte. In einem war er sich allerdings ganz sicher: Sein Sohn William weilte in diesen Mauern. Welcher Wahnsinn auch immer hinter all dem stecken mochte, das allein zählte für ihn.

Plötzlich verstummten Musik und Gesang, und im Kloster wurde es still. Nichts regte sich.

Christopher schaute sich in dem Raum um. Ein Luftzug vom Fenster ließ die Flamme seiner Lampe flackern, und gespenstische kleine Schatten huschten über die Wände. Über dem Bett hing ein großes *Thangka*, ein Rollbild, auf dem Buddha, umgeben von acht indischen Heiligen, dargestellt war. An der Wand gegenüber hatte man auf einer alten Lacktruhe, die mit Bildern von Lotosblüten und verschiedenen religiösen Symbolen geschmückt war, einen kleinen Altar aufgebaut. An der Wand darüber hing eine Holzvitrine mit Glastüren, in der Bilder des großen buddhistischen Gelehrten Tsongchapa und zweier seiner Schüler zu sehen waren. Beim Fenster stand ein kleiner Tisch mit Stuhl. Ein schmales hölzernes Regal darüber enthielt Bände mit religiösen Texten.

Christopher stand auf und trat zum Fenster. Da diese in tibetischen Klöstern in der Regel nicht verglast sind, hält man die schweren hölzernen Fensterläden den Winter über ständig geschlossen. Er fand den Riegel und öffnete eine Seite. Draußen war es Nacht. Ein scharfer Wind hatte die Wolken beiseitegefegt, und das Stückchen schwarzen Himmels zwischen drei fernen Bergspitzen war von unzähligen Sternen übersät. Von irgendwoher außerhalb Christophers Blickfeld floß Mondlicht wie Zuckerguss über den vereisten Pass.

Erschauernd vor Kälte, schloss er den Laden wieder und setzte sich auf den Stuhl. Jetzt verspürte er Hunger und fragte sich, wie er jemanden dazu bewegen konnte, ihm etwas zu essen zu bringen. Vielleicht wartete man nur auf ein Zeichen, dass er aufgewacht war. Er trat zur Tür und zog an dem Griff. Sie war verschlossen. Seine Mönchszelle diente zugleich als Gefängniszelle.

24

Am Morgen war auf einem niedrigen Tischchen Essen für ihn bereitgestellt – etwas lauwarme *Tsampa*, ein paar Gerstenkuchen und heißer Tee in einer Tasse mit Deckel. Recht einfache Kost, aber nach Tagen, an denen er nur kalte *Tsampa* zu sich genommen hatte, war allein die Wärme ein Genuss. Nachdem Christopher gegessen hatte, öffnete er die Fensterläden und schaute hinaus. Wie aus dem Nichts war das Sonnenlicht zurückgekehrt und überflutete das Tal unterhalb des Klosters. Er konnte den Pfad erkennen, den er und seine Begleiter am Vortag genommen hatten. Um die Felsen am Fuße des Klosters schwebten immer noch Nebelfetzen wie kleine Pfützen farblosen Wassers, die an der Meeresküste bei Ebbe zurückbleiben. Wenn er den Kopf in den Nacken legte, konnte er durch Lücken in den Felsen, die das kleine Tal umstanden, die Gipfel ferner Berge erkennen.

An der Tür klopfte es leise. Christopher schloss die Fensterläden und antwortete.

»Wer ist da?«

Der Schlüssel in der Tür drehte sich, die Tür wurde geöffnet, und der kleine Verwalter vom Vortag erschien. In einer Hand hielt er einen langen Stab, nicht, um sich darauf zu stützen, sondern wohl als Zeichen seines Amtes. In der anderen hielt er eine flackernde Butterlampe.

»Folgen Sie mir«, sagte er.

»Warum werde ich hier eingeschlossen?«

Der Mann überhörte die Frage.

»Sie werden erwartet. Kommen Sie.«

»Wer erwartet mich? Wohin soll ich gehen?«

»Bitte«, sagte der Verwalter und warf Christopher einen stechenden Blick zu. »Stellen Sie keine Fragen. Dafür ist jetzt keine Zeit. Sie müssen mit mir kommen.«

Christopher seufzte. Streiten hatte wohl keinen Sinn. Und alles war besser, als ewig in diesem winzigen Raum eingepfercht zu sein.

Schweigend nahm der Kleine einen anderen Weg, als Christopher am Morgen zuvor gekommen war. Sie gingen durch verlassene, ungestrichene Gänge. Es wurde kälter. Niemand begegnete ihnen. Nach einer Weile kamen sie in Bereiche, die älter zu sein schienen als das Hauptgebäude. Offenbar waren sie jetzt unbewohnt, denn Christopher fühlte, wie der Wind durch Ritzen im Mauerwerk pfiff, die niemand mehr reparierte. Schließlich erreichten sie eine schwere Tür, von der ihn gemalte Augen anblickten. Trotz der verblassten Farben war es, als könnten sie immer noch sehen.

Der Mann öffnete die Tür und schob Christopher hindurch. Für einen Augenblick glaubte er, sie seien aus dem Kloster ins Freie getreten. Fassungslos verharrte er auf der Schwelle und versuchte zu begreifen, was er da sah.

Schnee fiel in feinen weißen durchsichtigen Flocken herab wie winzige Engel, Flügel an weißem Flügel, in großer Zahl. Jemand hatte Tausende Butterlämpchen angezündet und überall verteilt. Sie lagen auf dem schneebedeckten Boden wie ein Teppich von Leuchtkäfern, die sich zur Rast niedergelassen hatten. Die Flämmchen zitterten und warfen bleiche Schatten auf Mauern, die von blankem Eis bedeckt waren. Alle Gegenstände in dem schlafenden Raum hatten Hauben von Schnee und Eis – ein weißer Schleier über dem anderen, eine Eisschicht über der anderen, ein gefrorenes Jahr über dem anderen. Der ganze Raum schien aus Eis und Elfenbein gemacht. Das zerfallene Dach war zum Himmel offen, und die spiegelnden Wände dem endlosen Atemhauch der Berge schutzlos ausgesetzt. Überall lagen Streifen von Sonnenlicht wie schräge Stäbe aus Glas. Blitzende Schneeflocken fielen durch sie hindurch. Auf Sockeln standen überall im Raum Statuen von Göttern und Göttinnen, kaum noch erkennbar unter der dicken Hülle von Schnee und Eis. Ihr Haar war von Eiszapfen weiß und steif. Von ihren gefrorenen Händen liefen lange Eisstränge bis auf den Boden.

Am Ende des Raumes, verborgen im Schatten eines Bereichs, wohin das Sonnenlicht nicht kam, erkannte Christopher eine graue Gestalt, die mit gekreuzten Beinen auf einem Thron von Kissen saß. Langsam, mit stockendem Herzschlag, ging er auf sie zu. Die Gestalt machte keine Bewegung. Kein Laut war zu hören. Der Mann saß hochaufgerichtet da, seine Hände ruhten auf den Knien. Der Blick war auf Christopher gerichtet.

Die Gestalt trug das Gewand eines einfachen Mönchs. Auf dem Kopf hatte sie eine spitz zulaufende Mütze mit langen Ohrklappen, die ihr bis auf die Schultern hingen. Das Gesicht des Mannes lag teilweise im Schatten. Es schien zerfurcht und voller Trauer. Die war vor allem in den Augen zu lesen. Christopher stand vor ihm, ohne zu wissen, was er tun oder sagen sollte. Erst jetzt fiel ihm ein, dass er keinen *Khatag* bei sich hatte, um das Begrüßungsritual zu vollziehen. Einige Zeit verging, dann hob der Fremde die rechte Hand.

»Bitte«, sagte er, »nehmen Sie Platz. Sie müssen nicht stehen. Ich habe einen Stuhl für Sie bringen lassen.«

Christopher bemerkte einen niedrigen Stuhl zu seiner Linken. Betreten setzte er sich. Er spürte den Blick des alten Mannes, der ihn mit größtem Interesse und tiefer Schwermut zugleich musterte.

»Mein Name ist Dorje Losang Rinpoche. Ich bin der Dorje Lama, der Abt dieses Klosters. Man hat mir gesagt, Ihr Name sei Christopher, Christopher Wylam.«

»Ja«, sagte Christopher. »Das ist richtig.«

»Sie sind von weit hergereist«, sagte der Dorje Lama.

»Ja«, antwortete Christopher verlegen und mit belegter Stimme. »Von Indien. Von Kalimpong.«

»Von noch weiter her«, widersprach ihm der Abt.

»Ja«, stimmte Christopher ihm zu. »Von noch weiter her.«

»Warum sind Sie gekommen? Bitte sagen Sie mir die Wahrheit. Niemand unternimmt diese Reise aus einem trivialen Grund: Es muss um Leben und Tod gehen, ehe ein Mann bis hierher kommt. Weshalb sind Sie gekommen?«

Christopher zögerte. Er fürchtete den Abt und misstraute ihm. Dieser Mann hatte eine Hauptrolle bei allem gespielt, was bisher geschehen war. Nach seiner Kenntnis war selbst Samjatin nur ein Bauer in einem größeren Spiel.

»Man hat mich hergebracht«, erwiderte er. »Drei Ihrer Mönche, Tsarong Rinpoche und zwei *Trapas* haben das getan. Tsarong Rinpoche hat meinen Führer, einen nepalesischen Jungen namens Lhaten, getötet. Das tat er nur, weil Lhaten verletzt war. Bevor ich auch nur eine Ihrer Fragen beantworte, fordere ich Gerechtigkeit für den Jungen.«

»Sie äußern einen schweren Vorwurf.« Der Abt beugte sich nach vorn, als wollte er in Christophers Zügen nach der Wahrheit forschen.

»Das ist nicht das Einzige, was ich vorzubringen habe. Ich bin Tsarong Rinpoche schon zuvor in Kalimpong begegnet. Er hat zugegeben, dort einen weiteren Mann ermordet zu haben – einen irischen Arzt namens Cormac. Wussten Sie das? Hat er auf Ihren Befehl gehandelt?«

Der Abt seufzte und richtete sich wieder auf. Sein Gesicht war das eines alten Mannes, und es war sehr blass. Die Augen blickten immer noch tieftraurig, aber Christopher glaubte jetzt etwas anderes darin zu entdecken. Mitgefühl? Liebe? Bedauern?

»Nein«, sagte er. »Er hat nicht auf meinen Befehl gehandelt. Ich hatte keinen Grund, den Tod des Arztes oder Ihres Führers zu wünschen. Das müssen Sie mir glauben. Ich wünsche keinem fühlenden Wesen den Tod. Mein Ziel auf Erden ist es, Leiden zu mildern, soweit ich es vermag. Wenn Tsarong Rinpoche einen Fehltritt begangen hat, wird er dafür bestraft werden.«

Der Abt hielt inne und schnäuzte sich leise in ein kleines

Taschentuch, das er aus seinem langen Ärmel zog. Diese banale Handlung des Mannes beruhigte Christopher mehr als seine Worte.

»Tsarong Rinpoche hat mir gesagt«, fuhr der Abt fort, »dass er Ihnen an der Grenze zu Tibet unmittelbar unter dem Sebu-la begegnet ist. Trifft das zu?«

Christopher nickte.

»Ja.«

»Er hat mir auch berichtet, er habe Sie gewarnt, Indien zu verlassen und ja nicht zu versuchen, in Tibet einzudringen. Trifft das ebenfalls zu?«

»Ja. Auch das trifft zu.«

»Man hat Sie also vor möglichen Gefahren gewarnt. Gefahren für Sie selbst und jeden, der mit Ihnen reist. Sie haben einen Weg gewählt, von dem Sie wissen mussten, dass er nahezu unpassierbar ist. Tsarong Rinpoche sagte mir, er glaube, Sie hätten nach diesem Ort, dem Dorje-la, gesucht. Trifft auch das zu?«

Jetzt sagte Christopher nichts mehr.

»Sie bestreiten es nicht? Daraus muss ich schließen, dass etwas sehr Wichtiges Sie hierhergeführt hat. Oder sollte ich sagen ›getrieben hat‹? Was könnte das sein, Wylam-la? Können Sie es mir sagen?«

Christopher schwieg eine Weile und blickte nun seinerseits den alten Mann fest an. »Was mich hierher geführt hat, ist keine Sache«, sagte er schließlich. »Es ist ein Mensch. Mein Sohn. Er heißt William. Ich glaube, dass er sich in diesem Kloster befindet. Ich bin gekommen, um ihn nach Hause zu holen.«

Wieder warf der Abt Christopher einen tiefbetrübten Blick zu. Der Schneefall hielt an. Die Flocken verfingen sich im Haar des alten Mannes und bedeckten die Kissen, auf denen er saß.

»Wieso glauben Sie, dass Ihr Sohn hier ist, Mr. Wylam? Was für einen Grund sollte es dafür geben?«

»Den Grund kenne ich nicht. Ich weiß nur, dass ein Mann namens Samjatin die Entführung meines Sohnes angeordnet hat. Seine Weisung brachte ein Mönch namens Tsewong aus Tibet nach Kalimpong. Tsewong ist tot, aber bei ihm wurde ein Brief gefunden, der ihn als Ihren Abgesandten identifizierte. Der schottische Missionar Carpenter in Kalimpong hat mir gesagt, mein Sohn sei von einem Mongolen namens Mishig nach Tibet gebracht worden. Mishig ist Samjatins Agent.«

Der Dorje Lama hörte sich all das mit gesenktem Kopf an, als bedrückten ihn Christophers Worte. Ein langes Schweigen folgte.

»Sie wissen viel, Wylam-la«, sagte er schließlich. »Sehr viel. Und auch wieder sehr wenig.«

»Aber ich habe doch recht. Mein Sohn ist hier, nicht wahr?«

Der Abt faltete die Hände.

»Ja«, sagte er. »Sie haben recht. Ihr Sohn ist hier. Er lebt und ist gesund. Er wird mit größter Aufmerksamkeit umgeben. Sie brauchen sich um ihn keine Sorgen zu machen.«

»Ich will ihn sehen. Lassen Sie mich sofort zu ihm.« Christopher erhob sich. Er fühlte sich schwach und war wütend.

»Es tut mir leid«, erklärte der Abt. »Das ist nicht möglich. Sie verstehen so vieles noch nicht. Aber er ist nicht mehr Ihr Sohn. Das sollten Sie zu begreifen versuchen. Um Ihrer selbst willen. Bitte versuchen Sie zu erfassen, was ich sage.«

»Was haben Sie mit ihm vor?« Christopher hatte unwillkürlich die Stimme erhoben. Er hörte ihr Echo in dem leeren, verschneiten Raum widerhallen. »Warum wurde er hierhergebracht?«

»Das ist auf meine Bitte geschehen. Ich wollte, dass er

nach Dorje-la kommt. Er selbst versteht es auch noch nicht. Aber mit der Zeit wird er es erkennen. Machen Sie es ihm bitte nicht noch schwerer. Verlangen Sie nicht, ihn zu sehen.«

Der Abt griff nach unten und nahm eine kleine Silberglocke von einem niedrigen Tischchen. Er läutete sie sanft. Feine, zitternde Töne erklangen im Raum, als würde Kristall angeschlagen. Es roch nach abgestandenem Weihrauch wie nach verwelkten Blumen an einem Grab.

»Sie müssen jetzt gehen«, sagte der Abt. »Aber wir sehen uns wieder.«

Hinter Christopher erklangen Schritte. Er wandte sich um und sah den Mann, der ihn hergeführt hatte. Als sie den Raum verlassen wollten, ertönte noch einmal die Stimme des Abts aus dem Schatten.

»Bitte, seien Sie klug, Mr. Wylam. Versuchen Sie nicht, Ihren Sohn zu finden. Wir wollen nicht, dass Ihnen etwas zustößt. Aber Sie müssen selber etwas dafür tun. Sie haben Tsarong Rinpoches Warnungen ignoriert. Schlagen Sie meine nicht auch in den Wind.«

25

Christopher wurde in den Raum zurückgeführt, wo man ihn zuvor festgehalten hatte. Stundenlang saß er nun in der Stille, dachte nach und versuchte, sich in der neuen Lage zurechtzufinden. Die Mitteilung, dass William am Leben war und hier in Dorje-la gefangen gehalten wurde, bewegte ihn tief. Er brauchte Zeit, um zu überlegen und zu entscheiden, was er als Nächstes tun sollte.

Mehrmals ging er zum Fenster und schaute auf den Pass hinaus. Einmal erblickte er eine Gruppe Mönche, die sich auf einem schmalen Pfad von dem Kloster entfernten. Er sah ihnen nach, bis sie außer Sichtweite waren. Später entdeckte er einen Mann, der von einem Punkt oberhalb des Passes in Richtung Kloster lief. Von Zeit zu Zeit hörte er Gesang, begleitet vom gleichmäßigen Schlagen einer Trommel. Auf einer Terrasse links unter ihm saß stundenlang ein alter Mönch und drehte eine große Gebetsmühle. Bei Sonnenuntergang heulte das Horn wieder auf dem Dach in die sinkende Dunkelheit hinein. Es war ganz nah und klang jetzt laut und stark.

Ein Mönch kam und stellte ihm etwas zu essen hin, zündete seine Lampe an und ging wieder, ohne auf seine Fragen zu reagieren. Da standen Suppe, *Tsampa* und eine kleine Teekanne. Er aß langsam und mechanisch, kaute und schluckte die Bällchen aus geröstetem Gerstenmehl ohne jeden Genuss. Als er fertig war, nahm er den Deckel von der Teekanne ab, um sich einzugießen.

Da sah er ein Papier, das, mehrfach zusammengefaltet, in den Deckel gepresst war. Christopher nahm es heraus und faltete es auseinander. Auf den Zettel hatte jemand mit eleganter Umay-Handschrift etwas auf Tibetisch geschrieben. Unten folgte eine kleine Zeichnung – mehrere einander überschneidende Linien, die für ihn keinen Sinn ergaben.

Er legte das Blatt auf den Tisch neben dem Bett, wo das Lämpchen brannte. Die tibetische Schrift kannte er nicht besonders gut, aber mit etwas Mühe gelang es ihm, den größten Teil des Textes entziffern:

Man hat mir gesagt, Sie sprechen unsere Sprache. Aber ich weiß nicht, ob Sie sie auch lesen können. Ich kann nur schreiben und hoffe, dass Sie diesen Brief verstehen. Wenn Sie ihn nicht lesen können, werde ich eine Möglichkeit finden, jemanden zu Ihnen zu schicken. Aber das kann schwierig werden. Der Trapa, der Ihnen das Essen bringt, weiß nicht, dass ich diese Nachricht in ihre Teekanne gelegt habe. Sprechen Sie ihn nicht darauf an.

Man hat mir gesagt, Sie seien der Vater des Kindes, das aus dem Lande der Pee-lings zu uns gebracht worden ist. Ich habe noch andere Dinge gehört, aber ich weiß nicht, ob ich sie glauben kann.

In Dorje-la droht Ihnen Gefahr. Seien Sie stets auf der Hut. Ich möchte Ihnen helfen, aber ich muss selber vorsichtig sein. Ich kann nicht zu Ihnen kommen, also müssen Sie mich aufsuchen. Heute Abend wird Ihre Tür nicht verschlossen sein. Wenn Sie sie offen finden, dann folgen Sie der Skizze, die ich unten auf diesen Brief gezeichnet habe. Sie wird Sie zum Gön-kang führen. Dort erwarte ich Sie. Aber achten Sie darauf, dass Sie niemand sieht.

Der Brief trug keine Unterschrift. Christopher las ihn mehrmals, um sicherzugehen, dass er alles richtig verstanden hatte. Da er nun wusste, dass die Zeichnung eine Karte sein sollte, glaubte er, sie deuten zu können, auch wenn er die dort aufgezeichneten Gänge und Räume noch nie gesehen hatte.

Er stand auf und trat zur Tür. Sie war verschlossen. Seufzend ging er zum Bett zurück. Unruhe erfasste ihn, da sich ihm endlich eine Möglichkeit zum Handeln bot. Wer hatte ihm diese Nachricht geschickt? Er kannte niemanden in Dorje-la. Und warum sollte einer der Mönche ihm, einem Fremden, helfen wollen?

In den nächsten Stunden ging er mehrmals zur Tür und versuchte sie zu öffnen. Stets war sie verschlossen. Er glaubte schon, der rätselhafte Briefschreiber sei wohl nicht in der Lage gewesen, seinen Plan auszuführen. Die letzte Andacht des Tages war verklungen, die Mönche waren zur Nacht in ihre Zellen zurückgekehrt, und endlich senkte sich tiefes Schweigen über Dorje-la. Etwa eine Stunde später hörte er, dass sich jemand an seiner Tür zu schaffen machte. Er stand auf und schlich sich vorsichtig an sie heran. Stille. Er ergriff den Knauf und drehte daran. Die Tür ging auf.

Schnell griff er nach seiner Lampe und trat auf den Gang hinaus. Er war lang, nur ganz am Ende brannte ein Butterlämpchen. Niemand war zu sehen. Er spürte, dass das Kloster schlief. Auf dem Gang war es kalt.

Nach einem kurzen Blick auf die Zeichnung bewegte er sich langsam nach rechts. Dort mündete der Gang in einen anderen ein. Der zweite verschwand im Dunkel. Von Zeit zu Zeit gab es auch dort Lämpchen, die ihre Umgebung schwach erleuchteten. Im fahlen Licht seines eigenen schienen sich die Figuren an den bemalten Wänden zu beleben, sich in qualvollen Bewegungen zu winden. Überall herrschte Rot vor. Gesichter traten aus der Dunkelheit und verschwanden wieder. Hände bewegten sich. Zähne wurden gebleckt. Gerippe tanzten.

Je weiter Christopher in das schlafende Kloster hineintappte, desto mehr wurde ihm das Alter dieses Ortes bewusst. Er konnte erahnen, wie sich seine Umgebung nach und nach veränderte. Geologischen Schichten gleich enthüllten ihm die einzelnen Teile des *Gompa*, wie sie Stück für Stück errichtet worden waren. Je weiter er vordrang, desto besser erkannte er die urtümliche Qualität der Gemälde und Schnitzereien. Chinesischer Einfluss wich indischem und dieser, so weit Christopher erkennen konnte, einem frühen tibetischen Stil. Beklommenheit ergriff von ihm Besitz. Das war ein Kloster, wie er es noch nie erlebt hatte.

Der Gang endete an einer niedrigen Tür, zu deren beiden Seiten Schutzgötter an die Wände gemalt waren. Zwei brennende Fackeln steckten in den Mauern. Dies musste einer der ältesten Teile des Klosters sein. Christopher schätzte ihn auf möglicherweise eintausend Jahre.

Er stand am Eingang zum *Gön-kang*, dem düstersten und

214

geheimsten Ort in jedem *Gompa*. Christopher hatte bisher nur Beschreibungen aus dem Munde tibetischer Freunde gehört, aber selber noch nie einen betreten. Es waren düstere Gemächer, enge kryptaartige Kapellen, in denen die Masken für die heiligen Tänze aufbewahrt wurden. Hier hatten die *Yi-dam,* die Schutzgötter, ihren rituellen Wohnsitz, deren schwarze Statuen über das Kloster und seine Bewohner wachten. Es war der Ort des heiligen Grauens, des Herzstücks der tibetischen Religion.

An der Tür zögerte Christopher. Eine merkwürdige Scheu hinderte ihn einzutreten. Dafür gab es eigentlich keinen Grund. Drinnen waren nur Dunkelheit und merkwürdige Götter, an die er nicht glaubte. Aber etwas ließ ihn innehalten, bevor er eine Hand an die Tür legte und dagegen drückte.

Sie war unverschlossen. Dahinter lag eine zweite Tür, auf die in grellen Farben das Gesicht eines *Yi-dam* gemalt war. Rote Augen funkelten ihn an wie glühende Kohlen. Das Licht seiner Lampe flackerte, wurde von verblichener Farbe und Blattgold zurückgeworfen. Er stieß auch die zweite Tür auf.

Finsternis, die man sehen und spüren konnte, legte sich wie Samt auf seine Augen. Eine greifbare, überwältigende Finsternis. Hier herrschte ständig Nacht. Sie hatte nie wirklich aufgehört und würde ewig dauern. Ein starker Geruch von alter Butter erfüllte die abgestandene Luft. Es war, als betrete man eine Grabkammer.

Christopher hielt seine Lampe hoch. Von der Decke nahe der Tür hingen mehrere ausgestopfte Tiere herab: ein Bär, ein Yak und ein wilder Hund. Diese alten, verrotteten Kadaver gehörten zu jedem *Gön-kang*. Sie waren Teil des dunklen Mysteriums dieses Ortes wie die Götterfiguren auf dem Altar. Christopher schüttelte sich vor Abscheu, als er unter ihnen hindurchging. Er beugte sich tief, um jede Berührung mit herabhängenden Fellteilen der schlecht erhaltenen Wesen zu vermeiden. Sie hingen schon wer weiß wie lange an diesem Ort und würden so lange dort hängen, bis sie endgültig zerfielen. Generationen von Spinnen hatten eine eigene Haut um die modernden Felle gewoben. Staubige Spinnweben berührten immer wieder Christophers Wangen, während er durch den Raum ging.

Alles hier war alt. Als er drinnen stand, wusste er, dass der *Gön-kang* ein uralter Ort war, älter als das Kloster und halb so alt wie die Berge selbst. Es war eine Höhle, niedrig, dunkel und seit dem Anfang der Zeiten den verborgensten Mysterien gewidmet. Die Tanzmasken hingen zu Christophers Rechter an dicken Seilen von der Decke – Symbole von Tod und Wahnsinn, vor langer Zeit gemalt und hier in der Dunkelheit bei den grimmigen Wächtern des Klosters aufbewahrt. Nur ein-, zweimal im Jahr wurden sie herausgeholt und bei rituellen Tänzen getragen. Zum Klang von Trommeln und Flöten drehten sich die Tänzer wie das nackte Mädchen, das Christopher in dem Waisenhaus gesehen hatte, das Gesicht wie eine Maske, die das dumpfe Entsetzen darunter verbarg. Die Masken waren grotesk und überlebensgroß – sie trugen die boshaften Züge von Göttern, Halbgöttern und Dämonen. Für einen Tag machten sie aus einem tanzenden Mönch ein unsterbliches Wesen, aus einem Mann einen Gott.

Unweit der Masken lehnten an der Wand ganze Stapel alter Waffen – Speere, Schwerter und Brustpanzer, Kettenhemden und Helme mit Federbüschen, chinesische Lanzen und spitze Tatarenhüte. Die alten Sachen waren verrostet und zumeist unbrauchbar, aufbewahrt als Symbole plötzlichen Todes, Waffen für uralte Götter in ihrem Kampf gegen die Kräfte des Bösen.

An der Rückwand des Raumes standen Statuen von *Yi-dam*-Göttern, deren zahlreiche Arme und Köpfe mit Streifen alten Gewebes umwunden waren, die einmal Opfer dargestellt hatten. Yamantaka, mit gehörntem Stierkopf und einer Krone aus menschlichen Schädeln geschmückt, grinste aus dem Dunkel. Beim flackernden Schein der Lampe schienen die schwarzen Figuren sich zu bewegen, als tanzten auch sie in ihrer ewigen Nacht. Erfüllt von einer Vorahnung, die er weder begreifen noch beherrschen konnte, trat Christoper weiter in den Raum hinein.

Da bewegte sich etwas, das kein Schatten war. Christopher fuhr zurück und hielt die Lampe hoch. Vor dem Altar im hintersten Teil des Raumes gegenüber einem *Yi-dam* saß eine dunkle Gestalt. Als Christopher genauer hinsah, bewegte sie sich und warf sich vor den Göttern der Länge lang auf den Boden. Dann nahm sie wieder eine sitzende Position ein. Es war ein Mönch, warm gegen die Kälte eingehüllt, der hier meditierte. Er schien das Licht von Christophers Lampe nicht wahrgenommen und ihn nicht eintreten gehört zu haben.

Christopher war unschlüssig, was er nun tun sollte. Er vermutete, das müsse der Mönch sein, der den Brief geschrieben hatte. Aber jetzt, da er vor ihm stand, wurde er plötzlich misstrauisch. War das vielleicht nichts anderes als eine raffinierte Falle, die ihm Samjatin oder Tsarong Rinpoche gestellt hatte? Er befand sich im Allerheiligsten des Klosters. War das von Anfang an der eigentliche Plan gewesen, jemandem einen Vorwand zu liefern, um ihn zu töten?

Die Figur regte sich – nicht abrupt, wie jemand, der erschreckt hochfährt, sondern sanft, als ob sie gerade aus dem Schlaf erwacht sei und noch halb in der Welt ihrer Träume weilte. Der Mönch stand auf und drehte sich um. Ein Schatten lag auf seinem Gesicht, das nicht zu erkennen war. »Sie sind also gekommen«, sagte er. Die Stimme war sanft wie die eines Mädchens. Christopher vermutete, der Mönch sei ein *Ge-tsul,* ein Novize. Aber was konnte ein Novize von ihm wollen?

»Haben Sie den Brief geschrieben?«, fragte Christopher und trat einen Schritt vor.

»Bitte! Kommen Sie nicht näher«, sagte der Mönch und wich in den Schatten zurück.

Christopher fröstelte. Er spürte, dass der *Ge-tsul* nervös und von seiner Anwesenheit geängstigt war.

»Warum haben Sie mich hergerufen? Was wollen Sie von mir?«

»Sie sind der Vater des *Pee-ling*-Kindes?«

»Ja.«

»Und Sie sind aus weiter Ferne hergereist, um es zu finden?«

»Ja. Wissen Sie, wo mein Sohn ist? Können Sie mich zu ihm bringen?«

»Tschsch! Sprechen Sie nicht so laut. In Dorje-la haben die Wände Ohren.« Er hielt inne. »Ja«, fuhr er fort, »ich weiß, wo Ihr Sohn festgehalten wird. Und ich kann Sie dorthin bringen.«

»Wann?«

»Nicht jetzt. Vielleicht müssen Sie noch einige Tage warten.«

»Ist er in Gefahr?«

Der Novize zögerte.

»Nein«, sagte er dann. »Das glaube ich nicht. Aber irgendetwas geht in Dorje-la vor, das ich nicht verstehe. Ich glaube, wir werden alle sehr bald in Gefahr sein.«

»Ich möchte William von hier wegholen. Ich will mit ihm über die Pässe zurück nach Indien. Können Sie mir dabei helfen?«

Der Novize schwieg. Die Schatten über der kleinen Gestalt vor dem Altar verdichteten sich.

»Ich kann Ihnen helfen, ihn von Dorje-la fortzubringen«, sagte er schließlich. »Aber der Weg nach Indien ist zu riskant. Wenn Sie wollen, dass Ihr Sohn diesen Ort lebend verlässt, dann müssen Sie mir vertrauen. Werden Sie das?«

Christopher hatte keine Wahl. Wie rätselhaft das alles auch war, hier stand sein einziger Verbündeter in einer Welt, die er nicht verstand.

»Ja«, antwortete er. »Ich will Ihnen vertrauen.«

»Schwören Sie das bei Ihrem Leben?«

»Ja.«

»Beim Leben Ihres Sohne?«

Er schwankte. Aber Williams Leben war bereits aufs Höchste gefährdet.

»Ja.«

»Gehen Sie in Ihren Raum zurück. Ich werde Ihnen eine zweite Botschaft schicken. Achten Sie darauf, alle Briefe sorgfältig zu vernichten, die ich Ihnen schreibe. Und sprechen Sie mit niemandem darüber. Mit niemandem, verstehen Sie? Selbst wenn Sie glauben, es sei ein Freund. Versprechen Sie mir das?«

»Ja«, flüsterte Christopher. »Ich verspreche es.«

»Sehr gut. Jetzt müssen Sie gehen.«

»Wer sind Sie?«, fragte Christopher.

»Bitte, stellen Sie keine Fragen. Später, wenn wir in Sicherheit sind, sage ich es Ihnen. Aber nicht jetzt. Jetzt ist es zu gefährlich.«

»Aber wenn etwas passiert? Wie soll ich Sie finden?«

»Suchen Sie mich nicht. Ich finde Sie, wenn die Zeit gekommen ist. Bitte gehen Sie jetzt.«

»Lassen Sie mich wenigstens Ihr Gesicht sehen.«

»Nein, bitte nicht!«

Aber Christopher hatte bereits seine Lampe erhoben und einen Schritt vorwärts getan, so dass das Licht die Schatten vor ihm vertrieb. Der rätselhafte Fremde war kein Novize und auch kein Mönch. Lange Strähnen pechschwarzen Haares rahmten zarte Gesichtszüge ein. Eine bestickte Tunika schmiegte sich an eine schlanke Figur. Der Fremde war eine Frau. In dem schwachen Licht funkelten ihre grünen Augen, und das gelbe Flämmchen warf goldene Punkte auf ihre Wangen. Auf ihrem Haar lag goldene Asche.

Erschrocken starrte sie Christopher an. Mit einer Hand versuchte sie, ihr Gesicht vor seinem Blick zu verbergen. Er tat noch einen Schritt, aber sie wich immer weiter in den Schatten zurück. Er hörte, wie ihre Füße leicht über den steinernen Fußboden huschten. Die Lampe hochhaltend, versuchte er, ihr zu folgen. Doch das Licht traf nur auf Figuren aus Stein und Gold. Die Farben an den Wänden blätterten ab und zerfielen allmählich zu Staub. Hier stand die Zeit still. Die farbenprächtigen Bilder von einem Dutzend Himmel und einem Dutzend Höllen glitzerten wie Flitter in der Dunkelheit. Das Mädchen war wieder in dem Schatten verschwunden, der es zuvor freigegeben hatte.

26

Auf dem Weg zurück zu seinem Raum schlich Christopher durch das schlafende Kloster wie ein Phantom. Soweit er feststellen konnte, hatte ihn niemand gehen und kommen sehen. Etwa eine halbe Stunde nach seiner Rückkehr hörte er, dass sich erneut jemand an der Tür zu schaffen machte. Als er sie zu öffnen versuchte, stellte er fest, dass sie wieder verschlossen war.

Er legte sich ins Bett, versuchte, warm zu werden und seine

wirren Gedanken zu ordnen. Es gab so viele Fragen. Wer war die Frau, die ihn in den *Gön-kang* gerufen hatte? Was hatte sie wirklich mit ihm vor? Und konnte sie in der Tat helfen, Willliam von diesem Ort fortzubringen? Er tappte im Dunkeln und quälte sich bis zur Erschöpfung, ohne einleuchtenden Antworten näherzukommen. Am Ende wurden aus seinen ruhelosen Gedanken unruhige Träume. Aber auch der Schlaf brachte ihm keine Antwort.

Er erwachte von einem Geräusch. Seine Lampe war erloschen, und undurchdringliche Dunkelheit herrschte im Raum. Er konnte seinen eigenen Atem hören, sonst nichts. Was hatte ihn aufgeweckt? Gleichmäßig atmend lag er da und lauschte gespannt. Ein leiser Ton an der Tür. Jemand oder etwas versuchte, zu ihm hereinzukommen. Es klang nicht so wie zuvor, als die Tür zunächst auf- und dann wieder zugeschlossen wurde. Der dieses Geräusch machte, wollte nicht gehört werden.

Ein Schlüssel drehte sich im Schloss. Wer immer da draußen hantierte, achtete sehr darauf, ihn nicht zu wecken. Er schlug seine Decken zurück und schwang die Beine aus dem Bett. Er ertastete seine Schuhe und schlüpfte hinein. Als der Schlüssel weitergedreht wurde, gab es ein fast unhörbares Kratzen. Er stand auf und achtete dabei darauf, dass das Bett nicht knarrte. Die Tür öffnete sich ganz langsam, zentimeterweise. Auf allen Vieren kroch er auf die andere Seite des Raumes und hockte sich neben dem Altar nieder. Der Eindringling kam ohne Licht. Christopher konnte nichts sehen und nichts hören. Er drückte sich gegen die Wand. Als sich seine Augen an die Dunkelheit gewöhnt hatten, bemerkte er, dass ein wenig Licht durch den Fensterladen fiel, den er nicht sorgfältig genug geschlossen hatte. Ein leichtes Knarren lenkte seine Aufmerksamkeit zurück zur Tür. Dort zwängte sich ein Schatten hindurch. Christopher hielt den Atem an.

Auf leisen Sohlen schlich sich der Schatten zum Bett. Mit einem Sprung stürzte er sich darauf. Dann sah Christopher, wie er verwirrt in den Decken wühlte. Etwas Metallisches blitzte auf – eine Messerklinge. Christopher wartete ab, bis sich die Gestalt wieder aufrichtete, stürzte dann vorwärts und packte den Mann beim Genick.

Der Eindringling stöhnte auf, als Christopher ihm seinen Arm um die Kehle schlang. Er hörte, wie das Messer zu Boden fiel. Dann machte der Mann eine jähe Bewegung, und Christopher wurde herumgeschleudert. Ein Tritt traf ihn in die Nierengegend. Als er zurückwich, drehte sich der Mann noch einmal und konnte sich Christophers Griff entwinden. Ein Schlag traf ihn in den Magen und warf ihn gegen den Schrein. Schüsseln fielen zu Boden und klangen in der Stille wie Glocken, als sie zersprangen. Wasser spritzte nach allen Seiten. Der Fremde gab keinen Laut von sich.

Plötzlich machte der Angreifer einen Ausfallschritt, und Christopher fühlte, dass sich etwas um seinen Hals zusammenzog. Es war eine dünne Schnur, und der Mann zerrte heftig daran. Ihn schwindelte, als ihm Luft und Blut abgeschnürt wurden. Er spürte, wie er schwächer wurde. Mit letzter Kraft warf er sich nach vorn gegen den Angreifer, der strauchelte und auf das Bett fiel. Die Schnur lockerte sich. Christopher konnte sie greifen und dem Mann aus den Händen reißen. Er entfernte sie von seinem Hals.

Jetzt erkannte Christopher, dass sein Vorteil in seinem Gewicht lag. Der Mann unter ihm war wesentlich kleiner als er, aber sehr wendig. Ohne Vorwarnung machte sich der Angreifer wieder frei und führte einen Schlag gegen Christophers Kehle. Der traf nur das Kinn, aber Christopher spürte einen stechenden Schmerz in seinem Kiefer. Er erinnerte sich, wie der Mönch in Kalimpong ihn so mühelos außer Gefecht gesetzt hatte. Er sprang zurück, stieß gegen den

Stuhl und warf ihn um. Ohne nachzudenken, hob er ihn hoch.

»Wer bist du?«, zischte er. Aber der Angreifer blieb stumm. Christopher sah den Schatten wieder auf sich zukommen, hob den Stuhl und schlug zu. Er spürte, dass er getroffen hatte, holte erneut aus und ließ den Stuhl ein zweites Mal niedersausen. Ein unterdrückter Schrei war zu hören, dann das Trappeln von Füßen. Der Mann suchte das Gleichgewicht wiederzufinden. Christopher sah, wie er stolperte, sich aufrichtete und zur Tür lief.

Er stürzte ihm nach und wollte ihn im Halbdunkel greifen, aber er geriet mit dem Fuß in eine Altarschale und glitt aus. Als er wieder auf die Beine kam, war der Eindringling fort. Christopher ging zur offenen Tür und schaute nach beiden Seiten auf den Gang hinaus. Der war leer. Er zog den Schlüssel aus dem Schloss, machte die Tür zu, verschloss sie von innen und steckte sich den Schlüssel in den Stiefel.

Jetzt schlafen zu wollen, war sinnlos. Er blieb wach, bis die Dämmerung kam. Dann räumte er seinen Raum auf und richtete den Altar wieder her, so gut er konnte. Dabei fand er auch das Messer des Angreifers, eine schmale Waffe mit einer 20-cm-Klinge. Er steckte es in seinen anderen Stiefel. Die Sache war wohl zu seinen Gunsten ausgegangen.

Das Frühstück kam lange nach der Dämmerung und der ersten Morgenandacht. Diesmal fand er keine Nachricht in der Teekanne. Als der Mönch das Geschirr wieder abholte, sagte ihm Christopher, er wolle den Abt sprechen. Zunächst antwortete der Mann, das sei unmöglich, aber Christopher erklärte, er werde Ärger bekommen, wenn er seine Nachricht nicht weitergebe. Der Mönch verließ schweigend den Raum. Am Nachmittag war der kleine Verwalter wieder da und forderte Christopher auf, ihm zu folgen.

Sie nahmen nicht denselben Weg wie am Tag zuvor. Stattdessen stiegen sie steile Treppen hinauf, die zum obersten Stockwerk des Gebäudes führten. Christopher vermutete, man bringe ihn zu den Privaträumen des Abtes. Wie es sich für eine Inkarnation geziemte, bewohnte er den obersten Stock, so dass niemand höher stehen oder sitzen konnte als er.

Offenbar ließen sie mehr als nur den unteren Teil des Klosters hinter sich. Sie betraten eine andere Welt. Am Ende der Treppe blickte man durch ein großes Fenster hinaus über den Pass. Es war nicht, wie in Tibet üblich, mit Wachspapier verkleidet, sondern hatte echte Glasscheiben, die man den langen Weg von Indien hierhertransportiert haben musste. Christopher blieb stehen, um Atem zu schöpfen, und schaute hinaus. Gleißendes Sonnenlicht lag über den Bergspitzen, die still aus dem weißen Schnee ragten. Er fühlte sich eingesperrt, ein Gefangener an diesem düsteren Ort ohne Luft und Sonne.

Der Verwalter ließ ihn durch eine Tür mit riesigen Bronzeringen gehen, die mit farbigen Bändern umwunden waren. Über der Tür erblickte er eine für ihn unverständliche Inschrift in chinesischen Zeichen. War das der Name eines Kaisers, eine Lobpreisung oder eine Warnung?

Die Tür schloss sich hinter ihnen. Nun standen sie in einem quadratischen Zimmer, das mit bemalten Käfigen vollgestellt war, in denen Vögel aller Größen herumhüpften und -flatterten. Ihr Gezwitscher erfüllte den Raum, hallte in seltsamen Echos von Decke und Wänden wider. Da gab es blaue Tauben und Rotschwänzchen, graue und rote Braunellen, Schneetauben, Drosseln, Finken und Kanarienvögel aus China, grellbunte Sittiche aus Indien und zwei Paradiesvögel mit Federn in allen Farben des Regenbogens. Die Gefieder schillerten im Licht der Lampen und warfen bunte Reflexe auf die rohen Wände. Bei alledem war der Raum ein Gefängnis, eine Zelle, in der all die Farbenpracht von Holz und Draht gedämpft wurde. Als Christopher hindurchging, schlugen überall schwere Flügel gegen Gitterstäbe, erhob sich ein wildes Flügelklatschen, das auf ihn wirkte wie ein Alptraum. Der Begleiter öffnete die nächste Tür und führte Christopher in ein anderes Gemach.

Hier standen dicht an dicht übermannsgroße und entsprechend dicke Flaschen – Terrarien, in denen Pflanzen aus den Dschungeln des Tieflandes wuchsen. Jedes war ein eigenes Reich, eingeschlossen in einen Kreislauf von Wachsen und Vergehen. Zwischen den Pflanzen taumelten riesige Schmetterlinge auf und nieder, schlugen stumm gegen die Glaswände oder flatterten ruhelos von Blüte zu Blüte. Noch ein Gefängnis, noch mehr Zellen. Durch Glasschächte in der Decke fiel Licht ein, und die Pflanzen drängten nach oben, um so viel Leben einzusaugen, wie die spärlichen Sonnenstrahlen ihnen boten.

Sie schritten durch weitere Räume, einer bizarrer als der andere. In einem gab es große Spinnen, die in Glaskästen durcheinanderwuselten und Netze webten wie Wolken aus Seidenfäden. In einem anderen schwammen Fische in gewaltigen Aquarien, schossen in dunklem, stillem Wasser nervös hin und her und kamen nicht zur Ruhe wie Haie, die sterben, wenn sie sich nicht bewegen. Schließlich gelangten sie in einen kleinen Raum, der von Flammen erfüllt war. Überall brannten Lampen und suchten die Schatten zu vertreiben. Erde und Luft, Wasser und Feuer – alle Elemente und Kreaturen aus jedem von ihnen. Die Welt en miniature.

Am Ende des Feuerraumes befand sich eine Tür, die sich von den bisherigen unterschied. Sie war mit *Mandalas* bemalt, kreisrunden Bildern von der Welt in der Luft, zu Lande und zur See. Von der Wirklichkeit zum Schatten, von der Schale zum Kern. Der Verwalter öffnete die Tür und trat beiseite, um Christoper eintreten zu lassen.

Dahinter lag ein riesiges Gemach, das den größten Teil des Obergeschosses einzunehmen schien. Licht fiel in dicken Streifen durch Öffnungen in der Decke, reichte aber nicht aus, um die überall lagernden Schatten zu vertreiben. Winzige Flämmchen von Butterlampen funkelten wie Leuchtkäfer über einem dunklen See. Hinter sich hörte Christopher ein Geräusch. Als er sich umwandte, sah er, wie die Tür sich schloss. Sein Begleiter war gegangen.

Als sich seine Augen an das Halbdunkel gewöhnt hatten, konnte Christopher erst erkennen, was für ein Raum dies war. Er hatte von solchen Orten schon gehört, aber noch nie einen gesehen. Es war die *Chörten*-Halle, das Mausoleum all der bisherigen Äbte des Klosters. Ihre Ruhestätten standen an einer Wand aufgereiht – riesige Kästen, viel größer als die Toten, die in ihnen ruhten – makellos polierte, von Staub bedeckte Behältnisse für verwesendes Fleisch und moderne Knochen. Das flackernde Licht huschte über die Wände der mächtigen Klötze aus Bronze, Gold und Silber, die mit Edelsteinen belegt und mit kostbaren Ornamenten verziert waren.

Jeder *Chörten* stand auf einem großen Sockel und reichte fast bis zur Decke. In einer unsteten Welt waren sie Symbole von Beständigkeit. In jedem ruhten die mumifizierten Überreste eines Abtes. Von Zeit zu Zeit wurde Salz beigegeben, um die Mumien zu erhalten. Durch Gitter an der Frontseite der *Chörten* starrten die vergoldeten Gesichter ihrer Bewohner verloren auf eine Welt grauer Schatten.

Langsam ging Christopher die Reihe der goldgeschmückten Grabmäler entlang. Draußen hörte er den Nachmittagswind heulen. Es war kalt hier oben, kalt, einsam und ohne Sinn. Er zählte insgesamt zwölf *Chörten*. Einige Äbte waren als alte Männer gestorben, andere als Kinder. Wenn man den Mönchen Glauben schenken wollte, waren sie alle Inkarnationen ein und desselben Geistes, eines einzigen Wesens in einer Vielzahl von Körpern. Jeder amtierende Abt verbrachte hier sein ganzes Leben Seite an Seite mit seinen früheren körperlichen Hüllen wie ein Mann mit seinen Erinnerungen oder abgelegten Kleidern, darauf wartend, dass sein eigener Körper sich den anderen zugesellte und er selbst zwar eine neue Form, aber nie eine neue Identität annahm.

Wie am Tag zuvor erwartete ihn der Abt in einer Nische am Ende der langen Halle. Er saß auf einem Berg von Kissen zwischen vergoldeten Götterfiguren, über die Licht und Schatten huschten. Angesichts der riesigen *Chörten* wirkte er noch kleiner – eine bleiche Gestalt zwischen all seinen früheren Leben. Es war, als sitze er auf diesem Thron schon jahrhundertelang und sehe zu, wie die *Chörten* gebaut und belegt wurden, bis jemand kam und sagte, es sei so weit, er müsse diese Welt verlassen. Christopher verbeugte sich tief und nahm auf einem gepolsterten Sitz gegenüber dem Abt Platz.

»Sie wollten mich sprechen«, sagte der alte Mann.

»Ja.«

»In einer wichtigen Angelegenheit.«

»Ja«, sagte Christopher.

»Reden Sie.«

»Heute Nacht ist jemand in mein Zimmer gekommen. Während ich schlief. Verstehen Sie? Er kam in meinen Raum, während ich schlief. Er wollte mich umbringen. Ich will wissen, warum. Ich möchte, dass Sie es mir sagen.«

Der Abt antwortete nicht sofort. Christophers Mitteilung schien ihn zu erschüttern.

»Woher wissen Sie, dass er Sie töten wollte?«, fragte er schließlich.

»Weil er ein Messer bei sich hatte. Weil er versuchte, mich mit einer Schnur zu erdrosseln.«

»Und Sie glauben, ich weiß davon und bin vielleicht sogar dafür verantwortlich?«

Christopher schwieg.

»Sie denken also, ich wollte Sie töten lassen.« Eine lange Pause trat ein. Der Abt seufzte hörbar. Als er wieder sprach, war seine Stimme verändert – schwächer, älter und noch trauriger als zuvor. »Ich will nicht, dass Ihnen etwas geschieht. Das müssen Sie mir glauben, wenn Sie auch sonst an allem zweifeln, was Sie hier sehen oder hören. Das allein ist die Wahrheit. Verstehen Sie? Glauben Sie mir?«

Sie sind heilig für mich. Ich darf Sie nicht antasten. Der Gedanke kam ihm unvermittelt, wie ein Vogel, der im Käfig saß und plötzlich freigelassen wurde. Er schlug mit grauen Flügeln und war verschwunden. *Aber ich kann Ihnen weh tun,* dachte Christopher. Er spürte die kalte Messerklinge, die im Stiefel gegen seine Wade drückte.

»Wie kann ich Ihnen glauben?«, sagte er. »Sie haben mir mit Gewalt meinen Sohn weggenommen und dabei einen Mann getötet. Einer Ihrer Mönche hat einen Jungen umgebracht, dessen einziges Vergehen darin bestand, dass er verletzt war. Und ein Mann kommt im Dunkeln mit einem Messer in meinen Raum geschlichen. Wie kann ich da auch nur eines Ihrer Worte glauben?«

Der Abt sah ihn durchdringend an.

»Weil ich die Wahrheit sage.« Wieder wurde es still im Raum. »Als Sie zum ersten Mal mit mir gesprochen haben, erwähnten Sie einen Mann namens Samjatin. Sagen Sie mir jetzt, was Sie über ihn wissen.«

Christopher schwankte. Er wusste so wenig über Samjatin, und das meiste aus Quellen, die für den Abt eines entlegenen tibetischen Klosters bedeutungslos sein sollten. Wo sollte er anfangen?. Vielleicht am besten mit den Grundtatsachen, die Winterpole ihm mitgeteilt hatte.

Als er damit zu Ende war, sagte der Abt zunächst nichts. Bewegungslos saß er auf seinem Thron und schien abzuwägen, was Christopher ihm berichtet hatte. Nach einer Ewigkeit nahm er wieder das Wort.

»Samjatin ist hier in Dorje-la. Wussten Sie das?«

»Ich habe es angenommen.«

»Er hält sich bereits mehrere Monate hier auf. Er ist als Pilger zu uns gekommen. Glauben Sie, dass er hinter dem Anschlag steckt?«

Christopher nickte. Für ihn war das sehr wahrscheinlich.

»Sind Sie Feinde – Sie und dieser Russe?«

»Unsere Staaten sind … nicht direkt im Krieg miteinander. Aber es gibt Rivalitäten. Spannungen.«

»Nicht Ihre Staaten«, sagte der Abt. »Nicht Ihre Völker. Ihre Philosophien. Es ist noch gar nicht lange her, da waren Ihre beiden Länder im Großen Krieg Verbündete gegen die Deutschen. Das stimmt doch?«

Wer immer dieser Abt sein mochte, dachte Christopher bei sich, er hatte dessen Kenntnis der Welt außerhalb dieses Klosters unterschätzt.

»Ja, wir waren Verbündete … Aber dann gab es in Russland eine Revolution. Die Russen töteten ihren König und dessen Familie, Frau und Kinder. Eine Partei, die sich die Bolschewiken nennt, kam zur Macht. Sie haben alle umgebracht, die ihnen im Weg standen – Zehntausende. Ob schuldig oder unschuldig, war gleichgültig.«

»Vielleicht hatten sie ja einen Grund, ihren König zu töten. War er ein gerechter König?«

Das nicht gerade, doch auch kein Tyrann, dachte Christopher. Nur willenlos und unfähig. Die Galionsfigur eines autokratischen Systems, das er nicht ändern konnte.

»Ich denke, er wollte gerecht sein und von seinem Volk geliebt werden«, sagte Christopher dann.

»Das ist nicht genug«, antwortete der Abt. »Ein Mann kann den Wunsch haben, ins Nirwana einzugehen, aber zunächst muss er handeln. Acht Dinge sind notwendig, um Befreiung von Schmerzen zu erlangen. Das Wichtigste davon ist das richtige Handeln. Wenn ein gerechter Mann nicht handelt, dann tun es die Ungerechten an seiner Stelle.«

»Das mag richtig sein, aber Samjatin muss gestoppt werden«, sagte Christopher. »Die Bolschewiken wollen Asien unter ihre Kontrolle bringen. Sie werden ihre Grenzen überschreiten und ein Nachbarland nach dem anderen erobern. Und sie werden noch weiter gehen. Niemand ist vor ihnen sicher. Nicht einmal Sie, nicht einmal dieses Kloster. Mit diesem Ziel ist Samjatin nach Tibet gekommen. Wenn Ihnen Ihre Freiheit lieb ist, dann helfen Sie mir, seine Absichten zu durchkreuzen.«

Der alte Mann seufzte hörbar und beugte sich nach vorn. Ein kleines Lächeln erschien auf seinen Lippen.

»Und Sie«, sagte er dann, »was werden Sie tun, wenn Sie ihn gestoppt haben?«

Christopher war unsicher. Das hing davon ab, was Samjatin vorhatte. Würde er bleiben … und Samjatins Tätigkeit zum Vorteil Englands nutzen müssen? Oder würde es ausreichen, Samjatin kaltzustellen?

»Ich werde mit meinem Sohn nach Hause zurückkehren«, sagte er, wohl wissend, dass dies nur die halbe Wahrheit war. Winterpole hatte ihm William versprochen, aber das hatte seinen Preis.

»Und was werden Ihre Leute tun? Werden sie uns in Ruhe lassen, wenn die Bolschewiken zurückgeschlagen sind?«

»Wir haben nicht die Absicht, Sie zu beherrschen«, sagte Christopher. »Wir haben dem Dalai Lama geholfen, als er vor den Chinesen floh. Als die besiegt waren, durfte er wieder nach Lhasa zurück. Wir haben uns nicht eingemischt.«

»Aber 1904 sind Sie mit Ihren Soldaten in Tibet eingefallen. Ihre Truppen sind in Lhasa einmarschiert. Sie haben uns die Faust gezeigt. Sie haben sich viel direkter in diesem Land eingemischt, als die Russen es je getan haben. Und Sie herrschen über Indien. Wenn Sie in der Lage waren, ein Land zu versklaven, dann können Sie das auch bei einem zweiten tun.«

»Die Inder sind nicht unsere Sklaven«, protestierte Christopher.

»Aber sie sind nicht frei«, erwiderte der Abt ruhig.

»Wir unterdrücken sie nicht.«

»Letztes Jahr haben Sie im Jalianwala Bagh von Amritsar Hunderte massakriert. Wenn die Inder sich eines Tages gegen Sie erheben, wie es schon früher geschehen ist und wie sich die Russen gegen ihren König erhoben haben, geschieht das, weil Sie gerecht waren und nicht handelten … oder weil Sie ungerecht waren und handelten?« Die Stimme des Abtes klang jetzt schärfer. Christopher wollte ihn genauer in Augenschein nehmen, aber er hielt sich konsequent im tiefen Schatten.

»Das kann ich nicht beantworten«, sagte Christopher. Alte Zweifel, die ihn schon lange plagten, flatterten auf wie Motten zum Licht. »Ich denke, wir meinen es ehrlich. Ich denke auch, dass wir meist gerecht gehandelt haben. Amritsar war ein Fehler, eine Fehleinschätzung durch den Offizier, der die Truppen dort befehligte. Es war ein Irrtum.«

»Ein Irrtum!«, echote der Abt zornig. Seine Beherrschung war dahin, seine Stimme rau. »Amritsar war unvermeidlich in einem Land, wo eine Rasse die andere beherrscht. Es war kein Irrtum und kein Fehler, sondern das Ergebnis von jahrelangen kleinen Ungerechtigkeiten, von Arroganz, Diskriminierung und Blindheit. Amritsar war ein Symbol dafür, was an Ihrem Empire faul ist. Und Sie kommen mir mit

Geschichten von den Bolschewiken. Sie versuchen, mir Angst einzujagen, weil ein einzelner Russe seinen Fuß in diese Berge gesetzt hat. Sie behaupten, Ihre Leute hätten keine Pläne mit Tibet. Halten Sie mich für dumm?«

Der alte Mann schwieg. Eine lange Pause folgte. So rasch, wie sein Ärger sich Luft gemacht hatte, war er auch wieder verflogen. Christopher spürte, wie der Abt ihn prüfend und immer noch traurig ansah. Als er wieder das Wort nahm, war sein Ton verändert.

»Sie müssten es besser wissen, Wylam-la. Sie sollten nicht solchen Unsinn verbreiten. Sind Sie nicht mit Indern aufgewachsen, haben ihr Essen gegessen, ihre Luft geatmet und beinahe ihre Identität angenommen? Hat man Ihnen nicht beigebracht, die Welt mit ihren Augen zu sehen, mit ihren Ohren zu hören und mit ihrer Zunge zu schmecken? Und Sie erzählen mir etwas von falscher Einschätzung, von Irrtümern und von toten Königen! Wie können Sie vergessen haben, was ich Ihnen beigebracht habe? Wieso haben Sie sich so weit von dem entfernt, der Sie einmal waren?«

Christopher fühlte, das ihm innerlich ganz kalt wurde. Angst stieg in ihm auf, schreckliche Angst. Sein Körper erbebte. Die Schatten zogen über den Abt und seinen Thron hin, uralte Schatten, Schleier, die herumschwebten wie hungrige Geister. Die Lichter flackerten. Der Raum schien voll von Stimmen, die ihm etwas zuflüsterten, Stimmen, die er früher, vor langer Zeit vernommen hatte, Stimmen der Toten. Das Kruzifix fiel ihm ein, das er in Cormacs Schreibtisch fand und dessen scharfe Kanten sich in sein Fleisch gebohrt hatten.

»Wer sind Sie?«, fragte Christopher mit vor Angst trockener Stimme.

Der Abt erhob sich, ein schwacher alter Mann in safranfarbenem Gewand, und stieg von dem Podest herab, auf dem sein Thron stand. Er trat ins Licht. Zögernd gaben ihn die Schatten frei. Er hatte so lange darin gelebt, aber jetzt, für einen kurzen Augenblick, teilten sie sich und ließen ihn lebend ins Licht zurückkehren.

Langsam näherte er sich Christopher, größer, als er auf den Kissen sitzend erschienen war. Er kam dicht zu ihm heran und kniete nieder, so dass sein Gesicht nur Zentimeter von dem Christophers entfernt war.

»Wer sind Sie?«, flüsterte Christopher noch einmal. Die Angst war jetzt ein lebendiges Wesen, das in ihm arbeitete und in seiner Brust raste wie ein gefangenes Tier, ein Vogel oder ein Schmetterling.

»Kennst du mich nicht mehr, Christopher?« Die Stimme des Abts war jetzt sanft und leise. Zunächst fiel Christopher gar nicht auf, dass er diese Worte nicht auf Tibetisch, sondern auf Englisch gesagt hatte.

Die Welt fiel in Stücke.

»Erinnerst …«

Die Stücke zerbröselten zu Staub.

»… du dich … nicht mehr …?«

Ein Sturm erhob sich in Christophers Kopf. Er hörte die Stimme seiner Mutter nach im rufen: »… Christopher!«

Und die Stimme seiner Schwester, die ihm an langen Sommertagen über den sonnenbeschienenen Rasen nachlief: »… Christopher!«

Und Elizabeth, die ihre Arme nach ihm ausstreckte und in Todesqual mit schmerzgeweiteten Augen wisperte: »… Christopher.«

Und am Ende die Stimme seines Vaters: »… Christopher? Erinnerst du dich nicht mehr an mich, Christopher?«

27

Vor dem letzten *Chörten* standen sie beieinander. Christophers Vater hatte die Fensterläden geöffnet, so dass sie auf den Pass blicken konnten. Lange sagte keiner ein Wort. Die Sonne war weitergezogen und zeichnete nun Muster von Licht und Schatten auf blasse, ferne Gipfel und in verschneite Schluchten. Nur die Schatten bewegten sich. Die Welt schien schweigend stillzustehen.

»Das ist der Everest«, sagte der alte Mann dann und zeigte nach Südwesten, wie ein Vater seinem Kind etwas zeigt. »Die Tibeter nennen ihn Tschomolungma, die Göttinmutter der Erde.« Er wartete, bis Christopher den Gipfel ausgemacht hatte, auf den er deutete. Aus den Wolkenfetzen schaute nur die oberste Spitze des riesigen Berges hervor, der aus der Entfernung klein wirkte.

»Und das ist der Makalu«, fuhr er fort und wies etwas weiter nach Süden. »Den Chamlang, den Lhotse – sie alle kann man bei klarem Wetter sehen. Manchmal stehe ich stundenlang hier und betrachte sie. Ich werde niemals müde, diesen Blick zu genießen. Niemals. Ich erinnere mich noch daran, als ich sie zum ersten Mal gesehen habe.« Er verstummte wieder, in Gedanken an die Vergangenheit versunken.

Christopher erschauerte.

»Ist dir kalt?«, fragte der Vater.

Er nickte, und der alte Mann schloss den Laden. Sie waren wieder in der *Chörten*-Halle eingeschlossen.

»Dieser war mein letzter Körper«, sagte Christophers Vater und fuhr mit der Hand über das polierte Metall des Grabmals.

»Ich verstehe nicht«, sagte Christopher. Würden zwei mal zwei je wieder vier ergeben und Schwarz und Weiß je wieder Grau?

»So viel verstehst du natürlich«, widersprach sein Vater. »Dass wir Körper annehmen und wieder ablegen. Ich habe viele Körper gehabt. Bald werde ich auch diesen los sein. Und dann wird es Zeit, einen anderen zu finden.«

»Aber du bist mein Vater!«, protestierte Christopher. »Du bist vor Jahren gestorben. Das alles ist doch gar nicht möglich!«

»Was ist möglich, Christopher? Was unmöglich? Kannst du es mir sagen? Hand aufs Herz, kannst du sagen, du weißt es?«

»Ich weiß, dass du mein Vater bist, der Mann, den ich als Kind gekannt habe. Du kannst keine … Reinkarnation eines tibetischen Heiligen sein. Du bist in England geboren, in Grantchester. Du hast meine Mutter geheiratet. Du hast einen Sohn und eine Tochter. Das ergibt doch alles keinen Sinn.«

Der alte Mann nahm Christophers rechte Hand und hielt sie fest in der seinen.

»Ach, Christopher«, sagte er, »wenn ich es nur erklären könnte. Wir sind uns fremd geworden, du und ich, aber glaube mir, ich habe dich nie vergessen. Es ist niemals mein Wunsch gewesen, dich allein zu lassen. Glaubst du mir das?«

»Ich weiß nicht, was dein Wunsch gewesen ist. Ich weiß nur, was geschehen ist. Was man mir darüber gesagt hat.«

»Was haben sie dir gesagt?«

»Dass du verschwunden bist. Dass du eines Nachts das Lager verlassen hast und man dich nicht mehr wiederfinden konnte. Als eine gewisse Zeit vergangen war, hat man angenommen, du seist tot. Ist das richtig? Ist es so gewesen?«

Der alte Mann ließ Christophers Hand los und rückte ein wenig von ihm ab.

»In gewisser Hinsicht«, sagte er mit leiser Stimme. Er wirkte klein vor den Grabmalen seiner Vorgänger. Auf seinem faltigen Gesicht lag wieder diese große Traurigkeit.

»Es ist wahr, aber nur in einer gewissen Hinsicht – wie die meisten Dinge auf dieser Welt. Die tiefere Wahrheit, die sie nicht erraten und dir nicht sagen konnten, bestand darin, dass Arthur Wylam lange tot war, bevor er in jener Nacht aus seinem Zelt fortging. Ich war eine leere Hülle ohne jede Substanz. Ich handelte, ich erfüllte meine Pflichten, ich galt als Mensch. Aber innerlich war ich bereits tot. Wie einer der *Ro-langs,* der Untoten, denen Menschen manchmal in diesen Bergen zu begegnen glauben.

Als ich das Lager an jenem Morgen verließ, wusste ich nicht, was ich tat und wohin ich ging. Um ehrlich zu sein, ich kann mich nur noch schwach daran erinnern. Ich weiß aber, dass mein Leben keinen Sinn mehr hatte. Was ich den Menschen geben konnte, war ausgeschöpft. Ich wollte nur noch fortgehen. Und genau das tat ich. Tagelang ging ich, kletterte und stolperte immer tiefer in diese Berge hinein. Ich hatte keinen Proviant bei mir und keine Ahnung, wo ich etwas zu essen finden könnte. Ich war verloren und mein Geist in tiefer Verwirrung.«

Er hielt inne, offenbar durchlebte er noch einmal die Verlassenheit und die Schrecken jener Tage.

»Zwei Mönche aus Dorje-la fanden mich an einem Ort namens Sepo. Ich war dem Tode nahe. Eigentlich etwas ziemlich Alltägliches – ein sterbender Mann, erfroren, ausgehungert und wirr im Kopf. Aber in Tibet ist nichts alltäglich. Die Tibeter sehen Zeichen in allem – in einem Meteor, in einer Missgeburt, in einem Vogel, der über einem Berg kreist. Kleine Dinge erregen ihre Aufmerksamkeit – wie die Ohren eines Kindes geformt sind, wie das Stroh auf dem Dach eines Bauernhauses liegt, wie der Rauch aus einem Schornstein aufsteigt. Dinge, die du und ich gar nicht bemerken. Dafür sind wir der Welt schon zu entfremdet.

An dem Ort, wo sie mich fanden, treffen zwei Gletscher aufeinander. Nach Osten erhebt sich ein spitzer Gipfel, und nach Westen geht es tief in den Abgrund. An dem Tag, als sie mich dort entdeckten, wurden zwei Aasgeier gesichtet, die lange über dieser Stelle kreisten. Ich denke, die haben nur darauf gewartet, dass ich den Geist aufgebe. Ich wäre eine gute Mahlzeit für sie gewesen. Alles einfache Dinge, aber für die Mönche waren das Zeichen. Sie sprachen von einer Prophezeiung, dass der neue Abt von Dorje-la an einem solchen Platz gefunden werden sollte. Ich weiß bis heute nicht, ob das stimmt und ob diese Prophezeiung je existiert hat. Aber sie haben daran geglaubt. Nach und nach tat ich es auch.«

Christopher unterbrach ihn verständnislos.

»Aber du warst kein Kind mehr«, sagte er. »Du warst ein Mann von vierzig Jahren, ein Erwachsener. Sie wählen stets Kinder als neue Inkarnation aus, meist bereits im Alter von drei, vier Jahren.«

Sein Vater seufzte und legte Christopher die Hand auf die Schulter.

»Dies ist kein gewöhnliches Kloster, Christopher. Wir sind hier in Dorje-la. Hier laufen die Dinge anders.« Er verstummte und seufzte wieder. »Ich bin der dreizehnte Abt dieses Klosters. Mein Vorgänger ist in dem Jahr gestorben, als ich geboren wurde. Er hat die Weisung hinterlassen, erst in vierzig Jahren nach seinem Nachfolger zu suchen. Darin heißt es weiter, seine neue Inkarnation werde von Süden, aus Indien, kommen. Und es werde ein *Pee-ling* sein.«

Er verstummte wieder. Christopher sagte nichts. Wenn der alte Mann an diesen Unsinn glaubte, welches Recht hatte er, ihm zu widersprechen? Vielleicht war es auch gar kein Unsinn. Vielleicht ergab diese Prophezeiung einen Sinn, den

Christopher mit seinem westlichen Denken nicht erfassen konnte.

»Wollen wir in einen anderen Raum gehen?«, fragte der alte Mann.

Christopher nickte.

»Ich bin in deiner Hand«, sagte er.

Sein Vater blickte ihn an, als wollte er in dem Mann das Kind wiederfinden, das er vor so vielen Jahren verlassen hatte. War davon überhaupt noch etwas übrig?

»Nein«, sagte er, »du hältst dein Schicksal selbst in der Hand.

Sie verließen die *Chörten*-Halle und traten durch schwere Vorhänge in ein kleines Zimmer. Es war rund und maß etwa vier Meter im Durchmesser. Es war ohne die üblichen Kissen und Vorhänge und völlig schmucklos. Am Ende der Welt hatte Arthur Wylam zu Entsagung gefunden. Ein einfacher Teppich bedeckte den Boden. In den Nischen waren Bücher aufgestapelt. Von der niedrigen, gewölbten Decke hingen mehrere Lampen.

Sie setzten sich zusammen auf den Teppich – Vater und Sohn.

»Hier ist es sehr einfach, fürchte ich«, sagte der alte Mann. »Keine Vögel, keine Schmetterlinge und keine Fische.«

»Wozu brauchst du die?«, fragte Christopher und meinte die Tiere und Pflanzen in den Räumen, durch die er gegangen war.

»Die Sammlungen hat mein Vorgänger angelegt. Er war sehr wissensdurstig. Er wollte Beispiele von allem haben, was die Welt da draußen birgt. Ich erhalte die Sammlungen und vervollständige sie, wo notwendig.«

»Sie sollen die Elemente darstellen. Ist das ihr Sinn?«

Der Abt nickte.

»Ja, die Elemente. Sie zeigen uns Verfall und Geburt. Und noch vieles mehr.«

»Aha.« Christopher zögerte. Er wollte über etwas anderes reden. »Als man dich hierhergebracht hat«, sagte er, »warum hast du nicht versucht, Kontakt mit uns aufzunehmen und zu erklären, was geschehen ist? Du hast mir nie geschrieben. Ich glaubte, du seist tot.«

»Ich wollte, dass ihr das annehmt. Was hätte ich denn tun sollen? Euch schreiben, dass ich lebe, aber niemals zu euch zurückkehren werde? Ihr hättet alles getan, um mich zu finden. Anfangs habe ich selber nicht verstanden, wofür dieser Ort steht. Ich wusste nicht einmal, wer ich war und was sie von mir erwarteten. Wie hätte ich mich dazu stellen sollen, dass ihr hierherkommt, mich ausfindig macht und daran erinnern wollt, wer ich einmal gewesen war? Später … habe ich dann allmählich etwas begriffen. Da gab es kein Zurück mehr.«

»Und was ist mit Liebe?«, fragte Christopher. »Mit Vertrauen?«

Der alte Mann seufzte. Diese Worte hatte er lange nicht mehr gehört, in keiner Sprache.

»Begreifst du nicht, dass ich all dem längst entronnen war?«, antwortete er. »Liebe und Vertrauen. Davon war nichts mehr in mir, keine Spur. Ich bete dafür, dass du nie in einen solchen Zustand kommst. Zumindest nicht auf meine Weise. Am Ende musst du alles aufgeben – Liebe, Vertrauen und Verlangen. Besonders Letzteres. Du musst allen Wünschen entsagen. Sonst verschlingen sie dich. Glaube mir, sie sind sehr gierig. Das Verlangen ist unersättlich, es kennt keinen Anfang und kein Ende. Es akzeptiert keine Grenzen. Aber es spinnt die Fäden, die dich ans Leiden binden. Für den Rest deines Lebens, wenn du es nicht daran hinderst. Und für alle künftigen Leben.«

»Warum hast du mir den Sohn geraubt?«, fragte Christopher ohne Übergang.

Der Abt gab keine Antwort. Er blickte wieder sehr bedrückt drein und konnte Christopher nicht in die Augen sehen.

»Er hat eine bestimmte Bedeutung für dich, nicht wahr?«, beharrte Christopher. »Weil er dein Enkel ist? Auch eine Art Inkarnation, habe ich recht?«

Sein Vater senkte den Kopf.

»Ja«, sagte er.

Zornig sprang Christopher auf.

»Aber da liegst du falsch! William ist mein Sohn! Und der Sohn meiner Frau. Du hast keinen Anteil an ihm. Du bist aus freiem Willen gestorben. Meinetwegen bleib unter den Toten. Die Toten haben keine Forderungen an die Lebenden. William ist mein Sohn. Er gehört zu mir. Ich nehme ihn mit nach Hause.«

Der alte Mann schaute auf.

»Setz dich wieder«, flüsterte er.

Christopher blieb stehen.

»Ich bin alt«, sagte sein Vater. »Ich habe nicht mehr lange zu leben. Aber wenn ich sterbe, wird Dorje-la ohne Abt sein. Versuche zu verstehen, was das heißt. Diese Mönche sind wie Kinder, sie brauchen einen, der ihr Vater ist. Besonders jetzt, da die Welt da draußen sich so rasch verändert. Eines Tages wird es mit ihrer Abgeschiedenheit vorbei sein. Wenn die Welt an das Tor von Dorje-la klopft, muss jemand da sein, der ihr auf Augenhöhe gegenübertreten kann. Einer von außen, ein *Pee-ling* wie wir.«

»Aber warum William, warum mein Sohn?«

Der alte Mann stöhnte.

»Auch das hat mit einer Prophezeiung zu tun«, erklärte er. »Ob du an Prophezeiungen glaubst, ist ohne Bedeutung. Die Mönche hier glauben daran, besonders an diese.«

»Und wie lautet sie?«

»Der erste Teil bezieht sich auf mich selbst. Zumindest glauben sie das. ›Wenn Dorje-la von einem *Pee-ling* regiert wird, dann wird die Welt von Dorje-la aus regiert.‹ Der zweite Teil bezieht sich auf ›den Sohn eines *Pee-ling* Sohns‹. Er wird der letzte Abt von Dorje-la sein. Und dann erscheint der Buddha der letzten Tage: der Maidari.«

»Und du meinst, William sei dieser Sohn eines *Pee-ling* Sohns?«

»Hier denkt man, dass alle Europäer heiraten und das Kind daher der Enkel des *Pee-ling*-Abtes sein muss. Ich habe das anfangs nicht geglaubt. Selbst wenn du einen Sohn hättest, sah ich keine Möglichkeit, ihn jemals hierherzubringen. Dafür hatte ich nicht die Mittel.«

»Und wieso hast du deine Ansicht geändert?«

Der Abt schwieg wieder. Seine Sorgen waren offenbar verstärkt zurückgekehrt. Christopher glaubte, er habe vor etwas Angst.

»Samjatin hat mich umgestimmt«, sagte er schließlich. »Als er hierherkam, kannte er die Prophezeiung bereits. Er wusste auch von mir: wer ich war und woher ich stammte. Er erklärte mir, wenn ich einen Enkel hätte, dann könnte er es arrangieren, dass er hierhergebracht werde. Ich habe lange mit ihm gestritten, aber am Ende hat er mich überzeugt. Ich brauche den Jungen. Jemand muss die Linie fortsetzen.«

»Konntest du nicht auf die hier übliche Weise eine neue Inkarnation finden? Hier in Tibet? Einen kleinen Buddhisten, dessen Eltern über diese Wahl glücklich gewesen wären?«

Der alte Mann schüttelte den Kopf.

»Nein«, sagte er. »Das hätte der Prophezeiung widersprochen. In den Jahren, als mein Vorgänger gestorben und ich noch nicht hier angekommen war, gab es einen Regenten. Anstelle des Abtes regierte ein Mann namens Tensing

Rinpoche. Als man mich hierherbrachte, war er zuerst gegen meine Wahl. Zwei Jahre später starb er, aber ein Teil der Mönche hat immer ihn als die wahre Inkarnation angesehen.

Als junger Mann hat er einer anderen Sekte angehört, wo die Mönche nicht im Zölibat leben müssen. Er hat einen Sohn. Der ist jetzt hier im Kloster ein wichtiger Mann. Er heißt Tsarong Rinpoche. Wenn ich ohne Nachfolger sterbe, könnten viele Mönche akzeptieren, dass Tsarong Rinpoche dieses Amt übernimmt. Es gibt genügend, die ihm folgen würden. Und ich brauche dir nicht zu sagen, was es bedeutet, wenn er sich selbst zum Abt ausruft.«

»Wieso schaffst du ihn dir dann nicht vom Halse?«

»Das kann ich nicht. Er ist der Sohn von Tensing Rinpoche. Glaube mir, ich kann ihn nicht einfach von hier vertreiben.«

»Warum hat Samjatin dir seine Hilfe angeboten? Was hat er davon?«

Der Abt schwankte. Hinter ihm flackerte ein Lämpchen in einem Luftzug.

»Als er nach Tibet kam, suchte er etwas. Das befand sich hier in Dorje-la. Er schloss einen Deal mit mir: Mein Enkel gegen das, was er wollte. Zuerst habe ich abgelehnt, aber am Ende hatte ich keine andere Wahl. Ich habe sein Angebot akzeptiert.«

»Was wollte er hier finden?«

»Bitte, Christopher, das kann ich nicht sagen. Nicht jetzt. Vielleicht später, wenn du ein wenig länger hier bist.«

»Und William – werde ich ihn sehen dürfen?«

»Du musst Geduld haben, Christopher. Du wirst ihn sehen, wenn es an der Zeit ist. Doch du musst begreifen, dass ich dir nicht gestatten kann, ihn mitzunehmen. Damit musst du dich abfinden. Ich weiß, das ist schwer für dich, aber ich kann dich lehren, wie es zu ertragen ist. Du kannst in Dorje-la bleiben, solange du willst. Ich möchte gern, dass du bleibst. Doch du kannst nicht mit deinem Sohn zusammen fortgehen. Er gehört jetzt uns.«

Christopher sagte nichts. Er trat ans Fenster und zog den Vorhang auf. Draußen war die Sonne bereits untergegangen, und Dunkelheit lag über den Bergen. Er konnte das Messer in seinem Stiefel spüren, das harte Metall, das gegen seine Haut drückte. Es wäre so leicht, seinem Vater die Waffe an die Kehle zu setzen und ihn zu zwingen, William herauszugeben. Niemand würde es wagen, ihn aufzuhalten, solange der Abt seine Geisel war. Er fragte sich, warum er es nicht fertigbrachte, das zu tun.

»Ich möchte jetzt zu meiner Unterkunft zurück«, sagte er.

Sein Vater erhob sich und ging mit ihm zur Tür.

»Dorthin kannst du nicht mehr. Samjatin hat einmal versucht, dich zu töten. Beim zweiten Mal wird er keinen Fehler machen. Ich werde anweisen, dass du auf diesem Stockwerk in meiner Nähe wohnst.« Er schaute in den düsteren Nebenraum. »Es ist schon dunkel. Ich muss meinen Pflichten nachgehen. Warte hier. Ich schicke jemanden, der dir dein neues Zimmer zeigt.«

Der Abt wandte sich um und ging in den kleinen Raum zurück. Christopher sah ihm nach, wie er gebückt und mit weißem Haar hinter der Tür verschwand. Sein Vater war von den Toten auferstanden. Es war wie ein Wunder. Aber um William von diesem Ort fortzubringen, war er bereit, das Wunder ungeschehen zu machen und seinen Vater zu den Toten zurückzuschicken.

28

Der Raum, in den man Christopher jetzt führte, war größer als die Zelle, in der er vorher gewohnt hatte. Er war quadratisch und mit kostbaren Möbeln ausgestattet. Die hohen Wände trugen farbige Kacheln, die aus dem fernen Persien stammten. Pfaue stolzierten umher, und dunkeläugige Mädchen warfen verführerische Blicke über Schalen voller Wein. Die Silhouetten von Nachtigallen und Wiedehopfen zeichneten feine Muster wie Vogelgezwitscher an den blauen Himmel. Es war ein luxuriöser Ort, der so gar nicht in ein Kloster passen wollte. Aber hier saß Christopher ebenso gefangen wie in der kleinen Zelle weiter unten, wo er bisher gewesen war.

Er lag lange wach in tiefer Dunkelheit, die für ihn nach Kindheit roch. Seine Butterlampe war erloschen, und er durchlebte noch einmal seine Vergangenheit mit der plötzlichen Erkenntnis, dass sein Vater nie gestorben war. Während Christopher um ihn trauerte, war er hier in Dorje-la gewesen, vielleicht sogar in diesem Raum, und hatte eine neue Identität angenommen. Wurde dadurch etwas anders?, fragte er sich. Was geschehen war, konnte niemand mehr ändern. Er fiel in einen unruhigen Schlaf wie in jener fernen Nacht, als die Nachricht vom Tode seines Vaters ihn erreicht hatte.

Ein leises Geräusch weckte ihn. Ein Licht flackerte in seinem Raum. Jemand stand an seinem Bett und betrachtete ihn schweigend. Erst glaubte er, es sei der Vater, der über seinen Schlaf wache, aber dann erkannte er, dass die Gestalt mit dem Licht kleiner und nicht so gebeugt war wie er.

»Wer ist hier?«, rief er aus, obwohl er es schon wusste.

»Tschsch«, zischte der Eindringling. In diesem Augenblick wurde das Licht etwas höher gehoben, und er sah sie, von einem Leuchten umspielt. Wie lange hatte sie bereits im Halbdunkel gestanden und ihn betrachtet?

Geräuschlos trat sie näher.

»Es tut mir leid, wenn ich Sie erschreckt habe.«, flüsterte sie. Zum ersten Mal konnte er ihr Gesicht aus der Nähe betrachten. Er hatte nicht gedacht, dass sie so schön war. Aus dem Dunkel schaute sie ihn besorgt an.

»Ich wollte sehen, ob Sie wach sind«, flüsterte sie.

Er setzte sich auf. Obwohl er sich voll angekleidet niedergelegt hatte, war ihm kalt.

»Ich weiß nicht, ob ich lange geschlafen habe. Um die Wahrheit zu sagen, ich wäre lieber wach geblieben.«

Sie stellte ihre Lampe auf ein Tischchen und zog sich ins Dunkel zurück. Er spürte, dass sie Angst vor ihm hatte.

»Warum hat man Sie in diesen Raum gebracht?«, fragte sie. Er erklärte es ihr. Als er geendet hatte, wirkte sie sehr bedrückt.

»Woher wussten Sie, dass ich hier bin?«, kam die Gegenfrage.

Sie zögerte.

»Meine alte Kinderfrau Sönam weiß alles, was in Dorje-la vorgeht«, sagte sie. »Sie hat es mir gesagt.«

»Aha. Und wie sind Sie hier hereingekommen? Der Mönch, der mich hergeführt hat, sagte, meine Tür werde die ganze Nacht bewacht.«

Er glaubte ein kleines Lächeln zu sehen.

»Dorje-la ist voller Geimnisse«, flüsterte sie.

»Und Sie?«, fragte er.

»Ich verstehe nicht.«

»Sind Sie eines dieser Geheimnisse?«

Sie schaute zu Boden. Als sie wieder aufblickte, wirkten ihre Augen dunkler, aber voller Sterne.

»Vielleicht«, antwortete sie leise.

Christopher schaute sie genauer an. Ihre Augen waren wie Seen, in denen ein Mann ertrinken konnte, wenn er sich nicht vorsah.

»Wie sind Sie in dieses Kloster gelangt?«, fragte er.

»Ich bin schon immer hier«, sagte sie einfach.

Er schaute sie ungläubig an. Es schien ihm unmöglich, dass an einem Ort wie diesem eine solche Schönheit leben konnte.

»Es hat immer eine Dame in Dorje-la gegeben«, fuhr sie fort.

»Eine Dame?«, wiederholte er verständnislos.

»Jemanden, der für die Göttin Tara steht«, antwortete sie. »Die Göttin Drölma, Avalokitas Gefährtin. Sie hat im Körper einer Frau immer hier in Dorje-la gelebt.«

Er starrte sie erschrocken an.

»Wollen Sie sagen, Sie seien eine Göttin? Und werden hier verehrt?«

Lächelnd schüttelte sie den Kopf.

»Nein«, sagte sie. »Die Göttin ist Tara. Oder Drölma, wenn Sie wollen. Sie hat viele Namen. Ich bin eine Frau. Sie findet ihre Inkarnation in mir, aber ich bin nicht sie, ich bin nicht die Göttin. Verstehen Sie?«

Er schüttelte den Kopf.

»Das ist doch ganz einfach«, sagte sie. »Wir alle sind Erscheinungen des ewigen Buddha. Meine Erscheinung ist Tara. Sie lässt sich in mir und durch mich sehen. Aber ich bin nicht Tara. Ich bin Chindamani. Ich bin nur eine äußere Hülle für Tara hier in Dorje-la. An anderen Orten hat sie andere Körper.«

Christopher schüttelte erneut den Kopf.

»Das ergibt für mich keinen Sinn. Ich könnte glauben, dass Sie eine Göttin sind, das wäre nicht schwer. Sie sind schöner als jede Götterfigur, die ich je gesehen habe.«

Sie errötete und blickte zu Boden.

»Ich bin nur eine Frau«, murmelte sie. »Ich kenne nur dieses Leben und diesen Körper. Tara kennt alle meine anderen Körper. Wenn ich wiedergeboren werde, wird Tara einen anderen Körper haben. Aber Chindamani wird es nicht mehr geben.«

Draußen erhob sich ein kurzer Windstoß und legte sich wieder.

»Es tut mir leid, dass das so schwierig für Sie ist«, sagte sie.

»Mir tut es auch leid.«

Sie schaute ihn wieder an und lächelte.

»Sie sollten nicht so traurig sein.«

Aber die Trauer saß tief in ihm. Niemand konnte ihn jetzt davon befreien.

»Sagen Sie mir«, fuhr er fort, »was bedeutet der Name Chindamani? Sie sagten, Tara habe viele Namen. Ist das einer davon?«

Sie schüttelte den Kopf.

»Nein, es ist ein Wort aus dem Sanskrit. Es bedeutet ›der Edelstein, der jeden Wunsch erfüllt‹. Darüber gibt es eine alte Legende. Wer diesen Edelstein findet, dem wird jeder Wunsch erfüllt. Hat man dort, wo Sie herkommen, auch solche Geschichten?«

»Ja«, antwortete Christopher. Bei sich aber dachte er, dass sie meist tragisch endeten.

»Sie haben mir noch nicht Ihren Namen genannt«, sagte sie.

»Ich heiße Christopher«, antwortete er. »Christopher.«

»Ka-ris To-feh. Was bedeutet das?«

»Das ist nicht ganz einfach zu erklären«, sagte er. »Ein Name des Gottes, den mein Volk verehrt, ist ›Christus‹. ›Christopher‹ ist der Name eines Mannes, der ihn auf seinen Schultern getragen hat, als er ein Kind war. Es bedeutet: ›der Christus getragen hat‹.« Er meinte, sie werfe ihm einen merkwürdigen Blick zu, als hätte er eine verborgene Saite in ihr zum Klingen gebracht. In Gedanken versunken, schwieg sie eine Weile. Er musterte ihr Gesicht und wünschte sich sehr, es wäre Tag, und er könnte sie besser sehen.

»Chindamani«, sagte er jetzt und wechselte das Thema.

»Ich weiß, wer der Dorje Lama ist. Ich weiß auch, warum er meinen Sohn hierhergeholt hat und ihn hierbehalten will. Sie haben gesagt, Sie könnten mir helfen, William von hier fortzubringen. Sind Sie immer noch dazu bereit?«

Sie nickte.

»Aber warum?«, fragte er. »Weshalb wollen Sie mir helfen?«

Sie runzelte die Brauen.

»Weil ich auch Ihre Hilfe brauche«, antwortete sie. »Ich kann Ihnen und Ihrem Sohn einen Weg zeigen, wie Sie Dorje-la verlassen können. Aber wenn wir draußen sind, bin ich hilflos. Ich bin als kleines Mädchen hierher gebracht worden. Die Außenwelt ist für mich wie ein Traum. Ich brauche Sie, um mich dort zurechtzufinden.«

»Aber warum wollen Sie überhaupt von hier weg? Helfen Sie mir und William, von hier zu entkommen. Den Rest erledige ich allein.«

Sie schüttelte den Kopf.

»Ich habe Ihnen doch gesagt, dass hier Gefahr droht«, erklärte sie mit Nachdruck. »Ich muss von hier fort.«

»Sie meinen, dass Sie in Gefahr sind?«

Wieder schüttelte sie den Kopf.

»Nein. Mir würde niemand etwas tun. Aber andere sind in Gefahr. Besonders einer. Ich muss ihm helfen, von hier zu fliehen. Und ich möchte, dass Sie mir dabei helfen.«

»Das verstehe ich nicht. Wer ist diese Person? Warum droht ihm Gefahr?«

Sie zauderte.

»Das ist nicht leicht zu erklären.«

»Versuchen Sie es doch, bitte.«

»Nein«, sagte sie. »Es ist wohl besser, wenn Sie sich selbst ein Bild machen. Kommen Sie mit mir. Aber verhalten Sie sich ruhig. Wenn wir entdeckt werden, kann ich Ihnen nicht helfen. Er wird Sie töten lassen.«

»Wer? Wer wird mich töten lassen?«

»Ein Mongole. Sie sagen, er kommt aus einem fernen Land namens Russland. Sein Name ist Samjatin.«

»Den kenne ich«, sagte Christopher. »Ist er die Quelle der Gefahr?«

»Ja. Samjatin und die ihn unterstützen. Er hat Anhänger hier im Kloster. Der Mann, der Sie hergebracht hat, Tsarong Rinpoche, ist einer von ihnen.«

Das klang immer noch recht verworren, aber langsam begann Christopher klarer zu sehen.

»Wohin gehen wir?«, fragte er.

Zum ersten Mal blickte sie ihm direkt ins Gesicht.

»Zu Ihrem Sohn«, sagte sie. »Ich habe Ihnen versprochen, dass ich Sie zu ihm bringe.«

29

Sie verließen Christophers Zimmer durch eine Geheimtür, die sich hinter einem schweren Vorhang verbarg. Sie gingen einen langen, muffigen Korridor entlang, bis sie durch eine zweite Tür auf einen allgemein benutzten Gang kamen. Chindamani orientierte sich glänzend. Er bewunderte sie, wie sie vor ihm herschwebte – ein Schatten, der mit anderen Schatten verschmolz. Sie blieben im obersten Geschoss, liefen über merkwürdig gewundene Gänge und durch dunkle, kalte Räume. Schließlich gelangten sie zu einer dünnen, wackligen Holzleiter, die zu einer Luke in der Decke des Ganges führte. An Haken neben der Leiter hingen mehrere schwere Schaffellmäntel.

»Ziehen Sie einen an«, befahl Chindamani und hielt Christopher eine solche *Chuba* hin.

»Gehen wir hinaus?«

Sie nickte.

»Ja. Sie werden schon sehen.«

Sie selbst schlüpfte in eine *Chuba*, die viel zu groß für sie war, schlug die Kapuze hoch, wandte sich ohne ein Wort um und begann, geschickt die Leiter hinaufzuklettern. Oben angekommen, öffnete sie die Luke mit einem Arm. Es war, als wäre die Tür zu einem Malstrom aufgegangen. Ein eisiger Wind fuhr herunter wie der Atemhauch aus einer Hölle des Nordens. Chindamanis Lampe erlosch sofort. Nun standen sie in völliger Finsternis. Christopher kletterte ihr hinterher.

»Bleiben Sie dicht hinter mir!«, rief sie.

Der Wind fuhr ihr so scharf ins Gesicht, dass er sie beinahe von der Leiter geworfen hätte. Sie kroch auf das flache Dach hinaus und beugte sich tief hinunter, damit der Wind sie nicht erfassen und fortreißen konnte. Die Dunkelheit wurde zu einer Masse unverständlicher Geräusche. Sie wirkten wie das Geheul und Gewimmer verlorener Seelen in einer Wüste des Schmerzes.

Christopher kletterte nach ihr hinaus und konnte die Luke nur unter größter Anstrengung wieder schließen. Er tastete nach ihr und fand sie in der Dunkelheit. Sie nahm seine Hand und hielt sie mit kalten, zitternden Fingern.

Als sich seine Augen ein wenig an die Dunkelheit gewöhnt hatten, konnte Christopher vage Umrisse erkennen – goldene Kuppeln und Turmspitzen, Gebetsmühlen und vergoldete Statuen, die er am Tag seiner Ankunft in Dorje-la aus der Ferne gesehen hatte. Chindamani kannte den Weg über das Dach aus langer Erfahrung. Gemeinsam kämpften sie sich durch den Sturm bis zum Rand. Chindamani zog Christopher dicht zu sich heran und legte ihre Lippen an sein Ohr: »Jetzt kommt der schwierigste Teil«, sagte sie.

Er fragte sich, wo der leichtere gewesen war.

»Was muss ich tun?«, fragte er.

»Vor uns ist eine Brücke«, rief sie. »Sie führt von diesem

Dach auf eine andere Plattform des Felsens. Es ist nicht weit.«

Christopher versuchte in der Dunkelheit über den Dachrand zu lugen.

»Ich sehe nichts!«, schrie er. Seine Lippen berührten ihr Haar, und er hätte sie am liebsten geküsst. Hier in der Dunkelheit, mitten im Sturm.

»Sie ist direkt vor uns«, rief sie zurück. »Glauben Sie mir. Aber bei diesem Wind müssen wir auf allen vieren kriechen. Sie hat kein Geländer. Nichts, woran man sich festhalten kann.«

»Wie breit ist sie?« Das war wohl keine gute Frage.

»So breit, wie Sie wollen, fünfzehn Kilometer breit. So breit wie ganz Tibet. Oder wie die Hand unseres Gottes Chenrezi. Sie werden nicht herunterfallen.«

Er blickte in der Dunkelheit zu ihr hin. Er wünschte, er hätte ihr Selbstvertrauen.

»Seien Sie da nicht so sicher«, sagte er.

Sie ließ seine Hand los und sank auf die Knie nieder. Er konnte gerade noch ihre Umrisse erkennen – eine kleine dunkle Gestalt, die vor ihm in die schwarze Nacht kroch.

Er folgte ihr. In der *Chuba* fühlte er sich plump und unförmig – ein gutes Ziel für den Wind, ihn zu packen und hinabzustürzen. Er sorgte sich um Chindamani, deren zierliche Gestalt ihm viel zu leicht für die schweren Böen erschien. Die mussten sie wie ein Blatt von der Brücke fegen.

Die Dunkelheit verschluckte sie, und er kroch vorwärts in die Richtung, in der sie verschwunden war. Jetzt sah er die ersten Zentimeter eines steinernen Steges, der vom Dach abging. Er hatte gefragt, wie breit er sei, aber nicht, wie lang. Soweit er es beurteilen konnte, war er keinen Meter breit, und die Oberfläche schien ihm glatt wie Eis. Was darunterlag, daran wollte er lieber nicht denken.

Sein Herz schlug heftig. Mit angehaltenem Atem bewegte er sich auf den Steg hinaus. Er umklammerte die Seiten mit seinen Händen und hielt die Knie dicht beisammen, inständig betend, der Wind möge ihn nicht aus dem Gleichgewicht bringen. Er spürte, wie trotz der frostigen Luft dicke Schweißperlen auf Stirn und Wangen hervortraten. Die *Chuba* war ihm ständig im Weg, wickelte sich um seine Beine und hinderte ihn am Kriechen. Chindamani konnte er nicht mehr sehen. Um ihn herum war nur Wind und Dunkelheit, eine Dunkelheit, die nicht enden wollte, ein Wind, der ihm blind und wild entgegenblies.

Er löste jeweils nur ein Glied vom Boden: Erst die linke Hand, dann die rechte, danach das linke Bein und schließlich das rechte. So schob er sich langsam vorwärts, überzeugt, dass er unweigerlich die Balance verlieren und von dem Steg gefegt würde, wenn er auch einen einzigen Augenblick in seiner Konzentration nachließ. Zweimal packte ihn ein Aufwind von unten und begann ihn auszuheben, wobei die *Chuba* wie ein Segel wirkte. Aber er kauerte sich zusammen und legte sich flach auf die Oberfläche der Brücke, bis die Böe vorüber war. Seine Finger wurden so steif und gefühllos, dass er kaum noch richtig zufassen konnte. Er sah, hörte und fühlte nichts mehr. Dieser Gang über die Brücke war ein einziger Willensakt, nichts anderes.

Es schien ihm, als dauere er mehrere Lebensspannen. Die Zeit schien stillzustehen, während er endlos durch den Raum kroch. Sein bisheriges Leben war nur noch ein Traum. Realität war allein diese Bewegung in der Finsternis, das Warten darauf, dass der Wind ihn in die Arme nahm und mit ihm spielte, bis er ihn endgültig wie eine Puppe auf zerklüfteten Felsen zerschellen ließ.

»Wieso haben Sie so lange gebraucht?« Es war Chindamanis Stimme, die aus der Dunkelheit zu ihm drang. Er war auf der anderen Seite angelangt, kroch aber weiter, als würde die Brücke nie ein Ende nehmen.

»Sie können jetzt aufstehen«, sagte sie. »Hier ist es geschützter als auf dem Dach.«

Erst da bemerkte er, dass der Wind nachgelassen hatte und ihm nicht mehr so heftig ins Gesicht blies, wenn er sich ihm zuwandte. Sie stand neben ihm, klein und lächerlich rund in der riesigen *Chuba*. Ohne nachzudenken, nur von der Verzweiflung getrieben, die ihn bei der Überquerung der Brücke erfasst hatte, ging er zu ihr und zog sie an sich. Sie sagte nichts und stieß ihn nicht zurück, sondern ließ ihn gewähren. Die dicken *Chubas* trennten ihre Körper so wie die Dunkelheit oder Chindamanis zahlreiche Leben. Sie erlaubte ihm, sie zu umarmen, obwohl sie wusste, dass sie das nicht durfte, denn keinem Mann war es je gestattet. Eine große Furcht ergriff von ihr Besitz. Sie konnte sie noch nicht benennen, aber sie wusste, dass sie mit diesem merkwürdigen Mann zusammenhing, dessen Schicksal auf so grausame Weise mit ihrem verbunden war.

»Es ist Zeit«, sagte sie schließlich. Er hatte sie nicht geküsst oder auch nur ihre Haut berührt, aber sie musste sich von ihm lösen, bevor die Furcht sie übermannte. Bisher hatte sie nicht erlebt, dass Furcht und Begierde so nahe beieinanderliegen konnten.

Sachte gab er sie frei und entließ sie in die Nacht. Sie hatte nach Zimt geduftet. Seine Nasenflügel waren voll von diesem Duft. Nicht einmal der Wind konnte ihn vertreiben.

Sie führte ihn über ein teilweise vereistes nacktes Felsplateau. Über ihnen ragte der Berg steil in die Finsternis auf – eine riesige, unsichtbare Masse, die man mehr spürte als sah. Obwohl der Platz vor der grimmigen Felswand geschützter war, kam es Christopher hier noch kälter vor.

»Sie nennen ihn Ketsuperi«, sagte sie.

Christopher verstand nicht.

»Den Berg«, erklärte sie. »Das bedeutet ›der Berg, der bis zum Himmel reicht‹.«

Sie traten dicht an die Felswand heran. Chindamani legte ihre Hand auf den Stein und drückte. Etwas bewegte sich, und Christopher sah eine kaum sichtbar in die Wand gehauene Tür. Licht strömte heraus. Es kam von Lampen, die drinnen hinter der Tür hingen. Chindamani drückte noch einmal, und die Tür gab den Weg frei.

Vor ihnen lag ein etwa zwanzig bis fünfundzwanzig Meter langer Gang. Man hatte ihn in den nackten Stein gehauen, aber die Wände waren geglättet und verputzt. Von der Decke hingen an feinen Goldketten reichverzierte Lampen. Sie flackerten in dem Luftzug, der durch die offene Außentür hereinwehte.

Chindamani schloss die Tür und nahm die Kapuze ab. In dem Gang war es viel wärmer als draußen.

»Wo sind wir hier?«, fragte Christopher.

»In einem *Labrang*«, antwortete sie. »Hier leben die Inkarnationen von Dorje-la, wenn sie von ihren Familien getrennt und ins Kloster gebracht werden. Der gegenwärtige Abt, Ihr Vater, war nicht hier. Er wurde von Anfang an im obersten Geschoss des Hauptgebäudes einquartiert. So viel ich weiß, hat er nie einen Fuß hierhergesetzt.« Sie hielt inne.

»Als Sie mich draußen gehalten haben«, sagte sie zögernd, »was haben Sie da gespürt? Was haben Sie gedacht?«

Diese Fragen ängstigten sie, denn sie kamen aus einem Teil ihres Bewusstseins, der bisher in tiefem Schlaf gelegen hatte. Noch nie hatte sie fragen müssen, was ein anderer von ihr dachte. Das kam daher, dass sie Tara war, nicht in Fleisch und Blut, aber im Geiste. Ihr eigener Leib war unwichtig, eine Hülle, sonst nichts. Bisher war sie gar nicht darauf gekommen, dass sie eine eigene Identität haben könnte.

»An die Kälte habe ich gedacht«, sagte er. »Und an die

Dunkelheit. An die Jahre, die ich auf dieser Brücke verbrachte, während ich glaubte, Sie seien für immer fortgegangen. Und ich dachte daran, wie es wäre, wenn die Wärme zurückkehrte. Und das Licht. Wenn Sie nur eine Frau wären und keine Art Göttin.«

»Aber ich habe Ihnen doch gesagt, dass ich eine Frau bin. Da gibt es kein Mysterium.«

Er schaute sie an und hielt ihren Blick mit seinem fest.

»Doch«, erwiderte er, »das ist schon ein Mysterium. Ich verstehe fast gar nichts. In Ihrer Welt bin ich blind und taub. Ich krieche durch die Dunkelheit und warte darauf, dass ich ins Nichts falle.«

»Es gibt nur das Nichts«, sagte sie.

»Das kann ich nicht glauben«, protestierte er.

»Schade.« Sie wandte sich ab und errötete. Aber was sie gesagt hatte, traf zu. Es gab nur das Nichts. Die Welt war nur eine Libelle, die schimmernd und schweigend über dunklen Wassern schwebte.

Er trat auf sie zu. Es war nicht seine Absicht gewesen, sie zu verletzen.

»Gehen wir«, sagte sie. »Ihr Sohn wartet. Er schläft jetzt. Bitte versuchen Sie nicht, ihn aufzuwecken oder mit ihm zu reden. Das müssen Sie mir versprechen.«

»Aber …«

»Sie müssen es. Wenn man weiß, dass Sie ihn gesehen haben, wird man es uns unmöglich machen, noch einmal zu ihm zu kommen. Versprechen Sie es.«

Er nickte.

»Ich verspreche es«, sagte er.

Am Ende des Ganges öffnete sich nach links eine Tür. Sie führte in einen Tempelraum voller Statuen und gemalter Figuren. Von hier gingen drei weitere Türen ab.

Chindamani gebot Christopher, sich still zu verhalten, und öffnete die Tür zur Rechten.

Er sah sofort, dass es ein Schlafraum war. Im Licht eines trüben Lämpchens konnte er ein Bett mit reich verzierten Brokatdecken erkennen, in dem eine kleine Gestalt schlief.

Chindamani verbeugte sich tief, richtete sich dann wieder auf und ging hinein, einen Finger an die Lippen gelegt. Christopher folgte ihr.

Es war, als versinke Dorje-la mit all dieser Wildnis aus Eis und Schnee. Christopher war wieder in Carfax und schaute auf seinen Sohn, der in seinem Kinderzimmer voller Spielzeug und Bücher friedlich schlief. Der einzige Alptraum spielte sich in seinem Kopf ab. Er, nicht das Kind, war der Träumer, der nicht erwachen konnte, wie sehr er sich auch mühte.

Vorsichtig trat er dicht an William heran. Dem Jungen war eine Haarsträhne über das eine Auge gefallen. Sachte strich Christopher sie zurück und berührte dabei die Stirn des Sohnes. Der bewegte sich und murmelte etwas im Schlaf. Chindamani nahm seinen Arm, damit er das Kind nicht aufwecke. Christopher spürte, wie sich seine Augen mit Tränen füllten. Er hätte William am liebsten in die Arme genommen, ihn festgehalten, ihm gesagt, alles sei gut, und er werde ihn von diesem Ort wegbringen. Aber Chindamani zog ihn fort und schloss die Tür. Christopher brauchte lange Zeit, bis er wieder Worte fand. Chindamani wartete geduldig und sah ihn dabei an. Ihr war bestimmt, niemals eigene Kinder zu haben. Aber sie glaubte zu verstehen, was er jetzt fühlte.

»Entschuldigen Sie«, sagte er schließlich.

»Das ist schon in Ordnung«, antwortete sie. »Wenn die Zeit gekommen ist, werden Sie mit ihm sprechen können. Aber vorerst ist es besser, wenn er nicht weiß, dass Sie hier sind.«

»Sie sagten, Sie wollten mir noch etwas anderes zeigen. Sie meinten, jemand anderem drohe von Samjatin Gefahr.«

»Ja. Wir gehen jetzt zu ihm.«

»Samjatin hat hier etwas gesucht. Als ich bei …« – Christopher zögerte einen Augenblick – »bei meinem Vater war, sagte er, er habe mit Samjatin einen Deal geschlossen: mein Sohn im Austausch dafür, was Samjatin suchte. Hat die bewusste Person etwas damit zu tun?«

Chindamani nickte.

»Ja«, erklärte sie. »Samjatin ist hergekommen, um sie zu finden. Ich brauche Ihre Hilfe, damit sie Samjatin entrinnen kann.«

Sie führte ihn zu einer der anderen Türen. Wieder ein schwacherhelltes Zimmer und ein Bett mit prachtvollen Decken. Darin schlief ein Kind, das Haar zerwühlt, die Augen geschlossen und eine Hand lose über das Kissen geworfen, als wollte es einen Traum fassen oder loslassen.

»Hier«, flüsterte sie. »Das ist es, was Samjatin gesucht hat. Und was letzten Endes auch Sie hierher geführt hat.«

Ein Junge? Ein Kind? War das wirklich alles, was Samjatin wollte?

»Wer ist das?«, fragte Christopher.

»Wen hätten Sie denn gern?«, fragte Chindamani zurück. »Einen König? Vielleicht den nächsten Kaiser von China? Oder den überlebenden Sohn des ermordeten Zaren? Sie sehen, ich bin nicht ganz uninformiert über Ihre Welt.«

»Ich weiß nicht«, sagte er. »Er könnte alles sein. So etwas habe ich nicht erwartet.« Aber was *hatte* er erwartet? Hatte er überhaupt etwas erwartet?

»Er ist nur ein kleiner Junge«, sagte Chindamani leise, aber leidenschaftlich. »Das ist alles, was er ist. Was er gern sein möchte.« Sie schwieg einen Augenblick. »Aber er wird nicht gefragt. Er kann nicht sein, was er will, weil andere Menschen etwas anderes wollen. Verstehen Sie?«

»Was sehen sie denn in ihm?«

Chindamani schaute den schlafenden Jungen an, dann wieder Christopher.

»Den Maidari Buddha«, sagte sie dann. »Den neunten Buddha von Urga. Und den letzten.«

»Ich verstehe nicht.«

Sanft und traurig schüttelte sie den Kopf.

»Nein«, sagte sie, »das verstehen Sie nicht.« Wieder blickte sie den Jungen an. »Er ist der legitime Herrscher der Mongolei«, flüsterte sie. »Der Schlüssel zu einem ganzen Kontinent. Verstehen Sie jetzt?«

Christopher schaute auf den Jungen nieder. Das war es also. Samjatin suchte den Schlüssel, um die Schatzkammer Asien aufzuschließen. Einen lebenden Gott, der ihn zum mächtigsten Mann im Osten machen sollte.

»Ja«, sagte er langsam. »Ja, ich glaube, jetzt beginne ich zu verstehen.«

Sie wandte sich ihm wieder zu. »Nein«, sagte sie dann. »Sie verstehen nichts. Gar nichts.«

30

Sie ließen die Kinder schlafend zurück und gingen wieder in die Nacht hinaus. Über die Brücke kehrten sie zum Hauptgebäude zurück. Das Kloster lag noch immer in tiefem Schlaf, aber Chindamani bestand darauf, dass sie sich langsam und geräuschlos bewegten, bis sie Christophers Zimmer erreicht hatten. In dieser Nacht blieb sie bis kurz vor der Morgendämmerung bei ihm. Trotz ihrer Anwesenheit war er zunächst in sich gekehrt, denn Williams Anblick hatte ihn sehr niedergeschlagen gemacht. Auf einem Öfchen in einer Ecke bereitete sie Tee. Es war chinesischer Tee, blasser Oolong, in dem Jasminblüten schwammen wie Lilien auf einem duftenden See. Als er fertig war, goss sie ihn vorsichtig in zwei kleine Porzellantassen, die nebeneinander auf einem niedrigen Tischchen standen. Die Tassen waren dünn wie Papier oder Eierschalen und von einem matten Blau. Durch das feine Porzellan konnte Christopher sehen, wie der Tee in dem sanften Licht golden schimmerte.

»Die Chinesen nennen dieses Porzellan *Tuotai*«, sagte Chindamani und fuhr mit der Fingerspitze über den Rand ihrer Tasse. »Es ist sehr selten. Diese beiden Tassen waren ein Geschenk des Kaisers Kangxi an den Abt von Dorje-la. Sie sind über zweihundert Jahre alt.«

Sie hielt die Tasse gegen das Licht und sah dem Spiel der Flammen in der bernsteinfarbenen Flüssigkeit zu. Zum ersten Mal hatte Christopher Gelegenheit, sie genauer zu betrachten. Ihre Haut ähnelte dem Porzellan der Tasse in ihrer Hand, so zart und durchsichtig war sie. Sie maß kaum 1,50 Meter, und jeder Teil von ihr brachte ihre zierliche Gestalt zu vollkommener Harmonie. Wenn sie sich bewegte, wenn sie Tee eingoss, die zerbrechliche Tasse an ihre Lippen hob oder sich nur eine Haarsträhne aus dem Gesicht strich, tat sie das mit einer Anmut, wie er es noch nie bei einer Frau erlebt hatte.

Das war keine einstudierte oder manierierte Grazie, sondern eine natürliche Leichtigkeit der Bewegungen, die aus der totalen Harmonie ihres Körpers mit der Umwelt herrührte. Er meinte, sie könne über Wasser oder eine Wiese gehen, ohne einen einzigen Halm des zarten Grases zu knicken. Und er war traurig darüber, dass solche Vollkommenheit so ganz außerhalb der Reichweite eines groben Kerls, wie er einer war, zu sein schien.

Schweigend tranken sie ihren Tee und sahen dem Spiel der Schatten an den Wänden zu. In seinen Gedanken war Christopher weit weg, als treibe er auf einem Floß in der offenen See, ohne zu wissen, wo die Küste war und ob es sie überhaupt gab. Sie sah ihn nicht an und versuchte nicht, sein Schweigen zu brechen oder ihn von seinem Schmerz abzulenken. Aber wenn er von Zeit zu Zeit aufschaute, war sie da, das Gesicht halb von Schatten verdeckt.

Dann begann er doch zu reden. Zuerst waren es nur Gedankenfetzen, immer wieder unterbrochen von langem Schweigen. Der Tee wurde kalt, die Jasminblüten schrumpften und versanken, der Wind heulte in den Bergen wie eine verirrte Seele.

Es gab keine Ordnung und kein System in dem, was er sagte. Seine Gedanken drängten chaotisch nach außen. Bald sprach er von seiner Kindheit in Indien, dann wieder von Tante Tabitha und den langen Sommern in Carfax, die ihm einst endlos erschienen waren. Er erzählte ihr von Männern, die er getötet oder verraten hatte. Von einer Frau, die er einst an einem kalten Winternachmittag verließ. Er sprach von Cormacs Tod und wie der ihn quälte, vom Summen der Fliegen, das er nicht vergessen konnte, von dem nackten Mädchen in dem Waisenhaus, von Lhaten, den man auf einem Schneefeld hoch oben in den Bergen wie ein Kalb hingemetzelt hatte.

Sie hörte ihm schweigend zu wie ein Priester einer Beichte, ohne ihm Absolution zu erteilen, aber auch ohne ihn anzuklagen. Er erwartete keines von beiden. Er fand genügend Segen darin, dass sie bei ihm war. Am Ende erzählte er ihr von seinem Vater, von der geheimnisvollen, schrecklichen Wiedergeburt, die an diesem Nachmittag zwischen den Grabstätten stattgefunden hatte. Wieder saßen sie lange schweigend beisammen. Irgendwann hatte er ihre Hand in der seinen – klein und zerbrechlich wie eine Muschel oder ein Porzellangefäß, ein Bruchstück von etwas, das er vor langer Zeit gekannt und verloren hatte.

»Wie ist der Junge hierhergekommen?«, fragte Christopher schließlich. »Der, den Samjatin gesucht hat.«

»Sein Name ist Dorje Samdup Rinpoche«, sagte sie. »Er wurde vor über zehn Jahren in einem Dorf weit im Westen in der Nähe des heiligen Sees Manosarowar geboren. Als er noch ganz klein war, kamen Mönche aus der Mongolei in die Gegend. Sie fanden Anzeichen dafür, dass er die neue Inkarnation des Maidari Buddha sei.«

Das musste um 1912 gewesen sein, dachte Christopher bei sich. Nun wusste er, was Maiski und Skrypnik am Manosarowar gefunden hatten und wonach sich später Samjatin auf die Suche machte.

»Zuerst wollten die Mönche Samdup in die heilige Stadt Urga in der Mongolei mitnehmen. Andere rieten jedoch davon ab. Auf dem Thron von Urga sitzt immer noch ein Hutuktu. Wenn er von der Existenz des Jungen erfahren hätte, dann wäre er sicher versucht gewesen, ihn töten zu lassen, damit er nicht einmal an seine Stelle treten konnte.«

»Ein Hutuktu?« Das Wort hatte Christopher noch nie gehört.

»So nennen die Mongolen ihre Inkarnationen. Samdup ist der rechtmäßige Hutuktu von Urga. Der Jebtsun Damba Hutuktu. Der wahre Herrscher der Mongolei.«

»Das verstehe ich nicht. Wie kann es zur selben Zeit zwei Hutuktus geben? Wie kann der eine den anderen ablösen, wenn beide noch am Leben sind?«

»Es gibt keine zwei Hutuktus«, antwortete sie. »Sie sind ein und derselbe. Er lebt in verschiedenen Körpern, das ist alles. Aber der achte Körper ist heute kein passendes Gefäß mehr. Der Maidari Buddha hat entschieden, sich in einem neuen Körper zu reinkarnieren, bevor der alte zerstört ist. Eigentlich ganz einfach.«

»Aber ich begreife nicht, warum Samjatin so viel Zeit

darauf verwendet, um dieses Kind zu finden. Warum geht er nicht einfach in die Mongolei und versucht, Einfluss auf den gegenwärtigen Hutuktu zu gewinnen?«

Chindamani schüttelte den Kopf.

»Der jetzige Hutuktu von Urga hat keine Macht. Ich verstehe nicht viel von diesen Dingen, aber ich habe gehört, wie der Abt mit anderen darüber gesprochen hat. So wie sie es darstellen, wurde im Geburtsjahr von Samdup der Kaiser von China in einem großen Aufstand besiegt. Stimmt das?«

Christopher nickte. 1911 hatten die Chinesen die Dynastie der Mandschus gestürzt und in China die Republik ausgerufen.

»Als das geschah«, fuhr Chindamani fort, »lehnte sich der Hutuktu von Urga gegen die Chinesen auf, die die Mongolei Jahrhunderte lang besetzt hatten. Er wurde zum Herrscher der Mongolei ausgerufen, und die Chinesen verließen das Land. Zum ersten Mal erhielt er von einem anderen Land im Norden Schutz. Es heißt, dies sei eines der Länder der *Pee-lings,* aber davon verstehe ich nichts.

»Es ist Russland«, sagte Christopher. »Ihr König wollte Einfluss im Osten gewinnen. Erzählen Sie weiter.«

»Mit deren Hilfe regierte der Hutuktu mehrere Jahre lang. Dann wurde der König dieser *Pee-lings* ebenfalls gestürzt wie der Kaiser von China. Stimmt das auch?«

»Ja«, antwortete er. »So ist es gewesen.«

»Als das geschehen war, kehrten die Chinesen in die Mongolei zurück. Sie zwangen den Hutuktu, Papiere zu unterzeichnen, worin er auf alle Macht verzichtete. Sie setzten ihn in seinem Palast fest. Er ist jetzt ein blinder alter Mann. Und sein Volk glaubt nicht mehr an ihn. Samjatin will unseren Herrn Samdup nach Urga bringen und ihn dort auf den Thron setzen.«

»Sie sagten, der gegenwärtige Hutuktu sei keine passende

Hülle mehr. Sein Volk glaube nicht mehr an ihn. Was meinen Sie damit?«

Chindamani schien es etwas peinlich zu sein, mit ihm über solche Dinge zu reden.

»Ich weiß nur, was Sönam mir gesagt hat«, antwortete sie. »Der gegenwärtige Hutuktu wurde vor fünfzig Jahren in einem Dorf in der Nähe von Lhasa geboren. Von Kindesbeinen an stellte man bei ihm Anzeichen für mangelnde Tauglichkeit fest, eine Art … Spannung zwischen dem Mann und dem Geist, den er verkörperte. Das kommt vor. Es ist, als sei im Augenblick der Inkarnation etwas schiefgegangen.«

Sie hielt einen Moment inne und fuhr dann fort: »Der Hutuktu begann zu trinken. Er heiratete – nicht nur einmal, sondern zweimal. Seine zweite Frau ist eine Hure. Sie lädt Männer in ihr Zelt ein – junge Männer, *Trapas,* die es eigentlich besser wissen müssten. Aber er ist noch schlimmer. Er schläft mit Männern und Frauen.

Einige Lamas haben sich bereits vor Jahren über ihn beschwert. Sie sagten, er bringe den Glauben in Misskredit und das Amt des Hutuktu in Verruf. Er ließ sie töten. Jetzt wagt keiner mehr, etwas offen gegen ihn zu sagen.«

Sie warf Christopher einen Blick zu, unsicher, wie er das aufnehmen werde.

»Habe ich Sie schockiert?«, frage sie. »Glauben Sie, so etwas sei unmöglich?«

Er schüttelte den Kopf.

»Ich weiß nicht, was in Ihrer Welt möglich ist«, erwiderte er. »Ich sehe nichts Merkwürdiges darin, dass ein Mann gerne trinkt oder eine Frau haben will. Ein Mann ist ein Mann, wen immer er verkörpert.«

Sie erfasste die unausgesprochene Folgerung aus dem, was er da sagte: Eine Frau ist eine Frau, wer immer in ihrem Leib haust.

»So etwas passiert zuweilen«, sagte sie. »Beim sechsten Dalai Lama war es auch so. Der Große Fünfte war verstorben, als am Potala-Palast in Lhasa noch gebaut wurde. Zehn Jahre lang hielt der Regent seinen Tod vor dem Volk geheim. Er behauptete, der Dalai Lama habe sich zur Meditation zurückgezogen. Als man den Sechsten endlich fand, war er bereits dreizehn Jahre alt. Er hatte in der Welt gelebt. Er hatte an Blumen gerochen und gespürt, was Verlangen ist.

Er wurde nach Lhasa gebracht und im Potala-Palast eingesperrt. Dort war es dunkel und kalt. Er hasste das. Er wollte in der Sonne unter gewöhnlichen Menschen leben, sie aber ließen ihn im Dunkeln in der Gesellschaft von Göttern und Priestern hausen.«

Christopher konnte Mitgefühl in ihrer Stimme hören. Sie brachte ihre eigenen Sehnsüchte zum Ausdruck, sprach ihre eigenen Gedanken aus.

»Später, als er alt genug war, um selbst über das zu bestimmen, was er tat, ging er nachts, als gewöhnlicher Mann verkleidet, heimlich in die Stadt. Er suchte Schenken auf und fand Frauen, die mit ihm schliefen. Wenn die Nacht vorüber war, schlüpfte er zurück in die Dunkelheit des Potala. So lebte er jahrelang. Dann kamen die Chinesen. Sie nahmen Osttibet unter ihre Kontrolle. Sie errichteten Garnisonen an der Straße nach Lhasa. Und sie töteten den Dalai Lama.«

Chindamani verstummte.

»Haben die Menschen nicht daran gezweifelt, dass er eine echte Inkarnation war?«

»Nein«, antwortete sie. »Sie haben nie an ihm gezweifelt. Er war milde. Nicht wie der Hutuktu in Urga. Es hieß, er habe zwei Körper – einen echten und ein Phantom. Sie meinten, der echte Körper bleibe im Potala-Palast, während das Phantom durch die Schenken ziehe, um den Glauben der Menschen zu prüfen. Er schrieb Gedichte, Liebeslieder.

Aber seine Poesie war traurig. Wie der Geruch eines Sterbenden.«

Sie begann Zeilen aus einem seiner Gedichte zu zitieren:

Hoch oben im Potala grüble ich in dunklen Kammern.
Ich bin ein lebender Gott, ein überirdisches Wesen.
Aber wenn die engen Straßen mich umfangen
und ich im Schatten zwischen Menschen wandle,
bin ich ganz irdisch, ein tanzender König.
Ich bin die Welt, die singen lernt.

In der Stille, die nun folgte, begriff Chindamani zum ersten Mal, wie allein sie bisher gewesen war. Auch die Göttin Tara konnte Menschen aus Fleisch und Blut nicht ersetzen. Sie versuchte, sich das Gesicht ihrer Mutter ins Gedächtnis zu rufen, wie sie sich über sie gebeugt hatte, als sie noch klein war. Aber sie sah nichts als Schatten.

»Er tut mir leid«, sagte Christopher. »Er muss sehr traurig gewesen sein.«

Sie schlug die Augen nieder. Sie sah ihn nicht an. Sie starrte ins Leere.

»Ja«, flüsterte sie. »Aber vielleicht nicht trauriger als andere Dalai Lamas, andere Inkarnationen. Wir leben alle so. Wir sind alle auf ähnliche Weise deformiert. Unsere Körper sind blass, Christopher. Unser Fleisch ist wie Eis. Unser Leben besteht aus endlosen Ritualen.«

Sie blickte auf, als fürchte sie, er könnte verschwunden sein.

»In meinem ganzen Leben habe ich noch an keiner Blume gerochen. Ich kenne nur Weihrauch. Nur Butterlampen. Hier gibt es keine Blumen.«

Blumen könnten nirgendwo in dieser Welt überleben, dachte Christopher bei sich. In Schnee, Eis und Frost.

Chindamani stand auf und ging zum Fenster. Wie die anderen auf dieser Etage war auch dieses verglast. Sie schaute in die Dunkelheit hinaus durch ihr eigenes Spiegelbild, durch die Reflexe der Lampen hindurch aus einer Schattenwelt in eine andere. Die Dämmerung war noch nicht eingetreten, aber am Himmel zeigte sich bereits ein schwacher Widerschein. Sie blickte in das stille Ende der Nacht.

»Wir kommen aus der Finsternis«, sagte sie, »und in die Finsternis gehen wir zurück.«

Dieser *Pee-ling* verwirrte sie. Er hatte alles in ihr auf den Kopf gestellt. Ihr ganzes Leben lang hatte sie keinen anderen Ort gekannt als Dorje-la. Seit zwanzig Jahren sah sie die Sonne über denselben Bergen aufgehen, betete zu denselben Göttern, lief durch dieselben Gänge.

Schweigend kehrte sie zu ihrem Sitz zurück.

»Ka-ris To-feh« sagte sie leise, »lieben Sie Ihren Sohn sehr?«

»Natürlich.«

»Was wäre, wenn Sie eine Bestimmung fänden?«, fragte sie. »Hier in diesen Bergen. Vielleicht in Dorje-la. Würden Sie sie zurückweisen, um mit Ihrem Sohn nach Hause gehen zu können?«

»Sie bieten mir eine Bestimmung an?«, fragte er zurück. »Geht es darum?«

»Ich weiß nicht«, sagte sie, und er sah die Sorge in ihrem Blick.

»Was erwarten Sie von mir?« Sie schwieg und schaute in die kleine Tasse, die sie in den Händen hielt. Wenn sie zerbrach, konnte sie nicht wiederhergestellt werden. Sie war für immer dahin. Nicht alles hielt ewig. Wandel war das Wesen der Dinge.

»Führen Sie uns von Dorje-la fort«, sagte sie. »Samdup und mich. Bringen Sie uns nach Norden. Weit im Norden gibt es ein Kloster, wo Samdup sicher ist. Auch Ihr Sohn wird dort geschützt sein, bis die Zeit kommt, da Sie mit ihm nach Hause zurückkehren können. Helfen Sie uns?«

Er zweifelte. Seine und Williams Reise würde sich dadurch beträchtlich verlängern. Und ein solcher Umweg war auch nicht ohne Gefahr. Sein gesunder Menschenverstand sagte ihm, dass er mit nein antworten müsste. Aber er wusste bereits, dass er das nicht konnte.

»Wie wollen wir den Weg nach Norden finden?«, fragte er.

»Ich habe eine Karte. Sönam hat sie für mich aus der Bibliothek des Abts geholt.«

Er schaute in ihr Gesicht, in ihre Augen. Er konnte seinen Blick nicht von ihr wenden.

»Gut«, sagte er schließlich. »Ich komme mit Ihnen. Wir werden Ihren Zufluchtsort finden.«

Lächelnd erhob sie sich.

»Ich danke Ihnen«, flüsterte sie. Ein riesiger Stein war ihr vom Herzen gefallen. Warum hatte sie immer noch solche Angst?

Draußen ertönte ein Horn.

»Es ist Zeit für mich zu gehen«, sagte sie. »Ich werde heute noch einmal wiederkommen. Aber jetzt müssen Sie erst einmal schlafen. Wir haben nicht mehr viel Zeit. Ich denke, Samjatin will bald aufbrechen.«

Er erhob sich ebenfalls und trat dicht an sie heran.

»Passen Sie auf sich auf«, sagte er.

Sie lächelte.

»Schlafen Sie gut.«

Er beugte sich nieder und küsste sie sacht auf die Stirn. Sie zuckte zusammen und drehte ihr Gesicht weg.

»Auf Wiedersehen, Ka-ris To-feh«, sagte sie, wandte sich dann um und verließ das Zimmer über die Geheimtür, durch die sie gekommen war.

Christopher trat zum Fenster und schaute hinaus. Wenn er genau hinsah, konnte er die Silhouette der Berge aus der Finsternis hervortreten sehen.

31

Er träumte von Carfax, und in diesem Traum kam William ans Tor gelaufen, um ihn zu begrüßen. Er sah ihn, wie er schon von fern winkte und mit seiner kleinen, weißen Hand Muster an den Himmel zeichnete. Das ist so lange her, dachte er, und Tibet ist so kalt. Wie groß musste William geworden sein und wie warm das Feuer in der Bibliothek. Mit jedem Schritt, den er ging, wurde der Junge größer. Als er vor ihm stand, war er kein Junge mehr, sondern ein erwachsener Mann. Williams Haar war an den Schläfen ergraut wie sein eigenes, und in seinem Gesicht sah er bereits Falten. Ob von Kummer oder dem Alter, konnte er nicht sagen. Irgendwoher flüsterte eine Kinderstimme in Christophers Ohr:

> *»Du bist alt, kleiner William, sagte sein Vater,*
> *Die Jahre haben dein Haar weiß gemacht.*
> *Und doch trägst du es jeden Abend zu Bett.*
> *Schläfst du auch jetzt noch jede Nacht?«*

»Du warst lange Zeit fort, Vater«, sagte William. »Wir glaubten, du seist tot. Verschwunden wie Großvater.«

»Ich war tot«, antwortete Christopher. »Aber jetzt bin ich wieder lebendig.«

»Tatsächlich?«, fragte William mit einem kleinen Lächeln.

Er wartete den ganzen Tag auf Chindamani, doch sie kam nicht. Niemand kam außer einem jungen Mönch, der ihm zweimal Essen brachte und ohne ein Wort wieder ging. Am späten Nachmittag glaubte er, laute, zornige Stimmen zu hören. Aber nach einer Weile verstummten sie, und erneut herrschte Schweigen. Bei Sonnenuntergang wurde das Horn nicht geblasen. Als der junge Mönch erschien, um das Geschirr fortzuräumen, wirkte er verängstigt. Auf Christophers Fragen gab er keine Antwort und lief eilig davon.

Besorgt legte sich Christopher zu Bett. Lange konnte er nicht einschlafen. Er horchte auf Geräusche in der Nacht, doch nur der Wind heulte wie immer. So lag er im Dunkel und wünschte sich, der Schlaf möge kommen. Oder Chindamani, um ihn zu vertreiben. Er kam unbemerkt, als er ihn nicht erwartete.

Das Nächste, woran er sich erinnerte, war eine Gestalt, die sich in der Dunkelheit über ihn beugte. Es war Chindamani, die ihm sofort ihre Hand fest auf den Mund legte. Sie presste ihre Lippen an sein Ohr und flüsterte aufgeregt: »Um unser aller willen, Ka-ris To-feh, machen Sie ja kein Geräusch. Stehen Sie auf, so leise Sie können, und folgen Sie mir. Stellen Sie keine Fragen. Dafür ist jetzt keine Zeit.«

Er spürte das Drängen und die Furcht in ihrer Stimme. Ohne zu zögern, glitt er aus dem Bett und stand auf. Auf dem Nachttisch lag das Messer, das er dem Angreifer zwei Nächte zuvor abgenommen hatte. Er bückte sich und suchte nach seinen Schuhen, aber Chindamani hielt sie ihm bereits hin. Er nahm das Messer und steckte es in einen der Stiefel.

Der Gang vor seiner Tür war stockdunkel. Chindamani nahm ihn wieder bei der Hand. Mit der anderen tastete sie sich an der Wand entlang. Irgendwo waren laute Stimmen zu hören, dann ein dumpfer Schlag, als sei ein großer Gegenstand umgefallen. Christopher glaubte das Getrappel von rennenden Füßen zu hören, bald wurde wieder alles still. Einmal schien es ihm, als hätte er einen unterdrückten Schrei vernommen.

Chindamani tastete sich weiter in der Dunkelheit vorwärts. Sie gingen durch eine Tür. Er hörte, wie ein Streichholz angerissen wurde, dann erhellte eine Flamme die Dunkelheit. Chindamani zündete ein Butterlämpchen an und stellte es auf einem niedrigen Schrank ab. Dabei zitterte ihre Hand.

Sie war tief verstört. Eine lange Schramme auf ihrer Stirn blutete stark. Christopher wollte ihr das Blut abwischen, aber sie zuckte heftig zurück.

»Was geht hier vor?«, fragte er flüsternd.

»Ich weiß nicht«, erwiderte sie. »Ich habe Lärm gehört und wollte nachsehen. Da war jemand auf dem Korridor, einer der Mönche, dessen Namen ich nicht kenne.

Er … befahl mir, in mein Zimmer zurückzugehen und dort zu bleiben. Er redete mit mir, als wisse er nicht, wer ich bin. Oder es kümmerte ihn nicht. Ich wurde wütend. Ich sagte ihm, er solle sich benehmen und mir erklären, was er an diesem Ort tue. Diese Etage darf niemand ohne Erlaubnis betreten. Er hielt einen Stock in der Hand. Als ich ihn streng ansprach, hat er einfach den Stock gehoben und mich geschlagen. Ich bin zu Boden gefallen. Ich dachte, er würde noch einmal zuschlagen. Aber da rief ihn jemand fort, und er ließ mich allein.

Ich bin sofort zu den Räumen Ihres Vaters gelaufen, um Hilfe zu suchen. Aber dort war niemand. Zumindest …« Sie zögerte. Er sah, wie das Licht der Lampe zitternd und unruhig auf ihrem Gesicht tanzte. Angst stand in ihren Augen. Das Blut lief über eine Augenbraue und färbte die feinen schwarzen Härchen rot.

»Die Mönche, die den Abt bedienen …«, fuhr sie fort, »… waren alle da. Sie …« Sie suchte Halt an dem Schrank. Ihre Hand ergriff den gewundenen Schwanz einer Seeschlange. Sie war leichenblass.

»… Sie waren alle tot«, sagte sie mit belegter Stimme. Die Erinnerung jagte ihr Schauer über den Rücken. Christopher näherte sich ihr, als wollte er sie tröstend in die Arme nehmen, aber sie wich zurück und hielt Abstand. Für Trost war es noch zu früh. Vielleicht konnte es diesen überhaupt nicht geben. Das Blut auf ihrer Stirn war noch nicht trocken.

»Alles war … mit Blut besprizt«, stammelte sie. »Der ganze Raum blutrot, überall große Lachen. Teppiche, Kissen, alles war davon getränkt … Man hat ihnen die Kehlen durchgeschnitten. Nicht behutsam und sauber, sondern mit etwas Großem, Schwerem, einem Schwert, einer Hippe oder etwas Ähnlichem. Man hat sie geschlachtet wie Tiere.«

»Mein Vater … Ist er …?«

Sie schüttelte den Kopf und biss sich mit ihren kleinen weißen Zähnen heftig auf die Unterlippe.

»Nein«, flüsterte sie. »Er war nicht unter ihnen. Ich hatte es befürchtet. Ich habe in allen seinen Zimmern nachgesehen, aber von ihm keine Spur. Vielleicht konnte er sich irgendwo verstecken. Hier gibt es alle möglichen geheimen Orte, wo er Zuflucht finden kann. Aber ich hatte Angst. Ich wollte nicht nach ihm rufen. Und mir war so übel von all dem Blut. Ich kann gar nicht sagen, wie sehr …« Wieder erschauerte sie. Die Erinnerung packte sie wie ein Schüttelfrost, ließ sie innerlich zu Eis erstarren.

»Dann fielen mir Samdup und Ihr Sohn ein«, sagte sie. »Dass sie allein waren und nicht wussten, was hier vorging. Ich bin aufs Dach hinausgelaufen und hinüber zum *Labrang*, aber sie waren nicht da. Jemand hat sie geholt, Ka-ris To-feh. Vielleicht sind sie sogar schon tot. Ich habe solche Angst. Ich weiß nicht, was ich tun soll.«

Erneut machte er eine tröstende Geste, doch wieder wich sie seiner Berührung aus, nicht aus Furcht vor ihm persönlich, sondern weil er ein Mann von draußen war. Die fremde

Welt war plötzlich bis zu ihr vorgedrungen, und er war eines ihrer Symbole.

Christopher glaubte die Vorgänge zu durchschauen. Offenbar hatte Samjatin sich zum Handeln entschlossen. Die Kontrolle über Dorje-la allein war kaum von Bedeutung für ihn. Aber beide Kinder in seiner Gewalt zu haben und dazu eine Basis, um sie zu manipulieren – das konnte diese unbedeutende Operation zu etwas steigern, das Asien aus dem politischen Gleichgewicht brachte. Nur – was hatte ihn veranlasst, so plötzlich loszuschlagen?

»Haben Sie jemanden in Ihren Plan eingeweiht, Samdup von hier fortzubringen?«, fragte er.

Zögernd nickte sie.

»Ja«, flüsterte sie. »Ich habe es dem Abt heute Morgen gesagt. Ich wollte nicht ohne seine Zustimmung gehen.« Sie hielt inne. »Er hat es abgelehnt. Er sagte, er wisse ein wenig von Samjatin und dessen Plänen, aber er habe die Lage unter Kontrolle. Er glaubte, er könne Samjatin für sich nutzen.«

»Ihn nutzen?«

Wieder nickte sie.

»Ihr Vater hat seine eigenen Pläne, seine eigenen … Träume. Darin spielt Samdup eine Rolle, denke ich. Und Samjatin. Und … auch Ihr Sohn, glaube ich.«

»Was für Pläne?«

»Ich kenne sie nicht genau. Pläne von Macht. Nicht für sich selbst, sondern für das *Dharma*, die Lehre unseres Herrn Buddha. Er träumt davon, eine Barriere gegen jegliche ausländische Einmischung zu errichten – gegen England, gegen Russland und China. Es gibt die Prophezeiung: Wenn Dorje-la von einem *Pee-ling* regiert wird, dann wird die Welt von Dorje-la aus regiert. Nicht wörtlich, aber in einem gewissen Sinne. Daran glaubt er. Darin sieht er seine Bestimmung.«

»Hat er mit Ihnen darüber gesprochen?«

»Ein wenig«, sagte sie. »Den Rest habe ich mir zusammengereimt. Aber ich denke, jetzt ist es dafür zu spät. Wenn Sie recht haben. Wenn Samjatin die Kontrolle übernommen hat.«

»Kann es sein, dass Ihr Gespräch mit dem Abt heute Morgen jemand mitgehört hat?«, fuhr Christopher fort. »Oder dass mein Vater mit jemandem darüber gesprochen hat?«

Sie dachte nach, dann verzog sie angewidert das Gesicht. »Losang Chyongla war kurz im Zimmer. Der Sekretär des Abts. Er … gerade fällt mir ein, dass er nicht unter den Toten war. Sie glauben doch nicht, dass er …?«

»Das ist durchaus möglich. Aber es spielt jetzt keine Rolle mehr. Wir müssen herausfinden, was vorgeht. Haben Sie eine Idee, wohin man meinen Vater und die Jungen gebracht haben könnte?«

Sie dachte kurz nach.

»Am ehesten in Thondrup Chophels Raum. Es ist der größte in der Nähe des *Lha-kang*. Mönche werden dort häufig zur Strafe eingesperrt. Thondrup und seine Helfer könnten sich dafür durchaus hergeben!«

»Wer ist Thondrup Chophel?«, fragte Christopher.

»Er ist der Geku. Der für Disziplin im Kloster sorgt. Dazu gehört, dass man ihn fürchtet. Manche Mönche schlagen schon einmal über die Stränge. Aber ich mag Thondrup überhaupt nicht. Er ist …« Sie verstummte.

»Was ist er?«

»Er kann sehr brutal sein«, sagte sie. »Der Abt hat ihn deswegen schon mehrfach verwarnt. Einmal hat er einem Mann die Arme gebrochen, nur weil der beim Beten des Tangyur einen Fehler gemacht hat.«

»Warum wurde er nicht abgelöst?«

Sie lächelte matt.

»Wir sind hier in Dorje-la«, sagte sie. »Der Geku wird niemals abgelöst. Disziplin geht vor. Gebrochene Knochen heilen wieder.«

Er schaute sie besorgt an.

»Und was ist mit gebrochenen Herzen?«

Sie seufzte.

»Herzen sind wie Tassen aus Porzellan«, flüsterte sie. »Wenn sie zerbrechen, dann sind sie nicht mehr zu kitten.« Das Lächeln verschwand aus ihrem Gesicht, und sie blickte wieder ernst drein.

»Dann gehen wir also jetzt zu Thondrup Chophels Raum. Können Sie mich ungesehen dorthin bringen?«

»Ich denke schon.«

Nervös griff sie sich an die Stirn. Das Blut war ein bisschen getrocknet, aber die Wunde brannte noch.

Sie liefen durch stockdunkle oder nur schwach erhellte Gänge wie Mäuse, die sich stets im Schatten halten. Ständig lauschten sie auf Stimmen oder Schritte. Mehrfach waren solche Geräusche aus der Ferne zu ihnen gedrungen. Zweimal mussten sie in dunkle Räume huschen, bis kleine Gruppen von Mönchen vorüber waren. Sie gingen davon aus, dass jeder, dem sie begegneten, ihr Feind sein konnte. Auf den unteren Stockwerken war zu sehen, was Samjatin angerichtet hatte. Überall lagen die Leichen seiner Opfer umher. Man hatte ihnen die Kehlen durchgeschnitten, das Genick gebrochen und einigen den Schädel eingeschlagen. Das Ganze war fast geräuschlos abgelaufen, ein stummes, blutiges Werk.

Chindamani erklärte Christopher flüsternd, eine bestimmte Anzahl Mönche sei von Tsarong Rinpoche in chinesischen Kampftechniken ausgebildet worden. Sie hatte Samjatin besonders an sich herangezogen. Chindamani meinte, über Tsarong Rinpoche halte er sie unter Kontrolle.

Als sie sich dem *Lha-kang* näherten, war ein leises brummendes Geräusch zu vernehmen.

»Hören Sie?«, wisperte Chindamani. »Sie singen Hymnen an Yama.«

»Wer ist Yama?«, fragte Christopher.

Sie warf ihm einen verwunderten Blick zu, und eine Lampe ließ ihre schwarzen Augen aufblitzen.

»Der Herr des Todes«, antwortete sie und wandte ihr Gesicht ab.

Sie ließen den *Lha-kang* hinter sich, aber der Gesang war noch lange zu hören. Am Ende des Ganges stießen sie auf eine rot gestrichene Tür in der rechten Wand.

»Ist das der einzige Zugang?«, fragte Christopher.

Sie nickte.

Sie lauschten am Türspalt, aber kein Laut war zu vernehmen. Allein mit dem kleinen Messer bewaffnet fühlte sich Christopher nackt und bloß.

»Wir brauchen dringend Waffen«, sagte er. »Diese Leute meinen es ernst. Wir können sie nicht mit bloßen Händen abwehren.«

Sie dachte eine Weile nach, dann nickte sie.

»In Ordnung. Warten Sie hier.«

In der Nähe gab es ein kleines Gelass, wo Kleider und andere Sachen für den Gebrauch im *Lha-kang* aufbewahrt wurden. Chindamani ließ Christopher dort eintreten und verschwand in dem Gang. Wie ein Schatten schwebte sie geräuschlos über die kalten Steine. Er wartete in der Dunkelheit auf sie – besorgt und nervös, denn er wusste, dass die Auseinandersetzung jetzt ihrem Höhepunkt zustrebte.

Nach fünf Minuten war sie mit einem Kurzschwert zurück. Sie habe es aus dem *Gön-kang* genommen, erklärte sie. Dort seien kaum noch Waffen zu finden gewesen.

Sie schlichen wieder zu der Tür am Raum des Geku zurück

und lauschten noch einmal. Kein Laut war zu hören. Aber aus dem *Lha-kang* drang immer noch der Gesang der Mönche herüber. Christopher legte seine Hand an die Tür und drückte sie sachte auf. Später wunderte er sich oft darüber, warum er in diesem Augenblick nicht laut aufgeschrien hatte. War das Entsetzen zu groß gewesen, um das Bild sofort zu erfassen? Oder hatte er in diesem Augenblick alle Angst vergessen und war in ein anderes Reich eingetreten, wo nur noch Schweigen herrschte?

Er spürte, wie Chindamani ihre Hand in seinen Arm krallte, aber es war, als gehörten ihre Körper aus Fleisch und Blut einer anderen Welt an, die sie gerade hinter sich gelassen hatten. Jemand hatte Lampen angezündet und in regelmäßigen Abständen an den Wänden aufgehängt, so dass der Raum hell erleuchtet war.

Um die Deckenbalken hatte man Stricke geschlungen, Dutzende Stricke, die wie Lianen in einem Wald von niedrigen Ästen auf eine hell erleuchtete Lichtung herabhingen und überreich hässliche Früchte trugen. Die Stricke waren straff gespannt. An jedem hing etwas Schweres – der Körper eines Menschen, der sich sachte um sich selbst drehte. Die Leichen wirkten wie Puppen in einer Schneiderwerkstatt, gesichtslos, darauf wartend, in einer fernen Stadt ins Schaufenster gestellt zu werden, oder wie Spielzeuge aus Stoff, die Riesenkinder abnehmen und benutzen sollten.

Christopher spürte, wie erbarmungslose Kälte ihn durchdrang. Sein Blut erstarrte förmlich zu Eis. Der Alptraum fiel ihm ein, in dem er die Mädchen des Waisenhauses hatte hängen sehen, die Lippen geöffnet und die Augen starr auf ihn gerichtet. Aber dies war kein Traum.

Wie benommen trat er in den Raum und ging langsam durch die Reihen, nach einem bestimmten Leichnam Ausschau haltend. In einer Ecke sah er einen Schemel, auf den die Opfer hatten steigen müssen, als man sie aufhängte. Er stellte sich vor, wie ein geübter Fuß gegen den Schemel trat und ein Mensch in der Luft hing, das Gesicht verzerrt, als der Strick ihn würgte. Allen Männern hatte man die Hände auf dem Rücken gefesselt. Sie mussten langsam und qualvoll gestorben sein.

Da hörte er, wie Chindamani hinter ihm einen Schreckensschrei ausstieß. Er fuhr herum, bereit, ihr zu Hilfe zu eilen. Aber es war zu spät. Tsarong Rinpoche hielt sie fest im Griff, den einen Arm um ihren Hals gelegt. Mit der freien Hand drückte er ihr eine Pistole an die Schläfe. Hinter ihm in der Tür stand eine Gruppe bewaffneter Mönche.

»Legen Sie Ihre Waffe auf den Fußboden, Wylam-la«, sagte Tsarong Rinpoche. »Wenn nicht, dann muss sich Göttin Tara einen neuen Körper suchen.«

32

»Man hat Sie gewarnt, nicht nach Tibet zu kommen«, sagte Tsarong Rinpoche zu Christopher. Er klang bedrückt, als empfinde er seine Haltung als verachtenswert, aber unumgänglich. »Sie haben entschieden, diese Warnung zu ignorieren. Ein Junge ist bereits gestorben. Jetzt hängt Ihr eigenes Leben am seidenen Faden. Ich hätte Ihnen das alles gern erspart. Bedenken Sie das.«

Innerlich war der Rinpoche allerdings stolz auf sich. Die Götter machten gute Miene zu seinen Bemühungen. Der Russe war zufrieden, und seine Herren in Moskau würden die Unterstützung schicken, die sie versprochen hatten. Jetzt, da er alles unter Kontrolle hatte, würde es kein Hin und Her mehr geben. Die Götter würden ihn reich belohnen. Er wandte sich Chindamani zu.

»Es tut mir leid, Herrin«, sagte er, »aber ich habe Anweisung, Sie mitzunehmen. Wenn Sie sich entsprechend verhalten, wird Ihnen nichts geschehen.« Er löste seinen Griff und gab sie frei. Sie lief zu Christopher hinüber und nahm ihn fest bei der Hand.

»Sind Sie verantwortlich für … das hier?« Sie wies auf den Raum hinter sich.

»Die Hinrichtungen waren nötig«, sagte Tsarong Rinpoche, »wenn ich verhindern wollte, dass meine Bemühungen zunichtegemacht werden. Sam-ja-ting hat sie überwacht. Er hat solche Aktionen schon früher durchgeführt.«

»Was ist mit meinem Vater?«, fragte Christopher. »Ist ihm etwas zugestoßen?«

Tsarong Rinpoche zuckte die Achseln.

»Er war der Abt«, sagte er. »Ich konnte ihn nicht verschonen, wenn ich seinen Platz einnehmen wollte. Er war ein *Trulku*. Es wurde Zeit für ihn, wiedergeboren zu werden.«

Zum zweiten Mal in seinem Leben erfuhr Christopher nun von seines Vaters Tod. Der alte Mann war aus dem Dunkel aufgetaucht und jetzt dorthin zurückgekehrt, unerkannt, ohne Vergebung und fast ohne Erinnerung. Er hatte Christopher nichts als Finsternis hinterlassen. Im Schatten hinter ihm bewegten sich die Toten wie ein einziger schwerer Körper. Das war jetzt sein Erbe, und er wusste, dass er es bald einzufordern hatte.

»Ist der Russe auch für seinen Tod verantwortlich?«

Tsarong Rinpoche schüttelte den Kopf.

»Nein. Darum habe ich mich selbst gekümmert.« Er stockte einen Augenblick. »Aber wir haben keine Zeit zum Reden. Sam-ja-ting will Sie sehen. Sie haben ihn sehr beschäftigt, seit Sie hier aufgetaucht sind.«

Sie setzten sich sofort in Bewegung. Tsarong Rinpoche übernahm die Führung, ihm folgten Christopher und Chindamani, jeweils eskortiert von zwei Mönchen. Während sie gingen, überdachte Christopher die Lage. Die Säuberung des Klosters war offenbar beendet, und Samjatin hatte die volle Kontrolle übernommen. Daran konnten kaum noch Zweifel bestehen. Nominell war die Führung des Klosters an Tsarong Rinpoche übergegangen, das hatte Christopher bereits vermutet. Aber die Fäden zog Samjatin. Und hinter ihm stand das neue Regime in Moskau.

Sie stiegen zum obersten Stockwerk hinauf an Leichen vorbei, die die Treppen heruntergefallen waren.

»Was tun Sie mit den Männern, die Sie getötet haben?«, fragte Christopher. »Wie wollen Sie so viele Leichen loswerden?«

Zunächst glaubte er, der Rinpoche werde diese Frage ignorieren. Dann antwortete er doch, distanziert und gleichgültig wie ein Lehrer, dessen Schüler ihn nach der Großen Pest gefragt hatten:

»Wie haben die all die Leichen bestattet, Sir?«

»Es wird ein großes Himmelsbegräbnis geben«, sagte der Rinpoche. »Die Luft wird schwarz von Geiern sein. Es wird einige Tage dauern, aber es sind gierige Vögel, und Mönche sind magere Kost.«

Jetzt begriff Christopher erst, was er mit »Himmelsbegräbnis« meinte. In Ländern, wo es wenig Boden und noch weniger Holz gibt, werden Leichen selten begraben oder verbrannt. Auch hier brachte man sie stattdessen zu hochgelegenen Orten, wo man sie mit Fleischermessern fachgerecht zerlegte und den Geiern zum Fraß vorwarf. Die Knochen wurden zu feinem Puder zermahlen und dann, mit dem Hirn vermischt, den Vögeln als Dessert angeboten. Christopher hatte oft Geier nach einer solchen Fressorgie gesehen.

Zu schwer, um sich in die Luft zu erheben, ließen sie in der Stille der Berge nur ihr abstoßendes Flügelklatschen hören.

Sie wurden ins oberste Stockwerk des Klosters geführt und gelangten schließlich in die langgestreckte *Chörten*-Halle, wo die Grabstätten schweigend im Dämmerlicht aufgereiht standen. Kupfer, Gold und Silber glühten dunkel wie der Tod. Am Ende des Raumes, umgeben von Kerzenlicht, erwartete sie eine ganz in Schwarz gehüllte Gestalt.

Samjatin hatte einfachste Kleidung angelegt – Hose und chinesische Baumwolljacke. Er hatte kurz geschnittenes Haar, aber keinen glattrasierten Kopf wie die Mönche. Er saß im Schneidersitz auf einem Berg von Kissen, als sei er die Inkarnation einer Gottheit aus der Unterwelt. Christopher fiel ein, was Winterpole ihm darüber gesagt hatte, nämlich dass die Bolschewiken die Geschichte geradezu als Gottheit verehrten, die alles in ihrem Reich bestimmte. Als er Samjatin am Ende der riesigen Halle sitzen sah, glaubte er, dort throne die Geschichte selbst, in diesem Mann zu Fleisch geworden.

Neben Samjatin saßen die beiden Kinder, William und Samdup. Man sah ihnen die Angst an, aber beide waren bemüht, sich nicht von ihr überwältigen zu lassen. William trug tibetische Kleider, in denen er sich sichtlich unwohl fühlte. Samdup war in eine kostbare Brokatrobe gehüllt und hatte eine spitze blaue Kappe auf dem Kopf. Beide Jungen blickten finster zu Boden.

Christopher spürte, wie sein Herz in der Brust hämmerte. Bei jedem Schritt erwartete er, das William aufblicken und ihn erkennen werde. Er hielt einen Finger an die Lippen, um seinem Sohn ein Zeichen zu geben. Aber er musste sich sehr zusammennehmen, um nicht zu ihm zu stürzen und ihn in die Arme zu schließen.

Jetzt waren sie nur noch wenige Meter von dem Thron

entfernt. Samjatin ließ den Blick nicht von ihnen. Er starrte sie an wie ein Raubvogel, der sein Opfer erspäht hat und auf den rechten Augenblick wartet, um sich darauf zu stürzen. Christopher bemerkte, dass er lange, schmale Hände hatte wie Klauen. Sie lagen unbewegt in seinem Schoß wie bei Wachsfiguren in einem Museum.

Plötzlich schaute Samdup auf und erblickte Chindamani. Er schrie auf und wollte zu ihr laufen, aber Samjatin hielt ihn mit seinem langen Arm fest.

»Dafür ist noch genügend Zeit, mein Lämmchen«, sagte er.

Jetzt hob auch William den Kopf. Er starrte Christopher an, ohne ihn sofort zu erkennen. Dann musste Christopher lächeln, und ein Leuchten huschte über das Gesicht des Jungen.

»Vater!«, rief er.

Christopher blieb wie angewurzelt stehen. Er wusste nicht, was er sagen oder tun sollte. Eigentlich hätte er zu seinem Sohn stürzen müssen, aber als es so weit war, hielt ihn etwas zurück. Wollte er vor diesem Mann keine Gefühle zeigen?

William rief ihn noch einmal an und versuchte aufzustehen. Auch ihn packte Samjatin beim Handgelenk und hielt ihn fest an seiner Seite. Er schaute Christopher direkt ins Gesicht. Dabei verdüsterte sich sein Blick für einen Moment. Sofort hatte er sich wieder in der Gewalt, aber Christopher spürte die Feindseligkeit wie einen körperlichen Schlag.

Sie trennten nur noch wenige Meter. Auch Christopher starrte Samjatin an. Der Russe hatte einen blassen Teint, aber dunkle Augen. Sie liefen ruhelos hin und her, ein scharfer Kontrast zu seiner gelassenen Miene. Augen des Ostens, glühend, aber ohne wirkliche Wärme. Noch mehr verriet ihn sein Mund. Die Lippen waren weich, fast sinnlich. Doch er hatte gelernt, sie hart zusammenzupressen. Was an ihm einmal zu Sanftmut und Luxus geneigt haben mochte, hatte er so lange ausgehungert und unterdrückt, bis es sich in die dunkelsten Winkel seiner Persönlichkeit geflüchtet hatte wie ein geprügelter Hund.

»Was tut mein Sohn hier?«, fragte Christopher. »Ich verlange, dass Sie ihn sofort freigeben.«

»Sie haben nur zu sprechen, wenn ich es Ihnen gestatte, Mr. Wylam«, sagte Samjatin mit schleppender Stimme. »Wenn Sie das nicht verstehen, werde ich es Ihnen beibringen lassen.«

»Um Gottes willen, der Junge hat genug gelitten! Das sollten *Sie* verstehen! Sie haben doch jetzt, was sie wollten. Lassen Sie ihn gehen!«

Samjatin sagte nichts. Er hob nur leicht einen Finger und gab jemandem hinter Christopher ein Zeichen. Tsarong Rinpoche trat vor, legte die Hand auf Christophers Nacken und drückte ein wenig. Der Schmerz war fürchterlich. Christopher schrie auf und fasste sich an den Nacken. Die Haut war unversehrt, aber die Nerven zitterten noch von dem Zugriff.

»Ich versichere Ihnen, Mr. Wylam«, sagte Samjatin, »der neue Abt von Dorje-la wird in keiner Weise sein wie sein Vorgänger. Aber darauf sind Sie sicher schon selber gekommen.«

»Was tun Sie mit Herrn Samdup?«, rief jetzt Chindamani. »Warum haben Sie ihn aus seinem *Labrang* entfernt?«

Samjatin streichelte den Jungen mit seiner schmalen Hand und fuhr mit seinen spitzen Fingern über seine Wangen, als sei er ein Schoßhündchen. In seinen Augen war Spott und Hohn.

»Samdup und ich freunden uns gerade an, nicht wahr?«, antwortete er. Aber Samdup suchte seiner Hand auszuweichen.

»Der Junge ist erschöpft und verängstigt«, sagte Chindamani. »Er darf nicht hier sein. Sie haben kein Recht, hier zu sitzen, schon gar nicht zusammen mit dem Jungen.«

Samjatin warf ihr einen Blick zu, der wie eine Ohrfeige wirkte. Sie errötete sichtlich, als er sie anfuhr: »Sprechen Sie mir nicht von Rechten, meine Dame. Alle Privilegien sind abgeschafft. Das Volk hat dieses Kloster übernommen. Ich bin sein Vertreter. Tsarong Rinpoche ist jetzt der Dorje Lama. Er entscheidet, welche Rechte und Pflichten Sie haben.«

Plötzlich rückte Samdup noch weiter von Samjatin ab und wandte sich an Chindamani: »Bitte, Chindamani«, sagte er. »Ich will nicht hier bleiben. Ich verstehe nicht, was hier vorgeht. Wo ist der Dorje Lama? Und wer ist dieser Mann?«

»Ich bin dein Freund«, sagte Samjatin und hob wieder die Hand, um den Jungen zu streicheln.

»Du bist nicht mein Freund«, gab Samdup zurück. »Chindamani ist meine Freundin. Bitte, Chindamani, nehmen Sie mich mit. Ich will nicht hier bleiben.«

»Er will nicht bei Ihnen sein«, sagte Chindamani scharf. Sie hatte nicht die Absicht, sich von Samjatin und seiner brutalen Art einschüchtern zu lassen. »Lassen Sie ihn mit mir gehen. Und auch das andere Kind. Sie brauchen beide Schlaf. Auf diesem Stockwerk sind Räume, wohin wir uns zurückziehen können. Keine Sorge, wir werden nicht fliehen. Wohin sollten wir auch gehen?«

Samjatin schien zu überlegen.

»Meinetwegen, schaffen Sie mir die beiden für eine Weile aus den Augen. Erzählen Sie ihnen Gutenachtgeschichten. Darin sollen Sie gut sein.«

Er wandte sich an Tsarong Rinpoche.

»Übernimm sie und die Jungen. Bringe sie für die Nacht bequem unter. Aber lasse sie scharf bewachen. Ich mache dich verantwortlich, wenn sie dir entschlüpfen. Und jetzt raus mit euch allen. Ich will mit Mr. Wylam allein sprechen.«

Als William an ihm vorüberging, lächelte Christopher ihm zu und streckte eine Hand nach ihm aus. Der Junge weinte. Alle Freude über das Auftauchen seines Vaters war dahin, seit er begriffen hatte, dass Christopher hier genauso hilflos war wie er selbst.

»Keine Sorge, William«, rief Christopher ihm nach. »Wir sind noch nicht am Ende. Halt dich tapfer.« Aber seine Worte klangen hohl und leer. Die Lage konnte schlechter nicht sein.

Schweigend verließen Tsarong Rinpoche und seine Männer zusammen mit Chindamani und den Jungen den Raum. An der Tür schaute sich Chindamani noch einmal nach Christopher um. Für einen Augenblick trafen sich ihre Blicke, dann zog sie jemand fort.

33

»Ich sehe, das Mädchen gefällt Ihnen«, bemerkte Samjatin.

Er sprach jetzt Englisch, gab sich locker, weltgewandt und spöttisch. Der enterbte Adlige hatte irgendwo ein wenig Raffinesse aufgeschnappt. Oder lag ihm die Weltläufigkeit im Blut?

»Sie ist sehr hübsch. Ich kann Sie verstehen. Ich habe anfangs mit dem gleichen Gedanken gespielt. Aber Frauen sind eine Ablenkung, das sollten Sie wissen.«

»Wovon? Vom Morden?«

»Von den Realitäten des Lebens natürlich. Von den Dingen, auf die es ankommt. Setzen Sie sich zu mir. Es wird Zeit, dass wir miteinander reden.«

Christopher nahm sich ein Kissen und ließ sich Samjatin gegenüber nieder. Aber er hielt Abstand. Mit diesem Mann wollte er sich nicht gemein machen.

Der Russe schaute ihm direkt in die Augen.

»Ihre starke Bindung hat mich beeindruckt, Major Wylam«, sagte er. »Ich neige nicht zu Sentimentalität, aber ich will zugeben, dass ich davon überrascht war. Es zahlt sich allerdings nicht aus, unedlere Emotionen geringzuschätzen. Nehmen Sie meine Glückwünsche entgegen. Und mein Mitgefühl. Obwohl Sie sicher glauben, weder das eine noch das andere nötig zu haben.«

Christopher hüllte sich in Schweigen.

»Glauben Sie mir«, fuhr Samjatin fort, »Ihr Sohn wurde nicht ohne Grund entführt. Das mag Ihnen so vorkommen. Aber ich versichere Ihnen, es waren höhere Interessen im Spiel, als Sie sich vorstellen können. Ich erwarte nicht, dass Sie die Ziele unterstützen, für die das geschah. Aber Sie müssen begreifen, dass es dafür Gründe von höchstem Rang gab. Diese Aktion ist nicht aus Gier nach materiellem Gewinn durchgeführt worden, sondern aus edlen Motiven. Sie können sie verurteilen, aber Sie sollten begreifen, dass sie gerechtfertigt war.«

Christopher wurde immer wütender.

»Ich bin der Vater des Jungen!«, brüllte er. »Wie können Sie von mir erwarten, dass ich dulde, was Sie getan haben, verdammt noch mal? Nichts gibt Ihnen das Recht, ein Kind zu entführen und über die halbe Welt zu verschleppen. Nichts!«

»Es tut mir leid, dass Sie das sagen, Major. Ich hatte erwartet, dass Sie meine Lage zumindest zu verstehen versuchen. Wir sind beide Profis, Sie und ich. Sie arbeiten für ein Land, ich für eine Sache. Wenn ich ein gegnerischer Soldat wäre, hätte ich ein Recht darauf, von Ihnen mit Respekt behandelt zu werden. Aber ich kämpfe für eine Sache, die über allen kleinlichen Interessen der Rassen und Staaten steht, unter all den Vorurteilen, die uns in den Weltkrieg geführt haben. Und doch verweigern Sie mir die Ehre, die Sie jedem gegnerischen Soldaten zugestehen würden.«

»Soldaten riskieren ihr Leben in der Schlacht. Sie haben aus sicherer Entfernung die Entführung eines Kindes in die Wege geleitet. Sie haben andere ausgeschickt, die Drecksarbeit für Sie zu machen.«

Die Wangen des Russen röteten sich. Er blickte Christopher scharf an.

»Und Sie, Major Wylam, wann sind Sie zum letzten Mal in die Schlacht gezogen? Wie viele Menschen haben Sie bei Ihren Geheimdienstoperationen getötet oder töten lassen? Wie viele Agenten haben Sie angewiesen, in Ihrem Auftrag Menschen umzubringen? Für das Allgemeinwohl. Für das Empire. Kommen Sie mir nicht mit Moral. Wenn Ihre Vorgesetzten Ihnen befehlen würden, morgen ein russisches Kind zu entführen, weil Sie damit unsere revolutionäre Regierung stürzen könnten, dann würden Sie keinen Augenblick zögern, davon bin ich überzeugt.«

Darauf entgegnete Christopher nichts. Das Schlimme war, dass Samjatin recht hatte. In jeder Phase seiner Karriere beim Geheimdienst waren seine Schritte von höheren Interessen geleitet worden.

Die schlafenden Toten in ihren vergoldeten Grabstätten hörten ihrem Gespräch zu. Das Licht spielte auf Gold und Bronze. Christopher spürte die Klinge des Messers in seinem Stiefel.

»Kommen Sie auf den Punkt«, sagte er. »Sie haben mich doch nicht hierbehalten, um gemütlich mit mir zu plaudern. Was wollen Sie von mir?« Er schob sich in eine Stellung, in der er den Messergriff besser packen konnte.

Zum ersten Mal bewegte Samjatin seine Hände, hob sie aus dem Schoß und legte die Handflächen wie zum Gebet aneinander. Merkwürdigerweise wirkte das gar nicht deplatziert, obwohl er selbst der lebende Widerspruch zu dieser Umgebung war.

»Ich bitte Sie lediglich um ein wenig Hilfe und ein paar Informationen«, sagte er. »Sie waren ein wichtiger Mann. Noch vor gar nicht langer Zeit hatten Sie eine führende Stellung beim britischen Geheimdienst in Indien. Sie kannten alle Pläne Ihres Landes für die Region nördlich des Himalajas. Sie müssen eine Fundgrube an Information sein.

Offen gesagt, Major Wylam, betrachte ich Ihre Anwesenheit hier als enormen Vorteil. Als ich zum ersten Mal über Sie und Ihren Sohn Erkundigungen einholte, hatte ich keine Ahnung von Ihnen. Stellen Sie sich meine Überraschung und meine Freude vor, als ich auf eine zentrale Figur in einem Geheimdienstbereich stieß, der mir selbst so am Herzen liegt. Vielleicht gibt es die Götter ja doch. Vielleicht sind sie mir gerade günstig gesonnen.«

»Ich arbeite nicht mehr für den britischen Geheimdienst.« Christopher kratzte sich am Knie und schob seine rechte Hand immer näher an den Messergriff heran.

»Das kann ich nicht glauben. Wie sind Sie dann so schnell nach Indien gekommen? Wer hat Ihnen gesagt, wohin Sie gehen und wonach Sie suchen müssen?«

Christopher wurde unruhig. Ein Jahr war keine lange Zeit. Er verfügte noch über Informationen, die für Samjatin und die kommunistischen Zellen in Indien von unschätzbarem Wert sein konnten.

»Warum sollte ich Ihnen etwas von dieser Art preisgeben?«, fragte er.

Samjatin lächelte.

»Beleidigen Sie meinen Verstand nicht, Major. Ihre Lage ist ernst. Bitte vergessen Sie das nicht. Ihr Sohn hat seinen Zweck erfüllt. Zugegeben, ich hätte auch noch anderweitig Verwendung für ihn. Aber ich habe das gegen die Informationen abgewogen, die Sie haben müssen. Ihr Sohn könnte ja für mich tot von größerem Wert sein als lebendig. Bedenken Sie das bitte.«

»Wenn er stirbt, können Sie überhaupt nichts von mir erwarten.« Im Schatten hatten Christophers Finger jetzt den Messergriff erfasst und zogen die Waffe langsam heraus.

»Natürlich nicht. Ich bin doch nicht dumm. Aber bedenken Sie, dass ein Tod auch schleichend sein kann. Und dass es eine Alternative gibt. Ihr Vater hat einen Deal mit mir geschlossen. Das würde ich gern auch mit Ihnen tun. Für ein paar kleine Informationen – natürlich von Gewicht – können Sie das Leben Ihres Sohnes erkaufen.«

»Aber er ist doch noch ein Kind, um Gottes willen!«

»Wir alle sind Kinder. Sie, ich, Ihr Sohn. Die Menschen sind immer noch Kinder, töricht und unreif. Die Welt wird nur sehr langsam erwachsen. Sie wird es erst sein, wenn auf Erden eine neue Gesellschaft errichtet ist. Deshalb muss ich heute so hart sein. ›Wer an der Rute spart, verdirbt das Kind‹ – ist das nicht eine englische Redensart? Oder ›Ich muss grausam sein, nur um freundlich zu sein‹, sagt Hamlet. Oder ›Einen Setzling kann man biegen, einen Baum nicht‹. Ihr Engländer drückt diesen Gedanken auf so verschiedene Weise aus.«

»Und heute Nacht«, gab Christopher zurück, »wurden hier Setzlinge gebogen?«

»Hören Sie«, sagte Samjatin. »Mit Ihrer Welt ist es vorbei. Die alte Ordnung wird beseitigt. Eine neue tritt an ihre Stelle. Wenn ein Gebäude für unsicher erklärt wird, verschwenden Sie doch auch keine Zeit mehr darauf, die Risse zu überkleben oder es frisch zu verputzen. Sie reißen es ab. Und Sie nutzen die Steine, um ein neues Haus zu bauen. Verstehen Sie? Dabei spielt es keine Rolle, ob Blut fließt, ob Söhne ihre Väter oder Mütter ihre Töchter verlieren. Sie sind allesamt Steine für neue Bauten.«

Er blickte Christopher beinahe beschwörend an.

»Sie können wählen, was Sie sein wollen«, sagte er, »Steine oder Teil des neuen Hauses.«

»Und wenn ich keines von beiden sein will?« Der Messergriff schaute jetzt schon aus dem Stiefel heraus. Es folgte die Klinge, Zentimeter für Zentimeter.

»Sie haben keine Wahl. Sie müssen das eine oder das andere sein. Darüber hat die Dialektik der Geschichte entschieden. Keiner von uns kann daran etwas ändern. Wir können nur wählen, auf welche Seite wir uns schlagen.«

»Hatte einer der Mönche, die Sie heute Nacht getötet haben, eine Wahl? Haben Sie sie gefragt, ob sie sich an Ihrer Revolution beteiligen wollen?«

Samjatin schüttelte langsam den Kopf. Er wirkte wie ein Mann, der eine schwere Last auf seinen Schultern trägt. So sah er sich auch.

»Dies ist nicht die Revolution, Major Wylam. Es sind nicht einmal ihre schüchternen Anfänge. Wir haben hier weder ein städtisches Proletariat noch ein kapitalistisches System, das gestürzt werden muss. Nur Götter, Dämonen und Priester.«

Er seufzte, als habe er sich sein ganzes Leben lang vor dunklen Altären verbeugen und zu Füßen alter Götter Kerzen anzünden müssen.

»Sie brauchen neue Führer«, sprach er weiter, »Männer, die sie von ihrem Aberglauben befreien. Sie wollen ihnen Schulen, Gerichte und Kricketfelder bringen. Aber die haben bereits Bücher, Gesetze und Spiele. Was sie brauchen, ist Freiheit. Freiheit von Unterdrückung, von Ungerechtigkeit, von Mangel.«

»Und das werden Sie ihnen geben?«

»Wir werden es möglich machen. Die Freiheit werden sie sich selbst nehmen.«

»Und was ist mit der freien Entscheidung?«

Samjatins Augen blitzten.

»Auch die wird mit all dem anderen kommen. Aber zunächst müssen sie ihres Feudalismus entwöhnt werden. Das wird ein schmerzlicher Vorgang sein. Viele werden sterben, bevor er beendet ist. Doch jeder Tod wird die Massen ihrer Befreiung einen Schritt näherbringen. Das ist unumgänglich. Die Macht der Geschichte ist auf unserer Seite.«

Wie ein echter Gläubiger mit Rosenkranz oder Gebetsmühle murmelte Samjatin die Formeln seiner Liturgie, berief er sich bei all seinen Schandtaten auf die Geschichte. Christopher fiel ein, was Winterpole zu ihm gesagt hatte: *Die Bolschewiken sprechen von den Gesetzen der Geschichte wie die Jesuiten vom unbedingten Gehorsam. Die Geschichte kennt keine Gefühle: kein Mitleid, keine Liebe, keinen Jubel und keine Verbitterung. Sie folgt einem vorbestimmten Kurs. Und Gott sei denen gnädig, die ihr in die Quere kommen.*

Christopher fühlte sich in einer moralischen und emotionalen Falle gefangen. So weit war er nun gereist, um seinen Sohn zu retten. Aber dafür sollte er andere unschuldige Männer und Frauen verraten. Samjatin würde sich nicht mit ein paar Krumen unbedeutender Information abspeisen lassen. Er würde Wege finden, um zu prüfen, was Christopher ihm mitteilte. Er würde Fragen stellen, auf die er klare Antworten erwartete. Und wenn Christopher Verrat geübt hatte, wo war die Garantie, dass der Russe zu seinem Wort stand? Er sprang mit Menschen um wie mit Schachfiguren, und Christopher konnte sich nicht vorstellen, dass Samjatin sich besonders für seine Sicherheit oder die seines Sohnes einsetzen würde.

»Ich brauche Zeit, um nachzudenken«, sagte er. Das Messer war jetzt ganz herausgezogen. Er hielt es locker in der Hand, bereit, sich auf den Russen zu stürzen.

Samjatin kräuselte die Lippen. Die Kerzen waren heruntergebrannt. Draußen herrschte stockdunkle Nacht.

»Diese Zeit kann ich Ihnen nicht geben«, sagte er. »Ich habe selber keine. Sie müssen sich noch heute Nacht entscheiden. Morgen breche ich nach der Mongolei auf. Der tibetische Junge ist gerade dabei, zum Gott zu werden. Ihr Sohn kommt mit mir. Ob er aber die Reise überlebt oder nicht, hängt von Ihnen ab. Ich hoffe, Sie verstehen das, Major Wylam.«

»Ich verstehe.« Christopher erhob sich.

»Sie werden jetzt in Ihren Raum geführt. Wenn Sie etwas brauchen, dann wird der Verwalter es Ihnen bringen lassen.«

»Sagen Sie mir«, kam es jetzt von Christopher, »warum haben Sie so viele Menschen umgebracht? Sie hatten einen Deal. Sie haben bekommen, was Sie wollten. War dieses Massaker nötig?«

Samjatin stand ebenfalls auf und trat einen Schritt auf Christopher zu.

»Ihr Vater ist von dem Deal zurückgetreten«, erklärte er. »Er wollte, dass ich von hier verschwinde. Er hat seinen Mönchen befohlen, mich hinauszuwerfen. Etwas Derartiges habe ich befürchtet, als ich hörte, das Tsarong Rinpoche Sie hergebracht hat. Ihr Vater hat sich von Gefühlen leiten lassen. Ein halbes Leben lang hatte er seine Leidenschaften unter Kontrolle, und jetzt handelte er einen Moment lang unbedacht. Er war genau so ein Kind wie wir alle. Ich hatte keine Zeit, um mit ihm zu streiten. Machen Sie nicht denselben Fehler wie er.«

Das wollte Christopher auf keinen Fall tun. Er packte das Messer, erhob es und stürzte sich auf Samjatin. Die Klinge fuhr durch den Ärmel des Russen und schlitzte ihn der Länge nach auf. Christopher fiel flach auf die Kissen, drehte sich, holte weit aus und zielte mit dem Messer auf Samjatin.

Der Russe war ungünstig auf die Seite gefallen. Kissen behinderten ihn, als er von Christopher wegzukommen versuchte. Der holte noch einmal aus.

Samjatin packte ihn mit der Linken am Arm und versuchte, schwer atmend, die Messerspitze von seiner Brust wegzudrücken. Sie war nur noch einen Zollbreit entfernt. Christopher setzte all seine Kraft ein, um seinem Gegner das Messer in den Leib zu rammen. Wut stieg in ihm auf wie ein plötzlicher Wirbelsturm, verlieh ihm Kraft, aber schwächte sein Urteilsvermögen. Er stöhnte auf, als Samjatin ihm sein Knie in den Magen stieß und ihn zur Seite warf. Er stürzte in eine Reihe Kerzen, die auf die Kissen fielen. Ein Stück des feinen Gewebes fing Feuer, das sofort auf das nächste Kissen übergriff.

Christopher ächzte, als der Russe sich über ihn warf. Er hielt immer noch das Messer in der Hand, aber Samjatin hatte sein Knie auf seinen Arm gesetzt. Man sah dem Russen nicht an, dass er ein geübter Kämpfer war. Christopher presste seinen linken Arm gegen Samjatins Kehle und warf ihn damit zurück. Aber Samjatin hatte die Hände frei. Er versetzte Christopher einen Handkantenschlag gegen den Hals, Christopher streckte sich und ließ das Messer aus tauben Fingern fallen. Samjatin bekam es zu fassen und senkte es langsam, bis es Christophers Nacken berührte. Er stach es durch die Haut, dass es blutete. Hinter ihnen standen die Kissen bereits in hellen Flammen. Beißender Rauch stieg auf, und beide mussten husten.

Der Russe wollte ihn töten, das sah Christopher an seinen Augen. Plötzliche Wut war in heftigen Zorn umgeschlagen. Christopher fiel wieder ein, wie feindselig Samjatin ihn beim Eintreten angeblickt hatte. Und er wusste auch den Grund. Der Russe, vom eigenen Vater verleugnet, hasste ihn dafür, wie sehr er seinen Sohn William liebte. Geschichte hin oder her, der Kerl wollte sich an seinem Vater rächen.

Da war draußen Getrappel zu hören. Jemand hatte die Flammen gesehen. Eine Gruppe Mönche rannte herbei. Einer hatte die Geistesgegenwart, einen schweren Vorhang herunterzureißen und damit die Flammen zu ersticken. Die anderen traten kleinere Herde aus oder warfen Kissen beiseite, um sie vor den Flammen zu bewahren. Nach kaum einer Minute war das Feuer gelöscht. Da dabei auch viele Kerzen ausgingen, war es in der *Chörten*-Halle fast dunkel. Samjatin kniete immer noch auf Christopher, das Messer fest gegen seine Kehle gedrückt. Von dessen Nacken tropfte Blut auf den Boden. Die Mönche sammelten sich schweigend in engem Kreis um die beiden Männer. Christopher spürte den Zwiespalt in Samjatins Kopf. Er wollte Christopher töten, aber er wusste, dass er von ihm wertvolle Informationen erhalten konnte. Allmählich ging sein Atem ruhiger, und sein Griff lockerte sich. Dann nahm er das Messer fort und stand auf.

»Hoch mit Ihnen!«, blaffte er.

Christopher erhob sich nur mit Mühe.

Samjatin blickte ihn an.

»Ihnen bleiben nur wenige Stunden, Wylam. Wie Sie sich entscheiden, ist Ihre Sache. Aber seien Sie sich bewusst, dass Ihr Sohn leiden wird, wenn Sie sich weigern, mit mir zu kooperieren. Ich will Namen, Adressen, Codes und Vorgehensweisen. Ich verlange detaillierte Informationen darüber, was Ihre Leute über die indischen Kommunisten gesammelt haben. Ich will wissen, was Ihr Mann Bell in Tibet vorhat. Den Rest können Sie sich denken. Sie können mir viel oder wenig geben, entsprechend wird Ihr Sohn behandelt werden. Beim ersten kleinen Trick, bei der ersten falschen Spur schneide ich dem kleinen Bastard mit Ihrem Messer die Kehle durch.«

Er wandte sich um und sprach einen der Mönche an.

»Schaffe ihn in seinen Raum. Verschließe die Tür sorgfältig und stelle Wachen davor. Sollte es dort eine Geheimtür geben, dann finde und verschließe auch sie. Wenn er entkommt, mache ich dich persönlich verantwortlich, und, bei Gott, du wirst dafür bezahlen. Bringe ihn morgen früh wieder her.«

Seine Stimme wurde von den Grabstätten zurückgeworfen und verstummte. Bis zum Morgen blieben noch sieben Stunden.

34

William hatte Angst. Das war für den Jungen nicht neu. Sie war seine ständige Begleiterin, seit die Männer ihn nach dem Kirchgang entführt hatten. Jedes Zeitgefühl war ihm abhandengekommen. Er hätte nicht sagen können, wie viel Zeit inzwischen vergangen war. Was wie ein schlechter Traum begonnen hatte, war zu einem endlosen Alptraum geworden, aus dem er nicht erwachen konnte, so sehr er sich auch mühte.

Die Geschehnisse der letzten Wochen standen ihm lebhafter vor Augen, als seine Jahre vermuten ließen: die Ermordung von Pater Middleton, die Männer, die ihn, verschnürt wie ein Paket, in den Wagen warfen, die wilde Fahrt durch Nebel und Schneetreiben zu einem unbekannten Hafen. Dann waren sie auf ein Schiff umgestiegen, die Männer nach wie vor schlecht gelaunt und schweigsam. Besonders vor dem Dünnen, der die Befehle gab, hatte er Angst. Sie gerieten in einen Sturm und erlitten beinahe Schiffbruch in Wellen, hoch wie ein Haus. Er hatte keine Ahnung, wo sie an Land gegangen waren.

Den Rest des Weges musste er allein in Begleitung des dünnen Mannes zurücklegen. Auf einem Feld nicht weit von dem Strand, wo sie gelandet waren, wartete ein Flugzeug auf sie. Zuerst waren sie in nördlicher Richtung geflogen. William wusste, wie man anhand von Sonne und Polarstern die Himmelsrichtung bestimmt. Dann ging es nach Osten. Wenn seine geographischen Kenntnisse ihn nicht trogen, flogen sie über Russland. Sie mussten oft landen, um das Flugzeug aufzutanken und zuweilen auch reparieren zu lassen. Später wandten sie sich nach Süden.

Als sie in Indien ankamen, war er total erschöpft. Er hasste das Waisenhaus, obwohl er dort in einem Bett schlafen konnte. An Reverend Carpenter erinnerte er sich nur mit Schaudern. Aber die Reise, die danach kam, war noch schrecklicher gewesen. Mishig, der die kleine Karawane befehligte, war ein brutaler Kerl und hatte William das Leben zur Hölle gemacht.

Im Kloster kam ihm alles unwirklich vor. Überall Bilder und Statuen, die ihn erschreckten, überall hagere Männer mit rasierten Köpfen, die ihn anstarrten wie ein Tier im Zirkus. Der alte Mann, der Englisch sprach und behauptete, sein Großvater zu sein, hatte ihn zu beruhigen versucht, aber das half ihm nicht. Er fühlte sich allein, verwirrt und verlassen. Nicht einmal der andere Junge, der sich in einer Sprache an ihn wandte, die er nicht verstand, oder die Dame, die mit Hilfe seines Großvaters zu ihm gesprochen hatte, konnten ihm seine Angst nehmen.

Die letzte Nacht aber war die schlimmste von allen gewesen. Man hatte ihn und Samdup, den anderen Jungen, aus dem Schlaf gezerrt und über diese schreckliche Brücke gehen lassen. Er sah, wie Dutzende Männer getötet wurden. Dann wurde sein Vater hereingeführt und seine letzte Hoffnung zerstört. Wenn auch er sich in der Gewalt dieser Leute befand, wer konnte noch kommen und ihn retten?

Chindamani hatte Tsarong Rinpoche überzeugt, die Kinder in ihren Raum mitnehmen zu dürfen. Vor ihre Tür wurden zwei Wachen gestellt, die sie beide nicht kannte. Tsarong Rinpoche war mit der Bemerkung gegangen, er werde am nächsten Morgen in aller Frühe wiederkommen.

Ihre alte Kinderfrau Sönam war bei ihr. Sie hatte sich unter dem Bett versteckt. Die alte Ama-la war Chindamanis ständige Begleiterin, seit man sie als kleines Mädchen von dem Dorf in der Provinz Dsang, wo sie geboren war, nach Dorje-la gebracht hatte. Das war sechzehn Jahre her.

Schon damals war Sönam eine alte Frau gewesen, inzwischen war sie uralt. Sie hatte zwei Inkarnationen der Göttin Tara gedient, sie als Kleinkinder gebadet und gefüttert, als Kinder geliebt, ihnen in der Pubertät geholfen und sich ihren Kummer als Frauen angehört. Vor zwanzig Jahren hatte sie Chindamanis Vorgängerin einbalsamiert und ihr die besten Kleider angelegt, bevor sie in einem kleinen *Chörten* zur letzten Ruhe gebettet wurde, der für sie im Tara-Tempel reserviert war. Vier Jahre später hatte man ihr Chindamani gebracht, ein winziges Mädchen, das traurig eine Puppe aus Wollfäden an sich drückte und sie anflehte, sie zu ihrer Mutter zurückzubringen. Die Puppe gab es immer noch, auch wenn sie inzwischen abgewetzt und hässlich aussah. Aus dem kleinen Mädchen war eine schöne Frau geworden.

»Was sollen wir tun, Ama-la?«, fragte Chindamani ihre Ratgeberin. Sie selbst schien allen Mut verloren zu haben, seit sie in Thondrup Chophels Raum die von der Decke hängenden Toten gesehen hatte. Sönam hatte sie davon nur das Nötigste gesagt – genug, um die Neugier der Alten zu befriedigen, aber nicht genug, um sie zu ängstigen.

»Tun? Was können wir überhaupt noch tun?«, fragte die Alte zurück. Ihre kleinen schwarzen Augen flitzten wie flinke Fische in dem pergamentfarbenen Gesicht hin und her. Sie trug ihr Haar immer noch in die traditionellen einhundertacht Zöpfe geflochten, die jedoch über die Jahre dünner und dünner, fettiger und fettiger geworden waren. Um ihre Zähne hatte sich lange niemand mehr gekümmert. Aber sie murrte nicht. Sie hatte ihr Leben lang von Tee und *Tsampa* gelebt und niemals Fleisch oder Fisch begehrt oder gar gegessen. Jetzt hielt sie eine Gebetsmühle in der Hand, die sie mit ihren knorrigen Fingern nervös drehte.

»Du sagst, Tsarong Rinpoche hat den *Pee-ling Trulku* abgesetzt?«, fuhr sie fort. »Pah! Das wird nicht lange dauern. Dem *Pee-ling* ist er nicht gewachsen. Ich kenne Tsarong, seit er als kleiner Junge hierherkam. Er war immer ein wilder Bengel. Er riss den Fliegen erst die Flügel, dann die Beine und schließlich die Köpfe ab. Ein richtiger kleiner Bastard. Als er dafür Prügel bekam, sagte er, er wollte den Fliegen einen Gefallen tun, vielleicht würden sie dann als etwas Besseres wiedergeboren – als Libellen, Schmetterlinge oder Fledermäuse. Er ist böse und unbeliebt. Sie werden ihn nicht unterstützen. Es wird nicht lange dauern, und der Dorje Lama ist wieder in seinem Amt.«

Chindamani seufzte tief auf. Sie hatte der alten Frau nicht zu viel zumuten wollen. Aber sie musste die Wahrheit wissen.

»Der Dorje Lama ist tot, Ama-la«, flüsterte sie.

»Tot? Wie das?«

Chindamani setzte ihr auseinander, was Tsarong Rinpoche ihr gesagt hatte. Das war nicht leicht, und als sie damit fertig war, musste sie weinen. Samdup sah das, und sein Schrecken und seine Empörung wuchsen.

»Ermordet?«, wiederholte Sönam. »Oh weh! Das kostet Tsarong Rinpoche hundert Leben! Er wird als flügellose Fliege zurückkehren, ihr werdet schon sehen. Wenn ich ihn dann erwische, trete ich ihn tot!« Aber ihr Zorn und ihr Spott waren nur Fassade. Tief im Inneren fühlte die alte Frau ihre Welt zusammenbrechen. Sie hatte Zeit gebraucht, sich an den *Pee-ling Trulku* zu gewöhnen, aber am Ende hatte sie ihn gemocht.

»Wir sind alle in Gefahr, Ama-la. Ein Mann aus dem Norden ist hier, ein Burjate. Er will unseren Herrn Samdup und den Enkel des *Pee-ling Trulku* mit sich nehmen.«

»Und du, mein Goldstück, was haben sie mit dir vor?« Die alte Amme strich mit ihrer vertrockneten Hand sanft über Chindamanis Haar.

»Ich denke, Tsarong Rinpoche wird auch mich töten lassen«, antwortete Chindamani, so ruhig sie konnte. »Er weiß, wenn ich wollte, könnte ich die Mönche um mich sammeln und seinem Treiben ein Ende setzen. Aber das wird er nicht zulassen. Und der Burjate auch nicht.« Sie verstummte, nahm Sönams Hand und drückte sie fest.

»Die dürfen Sie nicht anrühren!«, rief Samdup und stürzte zu Chindamani hin. »Das lasse ich nicht zu. Sie brauchen mich. Ich mache nicht, was sie wollen, wenn sie Ihnen etwas antun.«

Chindamani nahm die Hand des Jungen.

»Ich danke dir, Samdup. Ich weiß, du tust alles für mich, was du kannst. Aber auch du könntest sie nicht davon abhalten. Tsarong Rinpoche fürchtet mich. Ich habe einen Einfluss, über den er nicht verfügt. Ich bin eine Inkarnation, er nicht.«

»Ich bin auch eine Inkarnation! Ich kann …«

»Ja, Samdup, mein Lieber, aber du bist noch ein Kind. Der Dorje Lama war eine Inkarnation, und sie haben ihn getötet. Andere hätten das nie getan. Erinnere dich, wie sie dich zurückgebracht haben, als du mit Tobchen Geshe fliehen wolltest.«

Samdup runzelte die Bauen und setzte sich wieder. Wie hilflos hatte er sich damals gefühlt. Wie leicht hatte Thondrup Chophel ihn gegen seinen Willen nach Dorje-la zurückbringen können.

Chindamani wandte sich wieder Sönam zu.

»Höre, Ama-la«, sagte sie. »Hör mir genau zu, damit du nichts durcheinanderbringst. Ich muss fliehen. Die Kinder nehme ich mit.«

»Du allein? Du und die Jungen? Ihr kommt nicht einmal über den Pass.«

»Nicht allein«, sagte Chindamani. »Den Sohn des Dorje Lama haben sie nicht getötet. Zumindest …« Sie hielt inne. »Zumindest war er noch am Leben, als sie uns weggeschickt haben. Wenn ich zu ihm gelangen könnte … Ich habe bereits Kleider und Proviant für die Reise beiseitegebracht.«

»Und wie willst du aus Dorje-la herauskommen?«, krächzte die Alte. Sie wusste alles über Christopher. Seit zwei Tagen sprach Chindamani kaum noch von jemand anderem.

»Heute Nacht wird niemand schlafen. Du weißt, dass es unmöglich ist, sich auch nur abzuseilen. Ihr habt keine Flügel, ihr seid keine Vögel. Ist dieser Ka-ris To-feh ein Zauberer? Kann er fliegen wie Padma-Sambhava? Oder vielleicht ist er ein *Lung-pa*, der an einem Tag Hunderte Kilometer laufen kann und weit fort ist, bevor das überhaupt jemand merkt?«

»Nein«, sagte Chindamani. »Er ist nichts von alledem.«

»Ich auch nicht«, murmelte die Amme. »Und auch du nicht. Nur weil die Göttin Tara …«

»Lass Tara aus dem Spiel, Sönam«, gab Chindamani zurück. »Ich habe nie von Zauberkräften gesprochen und tue es auch jetzt nicht.«

»Die wirst du aber brauchen, wenn du ungesehen von hier entkommen willst. Und noch unabdingbarer werden sie sein, wenn du weit fort sein willst, bevor Tsarong Rinpoche eure Verfolgung aufnimmt. Übrigens: Wenn der ein Rinpoche ist, bin ich der Hintern von einem Yak.« Die Alte kicherte. Sie nahm es auch mit ihrer Schutzbefohlenen auf, selbst wenn die eine Inkarnation der Göttin Tara war.

»Die Lage ist ernst, Ama-la. Wir können nicht länger warten. Bestimmt kennst du einen Weg nach draußen, einen, den nicht einmal ich kenne. Einen Geheimgang durch die Felsen vielleicht. Hast du nicht einmal so etwas erwähnt …?«

»Erwähnt? Was soll ich denn erwähnt haben? Ich habe nichts erwähnt!« Sönams Miene verfinsterte sich. Ihre Äuglein standen jetzt keinen Moment mehr still. Sie konnte Chindamani nicht ins Gesicht sehen. Sie wusste, worum die sie gleich bitten würde.

»Bitte, liebe gute Sönam, denk nach«, drang Chindamani in sie. »Vor vielen Jahren, als ich noch ein kleines Mädchen war, hast du mir von einem Gang erzählt, der angelegt wurde, als Dorje-la noch im Bau war, einem Geheimgang, der das Kloster mit dem Pass verbindet. Der laufe durch den ganzen Berg, hast du gesagt. Ist das wahr? Gibt es einen solchen Gang?«

Die alte Frau erschauerte.

»Nein«, sagte sie. »So einen Gang gibt es nicht. Ich habe damals geflunkert, mir Geschichten für dich ausgedacht. Du darfst nicht alles glauben, was deine alte Ama-la dir erzählt.«

Aber Chindamani kannte ihre Amme zu gut, um sich von ihr hinters Licht führen zu lassen.

»Ama-la, bitte, jetzt flunkerst du. Damals hast du mir die Wahrheit gesagt, das höre ich an deiner Stimme. Lüg mich nicht an. Dafür haben wir jetzt keine Zeit. Wo ist dieser Gang? Wie kann ich dorthingelangen?«

Sönam griff nach Chindamanis Hand und spielte mit ihren Fingern. Angst sprach aus ihrem Blick.

»Ich habe geschworen, es niemandem zu sagen«, stammelte sie dann. »Dein letzter Körper hat es mir eröffnet. Ich weiß nicht, woher sie es hatte.«

Die kleine Frau atmete schwer. Ihr Puls raste, und Schweißperlen traten ihr auf die Stirn.

»Es gibt so einen Gang unter dem *Gön-kang*«, flüsterte sie. Chindamani musste sich ganz zu ihr hinunterbeugen. Samdup kam herbei und setzte sich dazu. William beobachtete die Szene von seinem Platz an der Wand. Zu gern hätte er gewusst, worüber die drei redeten. Er spürte die Angst und die Erregung in ihren Stimmen, konnte aber kein Wort verstehen.

»Der Gang ist etwa einhundert Meter lang. Dann kommt man an eine Treppe, die in den Felsen gehauen wurde. Man nennt sie die Yama-Treppe, warum, weiß ich nicht. Sie führt bis zu einem Ort unterhalb des Passes, der vom Kloster nicht eingesehen werden kann. Man hat sie in der Zeit des alten Königs geschaffen. Das ist tausend Jahre her.«

Chindamani vermutete, mit dem »alten König« sei Lang Darma gemeint. Die Stufen wurden sicher als Fluchtweg aus dem *Gompa* angelegt, damit der Abt sich bei einem Angriff der königlichen Truppen zurückziehen konnte. Das war vor Hunderten von Jahren, als der buddhistische Glaube in Gefahr war, überall im Lande ausgerottet zu werden.

Samdup klatschte begeistert in die Hände.

»Das ist genial!«, rief er. »Chindamani kennt viele geheime Wege zum *Gön-kang*. Wir müssen sie nur benutzen, dann sind wir in Sicherheit. Sie werden nie erfahren, wie wir von hier entkommen sind.«

Aber die alte Frau schüttelte zornig den Kopf. Sie tat es so heftig, dass Chindamani befürchtete, er könnte abfallen und ihr in den Schoß rollen.

»Nein, mein Herr, nein!«, rief sie. »Sie dürfen diesen Gang nicht benutzen! Ich habe noch nicht alles gesagt.« Sie verstummte, als müsse sie erst Mut fassen, um weiterzusprechen.

»Vor Hunderten von Jahren«, hub sie an, »als der erste *Chöje* hierherkam, brachte er aus Lhasa einen großen Schatz mit – Gold, Silber und Edelsteine, mit denen seine Tanzkostüme geschmückt werden sollten. Ihr habt ihn bereits im *Lhakang* tanzen sehen, wenn er in den heiligen Zustand gerät und die Götter aus ihm sprechen.«

Der *Chöje* war das Orakel von Dorje-la. Wenn er bei seinen rituellen Tänzen in mystische Trance geriet, konnte er mit Geistern und selbst Göttern in Kontakt treten und anderen Menschen ihre Botschaften vermitteln. Die Zeremonie, bei der er auftrat, fand nur dreimal im Jahr statt, war aber stets das aufregendste Ereignis im Klosterkalender.

Das Ornat, das er dafür benutzte, war in der Tat eindrucksvoll – der große Hut, so schwer, dass ihn zwei Männer halten mussten, bis der *Chöje* in Trance geriet, war ein ganzer Berg von Rubinen, Smaragden und Amethysten. Der Orakelthron, auf dem er saß, war mit Gemmen aller Arten besetzt, und sein Gestell bestand aus reinem Gold. Der große Prophezeiungsspiegel, den er auf der Brust trug, bestand aus Silber und war mit feinsten Edelsteinen eingefasst. »Habt ihr euch niemals gefragt«, fuhr die Ama-la fort, »wo diese wertvollen Sachen bleiben, wenn er sie nicht benutzt? Wolltet ihr sie nicht einmal aus der Nähe betrachten?«

Chindamani schüttelte den Kopf. Die Vorstellungen des Orakels in der weihrauchgeschwängerten Düsternis des *Lhakang* hatten sie immer erschauern lassen, und sie wollte nie mit der finsteren, unbegreiflichen Welt in engeren Kontakt kommen, die sie repräsentierten.

»Das Geheimnis kennen nur ganz wenige«, flüsterte die alte Frau. »Der *Chöje* selbst, seine Helfer und der Abt. Dazu ich, was natürlich keiner weiß.«

Chindamani unterbrach sie.

»Ich dachte immer, der *Chöje* bewahrt sie in seinem eigenen Raum auf. Oder in der alten Tempelhalle, wo er gewöhnlich meditiert.«

Sönam schüttelte den Kopf.

»Das glauben alle. Aber sie liegen an einem ganz anderen Ort. In einer kleinen Kammer unter dem *Gön-kang*.«

Sie starrte Chindamani in die Augen. Die sah blanke Angst im Blick der Amme, die sie fest an der Hand gepackt hielt. Diese Angst, nackt und spürbar, übertrug sich auch auf sie.

»Wenn man den Gang erreichen will, der zu der Treppe führt«, sagte die Ama-la, »muss man durch den Raum, wo die Orakelschätze aufbewahrt werden. Verstehst du? Ihr müsst durch die Kammer des *Chöje* hindurch.«

»Ich verstehe nicht, Ama-la«, sagte Chindamani. »Was ist dabei, durch eine solche Kammer zu gehen? Wir rühren die Schätze des *Chöje* doch nicht an. Wir lassen sie, wo sie sind. Wir werden sie nicht einmal aus der Nähe betrachten. Die Götter werden uns nicht zürnen. Was soll uns passieren, wenn wir durch diese Kammer gehen?«

Die alte Frau zitterte. Chindamani lief eine Gänsehaut über den Rücken. Was ängstigte sie nur so sehr?

»Versteh doch!«, jammerte Sönam in weinerlichem Ton. Ihre Stimme bebte jetzt vor Angst. »Sie haben einen Wächter da unten. Er bewacht die Schätze, seit sie dort untergebracht wurden. Das war vor über fünfhundert Jahren. Er ist immer noch da.«

35

»Was für ein Wächter?«, fragte Chindamani und suchte die Übelkeit zu unterdrücken, die aus ihrem Magen aufstieg.

»Das weiß ich nicht!«, sagte Sönam. Die alte Frau war völlig außer sich. So hatte Chindamani sie noch nie gesehen. »Es ist auch gleichgültig! Er ist dort, was immer es sein mag!«

»Aber wie kommt dann der *Chöje* an seine Sachen? Er muss

sie dreimal im Jahr von dort holen! Warum tut dieser Wächter ihm und seinen Helfern nichts?«

»Woher soll ich das wissen? Der *Chöje* muss Macht über ihn haben. Er hat magische Kräfte. Mehr als du, meine Herrin. Und auch mehr als dieser Tsarong Rinpoche.«

»Ich habe überhaupt keine magischen Kräfte, Ama-la. Das habe ich dir oft genug gesagt.«

Chindamani glaubte auch nicht, dass ein anderer solche Kräfte besaß. Aber das behielt sie für sich.

»Sag mir, Sönam«, fuhr sie fort, »weiß irgendjemand, was das für ein Wächter ist?«

Die alte Frau prustete empört.

»Natürlich. Der *Chöje* weiß es. Der Abt weiß es. Zumindest …« Sie hielt inne, denn ihr fiel ein, was Chindamani ihr gerade gesagt hatte. »Zumindest wusste er es. Und die Helfer des *Chöje* wissen es auch. Aber sonst niemand. Da bin ich sicher.«

Chindamani seufzte. Sie wollte die alte Frau nicht noch mehr ängstigen, aber sie hatte die Leiche des *Chöje* und seiner drei Helfer in Thondrup Chophels Raum von der Decke hängen sehen.

Sie fasste einen Entschluss.

»Wir müssen es riskieren«, sagte sie. »Wenn der *Chöje* und seine Helfer dort hineingehen, ohne Schaden zu nehmen, dann können wir das auch.«

Die alte Frau barg das Gesicht in den Händen, beugte sich vor und zurück und stöhnte laut.

»Bitte, Ama-la«, flehte Chindamani. »Dafür ist jetzt keine Zeit. Vertraue mir. Göttin Tara wird mich beschützen.«

Aber die alte Frau war nicht zu beruhigen. Sie stöhnte immer lauter. Offenbar vermischte sich bei ihr die reale Situation mit Fantasien von den übernatürlichen Schrecken der Welt, in der sie immer gelebt hatte.

Chindamani wandte sich an Samdup.

»Samdup«, sagte sie, »kümmere dich bitte um den *Pee-ling*-Jungen. Versuche, ihm klarzumachen, dass er keine Furcht haben muss. Und hab auch ein Auge auf Sönam. Sag ihr immer wieder, dass sie sich keine Sorgen machen soll. Bitte sie, dass sie euch hilft, eure Sachen zusammenzupacken. Es liegt alles in der großen Truhe. Später werden wir nicht mehr viel Zeit haben. Ich kann dir nicht dabei helfen, ich muss Ka-ris To-feh finden.«

Aber der Junge blieb sitzen, wo er war, und starrte sie nur an.

»Was ist, Samdup?«, fragte sie.

»Ich habe Angst«, sagte der Junge. »Ich will nicht heute Nacht in den *Gön-kang* gehen. Und ich will auch nicht durch einen Gang schleichen.«

Chindamani setzte sich neben ihn.

»Ich habe auch Angst, Samdup«, flüsterte sie. »Aber wir müssen beide mutig sein. Es ist sehr wichtig, dass du heute Nacht Mut zeigst. Du warst doch auch mutig, als du mit Tobchen Geshe nach Gharoling aufgebrochen bist.«

»Ich war nicht mutig, Chindamani. Als Tobchen Geshe weg war, habe ich vor Angst geheult.«

»Ich weiß«, sagte sie und legte eine Hand auf den Kopf des Jungen. »Aber dazu hattest du auch allen Grund. Du warst allein und in großer Gefahr. Wäre Thondrup Chophel nicht gekommen, hättest du sterben können.«

»Aber vor Thondrup Chophel habe ich mich noch mehr gefürchtet!«

»Nur am Anfang. Danach warst du einfach unglücklich. Doch du warst nicht mehr in Gefahr. Heute Nacht wirst du in Gefahr sein. Niemand wird versuchen, dich zu töten, dazu bist du zu wertvoll für sie. Aber es kann eine Zeit kommen, da es in ihrem Interesse liegt, dich loszuwerden.

Deswegen müssen wir beide heute Nacht von hier fort. Verstehst du?«

»Ja, aber …«

»Da ist nichts Schreckliches im *Gön-kang*.« Sie beugte sich zu ihm hinunter und flüsterte ihm rasch ins Ohr: »Lass dich von Sönams Geschichte nicht erschrecken. Es ist nur ein altes Märchen. Da unten ist nichts.«

Dabei machte sie sich selber Sorgen. Es musste nicht die Art Schrecken sein, die sich die alte Amme vorstellte. Aber eine böse Überraschung konnte man durchaus für sie bereithalten.

Sie drückte Samdups Hand und lächelte. Der Junge gab ihr ein schiefes Lächeln zurück. Dann ging sie zu William. Wenn sie ihm doch nur ein paar Worte in seiner Sprache hätte sagen können, um ihn zu beruhigen. So brachte sie nur den Namen seines Vaters, Ka-ris To-feh, heraus und wusste nicht einmal, ob er verstand, was sie meinte. Sie lächelte und küsste ihn leicht auf die Stirn. Auch er versuchte ein kleines Lächeln, aber er hatte immer noch Angst.

Sie ging durch den Raum zu einer großen Lacktruhe. Darin hatte sie alles gesammelt, was sie für ihre Reise brauchten: Kleidung für alle vier, ein Zelt, Proviant und einen Beutel Brennmaterial, das sie aus der Küche entwendet hatte, dazu etwas Geld. Sie hatte nie im Leben Geld benutzt, aber sie kannte dessen Bedeutung und wusste, dass es sicherer war, damit ausgestattet zu sein als mit Gold oder Schmuck, den einzigen Formen transportablen Reichtums, die sie besaß. Das Geld hatte ihr Sönam beschafft, die an fast alles herankam.

Chindamani schlüpfte in einen schweren Männermantel, der ihr anders als die *Chuba* ein wenig Bewegungsfreiheit ließ. Sie sprach noch ein paar beruhigende Worte zu ihrer Amme, lächelte den Jungen zu und ging zum Fenster.

Vor langer Zeit, als sie noch klein war, hatte sie festgestellt, dass direkt unter den Fenstern des Obergeschosses ein schmaler Sims entlanglief. Damals hatte sie versucht, auf diesem Weg in einen nahegelegenen Raum zu kommen, wo einer ihrer Lehrer wohnte, war aber von Sönam entdeckt und hart bestraft worden. Jetzt betete sie dafür, genügend Gleichgewichtssinn zu haben, um zu Christophers Raum zu gelangen, der auf derselben Seite des *Gompa* lag wie ihr eigener.

Kälte biss ihr in Gesicht und Hände, als sie aus dem Fenster stieg. Es war, als ob Eissplitter sich in die Haut bohrten. Langsam ließ sie sich auf den Sims herab und fand ihn näher als erwartet. Sie hatte ganz vergessen, dass sie seit ihrem letzten Versuch beträchtlich gewachsen war. Aber der Sims war auch schmaler als in ihrer Erinnerung, schmaler als die Brücke zum *Labrang* und dicht an der Wand.

Der Wind war schlimmer als die Kälte. Auf seinem Weg vom Pass ins Nichts fegte er die Klostergebäude entlang. Dunkelheit, Kälte und Wind verschworen sich gegen sie, versuchten sie steif und blind zu machen und in die Tiefe zu reißen. Licht und Wärme des Hauses waren in Sekundenschnelle nur noch eine ferne Erinnerung, die sie aus ihrem Kopf vertreiben musste. Alle Energie, all ihre Gedanken waren jetzt auf eine einzige Sache zu konzentrieren – wie sie die nächsten Minuten überstehen sollte.

Sie bewegte sich nur zentimeterweise vorwärts, schob die Füße sacht über den Sims, die Hände fest an die Mauer gepresst. Die Steine waren uneben. Der Putz war an einigen Stellen herausgefallen, so dass man die Oberfläche schlecht beurteilen konnte. Die Welt bestand für sie jetzt nur noch aus der Mauer, dem Sims und dem schwarzen Abgrund hinter ihr. Weiter gab es nichts, weder in der Vergangenheit noch in der Zukunft. Sie schob sich aus dem einzigen Grund den Sims entlang, dass sie auf ihm stand. Alle anderen Gründe und Motive waren vergessen.

Plötzlich glitt ihr linker Fuß aus, und sie neigte sich seitwärts. Einen langen Augenblick musste sie balancieren, das ganze Gewicht auf dem rechten Fuß, sich verzweifelt gegen die Schwerkraft wehrend, die sie hinunterzuziehen und dem Wind preiszugeben drohte. Ihre gefrorenen Finger krallten sich in den nackten Stein, nach dem winzigsten Riss suchend, um sich festzuhalten.

Ein Stück des Simses war nicht mehr da. Vielleicht hatte es nie existiert. Sie konnte sich nicht erinnern, wie weit sie das letzte Mal gekommen war. Wie breit mochte die Lücke sein? Fünfzehn Zentimeter? Dreißig? Oder gar mehrere Meter? Sie hatte nichts dabei, um die Lücke zu prüfen. Im Dunkeln konnte sie auch nichts sehen. Wenn sie sich irrte oder ihre Kräfte nachließen, würde sie das Gleichgewicht verlieren und sich auf den Felsen zu Tode stürzen. Wenn sie zurückging, um etwas zu holen, mit dem sie die Lücke messen konnte, würde sie nicht noch einmal imstande sein, diesen Weg zu gehen.

Vorsichtig, das Gewicht auf dem rechten Bein haltend und fest an die Wand gepresst, um maximales Gleichgewicht zu gewinnen, streckte sie den linken Fuß über die Lücke, um den Sims zu ertasten. Der Wind pfiff ihr in den Ohren und lenkte sie ab. Er zerrte an ihren Kleidern und suchte sie von der Mauer zu lösen. Ihr Herz zitterte in der Brust.

Allmählich begann sich ihr Gewicht nach links zu verlagern, aber sie hatte das Ende des Simses noch nicht gefunden. Sie wollte ihr rechtes Knie etwas beugen, um den Körper weiter nach unten zu verlagern, aber dadurch hätte sie sich nur von der Wand entfernt. Schweiß brach ihr aus. Auf Gesicht und Handflächen wurde er sofort zu Eis. Sie erschauerte und spürte, wie sie allmählich ins Wanken kam.

Immer noch nichts. Ihr linker Fuß fand keinen Halt. Die Muskeln des rechten Beins schmerzten höllisch. Sie befürchtete, einen Krampf zu bekommen. Nach wie vor nichts. Sie wollte schreien, um die Spannung zu lösen und die Muskeln zu lockern.

Sie verlagerte ihren linken Arm ein wenig, danach den rechten. Dann streckte sie den linken Fuß noch einen Zollbreit weiter vor. Immer noch nichts. In ihrem Kopf sagte eine heimtückische Stimme: Gib auf, gib auf! Sie wollte sich fallen lassen. Der Abgrund hätte alle ihre Probleme gelöst. Warum eigentlich nicht? Die Göttin würde einen neuen Körper finden. Immer noch nichts.

Noch ein paar Zentimeter, und sie hatte ihre Grenze erreicht. Schon fürchtete sie, sie hätte, ohne es zu bemerken, den Punkt bereits überschritten, an dem sie nicht mehr zurückkonnte, wo sie ihr Gleichgewicht nicht mehr wiederfand. Das rechte Bein schrie vor Schmerz, es konnte die Anstrengung des Rückzuges wohl kaum noch meistern. Jetzt war ihr linkes Bein völlig ausgestreckt. Immer noch nichts.

Da spürte sie ihr Gleichgewicht schwinden. Für eine Sekunde konnte sie es noch halten, dann verlor sie die Kontrolle, kippte langsam nach links … und wollte schon in den Abgrund fallen.

Da erfasste sie mit dem Zeh den Rand des Simses und krallte sich fest. Nicht mehr. So hing sie zwischen Leben und Tod, hatte mental bereits losgelassen und musste nun alle ihre Muskeln zu einer letzten Anspannung bewegen, um das Gleichgewicht wiederzufinden. Ihr Herz schlug zum Zerspringen. Die Dunkelheit schien zu weichen, und sie stand in einer Welt des Lichts. Dann verlosch das Licht, und sie war zurück auf dem kalten Sims, zitternd und fast in Panik.

Sie kämpfte die aufsteigende Angst nieder und schob ihren linken Fuß weiter auf den Sims, inständig betend, dass er halten möge. Irgendwo in ihrem Kopf betete sie die Mantra der Tara, aber tief in ihrem Inneren hatte sie die Göttin verloren. Allein ihre Sinne banden sie noch an die Wirklichkeit. Dass ihr Fuß auf dem harten Sims hielt, erfüllte sie mit einem Glücksgefühl, das kein Gebet oder Opfer ihr je gebracht hatte.

Allmählich beruhigten sich Herzschlag und Atem, und in ihr rechtes Bein kehrte das Leben zurück. Sie schob ihren linken Fuß gerade so weit vor, dass auf dem Sims Raum für den rechten Fuß war, verlagerte das Körpergewicht nach links und überschritt die Lücke. Das war's. Sie wusste, dass sie so etwas nicht ein zweites Mal auf sich nehmen konnte. Dieser Weg zurück war ihr verschlossen. Sie würde entweder erfrieren oder in die Tiefe stürzen.

Nach ihrer Berechnung musste Ka-ris To-fehs Raum der fünfte in der Reihe sein, aber in der Dunkelheit war das nicht klar zu erkennen.

Sie fürchtete, sie könnte sich irren und daran vorbeigehen. Und sie betete, dass er seit dem Morgen die Fensterläden nicht wieder geschlossen hatte. Sie erinnerte sich nicht, in welchem Zustand sie gewesen waren, als sie ihn in der Nacht aufsuchte, um ihn zu wecken.

Dann musste sie daran denken, dass ihr die Zeit davonlief. Angst trieb sie zur Eile, aber sie zwang sich, weiter nur Zentimeter für Zentimeter vorzurücken.

Ihre Finger wurden zum Problem. Wenn sie noch lange bei dieser Kälte draußen blieb, konnte sie sich eine ernste Erfrierung holen. Das Gefühl war längst aus ihnen gewichen, und sie konnte sie nur noch mit größter Willenskraft bewegen.

Als sie das fünfte Fenster endlich erreichte, glaubte sie,

Stunden seien vergangen. Zu ihrer Freude war es von einem matten Schein erleuchtet. Als sie direkt darunterstand, zog sie sich hoch und lugte durchs Fenster.

Christopher war nicht in dem Raum.

36

Tsarong Rinpoche wurde immer unruhiger. Mit Hilfe des Burjaten Sam-ja-ting hatte er endlich Dorje-la unter seine Kontrolle gebracht. Sam-ja-ting glaubte, er sei nun der Herr, aber er würde ihm schon bald zeigen, wer in Dorje-la wirklich das Sagen hatte. Wesentlich mehr beunruhigte ihn Chinda-mani. Sie verkörperte die Göttin Tara, die, wie auch Chinda-mani selbst, unter den Mönchen sehr beliebt war. Wenn man ihr Zeit ließ und das Biest von den *Trapas* in entsprechend emotionaler Sprache Treue einforderte, dann konnte sie alle seine Bemühungen zunichtemachen. Sie musste beseitigt werden. Aber dieses Unternehmen musste er geschickt ein-fädeln, wenn es nicht nach hinten losgehen sollte.

Der Engländer Wy-lam hatte seinen Zweck erfüllt. Durch sein Erscheinen war es möglich geworden, den *Pee-ling*-Abt mit den Machenschaften der Briten in Zusammenhang zu bringen. Sam-ja-ting wusste eine Menge über Wy-lam und hatte damit die Mönche überzeugen können, dass er und sein Vater gemeinsam eine Verschwörung ausheckten. Das war durchaus möglich. Aber es spielte jetzt keine Rolle mehr.

Wy-lam konnte sogar zu einer noch größeren Gefahr wer-den als die Frau. Das Amt des Abtes war nicht erblich. Der Engländer konnte nicht den Anspruch erheben, ein *Trulku* zu sein wie sein Vater. Das befürchtete Tsarong Rinpoche auch nicht. Aber jeder in Dorje-la kannte die Prophezeiung, die man in einem alten *Terma*-Buch gefunden hatte: *Wenn Dorje-la von einem Pee-ling regiert wird, dann wird die Welt von Dorje-la aus regiert.* Und man wusste auch, wie es in dem Buch weiterging: *In dem Jahr, da der Sohn eines Pee-lings Sohn in das Land des Schnees kommt, in diesem Jahr wird der Maidari Buddha erscheinen. Der Sohn eines Pee-lings Sohn wird der letzte Abt von Dorje-la sein und zugleich der größte.*

Von alledem wusste der Engländer nichts, aber die Frau konnte ihn darauf aufmerksam machen und ihn benutzen, um Unterstützung im Kloster zu mobilisieren. Wy-lam brauchte nur seinen Sohn dazu zu bringen, mit ihr zusammenzuarbeiten und die Rolle zu spielen, die sie für ihn vorsah.

Der Mehrzahl der Mönche war sich Tsarong Rinpoche noch nicht sicher. Beim geringsten Druck konnten sie sich in eine andere Richtung wenden.

Das galt es mit allen Mitteln zu verhindern. Er wusste nicht, was der Burjate mit Wy-lam oder der Frau vorhatte. Aber für ihn selbst war sonnenklar: Chindamani und der Engländer mussten in dieser Nacht sterben.

Das Fenster gab ohne großen Druck nach. Es war nicht dafür gemacht, Eindringlinge fernzuhalten. Kein Mensch konnte die über dreißig Meter aus dem Abgrund heraufklettern. Chindamani ließ sich in den Raum fallen. Drinnen war es warm. Hier war Christopher gewesen, als sie sich das letzte Mal gesehen hatten. Sie vermisste seine warmen Sachen, in denen er nach Dorje-la gekommen war. Darin mussten sie ihn fortgebracht haben. Was war geschehen?

Vorsichtig schritt sie zur Tür. Ihr Herz schlug immer noch heftig von der nervenaufreibenden Kletterei über den Sims, und ihre Hände brannten, da langsam wieder Gefühl in sie zurückkehrte. Am liebsten hätte sie sich auf das Bett geworfen und geschlafen. Sich vor all dem Schrecklichen in Träume zu flüchten – danach sehnte sie sich jetzt am meisten.

Die Tür war nur angelehnt. Mit angehaltenem Atem öffnete sie sie einen Spalt breit. Kaum einen Meter entfernt lag ein Mann am Boden und bewegte sich nicht. Die lange Hellebarde vom *Gön-kang* war ihm aus der Hand gefallen und lag neben ihm. Chindamani beugte sich zu ihm hinunter. Er war tot. Soweit sie sehen konnte, hatte man ihm das Genick gebrochen. Hielten die Kämpfe immer noch an? Oder hatte Ka-ris To-feh das getan, als er fliehen wollte?

Wenn es Ka-ris To-feh gewesen war, dann würde er versuchen, einen Weg aus dem Kloster zu finden. Der kürzeste führte über das Dach. Er kannte ihn von dem Abend, da sie ihn zum *Labrang* gebracht hatte. Aber wenn er hoffte, auf diesem Wege zu entkommen, dann machte er einen törichten Fehler. Das Dach führte nirgendwohin. Und die Brücke nur zum *Labrang*.

Sie lief rasch zu der Luke, durch die sie und Christopher auf das Dach gelangt waren. Im Kloster herrschte wieder Stille, aber heute wirkte sie bedrohlich, nicht meditativ, wie Chindamani es gewohnt war. Früher hatte sie sich aus Rücksicht auf den Schlaf und die Gebete der Mönche in ihren Zellen lautlos bewegt, wenn sie des Nachts umherging. Jetzt tat sie es aus Angst um ihr Leben.

Als sie die Luke erreichte, war diese verschlossen. Aber auch die Leiter war fort, und sie vermutete, Ka-ris To-feh könnte sie hinaufgezogen haben, um eventuelle Verfolger abzuschütteln. Ohne die Leiter hatte sie keine Möglichkeit, an die Luke heranzukommen. Die einzige Chance war eine zweite Luke in der Nähe, die nur der Abt benutzte, wenn er sich zum *Labrang* begeben oder sich einfach auf dem Dach ergehen und in die Wolken schauen wollte.

Die Leiter an der zweiten Luke stand an Ort und Stelle.

Wenige Augenblicke später war Chindamani auf dem Dach. Sie betete, niemand möge die offene Luke entdecken, aber sie hatte keine Zeit, ihre Spuren zu verwischen.

Wieder packte sie der Frost mit heimtückischen Fingern, als wollte er sie für die Zeit strafen, die er sie hatte aus den Klauen lassen müssen. Der Wind fuhr ungehindert über das Dach. Stücke von trockenem Schnee schossen ihr aus der Dunkelheit ins Gesicht. Das Heulen des Windes und das starke Pochen in ihrer Brust übertönten jedes andere Geräusch. Wie eine Schwimmerin, die sich in der bedrohlichen Stille der grünen Tiefen bewegt, öffnete sie ihren Mund und rief seinen Namen, konnte sich aber nicht einmal selbst hören. Ihre Stimme wurde von dem Getöse verschluckt, ihr Ruf blieb dünn und vergeblich. Wieder und wieder suchte sie sich Gehör zu verschaffen und wiederholte seinen Namen wie eine Mantra. Aber die verhallte ungehört und unbeachtet. Er musste hier irgendwo sein. Es gab keinen anderen Weg, den er hätte nehmen können.

So lief sie rufend durch die Dunkelheit. Es kam ihr wie ein geheimnisvolles Wunder vor, seinen Namen auf diese Weise zu beschwören. Den Namen eines Mannes, den sie kaum auszusprechen vermochte. Es störte sie, dass seinen Namen zu nennen ihr solchen Genuss bereitete, während es sie zugleich tief beunruhigte, dass er hier den Tod gefunden haben könnte.

Dann entdeckte sie ihn. Er saß auf dem Podest eines alten Bronzedrachens, der hier die *Chörten* bewachte. Er starrte in die Dunkelheit hinaus, ein schmaler Schatten, der sich kaum von seiner Umgebung abhob.

»Ka-ris To-feh«, sagte sie und setzte sich neben ihn. »Wir müssen von hier fort. Wir müssen Dorje-la verlassen.«

»Ich habe es ja versucht«, sagte er. »Aber es gibt keinen Weg hier heraus. Und wenn es einen gäbe, wohin sollten wir uns wenden? Es ist überall das Gleiche – eine weiße endlose Leere. Was macht es schon, ob man hier oben lebendig oder tot ist? Niemanden kümmert das.«

»Doch, mich kümmert es«, sagte sie.

»Dich?«, rief er aus. Ein trockener Laut wie ein Lachen entrang sich seinen Lippen und wurde vom Wind davongetragen. »Dich kümmern doch nur deine Götter, deine Buddhas und deine Inkarnationen. Du weißt nicht, wie die wirkliche Welt ist. Du weißt nicht, welchen Schaden sie anrichten, eure Götter. Welche Wunden sie schlagen können.«

»Ich mag dich«, sagte sie und rückte näher zu ihm heran, damit der Wind nicht ihre Worte fortriss. »Ich liebe dich.«

Als sie diese Worte aussprach, wusste sie, dass sie damit ihr Schicksal besiegelt hatte. Ob er sie hörte oder verstand, ob er sich später daran erinnerte, war nicht wichtig. Wenn es ihnen gelang, aus Dorje-la zu entkommen, dann würden sie diese Worte enger an ihn binden als ein kindlicher Schwur sie je an die Göttin Tara, das Dharma oder Buddha gebunden hatte. Sie gehörte jetzt zu ihm, wie sie noch zu niemandem gehört hatte, am allerwenigsten zu sich selbst.

Gegen den heftigen Wind kämpften sie sich bis zur Luke durch und stiegen wieder hinab. Nachdem sie die Luke geschlossen und die Leiter fortgeräumt hatten, standen sie schweigend voreinander.

»Wir müssen zu meinem Raum zurück«, sagte sie. »Es gibt einen Verbindungsgang in der Nähe, durch den wir ungesehen hingelangen.«

»Und dann?«, fragte er.

Sie zögerte.

»Das ... erkläre ich dir, sobald wir dort sind«.

Wenn Tsarong Rinpoche sich zuvor große Sorgen gemacht hatte, so war er jetzt geradezu außer sich. Der *Pee-ling* hatte seinen Wächter getötet und war aus seinem Raum entkommen. Er konnte überall im Kloster sein. Wenn es ihm gelang, zu der Frau vorzudringen, dann fand sie einen Weg, sie beide zu verstecken, bis ihre Zeit gekommen war.

Aber er konnte noch eines tun, um wenigstens das zu verhindern. Die Pistole, die Sam-ja-ting ihm gegeben hatte, steckte in seiner Tasche. Zärtlich tastete er nach ihr und spürte ihre stumme Perfektion in seiner Hand. Das war eine Botschaft aus einer anderen Welt, die ihm sagte, welche Möglichkeiten irdische Macht barg. Von ihr ging eine Überlegenheit aus, die er noch in nichts anderem gespürt hatte. Er erinnerte sich, wie er den Abzug betätigt hatte, als er den nepalesischen Jungen auf dem Pass tötete. Immer noch spürte er den Kitzel jenes Augenblicks, den er um alles in der Welt wieder erleben wollte. Nicht einmal das Aufhängen so vieler Gegner in dieser Nacht hatte ihn in solche Erregung versetzt.

Dabei erfüllte ihn die Waffe in seiner Tasche auch mit Sorge. Er hatte alle seine je geleisteten Schwüre gebrochen. Wenn es wirklich weitere Leben nach diesem gab, dann würde er für seine Taten einen schrecklichen Preis bezahlen. Er hoffte, Sam-ja-ting hatte recht, und dieses Leben war das einzige, das einem Menschen beschieden war. Darauf hatte er alles gesetzt. Wenn das aber nicht zutraf, dann würde er mit dem, was er jetzt beabsichtigte, so große Leiden auf sich ziehen, dass fünfhundert Leben nicht ausreichten, um ihm wieder Frieden zu bringen.

Er entsicherte die Pistole und schritt in Richtung von Chindamanis Gemach.

Sie verloren keine Zeit. Chindamanis Geheimgang führte von einer kleinen Kapelle für die Göttin Tara direkt in ihren Raum. Nur sie, Sönam und Christophers Vater wussten von seiner Existenz. Er war vor Jahrhunderten angelegt worden, um der Inkarnation der Tara die Möglichkeit zu geben, sich zwischen ihrem Wohnraum und ihrer Privatkapelle ungesehen zu bewegen. Chindamani und zweifellos auch vielen ihrer Vorgängerinnen hatte er nicht nur zu Andachtszwecken gedient, sondern auch leichten Zugang zu anderen Teilen des Klosters ermöglicht. Von der Tara-Kapelle führten weitere Gänge zu verschiedenen Stockwerken – einer zum *Lha-kang*, wo es eine verhängte Nische gab, in der die Tara-Inkarnation den Andachten beiwohnen konnte, einer zu der jetzt in Eis und Frost gefangenen alten Tempelhalle, wo Christopher seinem Vater zum ersten Mal begegnet war, und ein dritter zum *Gön-kang*, falls die Tara-Inkarnation einmal die dunklen, aber wohlwollenden Schutzgottheiten anrufen wollte.

Der Gang endete an einer Tür zu Chindamanis Schlafgemach, die innen mit dicken Vorhängen getarnt war. Als sie und Christopher eintraten, fanden sie Sönam und die beiden Jungen so, wie Chindamani sie verlassen hatte. William saß resigniert auf seinem Bett. Samdup hatte sich zu der immer noch weinenden alten Frau gesetzt, um sie zu trösten.

»Ama-la«, sagte Chindamani, »ich bin zurück. Ich habe Ka-ris To-feh, den Sohn des Dorje Lama, mitgebracht.«

Beim Klang ihrer Stimme blickte Sönam auf. Ihre alten Augen waren vom Weinen gerötet. Ihre Verzweiflung hatte sich noch verstärkt und berauschte sie wie eine Droge.

»Mein Mädchen«, rief sie, »man hat den Dorje Lama getötet! Wir können überhaupt nichts mehr tun!«

»Ich weiß, Ama-la«, flüsterte Chindamani. »Ich weiß.« Jetzt, da der Augenblick der Flucht gekommen war, fühlte sie sich schlecht und schuldbeladen. Wie konnte sie Sönam hier bei Tsarong Rinpoche und dessen Gefolgsleuten zurücklassen? Die alte Frau war ihr wie eine Mutter gewesen.

Sie setzte sich neben sie und legte einen Arm um ihre Schultern. Dann suchten ihre Augen Christopher. Aber der war bereits bei seinem Sohn, hatte ihn sanft in die Arme genommen und flüsterte ihm tröstende Worte zu. Als sie die beiden so sitzen sah, spürte sie etwas wie Eifersucht in sich aufsteigen, ein Gefühl, das sie bisher nicht kannte. Es beunruhigte sie, wie sehr sie dem Kind den Anspruch auf seinen Vater neidete.

Plötzlich waren draußen Schritte zu hören. Christopher sprang auf. Erschrocken schaute er sich um, wo er William verstecken könnte. Da er seinen Sohn nun einmal wiedergefunden hatte, wollte er lieber sterben, als ihn noch einmal herzugeben.

Die Tür sprang auf, und Tsarong Rinpoche stürmte herein, gefolgt von dem Mönch, der draußen Wache gestanden hatte. Er konnte sein Glück kaum fassen. Plötzlich schoss ihm durch den Kopf, wenn er den Mann und die Frau erledigt und den englischen Jungen in seine Gewalt gebracht hatte, würde er Sam-ja-ting gar nicht mehr brauchen.

»Setzen Sie sich!«, befahl er Christopher.

Der tat einen Schritt auf ihn zu, aber der Rinpoche zog die Pistole und hielt sie drohend in seine Richtung.

»Sie kennen diese Waffe, Wylam-la«, sagte er. »Sie wissen, was sie anrichten kann. Also setzen Sie sich auf diese Truhe dort und verhalten Sie sich ruhig.«

Der Mönch schloss die Tür. Im Luftzug flackerte eine der Butterlampen und ließ merkwürdige Schatten über die Gesichter der beiden Männer huschen.

Christopher konnte nicht stillsitzen. Seit er vom Dach heruntergestiegen war, sah er wieder ein Ziel vor sich. Chindamani hatte ihm etwas wie Hoffnung zurückgegeben, und William ließ diese Hoffnung real und greifbar erscheinen. Er glaubte jetzt wieder daran, dass es möglich sein könnte, zumindest die Mauern dieses Klosters zu verlassen und bis zum Pass zu gelangen.

»Was wird Ihnen das einbringen?«, fragte er Tsarong Rinpoche. »Genug, damit Sie für den Rest der Ewigkeit im Dreck kriechen müssen, denke ich.«

»Ich habe gesagt, Sie sollen sich ruhig verhalten!«, fuhr ihn der Rinpoche an. Er spürte seine Selbstsicherheit schwinden. Es würde nicht leicht werden. Einen von ihnen allein zu töten, wäre ihm nicht schwergefallen. Aber beide zusammen, noch dazu vor den Jungen und der alten Frau …

Plötzlich fuhren alle zusammen. Mit einer schrillen Stimme, die nicht von dieser Welt zu sein schien, hatte Sönam begonnen, Worte herauszuschreien, in denen Christopher eine Art Beschwörung vermutete. Er sah, wie Tsarong Rinpoche aschfahl wurde und die Pistole umkrampfte, als wollte er das Metall mit der nackten Hand zerdrücken. Die Stimme der alten Frau hob und senkte sich, zitterte, wurde wieder fest, und der kleine Raum warf seltsame Echos zurück.

»Hör auf!«, schrie Tsarong Rinpoche. Christopher bemerkte, dass auch der Wächter bleich geworden war und sich zur Tür zurückzog.

»Ama-la, bitte!«, drängte sie Chindamani und packte die alte Frau bei den Schultern. »Hör auf damit!« Aber die winzige Greisin ließ sich nicht beirren. Die Augen fest auf Tsarong Rinpoche gerichtet, fuhr sie mit ihrem Singsang fort und schrie ihre Worte unerbittlich in die Schatten hinein, die über ihm hingen.

»Halt dein Maul!«, brüllte der Rinpoche noch einmal, trat auf die alte Frau zu und fuchtelte mit der Pistole herum. Er blickte jetzt wie wild um sich. Christopher konnte sehen, dass ihn ein abergläubisches Grauen erfasst hatte. Dabei verstand er kein Wort von dem, was die alte Amme da herausschrie. Er vermutete, dass es eine Art Fluch war, den Tsarong Rinpoche sehr ernst nahm.

»Bitte, Sönam, tu das nicht!«, flehte Chindamani wieder.

Samdup saß wie angenagelt da, seine Augen hingen an der Alten, er sah entsetzt und zugleich fasziniert, wie sich die hutzlige kleine Gestalt im Rhythmus der Strophen, die ihrem Munde entströmten, hin- und herwiegte.

»Bringt sie zum Schweigen!«, schrie der Rinpoche jetzt auf. »Oder ich leg sie um! Ich schwöre, ich töte sie, wenn sie nicht aufhört!«

»Es ist gut, Ama-la«, sagte Chindamani sanft. Sie hatte das Entsetzen in Tsarong Rinpoches Stimme gehört und wusste, er würde Sönam erschießen, wenn sie in ihrer Beschwörung fortfuhr. Sie kannte den Grund für seine Bestürzung.

Aber die alte Frau war nicht aufzuhalten. Sie spie die düsteren Worte der Verwünschung aus, als seien sie Gift und könnten töten. Vielleicht glaubte sie das auch.

Da feuerte Tsarong Rinpoche den Revolver ab. Ein einziger Schuss fiel, dann ließ er die Waffe mit der Hand schlaff herunterhängen. Er hatte die Ama-la in die Kehle getroffen. Ein schreckliches Gurgeln ertönte. Sie fiel nicht nach hinten, sondern blieb stocksteif sitzen, als sei ihr nichts geschehen. Die Kugel war durch die Kehle eingedrungen, im Nacken wieder ausgetreten und hatte das obere Ende des Rückgrats durchschlagen. Ein Schwall von Blut schoss aus der Wunde. Hellroter Schaum trat auf ihre Lippen. Ihre alten Augen glänzten noch einmal auf, dann wurde ihr Körper schlaff, und sie fiel in Chindamanis Arme.

Niemand sagte ein Wort. Über eine Minute lang herrschte Totenstille im Raum. Draußen rüttelte eine Windbö am Fenster und erstarb wieder. Es war, als sei sie gekommen, um eine weitere Seele aus Dorje-la zu holen und in das Schattenreich des Bardö zu führen.

Als Erste kam Chindamani wieder zu sich. In ihren Augen stand eine kalte Wut, die sie noch nie verspürt hatte. Sie ließ Sönams Leichnam auf das Bett niedersinken. Dann erhob sie sich langsam, den Blick fest auf Tsarong Rinpoche geheftet. Ein Nerv in der rechten Wange des Lamas zuckte. Die Hand, die die Waffe hielt, begann stark zu zittern.

Chindamani nahm den Fluch auf, wo Sönam ihn unterbrochen hatte. Sie flüsterte beinahe, aber der Mann, gegen den er gerichtet war, verstand ihn genau. Sie zeigte mit dem Finger auf ihn, und ihre Stimme bebte vor Zorn.

Tsarong Rinpoche stand einen Moment wie gebannt da, dann kam Bewegung in seine Hand. Langsam hob er die Waffe und richtete sie auf Chindamani. Sein Arm flatterte. Er musste die Zähne zusammenbeißen, um ihn zur Ruhe zu zwingen. Schließlich, ebenso langsam und zielstrebig, wandte er die Waffe um, bis sie auf sein eigenes Gesicht zeigte. Sie wog schwer, und aus seinen Fingern war fast alle Kraft gewichen. Er öffnete den Mund und setzte die Mündung auf seinen Unterkiefer. Jetzt schlotterte er am ganzen Körper. Chindamanis Stimme füllte den Raum. Er wollte schreien, gegen die Verwünschung anbrüllen, aber er war wie gelähmt. Nur sein Finger drückte immer stärker gegen das kalte Metall des Abzughahns.

Mit Grausen sah Christopher die Szene. Er begriff nicht, was da ablief. Der Lama war offenbar von abgrundtiefem Grauen gepackt. Aber es konnte nicht Aberglaube allein sein, dass diese Beschwörung ihm so wahnsinnige Angst einjagte. Kalt hatte Tsarong Rinpoche jedes Sakrileg begangen, das man sich nur denken konnte. Und nun genügten die Worte einer alten Frau, um ihm den Boden unter den Füßen wegzuziehen.

Christopher barg Williams Gesicht fest an seiner Brust. Der Junge hatte schon genug Schlimmes mitansehen müssen. Chindamanis Stimme bohrte sich in seine Ohren, hart und erbarmungslos, wie ein Messer die Haut ritzt.

Tsarong Rinpoche schloss die Augen.

37

Der Schuss riss dem Lama fast die ganze Schädeldecke fort. Blut spritzte an die Wände von Chindamanis Schlafgemach. Ein großes Zittern lief durch den Körper des Rinpoche, dann kippte er nach hinten. Chindamani verstummte und blieb mit geschlossenen Augen stehen. Samdup schrie entsetzt auf und schlug sich die Hände vors Gesicht. William, der den Knall gehört, aber nichts gesehen hatte, drückte sich noch fester an seinen Vater. Der Mönch, der Tsarong Rinpoche begleitet hatte, war über und über voller Blut. Ohne ein Wort ließ er seine Waffe fallen und stürzte zur Tür hinaus.

Christopher erschauerte. Endlos lange stand er da, William fest im Arm, schaute auf Tsarong Rinpoches blutenden Leichnam und auf die geröteten Wände. Allmählich wurde ihm bewusst, dass er Chindamanis Stimme nicht mehr hörte. Er wandte den Kopf und sah, dass sie immer noch am selben Fleck verharrte, den Arm ausgestreckt und mit dem Finger an die leere Stelle weisend, wo soeben der Rinpoche gestanden hatte.

Er gab William frei und trat an sie heran. Vorsichtig nahm er sie in die Arme. Ihm war klar, dass es nicht lange dauern würde, bis auf die Schüsse Leute herbeiliefen.

»Chindamani«, flüsterte er. »Wir müssen weg von hier. Samjatin wird nachschauen lassen, was hier geschehen ist. Der Mönch wird andere alarmieren. Wir müssen jetzt fort, oder es gelingt uns nie.«

Mit leerem Blick stand sie wie erstarrt. Er nahm sie bei den Schultern und schüttelte sie sanft. Sie reagierte nicht.

Plötzlich war Samdup an seiner Seite. Der Junge hatte alle seine Kraft gebraucht, um sich nicht von den Schrecken, deren Zeuge er sein musste, überwältigen zu lassen.

»Chindamani«, rief er. »Bitte, sag doch was! Der *Pee-ling*

hat recht, wir müssen fliehen. Beeil dich, sonst finden sie uns hier.«

Als hätte die Stimme des Jungen wie ein Zauberspruch auf sie gewirkt, bewegte Chindamani die Augen. Ihr Arm fiel herab und sie schaute Samdup an.

»Mir ist kalt«, sagte sie kaum hörbar.

Samdup blickte zu Christopher auf.

»Die Sachen für die Reise sind in der Truhe dort«, sagte er. »Ich sollte sie zusammenpacken, aber ich musste mich um Sönam kümmern. Dabei habe ich es vergessen.«

»William«, rief Christopher. »Wir gehen fort von hier. Hilf Samdup, die Sachen aus der Truhe zu nehmen.«

Während die Jungen fieberhaft darangingen, Kleidung, Zelte und Proviantbeutel zu sortieren, half Christopher Chindamani, sich niederzusetzen. Er legte einen Arm um sie, und ihm fiel ein, wie schnell sie ihre Rollen getauscht hatten.

»Wohin gehen wir, Ka-ris To-feh?«, fragte sie.

»Fort von hier«, antwortete er. »Weit fort.«

Sie lächelte versunken und beugte sich nieder, um einige Taschen aufzunehmen.

»Binde sie jetzt nicht fest«, sagte Christopher. »Das können wir später tun. Im Moment geht es darum, so schnell wie möglich aus diesem Raum zu kommen.«

Chindamani wandte sich um und blickte ein letztes Mal zu Sönam hinüber. Die alte Frau lag noch so da, wie Chindamani sie gebettet hatte, die Augen im Schreck geweitet. Chindamani beugte sich nieder und legte sie ordentlich hin. Mit einer Hand drückte sie ihr die Augen zu, dann küsste sie sie sanft auf die Lippen. Draußen trappelten Füße heran.

»Schnell!«, zischte Christopher. »Weg von hier!«

Er hielt den Vorhang beiseite, Chindamani stieß die Geheimtür auf und schlüpfte nach Samdup und William in den

Gang. Christopher folgte und schloss die Tür, die hörbar klickte. Selbst wenn jemand die Vorhänge herunterriss, würde das uneingeweihte Auge die Öffnung in der Wand kaum entdecken.

In einer Halterung brannte eine Lampe. Chindamani nahm sie heraus und erleuchtete damit den Gang. Aus dem Raum, den sie gerade verlasen hatten, drangen gedämpfte Stimmen an ihr Ohr.

»Was ist passiert, Chindamani?«, fragte Christopher, als sie ein Stück von der Tür fort waren.

»Was habt ihr getan? Warum hat er sich umgebracht?«

Sie antwortete nicht sofort. Da sie vor ihm ging und leuchtete, konnte er ihr Gesicht nicht sehen. Die Wände des Ganges waren rau und unverputzt, aber an einer Stelle hatte jemand, zweifellos eine von Chindamanis Vorgängerinnen, eine ländliche Szene an die Wand gemalt: Eine Mutter mit ihren Kindern stand vor einem Bauernhaus, umgeben von Schafen und Yaks. Das Licht ließ die Malerei für einen Augenblick hervortreten, dann verschwand sie wieder in der Dunkelheit.

»Es war ein Fluch«, sagte sie schließlich.

»Ein Fluch? Du glaubst doch nicht …?«

»Sönam kannte seine Bedeutung nicht.« Chindamani sprach weiter, als hätte sie seinen Einwurf nicht gehört. »Ein tantrischer Fluch. Es war unmöglich, dass sie ihn kannte. Das hat ihn so entsetzt. Nur die fortgeschrittensten Schüler sind in solche Dinge eingeweiht. Sönam hat sich manchmal über diesen Gang zum *Lha-kang* geschlichen, wenn sie dort unterrichtet wurden. Sie war fasziniert von den Studien und lernte alle möglichen Dinge auswendig. Sie verstand zwar nichts davon, konnte aber ganze Rituale, Beschwörungen und … Flüche auswendig hersagen.« Sie hielt inne und wandte sich zu Christopher um.

»Ich denke, Tsarong Rinpoche hätte seine Schuld ohnehin nicht mehr lange ertragen. Als er dann auch noch diesen Fluch aus dem Munde einer Person vernahm, die nach seiner Meinung davon überhaupt keine Kenntnis haben durfte, muss er geglaubt haben, die Götter sprächen aus ihr und verurteilten ihn.«

»Und du? Wieso hast du ihn weitersprechen können?«

»Oh, Sönam hat mich all die Dinge gelehrt, die sie im *Lha-kang* gehört hatte. Manchmal sind wir auch zusammen dort gewesen und haben die Zeremonien stundenlang verfolgt. Aber …« Sie zögerte einen Augenblick. »Da war noch etwas, das mich geradezu getrieben hat. Das ist jetzt vorbei. Als er auf Sönam schoss, glaubte ich, etwas käme über mich.«

»Zorn?«

»Nein, mehr als das. Etwas ganz anderes. Ich kann es nicht erklären.«

»Das brauchst du auch nicht. Komm, wir müssen weiter. Sag mir lieber, wie wir aus Dorje-la herauskommen wollen.«

Von der Tara-Kapelle führte eine Reihe hölzerner Stufen und kurzer Gänge hinunter zum *Gön-kang*. Das kleine Gewölbe war leer, wenn man von den ausgestopften Tieren und Götterfiguren absah, die dort Wache hielten. Ein paar Lampen brannten, die Teile des Raumes in ein gelbes, cremiges Licht tauchten.

Chindamani erklärte Christopher den von Sönam beschriebenen Fluchtweg in allen Einzelheiten. Mit finsterer Miene hörte er ihr zu. Was an der Geschichte der alten Frau würde sich wohl als zutreffend erweisen und was Legende sein?

Sie schnürten ihre Reisekleider zusammen und befestigten die Ausrüstung daran, die Chindamani vorbereitet hatte. Unter den im *Gön-kang* herumliegenden Waffen fand Christopher ein rostiges Kurzschwert, das er sich in den Gürtel steckte.

»William«, sagte er. Der Junge hielt sich jetzt stets dicht neben ihm, entschlossen, seinen Vater nicht wieder aus den Augen zu lassen. Christopher griff in eine Falte seiner *Chuba* und zog etwas Weiches heraus. Es war ein kleiner, ziemlich zerzauster Teddybär.

»Ich habe dir Samuel aus Carfax mitgebracht«, sagte er und hielt dem Jungen das Spielzeug hin. »Ich dachte, du willst ihn vielleicht bei dir haben. Als Erinnerung an zu Hause.«

Der Junge nahm den Bär und drückte ihn fest an sich. Er war immer sein Lieblingsspielzeug gewesen, ohne das er nicht einschlafen konnte. Man hatte ihn Dutzende Male repariert und neu ausgestopft. William schaute zu seinem Vater auf. Zum ersten Mal lächelte er. Wenn Samuel bei ihm war, dann schreckte ihn keine Gefahr.

Samdup blickte mit großen Augen auf die Szene. Ausgestopfte Tiere waren nichts Neues für ihn, aber so eins hatte er noch nie gesehen. Und warum wollte der merkwürdige *Pee-ling*-Junge es überall mit sich herumschleppen? War es eine Art Gott?

William steckte Samuel in seine Tasche.

»Bald sind wir wieder in Carfax, Samuel«, sagte er. Christopher musste lächeln. Wie gerne hätte er das geglaubt.

Vor dem Hauptaltar rollten sie mehrere Teppiche fort. Darunter kam eine schmale, in den Fußboden eingelassene Falltür mit einem Messingring zum Vorschein.

Christopher wandte sich Chindamani zu. Ihre Wangen waren gerötet, und in ihren Augen sah er ein merkwürdiges Glühen. Er wagte sie kaum direkt anzuschauen.

»Du musst nicht mitkommen«, sagte er. »Du und Samdup. Jetzt seid ihr hier sicher. Davon bin ich überzeugt. Tsarong Rinpoche ist tot. Du warst nur für ihn eine Gefahr. Samjatin wird es vorziehen, dich am Leben zu lassen. Er braucht dich als Symbol, aber du wirst leben. Und der Junge nützt Samjatin auch lebendig mehr als tot. Du weißt nicht, was uns dort unten erwartet. Und auf der Reise.«

»Ich bin für Tsarong Rinpoches Tod verantwortlich«, sagte Chindamani. »Zumindest wird der Mönch es so herumerzählen. Seine Gefolgsleute werden das nicht hinnehmen. Und auch Samdup ist bei Samjatin nicht sicher. Das weißt du. Und auch, warum.«

Darauf konnte er nichts sagen. Sie hatte recht. Er wusste, warum.

»Also gut«, erwiderte er. »Dann gehen wir zusammen. Wir können hier nicht länger herumstehen. Sie werden uns bereits überall suchen. Ich weiß nicht, was sich unter dieser Falltür befindet. Vielleicht gar nichts. Vielleicht eine größere Gefahr, als sie Samjatin und seine Männer darstellen. Aber wir haben keine Wahl. Wenn wir von hier fort wollen, dann ist das unsere einzige Möglichkeit.«

Er wandte sich an Samdup und sprach ihn zum ersten Mal direkt an.

»Was ist mit dir, Samdup? Fühlst du dich dem gewachsen?«

Der Junge antwortete nicht sofort. Er blickte Christopher mit einem Ernst in den Augen an, der ihn verunsicherte. Seit man ihn als *Trulku* entdeckt und nach Dorje-la gebracht hatte, war er nie wieder wie ein Kind behandelt worden. Nach der Szene in Chindamanis Raum hatte er sein Selbstvertrauen rasch wiedergefunden.

»Nennen Sie mich nicht Samdup«, sagte er schließlich. »Mein voller Name ist Dorje Samdup Rinpoche. Sie können mich Samdup Rinpoche, oder, wenn Ihnen das lieber ist, Herr Samdup nennen. Nur Menschen, die mir sehr nahestehen, dürfen mich mit dem Vornamen ansprechen. Sie haben immer die offizielle Anrede zu gebrauchen.«

In der Haltung des Jungen und in dem Tonfall, mit dem er diese Worte sagte, lag ein Ernst, der bei britischen Kindern dieses Alters kaum vorstellbar war. Christopher fühlte sich zurechtgewiesen.

»Entschuldigen Sie, … Herr«, sagte er. »Ich habe noch viel zu lernen.«

»Keine Sorge«, antwortete der Junge. »Ich bringe es Ihnen bei. Und was Ihre Frage betrifft – ich denke, wir haben keine Zeit zu verlieren.«

Darauf sagte Christopher nichts mehr. Die Würfel waren gefallen. Sie würden den Gang unterhalb des *Gön-kang* benutzen. Er bückte sich und griff mit der rechten Hand nach dem Ring.

Die Falltür war schwer. Sie öffnete sich nur langsam, aber ohne jedes Geräusch.

38

Darunter war nichts als schwarze, feuchte und kalte Finsternis. Ein muffiger Geruch stieg aus der Öffnung, eher ein Gemisch von ungewöhnlichen Gerüchen, die nicht einzeln zu identifizieren waren. Es steigerte sich zu einem fürchterlichen Gestank, der sich widerwärtig in der Nase festsetzte. Chindamani wandte sich ab und musste ein Würgen unterdrücken. Christopher zog sich den dicken Schal über Mund und Nase. Die anderen folgten seinem Beispiel.

»Ich steige zuerst hinunter«, flüsterte Christopher. »Dann William und Herr Samdup. Als letzte Chindamani. Jeder hat eine Lampe. Wenn eine ausgeht, sagt das sofort und zündet sie bei einem anderen wieder an. Bewegt euch so geräuschlos wie möglich. Der Letzte schließt die Falltür.«

Als Christopher die Lampe in das Loch hielt – es war eine große, die Chindamani auf einem Seitenaltar gefunden hatte, – erblickte er die ersten Sprossen einer hölzernen Leiter.

Langsam kletterten sie nach unten. Die Leiter endete etwa drei Meter unter dem Fußboden des *Gön-kang*. Als Christopher, William und Samdup angekommen waren, reichte ihnen Chindamani ihr Gepäck hinunter, bevor sie die Falltür schloss und selbst herabkletterte.

Die Dunkelheit war absolut, eine Sache für sich, ein Gegenstand, nicht nur die Abwesenheit von Licht. Sie schien zu atmen, zu leben und mit jedem Augenblick stärker zu werden. Sie schluckte das Licht der Lampen, machte es schwach und unwirklich. Es umfloss sie wie ein matter Heiligenschein, verzerrt und entstellt von der alles verschlingenden Finsternis.

Sie standen jetzt in einer kleinen, stickigen Kammer, die etwa viereinhalb mal drei Meter groß war. An einer Wand erblickte Christopher die Umrisse lackierter Truhen und Kästen. Daneben stand ein mächtiger, mit Edelsteinen besetzter Thron. Christopher trat an einen großen, mit leuchtend roten Päonien verzierten Kasten heran und öffnete den Deckel. Für einen Augenblick schien es, als sei das Licht seiner Lampe, das hineinfiel, in tausend Splitter zersprungen. Unzählige bunte Lichtreflexe tanzten in der Dunkelheit. Drinnen lagen Rubine, Smaragde, Diamanten und Amethyste gehäuft wie Kiesel am Strand von Brighton.

Christopher nahm eine Handvoll heraus und ließ die Steine durch die Finger rinnen. Sie fühlten sich kalt und erstaunlich leicht an, als bestünden sie nur aus Farbe und Licht. Die bunten Flecken flirrten umher wie Kolibris auf einer sonnigen Waldwiese.

Christopher nahm eine zweite Handvoll. Für ihre Reise

würden sie Geld brauchen. Und auch danach, um für Chindamani und den Jungen zu sorgen. Draußen in der realen Welt hatte es keinen Wert, die Inkarnation einer Göttin oder des Maidari Buddha zu sein.

»Sind Sie hungrig?«, fragte Samdups Stimme dicht neben ihm. Christopher blickte zu ihm hinunter und schüttelte den Kopf.

»Nein, Herr«, sagte er.

»Sind Sie durstig?«

»Nein.«

»Dann brauchen Sie das nicht. Wir haben zu essen in unseren Taschen und werden nicht hungern. Draußen liegt Schnee. Wir werden also auch keinen Durst leiden. Wenn Sie etwas von diesen Steinen nehmen, dann werden sie schwerer auf uns lasten als ganz Dorje-la.«

Christopher öffnete die Hand und ließ die Steine einen nach dem andern zurückfallen. Aus nicht erkennbarem Grund erschienen sie ihm jetzt wertlos wie Stücke erstarrten Kleisters oder rote und grüne Bonbons, die Kinder so gerne lutschen. Er schloss den Deckel und erhob seine Lampe.

Die Bilder an den Wänden erwachten zum Leben. Neben den üblichen Göttern und Dämonen fanden sich hier auch grellfarbige Mandalas und Amulette in der Form von Lotosblüten, die feine Kalligrafien zierten. Kleine quadratische Fähnchen mit dem Bild eines geflügelten Pferdes, das ein rätselhaftes Juwel auf dem Rücken trug, hingen an den Wänden. Sie waren verblichen, fadenscheinig und von Staub bedeckt. Dicke Spinnweben hingen überall herum, manche uralt und zerfetzt wie die Gebetsflaggen, andere noch ganz frisch.

Sie lauschten, ob sich irgendwo etwas regte, aber der Raum war nur mit leblosen Gegenständen gefüllt. Christopher dachte bereits, das Gerede von einem Wächter sei nur ein Trick, um

Diebe abzuhalten. Aber warum wurde dann so ein Geheimnis darum gemacht?

In der Wand gegenüber der Leiter erblickten sie den Eingang in einen breiten Tunnel. Er war offenbar längere Zeit nicht benutzt worden, denn ein dickes, verstaubtes Spinnennetz spannte sich fast ganz darüber.

»Zumindest wissen wir jetzt, wohin wir gehen müssen«, flüsterte Christopher. Mit seinem Kurzschwert fegte er das Spinnenetz beiseite. Nun war der Weg frei.

Christopher ging voran. Er hielt die Lampe mit seinem ausgestreckten linken Arm vor sich, während seine rechte Hand das Schwert umkrampfte, um auf das erste Zeichen von Leben einzuschlagen. Das Herz schlug heftig in seiner Brust. Er glaubte, die Schläge müssten von den Wänden des Ganges widerhallen. Der Gestank begleitete sie auch hier und schien sich zu verstärken, je weiter sie vorankamen.

Der Gang war nicht hoch genug, dass Christopher aufrecht gehen konnte, aber ausreichend breit, um sich ohne Schwierigkeiten darin zu bewegen. Er war sicher, dass sie sich bereits außerhalb der Mauern des Klosters befanden. Die Kälte in dem Tunnel unterschied sich von der in all den Gängen, die sie auf dem Weg von Chindamanis Raum passiert hatten. Die waren auch kalt, aber doch leicht überschlagen von der Wärme, die aus benachbarten bewohnten Teilen durchsickerte. Hier dagegen herrschte eine übelriechende, beklemmende Kälte, schneidend und feucht, als ob in dieser Luft jahrhundertelang kein menschliches Wesen geatmet hätte.

Christophers Fuß stieß gegen etwas. Es war hart und ein wenig brüchig. Langsam senkte er die Lampe, um den Boden vor sich zu beleuchten.

Zuerst konnte er nicht erkennen, was es war. Eine Art Bündel, etwa 1,50 Meter lang, an einigen Stellen kantig, schmutzig und grau. Als er es stärker beleuchtete, wurde ihm plötzlich klar, was es war … oder gewesen war.

Der kleine Körper wirkte stark eingefallen, als hätte ihn etwas über lange Zeit ausgesogen. Er bestand nur noch aus trockener Haut über alten Knochen. Durchsichtige Hände waren wie Klauen um die Kehle gelegt. Der Kopf war weit zurückgeworfen, als ob das Wesen in Agonie gestorben wäre. Von Kopf bis Fuß hüllten verstaubte Strähnen einer Art verrotteten Gewebes den Leichnam ein – ähnlich den Spinnennetzen, die sie zuvor gesehen hatten. Dadurch wirkte das Ganze wie ein Kokon, den jemand ordentlich verpackt zum Trocknen in diesen Gang gelegt hatte. Er musste schon sehr lange hier liegen. Vielleicht Hunderte von Jahren. Christopher erschauerte und hob seine Lampe.

»Was ist los, Christopher«, flüsterte Chindamani. »Warum bist du stehengeblieben?«

»Ach, nichts. Nur … ein Hindernis. Haltet euch rechts, dann kommt ihr gut daran vorbei.«

Er ging weiter, zögernd nun und wachsam beobachtend, was sie noch in diesem Gang erwartete. Sönams Wächter löste sich allmählich aus dem Nebel der Legende und gewann Substanz. Hinter sich hörte er die anderen nach Luft ringen, als sie des Hindernisses ansichtig wurden.

Der nächste Leichnam lag nur ein paar Meter von dem ersten entfernt. Er war in sitzender Stellung gestorben und lehnte noch jetzt an der Wand. Er hielt die Arme ausgestreckt, als habe er etwas abgewehrt, das aus der Dunkelheit auf ihn zugekommen war. Wie der erste war auch er zusammengeschrumpft und eingefallen. Unter Schichten von staubbedecktem Gewebe war braunes, lederartiges Fleisch zu erkennen. Es schien Christopher, als hätte irgendetwas den Leichnam zusammengebunden und langsam ausgesaugt.

»Wer sind die, Christopher?« Chindamanis Stimme war

jetzt dicht hinter ihm. Sie stand da, einen Arm um Samdup gelegt, und blickte auf den kleinen Leichnam herab. Der Junge schien besorgt, aber nicht verängstigt. Christopher musste daran denken, dass er in einer Kultur aufgewachsen war, die die Symbole des Todes nicht fürchtete. Statt mit Bo Peep und Humpty Dumpty konnten die Wände von Samdups Kinderzimmer durchaus mit totem Fleisch und modernden Knochen ausgemalt gewesen sein. Statt eines Teddybären hatte vielleicht eine Yama-Figur an seinem Bett gesessen.

»Ich denke, das war ein Kind«, sagte Samdup. Aber er schloss wohl nur wegen der geringen Größe darauf. »Möglicherweise ist es später gestorben als das erste. Es liegt weniger Staub darauf.« Er hielt inne. »Vielleicht kommen noch mehr. Wollen Sie weitergehen?«, fragte er Christopher.

»Natürlich«, antwortete der. »Wir haben keine Wahl, das haben Sie selbst gesagt.«

Fünf Meter weiter stieß Christopher auf ein schweres Spinnennetz, das den Tunnel beinahe ganz blockierte. Er fegte es beiseite, und schon stieß er auf das nächste und das übernächste. Große, dichte Spinnweben füllten den Gang. Der Gestank, ein regelrechter Pesthauch, wurde immer intensiver. Christopher konnte sich allmählich denken, was die Leichname ausgesaugt hatte. Aber eine gewöhnliche Spinne wäre dazu nicht in der Lage gewesen.

Unvermittelt mündete der Gang in einen weiten Raum, dessen Größe nicht klar zu erkennen war. Christophers Lampe erleuchtete nur einen begrenzten Umkreis, aber als die Kinder und Chindamani hinzukamen, wurde nach und nach klar, wo sie sich befanden.

Es war eine größere Kammer voller Spinnweben, riesiger uralter Netze, die sich wie phantastisches Maßwerk vom Boden zur Decke und von Wand zu Wand schwangen. Das

Licht der Lampen warf wilde Schattenspiele aus Fäden und Netzwerk an die Wände. Da waren Netze wie Hängematten, andere wieder wirkten wie graue Spitzengardinen. Der ganze Raum war übervoll davon.

Wohin sie auch schauten, überall erblickten sie die zusammengebundenen, mumifizierten Reste menschlicher Körper. Sie hingen in den Spinnweben wie Fliegen – leicht, grau und blutleer. Dieser Raum war ein unterirdisches Lager Gott weiß welchen Alters. An einigen Stellen waren die Leichname aufgeschichtet und zu dicken Stapeln zusammengesunken. In einer Ecke wurde gerade ein offenbar frischerer Zugang zu ihrem Vorrat von einer ganzen Armee von Spinnen bearbeitet, die mit raschen Bewegungen auf ihrer Beute hin und her huschten. Entsetzt versuchte Christopher die Größe der Tiere zu schätzen. Ihre Beine mussten länger sein als der Unterarm eines Mannes von den Fingerspitzen bis zum Ellenbogen.

Die schwarzen Wesen waren überall. Die Netze hingen voll von ihnen. Sie schaukelten, wenn sich die Spinnen mit ihren riesigen, hässlichen Beinen darin bewegten.

»Um Himmels willen, zurück in den Tunnel!«, rief Christopher. An den Enden der runden Hinterleiber hatte er Stachel entdeckt und vermutete, dass die Spinnen ihre Beute nicht mit brutaler Gewalt überwältigten.

Halb gelähmt stolperten sie zurück, vorbei an den Netzen zum Eingang der Fresskammer, bis sie auf der Höhe des ersten Leichnams zum Stehen kamen. William zitterte vor Angst und Abscheu. Selbst seine schlimmsten Alpträume hatten ihn auf einen derartigen Anblick nicht vorbereitet. Auch Samdup war starr vor Schreck.

»Das ist ja entsetzlich!«, sagte Chindamani immer wieder. Unaufhörlich strich sie sich über Arme und Leib, verzweifelt bemüht, sich von etwas zu befreien, das an ihr haften mochte.

Sie fühlte die weichen Leiber und kalten Beine der Spinnen an ihrem Körper. Von solchen Kreaturen gestochen, niedergemacht und ausgesaugt zu werden ...

Christopher sah nach, ob es auch hier Spinnen gab. Bislang hatte sich keine auf sie herabfallen lassen oder war ihnen gefolgt. Sie also bewachten die Schätze des Orakels. Eine Spinnenart, mutiert in der dünnen Luft und der Dunkelheit, entdeckt oder hierhergebracht, um jeden Eindringling zu Tode zu stechen. Aber warum fanden sich keine in der Schatzkammer? Und woher waren ihre Opfer gekommen?

»Chindamani, Samdup«, sagte Christopher im Befehlston. »Holt alles, was ihr an Kleidung im Gepäck habt, hervor. Wickelt es fest um Hände und Gesicht. Lasst keine Lücke, nur einen schmalen Schlitz für die Augen. Helft einander. Und beeilt euch. Wir haben sie aufgescheucht, vielleicht tauchen sie bald hier auf.« Er beugte sich hinab und erklärte William das Ganze noch einmal auf Englisch. Der Junge hatte Samuel aus seiner Tasche geholt und drückte ihn fest an sich.

»Steck Samuel wieder ein«, sagte Christopher mit sanfter Stimme. »Du musst die Hände freihaben.« William gehorchte widerstrebend.

Fieberhaft hüllten Chindamani und Samdup einander ein, wobei sie alle Schals und Unterwäsche benutzten, die sie eingepackt hatten. Als sie fertig waren, half Chindamani William und dann Christopher.

»Wir können immer noch zurückgehen«, sagte er.

Sie schüttelte den Kopf.

»Nein«, erwiderte sie. »Dort ist Sam-ja-ting. Auf beiden Seiten erwartet uns der Tod. Aber hier unten haben wir vielleicht eine Chance. Die große Kammer ist ihre Höhle. Dahinter muss die Yama-Treppe liegen. Wenn wir so weit kommen, sind wir gerettet.«

Christopher betete, sie möge recht haben.

Als sie bereit waren, ging er bis zur Tunnelmündung voraus. Da hörte er etwas in der Dunkelheit rascheln. Es war, wie wenn man mit steifem Draht über Papier fuhr. Eine Anzahl Spinnen kam ihnen entgegen, um die Ursache der Störung zu ergründen. Wenn er nur auf der anderen Seite der Kammer eine Öffnung in der Wand entdeckt hätte, auf die sie hätten zulaufen können. So riskierten sie, sich in dem Dschungel der Spinnennetze zu verfangen, im Kampf gegen deren Bewohner sogar ihre Lampen zu verlieren und in absoluter Dunkelheit zu versinken. Das wäre ihr sicheres Ende.

Eine große Spinne, die Beine ruckartig von sich werfend wie eine schlecht geölte Maschine, krabbelte über ein Stück zerfetztes Netz in Schulterhöhe auf sie zu. Christopher fegte sie mit dem Schwert hinweg und schleuderte sie ins Dunkel zurück. Eine zweite lief seltsam seitwärts auf seine Füße zu. Er trat hart darauf und spürte, wie er sie unter dem Absatz zermalmte.

»Wohin sollen wir laufen, Christopher?«, frage Chindamani und drückte sich von hinten fest gegen ihn.

»Ich weiß nicht«, sagte er. »Wenn es die Treppe gibt, dann kann sie überall sein.«

»Es muss sie geben. Alles andere in Sönams Geschichte ist auch eingetroffen.«

»Vielleicht.« Er überlegte einen Augenblick. »Wir haben eine Möglichkeit, das herauszufinden. Die wahrscheinlichste Stelle ist gegenüber. Ich versuche, dorthin zu gelangen. Behaltet mich genau im Auge. Wenn ich durchkomme, und die Treppe ist dort, dann rufe ich. Und ihr rennt sofort los.«

»Sei vorsichtig, Christopher«, sagte sie. Er konnte nur ihre Augen sehen, die hinter dem Schal hervorlugten. Er streckte eine Hand nach ihr aus und berührte sie. Sie legte ihre darauf. In einer Welt der Spinnen, zwischen dunklen Fäden und seidenen Geweben eines verworrenen, leidenschaftslosen Todes berührten sie sich schweigend für einen Augenblick. Haut traf nicht auf Haut, Lippen konnten sich nicht berühren, und tödliche Kälte lag in der Luft, die sie mühsam atmeten.

Eine große Spinne landete auf Christophers Rücken. William schrie auf, und Christopher fuhr herum, wobei er das Monster abschütteln und zertreten konnte.

»Lauf!«, rief Chindamani.

Er rannte los, hieb mit dem Schwert eine Schneise in die endlosen Netze, riss und zerrte daran, konnte sie schließlich zerteilen und kämpfte sich so Schritt für Schritt durch den Raum. Überall auf dem Boden lagen kleine vertrocknete Leichname herum, traurige Bündel, die nichts Menschliches mehr an sich hatten. Bei jedem Schritt ließen sich mehr Spinnen auf ihn fallen, klammerten sich an seinen Rücken, seine Arme und Beine, suchten mit ihren Stacheln die dicke Schicht von Pelz und Stoff zu durchdringen.

Wie er auf die andere Seite gelangt war, wusste er später nicht mehr. Schließlich hieb er die letzten Netze beiseite und stand vor nacktem Felsen. Fieberhaft holte er nach allen Seiten aus, zerschlug Netze wie nasse Tücher, schnitt sie in Stücke. Immer noch keine Öffnung in der Wand. Etwas prallte gegen seine Lampe und riss sie ihm aus der Hand. Die Welt versank im Dunkel. Klappernd fiel das Schwert zu Boden. Eine große Spinne landete auf seinen Kopf, dann eine weitere auf seine Schultern. Er stolperte über einen der kleinen Leichname und fiel auf die Knie. Verzweifelt griff er um sich, fand aber nichts als dickes, weiches Spinnengewebe.

39

»Christopher!«

Ihre Stimme hallte in dem niedrigen Gang wider. Als keine Antwort kam, rief sie verzweifelt noch einmal: »Christopher, wo bist du? Was ist passiert? Antworte mir doch!«

Aber nur das Echo kam zurück. Sie hatte gesehen, wie Christophers Lampe erlosch. Jetzt antwortete er nicht mehr. Die Spinnen waren inzwischen überall – böse, unerbittlich und mitleidlos. Sie schauderte und rief wieder.

»Christopher!«

Da kam ein gedämpfter Schrei aus der gegenüberliegenden Ecke des Raumes.

»Er muss gestürzt sein«, sagte Samdup. »Wir müssen zu ihm!«

Chindamani biss die Zähne zusammen und betete zu Chenrezi um die Kraft, das zu tun, was sie jetzt tun musste.

Sie nahm den Jungen bei den Schultern und blickte ihn fest an. William schaute mit schreckgeweiteten Augen zu.

»Samdup«, sagte sie. »Ich muss Ka-ris To-feh jetzt helfen. Warte hier, solange dein Mut reicht. Wenn ich nicht wiederkomme, dann lauf den Gang bis zum *Gön-kang* zurück. Nimm den Jungen mit. Euch droht keine Gefahr. Sie werden euch nichts tun. Verstehst du?« Während sie noch sprach, rief William plötzlich nach seinem Vater und rannte in den von Netzen verhangenen Raum hinein. Seine Lampe tanzte dabei auf und ab. Chindamani versuchte, ihn zurückzuhalten, aber sie griff nur in alte, schmutzige Spinnweben.

Ohne einen Moment zu überlegen, stürzte sie ihm nach und bahnte sich den Weg durch die herabhängenden Netze, wobei sie mit wirbelnden Armen die krabbelnden Körper abzuwehren versuchte, mit denen sie in Kontakt kam.

Ein letzter grauer Vorhang fiel, und dann sah sie Christopher, auf dem Rücken liegend, Dutzende von Spinnen abwehrend, die auf ihm herumkrabbelten, und Christophers Sohn, der sie mit dem Schwert seines Vaters zu vertreiben suchte. Aber immer mehr der schwarzen Wesen liefen herbei. Chindamani packte Christopher bei der Hand und half ihm aufzustehen. War er gestochen worden? Wenn ja, wie lange dauerte es, bis das Gift zu wirken begann?

»Hier geht es nicht weiter!«, schrie er. »Wir müssen in den Gang zurück!«

Eine Spinne kletterte Chindamanis linkes Bein herauf, dann eine zweite und eine dritte. Sie schüttelte sie ab, aber neue kamen. Eines der Ungeheuer landete auf Williams Nacken und krallte sich dort fest. Christopher warf es mit bloßen Händen hinunter. Er glaubte, die Spinne habe den Jungen gestochen, aber er konnte nicht nachschauen.

Plötzlich rief William laut: »Seht mal, dort!«

Er wies auf einen Fleck in der rückwärtigen Wand des Raumes. Da war eine Tür – völlig eingehüllt in Spinnweben, aber gerade noch zu erkennen.

Aufgeregt rief Chindamani nach Samdup. »Mach schnell!«, rief sie. »Hierher! Hierher!«

Sie konnte sehen, wie seine Lampe durch die Dunkelheit schwankte. Er stolperte, und Chindamani stürzte zu ihm hin. Überall waren jetzt Spinnen – wütend und mordlustig. Chindamani erreichte Samdup und zerrte ihn die letzten Meter weiter.

»Hier ist es!«, rief Christopher und wies auf die Tür. Netz für Netz kämpften sie sich an sie heran. Wieder mussten sie über ausgetrocknete Körper steigen, die herumlagen wie leere Hülsen, aus denen die Spinnenbrut ausgekrochen war.

Die Tür klemmte. Christopher riss an dem Ring, aber sie gab nicht nach. William und Samdup taten, was sie konnten, um die Spinnen in Schach zu halten. Chindamani griff ebenfalls nach dem Ring, und beide zogen verzweifelt daran. Wann war diese Pforte wohl zum letzten Mal geöffnet worden? Vor einem Jahrhundert? Oder vor zehn? Sie verdoppelten ihre Anstrengungen, denn sie wussten, der Weg zurück in den Gang war ihnen versperrt. Entweder die Tür oder das Ende.

Da gab sie einen Zollbreit nach und klemmte wieder, noch fester als zuvor. Christopher glaubte, seine Finger müssten brechen, aber er zog weiter, eher angefeuert von dem Schmerz.

Dann klang es, als rastete etwas aus, und die Tür bewegte sich. Immer noch nicht viel, aber gerade genug, dass sie sich hindurchzwängen konnten. Christopher packte William und schob ihn in den Spalt, dann Samdup und danach Chindamani. Er hob ihre Lampe auf, die sie auf den Boden gestellt hatte. Sie übernahm sie von ihm, und er schloss die Tür. Sie hatten es geschafft. Bis hierher.

Mehrere Spinnen waren zusammen mit ihnen durch die Tür geschlüpft. William schwang das Schwert nach ihnen mit einem Zorn, der zu groß war, als dass sein kindlicher Körper ihn noch hätte beherrschen können. Es war der erste echte Wutanfall, den er erlebte. Er richtete sich nicht nur gegen die Spinnen, die ihn mit Angst und Abscheu erfüllten, sondern auch gegen Tsarong Rinpoche und Samjatin, gegen all jene, die seine kleine Welt zerstört hatten. Es waren Wut, Trauer und Zweifel in einem – Wut über die heimtückische Entführung, Trauer über den Verlust alles dessen, was er gekannt hatte, und Zweifel an den so sicher scheinenden Dingen, die bisher sein Leben bestimmten.

Vor ihnen liefen Stufen hinab wie Sönam es beschrieben hatte – nackt, steil und im Licht ihrer letzten Lampe wunderschön anzusehen. Sie ließen sich auf dem kleinen Absatz am Anfang der Treppe nieder. Keiner sagte ein Wort. Sie wollten den Schrecken aus ihren Köpfen vertreiben, um den letzten Abschnitt des Weges an die frische Luft und in die Freiheit angehen zu können. Niemand wagte den Gedanken auszusprechen, ob diese Stufen noch weitere Überraschungen für sie bereithielten.

Christopher drückte William fest an sich. Dabei fiel sein Blick auf den Nacken des Jungen. Er sah einen dunkelroten Fleck, wo die Spinne ihn gestochen haben musste. Aber William sagte, es tue kaum weh. Er war wohl noch einmal davongekommen.

»Bald wird es hell«, sagte Chindamani. »Da sollten wir von hier verschwunden sein.«

Christopher nickte. Sie hatte recht. Auch er wollte möglichst weit von Dorje-la fort sein, wenn Samjatin bemerkte, dass sie aus dem Kloster entkommen waren.

Christopher übernahm wieder die Führung, und hintereinander stiegen sie die Stufen hinab. Die hatte man roh und ungleichmäßig in den Felsen geschlagen. Es war kalt und dunkel, und sie fielen gefährlich steil ab, als wollten sie rasch an ihr Ziel kommen. Sie waren nicht dafür gemacht, um dort lange zu verweilen.

Die kalte Luft vertrieb den widerlichen Gestank. Sie nahmen die Schals vom Mund und atmeten tief ein und aus. Mit jedem Schritt fiel ihnen eine Last von den Schultern. Noch nie war ihnen der Tod so real, so nah und so unausweichlich erschienen. Nicht einmal der Glaube an endlose Reinkarnationen konnte den Schrecken des Todes mildern, wenn er so grauenerregend daherkam und einem so naherückte.

Sie erreichten das untere Ende der Treppe. Der Ausgang aus der Felswand war so gut getarnt, dass man ihn von außen kaum erkennen konnte. Und um die Täuschung perfekt zu machen, hing ein dicker Eisvorhang darüber.

Draußen hatte der Wind die Wolken vertrieben. Ein bleicher Mond, dünn wie Silberfolie, ging gerade hinter einem düsteren Gipfel im Westen unter. Am purpurfarbenen Himmel funkelten Myriaden von Sternen. Hoch über dem Ort, an dem sie standen, lugte die dunkle Silhouette von Dorjela Gompa hervor. Riesig, bedrohlich und schweigend barg es seine Geheimnisse vor der Welt.

Christopher suchte mit seinen Augen die Dunkelheit zu durchdringen. Hinter einem einzigen Fenster ohne Läden im Obergeschoss brannte Licht. Chindamani trat dicht an ihn heran und nahm seine Hand.

»Schau«, flüsterte er.

Ihre Augen folgten den seinen zu dem erleuchteten Fenster.

»Er hält nach uns Ausschau«, sagte er.

»Wer?«, fragte sie.

»Samjatin. Ich spüre es.« Er verstummte. »Er wird uns nicht so einfach ziehen lassen. Samdup gehört ihm. Und in gewisser Weise ich auch. Er wird uns verfolgen, da kannst du sicher sein.«

Eine Zeitlang sagte sie nichts. Sie stand nur neben Christopher, hielt seine Hand und blickte nachdenklich zu dem erleuchteten Fenster hinauf.

»Es ist Zeit zu gehen«, sagte sie dann.

Aber Christopher rührte sich nicht. Wie eine Motte vom hellen Licht gefangen, stand er grübelnd da.

»Ka-ris To-feh«, sagte sie schließlich und zupfte ihn sacht am Ärmel.

Er wandte sich zu ihr um. Im Mondlicht erschien ihm ihr Gesicht blass und gespenstisch. Er fühlte sich verloren, vertrieben und ohne jeden Halt. Nichts gelang ihm, als wollte er mit einem Sieb Wasser schöpfen.

»Begreifst du, was mit dir geschehen wird, wenn du mit

mir gehst?«, fragte er. »Ich muss nach Indien und dann nach England zurück. Das ist Williams Heimat. Ich muss ihn dorthinbringen. Wenn wir in Indien sind, werde ich dir nicht mehr helfen können. Andere Männer wie Samjatin werden kommen, die Samdup für ihre Ziele nutzen wollen. Wenn sie erfahren, wer er ist, und das werden sie, das kannst du mir glauben, dann werden sie ihn zu ihrem Faustpfand machen. Du weißt nicht, wie die Welt beschaffen ist und was sie Menschen antun kann. Verstehst du, was ich dir sagen will?«

Sie schüttelte den Kopf. Eine Kultur, die die andere nicht begriff, eine Welt, die die andere ausschloss.

»Es scheint, als könnten wir einander nicht verstehen, Karis To-feh. Ist dies das Menschsein? Dass man einander nicht versteht?«

»Begreifst du nicht?«, sagte er. »Dein Maidari Buddha ist zu einer Ware geworden, zu einer Tauschmünze. Für Samjatin ist er von ungeheurem Wert. Das könnte er auch für meine Herren werden. Was Samjatin nicht kontrolliert oder kontrollieren kann, muss ich dann vielleicht für ihre Ziele tun. Aber ich will dieses Spiel nicht mehr mitspielen. Ich möchte das eine beenden, das ich angefangen habe, aber dann ist es genug. Ich bringe euch nach Lhasa und verlasse euch dort. Verstehst du?«

Das Verlangen nach ihr brannte wie ein Fieber in ihm. Aber sich seine Liebe und sein Begehren nach ihr zu versagen, war ein noch größerer Schmerz, der seinen Geist und seinen Körper gleichermaßen erfüllte, ihn ganz machte und zugleich in Stücke riss.

Sie antwortete nicht. Stattdessen erhob sie sich und nahm das Gepäck auf. Mit Samdup an der Hand ging sie in Richtung des Passes. Christopher fühlte, wie sich sein Herz zusammenzog. Er stand ebenfalls auf und half William auf die Beine. In kurzer Entfernung folgten sie Chindamani und Samdup.

Als sie den Abhang hinunterstapften, blickte William zu Christopher auf.

»Was ist mit Großvater?«, fragte er.

»Ich verstehe nicht«, sagte Christopher. Sein Vater musste dem Jungen gesagt haben, wer er war.

»Nehmen wir ihn nicht mit?«

Christopher schüttelte den Kopf.

»Es tut mir leid«, sagte er, »dein Großvater ist tot. Diesmal wirklich tot.«

»Woher weißt du das?«

»Tsarong Rinpoche hat es uns gesagt. Kurz bevor wir in den Raum gebracht wurden, wo du und Samdup bei Samjatin saßt. Er sagte, er hätte ihn selbst getötet.«

William blieb stehen, worauf sein Vater das Gleiche tun musste.

»Das kann nicht sein«, sagte der Junge.

»Wieso?«

»Weil ich bei Großvater war, bis du kamst.«

»Wie lange vorher?« Christopher fühlte, wie Kälte sein Herz ergriff.

»Nur wenige Minuten. Dann erschienen Männer und sagten, ich müsste ihn jetzt verlassen. Großvater sagte, man werde ihn in seinen Räumen einschließen. Von dem Rinpoche war weit und breit nichts zu sehen.«

»Bist du sicher, William? Vielleicht haben sie ihn umgebracht, nachdem du weg warst?«

»Nein, denn wir sind auch auf dem Weg in das Gemach der Frauen noch an seinem Raum vorbeigekommen. Ich habe an die Tür geklopft und nach ihm gerufen. Er hat mir geantwortet. Er hat mir eine gute Nacht gewünscht.«

344

40

Christopher rief Chindamani zu, sie möge stehenbleiben. Mit William lief er zu ihr und teilte ihr mit, was sein Sohn ihm gerade gesagt hatte.

»Samjatin hat nichts davon erwähnt, dass der Abt tot sei«, sagte er, »nur dass man ihn abgesetzt habe. Tsarong Rinpoche hat uns angelogen. Er wollte uns glauben machen, dass mein Vater tot ist, denn der alte Mann war immer noch eine Bedrohung für ihn. Aber offenbar hat auch er es nicht fertig gebracht, eine Inkarnation zu ermorden.«

Wieder fielen Christopher die Worte ein, die der Rinpoche zu ihm gesprochen hatte: *Sie sind heilig für mich, ich darf Sie nicht antasten.* Er war dem Rinpoche heilig, weil er der Sohn einer Inkarnation war. Der brutale Tsarong Rinpoche trug einen tiefen Aberglauben in sich. Manche Verbrechen waren auch für ihn undenkbar.

Samjatin fühlte sich durch solche Dinge nicht gebunden. Er war durchaus in der Lage, Tsarong Rinpoches Behauptung in die Realität umzusetzen.

»Ich muss zurück«, sagte Christopher. »Wenn es auch nur eine Hoffnung ist, ich kann nicht von hier verschwinden, ohne wenigstens versucht zu haben, ihn zu retten. Er ist mein Vater. Was immer er getan hat, ich kann ihn nicht einfach im Stich lassen.«

Chindamani streckte die Hand nach ihm aus. Sie wollte ihn so gern festhalten, bis all das vorüber war.

»Lass mich mit dir gehen«, sagte sie.

Christopher schüttelte den Kopf.

»Das darf ich nicht«, sagte er. »Das weißt du. Wir haben so viel auf uns genommen, um diesem Ort zu entfliehen! Das kann nicht umsonst gewesen sein. Du musst hier bei William und Samdup bleiben. Wenn ich bis morgen Mittag nicht zurück bin, dann weißt du, dass ich nicht mehr komme. Nimm die Jungen und fliehe mit ihnen. Versuche den Weg nach Lhasa zu finden. Du bist eine Inkarnation und Samdup ebenfalls. Für euch wird es dort einen Platz geben. Übergib William einem Mann namens Bell. Das ist der britische Repräsentant in Tibet. Er wird dafür sorgen, dass der Junge sicher in seine Heimat zurückkehren kann.«

»Ich habe solche Angst um dich, Ka-ris To-feh!«

»Ich weiß. Ich auch um dich. Aber ich habe keine andere Wahl. Ich will mit meinem Vater zurückkommen. Wartet hier auf mich.«

Er wandte sich William zu und erklärte ihm, so gut er konnte, dass er zurückgehen und seinen Vater holen musste.

»Chindamani kümmert sich um dich, bis ich wieder da bin«, sagte er. »Tue, was sie dir sagt, auch wenn du kein Wort verstehst.«

William nickte. Er wollte nicht, dass sein Vater ihn schon wieder verließ, aber er begriff, was in ihm vorging.

»Was macht dein Nacken? Hast du Schmerzen?«

William schüttelte den Kopf.

»Es juckt ein bisschen, das ist alles.«

Christopher lächelte, küsste seinen Jungen auf die Wange und machte sich an den Aufstieg zum Kloster. Chindamani schaute ihm nach. Als er in der Dunkelheit verschwand, sah sie, dass die Sterne sich hinter Wolken verbargen. Sie spürte, dass die Welt sie verließ und sich immer weiter von ihr entfernte wie eine Wolke, die der Sturm zerfetzt.

Er brauchte eine Stunde, um unten am Hauptgebäude anzukommen. Die Leiter war an Ort und Stelle. Er schaute hinauf, aber von diesem Platz konnte er Samjatins Fenster nicht sehen. Er setzte den Fuß auf die erste Sprosse und begann die Leiter zu erklimmen.

Die Tür wurde von zwei Männern bewacht. Sie öffneten ihm auf sein Klopfen mit finsteren, unfreundlichen und, wie Christopher meinte, erschrockenen Gesichtern. Sie errieten, dass er der gefährliche *Pee-ling* war, den sie hatten gefangen nehmen sollen. Aber sie hatten erwartet, ihn innerhalb der Klostermauern zu finden. Jetzt stand er plötzlich draußen vor der Tür.

Christopher hatte bei der Flucht aus Chindamanis Raum Tsarong Rinpoche die Pistole abgenommen. Nun tastete er nach ihr in seiner Tasche, einem düsteren Gegenstand, der ihn an ein anderes Leben erinnerte.

»Ich bin gekommen, um mit Samjatin zu sprechen«, sagte er.

Die Mönche beäugten ihn ängstlich. Sie konnten nicht verstehen, woher er mit einem Mal auftauchte. Seine Kleider waren schmutzig und voller Spinnweben, sein Blick gestört von etwas, das sie sich nicht erklären konnten. Sie trugen chinesische Hellebarden, schwere Werkzeuge des Krieges mit langen Klingen, die sogar stumpf gefährliche Wunden schlagen konnten. Aber die Waffen in ihren Händen gaben ihnen kein Gefühl von Sicherheit. Sie hatten – in sehr allgemeiner Form – von Tsarong Rinpoches Schicksal gehört. Samjatin hatte ihnen befohlen, den Eingang zu bewachen, aber der Aberglaube in ihnen war viel stärker als jeder Befehl dieses Fremden.

»Samjatin darf nicht gestört werden«, sagte der eine Wachposten, der etwas mutiger oder törichter schien als der andere.

»Ich werde ihn stören«, erwiderte Christopher, als sei es das Natürlichste von der Welt. Es erschütterte die Mönche noch mehr, dass der *Pee-ling* so ruhig blieb, statt wütend oder großsprecherisch aufzutreten. Die ersten Gewissensbisse über das, was geschehen war, machten sich bei ihnen bemerkbar. Nach der Orgie des Todes litten die meisten jetzt am Katzenjam-

347

mer der Unsicherheit. Ohne Tsarong Rinpoche als Anführer waren sie wie Kinder, die man im Spiel zu unbeabsichtigten Streichen angestiftet hatte.

Christopher spürte ihre Unsicherheit und ging einfach an ihnen vorbei. Einer der Männer forderte ihn auf stehenzubleiben, aber er kümmerte sich nicht darum, und sie ließen ihn gewähren.

Obwohl bald der Tag graute, rief niemand zur Morgenandacht. Dorje-la würde heute verschlafen, wenn es überhaupt schlief.

Er stieg bis zum Obergeschoss hinauf – müde, traurig und geschlagen. Schnell durchquerte er die Räume der fünf Elemente und gelangte in die *Chörten*-Halle. Niemand hielt ihn auf. Er hörte keine Stimmen und bemerkte auch sonst nichts, was auf die Anwesenheit von Menschen hindeutete.

Die lange Halle war leer. Nur die Toten in ihren Grabstätten sahen ihn eintreten. Das erste fahle Tageslicht fiel durch das unverhüllte Fenster herein, an dem noch immer die Lampe brannte. Christophers Müdigkeit wich einer tiefen Unruhe. Wo war der Russe?

»Samjatin!«, rief er. Seine Stimme hallte unnatürlich laut in dem großen Raum wider. Keine Antwort.

»Samjatin! Sind Sie da?«, rief er wieder. Aber alles blieb still.

Er ging durch die Halle mit dem Fenster, von wo man den Pass sehen konnte, mit all den Erinnerungen, die schmerzten, weil sie noch so frisch waren. Wo sein Vater zu neuem Leben erwachte und er selbst ihn mit großen Augen angestarrt hatte. Zu viele Gespenster. Zu viele Schatten.

Er eilte zum Schlafgemach des Abts. Die Tür war verschlossen, aber ohne Wache kein wirkliches Hindernis. Das Schloss war eher Schmuckwerk als praktischer Schutz, und Christopher brach es mit einem Tritt gegen die Tür auf.

Der alte Mann saß mit gekreuzten Beinen vor einem kleinen Altar, Christopher den Rücken zugewandt, die gebeugte Gestalt umspielt vom Licht zahlloser Butterlämpchen. Er ließ nicht erkennen, dass er Christophers Geräusch an der Tür gehört hatte. Er wandte nicht den Kopf und sagte nichts, sondern fuhr in seiner Andacht fort. Christopher blieb an der Tür stehen, plötzlich gehemmt und verlegen, weil er ins Allerheiligste des alten Mannes eingedrungen war. Der murmelte lautlos und selbstvergessen vor sich hin. Christopher hätte Tsarong Rinpoche sein können, der gekommen war, um ihn endlich zu töten. Aber der Abt kümmerte sich nicht darum.

Christopher tat ein paar Schritte in den Raum. Wieder blieb er stehen, lausche dem Gebet seines Vaters, unsicher, ob er ihn stören durfte. Plötzlich ging ihm auf, was der alte Mann da vor sich hin murmelte:

Nunc dimittis servum tuum Domine …

»Nun lässt du, Herr, deinen Knecht, wie du gesagt hast, in Frieden scheiden. Denn meine Augen haben den Heiland gesehen, den du vor allen Völkern bereitet hast …«

Es war der Lobgesang des Simeon, des alten Mannes, der Gott bittet, in Frieden die Welt verlassen zu dürfen, nachdem er das Christuskind als den ersehnten Messias erkannt hat. Christopher stand still und lauschte den Worten, die er so gut kannte. Er fragte sich, ob es vielleicht nur ein Traum sei, der ihn von jenem verhängnisvollen Abend nach der Weihnachtsmesse trennte.

Endlich war die Andacht des Abts zu Ende. Christopher trat zu ihm und legte ihm eine Hand auf die Schulter.

»Vater«, sagte er. Es war das erste Mal, dass er den alten Mann so nannte. »Es ist Zeit für uns zu gehen.«

Der Abt schaute auf wie einer, der schon lange darauf gewartet hatte, dass ihn jemand ansprach.

»Christopher«, sagte er. »Ich habe gehofft, dass du kommst. Hast du deinen Sohn gesehen?«

Christopher nickte.

»Ja.«

»Geht es ihm gut? Ist er sicher?«

»Ja, Vater. Er ist es.«

»Und der andere Junge, Dorje Samdup Rinpoche, ist auch er in Sicherheit?«

»Ja. Ich habe beide über den Pass gebracht. Chindamani ist bei ihnen. Sie warten auf dich.«

Der alte Mann lächelte.

»Ich bin froh, dass sie entkommen sind. Auch du musst fort und ihnen helfen, diesen Ort zu verlassen.

»Nicht ohne dich, Vater. Ich bin gekommen, dich zu holen.«

Der Abt schüttelte den Kopf. Das Lächeln verschwand von seinen Lippen, und er blickte tiefernst drein.

»Nein«, sagte er. »Ich kann dieses Kloster nicht verlassen. Ich bin der Abt. Was Tsarong Rinpoche auch denken mag, ich bin immer noch der Abt von Dorje-la.«

»Tsarong Rinpoche ist tot, Vater. Du kannst Abt bleiben. Aber zur Zeit ist es besser, wenn du von hier fortgehst. Nur für eine bestimmte Zeit, bis du sicher zurückkehren kannst.«

Sein Vater schüttelte erneut den Kopf, diesmal blickte er noch trauriger drein.

»Es tut mir leid zu hören, was du über Tsarong Rinpoche gesagt hast. Er war ein sehr unglücklicher Mann. Und nun muss er den Gang durch die Inkarnationen von vorn beginnen. Das bedrückt mich sehr. Es ist Zeit, dass ich diesen Körper bei den anderen zur Ruhe bette, Christopher. Dass ich wiedergeboren werde.«

»Du bist wiedergeboren worden«, sagte Christopher leise. »Als du mir eröffnet hast, dass du mein Vater bist, war das wie eine Wiedergeburt für mich. Das Gleiche habe ich heute Abend noch einmal erlebt. Tsarong Rinpoche hatte mir gesagt, du seiest tot, und ich habe ihm geglaubt. Als ich hier eintrat und dich im Gebet antraf, bist du für mich ein zweites Mal wiedergeboren worden.«

Der alte Mann ergriff Christophers Hand.

»Weißt du, was ich da gerade gebetet habe?«, fragte er.

»Ja, den Lobgesang des Simeon.«

»Er wusste, wann es Zeit war, einen Schlussstrich zu ziehen. Er hatte gesehen, worauf er sein Leben lang gewartet hatte. Mir geht es ebenso. Zwinge mich nicht, mit euch zu kommen. Mein Platz ist hier bei diesen Grabstätten. Du hast ein anderes Schicksal. Verschwende hier nicht deine Zeit. Die Jungen brauchen deinen Schutz. Chindamani ebenfalls. Und, so glaube ich, deine Liebe auch. Hab nicht zu viel Angst vor ihr. Sie ist nicht immer eine Göttin.«

Auf Christophers Arm gestützt, stand der alte Mann langsam auf.

»Lebt der Russe noch?«, fragte er.

»Ich weiß nicht. Aber ich denke schon.«

»Dann wird es erst recht Zeit, dass du dich auf den Weg machst. Politik interessiert mich nicht. Bolschewiken, Tories, Liberale – für mich sind sie alle gleich. Aber der Junge muss geschützt werden. Achte darauf, dass ihm nichts geschieht. Und deinem Sohn auch nicht. Es tut mir leid, dass ich ihn hierherbringen ließ, dass ich dir so großen Kummer bereitet habe. Aber glaube mir, ich habe es für das Beste gehalten.«

Christopher drückte die Hand seines Vaters.

»Bist du ganz sicher, dass du nicht mitkommen willst?«, fragte er.

»Ganz sicher.«

Christopher schwieg.

»Bist du hier glücklich?«, fragte er nach einer Weile.

»Ich habe meinen Frieden gefunden, Christopher. Das ist wichtiger als Glück. Du wirst es eines Tages auch begreifen. Jetzt aber musst du gehen.«

Widerwillig gab Christopher die Hand des Vaters frei.

»Leb wohl«, flüsterte er.

»Leb wohl, Christopher. Pass auf dich auf.«

Draußen bahnte sich fahles Morgenlicht seinen Weg. Die Sterne verblassten einer nach dem anderen, und die zerklüfteten Silhouetten der Berggipfel zeigten sich wieder vor einem grauen Himmel. Weit oben flog ein Geier in Richtung Dorje-la Gompa. Seine großen Flügel, die ihn vorwärtstrugen, warfen einen Schatten auf den Schnee.

Christopher lief, so schnell er konnte, zu der Stelle, wo er Chindamani mit den Jungen zurückgelassen hatte. Die dünne Luft biss in seine Lungen. Seine Brust hob und senkte sich heftig. Es schmerzte sehr. Höhe und Erschöpfung forderten ihren Tribut.

Die letzte Steigung. Er schleppte sich hinauf und fiel oben in ein weiches Bett von Schnee. Sich aufrichtend, blickte er auf den Pass hinunter. Er war leer.

DRITTER TEIL

Parousia

Der Weg nach Sining-fu

»Und welch räudiges Tier, des Zeit nun gekommen,
Kreucht, um geboren zu werden, Bethlehem zu?«

W. B. Yeats, *Das zweite Kommen*

41

Am meisten fürchtete Christopher, er könnte im Schnee einschlafen und der Kälte erliegen. Er war bereits von der Reise nach Dorje-la erschöpft gewesen. Nun forderten die Erlebnisse der letzten Nacht ihren Tribut. Es war bitterkalt, und sein einziger Schutz war die Kleidung, die er trug. Mehrmals ertappte er sich bei einer Rast, dass er beinahe eingeschlafen wäre. Er wusste, dass Samjatin und die anderen auch müde waren, aber nicht so sehr wie er selbst. Und sie hatten zwei Zelte, etwas Brennmaterial und Proviant. Seine einzige Hoffnung waren die Spuren, die ihm sagten, welche Richtung sie eingeschlagen hatten. Er wollte ihnen folgen, solange seine Kräfte reichten.

In der ersten Nacht fand er eine kleine Ausbuchtung in einer Felswand – nicht gerade eine Höhle, aber groß genug, um ihn ein wenig vor den beißenden Winden zu schützen. Seit dem Abend des vergangenen Tages hatte er nichts mehr gegessen.

Den ganzen nächsten Tag trottete er vor sich hin. Dabei geriet er tiefer und tiefer in die Bergwelt. An Umkehren war nicht zu denken. In beiden Richtungen gab es jetzt nur noch Schnee und Eis. Die Spuren zu seinen Füßen waren das Einzige, was in dieser Welt noch für ihn zählte. Alles andere schien ausgelöscht.

Träume plagten ihn. Sein erschöpftes Hirn malte seltsame Bilder auf den weißen Schnee. Einmal sah er eine Reihe verfallener Pyramiden, die von ihm fort bis zum dunklen Horizont liefen. Auf beiden Seiten flankierten sie Sphinxfiguren, in schwarze Seide gehüllt und mit Lorbeerkränzen gekrönt.

Sein Schlafbedürfnis war überwältigend. Er wollte sich nur noch niederlegen und seinen Träumen hingeben. Jeder Schritt bedeutete Kampf, jeder Augenblick, den er wach blieb, war ein kleiner Sieg.

Am zweiten Abend hielt er sich munter, indem er die Pistole gegen sich selbst richtete und seinen Daumen an den Abzug legte. Wenn er zu weit nach vorn fiel, würde sie losgehen. Er sang laut in die Dunkelheit hinaus und übte Kopfrechnen.

Am dritten Morgen fand er in einem Felsen einen weiteren Unterschlupf, diesmal wesentlich geräumiger als der erste. Er kroch hinein und fiel sofort in tiefen Schlaf. Als er erwachte, war es heller Tag. Er fühlte sich immer noch schlapp, musste aber etwa vierundzwanzig Stunden geschlafen haben, so steif waren seine Glieder und so groß sein Hunger.

Er verließ die Höhle und fand sich in einer völlig veränderten Welt wieder. Offenbar hatte es, während er schlief, einen Schneesturm gegeben. Der hatte die Spuren verweht, denen er bisher gefolgt war. Beinahe hätte er aufgegeben. Für den schnellen Tod genügte eine kleine Kugel. Aber er entschied sich fürs Weitergehen und einen Weg in der allgemeinen Richtung, die Samjatin eingeschlagen haben musste – nach Norden.

Fünf Stunden später stieß er bei einem kleinen Bergsattel am Rande eines Gletschers auf Chindamani. Als Christopher sie fand, saß sie neben einem kleinen Zelt und betete leise immer wieder dieselbe Mantra. Sie erinnerte ihn an seinen Vater, der den Lobgesang des Simeon gebetet hatte.

Um sie nicht zu erschrecken, ließ er sich geräuschlos neben ihr nieder. Zunächst setzte sie ihr Gebet fort, in die Mantra vertieft und allem Irdischen entrückt. Dann wurde sie seiner gewahr und verstummte.

»Fahr nur fort«, sagte er. »Ich wollte dich nicht stören.«

Sie wandte sich ihm zu und blickte ihn wortlos an. Bisher hatte er sie stets nur beim trüben Licht der Butterlampen oder als Silhouette im Mondschein gesehen. Jetzt, im harten Licht des Tages, wirkte sie bleich, abgespannt und ohne jede Wärme.

»Wie lange bist du schon hier?«, fragte er.

»Ich weiß nicht«, sagte sie. »Schon lange.« Sie verstummte. »Bist du gekommen, um mich zurückzuholen?«, fragte sie.

Er schüttelte den Kopf.

»Ich habe den Weg verloren«, sagte er. »Es hat einen Schneesturm gegeben. Der hat alle Spuren verwischt. Selbst wenn ich es wollte, könnte ich dich nicht zurückbringen.«

Sie blickte ihn mit traurigen Augen an.

»Du bist erschöpft, Ka-ris To-feh. Warum bist du so müde?«

»Ich habe in den letzten drei, vier Tagen nichts gegessen und wenig geschlafen. Was ist passiert? Wie hat Samjatin euch gefunden?«

Sie sagte es ihm. Irgendwer hatte dem Russen von der Yama-Treppe erzählt, und er war durch einen anderen Geheimgang zum Pass hinausgegangen. Christopher war kaum eine halbe Stunde fort, da entdeckte Samjatin Chindamani und die Jungen. Er fesselte alle drei mit einem langen Seil und zwang sie, mit ihm fortzugehen.

»Welche Richtung hat er genommen?«

»Nach Norden. In die Mongolei. Er hat mich hier zurückgelassen, weil, wie er sagte, ich ihn nur aufhalten würde. Er hat mir ein Zelt und Proviant für eine Woche zurückgelassen.«

»Und den Jungen ist nichts geschehen?«

»Nein. Sie sind ein bisschen erschöpft und verängstigt, aber er hat ihnen nichts getan.«

Was ist mit …?, wollte er fragen.

Sie hob die Hand und strich ihm zärtlich über die Wange. »Keine Fragen mehr«, sagte sie. »Ich habe etwas zu essen im Zelt. Das ist jetzt wichtiger.«

Sie brachen noch am selben Nachmittag bei leichtem Schneefall auf, zwei weiße Schatten in einer weißen Landschaft, die sich langsam nordwärts bewegten. In dieser Nacht schlugen sie ihr Zelt im Schutz einer hohen Felswand auf, wo die scharfen Winde sie nicht erreichen konnten. Zum ersten Mal, seit er Dorje-la verlassen hatte, spürte Christopher, dass sein Körper sich wieder etwas erwärmte.

Der nächste Tag war wie der vorhergehende, und der übernächste ebenfalls. An einem Tag einige wenige Kilometer zurückzulegen, verlangte ihnen übermenschliche Anstrengungen ab. Christopher wollte über die unvorstellbare Länge eines Fußmarsches bis in die Mongolei gar nicht nachdenken. Vorerst waren sie Gefangene der Berge. Nach allem, was sie wussten, waren sie nicht auf dem richtigen Weg. Zwar versuchten sie das zu korrigieren, aber ihr Proviant reichte nur noch für wenige Tage. Wenn sie nicht bald einen Pass fanden, über den sie diese Bergwelt verlassen konnten, dann waren sie hier für immer gefangen. Christopher sagte Chindamani nichts von der Pistole. Sollte er sie als letzten Ausweg benutzen müssen, dann wollte er es tun, wenn sie im Schlaf lag.

In der dritten Nacht schliefen sie zum ersten Mal miteinander. Bis dahin hatte sie sich von ihm ferngehalten und sich stets auf der anderen Seite des kleinen Zeltes niedergelegt. Sie träumte ihre Träume und wachte einsam wieder auf. Aber in dieser Nacht kam sie von selbst zu ihm, nicht nur auf sein Lager, sondern auch in seine Welt. Dabei ließ sie ihre eigene Existenz nicht ganz hinter sich, aber von diesem Augenblick an verblasste sie zusehends und verlor an Bedeutung.

Sie kam zu ihm, während er schlief, schweigend und unbemerkt, als sei sie Teil eines Traumes. Er wachte zuerst gar nicht auf. Ein einsamer Wind raste durch die Schlucht, in der sie kampierten, aber in dem kleinen Zelt aus Yakhaar war es warm. Sie lüftete ein wenig die schwere Decke, die auf ihm lag. Auf dem harten Untergrund zitterte ihr Körper, der wacher war als je zuvor. Behutsam wie ein Kind, das zu seinem Vater ins Bett schlüpft, ihn aber nicht wecken will, schmiegte sie sich an seinen Rücken, unsicher und angespannt.

Er erwachte aus einem Traum, in dem er ein Gemetzel erlebt hatte. Noch erfüllt von den düsteren Bildern, löste er sich nur langsam aus dem Schlaf. Vermummte Gestalten liefen durch enge, verlassene Straßen davon. Geier schwebten auf Engelsflügeln hernieder und reckten schon die scharfen Schnäbel, um sie in sein Fleisch zu schlagen.

In der Dunkelheit spürte er ihre Nähe. Als der Schlaf von ihm wich, hörte er sie atmen und fühlte ihren warmen Hauch in seinem Nacken. Bis auf den schweren Mantel und die Schuhe hatte er sich in allen Kleidern niedergelegt. Durch die dicke Hülle spürte er kaum, wie sie sich an ihn schmiegte.

Lange lag er so in der Dunkelheit, lauschte dem Wind, der um das kleine Zelt tanzte, und auf ihren Atem, der seinen Nacken berührte. Als träume er noch, drehte er sich wortlos um und sah in ihr Gesicht.

Mit einem Arm zog er sie zu sich heran, bis sie ihm ganz nahe war. Er streichelte sie sanft und traurig. Gegen seine erste ungeschickte Umarmung wehrte sie sich noch ein wenig, dann aber ließ sie es geschehen.

Keiner sprach ein Wort. Als sie näher an ihn heranrückte, spürte sie, wie Finsternis und Einsamkeit in ihr wieder wuchsen. Die körperliche Nähe zu ihm schien die Distanz zu verstärken, die immer noch in ihrem Kopf hockte.

Seine Stimme legte sich über sie wie eine verlangende Hand.

»Warum bist du gekommen?«, fragte er.

»Ist das wichtig?«

Er streichelte ihren Rücken.

»Hast du Angst?«, fragte er.

Sie sagte nichts, legte ihre Hand hinter seinen Kopf und zog sich näher an ihn heran. Sehr leise antwortete sie: »Ja.«

»Vor mir?«

»Nicht vor dir«, antwortete sie. »Vor der Lust auf dich. Vor dem Wunsch, mit dir so zu liegen wie jetzt. Mit dir Fleisch zu werden.«

»Fleisch zu werden?«

Sie hatte nicht »ein Fleisch«, sondern nur »Fleisch« gesagt.

»Mein Leben lang war ich ein Gefäß für den Geist. Ich glaubte, mein Körper sei ein Spiegel, und das Bild sei wichtig, nicht das Glas.« Sie hielt inne. »Ich möchte keine Rolle mehr spielen. Ich bin, was ich bin. Selbst wenn das Glas bricht, will ich mehr sein als nur ein Spiegel.«

Er küsste sie zärtlich auf die Stirn und ließ seine Lippen über ihr Gesicht gleiten. Es waren kleine Küsse, leicht wie fallende Schneeflocken. Sie erschauerte und drückte sich an ihn.

Jetzt strich er mit längeren, stärkeren Bewegungen über ihren Rücken. Sie trug ihre Tageskleidung aus dem Kloster – eine Hose, darüber eine Tunika aus Seide. Seine Hand fuhr über ihr schön geformtes Gesäß, und er spürte das Verlangen in sich aufsteigen. *Das Verlangen ist gierig. Es wird dich verschlingen*, hatte sein Vater gesagt. Aber wenn er schon verschlungen war? Von der Einsamkeit? Von der Unfähigkeit zu lieben?

Mit bebenden Händen entkleidete er sie. Ihr Körper fühlte sich jung und geschmeidig an, glatt wie Seide. Draußen hatte sich der Wind gelegt, und der Schnee fiel ungehindert herab. Er tauchte alles, was er berührte, in ein mildes Weiß. Christopher beugte sich über sie und küsste sie noch einmal auf die

Stirn und auf beide Augen. Sie erschauerte und stöhnte leise. Seine Lippen brannten auf ihrer Haut. Sie glaubte, dass tief in ihr auch die Göttin erbebte.

»Ich liebe dich«, sagte sie. Es war das zweite Mal, dass sie diese Worte aussprach, aber sie schienen ihr immer noch fremd, ein Satz aus einer Liturgie, von der sie gehört, der sie aber noch nie beigewohnt hatte.

Sie fühlte, wie ihr Verlangen nach ihm wuchs und sie überflutete wie Licht einen dunklen Raum. Seine Hände wanderten über ihren Körper, langsam und ruhig wie Flügel von Tauben, die durch die Luft gleiten. Sein Mund fand den ihren in der Dunkelheit wortlos und ohne ein Geräusch. Sie öffnete ihre Lippen für die seinen, ihr Atem mischte sich mit seinem, ihr Herz schlug an seinem. Sie berührte mit der Hand seine Wange. Er fühlte sich fremd für sie an. Blind irrten ihre Finger im dicken Gestrüpp seines Bartes umher.

Aber in beiden wuchs die Begierde und überflutete alles andere. Die Welt schrumpfte auf einen winzigen Punkt zusammen und verschwand schließlich ganz. Nur ihre Körper blieben, schwebend im Raum, einem eigenen Universum, in das weder Licht noch Klang, weder Gut noch Böse vordrangen.

Sie half ihm beim Ausziehen mit Fingern, die die Leidenschaft ungelenk machte. Warum hatte ihr nie jemand gesagt, dass der Körper eines Mannes schöner war als der eines Gottes, das peinliche Begehren befriedigender als das vollkommenste Ritual, ein Augenblick der Erfüllung mehr wert als lebenslange Jungfräulichkeit? Selbst die Götter vereinigten sich mit ihren himmlischen Gefährtinnen.

Seine Hände berührten sie jetzt mit der Leichtigkeit der Liebe, die an ihr Ziel gelangt war. Aus seiner Vergangenheit stiegen Erinnerungen auf, die seine Finger sicher über die unbekannten Regionen ihres Leibes führten. Er spürte, wie unsicher und zögernd sie gegenüber diesem merkwürdigen Neuen war. Sie besaß keine Erinnerungen, die sie führen konnten, nur den Instinkt und die Bilder ihrer leidenschaftlichen Gottheiten.

Als er in sie eindrang und sie sich diesem Tanz ganz hingaben, entdeckten sie eine wilde Harmonie, einen gemeinsamen Rhythmus, der ihre Körper und ihre Herzen ganz in Besitz nahm. Sie glitt unter ihn, leicht und weich ohne Schuld oder Scham in langsamen erotischen Bewegungen, wie keine Kunst und kein Kunstwerk sie darzustellen vermochten. Und auch er fand perfekt zu ihr, passte sich ihr an, suchte und fand sie in der Finsternis mit traumwandlerischer Sicherheit. Die Erinnerungen fielen von ihm ab, und es galt nur noch dieser Augenblick, nur noch Liebe für sie, die über die Vergangenheit hinausging, sie vertrieb und in ihrem Bild wiederherstellte.

Am Ende war Schweigen. Und die Dunkelheit, die ewig zu bestehen schien. Sie lagen beieinander, sich nur mit den Fingern berührend. Keiner sagte ein Wort.

Am Morgen hatte es aufgehört zu schneien. Sie waren die einzigen Lebewesen in dieser weißen Unermesslichkeit, die kein Ende zu haben schien.

42

An diesem Mittag fanden sie einen Pass, der sie ins Tsangpo-Tal führte. Jenseits des Passes stießen sie auf eine Hütte, in der zwei Jäger hausten. Die Männer gaben sich anfangs ziemlich abweisend, aber als Chindamani ihnen sagte, wer sie war, hellten sich ihre Gesichter auf. Essen und Trinken erschienen wie aus dem Nichts. Christopher stellte fest, wie wenig er von ihr wusste. Hier war sie eine Art Königin, eine Heilige, der andere ohne Frage und ohne Zögern gehorchten. Solange sie in dieser Hütte waren, hielt er respektvollen Abstand zu ihr.

Die Jäger erklärten ihnen den Weg nach Gharoling, dem Kloster, wohin Tobchen Geshe mit Samdup hatte fliehen wollen. Dort kamen sie zwei Tage später an. Das Kloster stand nördlich der Bergkette, die sie überwunden hatten, im abgelegenen Tal eines Nebenflusses des Yarlong Tsangpo, des nördlichen Zuflusses des Brahmaputra. Shigatse, die Hauptstadt der Provinz Dsang, lag nur einige Tagesreisen in nordöstlicher Richtung.

Im Tal war bereits der Vorfrühling eingezogen. Gras spross an den Flussufern, gesprenkelt von blauen Blümchen, deren Namen beide nicht kannten. Es gab Bäume, auf denen Vögel sangen und an deren Ästen sich bereits grüne Knospen zeigten. Ein kleines Dorf schmiegte sich an die Berglehne unterhalb des Klosters, das auf einer Anhöhe am Eingang des Tales stand. Überall flatterten weiße Gebetsfahnen.

Sie standen vor dem Tal in ihren abgerissenen Reisekleidern, erschöpft und hungrig, und blickten auf das Bild vor sich wie verdammte Seelen auf das Paradies. Chindamanis Augen wurden vor Staunen immer größer. Sie hatte noch nie eine Welt gesehen, die nicht in den Fesseln des Winters gefangen war. Andere Jahreszeiten kannte sie nicht. Ungläubig berührte sie das grüne Gras, sog die warme Luft ein und sah den Vögeln zu, die Zweige für den Nestbau sammelten.

Christopher pflückte eine Blume und steckte sie ihr ins Haar.

»Die werde ich immer bei mir tragen, Ka-ris To-feh«, sagte sie.

Er schüttelte den Kopf.

»Nein«, sagte er. »Sie wird bald verwelken. Aber wenn du sie in Wasser stellst, hält sie ein paar Tage länger. Danach stirbt sie trotzdem.«

Für einen Moment war sie enttäuscht, dann lächelte sie schon wieder.

»Vielleicht ist sie deshalb so schön«, sagte sie.

Er schaute sie an mit der Blume im Haar.

»Ja«, sagte er. Und dachte bei sich, wie schön sie war. Und dass auch sie einmal sterben würde.

Am ersten Tag nach ihrer Ankunft saß sie lange allein mit dem Abt, Chyongla Rinpoche, zusammen. Als sie an diesem Abend wieder zu Christopher kam, war sie sehr ernst. Ihm gelang es nicht, ihr auch nur ein kleines Lächeln zu entlocken. Sie sagte ihm nicht, worüber sie mit dem Abt gesprochen hatte.

Sie wohnten in getrennten Räumen. In dieser Nacht kam sie nicht zu ihm. Er wartete fast bis zum Morgengrauen, fand sich aber schließlich mit der Situation ab und schlief unruhig bis in den Vormittag hinein.

Eine Woche lang erholten sie sich und sammelten Kräfte für den Weg, der noch vor ihnen lag. Jeden Tag wanderten sie miteinander durch das grüne Tal oder saßen am Flussufer. Dorje-la schien Welten entfernt, ein Ort des Schreckens, unvorstellbar in dieser Umgebung. Sie waren Liebende in einer für die Liebe gemachten Welt. Alles andere erschien ihnen jetzt wie ein Alptraum oder eine Sinnestäuschung. Aber wenn Chindamani von den Gesprächen mit dem Abt zurückkehrte, waren ihre Augen von einer Trauer verdunkelt, die weder die Sonne noch seine Koseworte zerstreuen konnten.

»Liebst du mich wirklich, Ka-ris To-feh?«, fragte sie.

»Ja, kleine Drölma«, sagte er.

»Ich habe dich doch gebeten, mich nicht so zu nennen.« Ein Schatten fiel über ihr Gesicht.

»Warum nicht?«

»Darum.«

Jetzt runzelte er die Brauen.

»Lebt sie immer noch in dir?«, fragte er.

Eine Wolke warf Schatten auf das Wasser.

»Ja«, sagte sie. »Was auch geschieht, sie wird immer in mir leben.«

»Gut, gut. Ich verspreche, dich nie wieder Drölma zu nennen, wenn du mich so nennst wie meine Freunde.«

»Wie denn?«

»Chris«, sagte er.

»Ka-ris.« Sie musste lachen. »Gut. Von jetzt an nenne ich dich nur noch Ka-ris.«

Er lächelte ihr zu.

»Und du?«, fragte er. »Liebst du mich auch wirklich?«

Sie beugte sich zu ihm hin und küsste ihn. Am Himmel kreiste ein Lämmergeier.

Sie sprachen über sein Leben: Indien, England, den Krieg. Alles war neu für sie, alles unvorstellbar. Wenn er ihr von Städten erzählte, sah sie gigantische Klöster, in denen es von Menschen wimmelte. Wenn er von den Schiffen sprach, die über das Meer von Indien bis in seine Heimat fuhren, dann dachte sie an eine endlose Ebene mit wogenden Schneewehen. Der Fluss, an dem sie sich ergingen, war das erste fließende Wasser, das sie sah. Der Ozean überstieg ihre Vorstellungsgabe. Wenn er ihr von Panzern und Flugzeugen erzählte, dann schüttelte sie ungläubig den Kopf und schloss die Augen.

Einmal flatterte ein erster Schmetterling vorüber. Er hatte bunte Flügel und würde bei Nacht sterben. Er sah ihm nach, und Puccinis Oper *Madame Butterfly* fiel ihm ein, die Geschichte von der Frau, die Jahr um Jahr auf die Rückkehr Pinkertons wartete, ein Märchen von östlicher Treue und westlichem Verrat.

»Meine Butterfly«, murmelte er und strich ihr nachdenklich über die Wange.

Sie lächelte, schaute ihn an und dachte an die bunten Flügel, die gerade vorbeigeflattert waren. Er hatte die Bühne und eine Frau im Kimono vor sich, die vor Liebe starb, während sie auf eine Rauchfahne am fernen Horizont wartete.

In einer Höhle oberhalb des Klosters lebte ein alter Eremit, ein *Gomchen*, den man dort vor vierzig Jahren als Zwanzigjährigen eingemauert hatte. Die Höhle hatte weder Tür noch Fenster, aber drinnen entsprang eine Quelle und floss durch eine kleine Öffnung in der Wand zum Fluss hinab. Jeden Morgen schoben die Dorfbewohner etwas zu essen durch die Öffnung, und jeden Abend holten sie die leere Schüssel wieder ab. Sonst kam nichts in die Höhle – kein Licht, kein Ton, kein Duft. Sollte er sechs Tage lang das Essen nicht anrühren, dann würden sie die Mauer aufbrechen und den Leichnam des alten Mannes zur Bestattung holen.

Sie stiegen den Berg hinauf, um die Höhle zu besuchen.

»Worüber denkt er nach da drinnen?«, fragte Christopher.

»Wenn ich es wüsste, würde ich wie er eingemauert werden.«

»Du weißt es nicht? Verrät die Göttin Tara es dir nicht?«

Befremdet schüttelte sie den Kopf.

»Das habe ich dir doch schon gesagt. Sie teilt mir nichts mit. Ich bin nur ihr Gefäß. Und doch ist es etwas anders. Ich habe mir nicht ausgesucht, ein *Trulku* zu sein. Der Eremit hat sich auf eigenen Entschluss in die Höhle zurückgezogen. Er wird der Wiedergeburt durch eigene Anstrengungen entgehen. Die Göttin Tara wird dagegen immer wieder geboren, in mir und in anderen, die nach mir kommen.«

»Auch wir haben Heilige«, sagte er. »Aber sie lassen sich nicht auf diese Weise einmauern. Sie beten viel, aber nicht ständig. Sie fasten, aber nicht bis zum Exzess.«

»Dann können sie nicht sehr heilig sein«, bemerkte sie.

»Vielleicht haben sie das Glück, als *Gomchen* wiedergeboren zu werden.«

»Ich stelle es mir schrecklich vor, so eingemauert zu sein. Ohne Licht, ohne Gesellschaft, ohne frische Luft, und das Jahr um Jahr. Das ist ja schlimmer als Gefängnis. Dabei kann ein Mensch den Verstand verlieren.«

»Diese Welt ist ein Gefängnis«, sagte sie. »Er will ihr entfliehen. Licht, frische Luft und das Gespräch sind nichts als Gitter und Wände. Wir sind dazu verdammt, darin wiedergeboren zu werden. In seiner Höhle ist er schon frei.«

Er nahm ihre Hand und hielt sie fest.

»Glaubst du wirklich an das alles?«, fragte er. »Glaubst du daran, wenn wir uns lieben, wenn ich bei dir liege? Glaubst du es jetzt, da wir beide hier im Sonnenschein sitzen?«

Sie wandte ihren Blick von ihm ab zu der Höhle, zu dem Rinnsal, das daraus hervorfloss, zu den Bergen.

»Ich weiß nicht mehr, was ich glauben soll«, antwortete sie. Aus der Höhle kam kein Laut, nicht einmal die Stimme des alten Eremiten, der Gebete sprach.

Vor ihnen erstreckte sich das Tal bis zum Horizont. Rauch stieg aus den Schornsteinen der Hütten des Dorfes auf. Auf einem Feld weideten Yaks. Zu ihren Füßen glänzten die vergoldeten Dächer des Klosters.

»Ich erinnere mich an Bilder an den Wänden im Raum des *Chöje*«, sagte sie. Dann schwieg sie lange.

»Sprich weiter«, sagte er.

»Sie waren bunt und farbenprächtig. Ich glaubte, sie zeigten Szenen aus der nächsten Welt, der Hölle. Auf einem war ein Mann zusammen mit mehreren Mönchen zu sehen. Er war an Armen und Beinen gefesselt, und sie hoben ihn hoch.«

Sie verstummte wieder. Jenseits des Tals ragten nackte Bergspitzen in den eisigen Himmel. Sie erschauerte.

»Und weiter?«

»Da war ein Loch. Sie hatten ihn hochgehoben, um ihn in das Loch hinunterzulassen.«

»Ich verstehe.«

»Auf dem nächsten Bild stand er unten in einem dunklen Raum. Ich glaube …« Sie schauderte. »Ich glaube, er hatte sich in einem Spinnennetz verfangen.«

»Gab es dort noch mehr Bilder?«

Sie nickte.

»Noch eins«, sagte sie. »Darauf lag der Mann am Boden. Vielleicht war es gar kein Mann, sondern ein Junge. Er wirkte sehr klein. Und Dämonen mit mehreren Armen fielen über ihn her. Ich sagte schon, ich habe geglaubt, das sei die Hölle.«

»Ja«, sagte er. »Es war die Hölle.«

Dabei fielen ihm – er wusste selbst nicht, warum – die Fotos ein, die er in Cormacs Schreibtisch gefunden hatte. »Simon, Dorje-la?, 1916«, »Matthew, Dorje-la?, 1918«, »Gordon, Dorje-la?, 1919«, hatte darauf gestanden.

»Ich denke«, fuhr sie fort, »sie müssen die Opfer einige Tage vor dem Zeitpunkt hinuntergelassen haben, wenn sie in die erste Kammer hinabsteigen wollten, um die Gerätschaften des *Chöje* zu holen. Der Schatz wurde von diesen Kreaturen bewacht, aber wenn sie ihn brauchten, dann waren sie alle fort und fraßen sich am anderen Ende des Ganges satt.«

Bei der Vorstellung schauderte er. Wusste sein Vater, was da vorging? Hatte Carpenter gewusst, wozu die Jungen gebraucht wurden?

»Wann ist das Orakel das letzte Mal aufgetreten?«, fragte er.

Sie dachte kurz nach.

»Etwa … eine Woche bevor du in Dorje-la angekommen bist«, antwortete sie. Nun sagte er gar nichts mehr. Es passte genau. Der frische Leichnam. Und keine Spur von Spinnen in der Schatzkammer.

»Ich denke, wir sollten jetzt zum Fluss hinuntergehen«, schlug er vor.

Am vierten Tag ihres Aufenthaltes ließ der Abt Christopher zu sich rufen. Chindamani geleitete ihn zu ihm und ging dann wieder. Der Abt war alt und sehr ernst, aber Christopher spürte, dass zumindest einige der Furchen um seine Augen Lachfältchen sein mussten. Zu anderer Zeit und unter anderen Umständen hätte er vielleicht weniger streng dreingeschaut.

»Sie sind der Sohn des Dorje Lama?«, fragte der Abt, nachdem der Tee serviert war.

»Ich bin der Sohn eines Mannes, der früher Arthur Wylam hieß«, antwortete Christopher. »In meiner Welt ist er gestorben. In Ihrer wurde er der Abt eines Klosters. Das alles verstehe ich nicht. Ich kann es mir nicht erklären. Ich versuche es auch nicht mehr.«

»Das ist vernünftig von Ihnen. Es gibt keine Erklärung, die Sie verstehen könnten. Sie sagen, Sie haben geglaubt, Ihr Vater sei gestorben. Vielleicht sollten Sie das auch weiter glauben.«

Der Abt hielt einen Augenblick inne und sah Christopher dann voll an.

»Erzählen Sie mir von Sam-ja-ting, dem Burjaten.«

»Was wollen Sie wissen?«

»Die Wahrheit. Wie Sie sie sehen. Wer er ist. Was er mit Dorje Samdup und Ihrem Sohn vorhat.«

Christopher sagte ihm, wie er die Dinge sah. Wenn sich bei ihm persönliche Empfindungen zu sehr mit den Tatsachen vermischten, dann blickte ihn Chyongla Rinpoche in einer Weise an, die ihn sofort wieder ernüchterte. Das war ihm zunächst nicht bewusst. Aber nach dem Gespräch fiel es ihm wieder ein.

Als er fertig war, nickte der Abt und goss Christopher frischen Tee nach. Erst jetzt bemerkte der, dass sie aus *Tuotai*-Tassen tranken wie vor kurzem in Dorje-la.

»Und die Frau, Jebtsumna Chindamani«, fuhr der Abt fort. »Lieben Sie sie?«

»Hat sie Ihnen das gesagt?«

»Ja. Und dass sie Sie liebt. Ist das wahr?«

Christopher spürte, dass er sich jetzt auf sehr dünnem Eis bewegte. Es knackte bereits unter seinen Füßen. Er war sich bewusst, dass er gegen ein grundlegendes Gesetz dieser von Ritualen besessenen Gesellschaft verstoßen hatte. Was passierte Sterblichen, die sich mit einer Gottheit paarten?

»Haben Sie mit ihr geschlafen?«

Christopher nickte wie unter Zwang. Er hoffte, dass der Tod, zu dem sie ihn verurteilten, schnell kommen werde.

»Sie müssen das nicht vor mir verbergen. Sie selbst hat es mir gesagt. Ich bin froh darüber.«

»Froh?« Christopher glaubte, sich verhört zu haben.

»Natürlich. Haben Sie gedacht, ich würde Ihnen zürnen? Wir legen großen Wert auf Enthaltsamkeit – schließlich sind wir hier in einem Kloster. Alle buddhistischen Mönche und Nonnen leben im Zölibat. Aber Jebtsumna Chindamani ist keine Nonne. Sie ist nicht durch einen Schwur an die Sangha gebunden. Es ist nur der Brauch, dass die Tara-*Trulku* in Dorje-la unverheiratet bleibt.«

»Aber ich bin kein …«

»… Gott? Das ist sie auch nicht. Nicht direkt. Ich nehme an, sie hat bereits versucht, Ihnen das zu erklären, aber vergeblich. Ich bin mir nicht sicher, ob ich ihre Wahl eines *Peelings* als Geliebten billigen soll. Das mag unklug gewesen sein. Aber die Göttin Tara lebt in ihr. Und Sie sind der Sohn des Dorje Lama. Ich kann sie nicht kritisieren. Wenn sie Sie erwählt hat, dann hat es die Göttin Tara getan.«

Christopher fragte sich, ob er bei all dem überhaupt eine Rolle spielte. Er kam sich vor wie eine Marionette. Und er wusste genau, wessen Hände die Fäden zogen.

»Gehen Sie jetzt zu ihr«, sagte der Abt, »und sagen Sie ihr, dass ich sie noch einmal sehen möchte. Fragen Sie sie nicht, worüber sie mit mir gesprochen hat. Es gibt Dinge, die sollten Sie besser nicht wissen. Nehmen Sie ihr das nicht übel. Sie haben eine wichtige Aufgabe zu erfüllen. Sie sind dafür erwählt worden. Konzentrieren Sie sich darauf.«

43

In der letzten Nacht in Gharoling erschien sie bei ihm in einem chinesischen Kleid aus weißer Seide und kleinen bestickten Schuhen aus indischem Brokat. Sie brachte Tee, Gerstenkekse und Weihrauch mit, der nach Honig, Moschus und wilden Rosen roch. Da saßen sie nun, nippten an ihren winzigen Tässchen, umschwebt von Rauch, der ihnen als schwerer, berauschender Duft in die Nase stieg. Der Geruch erinnerte ihn an seine Kindheit: die Kirche an hohen Festtagen; Frühlingsabende, die von heiligem Duft erfüllt waren; die weißen Hände des Priesters, der Brot in Fleisch und Wein in Blut verwandelte.

Aber hier standen kein Priester, kein Altar und kein dem Leben entsagender Gott zwischen ihm und seinen Gefühlen. Er genoss ihr Haar, ihre Augen und ihre Lippen, das einfache Wunder, dass sie bei ihm war. Er brauchte sie jetzt, und er fragte sich, wie er zuvor ohne sie hatte leben können.

»Lieben Männer Frauen dort, wo du herkommst, Ka-ris?«, fragte sie.

Er lächelte.

»Natürlich. Und Frauen lieben Männer.«

»Heiraten sie?«

»Ja.«

»Den Menschen, den sie lieben?«

Er schüttelte den Kopf.

»Nicht immer. Vielleicht sogar ziemlich selten. Sie heiraten wegen Geld oder Land, manchmal auch, um ihren Eltern zu Gefallen zu sein.«

»Kann eine Frau mehr als einen Mann haben?«

Er musste lachen.

»Nein«, sagte er. »Einer ist genug.«

»In Tibet kann eine Frau mehrere Brüder auf einmal heiraten. Wenn der älteste Bruder fort ist, muss sie mit dem nächsten schlafen. Sie ist nie allein.«

»Und wenn sie ihre Männer nicht liebt?«

Sie zuckte die Schultern.

»Vielleicht liebt sie einen. Was ist, wenn eine englische Frau ihren Ehemann nicht liebt? Kann sie sich dann einen anderen suchen?«

»Manchmal. Wenn sie reich ist.«

»Und eine arme Frau?«

»Die muss bei ihrem Mann bleiben.«

»Auch wenn er sie schlägt?«

»Auch wenn er sie schlägt.«

Sie dachte nach.

»Ich denke, die Menschen bei euch können sehr unglücklich sein.«

»Ja«, sagte er. »Manchmal sind sie es wohl.«

Chindamani seufzte.

»Ich verstehe nicht, warum eine so einfache Sache so viel Unglück bringen muss.« Sie überlegte. »Mache ich dich glücklich? Bist du glücklich, wenn du bei mir liegst?«

Er nickte. Sie war so schön.

»Wie sollte ich nicht glücklich sein? Ich wünsche mir nichts anderes.«

»Aber wenn ich dir einmal nicht mehr gefalle?«

»Das wird niemals geschehen.«

»Niemals ist eine sehr lange Zeit.«

»Selbst dann.«

Sie saß da, blickte ihn an, schob mit ihren kleinen weißen Zähnen die Oberlippe hoch und sog die Düfte des Frühlings ein.

»Gefällt dir mein Körper?«, fragte sie. »Ich habe vor dir noch nie mit einem Mann geschlafen. Ich finde alles an dir wundervoll. Aber du kennst andere Frauen. Gefällt dir mein Körper im Bett?«

»Ja«, sagte er. »Sehr.«

Sie erhob sich, knöpfte das weiße Kleid auf und ließ es zu Boden fallen. Sie war nackt. Nur Schwaden von Weihrauch umhüllten sie. Zum ersten Mal sah er sie so. Wenn sie sich bisher auf der Reise geliebt hatten, war das immer im dunklen Zelt geschehen.

»Gefällt dir das?«, fragte sie.

»Ja«, antwortete er. »Ja.«

Später wirkte sie traurig und ein wenig in sich gekehrt. Sie war wieder ernst geworden, so wie sie von dem Gespräch mit dem Abt zurückgekommen war.

Sie stand auf und ging zu der Tür, die auf eine kleine Terrasse führte. Sie öffnete sie und trat hinaus. Sie trug wieder ihr weißes Kleid. Die Nachtluft war kalt. Er trat zu ihr und nahm ihre Hand.

Sie schaute in die Dunkelheit hinaus. Die Sterne schienen so weit weg, die Finsternis so nah und unmittelbar.

»Glaube nicht, dass ich dir für immer gehören kann«, sagte sie. »Das darfst du nicht denken.«

Er antwortete nicht. Weit unten im Tal waren Lichter zu sehen, kleine Lichter, die funkelten, als seien sie vom Himmel gefallen.

»Was soll ich dann denken?«, fragte er schließlich.

Sie wandte sich zu ihm um, und er sah Tränen in ihren Augen.

»Dass ich sterben werde, dass ich einmal tot sein werde, dass ich dann wiedergeboren werde, wo mich niemand erreichen kann – du nicht, die Göttin Tara nicht, nicht einmal die Finsternis.«

»Bitte«, sagte er. »Sprich nicht in Rätseln zu mir. Du weißt, dass ich sie nicht verstehe. Wenn du so mit mir redest, machst du mir Angst.« Er hielt inne und erschauerte. »Du sagst, wir werden alle wiedergeboren. Gut, wenn du vorhast, zu sterben und zurückzukommen, warum kann ich nicht das Gleiche tun? Was hindert mich daran?«

Ihre Wangen röteten sich im Zorn.

»Was verstehst du davon?«, sagte sie scharf. »Glaubst du, das ist leicht? An Orten wie diesem verbringen Männer ihr ganzes Leben damit, um sich auf den Tod vorzubereiten. Sie studieren das wie einen Text, den man sich einprägen muss. Sie kennen sein Gesicht, als sei es das eines lieben Menschen, den Klang seiner Stimme, seinen Atem, die Berührung seiner Finger. Und doch können ihre Gedanken im letzten Augenblick in die Irre gehen, und sie scheitern. Glaubst du, der Tod ist eine so leichte Sache?«

Er nahm ihr Gesicht in seine Hände. Die Tränen waren auf ihren Wangen gefroren.

»Ja«, sagte er. »Ich liebe dich. Das genügt. Ich werde dir folgen, wohin du gehst. Das schwöre ich.«

Sie neigte den Kopf und schlang ihre Arme um ihn. Draußen in der Dunkelheit schwebte eine Eule tief über ein gefrorenes Feld und hielt nach Mäusen Ausschau.

Am nächsten Tag verließen sie Gharoling auf Ponys, die der Abt ihnen zur Verfügung gestellt hatte. Er wollte ihnen einen Mönch als Führer mitgeben, aber Chindamani lehnte das aus Gründen ab, die Christopher nicht durchschaute. Er war natürlich glücklich, mit ihr allein zu sein. Ihre Niedergeschlagenheit vom Abend zuvor war verflogen, und sie lächelte ihm zu, während sie die Ponys mit ihrer Ausrüstung beluden.

Der Abt geleitete sie persönlich bis zum Tor des Klosters. Christopher spürte bei ihm eine Ruhe und Selbstbeherrschung, wie er sie bisher bei einem Lama noch nicht erlebt hatte. Es war, als sollte jede seiner Gesten und jedes seiner Worte die einfache Botschaft vermitteln, dass alles vergänglich ist und selbst die größten Sorgen eines Tages bedeutungslos werden.

»Reisen Sie in mühelosen Etappen«, riet er ihnen. »Ruhen Sie aus, wenn Sie erschöpft sind. Treiben Sie die Tiere nicht an. Gehen Sie gut mit sich selber um, dann wird es der Weg mit Ihnen tun.«

Sie dankten ihm und nahmen Abschied. Als sie das Tor passiert hatten und den Berg hinabstiegen, kamen sie an einer kleinen Prozession von Mönchen vorbei, die etwas in ein weißes Tuch Gehülltes vorbeitrugen, das ein Mensch sein konnte.

»Was bedeutet das?«, fragte Christopher. »Ist das eine Bestattung?«

Chindamani nickte ernst.

»Es ist der Eremit«, sagte sie. »Sie haben ihn gestern Abend tot gefunden. Er hatte das Essen, das sie ihm brachten, sechs Tage lang nicht angerührt.« Sie verstummte. »Er ist einen Tag nach unserer Ankunft gestorben.«

Die Mönche zogen vorbei und sangen dabei ein langsames Klagelied. Ihr Ziel war ein hochgelegener Ort, wo sie die abgezehrten Überreste des *Gomchen* zerschneiden und den Geiern zum Fraß vorwerfen würden. Eine Wolke verdüsterte den Himmel und warf einen Schatten auf das Tal von Gharoling.

44

Sie durchquerten Tibet – Grasteppiche, kargen Boden und Felsen, der manchmal noch von Eisschichten bedeckt war, dazwischen kleine Bergflüsse. Manchmal ritten sie, dann wieder gingen sie zu Fuß und führten die Ponys am Zügel. Sie hatten sie Pip und Squeak getauft wie den kleinen Hund und den Pinguin, deren Abenteuer William jeden Tag im *Daily Mirror* verfolgt hatte. Für Chindamani, die nie eine Karikatur oder eine Zeitung, viel weniger noch einen Pinguin gesehen hatte, waren diese Namen nichts als ein weiterer Spleen dieser *Pee-lings*. Den Ponys waren Namen gleichgültig, ob nun englische oder tibetische. Sie gingen ihre Straße, ohne sich darum zu kümmern. Schließlich war das ihr Leben – gehen, fressen und schlafen.

Für die beiden Menschen war es nicht viel anders, nur dass sie selbst bestimmen konnten, wann sie rasten, essen oder schlafen und wann sie weiterziehen wollten. Sie mieden die großen Städte, damit Christophers Anwesenheit niemandem auffiel. Der Abt von Gharoling hatte Chindamani einen von ihm gesiegelten Brief mitgegeben, den sie von Zeit zu Zeit vorwiesen, um sich eine Unterkunft zu verschaffen. Meist nächtigten sie in *Tasam*-Häusern, Karawansereien, wo sie Futter für ihre Tiere und eine Unterkunft für sich selbst finden konnten, oder in kleinen Klöstern, wo Chindamanis Brief viel mehr bewirkte, als ihnen ein Nachtlager zu verschaffen.

Wohin sie auch kamen, Chindamani wurde überall mit

Respekt, ja, mit Ehrerbietung empfangen. Christopher war ein Anhängsel ihrer Heiligkeit als Inkarnation der Göttin Tara. Da sie ihr Leben lang nichts außer Dorje-la gekannt hatte, konnte sie sich nicht bewegen, als sei sie eine gewöhnliche Sterbliche. Nur mit Christopher war sie sie selbst oder zumindest der Teil ihrer selbst, den sie vor anderen verbarg. Nach außen blieb sie stets die Inkarnation.

Sie zogen in nordöstlicher Richtung, um die Große Mauer an der Grenze zur Inneren Mongolei zu erreichen. Westlich von Shigatse folgten sie zunächst dem Lauf des Tsangpo. Zu ihrer Rechten, zu Füßen des Berges Dromari, lagen die roten Mauern und goldenen Dächer des Klosters Tashilhunpo, des Sitzes des Panchen Lama. Auf Chindamanis Wunsch umgingen sie diesen Ort.

Sechs Tage später kamen sie durch Yanbanchen, wo die Straße in östlicher Richtung nach Lhasa und zum Potala führt. Am Rande von Yanbanchen hielt sie ein Beamter an und wollte Christopher ausfragen. Aber Chindamani unterbrach ihn scharf. Als sie den Brief des Abtes vorwies, wurde der Mann merklich vorsichtiger. Sie rasteten erst, als Pip und Squeak keinen Schritt mehr gehen konnten und Yanbanchen weit hinter ihnen lag.

Seit Shigatse kamen sie nur schwer voran. Steile Bergketten, dunkle Schluchten und wilde Gebirgsflüsse versperrten wieder und wieder ihren Weg. Sie passierten zahlreiche Dörfer und Klöster, aber die Berge, die sie überqueren mussten, waren nackt und abweisend, zerklüftet von engen Schluchten, in die kein Sonnenstrahl fiel.

Für Chindamani erstand die Welt jeden Tag neu. Die einfachsten Dinge bestaunte sie, als seien es Wunder. Und irgendwie waren sie es auch, zumindest für sie. Aus einer Welt von ewigem Schnee und Eis gekommen, erlebte sie nun eine Landschaft, wo Sonne und Schatten über Gras, Felsen und schimmernden Seen komplizierte Spiele aufführten, wo plötzliche Öffnungen in den Bergen Ausblicke in kilometerweite Ebenen boten. Sie hatte noch nie so weit schauen können.

Auch Männer und Frauen musterte sie, als sähe sie sie zum ersten Mal. So viele Gesichter, so viele unterschiedliche Kleider und so viele Berufe. Sie hätte nie geglaubt, dass es diese bunte Vielfalt gab.

»Ist es in der ganzen Welt so wie hier, Ka-ris?«, fragte sie. Er schüttelte den Kopf.

»Jeder Teil von ihr ist anders. Dies ist nur ein kleiner Teil.« Sie machte große Augen.

»Und wo du herkommst … Ist es da nicht so wie hier?«

Wieder musste er den Kopf schütteln. Wie sollte er ihr das erklären? Er dachte an die Londoner U-Bahn, die Autos und Eisenbahnzüge, die hohen Schornsteine der Fabriken. An das Gewimmel auf den Straßen und in den Bussen, an die vielen Menschen, die wie Bienen in einem Korb tausend verschiedenen Arten von Honig mit immer weniger Geschmack nachliefen. Von Kirchen, in denen Kriegsfahnen hingen und Grabmäler für tote Soldaten standen. Von vergifteten Flüssen und zerstörten Bergen, von schwarzen Rauchschwaden, die den Himmel verdüsterten. All das musste ihr wie eine schreckliche Art von Wahnsinn vorkommen. Und die tiefergehende Malaise, von der all das ausging, würde sie sicher nicht verstehen. Oder vielleicht doch, so glaubte er, wenn er länger nachdachte.

»Bei uns gibt es eine Gegend namens Schottland«, sagte er. »Ich bin einmal mit meiner Tante Tabitha in den Ferien dort gewesen. An einem See namens Kyle of Lochalsh. Dort sieht es ähnlich aus wie hier.«

Sie musste lächeln.

»Vielleicht gehen wir eines Tages dorthin«, sagte sie.

»Ja«, erwiderte er. »Vielleicht.«

Manchmal verging ein ganzer Tag, an dem sie schweigend dahinritten, jeder in seine Gedanken vertieft. Frühlingsstürme bliesen ohne Unterlass über die weiten Ebenen des Hochlandes. Sie mussten sich tief über die Mähnen der Ponys beugen, geblendet und durchgefroren bis auf die Knochen. Sie kamen an Seen und Flüssen vorüber, auf denen noch dickes, vom Wind zerfurchtes Eis lag. Dann senkte sich weißer, kalter und klebriger Nebel über das Land, in dem sie und ihre Ponys sich bewegten wie Gespenster. Chindamanis schwarzes Haar glitzerte von halbgefrorenen Wassertröpfchen. Christopher sah sie vor sich reiten, ein schwacher Schattenriss, der bald verschwand, bald wieder auftauchte.

Überall begegneten ihnen Zeichen des Glaubens, die sie an die Allgegenwart der Götter erinnerten: Gebetsfahnen und *Chörten*, lange *Mani*-Mauern und einmal auch zwei Pilger, die sich über den gefrorenen Boden vorwärtsbewegten, indem sie sich immer wieder der Länge lang auf die Erde warfen.

»Wo wollen sie hin?«, fragte Christopher.

»Zum Jokhang«, antwortete Chindamani. »Dem großen Tempel von Lhasa. Sie pilgern dorthin, um Jovo Rinpoche die Ehre zu erweisen.«

Christopher blickte verwundert drein.

»Das ist eine große Figur unseres Herrn Buddha, als er ein Kind war«, erklärte sie. »Es ist das heiligste Bildnis in ganz Tibet. Menschen aus aller Welt kommen dorthin, um es zu sehen. Manche reisen Hunderte Kilometer, indem sie die Erde mit ihren Körpern messen, so wie diese beiden. Das kann Monate oder Jahre dauern. Mitunter sterben sie auch, bevor sie die heilige Stadt erreicht haben. Das ist eine sehr gute Art zu sterben.«

»Warum tun sie das?«, fragte er.

»Um schlechtes *Karma* loszuwerden, das sie in früheren

Leben angesammelt haben. Um gutes *Karma* für das nächste Leben zu erwerben. So dass sie in einem Zustand wiedergeboren werden, da sie dem Land Buddhas näher sind. Das kann jeder von uns tun.«

Er blickte sie an.

»Hat unsere Reise irgendeinen Wert?«, fragte er.

Sie nickte sehr ernst.

»Ja«, sagte sie. »Samdup ist der Maidari Buddha. Wir müssen ihn finden und zu seinem Volk bringen. Wir sind seine Werkzeuge. Du wirst sehen.«

»Glaubst du wirklich, dass wir ihn wiederfinden?«

Sie schaute ihn lange an, bevor sie reagierte.

»Was meinst du?«, erkundigte sie sich schließlich.

Christopher erwiderte nichts. Aber als sie weiterritten, fragte er sich, welches *Karma* er wohl erwerben würde, wenn er den Jungen aus Samjatins Händen rettete, nur um ihn als britische Marionette auf den Thron der Mongolei zu setzen.

Die erste Spur von Samjatin fanden sie in einem kleinen Dorf bei Nagchu Dzong, etwa 250 Kilometer von Lhasa entfernt. Die Wirtin des Rasthauses erinnerte sich an einen Mann und zwei Jungen, die etwa zehn Tage zuvor dort durchgereist waren. Sie ritten auf Ponys und mussten schon lange unterwegs sein. Samjatin war gezwungen, in dem Rasthaus einzukehren, weil er dringend Proviant und frische Ponys brauchte.

»Sie sind hier mit drei der elendesten Klepper angekommen, die ich je gesehen habe«, sagte die Frau. »Die lebten kaum noch. Sie hatten sie zuschanden geritten, würde ich sagen. Das war das Werk des Mongolen, das konnte man sehen. Er wollte sofort weiter. Er war nervös und kribbelig, die Sorte, mit der man sich besser nicht anlegt. Auch die armen Kinder waren völlig am Ende. Ich sagte zu ihm, sie sollten sich ein paar Tage ausruhen, aber er hat mich nur angefahren. Sie mussten gleich wieder los, nicht mal einen Tee haben sie getrunken.« Sie war empört über solch ungehöriges Benehmen.

»Ich habe ihnen neue Ponys verkauft, wollte ihnen aber nicht viel für die alten geben. Natürlich kann ich sie wieder rausfüttern. Das eine taugt jedoch gar nichts mehr. Es bekam kaum noch Luft, ich konnte es nur noch zum Schlächter bringen. Ich habe 500 *Trangkas* für die zwei verlangt, die ich ihm verkauft habe, und er hat sie anstandslos hingelegt. Das sind vierzig *Liang* in chinesischem Geld. Ich habe gleich zu meinem Mann gesagt, dass der nichts Gutes im Schilde führt. Am liebsten hätte ich ihm jemanden nachgeschickt, um zu sehen, ob es den kleinen Jungen gut geht. Aber mein Mann meinte, wir sollten uns da nicht einmischen. Vielleicht hatte er ja recht.«

»Hat einer der Jungen versucht, mit Ihnen zu sprechen?«, fragte Chindamani.

»Also, da Sie direkt danach fragen, glaube ich, einer wollte das tun. Aber der Mann hat es sofort unterbunden und ihn hinausgeschickt.«

»Haben Sie sich das gefallen lassen? Und nicht widersprochen?«

Die Wirtin maß Chindamani mit einem scharfen Blick.

»Wenn Sie ihn gesehen hätten, würden Sie das verstehen. Mit dem wollte ich mich nicht anlegen. Vielleicht hätte ich es tun sollen, ich weiß nicht. Aber wenn Sie an meiner Stelle gewesen wären … Oder kennen Sie ihn gar?«

Chindamani antwortete nicht.

»Waren die Ponys, die Sie ihm verkauft haben, gesund? Stark genug, um eine weite Reise zu überstehen?«, fragte Christopher.

Die alte Frau wirkte gekränkt.

»Natürlich waren sie das. Glauben Sie, ich verkaufe kranke Tiere? Für so einen beschwerlichen Weg?«

Christopher konnte sich vorstellen, dass sie das tat, und wenn möglich, sogar für einen saftigen Preis.

»Ich wollte Sie nicht beleidigen«, entschuldigte er sich. »Aber Sie hatten ja gesehen, wie er die vorigen Pferde behandelt hatte. Vielleicht wollten Sie ihm nicht ihre besten Tiere anvertrauen.«

Etwas milder gestimmt, aber immer noch ärgerlich sagte sie: »Der Gedanke ist mir schon gekommen. Aber er hat sich meine ganze Herde angeschaut und drei für sich ausgewählt. Es waren die besten in meinem Stall und entsprechend teuer. Er wird sie auch nicht anders behandeln. Aber sie werden ihn weit tragen. Er ist jetzt bestimmt schon zwanzig *Shasas* oder noch mehr von hier entfernt.«

Ein *Shasa* war eine Tagesreise, für die man zwischen fünfzehn und dreißig Kilometer veranschlagte. Bei Samjatins Tempo waren sie ihnen bestimmt dreißig *Shasas* voraus.

»Jetzt werden wir sie wohl nicht mehr einholen, Ka-ris«, sagte Chindamani niedergeschlagen.

»Sie treffen ein paar Tage vor uns in Urga ein, das ist alles«, sagte er. Aber es war schon ein Nachteil, dass sein Rivale so schnell vorankam. »Wir werden sie eben dort ausfindig machen. Immer mit der Ruhe. Auch sie haben noch einen langen Weg vor sich. Und sie werden nicht immer frische Ponys bekommen, wenn sie sie brauchen. Außerdem müssen sie die Wüste Gobi durchqueren oder umgehen.«

»Wir auch«, sagte sie darauf.

Zunächst etwas entmutigt, setzten sie ihren Weg fort. Sie ritten jetzt schneller, rasteten seltener und standen jeden Tag schon vor dem Morgengrauen auf. Zumindest, so überlegte Christopher, waren sie bislang auf der richtigen Spur. Samjatin hatte mit den Jungen diesen Weg genommen. Welche Haken er auch schlagen mochte, er musste immer wieder auf die kürzeste Trasse zurückkehren. Und ihr Bestimmungsort war ohnehin derselbe.

Sie ritten durch die riesigen Steppen von Chang Tang, dem nordwestlichen Teil des tibetischen Hochlandes. Jenseits der nördlichen Zuflüsse des Jangtse kamen sie nach Amdo. Sie hielten Kurs nach Nordosten in Richtung Mongolei.

Täglich kamen sie an kleinen Nomadenlagern aus niedrigen schwarzen Zelten vorbei, die sich stark von den runden Jurten der Mongolen im Norden unterschieden. In den Tälern hüteten Hirten kleine Yakherden. Sie sahen zu, wie Christopher und Chindamani vorüberritten, dann wandten sie sich wieder ihrem endlosen Tagewerk zu.

Zehn Tage nach der Rast in Nagchu Dzong erreichten sie das Südufer des Kukunor, des größten Sees, der die Nordostgrenze Tibets bewacht. Einige Kilometer weiter lag bereits die chinesische Provinz Gansu.

Christopher wurde unruhig. Die Chinesen waren gereizt. Sie fühlten sich in der Mongolei bedrängt und spielten mit dem Gedanken, sich in Tibet schadlos zu halten, wenn man ihnen das Gebiet im Norden wieder aus den Händen riss. Sollten chinesische Soldaten Christopher als Engländer identifizieren, der in Gansu eingedrungen war, dann hatte er große Zweifel, ob sie sich an die diplomatischen Gepflogenheiten halten würden. Wahrscheinlicher war es, dass sein Kopf bald eine der scharfen Spitzen auf den Zinnen der Stadt Sining-fu zieren werde.

Es war die Zeit der Warlords, der großen Kriegsherren. In China tobte Bürgerkrieg, und keine Zentralregierung war in der Lage, wieder normale Zustände herzustellen. Die Dynastie der Mandschus hatte man verjagt, aber die Republik war kaum mehr als ein leeres Wort. In den Provinzen regierten Chaos und Blutvergießen. Bauernarmeen entstanden, zogen in die Schlacht und wurden ausgelöscht. An ihrer Stelle bildeten sich neue. Der Tod hielt reiche Ernte.

Sanft senkte sich die Steppe zu den dunklen Wassern des Sees hinab. Kleine Wellen kräuselten seine Oberfläche, und Christopher musste an das Meer zu Hause denken. Im Norden lief die Tsun-Ula-Kette von Ost nach West, bis sie hinter dem Horizont verschwand. Mehrere Gipfel trugen noch weiße Schneehauben.

In der Mitte des Sees lag eine Felseninsel mit einem kleinen Tempel darauf. Jetzt, da das Eis des Winters schmolz, war sie von aller Welt abgeschnitten. Lange Zeit saß Chindamani wie erstarrt in ihrem Sattel, schaute auf den kleinen Tempel, betrachtete das dunkle Wasser, das gegen die Felsen schlug und lauschte den Wellen nach, die leblos auf dem Strand ausrollten. Eine steife Brise, die plötzlich von den Bergen heranfegte, peitschte die Wellen auf. Wolken zogen sich am Himmel zusammen.

»Lass uns weiterreiten«, sagte Christopher.

Aber sie saß immer noch da und blickte bewegungslos auf die Insel. Die Brise fuhr in ihr Haar, stellte es wie eine dunkle Gebetsfahne auf und ließ es wieder sinken. Sie schien das alles nicht zu bemerken. Dann fuhr sie plötzlich zusammen und wandte sich nach ihm um.

»Hier bin ich schon einmal gewesen«, sagte sie. Wieder schaute sie zu dem Tempel hin. »Und hierher werde ich zurückkehren.«

45

An diesem Nachmittag stießen sie erneut auf Samjatins Spur. Als sie den See hinter sich gelassen hatten, hielten sie nach Osten auf die große Stadt Sining-fu zu. Trotz des Risikos hatte Christopher beschlossen, dort Proviant zu fassen und einen Führer durch die Gobi zu finden. Alles andere würde Selbstmord bedeuten. Kurz vor dem Hadda-Ulan-Pass stießen sie auf ein kleines Lager schwarzer Yakhaar-Zelte.

Dort war es merkwürdig still. Keine Hunde stürzten heraus, um sie anzuknurren und nach den Beinen der Ponys zu schnappen, wie es in Nomadenlagern normalerweise geschah. Kein Rauch eines Dungfeuers stieg auf. Keine Kinder lärmten. Nichts bewegte sich. Christopher zog den Revolver aus der Tasche und entsicherte ihn. Banditen waren in dieser Gegend häufig. Banditen und plötzlicher Tod.

Vor dem ersten Zelt erblickte er eine Leiche, oder was davon geblieben war. Die Geier hatten inzwischen ganze Arbeit geleistet. Nur bleiche Knochen und Stücke zerrissener Kleidung waren noch übrig. In der Nähe lag ein langes, schwarzes Gewehr, wie sie die Tanguten und Mongolen in dieser Region benutzten.

Ein zweites Skelett hob sich ein paar Meter weiter weiß und nackt von der Erde ab, daneben ein drittes, wahrscheinlich von einem fünf- oder sechsjährigen Kind. Der Wind spielte mit dem Haar auf den Schädeln, ließ es in wilder Bewegung flattern. Eine dünne Staubwolke tanzte verloren zwischen den schweigenden Zelten umher und löste sich auf.

Plötzlich ertönte in der Stille ein lautes Klatschen. Christopher fuhr herum und sah, wie ein einzelner Geier nur mit Mühe taumelnd aufflog. Er hatte sein Mahl noch nicht beendet. Wie immer gab es auch hier Gäste, die zu spät kamen.

Sie fanden ein halbes Dutzend Skelette außerhalb der Zelte und etwa zwanzig Leichen darin. Die in den Behausungen lagen, waren noch nicht gefressen worden, und die kalte tibetische Luft hatte ihren Verfall aufgehalten. Es waren meist Leichen von Frauen und Kindern, dazwischen nur wenige Männer. Sofort wurde klar, wie man sie umgebracht hatte – mit einer einzigen Kugel, zumeist in die Stirn oder die Schläfe geschossen. Warum sollten Banditen das getan haben?, fragte sich Christopher. War der chinesische Bürgerkrieg inzwischen bis nach Amdo gelangt?

Das Mädchen war im vierten Zelt hinter einer großen Truhe versteckt. Sie stießen zufällig auf sie, als Christopher ein Stück Stoff aufheben wollte, um eine der Leichen abzudecken. Sie war zehn oder elf Jahre alt, zitterte vor Hunger, Kälte und Todesangst.

Da Christopher sah, dass seine Anwesenheit das Kind nur noch mehr ängstigte, ließ er sie mit Chindamani allein und ging aus dem Zelt. Selbst in der klaren Luft hing der Geruch des Todes noch über diesem Ort. Christopher fragte sich, ob er ihn je wieder loswerden würde.

Hinter den Zelten lagen die Überreste mehrerer Pferde. Sie waren eindeutig gefesselt worden und erst vor ein, zwei Tagen verhungert. Eines lebte noch. Christopher gab ihm den Gnadenschuss. Als das getan war, entfernte er sich für eine Weile von den Zelten. Am Ende des Tals hatte jemand aus flachen Steinen einen *Obo* errichtet, um die lokalen Götter günstig zu stimmen. Stofffetzen flatterten darüber, von Reisenden gespendet. Schieferstücke mit tibetischen Inschriften hatte man ringsherum gelegt und vier obendrauf wie eine Art Dach angeordnet. Christopher entzifferte die mantrische Formel *om mani padme hum*, die sich auf den flachen, dunklen Steinen viele Male wiederholte. Am liebsten hätte er den *Obo* niedergerissen und die Steine in alle Winde verstreut. Was nützten Götter, wenn sie schliefen?

Als er zu dem kleinen Lager zurückkam, hatte Chindamani das Mädchen etwas beruhigt. Es war immer noch verstört, aber der Schrecken war stiller Trauer gewichen. Diesmal reagierte es nicht auf Christopher. Er setzte sich neben Chindamani nieder, während sie das Mädchen zu trösten versuchte.

Wenig später fiel die Kleine in tiefen Schlaf, offenbar zum ersten Mal seit Tagen. Sie entschieden, dass sie wohl besser nicht in dem Lager oder seiner Umgebung aufwachen sollte. Christopher hob sie vorsichtig auf Pip und legte sie flach auf die Gepäckstücke, die das Pony trug. Als Nomadenkind war sie sicher von Geburt an gewohnt, auf einem Pferd zu schlafen.

Bevor sie den Ort verließen, legten sie die übrigen Leichen für die Geier ins Freie. Chindamani sprach ein paar leise Gebete. Dann ritten sie weiter, bevor das Kind erwachen und sich seines Kummers erinnern konnte, der durch den Anblick der offenen Bestattung sicher noch verstärkt worden wäre.

Die Nacht verbrachten sie in einem weiten Tal jenseits des Passes. Das Mädchen wachte nur einmal kurz auf. Es aß ein wenig und schlief sofort wieder ein. Christopher und Chindamani hielten abwechselnd Wache. Es war eine kalte Nacht, und die Sterne begleiteten sie bis zum Morgengrauen.

Beim Frühstück am nächsten Tag berichtete ihnen die Kleine, was geschehen war. Sie hieß Chödrön und meinte, sie sei zehn Jahre alt. Die Opfer waren ihre ganze Familie – Vater, Mutter, Brüder, Schwestern, Großmutter und Großvater, zwei Onkel, zwei Tanten und sechs Cousins.

Mehrere Tage zuvor – nach Christophers Berechnung musste es etwa eine Woche gewesen sein – war ein Mongole in ihr Lager gekommen. Zwei Jungen hatten ihn begleitet – ein Tangute oder Tibeter und einer, der aussah wie Christopher. Sie trugen feine Kleider, die inzwischen sehr schmutzig waren, aber sie sahen unglücklich aus. Das Mädchen war mit seiner Mutter aus dem Zelt gelaufen, um sich die Fremden anzuschauen.

Der Mann hatte die Ponys tauschen wollen. Er bot seines und die der Jungen für frische an und war bereit, noch eine Summe draufzulegen. Ihr Onkel hatte abgelehnt, weil die Männer jetzt im Frühling alle ihre Pferde brauchten und er nicht zwei abgekämpfte Tiere dabeihaben wollte. Der Mann trat grob und anmaßend auf, und sie glaubte, ihr Onkel habe vor allem deswegen sein Ansinnen abgelehnt.

Ein Wort gab das andere, dann fiel ein Schuss. Sie wusste nicht, ob ihr Onkel oder der Mongole zuerst gefeuert hatte. Aber mit seiner Schnellfeuerpistole war der Fremde den Männern mit ihren Musketen weit überlegen.

Das Massaker, das dann folgte, konnte sie weder erklären noch sich deutlich daran erinnern. Christopher und Chindamani wollten es ihr allerdings auch ersparen, diesen Wahnsinn noch einmal zu erleben. Irgendwie war es ihrer Mutter gelungen, sie in der Truhe zu verstecken, hinter der sie sie dann gefunden hatten. Dort hatte sie der Mongole übersehen. In der Truhe war kein Platz für ihre Mutter oder sonst jemanden gewesen.

Christopher beschrieb ihr Samjatin, obwohl er bereits wusste, wie ihre Antwort ausfallen würde. Sie erschauderte und sagte, der Mann sei es gewesen, kein anderer. Christopher fragte auch nach den Jungen, worauf sie antwortete, die hätten blass und unglücklich ausgesehen, seien aber unverletzt gewesen.

Am nächsten Tag ritten sie weiter nach Osten in Richtung Sining-fu. In Tsagan-tokko, einem Dörfchen aus Lehmhütten, erkundigten sie sich nach Samjatin. Weder er noch die Jungen waren hier gesichtet worden. Kaum hatten sie das Dorf hinter sich gelassen, da hörten sie Hufschläge hinter sich. Ein mongolischer Reiter sprengte heran und hielt neben ihnen. Er war ein hochgewachsener Mann, in Pelze gehüllt, und hatte einen Hinterlader über der Schulter hängen.

»Ich habe gehört, ihr sucht nach einem Burjaten, der mit zwei Jungen unterwegs ist«, sagte er.

Christopher nickte.

»Die habe ich vor fünf Tagen gesehen«, sagte der Reiter. »Im Tsun-Ula, der Bergkette nördlich des Kukunor. Wir haben kurz miteinander gesprochen. Ich fragte den Mann, wohin sein Weg führe. ›Wir müssen in zehn Tagen in Gandschou sein‹, hat er mir gesagt. Als ich ihn fragte, aus welchem Grund, erklärte er, er müsse dort jemanden treffen. Das ist alles. Der tibetische Junge hat versucht, mich anzusprechen, aber der Mann hat ihm sofort das Wort verboten.«

»Ist es denn möglich«, fragte Christopher, »so schnell nach Gandschou zu kommen? Müssen sie nicht durch das Nanshan-Gebirge?«

»Das ist richtig«, sagte der Mongole. »Aber wenn ihnen nichts dazwischenkommt, können sie es schaffen. Alle Pässe sind jetzt offen. Ich habe ihm den besten Weg beschrieben.«

Er rutschte unruhig in seinem Sattel hin und her.

»Der tibetische Junge«, sagte er. »Er war blass und voller Furcht. Heute Nacht habe ich von ihm geträumt. Er kam lächelnd auf mich zu. Er trug das Gewand eines Buddhas. Und er hatte einen Lichtschein um sich herum.« Er dachte eine Weile nach. »Wer ist er?«, fragte er dann.

Chindamani antwortete mit leiser Stimme, aber mit einer Autorität, die Christopher noch nie an ihr beobachtet hatte.

»Er ist der Maidari Buddha«, sagte sie.

Der Reiter blickte sie durchdringend an, erwiderte aber nichts. So verging eine halbe Minute. Dann lächelte er breit, wendete sein Pferd und galoppierte zurück in Richtung Tsagan-tokko.

An einem langen Nachmittag im April ritten sie nach China hinein wie Rinderdiebe oder Späher, die eine feindliche

Armee ausgeschickt hatte – ungesehen, unerwartet und von niemandem behelligt. Hier gab es keine klare Grenze, wo man hätte sagen können: »Hier ist Tibet« und »dort ist China.« Es war ein allmählicher Übergang, zu erkennen an einem leicht veränderten Tonfall, an kaum erkennbaren Modulationen in Landschaft und Gesichtern. Die Nomadenwelt von Amdo schwand dahin, und allmählich trat man in eine neue Welt ein – die der Täler und hohen, befestigten Dörfer, der engen Schluchten und schnellen Wasserläufe, der vergoldeten Tempel, geschmückten Tore und schlanken hohen Pagoden, die sich über dicken Wällen aus gestampftem Lehm erhoben.

Die Menschen des Grenzlandes und der Salzseen des Tsaidam-Beckens – in Pelze gehüllt, schmutzig und von den ständigen Winden gegerbt – machten allmählich den Bewohnern der besiedelten Regionen innerhalb der Großen Mauer Platz – Händlern und Handwerkern, sesshaften Bauern und Kaufleuten, die sich hier nur kurz aufhielten und bald nach Peking oder Kanton zurückkehrten. Den größten Unterschied sah Christopher in den Augen. Die Nomaden und die Männer, die mit den langen Kamelkarawanen aus der mongolischen Steppe oder aus der Gegend von Urumchi kamen, blickten weit in die Ferne. Sie waren offene Horizonte gewohnt, die nicht von Stadtmauern verstellt waren, eine Welt, die von einem Tag zum anderen wechselte. Die Han-Chinesen von Gansu dagegen lebten zwischen engeren Horizonten, und Christopher konnte in ihren Augen die Mauern, Tore und mentalen Gitter sich spiegeln sehen, von denen sie umstellt waren.

Mandarine mit bleichen Gesichtern und müden Augen, viele noch mit der typischen Mandschu-Frisur – dem langen Zopf und der nackten Stirn –, ritten in Begleitung von muslimischen Soldaten des Hui-Volkes in Richtung Sining-fu und der Provinzhauptstadt Landschou an ihnen vorüber. Aber keiner nahm Notiz von Christopher und dessen Begleitung. Dem flüchtigen Betrachter fiel er nicht auf. Er wirkte wie ein Nomade, der mit Frau und Kind eine weite Reise machte – aus Gründen, die einen chinesischen Beamten nicht interessieren konnten. Sein Gesicht starrte vor Schmutz, sein Haar war wirr und ungekämmt; Wind, Eis und Schnee hatten alle Züge eines Ausländers aus seinem Gesicht getilgt.

Sining-fu empfing sie mit Gleichmut. Drei Reisende mehr oder weniger bedeuteten nichts für die Stadt und ihre Bewohner. Auf der hohen Stadtmauer patrouillierten Soldaten, beobachteten die ländliche Gegend außerhalb und das Mosaik von Dächern innerhalb – ein Wirrwarr von roten Ziegeln und Drachenschmuck. Die drei Neuankömmlinge gingen in der Menge unter.

Sie zogen die Hauptstraße entlang bis ins Zentrum der Stadt. Links und rechts lagen die *Yamen* der Beamten, niedrige, farbig gestrichene Häuser, von steinernen Löwen und Drachen bewacht. Jedes trug ein Schild mit chinesischen Schriftzeichen, das seinen Zweck bekanntgab. Auf Schritt und Tritt wurden sie angerempelt – von Mongolen, die ihre langhaarigen Kamele führten, wenn sie von Stand zu Stand zogen und Yakhaar oder Pelze gegen Töpfe, Pfannen und Küchenmesser tauschten; von Maultieren mit Kohle aus Shansi in großen Brocken; von Wagen, in denen chinesische Mädchen in leuchtend roten Gewändern, mit stark gefettetem Haar und winzigen gebundenen und davon verkrüppelten Füßen saßen.

In einer Nebenstraße unweit eines der großen Handelshäuser fanden sie ein kleines *Deng*, ein Rasthaus, wo sie über Nacht bleiben konnten. Die Herberge war schmutziger und überfüllter als die meisten, aber sie lag etwas abseits und wurde von Leuten besucht, die kein Interesse an anderen Gästen hatten. Sie beschwatzten die Wirtin, eine kleine, reservierte Frau von Mitte vierzig, ihnen ein eigenes Zimmer zu geben. Sie wollte erst nicht, aber die völlig erschöpfte und tieftraurige Chödrön rührte sie so sehr, dass sie sich ihr zuliebe erweichen ließ.

Dort zogen sie am frühen Abend ein. Die Wirtin gab ihnen etwas zu essen und einen Dreifuß, auf dem sie es zubereiten konnten – alles im Preis einbegriffen. Das Mädchen schlief nach dem Essen sofort ein. Chindamani und Christopher blieben noch auf, um miteinander zu reden. Sie hätten sich gerne geliebt, aber vor dem Kind genierten sie sich. Schließlich schliefen sie in enger Umarmung ein, nicht sicher, aber allein.

Mitten in der Nacht fuhr Christopher hoch, weil er ein leises Pochen an der Tür vernahm. Zuerst glaubte er, er habe sich geirrt, aber das Geräusch wiederholte sich, diesmal etwas lauter. Chindamani drehte sich um, wachte aber nicht auf.

Er stand auf und ging zur Tür. Der Holzfußboden war kalt für seine nackten Füße. Ein paar Schritte entfernt hüstelte jemand leicht. Dann verstummte er wieder. Es war stockdunkel.

Christopher öffnete die Tür und spähte hinaus. Vor ihm stand ein Mann mit einer Laterne.

46

Der Schatten des Armes, der die Laterne hielt, lag auf dem Gesicht des Mannes.

»Ja?«, fragte Christopher verschlafen. »Was wollen Sie?« Er sprach Tibetisch und hoffte, dass der Mann ihn verstehen werde.

»Hello, Christopher«, sagte der Fremde. Er sprach Englisch, und seine Stimme war Christopher so vertraut, dass ihn ein kalter Schreck durchfuhr.

Als der Fremde seinen Arm bewegte, kam sein Gesicht ins Licht. Simon Winterpole hatte eine lange Reise hinter sich. Aber er war kein bisschen verändert.

Christopher trat auf den Gang hinaus und schloss die Tür hinter sich. Winterpole trug europäische Kleidung, wirkte elegant wie eh und je. Er erschien Christopher wie eine Vision aus einer Welt, die er für immer hinter sich gelassen zu haben glaubte.

»Starren Sie mich um Gottes willen nicht so an, Christopher. Ich bin doch kein Gespenst.«

»Tut mir leid«, sagte Christopher. »Ich habe … Sie sind der Letzte, den ich hier erwartet hätte. Wie um alles in der Welt kommen Sie hierher? Und wie haben Sie mich gefunden?«

»Du meine Güte, Sie glauben doch nicht etwa, Sie seien unsichtbar?« Das Licht schwankte, als Winterpole seinen Arm bewegte. Schatten huschten wie Krabben über sein Gesicht. »Sie sind vor einigen Wochen bei Lhasa gesichtet worden. Danach haben wir Sie ständig im Auge behalten. Sie haben keine Vorstellung, wozu wir in der Lage sind. Ich bin letzte Woche von Peking hierhergekommen, um sie zu empfangen, wenn Sie hier eintreffen. Ich wusste, dass Sie über Sining-fu reisen werden. Sie und ich haben einiges zu besprechen und zu erledigen.«

»Da irren Sie sich. Wir zwei haben überhaupt nichts zu besprechen. Nicht mehr. Ich habe genug von alledem. Ich arbeite nicht mehr für Sie. Für niemanden.«

»Machen Sie keine Schwierigkeiten, Christopher. Das haben wir doch alles längst geklärt. Als ich bei Ihnen in Hexham war. Haben Sie das etwa vergessen?«

»Nein«, erwiderte Christopher in scharfem Ton. »Ich habe

nichts vergessen. Ich habe Ihnen schon damals gesagt, dass ich nicht mehr Ihrem Dienst angehöre. Sie haben mir geholfen, meinen Sohn zu finden, und dafür bin ich Ihnen dankbar. Aber ich bin nur seinetwegen hier. Das ist alles. Ich möchte nicht, dass Sie sich in Dinge einmischen, die Sie nichts angehen. Halten Sie sich da raus, Winterpole. Es hat mit Ihnen nichts zu tun.«

Im Korridor setzte das Husten wieder ein.

»Ich fürchte, schon«, sagte Winterpole. »Hören Sie, hier können wir nicht reden. Unten ist ein Raum, den ich benutzen kann. Kommen Sie mit und hören Sie mir zu. Ich bin so weit gereist, um mit Ihnen zu sprechen. Tun Sie mir den Gefallen. Bitte.«

Es war sinnlos, sich zu widersetzen, wie es bereits in jener Nacht in Hexham sinnlos gewesen war. Der dunkle Strom, der damals nach Christopher gegriffen hatte, packte ihn jetzt wieder und suchte ihn in die Tiefen eines kalten, lichtlosen Ozeans zu ziehen.

Der Raum, in den Winterpole Christopher führte, hatte eine tiefhängende Decke und wurde von ein paar Talglichtern erhellt. An niedrigen Tischen saßen zwei Gruppen von je vier Männern und spielten um geringe Beträge *Mahjong*. Vor jedem Spieler standen, ordentlich aufgereiht, kleine Elfenbein-Steine – Windsteine, Drachensteine, Blumensteine, Steine mit Schriftzeichen. Andere Männer rauchten Opium aus langen Pfeifen mit kleinen Köpfen aus altem Silber. Die braune Masse schmolz und schlug Blasen, wenn sie sie mit glühender Kohle aus langen Eisenbecken anzündeten. Sie schauten auf, als die beiden Fremden eintraten, und beäugten sie mit misstrauischen Blicken.

Winterpole genügte eine Minute, um sie alle aus dem Raum werfen zu lassen. Er führte einen Brief mit dem Siegel von Ma Qi, dem Daotai von Sining-fu, mit sich, einem Hui-

Moslem, dessen Cousin, der Warlord Ma Hongkui, zur Zeit die Provinz Gansu beherrschte. Christopher wusste, dass Winterpole seinen Einfluss durchaus nutzen konnte, um einen Mann auspeitschen, foltern oder gar enthaupten zu lassen, wenn es seinen Zwecken diente. Diese Maßnahme passte ins Bild.

»Ich weiß, dass Sie Samjatin gefunden haben«, hub Winterpole an, als sich die Tür hinter den vertriebenen Gästen geschlossen hatte. »Ich weiß auch von dem tibetischen Jungen, den er nach Urga zu bringen versucht.«

»Von dem wussten Sie bereits, bevor Sie mich losgeschickt haben, stimmt's?«, stellte Christopher fest.

Winterpole nickte.

»Nicht alles. Aber einiges schon. Wir mussten sichergehen, denn unsere Quellen waren nicht verlässlich. Wir dachten, es wäre ein Fehler, Ihnen zu viel zu sagen. Sie hätten dann vielleicht nach den falschen Dingen gesucht.

Natürlich hätten wir auf die Berichte hin, die uns zugingen, nicht allzu viel unternommen, wenn nicht Samjatin Ihren Jungen hätte entführen lassen. Ich verstehe den eigentlichen Zweck der ganzen Aktion bis heute nicht. Haben Sie etwas darüber erfahren können?«

Christopher starrte ihn an. Er fragte nicht: Haben Sie Ihren Sohn gefunden? Nicht: Geht es ihm gut? Sondern: Haben Sie etwas darüber erfahren können? Informationen – das war alles, was Winterpole interessierte. Den Rest hielt er für überflüssig.

»Ja«, antwortete Christopher. »Ich habe etwas erfahren.« Aber wie sollte er das einem Mann wie Winterpole erklären.

»Also? Was hat er vor? Wie ist Ihr Junge in seine Pläne geraten?«

»Als Faustpfand – das ist alles, was Sie wissen müssen. William war Teil eines Deals, den Samjatin geschlossen hat. Was er wirklich wollte, war der tibetische Junge. Er heißt Samdup. Dorje Samdup Rinpoche.«

»Und wer ist das genau? Eine Art Inkarnation? Ist Samjatin deshalb so hinter ihm her?«

»Ja. Der Junge ist der Maidari Buddha. Das heißt, er kann anstelle des gegenwärtigen Hutuktu zum Herrscher über die Mongolei ausgerufen werden. Deswegen reist Samjatin dorthin. Um den Jungen zu einem Gott zu machen.«

Winterpole schwieg. Er schien abzuwägen, was Christopher ihm da gesagt hatte und wie es in seine eigenen Pläne passte.

»So ist das also«, sagte er schließlich. »Jetzt wird die Sache klar. Nun müssen wir nur noch Samjatin finden.«

»Das ist leichter gesagt als getan. Ich habe die drei – Samjatin, William und Samdup – wieder verloren. Sie sind jetzt auf dem Weg nach Urga. Bevor sie noch jemand einholen kann, wird Samjatin Samdup von roten Soldaten umstellt und selbst ein gutes Ticket für die Krönungszeremonie in der Tasche haben.«

»Darauf würde ich nicht wetten.«

»Nein? Hören Sie zu. Ich habe sie alle drei am Hadda-Ulan verloren. Vor etwa drei Tagen hatte Samjatin ein Treffen mit jemandem in Gandschou. Jetzt muss er auf dem Weg nach Urga sein. Oder …« Er zögerte.

»Ja?«, drängte ihn Winterpole.

»Oder nach Moskau.«

»Nicht unbedingt«, sagte Winterpole. »Von Samjatins Treffen habe ich schon gehört. Er hat Kontakt mit einem Mann namens Udinski aufgenommen, einem Russen und Bolschewiken, der bis vor kurzem als Pelz- und Wollhändler in Urga tätig war. Er hat dort für ein dänisch-amerikanisches Unternehmen namens Anderson and Myer gearbeitet.

Udinski hat in Gandschou über einen Monat lang auf Samjatin gewartet. Er soll Samjatin nach Urga bringen. Er hat einen starken LKW, der in wenigen Tagen die Gobi durchqueren kann. Sie müssten also jetzt bald in Urga sein, denke ich. Oder zumindest …«

Winterpole stockte, als ob die Quelle seiner Allwissenheit plötzlich versiegt wäre.

»Zumindest?«, wiederholte Christopher.

»Er wird sich vielleicht nicht sofort in die Stadt begeben. In der Mongolei hat sich einiges geändert, seit diese Aktion gestartet wurde. Die Chinesen sind inzwischen wieder vertrieben. Der entscheidende Mann ist jetzt ein weißgardistischer General namens Ungern-Sternberg. Baron Robert von Ungern-Sternberg, um genau zu sein. So viel kann ich Ihnen über ihn sagen: Ungern-Sternberg haben die Bolschewiken im vergangenen Jahr aus Sibirien hinausgeworfen. Er und seine Männer waren im Grunde die letzten russischen Weißgardisten. Sie haben sich in die Mongolei zurückgezogen und unterwegs Verstärkung rekrutiert. Anfang Februar haben sie Urga eingenommen. Ungern hat den Lebenden Buddha vor den Chinesen gerettet und wieder auf den Thron gesetzt. Aber der eigentliche Herrscher ist er.

Samjatin kann also nicht einfach in Urga aufkreuzen, ob nun mit oder ohne Inkarnation. Ungern-Sternberg ist nicht der Mann, der sich auf einen Deal mit den Bolschewiken einlässt. Und die Mongolei ist inzwischen zu einer Gegend geworden, von der sich vernünftige Leute lieber fernhalten. Wenn Samjatin seine fünf Sinne noch beisammenhat, dann wird er sich ein anderes Ziel suchen. Was meinen Sie? Ist er noch bei Trost?«

Christopher lehnte sich über den Tisch.

»Um Gottes willen, das ist kein Schachspiel! Samjatin glaubt, dass er mit diesem Jungen Asien in die Hand bekommen kann. Verstehen Sie? Um Vernunft geht es da nicht. Der Einsatz ist zu hoch.«

»Dann wird er nach Urga gehen. In diesem Fall muss er allerdings überaus vorsichtig sein. Ungern legt alle um, die ihm vor die Flinte kommen, ob nun Russen, Juden oder chinesische Deserteure. Jetzt ziehen sämtliche Reste der Weißen, die es noch in Sibirien gibt, nach Süden, um sich ihm anzuschließen. Kasagrandi ist in Uljassutai, Kasanzew hat Kobdo eingenommen, Kaigorodow soll im Altai aufgetaucht sein, und im Westen hat sich Bakitsch mit Dutow und Annenkow zusammengetan. Es ist das reine Irrenhaus, Christopher. Ungern-Sternberg glaubt, er sei eine Reinkarnation des mongolischen Kriegsgottes. Davon hat er bereits die Hälfte der Bevölkerung des Landes überzeugt. Das bedeutet, er fühlt sich niemandem verantwortlich.«

Winterpole hielt inne und zog ein Zigarettenetui aus seiner Manteltasche. Er öffnete es und bot Christopher eine Zigarette an.

»Nein, danke.«

Winterpole nahm sich selbst eine und zündete sie an.

»Da Ungern in Urga die Kontrolle ausübt, können also weder Samjatin noch Udinski riskieren, sich direkt dorthin zu begeben. Ich denke, Samjatin wird irgendwo außerhalb der Stadt Halt machen, um den Wagen und Udinski zu entsorgen. Dann kann er den Rest der Aktion mit den beiden Jungen allein durchziehen.«

Christopher fühlte, wie er innerlich zu Eis erstarrte. Könnte es dem Russen nicht auch einfallen, William gleich mit zu beseitigen?

»Warum sind Sie eigentlich hier, Winterpole?«

»Um ein Auge auf Sie zu haben natürlich.«

»Ich bin gerührt. Und ich nehme an, zugleich auch auf Samjatin.«

Winterpole stieß eine dünne Rauchwolke aus.

»Klar. Er muss gestoppt werden. Und Sie wollen doch immer noch Ihren Sohn finden, kann ich mir vorstellen. Bis jetzt haben Sie sich gut geschlagen, aber nun müssen wir den entscheidenden Schritt tun. Ich möchte vor Samjatin in Urga sein.«

»Und wie wollen Sie das bewerkstelligen?«

»Auf die gleiche Weise wie Samjatin. Mit einem Auto. Auf mich wartet eins beim Daotai. Ich habe es in Kalgan von Dänen gekauft. Es ist ein Fiat, extra gebaut für eine Gegend wie diese. Damit kommen wir schneller nach Urga als Udinski mit seinem LKW.«

»Und wenn wir dort sind? Was dann?«

»Wir halten still und warten ab, bis Samjatin den ersten Zug macht. Ungern-Sternberg wird mit uns kooperieren. Samjatin im Austausch für Ihren Sohn. Und für den tibetischen Jungen natürlich. Ungern ist in prekärer Lage. Ein Versprechen britischer Hilfe kann er nicht einfach ausschlagen. Ich schicke ihm morgen über diplomatische Kanäle ein offizielles Telegramm. Darin kündige ich uns an und bitte ihn um seinen Schutz. Damit ist Samjatin ausmanövriert, Christoper. Er läuft geradewegs in eine Falle.«

Christopher schaute Winterpole an, als wäre der sehr weit weg. Sein ganzer Aufzug, seine Zigaretten, sein selbstsicheres Auftreten – all das kam ihm vor wie von einem anderen Stern. Er war ein Intrigant, aber er wusste sehr wenig von der Welt, für die er seine Intrigen spann.

»Darauf würde ich mich nicht verlassen«, sagte Christopher.

47

Getreu seiner Ankündigung schickte Winterpole am nächsten Morgen ein Telegramm ab. Das war ein kompliziertes

Verfahren. Zunächst musste es über Landschou nach Peking gesandt und von dort nach Urga weitergeleitet werden, wo es in Ungern-Sternbergs prächtigem neuen Telegrafenamt ankommen sollte. Selbst zu besten Zeiten gab es bei solchen Aktionen stets unvermeidliche Verspätungen, Fehlübermittlungen oder unterbrochene Leitungen. Und dies waren nicht die besten Zeiten – weder in China noch in der Mongolei.

Hätte Winterpole einen Tag abgewartet, dann wäre er informiert worden, dass aufständische Truppen die Telegrafenleitung zwischen Yenan und Peking unterbrochen hatten und seine Depesche daher »auf unbestimmte Zeit« liegenbleiben musste. Aber kaum eine Stunde, nachdem er das Telegramm abgeschickt hatte, tauchte er bei Christopher auf und drängte zum Aufbruch. Wieder saßen sie in dem Raum des Rasthauses zu ebener Erde beisammen.

»Ich bin nicht sicher, ob ich mit Ihnen mitkommen soll«, sagte Christopher.

»Warum nicht?«

»Weil ich Ihnen nicht vertraue. Samjatin interessiert Sie doch gar nicht. Sie haben selber gesagt, er wird in eine Falle laufen. Sie könnten eigentlich an diesen Ungern-Sternberg telegrafieren und dann in aller Ruhe heimreisen. Aber Sie wollen persönlich in Urga sein. Sie brauchen den Jungen für sich selbst. Sie wollen ihn zu Ihrem Vorteil nutzen.«

Winterpole zückte ein Taschentuch aus weißem Leinen und schnäuzte sich sorgfältig die Nase. Ebenso exakt faltete er es wieder zusammen und steckte es weg.

»Zu *unserem* Vorteil, Christopher.«

»Nicht zu meinem.«

»Sie wollen doch Ihren Sohn finden, nicht wahr? Sie wollen ihn doch mit nach Hause nehmen.«

Darauf sagte Christopher nichts.

»Natürlich wollen Sie das. Dann kommen Sie mit mir

nach Urga. Und das tibetische Mädchen nehmen Sie mit. Sie können sie nicht hier zurücklassen.«

Christopher glaubte zu wissen, was Winterpole im Schilde führte. Mit Chindamanis Hilfe hoffte er den nötigen Einfluss auf Samdup ausüben zu können. Aber in einem hatte er natürlich recht. Christopher würde sich nicht die letzte Chance entgehen lassen, William zu retten.

»Wer ist dieser Ungern-Sternberg?«, fragte Christopher.

Winterpole zuckte die Achseln.

»Die Frage ist nicht einfach zu beantworten. Ich lasse ihn seit über einem Jahr beobachten, aber ich bekomme nur widersprüchliche Berichte. Im Grunde wissen wir so gut wie nichts über ihn.«

Er verstummte und versank in Nachdenken.

»Was wir allerdings wissen …« Wieder stockte er. »… klingt nicht gerade angenehm. Ungern-Sternberg ist, wie die Psychologen sagen, wahrscheinlich ein Psychopath. Er scheint überhaupt nicht zu wissen, was Recht und was Unrecht ist.

Aber …«, erneut unterbrach er sich, »… er ist der Mann des Augenblicks. Der rechte Mann am rechten Ort. Gott weiß, wir wählen unsere Freunde nicht immer gut aus. Aber oft genug haben wir keine Wahl.

Ungern-Sternberg ist die Sorte Mann, die nur in Zeiten wie diesen nach oben kommt. Er ist dafür geschaffen, es liegt ihm im Blut. Und das ist schlecht genug. Seine Familie gehört zu den vier führenden des Baltikums: Das sind die Üxkülls, die Tiesenhausens, die Rosens und die Ungern-Sternbergs.

Die Ungern-Sternbergs stammen von einem alten Rittergeschlecht ab, das sich im 12. Jahrhundert auf den Kreuzzug gegen Russland begab. Sie machten Riga zu ihrer Festung. Sie waren ein brutaler Haufen, der ständig Händel anfing und

immer mit den Taschen voller Beute nach Hause kam. Rauf-
bolde, Piraten, Plünderer und Raubritter. Sie entwickelten
Gewalt zu einer Kunst. Und hier haben wir ihren letzten
Spross, einen Verrückten, der sich für den mongolischen
Kriegsgott hält und entsprechend handelt.«

»Wie alt ist er?«, fragte Christopher.

»Etwa so alt wie Sie, Jahrgang 1887. Er hat in der russischen Kriegsmarine angefangen, nachdem er deren Kadet-
tenschule in St. Petersburg abgeschlossen hatte. Aber das
Seemannsleben scheint ihm nicht sehr behagt zu haben, obwohl er Piraten unter seinen Ahnen hatte. Vielleicht wollte
ja auch die Marine ihn nicht haben. Jedenfalls nahm er dort
seinen Abschied, zog nach Osten und landete schließlich bei
den Argun-Kosaken in Transbaikalien. Dort ging es ihm her-
vorragend, so heißt es. Seine Hauptbeschäftigung sollen die
Falknerei, Duelle und die Jagd gewesen sein. Aber am Ende
haben ihn auch die Kosaken davongejagt: zu viele Raufe-
reien, zu viel Insubordination.

Für eine Weile ist er unter die Banditen gegangen. Dann
brach der Krieg aus, und er sah eine Chance für sich. Er
schickte ein Gesuch an den Zaren persönlich und bat darum,
wieder in die Armee aufgenommen zu werden. Der gab
seine Zustimmung, und Ungern-Sternberg kam zu den Nert-
schinsker Kosaken unter Wrangel. Aber auch dort scheint er
nicht beliebt gewesen zu sein. Soviel wir wissen, hielten die
meisten Offiziere Abstand von ihm. Dabei kann Ungern-
Sternberg kämpfen, das ist keine Frage. Er erhielt alle Auszeichnungen bis hinauf zum Georgskreuz. Er war so hochdekoriert, dass sie ihn zum Generalmajor befördern mussten.
Dann brach die Revolution aus.«

Winterpole hielt einen Moment inne und leckte sich die
Lippen. Gedankenverloren spielten seine Finger mit den
Mahjong-Steinen, die noch auf dem Tisch herumlagen. Er

sortierte sie in kleine Häufchen zu zwei und drei. Das Geräusch irritierte Christopher.

»Als Ungern-Sternberg merkte, woher der Wind wehte, verdrückte er sich von der deutschen Front und zog sich nach Transbaikalien zurück, wo er sich dem Ataman Semjonow anschloss. Bald war er dort wieder General und befehligte die Region Daurien.«

Winterpole blickte jetzt sehr ernst drein. Seine Hände lagen ruhig auf dem Tisch. Das Spiel mit den Steinen hatte aufgehört.

»Ich bin einmal in Daurien gewesen«, sagte er. »Wussten Sie das?«

Christopher schüttelte den Kopf. Aber er hatte davon gehört.

»Das war Anfang 1920. Unsere Truppen hatten Sibirien bereits verlassen. Die Generale der Weißen waren am Ende. Koltschak, Wrangel oder Kornilow – entweder tot oder im Exil. Nur die Japaner standen noch in Wladiwostok. Sie unterstützten Semjonow mit Waffen und Geld und versprachen ihm politische Anerkennung.

Ich wurde ausgeschickt, um ihn in seinem Hauptquartier in Tschita zu besuchen und herauszufinden, wo er stand. Das war die leichteste Mission meines Lebens. Ich sah sofort, dass Semjonow nur für sich selber sorgte. Ebenso seine Männer.

Nie habe ich eine brutalere Truppe erlebt. Vielleicht glaubten diese Leute, sie seien bereits tot und brauchten keine menschlichen Regungen mehr. Es wurde gehurt, gespielt und getrunken, aber nicht so, wie es Soldaten im Urlaub oder vor der Schlacht tun, sondern ständig und auf die wildeste Art. Die Offiziere trieben es noch schlimmer als die Soldaten. Barbarischer im wahrsten Sinne des Wortes. Bei Bier und Schnaps blieb es nicht. Morphium, Kokain oder

Opium mussten her. Und das Töten hörte nicht auf. Ich glaube, dass die Drogen sie in diesen Zustand versetzt haben. Es wurde ihnen zur Gewohnheit. Niemand stoppte sie, Strafen hatten sie nicht zu befürchten. Denn das Gesetz waren sie selbst. Sie legten jeden um, der ihnen nicht gefiel. Es spielte keine Rolle. Solange sie nicht gegen die eigenen Leute vorgingen, kümmerte sich niemand darum.«

Wieder verstummte er, und seine Finger begannen erneut das Spiel mit den Steinen. Erinnerungen übermannten ihn, die wohl noch nicht fern genug waren, um ihren Schrecken verloren zu haben.

»Wie Sie sicher wissen, fährt der internationale Express von Sibirien nach der Mandschurei durch Transbaikalien. Man schickte mich auf einen Trip längs der Eisenbahnstrecke, um zu sehen, wie Semjonow die Verbindungswege in der von ihm kontrollierten Region offenhielt. Die ganze Gegend war von »Todesstationen« übersät, wie Semjonow sie nannte. Dort wurden Leute wahllos aus den Zügen geholt – Juden, vermutete Bolschewiken, Kommissare oder reiche Kaufleute. Sie verschwanden auf Nimmerwiedersehen. Wenn nachgefragt wurde, hieß es immer: ›Unterwegs vermisst‹. Und wer fragte damals nach?«

Er zögerte kurz, fuhr dann aber weiter fort.

»Einmal …« – hier verdüsterte sich sein Blick –, »einmal habe ich die seltsamste, schrecklichste Sache erlebt, die mir je vorgekommen ist. Ich stieß auf eine endlose Reihe von Zügen, die auf den Schienen festsaßen. Meilenweit nur Waggons und Lokomotiven, alle unbeweglich wie eine gigantische Schlange. Ein Seeungeheuer, groß genug, um eine ganze Flotte zu verschlingen.

Der vordersten Lok waren Brennmaterial und Wasser ausgegangen. Sie blieb stehen, bis sie an den Schienen festfror. Die Kälte verschweißte die Metallteile förmlich miteinander.

Der zweite Zug, der folgte, versuchte, den ersten weiterzuschieben. Aber vergeblich. Auch er fror fest. Die ganze Zeit informierte niemand darüber, was dort vorging. Daher wurden weiter Züge geschickt. Zug auf Zug.

Wir gingen näher heran. Es war bitterkalt. Die Wagen waren mit Reif überzogen. Drinnen lagen zahllose Leichen von Passagieren, die hier erfroren waren. Aus Furcht vor der Kälte hatten sie ihre Abteile nicht verlassen, wussten nicht, was passiert war, und warteten auf Hilfe aus Moskau. Man sagte mir, damals seien dort fünfundvierzigtausend Menschen erfroren. Ich weiß nicht, ob das wahr ist. Aber ich habe viele Leichen gesehen. Alle wunderbar erhalten.«

Er hatte Mühe, weiterzusprechen.

»In einem Wagen saß eine wunderschöne Frau. Sie war in einen Zobelpelz gehüllt, und ihr Haar sah aus wie feinste Spitze. Im Tod war sie kaum verändert. Sie war leichenblass und steif gefroren, aber immer noch von vollkommener Schönheit. Sie wirkte wie eine Puppe, weiß, traurig und unberührbar. Ich wollte ein Fenster einschlagen und einsteigen, um sie aus der Nähe zu betrachten. Ich wollte sie küssen, nur um zu erfahren, wie das Eis auf ihren Lippen schmeckte. Ich glaubte fast, ich könnte sie auftauen, durch meine Wärme wieder zum Leben erwecken. Sie war so still, totenstill.«

Er verstummte, von Erinnerungen überwältigt, als er die überfrorenen Wagen der Transsibirischen Eisenbahn entlangging, bleiche Gesichter sah und die hölzernen Viehwagen, in denen die Leichen abtransportiert wurden.

Christopher überließ ihn seinen Gedanken und stieg wieder zu ihrem Zimmer hinauf. Sie würden bald aufbrechen müssen. Er hatte keine Wahl. Niemals hatte er eine Wahl gehabt.

In der Mongolei

48

Sie brachen noch am selben Vormittag auf. Chödrön blieb in Sining-fu bei den Besitzern des Rasthauses. Die Wirtin hatte Gefallen an ihr gefunden, und als sie ihre Geschichte hörte, bot sie spontan an, sie bei sich zu behalten. Das Mädchen war überglücklich. Der Trubel in Sining-fu, der ersten größeren Stadt, die sie je gesehen hatte, der Luxus, in einem Haus statt in einem Zelt leben zu dürfen, drängte für den Augenblick den Verlust zurück, den sie erlebt hatte. Sie willigte mit Freuden ein. Weder Chindamani noch Christopher konnten sich eine bessere Lösung denken.

Chindamani fiel es schwer, sich von der Kleinen zu trennen. Von ihrer alten Amme Sönam abgesehen, hatte sie noch nie weibliche Gesellschaft gehabt. Chödröns Einsamkeit erinnerte sie an ihre eigene Kindheit. Vielleicht war das Gesetz, das vorschrieb, dass ein Kind seinen Eltern in so frühem Alter weggenommen wurde, nur um eine weitere Phase im Zyklus seiner Inkarnationen zu leben, auf seine Weise nicht minder brutal als die Gewalt, die Chödrön zur Waise gemacht hatte.

Das Fahrzeug war ein stabiler kleiner Fiat, den Winterpole für einen stattlichen Preis vom Daotai erworben hatte. Er war für Wüstenfahrten eingerichtet und hatte dem Daotai für Jagdzüge in die Gobi gedient. Mit dem Benzinvorrat, dem Wasser, den Zelten und Lebensmitteln, die sie mitführten, wären sie getrost bis nach Sibirien und zurück gekommen. Winterpole setzte sich ans Steuer, während Christopher mit Hilfe von Karten, die ihnen die britische Botschaft in Peking zur Verfügung gestellt hatte, die Aufgabe des Navigators übernahm.

Von Sining-fu rollten sie am östlichen Rand des Nanshan-Gebirges entlang geradewegs nach Norden und bogen dann leicht nach Osten ein. Am späten Nachmittag passierten sie bei Wuwei die Große Mauer. Die niedrigen Lehmwälle, an denen Menschen und Zeit gleichermaßen ihr Zerstörungswerk verrichtet hatten, waren nur noch von symbolischem Wert. Wie unansehnlich diese Reste auch wirken mochten, Christopher spürte, dass sie mehr als eine symbolische Grenze überquerten.

Einmal kam ihnen eine lange Kamelkarawane entgegen. Die Tiere äugten erstaunt auf das Fahrzeug. Einen Moment lang roch es nach Gewürzen und anderen Waren, dann waren sie vorüber, und die Wüste gehörte wieder ihnen allein. Vor ihnen erstreckte sich der Ala-Shan bis zum dunstigen Horizont. Dahinter lag die eigentliche Wüste Gobi in der flimmernden Sonne. Im Wagen war es unerträglich heiß.

»Sie haben mir von Daurien erzählt«, sagte Christopher zu Winterpole. »Von Ungern-Sternbergs Zeit in dieser Gegend.« Er saß auf der Rückbank neben Chindamani, die erst nach langem Zureden in den Wagen gestiegen war. Immer noch schwankte sie zwischen Angst und Bewunderung über die Geschwindigkeit, mit der sich das Gefährt fortbewegte.

Winterpole blickte auf wie ein Mann, den man plötzlich aus tiefem Schlaf gerissen hat.

»Daurien? Ach so, natürlich, Daurien.« Er sah aus dem Fenster, wo die Wüste vorüberflog und sich auf allen Seiten die gleichen sterilen Sanddünen auftürmten.

»Ich möchte, dass Sie begreifen, wie es dort war, Christopher. Dass Sie wissen, worauf Sie sich einlassen. Glauben Sie mir, wenn wir die Wahl hätten, dann würde ich Ungern-

Sternberg viel lieber in der Hölle sehen, als mich mit ihm zu verbünden. Aber er oder Samjatin – darum geht es jetzt.«

Er verstummte. Etwas hielt ihn davon ab, mehr von dem zu erzählen, was er gesehen hatte.

»Ich bin erst später dorthin gereist«, sagte er. »Nachdem ich Semjonow aufgesucht hatte, begab ich mich zu Ungern-Sternberg nach Daurien. Das hatte Semjonow mir empfohlen. Er dachte, der Mann würde mich beeindrucken. Ich weiß nicht, was er sich vorgestellt hat. Die verstehen uns nicht. Das ist bis heute so geblieben.

Ich kam an einem späten Nachmittag an. Die Sonne ging gerade unter. Wir rollten über einen engen Kreis von Sandhügeln in eine Ebene hinein. Dort war kaum Leben zu entdecken, soweit wir sehen konnten. Kein Grashalm, keine Bewegung, nur ein Haufen schmutziger Hütten wie eine Leprakolonie mitten im Nichts. Niemals wieder habe ich so das Gefühl für Ort, Zeit und Grenzen verloren. Es war, als befänden wir uns im Nirgendwo, mitten in einer großen Leere.

Sie hatten dort eine kleine russische Kirche mit einem Turm, die eher im westlichen als im byzantinischen Stil errichtet war. Vielleicht war sie einmal ganz hübsch gewesen, aber inzwischen hatte sie Dachziegel, Farbe … und noch etwas verloren. Was eine Kirche erst zur Kirche macht. Wie soll ich das erklären? Mitten in dieser Ebene lag Ungerns Hauptquartier. Eine kleine Festung aus rotem Backstein. Als ich sie zum ersten Mal aus der Ferne sah, musste ich an ein Schlachthaus denken, das von oben bis unten mit Blut gefärbt war. Und über dem Ganzen blies ständig ein hässlicher Wind.«

Er verstummte. Vielleicht sah er die roten Mauern von Daurien wieder vor sich und hörte den Wind über die Ebene pfeifen. Draußen zogen die Dünen der Wüste vorbei – diffus und verblichen, eine wasserlose Fata Morgana, die im Licht der sinkenden Sonne flimmerte.

»Dort bin ich Ungern-Sternberg zum ersten Mal begegnet. Ich werde es nie vergessen. Wie er mich anblickte, als ich eintrat ..., wie er mich erwartete.«

Ihn schauderte.

»Unter normalen Umständen würde ich einem Mann, der mich so anschaut, eins in die Fresse geben. Das tat ich natürlich nicht. Ich starrte zurück, aber ... Sie werden ihn ja bald selber kennenlernen. Seien Sie bei ihm stets auf der Hut. Seine Laune kann in Sekundenschnelle von größter Liebenswürdigkeit in sadistische Wut umschlagen. Das habe ich selbst erlebt.

Er hat stets eine Art Reitgerte aus Bambus bei sich. Sie ist dünn und elastisch, hat aber scharfe Kanten. Einer seiner Stabsoffiziere trat ein. Ein junger Mann, wahrscheinlich erst kürzlich von der Militärakademie abgegangen, aber schon von den Ausschweifungen gezeichnet. Ich hatte ihn bereits in Tschita gesehen. Er meldete etwas, das Ungern-Sternberg offenbar nicht gefiel. Der Baron geriet in Wut und versetzte ihm mit seiner Gerte einen Hieb ins Gesicht. Die Wange platzte sofort bis zum Knochen auf. Der junge Mann fiel fast in Ohnmacht, aber Ungern-Sternberg befahl ihm, stehenzubleiben und seine Meldung zu beenden. Es schüttelte ihn vor Wut. Kaum war der Junge draußen, sprach er weiter mit mir, als ob nichts geschehen wäre.«

Winterpole schaute durch das linke Fenster. Im Westen ging gerade die Sonne blutrot in einem Sandschleier unter. Hinter ihnen sank eine riesige Staubwolke auf die Wüste nieder.

»Ein zweites Vorkommnis ist mir im Gedächtnis geblieben«, fuhr Winterpole fort. »Ein alter Mann, ein Jude, wurde gebracht. Sein Sohn war am Tag zuvor auf Ungern-Sternbergs Befehl exekutiert worden. Ziemlich grundlos, wie ich feststellte. Der Alte war gekommen, weil er um den Leichnam seines Sohnes bitten wollte. Das war alles. Er wollte ihn nach jüdischer Sitte begraben und ihn nicht von den Hunden zerreißen lassen, wie das in jener Gegend üblich war. Er beklagte sich nicht. Er äußerte keinerlei Vorwurf. Ob es nun an seinem Gesicht oder seinem Auftreten lag, oder weil er Jude war, jedenfalls bekam der Baron wieder einen seiner Wutanfälle.

Ungern-Sternberg rief zwei seiner Gefolgsleute herbei, die den alten Mann hinausführten. Mich nahm er mit, damit ich sehen sollte, wie er Verräter bestrafte. Ich musste wohl oder übel gehorchen. Ausländer zu sein, war keine Sicherheitsgarantie.

Sie packten den alten Mann und stellten ihn in eine hohe Holzkiste. An einer Seite war ein Loch, durch das der Mann einen Arm stecken musste. Draußen herrschte strenger Frost. Wir trugen alle Pelzmäntel, und trotzdem war mir bitterkalt.

Sie banden den Arm des alten Mannes fest, so dass er ihn nicht mehr in die Kiste zurückziehen konnte. Dann gossen sie Wasser darüber, bis seine Kleidung ganz und gar durchnässt war. Es dauerte nicht lange, da war sie gefroren. Drei Stunden später schauten sie nach ihm. Sein Arm war inzwischen ein dicker, harter Eisklumpen. Ungern trat an die Kiste heran und brach den Arm einfach ab. Das habe ich selbst gesehen. Wie einen trockenen Ast. Es knackte nur und blutete nicht einmal.«

Er schwieg wieder. Draußen wurde es langsam dunkel. Winterpole schaltete die Scheinwerfer des Wagens ein. Lange weiße Strahlen durchstießen die Dunkelheit vor uns. Insekten tanzten darin. Das Licht schuf schmale Welten, in denen kleine Wesen für kurze Zeit herumschwirrten, bevor sie ins Dunkel flüchteten.

»Der alte Mann starb unter großen Schmerzen. Am Morgen hatten die Hunde bereits gefressen, was von ihm und seinem Sohn noch übrig war.«

Winterpole blickte auf. Seine ganze Gelassenheit, das selbstsichere Getue war wie weggeblasen. Er wirkte hohl und leer wie eine Muschelschale, die es weit vom Meer fortgetragen hat.

»Nun wissen Sie, mit wem wir zusammenarbeiten«, sagte er. »Wer unsere Freunde sind.« In seinen Augen glaubte Christopher Spuren von Entsetzen zu lesen.

»Er ist alles, was wir hier haben, Christopher. Alles, was noch zwischen uns und den Bolschewiken steht.«

Im Wagen wurde es still. Er rollte durch die stockdunkle Wüste – ein hell leuchtendes Zeichen einer Zeit, die noch kommen sollte. Langsam erwachte die Wüste zum Leben. Winterpole, Ungern-Sternberg und Samjatin wollten alle drei die Vorzüge ihrer kalten Zivilisation in diese Wildnis bringen. Wenn sie hier keine Blüten trieb, dann störte sie das nicht. Sie hatten Zeit. Sie würden sie mit Blut bewässern.

»Brauchen wir solche Freunde?«, fragte Christopher. Er konnte die Notwendigkeit dafür nicht erkennen. Er konnte sich auch nicht vorstellen, was eine so morsche Barriere zwischen zwei Philosophien ausrichten sollte.

»Sie werden das kaum begreifen, Christopher. Sie sind während des Krieges nicht in Europa gewesen. Sie haben nicht gesehen, was wir einander angetan haben. Wir haben den Kopf verloren. Wir sind zu Bestien geworden. Als der Krieg zu Ende war, glaubte man allgemein, damit sei auch die Gewalt zu Ende. Als ob das jemals möglich wäre. ›Ein Krieg, der allen Kriegen ein Ende setzt‹ – so haben wir das damals genannt. Aber wie kann Krieg je enden? Er ist ein Teil von uns. Er liegt uns im Blut.

Wenn die Bolschewiken ihr Glaubensbekenntnis weiter ausbreiten, dann gibt es den nächsten Krieg, der noch schlimmer sein wird als der letzte. Meine Aufgabe ist es, das um jeden Preis zu verhindern. Wir haben gerade einen Krieg gewonnen, und Frieden ist alles, was sich die Menschen wünschen. Sie wollen, dass er immer besteht, dass der Mohn auf den Feldern blüht, dass Onkel Arthurs Foto mit allen Orden und Medaillen auf dem Kaminsims steht, dass unsere Fahne tagaus, tagein in einer steifen Brise weht und dass den ganzen Winter lang das Feuer in den Häusern nicht ausgeht. Ich ängstige mich um sie. Sie könnten von Samjatin und seiner Geschichte übernommen werden, ohne es zu merken. Deshalb brauchen wir Ungern-Sternberg. Es ist bedauerlich, aber notwendig, das versichere ich Ihnen.«

Er räusperte sich.

»Keine Angst, lange wird er sich nicht halten. Männer wie er erfüllen nur einen Zweck in Zeiten wie diesen. Er hat die Chinesen aus dem Weg geräumt, und das hat er gut gemacht. Es hätte großes Aufsehen gegeben, wenn wir selbst es getan hätten. Diplomatische Verwicklungen. Reparationen.

Er wird uns die Bolschewiken vom Halse halten, bis wir etwas Besseres, Dauerhafteres organisiert haben. Dann setzen wir an seiner Stelle unseren eigenen Mann auf den Thron. Vielleicht den tibetischen Jungen. Wir versorgen ihn mit Waffen, Beratern und Geld. Wir bauen Telegrafenämter, eröffnen Banken und bringen den Handel in Gang. Am Ende wird das alles funktionieren. Glauben Sie mir, dieser Plan ist auf sehr hoher Ebene erörtert worden. Von allen Seiten. So ist es wirklich das Beste. Das werden Sie sehen. Und wir müssen alles dafür tun.«

Die Welt war vom Brummen des Motors erfüllt. Der Wagen teilte die Dunkelheit, die hinter ihm wieder zusammenfiel, dick und undurchdringlich wie zuvor.

Chindamani wandte sich Christopher zu.

»Es ist wie Zauberei«, sagte sie. »Lampen, die die Nacht zum Tage machen. Kisten, die schneller laufen als ein geflügeltes Pferd. Du hast mir nie gesagt, dass dein Volk solche Wunderdinge vollbringen kann.«

»Nein«, sagte Christopher und starrte in die Dunkelheit hinaus. »Das habe ich dir nicht gesagt. Alles, was wir tun, ist Zauberei. Eines Tages werden wir die ganze Welt in ein Märchenland verwandeln. Wart's nur ab.«

49

Diese Nacht rasteten sie in der Mitte einer weiten Niederung knapp dreihundert Kilometer nördlich von Sining-fu. Ein riesiger Mond verwandelte mit seinem Licht den Sand in Silber und die ganze Gegend in eine riesige polierte Schüssel. Sobald die Sonne untergegangen war, verlor auch der Sand seine Wärme. Mit Holzkohle, die sie in Sining-fu gekauft hatten, zündeten sie ein Feuer an, wo sie, vor Kälte zitternd, ihr Mahl verzehrten.

Christopher konnte seine Sorgen Chindamani nicht verständlich machen. Er sagte ihr, sie würden in einigen Tagen in Urga sein. Da sie mit Wundern aufgewachsen war und der magische Puls des Autos sie begeisterte, das sie schon so weit in dieses Land ohne Eis und Schnee getragen hatte, glaubte sie ihm. Er sagte ihr auch, was er über Ungern-Sternberg erfahren hatte. Nicht um sie zu erschrecken, sondern um sie zu warnen. Winterpole hatte ihm noch berichtet, dass der Balte in Daurien ein Wolfsrudel hielt, dem er gelegentlich seine Opfer zum Fraß vorwarf. Aber Chindamani hatte noch nie einen Wolf gesehen oder in der Nacht heulen hören. So meinte sie, Christopher erzähle ihr Märchen, so wie sie einst Samdup in seinem *Labrang* im tiefsten Winter mit Geschichten unterhalten hatte.

Der Junge fehlte ihr sehr. Sie ängstigte sich um ihn, besonders jetzt, da die Entfernung zu ihm immer kürzer wurde. Abergläubische Furcht stieg in ihr auf, sie könnte an seinem Tod schuldig werden. Inzwischen hatte sie gesehen, wozu Samjatin fähig war und dass er auch vor Kindern nicht haltmachte.

Ihr Verhältnis zu Christopher verunsicherte sie zusehends. Sie liebte ihn auf eine Weise, die ihr immer neue Überraschungen und Wonnen brachte. Seine Augen, seine Hände, die fremde Härte seines Bartes, wie merkwürdig er tibetische Wörter aussprach, die Zärtlichkeit seiner Finger, sein leichter Atem an ihrer feuchten Haut – all das brachte ihr neue, unbekannte Freuden. In seiner Gegenwart fühlte sie sich rundherum wohl. Wenn sie sein Bett teilte, empfand sie einen Genuss, auf den nichts in ihrem bisherigen Leben sie vorbereitet hatte. Sinnenlust hatte sie bisher stets als eine Sache für gewöhnliche Sterbliche oder Götter betrachtet. Da sie sich als keines von beiden sah, fühlte sie sich davon nicht berührt.

Zum ersten Mal lernte sie, was Versuchung war – ihre Macht, ihre Raffinesse und ihre Innigkeit. Sie hätte mehrere ihrer Leben gegeben, damit er noch einmal in sie eindrang, sie noch einmal seine Lippen auf ihren Brüsten spüren oder nur in der Dunkelheit nackt neben ihm liegen durfte. In ihrer ersten Nacht in der Wüste nahm er sie mit einer Leidenschaft, die sie noch nicht an ihm kannte. Als sie ihn in sich spürte, ging ihr eine einfache Wahrheit auf: Liebe wurde nicht weniger. Sie wuchs mit jedem Tag, und nichts konnte sie aufhalten, außer die Liebe selbst.

Immer öfter fragte sie sich, wie sie weiterleben sollte, wenn der Zeitpunkt kommen würde, da sie ihn verlassen und in die Schattenwelt zurückkehren musste, der sie angehörte.

Sie brauchten zwei weitere Tage, um die Gobi und die niedrige Bergkette an ihrem Rand hinter sich zu lassen. Fünfmal blieb der Wagen liegen, und jedes Mal fluchte Winterpole, das sei das Ende. Er schimpfte und bastelte so lange, bis ein Wunder geschah, der Wagen sich in sein Schicksal fügte und sie weiterrollten. Christopher war überrascht, so viel praktisches Geschick bei einem Mann wie Winterpole zu finden, dem er das nie zugetraut hätte. Es stellte sich heraus, dass Autos seine Leidenschaft waren. Er meinte, sie seien ihm lieber als Menschen. Das glaubte ihm Christopher aufs Wort.

Nun lag die Wüste hinter ihnen, und sie fuhren durch offenes Gelände. Um sie breitete sich Grassteppe aus, so weit das Auge reichte. Das war das Land der Nomaden, eine Welt der weißen Jurten und wilden Pferde, welliger Wiesen und gewundener Flüsse, wo riesige Herden von Schafen, Ziegen und Rindern friedlich grasten. Sie kamen an einer kleinen Herde weißer Pferde vorbei, die einen Talisman im Filztäschchen auf ihrer breiten Brust trugen. Es waren heilige Tiere, die einem nahe gelegenen Kloster gehörten. Hunde sprangen bellend um den Wagen herum, wenn sie an kleinen Nomadenlagern vorüberfuhren. Dann wurde es wieder still, und sie rollten im höchsten Gang dem blauen Horizont entgegen. Die Stimmung stieg.

»Bis Urga sind es noch 250 Kilometer«, sagte Winterpole. »Wenn wir Glück haben, sind wir morgen dort.«

An diesem Nachmittag fuhren sie durch riesige Matten von lila und weißen Kuhschellen, die im sich wiegenden Gras blühten. Der Winter lag nun weit hinter ihnen, und die Schneefelder Tibets waren nur noch eine Fata Morgana. Wohin sie blickten, erstreckte sich ein farbenprächtiger Teppich bis zum Horizont. Auf Christophers Bitte hielt Winterpole, und sie stiegen aus.

Er sah zu, wie Chindamani sich mit großen Augen bückte und ihre Hand über eine lila Blume gleiten ließ.

»Du musst daran riechen«, sagte er.

Aber der Duft war überall, ein reiches, ungewohntes und kaum erträgliches Aroma wie das Parfüm einer Frau, vom Sonnenlicht erwärmt.

»Ich habe dir gesagt, dass es in der Mongolei Blumen gibt«, flüsterte sie. Eine leichte Brise kam von Norden und ließ ihr Haar flattern. Gras und Blüten wiegten sich. Ein riesiger Ozean ohne Küsten bewegte sich zu einer unhörbaren Melodie.

»Hat es sich gelohnt, hierherzukommen?«, fragte er.

Sie erhob sich und lächelte, verzaubert von dem unermesslichen Grün. Für ihn war es das Normalste von der Welt – eine Wiese voller Blumen. Für sie aber stand die Welt kopf.

Plötzlich lachte sie laut auf und begann zu laufen. Wie ein Kind beim ersten Picknick hüpfte sie überglücklich in dem Blumenmeer herum. Christopher versuchte, sie sich zu Hause in Northumberland vorzustellen, wie sie in einem englischen Sommer in Carfax über gepflegten Rasen zum Fluss hinunterlief. Aber ihre tanzende Gestalt erinnerte ihn an etwas anderes, das diese schöne Welt in Stücke zerfallen ließ.

Plötzlich blieb sie unvermittelt stehen. Sie schrie nicht und rief nicht nach ihm, aber Christopher wusste sofort, dass etwas Schlimmes geschehen war. Sie stand stocksteif da, die Hände ineinander gekrampft, und starrte auf etwas, das er nicht sehen konnte.

»Bleiben Sie hier«, befahl er Winterpole, wobei er automatisch das Kommando übernahm. »Holen Sie Ihren Revolver aus dem Wagen. Vielleicht ist es nichts weiter, aber wir dürfen kein Risiko eingehen. Und lassen Sie den Motor laufen.«

Er rannte auf sie zu und betete, es möge ihr nichts geschehen sein, sie sei nur über etwas Unerwartetes erschrocken.

Vielleicht war ein Rehkitz vor ihr aufgesprungen und davongelaufen. Aber ihr Schweigen beunruhigte ihn mehr, als ein Hilfeschrei es hätte tun können.

Er begriff nicht gleich, worum es sich handelte. Chindamani stand vor einem sanften Abhang, der an einem kleinen Fluss auslief. Nach allen Seiten, so weit das Auge sah, war er mit runden Gegenständen bedeckt, die anfangs wie dicke Stiele von Pflanzen aussahen, aus denen Kürbisse oder kleine Melonen wuchsen.

Als er Chindamani erreicht hatte, sah er, was sie sah. In einem nahen Wald hatte man Äste abgeschnitten und über den ganzen Abhang hin bis zum Flussufer in die Erde gerammt. Auf jedem steckte wie ein groteskes Opfer ein Menschenkopf.

Christopher schätzte, dass die Köpfe seit ungefähr einem Monat hier standen. Von einigen war fast nur noch der nackte Schädel übrig, andere schienen geschrumpft wie Mumien mit dunkler, ledriger Haut. Auf manchen sah er chinesische Soldatenmützen. Ihre Zahl war nicht zu schätzen. Er glaubte, das Feld müsste sich kilometerweit erstrecken, bis der Fluss ins Meer mündete. Von dem Punkt, wo sie standen, war kein Ende zu erkennen.

Er fasste Chindamani bei den Schultern und führte sie fort. Als sie sich umwandten, sah er einen einzigen Pfahl, der über den Abhang ragte. An ihn hatte man ein Schild genagelt. Christopher ging hin und schaute es sich an.

Auf Chinesisch und Russisch stand etwas darauf geschrieben. Er las das Russische, konnte aber den Sinn nicht verstehen. Da stand:

Noch 130 Tage, und es ist vollbracht. Ich bin der Tod. Ich bin der Zerstörer der Welten.
Robert von Ungern-Sternberg

In den letzten beiden Sätzen erkannte er ein Zitat aus dem *Bhagavad Gita*, einem spirituellen Gedicht des Hinduismus. Aber der erste Satz war ihm ein Rätsel. Er wirkte wie der Apokalypse entnommen. Er war sicher, in der Offenbarung des Johannes hatte er ihn nicht gelesen.

Noch einmal warf er einen Blick auf die grausigen Trophäen, die Zeichen von Ungern-Sternbergs Gemetzel. Dann schaute er zum Fluss hinunter. Friedlich und rein, befreit vom Eis des Winters, floss er dem Meer zu. Christopher versuchte, sich vorzustellen, wie es gewesen sein musste, als vor einem Monat die kopflosen Leichen von zehntausend chinesischen Soldaten in ihm trieben, die Ungern-Sternberg und seine Leute hingeschlachtet hatten.

Der Retter der Mongolei war endlich erschienen und verrichtete sein Werk unter den Menschen.

50

Die ersten Schüsse hörten sie etwa eine Stunde vor Sonnenuntergang an dem Tag, als sie das Feld mit den aufgespießten Köpfen entdeckt hatten. Wenn sie jetzt an Blumenmatten vorüberfuhren, wandte Chindamani ihr Gesicht ab. »O Rose, du bist krank«, flüsterte Christopher unhörbar, aber der Wurm, der sich in die Knospe von Chindamanis Leben gebohrt hatte, war nicht unsichtbar wie in William Blakes Gedicht.

»Halten Sie an!«, rief Christopher.

Wieder krachte ein Schuss in der Ferne, gefolgt von einem schwachen Echo.

Winterpole bremste so scharf, dass der Wagen schleuderte. Er schaltete den Motor ab. Sofort herrschte tiefes Schweigen ringsum. Irgendwo ließ ein Vogel einen merkwürdigen

Triller hören. Zwei weitere Schüsse folgten dicht aufeinander. Dann war es wieder still.

»Was, zum Teufel, geht da vor?«, fragte Winterpole.

»Seien Sie still!«, herrschte Christopher ihn an. Er versuchte die Richtung festzustellen, aus der das Geräusch kam. Es waren eindeutig Gewehrschüsse, da gab es keinen Zweifel.

Erneut knallte es zweimal. Das Schießen hatte etwas Exaktes, Methodisches, was Christopher gar nicht gefiel. Es war nicht die Saison für die Jagd auf Waldschnepfen, und die Mongolen schossen nicht mit Gewehren auf Vögel.

»Winterpole«, sagte er, »bleiben Sie bei Chindamani im Wagen. Halten Sie Ihre Pistole bereit und benutzen Sie sie, wenn notwendig, um jemanden abzuschrecken, der sich nähert. Auch wenn er harmlos aussieht. Wir dürfen kein Risiko eingehen. Ich versuche herauszubekommen, was es mit der Schießerei auf sich hat.«

»Warum fahren wir nicht einfach weiter?«, meinte Winterpole.

»Können wir abschätzen, in was wir da hineingeraten?«, gab Christopher zurück. »Bevor wir uns weiterbewegen, muss ich wissen, worauf da geschossen wird, auf Vögel oder auf Menschen. Ersteres bezweifle ich. Wenn Letzteres zutrifft, dann will ich sehen, wer da schießt und auf wen. Ich verlasse mich darauf, dass Sie Chindamanis Sicherheit gewährleisten. Jetzt wird es ernst, Winterpole. Da werden Sie sich Ihre weißen Hände ein wenig schmutzig machen müssen.«

»Nennen Sie mich endlich Simon, alter Junge. Tun Sie mir den Gefallen.«

Christopher sagte nichts. Er griff nach unten und holte seine Pistole hervor, die er aus Dorje-la mitgebracht hatte, Tsarong Rinpoches Pistole.

Sie waren bisher am Rande eines großen Kiefernwaldes entlanggefahren, der rechts von ihnen lag. Christopher war sicher, dass die Schüsse von dorther kamen. Sein Verdacht bestätigte sich, als es wieder zweimal kurz hintereinander knallte, während er aus dem Wagen stieg. Wenn er die Bäume berücksichtigte, dann schätzte er, dass in etwa achthundert Metern Entfernung geschossen wurde.

»Sei vorsichtig, Ka-ris To-feh«, sagte Chindamani, so leise sie konnte. Sie sprach allein zu ihm in ihrem privaten Universum. »Ich habe Angst um dich. Pass auf dich auf.«

Er beugte sich zu ihr und küsste sie auf die Wange.

Mit den ersten Schritten war er im Wald verschwunden. Er fühlte sich wie ein Taucher, der aus der Sonne in eine grüne Welt hineinstürzte, in der schmale Streifen gebrochenen Lichts mit dunklen Schatten kämpften. Der Laut seiner Schritte wurde von dem dicken Teppich aus Kiefernnadeln verschluckt.

Überall lagen abgefallene Zapfen herum. Schweigen regierte wie ein wahnsinniger König über ein menschenloses Reich, entschlossen und mörderisch, begierig, Verwüstung zu säen. Christophers Atem war der einzige Laut. Rau und melancholisch mischte er sich mit dem schweren Geruch von Kiefernharz und verrottetem Unterholz. Wenn hier Vögel waren, dann hatten sie sich versteckt, äugten stumm und bewegungslos hinter dichten Zweigen hervor. Und wenn es andere Tiere gab, dann leckten sie ihre Zähne in ihren Bauen tief unter der Erde.

Der Wald erstreckte sich mit seinem satten Grün in alle Richtungen. Christopher kämpfte sich durch ein Gewirr von Ästen und tiefhängenden Zweigen. Nervös entsicherte er seine Pistole. Er musste dem Ort nahe sein, woher die Schüsse gekommen waren.

Plötzlich bellte eine Männerstimme etwas, das ein Befehl sein konnte. Eine kurze Stille folgte, dann knallten wieder zwei Schüsse. Er meinte, sie seien hinter einer Baumgruppe zu seiner Linken abgegeben worden. Von dort hörte er jetzt auch deutlich Stimmengewirr, konnte aber nicht ausmachen, was gesprochen wurde, oder auch nur, in welcher Sprache.

Durch das Dickicht schlich er sich an die Stimmen heran. Das Unterholz verbarg ihn, aber er konnte nicht genau erkennen, worauf geschossen wurde. Vielleicht waren es Kaninchen. Aber kein Tier flüchtete durchs Unterholz.

Wären es Kaninchen gewesen, dann hätte Christopher nach dem nächsten Schuss die Lichtung betreten. Aber er blieb still stehen und presste sich gegen einen Baumstamm. Dort draußen senkte sich langsam die Nacht über die Welt.

Das letzte Sonnenlicht schwand vom Himmel, suchte sich hoffnungslos an den Baumwipfeln festzuhalten, wurde dünner, schwächer und zerfiel. Bald würde es dunkel sein.

Auf der Lichtung bildeten etwa zwanzig Mann in schmutzig weißen Uniformen einen Kreis. Sie trugen rote Käppis mit einer Kokarde, auf der ein Schädel mit zwei gekreuzten Knochen zu sehen war – das Emblem von Annenkows bereits aufgelösten sibirischen Truppen. Sie waren mit 8-Millimeter-Männlicher-Gewehren bewaffnet, deren Mündungen zur Mitte der Lichtung zeigten. Hier standen sie – fern der Heimat, wohin die Rückkehr ihnen verwehrt war, und lebten ihre Apokalypse in der mongolischen Wildnis aus. Einige kämpften bereits seit 1914. Sieben Jahre Krieg und immer noch kein Ende.

In der Mitte der Lichtung in einer kleinen Mulde, wo man das Unterholz sorgfältig gerodet hatte, lagen etwa vierzig Leichen auf einem Haufen durcheinander. Sie waren in graue Uniformen mit roten Winkeln am Ärmel gekleidet, viele trugen Pelzmützen mit einem roten Stern, einige wie altertümliche Helme geformte Mützen aus Filz mit Hammer und Sichel darauf. In der Nähe befand sich noch ein weiteres Dutzend Männer in derselben Uniform, die auf ihr Schicksal warteten.

Christophers Aufmerksamkeit konzentrierte sich auf einen einzigen Mann, einen kleinwüchsigen weißgardistischen Offizier, der unweit des Leichenberges stand. Er war in einen verschlissenen grauen mongolischen Umhang gehüllt und hatte eine alte grüne Schirmmütze der Kosaken auf dem Kopf. Sein rechter Arm steckte in einer schwarzen Schlinge, die aussah, als trage er sie seit seiner Kindheit, wenn er denn je eine gehabt hatte. Aber auf seinen Schultern prangten Generals-Epauletten. In der linken Hand hielt er einen schweren Armeerevolver. Jetzt wandte er sich dem nächsten Gefangenen zu.

»*Kak wascha familia?* – Wie ist Ihr Familienname?«, fragte er. In der Stille klang seine Stimme rau und bedrohlich.

Der Gefragte zitterte im sinkenden Sonnenlicht. In seinen Augen sah Christopher blanke Hoffnungslosigkeit, als sei das Leben schon aus ihm gewichen, bevor die Kugel ihn traf. Er war jung, fast noch ein Kind.

»Araktschejew«, antwortete der Junge. Wie alt mochte er sein? Fünfzehn? Sechzehn? Die Stimme war tonlos. Seine Identität bedeutete ihm nichts mehr.

»*Imja i otschestwo?* Vor- und Vatersname?«

»Juri Nikolajewitsch.«

Der General wandte seinen Kopf ein wenig und bellte einen Befehl an die Adresse eines zweiten Offiziers, der in der Nähe stand. Er trug eine speckige weiße Uniform. Ein Leutnant, wahrscheinlich frisch von der Militärakademie. Er hielt ein dickes Buch in der Hand.

»Eintragen!«, befahl der General.

Der Leutnant notierte die Angaben korrekt in dem Buch,

wie es Vorschrift war. Weder Gericht noch Militärtribunal oder Urteil gab es hier, nur den Tod. Aber die Toten mussten registriert werden. Wenn der neue Zar den Thron bestieg und sein Volk mit dem Glanz seiner Rückkehr in Begeisterung versetzte, dann sollte er Ordnung vorfinden. Eine Million Tote. Zwei Millionen. Zwanzig Millionen. Aber alles vorschriftsgemäß – ein Friedhof mit nummerierten Grabstätten und Wegweisern, die den Ausgang anzeigten.

»Woher?«

»Gorki.«

»Rang?«

»Unteroffizier.«

»Einheit?«

»Zweite Schwadron, Kommunistische Innere Verteidigung.«

»Alter?«

Der Junge zögerte.

»Achtzehn«, sagte er dann. Das war sicher gelogen. Beide wussten es.

»Geben Sie zu, Bolschewik zu sein?«

Der Junge stockte wieder. Einen Augenblick lang schien er etwas Hoffnung zu schöpfen. Reichte es aus, wenn er das bestritt? Aber als er den Blick des Generals sah, war alle Hoffnung dahin.

»Ja.«

»Und ein Verräter am Zaren und dem heiligen Russland?«

»Kein Verräter«, protestierte der Junge. »Ich bin Russland treu. Ich diene dem russischen Volk.«

»Schreiben Sie ›Verräter‹.« Der General hielt kurz inne und schaute den Jungen an.

»Haben Sie noch etwas zu sagen?«

Der Junge schwieg. Er zitterte und brauchte alle Kraft, um Selbstbeherrschung zu zeigen. Das Licht verließ die Welt. Im nächsten Augenblick würde er den Tag schwinden sehen. Plötzlich wollte er so sehr die letzten Sonnenstrahlen erleben. Es war ihm unerträglich, dass eine Kugel sie auslöschen sollte. Aber er brachte kein Wort über die Lippen, nicht einmal die Bitte nach einer weiteren Minute Tageslicht.

»Gut«, sagte der General. Manch einer nahm die Gelegenheit für ein letztes Wort, andere nicht. Das machte für ihn keinen Unterschied. Ihm und seinen Männern war es gleich.

»Im Namen von Prinzessin Anastasia, Zarin aller Russen, im Namen seiner Heiligkeit Tichon, Patriarch unserer Heiligen Mutter Kirche, im Namen von Baron Robert von Ungern-Sternberg, Beschützer von Chalka und Oberbefehlshaber der russischen Truppen im Osten, verurteile ich Sie, Juri Nikolajewitsch Araktschejew, zum Tode. Möge Gott Ihrer Seele gnädig sein.«

Er hielt dem Jungen die Pistole an den zitternden Kopf. Der hatte die Augen weit geöffnet und starrte in das vergehende Sonnenlicht. Der General drückte ab, und der Junge fiel rückwärts auf den Leichenberg. Der Schütze beugte sich über ihn, sah, dass er sich noch bewegte, und schoss noch einmal. Da lag der Junge still. Es wurde langsam dunkel.

»Fackeln anzünden!«, rief der General.

Im nächsten Moment flackerten überall in der Runde Lichter auf. Jeder zweite Mann hielt eine Fackel hoch. Die Flammen erleuchteten die weißen Uniformen und die langen Bajonette. In der Mitte der Lichtung hoben sie für einen Moment einzelne Arme, Beine und Köpfe ins Licht, bevor diese wieder in der erbarmungslosen Dunkelheit versanken.

Wie gelähmt starrte Christopher auf das Schauspiel. Wer war hier sein Feind? Das wollte er wissen.

Das Töten ging weiter. Einer nach dem anderen wurden

die Gefangenen vorgeführt, befragt und ausnahmslos hingerichtet, meist mit zwei kurz aufeinanderfolgenden Schüssen. Wieder und wieder lief derselbe Alptraum ab.

Als Letzter kam ein hagerer, gebeugter Mann mit Nickelbrille an die Reihe, ein Kommissar der Tscheka, den sie zusammen mit der gerade hingerichteten Einheit gefangengenommen hatten. Die anderen waren Soldaten, aber dieser, so meinte Christopher, war ein echter Revolutionär. Ein Soldat leuchtete ihm mit der Fackel in das blasse, abgehärmte Gesicht.

Bevor der General sein Todesurteil sprechen konnte, streckte der Mann eine Hand aus. Die Geste und der feste Blick, mit dem er seinen Henker fixierte, besagten eindeutig, der möge ihm die Pistole reichen. Eine Minute verging, zwei Minuten. Niemand sagte ein Wort. Es war klar, was der Gefangene wollte. Schließlich willigte der General ein.

Mit seiner unverletzten Hand leerte er das Magazin des Revolvers bis auf eine einzige Kugel. Er schloss es wieder und reichte dem Kommissar die Waffe. Trotz ihrer ideologischen Gegnerschaft verstanden sie einander. Die Männer, die die Lichtung umstanden, hoben die Gewehre und zielten auf den Gefangenen.

Aber der plante keine Flucht. Langsam und konzentriert hob er die Waffe an seinen Kopf, ohne den kleinen General dabei aus den Augen zu lassen. Tiefe Verachtung malte sich auf seinem Gesicht – weniger darüber, was der General und seine Männer hier angerichtet hatten, sondern darüber, was sie waren oder was aus ihnen geworden war.

Christopher in seinem Versteck empfand den Abscheu dieses Mannes als mächtigen Schlag. Im moralischen Sinne hatte er sich seinen Gegnern bereits entzogen. Er hielt keine Rede und sagte ihnen auch keine Vergeltung voraus. Man brauchte ihn nur anzuschauen, um zu wissen, dass die Weißen besiegt waren. Es war nur noch eine Frage der Zeit. Er presste die Pistole fest gegen seine Schläfe, damit sie nicht abglitt. Eine einzige Bewegung, und alles würde vorbei sein. Er drückte ab, und die Pistole fiel zu Boden.

Das Schweigen, das dann folgte, wog schwer. Was immer dieses Tagewerk den Männern gegeben haben mochte, welchen Triumph sie dabei empfanden, auf so geordnete Weise Tod zu verbreiten – all das war mit der Geste eines einzigen Mannes dahin. Der General bückte sich und hob seine Pistole auf. Als er sie wieder in das Futteral steckte, zitterte seine Hand.

Christopher stand langsam auf, den Blick immer noch auf der Lichtung, den weißen Uniformen der Lebenden und dem blutgetränkten Haufen der Toten. Er wandte sich zum Gehen, voller Sorge, im Dunkeln den Rückweg durch den Wald nicht mehr zu finden.

Da kam eine Stimme aus der Nacht, eine weiche Stimme, die Russisch sprach.

»Lass deine Waffe fallen, Towarischtsch. Du bist von allen Seiten umstellt.«

Er tat, wie ihm geheißen. Als die Pistole auf den dunklen Waldboden fiel, gab es fast kein Geräusch.

51

Hinter ihnen rötete sich der Himmel, als ginge im Süden die Sonne auf. Ein Höllenfeuer loderte von Horizont zu Horizont. Es war Mitternacht. Der kleine General, Resuchin mit Namen, hatte seinen Männern befohlen, mit ihren Fackeln den Wald in Brand zu setzen. Am Tag zuvor waren er und seine Truppe von vierzig Mann in einen Hinterhalt geraten, als sie auf dem Rückweg nach Urga von einer sechstägigen

Erkundungstour an diesem Wald vorüberzogen. Die Hälfte war gefallen, bevor es ihnen gelang, die Angreifer in offenes Gelände zu locken und zu überwältigen.

Jetzt war Resuchin der Meinung, der Wald sei eine Gefahr für jegliche Truppen der Weißen, die hier vorbeikamen. Daher entschied er, ihn niederzubrennen. Christopher vermutete allerdings, dass für die Vernichtung von Natur in solchem Ausmaß keinesfalls militärische Gründe ausschlaggebend waren.

Der General und seine Männer führten schon lange keinen Krieg mehr. Den hatten sie längst verloren. Sie waren nur noch Akteure in einer dramatischen Apokalypse, die Köpfe verwirrt von Drogen, Alkohol und Krankheiten, halb irre von Blutvergießen und Zerstörung.

Für immer getrennt von Frauen, Familien und Geliebten, führten sie hier in der Mongolei nur noch ein Schattendasein. Sie sahen sich als Verdammte und verhielten sich entsprechend. Sie kannten weder Furcht noch Moral, weder Erwartung noch Hoffnung. Sie sahen keinen Grund, etwas anderes zu tun, als zu morden, zu plündern und sich an einer Welt zu rächen, die ihnen den Rücken gekehrt hatte. Sie waren die Männer des kühnen neuen Zeitalters, das jetzt heraufzog. Und sie würden eine Brut hervorbringen, deren Wüten noch schrecklicher und rätselhafter ausfallen sollte als alles, was diese Steppen unter Dschingis oder Hülegü Khan je erlebt hatten.

Christopher ritt neben Chindamani. Hinter ihnen kam Winterpole. Sie gehörten zur Spitze von Resuchins Marschkolonne dicht hinter dem General selbst. Ihr Wagen war beschlagnahmt und von einem russischen Mechaniker mit Höchstgeschwindigkeit nach Urga gefahren worden.

Anfangs hatte Winterpole mit Resuchin zu streiten versucht. Er erklärte, er und Christopher seien britische Agenten, die man Ungern-Sternberg zur Unterstützung geschickt habe. Aber der General hatte nur gelacht. Als Winterpole mit Nachdruck darauf bestand, hatte er ihn angezischt, er möge den Mund halten oder er werde erschossen. Da begriff selbst Winterpole, dass er einen Rückzieher machen musste. Aber innerlich kochte und wütete er noch immer, denn er war fest überzeugt, dass Ungern-Sternberg ihn brauchte und Resuchin wegen unhöflicher Behandlung des Vertreters einer befreundeten Macht maßregeln werde.

Winterpole war ein Mann von Welt, doch seine Weltläufigkeit war hier fehl am Platz. Die Sünden und Laster der feinen Gesellschaft galten nichts in der Kaserne oder der offenen Steppe. Wo Winterpole herkam, gab es Regeln und Konventionen selbst für das schwerste Verbrechen. Wie sonst sollte man beherzte Männer von gewöhnlichen Kriminellen unterscheiden? Aber hier galten überhaupt keine Grundsätze. Die Hoffnungslosigkeit hatte solche Feinheiten ausgetilgt. Es herrschte der blanke Wahnsinn. Er wütete wie ein Waldbrand, der außer Kontrolle geraten war und alles auf seinem Wege verschlang.

In sicherer Entfernung von dem brennenden Wald schlugen sie spätnachts ihr Lager auf. Am Horizont sah man noch den Feuerschein, den der Wind weiter über den Nachthimmel trieb. Die drei Gefangenen wurden zusammen in einem Zelt untergebracht und streng bewacht. Sie fielen in einen unruhigen Schlaf oder lagen wach und lauschten den Geräuschen, die aus dem Dunkel zu ihnen drangen – Vögel, die aus der Ferne riefen, Männer, die im Schlaf aufbrüllten, das Knistern des Lagerfeuers, das man gegen die durchdringende Kälte angezündet hatte. Die Wachen verboten ihnen, miteinander zu sprechen, wenn sie wach lagen, wurden aber nicht gewalttätig gegen sie. Die ganze Nacht hielt Christopher Chindamani ohne ein Wort in seinen Armen. Sie hing ihrer eigenen Traurigkeit nach, ohne einschlafen zu können.

Am nächsten Tag ritten sie in trübem Schweigen dahin. In der leeren Ebene wirkte die Kolonne wie eine zerrissene Kette aus billigen Glasperlen. Ein Mann starb an den Verletzungen, die er bei dem Hinterhalt im Wald erlitten hatte. Sie ließen ihn einfach nackt und bleich in der Steppe liegen. Sein Pferd nahmen sie mit.

An diesem Abend zeigten die Männer erste Anzeichen von Unruhe. Erregt von dem Morden und dem kindlichen Spaß, einen Wald anzünden zu dürfen, der den Ort ihrer Verbrechen mit schwarzer Asche bedeckte, hatten sie bisher eine Art morbider Befriedigung empfunden und ihre sinkende Stimmung mit einer kräftigen Portion Selbstgefälligkeit aufrechterhalten.

Aber am zweiten Tag, besonders nach dem Tod des Verwundeten, begann sich öde Langeweile unter ihnen auszubreiten. Sie rutschten in ihren Satteln hin und her, wollten endlich in Urga sein oder wieder auf bolschewistische Eindringlinge Jagd machen. Einige unternahmen einen Abstecher zu einem nahen Nomadenlager und kamen mit einem größeren Vorrat *Hanchi*, einem lokalen Schnaps, zurück.

Der machte am Abend nach dem Essen die Runde, was die Stimmung der Männer beträchtlich hob. Sie sangen alte russische Lieder von Mädchen mit blondem Haar und Birken, die sich im Herbstnebel wiegten. Dabei wurden sie immer sentimentaler und weinerlicher.

Die Älteren erzählten den Jüngeren traurige Heldengeschichten, die sie schon hundertmal gehört hatten. Als die Nacht voranschritt, kamen Zoten und Prahlereien mit erotischen Abenteuern hinzu. Jetzt wurden andere Lieder gesungen. Getrennt von den Übrigen, saß Resuchin an seinem Feuer, die schwarze Schlinge unsichtbar im Dunkeln, und rauchte Haschisch aus einem eigenen Vorrat, den er stets in der Satteltasche bei sich führte.

Es war kurz nach Mitternacht, als den Männern einfiel, Chindamani zu holen. Die Feuer waren heruntergebrannt, und von Süden her verdeckten Wolken den Mond. Vielleicht hatte sie der *Hanchi* alle Vorsicht vergessen lassen, oder die Dunkelheit gab ihnen ein Gefühl der Sicherheit bei dem, was sie da planten. Denn Resuchin hatte die Frau für tabu erklärt. Damit wollte er sich für den Fall absichern, dass die Engländer für Ungern-Sternberg tatsächlich von Wert sein sollten. Aber er schlief bereits in seinem Zelt und bemerkte nicht, was in seinem Lager vorging.

Mehrere Männer hatten Chindamani schon den ganzen Tag lang heimliche Blicke zugeworfen, aber keiner wagte es, sich ihr zu nähern oder sie anzusprechen. Seit Jahren hatten sie nicht mehr mit einer Frau zu tun gehabt, die keine Prostituierte oder Ähnliches war. Wie hartgesotten sie auch sein mochten, irgendwo waren ihnen schwache Erinnerungen an die gesellschaftlichen Gepflogenheiten geblieben, nach denen man sie erzogen hatte. Auf einige warteten Frauen und Bräute in der Heimat. Und Chindamani hatte, vielleicht unbewusst, aber nicht weniger eindeutig, eine unsichtbare Grenze um sich gezogen, die die Männer davon abhielt, mehr als nur Seitenblicke in ihre Richtung zu wagen.

Die Dunkelheit und die Wirkung des *Hanchi* hatten das geändert. Sentimentalität war in Selbstmitleid umgeschlagen. Dieses wiederum erzeugte Rachegefühle gegen Deutsche, Bolschewiken und jeden, den sie für den Verlust Russlands und ihrer Privilegien verantwortlich machten. Der Drang nach Vergeltung brachte eine seltsame, mit Vernunftgründen nicht zu erklärende Gier hervor, die weniger körperlicher Herkunft war, als den Tiefen einer verwundeten Seele entsprang.

Chindamani war das ideale Opfer, nicht nur, weil sie die einzige Frau in ihrer Umgebung war, sondern weil sie so viele Kontraste in sich vereinte, dass sie es einfach nicht ertragen konnten. Sie erinnerte sie einerseits an die Frauen, die sie in Moskau oder St. Petersburg zurückgelassen hatten, andererseits auch an die Frauen des Ostens, mit denen sie seitdem in Kontakt gekommen waren. Sie war so attraktiv wie nur ihre verlorenen Geliebten es gewesen waren, jedoch unantastbar wie eine Madonna, die sie entflammte, aber auch zu Kindern oder Priestern machte, entmannt und rein, zugleich nach Unreinem lechzend. Die Mischung erwies sich als unerträglich.

Vier von ihnen näherten sich dem Zelt, wo sie und die beiden Männer endlich in einen unruhigen Schlaf gefallen waren. Nur ein einzelner Wachtposten war zurückgeblieben, der selber schon halb schlief, weil Freunde ihn mit *Hanchi* bewirtet hatten.

Sie rissen Chindamani aus dem Schlaf, und ehe sie protestieren konnte, hatten sie sie schon hochgezerrt. Sie sah sofort, dass mit den Männern nicht gut streiten war, und leistete keinen Widerstand. Christopher fuhr ebenfalls hoch, aber einer der Männer hielt ihm eine Waffe an den Kopf.

»Ein Wort von dir, Towarischtsch, und dein Hirn landet vor dir in Urga! *Ponimajesch?*«

Christopher nickte und ließ sich zurückfallen. Er hatte nicht viel verstanden, doch die Situation sofort erfasst. Hinter dem Mann mit der Waffe stand ihr Wachtposten mit schussbereitem Gewehr. Auch Winterpole erwachte, begriff aber zunächst nicht, was vorging.

Als die Männer Chindamani aus dem Zelt zerrten, drehte sie sich am Eingang um und rief Christopher auf Tibetisch zu: »Ka-ris To-feh! Finde ihn! Sag ihm, dass ich ihn liebhabe! Und wenn du kannst, verstecke ihn! Es ist noch nicht Zeit! Sag ihm, seine Zeit ist noch nicht gekommen!«

Einer der Männer presste ihr eine schwere Hand auf den Mund. Sie wollten sie aus dem Zelt herausholen, fort vom Licht der Öllampe. Was sie mit ihr vorhatten, scheute das Licht. Der vierte Mann ließ Christopher los, steckte seine Pistole ein und folgte den anderen. Der Wächter blieb stehen und behielt seine Schutzbefohlenen scharf im Auge.

Schreckliches Schweigen breitete sich aus. Sie wussten, was passierte und was geschehen würde, wenn die Männer mit ihr fertig waren. Sie hörten heisere Rufe, dann ein langes brüllendes Lachen. Das Lachen brach ab, und einige Männer jubelten. Einer fing an zu singen – kein Klagelied von Mädchen oder Birken, sondern einen wüsten Gassenhauer deutschen Ursprungs, etwas von *Ich liebe* oder so, aber ins Russische übersetzt. Das wüste Grölen wirkte deplaziert in dieser Wildnis ohne Kneipe und den Geruch von saurem Bier.

Christopher schlug die Decke zurück und machte Anstalten aufzustehen. Der Wächter hob nervös seine Waffe. Eine Hand packte Christopher beim Arm und zerrte ihn auf das Lager zurück.

»Um Gottes willen, Christopher, seien Sie kein Narr!« Es war Winterpole, der ihn in der Dunkelheit anzischte wie eine Schlange.

»Die vergewaltigen sie!«, rief Christopher. »Verstehen Sie nicht? Die Hundesöhne vergewaltigen sie!«

»Das spielt jetzt keine Rolle, Christopher, wirklich nicht. Sie ist doch nur eine von diesen Dunkelhäutigen. Überlegen Sie sich, was Sie tun! Sie ist nicht wichtig, das wissen Sie. Sie werden doch nicht für das Weib Ihr Leben riskieren!«

Christopher wollte sich erneut erheben, aber Winterpole baute sich vor ihm auf und hielt seinen Arm noch fester gepackt.

»Solche wie die gibt es hier jede Menge, Christopher. Sie

hecken wie die Karnickel, diese Asiaten. Sie können davon haben, so viele Sie wollen, wenn das alles hier vorüber ist. Und nur die Besten, das schwöre ich. Schöne Frauen, das garantiere ich Ihnen. Also lassen Sie ab von dieser einen. Benehmen Sie sich einmal wie ein Profi. Das gehört zu ihrer Lebensweise, die kennen es nicht anders. Sie werden das nicht verhindern. Die töten Sie, wenn Sie sich einmischen. Also halten Sie sich raus!«

Da schlug Christopher zu, wie er noch nie zugeschlagen hatte. Er traf Winterpole so hart am Kinn, dass der in hohem Bogen auf den Rücken fiel. Christopher versuchte aufzustehen, aber Winterpole, vor Schmerz stöhnend, fuhr herum, erwischte ihn an den Beinen und brachte ihn zu Fall.

Jetzt machte der Wachtposten einen Fehler. Mit der rechten Hand versuchte er, die Männer auseinanderzubringen, während die linke ungeschickt das Gewehr hielt. Vielleicht glaubte er sich unangreifbar, weil er eine Waffe hatte. Oder er dachte, die Kämpfenden seien mehr aneinander interessiert als an ihm. In beiden Fällen irrte er.

Als der Posten nach Winterpole griff, packte Christopher seinen linken Arm und riss ihn hart nach hinten. Er hörte, wie das Gelenk auskugelte und der Mann vor Schmerz aufschrie. Das Gewehr fiel ihm aus den schlaffen Fingern. Der Mann hatte jedoch genügend Geistesgegenwart, um sich auf Christopher zu stürzen, während der am Boden nach der Waffe angelte. Aber Christopher hatte jetzt jede Selbstbeherrschung verloren.

Als der Russe sich über ihn warf, hörte er draußen einen Schrei, den Schrei einer Frau. Instinktiv entwand er sich dem Griff seines Gegners, streckte sich und hieb sein Knie nach oben, mit dem er den Mann hart im Schritt traf.

Jetzt konnte er das Gewehr aufnehmen. Mit dem langen Bajonett war es schlecht zu handhaben. Er hörte Chindamani ein zweites Mal schreien und dann aufschluchzen. Sie taten ihr weh. Er fuhr herum und stürzte zum Zelt hinaus.

»Christopher!«

Jetzt war es Winterpole, der ihn angstvoll anrief.

»Er hat eine Pistole, Christopher! Ich kann ihn nicht aufhalten!«

Der Wächter war trotz des Schmerzes wieder auf die Beine gekommen und versuchte eine Pistole aus dem Halfter zu ziehen.

Christopher fuhr herum. Der Mann hielt die Pistole zitternd in der rechten Hand. Er schwankte, halb benommen vom Schmerz, und konnte nicht richtig zielen. Christopher wollte nicht schießen, denn das hätte die Aufmerksamkeit zu früh auf ihn gelenkt. Er fuhr mit dem Gewehr herum und spürte es wie einen Speer in seiner Hand. Mit solchen Waffen hatten Männer im Krieg in kalten Schützengräben zwischen rostigem Stacheldraht gekämpft, aber er war noch nie damit umgegangen. Er fühlte sich wie eine Art primitiver Gott, kaltes Metall in seiner Hand. Der Posten hatte inzwischen das Gleichgewicht wiedererlangt und richtete die Pistole – schwer, schwarz und diabolisch – auf Christophers Brust.

Der stürzte nach vorn, Bilder von Exerzierplätzen im Kopf. Er hatte Männer auf Strohbündel einstechen sehen und dabei schreien hören. Der Revolver wurde abgefeuert, es blitzte, und ein heulender Laut füllte die Welt. Er spürte, wie das Gewehr schwer wurde und die lange Klinge gegen etwas stieß. Die Waffe zuckte in seinen Händen, der Revolver schoss noch einmal, und Christopher fiel mit seinem ganzen Gewicht nach vorn.

Das Bajonett drehte sich, und er hörte jemanden aufkreischen. Christopher wurde bewusst, dass er die Augen geschlossen hatte. Als er sie öffnete, lag der Wächter vor ihm, spie Blut und wand sich an der langen Klinge wie ein Fisch am Haken des Anglers. Er schloss wieder die Augen, drehte die Klinge und zog sie zurück. Er vernahm ein leises Stöhnen, dann war da nur noch Schweigen.

»Es gibt keinen Tod. Es gibt keinen Tod«, sprach er immer wieder vor sich hin, öffnete die Augen und sah den Wachtposten am Boden liegen. Er war schon auf dem Weg in eine andere Welt. Seine Kugeln hatten Christopher nicht getroffen. Er war unverletzt, aber seine Hände trieften vom Blut des Postens; das Bajonett war dunkel und nass.

»Sie Wahnsinniger!«, schrie Winterpole aus einer Ecke des Zeltes. »Sie haben alles kaputtgemacht!«

Christopher ignorierte ihn und rannte aus dem Zelt, das Gewehr immer noch in der Hand.

Zwanzig Meter weiter hatte man das Feuer neu entfacht, und ein riesiger Funkenregen stob durch die Finsternis. Ein paar Männer standen im Halbkreis, die Gesichter, angeleuchtet wie Karnevalsmasken, in animalischer Erregung. Sie jubelten, als sähen sie einem Hahnenkampf zu. Die Schüsse schienen sie gar nicht gehört zu haben, oder sie ignorierten sie einfach, weil sie sich nicht von Wichtigerem ablenken lassen wollten.

Christopher rannte auf sie zu und entsicherte im Laufen das Gewehr. Dabei schätzte er die Entfernung und die Standorte der Männer am Feuer ab. Er hatte den Vorteil, aus der Dunkelheit zu kommen und über weichen Boden zu laufen. Wieder ertönte ein Schrei, und der Kreis öffnete sich ein wenig. Durch die Lücke sah Christopher einen der vier Männer, die Chindamani geholt hatten. Halbnackt hockte er über ihr, begrapschte ihre Brüste und atmete schwer. Christopher neigte sich etwas vor, zielte und feuerte einen einzigen Schuss ab, der dem Mann den halben Kopf wegriss. Totenstille breitete sich im Lager aus. Nur Chindamanis Schluchzen war noch zu hören und der Schrei einer Eule, die in der Dunkelheit auf Jagd ging.

»Chindamani«, sagte Christopher, so ruhig er konnte. Hysterie half jetzt nicht weiter. Ein kühler Kopf und eine feste Hand, das war es, was er brauchte.

»Schieb ihn beiseite, steh auf und komm her zu mir«, sagte er und betete bei sich, dass sie nicht verletzt war oder sich vor Angst nicht rühren konnte. Sie blieb noch eine Ewigkeit liegen, von Schluchzern geschüttelt, während das Blut des Toten über ihre nackte Haut lief wie bei einer Taufe für das, was das wirkliche Leben darstellte. Die Männer waren unbewaffnet und unsicher, wie viele Waffen ihre bisherigen Gefangenen auf sie gerichtet hielten. In der Dunkelheit konnten sie nichts unterscheiden und wussten, dass sie selbst vor dem Feuer hervorragende Ziele boten. Jemand rief mit scharfer Stimme:

»Macht das blöde Feuer aus, bevor er noch jemanden erschießt!«

Aber keiner wagte sich zu rühren. Niemand wollte durch eine falsche Bewegung den nächsten Schuss auf sich ziehen.

Langsam erhob sich Chindamani und schob den toten Angreifer angewidert von sich.

»Beachte sie einfach nicht«, sagte Christopher. »Sie tun dir nichts. Komm langsam zu mir.«

Sie erhob sich und versuchte ihre zerrissenen Kleider zurechtzuziehen, um ihre Blöße zu bedecken. Er sprach ihr Mut zu und half ihr so, sich ihm zu nähern. Sie erreichte den Kreis der Männer und ging durch ihn hindurch.

Einer packte sie, um sie als Deckung für sein eigenes Entkommen zu benutzen. Mit einer einzigen Kugel durchschoss Christopher seine Kehle. Die anderen wichen widerwillig zurück und gaben Chindamani den Weg frei.

Nun stand sie zitternd neben ihm. Ihre Hand krallte sich in seinen Arm, die Nägel bohrten sich in sein Fleisch, dass es schmerzte. Sie sagte kein Wort. Er aber fühlte einen Zorn in sich aufsteigen, den weder die Dunkelheit noch die getöteten Männer dämpfen konnten. Er sollte sein ständiger Begleiter werden und nur langsam wieder abflauen.

»Wir verschwinden von hier«, sagte er. »Die Pferde stehen hinter uns. Ich halte die Bastarde hier fest. Schaffst du es bis zu den Pferden?«

Sie nickte und unterdrückte die letzten Schluchzer. Langsam wichen sie über den unebenen Boden dorthin zurück, wo die Pferde für die Nacht an Zeltpflöcken festgebunden waren. In der Dunkelheit hörte man, wie sie ab und zu leise wieherten und mit den Füßen stampften. Das Schießen hatte sie unruhig gemacht.

»Suche zwei Pferde aus, von denen du glaubst, dass wir sie reiten können«, sagte Christopher zu ihr. »Binde sie los. Kümmere dich nicht um Sättel, wir müssen ohne sie auskommen. Lass auch all die anderen frei bis auf eines für Winterpole, wenn er sich das zutraut.«

Sie verließ ihn, und ihr Selbstvertrauen kehrte zurück. Jemand hatte Wasser ins Feuer gegossen, und Christopher konnte nicht mehr genau sehen, was im Lager vor sich ging.

Plötzlich war da wieder diese weiche Stimme aus der Dunkelheit.

»Das Gewehr, Mr. Wylam. Werfen Sie es fort, solange Sie dazu imstande sind. Ich ziele aus kürzester Entfernung auf Ihren Rücken, also seien Sie vernünftig.«

52

Christopher erstarrte. Die Stimme kannte er: Es war Resuchin. Ein Stöhnen entrang sich seiner Brust. Er hatte vergessen, dass das Zelt des Generals dicht bei den Pferden stand.
Fluchend warf er das Gewehr einige Meter von sich.

»Christopher! Was ist los?«, rief Chindamani aus der Dunkelheit.

»Bleib weg!«, rief er. »Nimm ein Pferd und reite davon!
Warte nicht auf mich! Warte auf niemanden! Reite, so
schnell du kannst!«

»Halten Sie den Mund, Mr. Wylam«, befahl Resuchin.
»Aber sagen Sie zuerst dem Mädchen, wenn sie auch nur ein
Glied rührt, erschieße ich sie, wo sie gerade steht. Ist das klar?
Ich kann sie von hier genau sehen. Und ich sehe sehr gut im
Dunkeln, das versichere ich Ihnen.«

Jetzt rief Christopher: »Bleib, wo du bist, Chindamani.
Rühr dich nicht. Er sagt, er erschießt dich. Und glaube mir,
das wird er tun. Aber halte dich bereit, die nächste Gelegenheit zu nutzen, wenn es sie gibt.«

Er wollte ihr die Gelegenheit verschaffen, indem er Resuchin lange genug ablenkte, damit sie sich den Pferden nähern
konnte.

»Ich kann nicht ohne dich von hier fort, Christopher!«,
rief sie zurück. »Ich lasse dich nicht allein!«

»Du musst fort! Um seinetwillen. Und um meinetwillen.
Wenn der Moment kommt«, flehte er.

»Halten Sie endlich den Mund!«, bellte Resuchin. Er war
unsicher, was eigentlich vorging. Wurde das Lager angegriffen? Hatten seine Gefangenen es einer Bande von Roten ermöglicht, sich an seinen Wachen vorbeizuschleichen?

Christopher fragte sich, wie gut Resuchin wirklich auf diese
Distanz zielen konnte. Sie war kurz, aber er schätzte, der Ge-

neral musste eigentlich Rechtshänder sein und mit seiner Linken nicht besonders gut schießen können.

»Ihre Männer haben sie vergewaltigt, Resuchin!«, rief er. »Sie haben uns sicheres Geleit bis Urga versprochen. Sie haben Ihren Männern befohlen, uns in Ruhe zu lassen, aber Sie sehen, was passiert, wenn Sie den Rücken kehren.«

»Ich habe Ihnen gesagt, Sie sollen sich ruhig verhalten. Wenn meine Männer eine Frau brauchen, dann mische ich mich nicht ein. Sie müssen genug Entbehrungen erdulden. Sie haben hier keine Privilegien und keine Rechte. In meinen Augen sind Sie und Ihr Begleiter nichts als Spione. Ich kann Sie auf der Stelle erschießen lassen.«

»So wie Sie die armen Kerle im Wald abgeknallt haben? Ohne Gericht? Richter, Geschworene und Henker alles in einer Person? Ich dachte, Sie wären Soldat. Ich dachte, wir kämpften auf derselben Seite. Aber da muss ich mich wohl geirrt haben.«

»Wir sind hier in der Mongolei, Mr. Wylam, in einer anderen Welt. Hier herrscht das Kriegsrecht. Das ermächtigt mich, einen Mann zum Tode zu verurteilen und auf der Stelle erschießen zu lassen, wenn die Situation es erfordert. Hier bestimmt die Lage unser Handeln, nicht Menschen und ihre Moral.«

Nach wie vor hielt Resuchin seine Pistole direkt auf Christophers Brust gerichtet. Sie war schwer, aber seine Hand zitterte nicht.

»Offen gesagt, Mr. Wylam«, fuhr er fort, »ich denke, diese Situation erfordert mein Handeln. Sie schreit nach Verurteilung und Hinrichtung. Sie haben zumindest einen meiner Männer getötet, wahrscheinlich mehrere. Sie haben das Leben meiner ganzen Truppe in Gefahr gebracht. Sie versuchen, aus militärischem Gewahrsam zu entfliehen. Es soll mir ein Vergnügen sein, Sie zu behandeln, wie Sie es verdienen. Treten Sie näher. Ich möchte Ihnen ins Gesicht sehen.«

»Ka-ris To-feh!«

Chindamani war auf das richtige Pferd gestoßen, einen kleinen Wallach, den sie seit den Ereignissen im Wald geritten hatte. Sie packte es beim Zügel und schwang sich ihm auf den Rücken.

»Lauf!«, rief sie ihm zu. »Es ist zu dunkel, er wird dich nicht treffen!«

Christopher hatte weniger als eine Sekunde, um sich zu entscheiden. Er fuhr herum und rannte los. Er betete zu Gott, er möge recht haben, was Resuchins Schießkünste betraf.

Der General zielte mit seiner Pistole weiter auf Christophers Gestalt. Er sah das Mädchen auf dem Pferd und wusste die Richtung, in die der Engländer lief.

Christopher hatte das Gewehr vergessen. Es lag im Gras, dort, wo er es hingeworfen hatte, unsichtbar in der Dunkelheit. Beim Laufen stolperte er darüber und schlug schwer auf dem Boden auf.

Resuchin sah den Engländer fallen. Er lächelte zufrieden. Jetzt würde Wylam nicht mehr bis zu dem Pferd gelangen. Er sah das Mädchen auf dem Pferd, das verzweifelt nach dem gestürzten Mann rief. Sie musste er als Erste aus dem Weg räumen. Frauen brachten nur Ärger, ihre Anwesenheit führte unweigerlich zu Streitigkeiten und Disziplinlosigkeit. Die Episode dieses Abends war dafür der beste Beweis.

Er hob die Pistole, zielte auf sie und schoss.

Mit einem Aufschrei fiel Chindamani vom Pferd wie ein Vogel, der vom Nachthimmel stürzt. Resuchin lächelte und schritt vorwärts. Nun konnte er gleich auch noch den Engländer erledigen.

Christopher suchte in der Dunkelheit nach dem Gewehr. Er hörte einen Sicherungshebel knacken, als würde eine kleine Tür geschlossen. Als er aufblickte, sah er Resuchin als an den Himmel geätzten Schattenriss über sich stehen.

Resuchins Finger bewegte den Abzug. Christopher hielt den Atem an. Er wollte ihren Namen rufen, was immer auch geschah. Nicht einmal eine Kugel sollte ihn daran hindern. Ein scharfer Knall ertönte, und sofort noch ein zweiter, als würden die Türen in einem großen Tempel zugeschlagen. Und er rief, allem Getöse zum Trotz, ihren Namen in die Dunkelheit.

Er spürte keinen Schmerz. Das fand er merkwürdig. Jemand rief ihn an. Das war noch merkwürdiger.

»Stehen Sie um Gottes willen auf, Christopher! Gleich werden wir das ganze Lager auf dem Hals haben!«

Es war Winterpole, der sich über ihn beugte und ihm auf die Beine half.

»Ich bin …«

»Sie sind noch am Leben, Mann. Der erste Schuss, den Sie gehört haben, kam von mir. Der von Resuchin ging dann etwa in Richtung Jupiter.«

»Chindamani!«

»Auch sie lebt. Resuchins Schuss hat sie nur am Arm gestreift und aus dem Gleichgewicht gebracht. Sie ist keine große Reiterin. Kommen Sie, wir haben keine Zeit zu verlieren!«

Christopher hörte Schüsse vom Lager her. Man feuerte wild in ihre Richtung. Gleich würden sie da sein.

Mit Winterpole rannte er zu den Pferden. Chindamani saß schon wieder auf dem Wallach und hielt sich an der Mähne des Tieres fest. In einer Hand hatte sie die Zügel von zwei Pferden mittlerer Größe.

»Sei vorsichtig«, sagte sie. »Das Schießen hat die Tiere unruhig gemacht.«

»Wir müssen erst die anderen freilassen«, rief Christopher und riss den Pflock heraus, an dem das nächste Pferd befestigt war. Winterpole tat es ihm gleich. Das Geschrei und die Schüsse kamen immer näher. Kugeln pfiffen an ihnen vorbei.

»Schnell!«, rief Christopher.

Plötzlich tauchte eine Gestalt aus der Dunkelheit auf, schwang einen Säbel und schrie unverständliche Worte. Winterpole fuhr herum und schoss. Mit einem Röcheln sackte der Mann zusammen.

»Weiter so!«, rief Christopher.

Jetzt waren alle Pferde losgebunden.

»Weg von hier!«, rief Winterpole.

Aber Resuchins Soldaten waren inzwischen schon heran. Ein wildes Schießen setzte ein. Die Kugeln pfiffen ihnen wie Hagelkörner um die Ohren.

Sie sprangen auf die Pferde und ritten los. Winterpole zog die Pistole und schoss mehrere Male knapp über die Köpfe der verbliebenen Pferde hinweg. Die wieherten erschrocken auf und galoppierten in wilder Flucht davon. Ihre eigenen folgten ihnen. Das wüste Geschrei und die Schüsse feuerten sie an. Plötzlich gerieten sie von der Seite unter Beschuss.

»Köpfe runter!«, rief Winterpole. Die Pferde rannten, was das Zeug hielt. Sie klammerten sich verzweifelt an den Mähnen fest und spürten, wie die Steppe beim Trappeln der Hufe und dem Schnauben der Tiere in der Dunkelheit vorüberflog. Bald waren die herrenlosen Pferde fort, ihre eigenen beruhigten sich allmählich und liefen langsamer.

»Sind wir alle beisammen?«, rief Christopher.

»Chindamani! Alles in Ordnung?«

Sie antwortete, und ihre Stimme klang noch immer beunruhigt, aber beherrscht.

»Ich bin hier, Ka-ris To-feh. Alles in Ordnung, mach dir keine Sorgen.«

Er ritt an sie heran.

»Reiten Sie weiter«, rief er Winterpole zu. »Ich will Chindamani auf mein Pferd holen.« Nach allem, was geschehen war, musste er sie nahe bei sich haben.

Sie hielten, und er half ihr vor sich auf sein Pferd. Ihres führte er am Zügel mit.

»Winterpole! Wie geht es Ihnen?«, rief er, als sie ihn wieder eingeholt hatten.

Winterpole fühlte sich gut. Er hatte das Seine getan. Er brauchte sich für nichts mehr zu entschuldigen. Jetzt waren sie quitt.

In gleichmäßigem Tempo ritten sie weiter. Ohne Pferde und bei der Dunkelheit konnten Resuchins Männer ihnen nichts mehr anhaben. Christopher wünschte, es wäre etwas heller, der Mond würde sich zeigen, wenn auch nur kurz. Aber der Himmel war von dicken Wolken bedeckt, die kein bisschen Licht hindurchließen. Sie wussten nicht, in welcher Richtung sie ritten, und konnten auch nicht feststellen, wie weit sie gekommen waren. Die Zeit schien hier ein anderes Maß zu haben. Unerbittlich zäh und langsam floss sie dahin. Nur den Pferden schien das alles nichts auszumachen.

Ab und an fiel der eine oder andere von ihnen in einen kurzen Schlaf, aus dem er bald wieder gerissen wurde, wenn das Pferd seinen Schritt veränderte oder ein Geräusch aus der Dunkelheit drang.

Chindamani konnte lange kein Auge zutun. Christopher hatte seinen Arm um ihre Taille gelegt, um sie sicher auf dem Pferd zu halten. Er spürte, dass sie nicht reden wollte. Vielleicht würde sie nie imstande sein, über das zu sprechen, was in dieser Nacht geschehen war. Aber sie sollte wissen, dass er da war, wenn sie das Bedürfnis danach hatte. Einige Male spürte er, wie sie zusammenfuhr, nicht von der Kälte der eisigen Nacht, sondern wenn sie die Erinnerung unerwartet überfiel.

Kurz vor Tagesanbruch entspannte sie sich ein wenig. Endlich fiel sie erschöpft in den Schlaf. Obwohl auch er todmüde war, riss er sich zusammen, um nicht einzuschlafen. Sie hätte ihm sonst vom Pferd fallen können. Die Tiere gingen jetzt im Schritt.

Als die Morgendämmerung endlich kam, schwankte sie zwischen Pracht und Düsternis. Am Horizont direkt vor ihnen zeigte sich ein blasses Licht in Strahlen von Rot und Gold, die bald wieder von schmutziggrauen Wolkenfetzen verschluckt wurden. Es war keine Morgenröte, in der man nach Prophezeiungen suchen konnte. Sie versprach weder Frieden noch Krieg, sondern etwas viel Groteskeres als das eine oder das andere.

Als es heller wurde, zeigte sich allmählich, in welcher Art Gegend sie sich befanden. Sie durchquerten einförmiges Buschland ohne charakteristische Züge oder Zeichen von Leben. Es wollte und wollte kein Ende nehmen. Sie ritten weit auseinandergezogen darüber hin, Winterpole an der Spitze, gefolgt von Christopher und Chindamani mit ihren beiden Pferden.

Schließlich rief Christopher, so laut er konnte, Winterpole zu, er möge halten. Sie hatten eine längere Rast bitter nötig. Zuerst tat Winterpole, als sei das nicht notwendig, aber dann reagierte er doch, ließ sein Pferd halten und glitt ungeschickt zu Boden. Er erwartete sie, die Arme über der Brust verschränkt, entspannt und offenbar unbeeindruckt von ihrem Abenteuer. Sie beeilten sich nicht, ihn zu erreichen. Als sie angekommen waren, wusste Christopher nicht, was er zu ihm sagen sollte. Er stieg ab und half auch Chindamani vom Pferd. Sie gähnte, hielt sich dicht neben ihm und erschauerte in der Morgenbrise.

»Wo sind wir?«, fragte sie.

»Ich weiß nicht«, antwortete Christopher. Und zu Winterpole auf Englisch: »Wissen Sie, wo wir uns befinden?«

Winterpole grinste.

»Ich weiß es in der Tat«, sagte er. »Gestern Abend, bevor das Ganze angefangen hat, habe ich zugehört, wie die Kerle sich unterhielten. Da bekam ich eine grobe Vorstellung davon, in welche Richtung sie reiten wollten.«

Er drehte sich um und hob die Hand.

»Sehen Sie diese Berge vor uns?«

Christopher nickte.

»Das ist die Bogdo-Ula-Kette. Auf der anderen Seite liegt Urga.«

53

»Ich bin müde.«

Sie gingen nun schon tagelang, aber Samjatin ließ kein Anzeichen für ein Nachlassen der Kräfte erkennen. Samdup fragte sich allmählich, ob er überhaupt ein Mensch war.

»Möchtest du eine Praline?«, fragte der Burjate und hielt dem Jungen eine große Bonbonniere hin. Gott weiß, wo oder wie er sie beschafft hatte. Jedenfalls tauchte sie eines Abends in Uljassutai auf – eine heftige Versuchung für ein Kind, das bisher ganz selten im Leben etwas Süßes gekostet hatte. Sie trug die Aufschrift *Debauve & Gallais*, dem einstigen Lieferanten der französischen Könige, und stammte eindeutig aus deren kleinem Geschäft Anfang der Rue des Saints-Pères, von wo sie in jenen friedvollen Tagen nach St. Petersburg gelangt war, bevor dort Kronen und Schokolade gleichermaßen verboten wurden. Aber welchen Weg die Schachtel, die bei weitem nicht mehr in unberührtem Zustand war, bis in die Steppen der westlichen Mongolei genommen hatte und wie sie am Ende in die Hände des an Gleichheit glaubenden Samjatin als Köder für einen kleinen Gott-Prinzen gelangt war, würde wohl für immer unergründet bleiben.

Samdup schüttelte den Kopf und ging schweigend weiter. So leicht konnte man ihn nicht von seiner Erschöpfung ablenken. Es war keine Laune, dass er sich beschwerte. Der Junge war wirklich todmüde, und es brauchte mehr als eine weitgereiste Süßigkeit, um seinen Geist oder seinen Körper für die Härten des nächsten Tages zu wappnen. Er hegte einen tiefen, erbarmungslosen Hass gegen Samjatin und wäre ihn liebend gern losgeworden. Aber zwischen beiden war mit der Zeit ein Gefühl wechselseitiger Abhängigkeit entstanden, so dass Samdup auch der Gedanke an eine Trennung wenig beruhigend erschien.

Samjatin ließ sich zu William zurückfallen, dessen Pony hinter ihnen dahintrottete. Da es ihm sehr schlecht ging, waren sie übereingekommen, ihm das einzige verbliebene Reittier zu überlassen. Der Stich der Spinne, den er sich in den Gängen unter Dorje-la zugezogen hatte, war zu einer ungeheuren Beule angeschwollen. In der vergangenen Woche hatte sich diese stark gerötet, und die Haut darüber war gespannt wie ein Trommelfell. Der Junge hatte ständig Schmerzen und konnte nachts kaum noch schlafen. Bei jedem Halt hatten mongolische Ärzte ihn untersucht, aber sie alle ließen ihn nur verschiedene Kräutermixturen schlucken, die keinerlei Wirkung zeigten.

»Iss du eine Praline, William«, drängte Samjatin und hielt ihm die Schachtel hin. Aber der Junge blickte nicht auf, ja, er gab nicht einmal zu erkennen, dass er ihn gehört hatte.

Er aß nur noch wenig, und Samjatin machte sich ernste Sorgen.

Ehrlich gesagt, hätte er sich seiner schon vor Wochen entledigen sollen. Tibet lag noch weit in der Zukunft, und er war nicht sicher, wie nützlich ihm William dabei überhaupt sein konnte. Aber etwas an der Situation des Jungen hatte in Samjatin das letzte bisschen Gewissen geweckt, das er noch besaß. Manchmal tat es ihm leid, dass er ihn aus seiner Heimat hatte entführen lassen. Besonders jetzt fühlte er sich schuldig, da er sicher war, dass William nicht mehr lange zu leben hatte, wenn er nicht bald eine richtige medizinische Behandlung erhielt.

Obwohl die Jungen nach wie vor die Sprache des anderen nicht verstanden, hatte sich zwischen ihnen eine merkwürdig enge Freundschaft entwickelt. William hatte Samdup ein bisschen Englisch beigebracht und dabei ein wenig Tibetisch gelernt. Aber sie reihten die Wörter ohne Grammatik oder Syntax aneinander. Sie verständigten sich mit Mitteln, die die Sprache überwanden oder umgingen. William ließ nur Samdup an seinen Nacken heran, wenn er besonders schmerzte. Und Samdup ging ohne William nirgendwohin. Sie waren wie Brüder geworden.

Erfolglos hatte Samjatin versucht, den einen oder den anderen für sich zu gewinnen. Er wusste, wenn William ihn akzeptierte, dann hatte er auch Samdup früher oder später in der Hand. Ohne diesen aber verlor seine ganze Aktion ihren Sinn. Natürlich gab es kommunistische Zellen in Urga und anderswo, denen er sich anschließen konnte. Aber er wusste, dass ein anderer Agent der Komintern, Sorokowikow, bereits im Lande war und die bestehenden revolutionären Gruppen unter der Führung eines Mannes namens Suche-Bator zur Mongolischen Volkspartei zusammengeschlossen hatte. Udinski hatte ihm berichtet, dass eine Delegation der Mongolischen Revolutionären Volkspartei den Chef der Sektion der Völker des Ostens beim sibirischen Büro der Partei in Irkutsk aufgesucht hatte. Das war im letzten August gewesen. Danach war eine mongolisch-tibetische Sektion der Komintern gegründet worden. Der erste Kongress der mongolischen Partei hatte im März im russischen Kjachta stattgefunden. Der Vorsitzende des Sowjets der Fünften Armee, Pusorin, mobilisierte bereits seine Männer.

Die Entwicklung hatte Samjatin also überholt, während er in dem kleinen Kloster im Himalaja festsaß. Er spürte, wie die Zügel der Macht ihm aus den Händen glitten, bevor er überhaupt gelernt hatte, sie richtig zu gebrauchen. Mehr denn je hing jetzt alles von dem Jungen ab.

Der Sieg über Ungern-Sternberg, der Sturz des Hutuktu und Samjatins Aufstieg zum Vizekönig des Ostens. Mit Zellen, Parteien und Armeen sollten sich andere herumschlagen. Aber was konnten sie am Ende erreichen, wenn sie nicht die Unterstützung eines Erlöser-Kindes im Rücken hatten?

Wie er es erwartete, hatte diese Expedition ihm bereits erste Erfolge gebracht. Der Aufruhr in Uljassutai war nur ein Anfang. Samjatin hatte den Khan von Sain Noyon und einen der Fürsten seines *Aimaks*, einen Mann namens Damdinsuren getroffen und sie dem Jungen vorgestellt. Es war gelaufen, wie er es sich gedacht hatte: Beide Männer samt den Lamas ihrer Umgebung hatten Samdup als den neuen Hutuktu anerkannt, ihm moralische und militärische Unterstützung zugesagt. Sie gaben ihm Empfehlungsbriefe für andere Fürsten, die Khans von Tushetu und Setsen, sowie für die Äbte aller wichtigen Klöster mit.

Irgendwie – auf welche Weise, konnte er nicht erklären und gestand es sich selbst nicht einmal ganz ein – ging von dem Jungen ein Zauber aus, dem jeder erlag, der ihm begegnete. In Samjatins Augen spielte er eine Rolle, aber er spürte, dass da mehr war. Vielleicht lag es daran, dass Samdup sich sein Leben lang als Gott gefühlt hatte, so dass er auftrat, wie man es von einem Gott erwartete. Der Junge brauchte gar nicht zu spielen. Er glaubte selbst daran, dass er der Maidari Buddha war. Und die Mongolen waren es wie die Tibeter gewohnt, dass kleine Jungen wie Götter auftraten. Daher begegneten sie Samdup mit aufrichtigem Respekt.

Die Mongolei bestand aus mehreren großen Provinzen oder *Aimaks*, die wiederum in zahlreiche *Hoshun* aufgeteilt waren. Samjatin schätzte, dass er bereits zehn *Hoshun* fest hinter sich hatte, genauer gesagt, hinter dem Jungen, was für ihn auf das Gleiche hinauslief. Es würde weitere Erhebungen gegen den Hutuktu geben. Beim nächsten Mal wollte er dafür sorgen, dass die Aufrührer bewaffnet waren.

Jetzt musste er vor allem die Jungen in Bewegung halten. Die Sache war publik geworden. Und wenn das, was er über Ungern-Sternberg gehört hatte, auch nur teilweise zutraf, würde der Baron nicht ruhen, bis er die Rebellion niedergeschlagen hatte, die sich vor seiner Nase entwickelte. Jede Nacht verbrachten Samjatin und die Jungen nun in den Jurten einer anderen Sippe, bewegten sich im Zickzack durch das Land, um keinen klaren Kurs erkennen zu lassen, blieben nie lange genug an einem Ort, dass man sie aufspüren konnte.

Am nächsten Tag wollte er sich endgültig nach Urga auf den Weg machen. Der Khan von Sain Noyon hatte vor, im Westen und Norden des Landes mehrere Erhebungen zu organisieren, während Samjatin und sein junger Amtsanwärter in die Hauptstadt ritten. Wenn sie dort ankamen, würde Ungern-Sternberg anderswo beschäftigt sein. Mit Unterstützung einiger Sympathisanten wollten sie in die Stadt gelangen. Dort hatte Samjatin vor, Kontakt zu Suche-Bator und anderen Revolutionären aufzunehmen, ihnen zu erklären, was vorging, und sich selbst an die Spitze zu stellen.

Samdup war stehengeblieben und hatte sich am Wegrand niedergesetzt. Samjatin ging langsam auf ihn zu, Williams Pony am Zügel.

»Was ist los?«, fragte er.

»Mir tun die Füße weh«, antwortete Samdup.

»Was soll ich da machen?«, fuhr Samjatin ihn an. Auch seine Füße schmerzten. »Wir haben noch mehrere Kilometer vor uns. Willst du hier bei den Wölfen übernachten?«

Aber er mochte den kleinen Kerl. Er mochte ihn wirklich. Beide Jungen. Er konnte es ihnen nur nicht zeigen. Das hatte er nie gekonnt. Man hatte es ihm nicht beigebracht.

Urga

54

Urga lag ungünstig in einem Kessel zwischen dunklen Bergen. Vom wolkenlosen Himmel gelangte genügend Sonnenlicht in die Stadt, doch sobald es mit den engen Straßen und übelriechenden Gassen in Berührung kam, verlor es allen Glanz, wurde grau und widerwärtig. Die Dächer wichtiger Gebäude waren vergoldet und die Türme der Tempel mit Edelsteinen besetzt, aber Schatten hingen über ihnen, und der Klang der großen Hörner verbreitete eine schwermütige, hoffnungslose Eintönigkeit.

Die Berge schlossen eine freudlose Ebene ein, in der sich die Stadt in drei Teilen ausbreitete: Mai-mai-cheng, die chinesische Marktstadt im Osten, deren Geschäfte und Lagerhäuser jetzt verlassen und leer dalagen, Gandan, die graue Stadt der Lamas mit ihren Tempeln und Schulen für das Studium von Theologie und Medizin im Westen und Ta Chure in der Mitte, wo der Lebende Buddha hinter dicken Mauern in ödem Rot und Weiß in Räumen voller ehrwürdiger Reliquien und eintausend Uhren saß, jede auf eine andere Stunde und Minute eingestellt. Die Zeit verging in diesen Gemächern mit einem morbiden Geräusch wie von Gletschereis, das sich einen Berghang hinunterschiebt.

In langsamem Tempo gingen oder krochen Pilger im Kreis um ihren Gott, während Hörner bliesen, Gongs erschallten und die Stimmen von zehntausend Priestern in der stickigen Luft widerhallten. Alles war wie immer, nichts hatte sich verändert, nur die Darsteller und ihre Gesichter. Sie trugen die alten Gewänder und sprachen die alten Texte, drehten und verneigten sich, zündeten den richtigen Weihrauch an den richtigen Orten an, wie Generationen vor ihnen und sie selbst in früheren Leben es getan hatten. Präzise, wie es sich gehörte, ohne eine einzige Silbe oder Geste zu verändern. Und in den Kammern Buddhas tickten Uhren und erfüllten die Stille mit ihren Glockenschlägen.

Im Zentrum saß Robert von Ungern-Sternberg, in Rot gekleidet, die Augen schwer von schlaflosen Nächten in einem warmen Zelt seiner Truppen, und plante die Etappen einer kleinen Apokalypse. Er trank winzige Tässchen chinesischen Tees und rauchte schwerduftende Zigaretten, aber seine Gedanken waren bei ganz anderen Dingen.

Er erhob sich und ging zur Tür seiner Jurte. Sie stand im Hof eines verlassenen *Hong*, der einmal zum großen Anwesen des Chinesen Da Shengkui gehört hatte. Hier war jetzt auf Ungern-Sternbergs Befehl Sucharews Burjatenregiment stationiert. In der Nähe standen das Chahar- und das Tatarenregiment unter dem Befehl von Bair Gur und Resuchin. Resuchin war vor zwei Wochen mit einer russischen Einheit nach Süden aufgebrochen und noch nicht zurückgekehrt.

Der besondere Geruch dieser Stadt stieg ihm in die Nase – eine dicke, saure Mixtur aus Heiligkeit und Korruption, Gier und einfachem, grobem Menschsein. Er hatte sich Urga nicht ausgesucht. Ein böses Schicksal hatte ihn erwählt und hierher verschlagen, um seinem Zweck zu dienen.

Er drückte die halb gerauchte Zigarette am Türpfosten aus und zündete sich eine neue an. Seine vom Nikotin verfärbten Finger zitterten leicht. Es war später Nachmittag, Zeit, um die Papiere durchzusehen, die seit Mittag eingetroffen waren. Die Geräusche von Männern und Pferden verbreiteten eine Atmosphäre der Ruhe und Normalität. Sie wussten nicht, welche Last er für sie trug, wie sehr er sich um ihr Schicksal

sorgte. Aber wenn die Zeit kam, sollten sie unter seiner Führung von Urga ausziehen wie die Höllenreiter und alles vernichten, was sich ihnen in den Weg stellte. Er konnte schon
den Staub unter den Hufen seiner Pferde aufwirbeln sehen
und ihren donnernden Galopp hören. Er sehnte diesen
Augenblick herbei wie ein Liebender die Hochzeitsnacht.
Die Mongolei sollte seine Braut sein. Er wollte sie in Stücke
reißen, um sie zu besitzen.

Er wandte sich um und ging in die Jurte zurück. Oberst
Sepailow hatte gerade seinen dritten *Hanchi* getrunken.

»Nehmen Sie noch einen, Oberst.«

Ungern-Sternberg goss das leere Glas des Obersten wieder
voll und sah zu, wie der den Alkohol hinunterschüttete, als
wäre es Milch. Wenn er noch mehr von dem Zeug soff, dann
war er zu nichts mehr zu gebrauchen. Das wäre schade. Ungern-Sternberg traute jetzt nur noch zwei Offizieren in seinem
Stab vorbehaltlos. Der eine war Sepailow und der andere
Burdokowski, den seine Männer Teekessel getauft hatten. Sie
waren seine Augen und Ohren, und, wenn es Schmutzarbeit
zu erledigen gab, auch seine Hände. Es gab oft Schmutzarbeit zu erledigen. Sepailow sollte weniger trinken.

»Beginnen Sie noch einmal von vorn«, sagte Ungern-Sternberg, »und erzählen Sie mir die Geschichte genau so, wie Sie
sie von Jahantsi gehört haben.« Er steckte sich eine neue Zigarette an und blies den Rauch unbekümmert Sepailow ins
Gesicht.

Der Hutuktu Jahantsi war Vorsitzender des Ministerrates der Mongolei. Das galt eigentlich als Ruheposten, aber
Jahantsi war clever genug, um selbst in solchen Zeiten etwas
daraus zu machen. Er hatte an diesem Morgen mit Sepailow
gesprochen und ihn gebeten, den Baron zu informieren. Damit suchte er seine Position zu unterstreichen, obwohl jeder
wusste, dass zurzeit der Baron die Kontrolle ausübte.

»Jahantsi sagt, dass sich in Uljassutai etwas entwickelt. Zwei Reiter sind gestern von dort gekommen. Sie hatten *Tzaras*[*] mit Ihrem Namen. Daraufhin hat man ihnen auf jeder Zwischenstation frische Pferde gegeben.«

»Wer hat genehmigt, die *Tzaras* zu schreiben?«

»Es heißt, das soll Kasanzew gewesen sein.«

»Also, Kasanzew. Und?«

»Dort hat ein Aufstand stattgefunden.«

»Ein Aufstand? Sind Sie sicher? Nicht nur … eine kleine Meuterei?«

Sepailow schüttelte den Kopf. Der hatte eine merkwürdige Form. Er war oben abgeflacht wie ein Sattel. In einer deformierten Welt war er ein Fürst.

»Es hat Tote gegeben, General. Eine Gruppe von etwa neunzig Mongolen hat eine Einheit der Garnison von Uljassutai angegriffen. Sie mussten zurückgeschlagen werden.«

»Waren sie bewaffnet?«

»Nein. Das ist das Merkwürdige daran. Sie waren alle unbewaffnet. Einer der Reiter …«

Er zögerte.

Ungern zog an seiner Zigarette. Rauch umschwebte ihn wie ein giftiger Glorienschein.

»Und?«, drängte er. »Reden Sie weiter.«

»Er … hat Jahantsi gesagt, sie hätten absichtlich auf Waffen verzichtet. Sie besitzen welche, aber die haben sie nicht getragen. Sie glaubten, sie seien für Kugeln unverwundbar. Deshalb sind sie auf bewaffnete Soldaten losgeritten, haben nur Talismane geschwenkt und irgendwelche Losungen gerufen.«

»Losungen? bolschewistische Losungen?«

Sepailow schüttelte den Kopf.

* Empfehlungsbriefe von höchster Stelle.

»Nein religiöse. Das fällt mehr in Ihr Ressort, General. Aber ich denke, es war das Zeug, was sie vor sich hin murmeln, wenn ich hier an den Tempeln vorbeikomme. Irgend so ein Hokuspokus.«

Ungern-Sternberg nickte, auch wenn ihm Sepailows Worte nicht passten. Denn er glaubte an diese Sprüche. Das war kein Hokuspokus. Nervös sog er an seiner Zigarette. Er war jetzt bei achtzig Stück pro Tag. Was würde passieren, wenn sein Vorrat zur Neige ging?

»Zweifellos«, warf er hin. »Sie sagen, Menschen seien getötet worden. Sind Schüsse abgegeben worden?«

»Ja, General, ein paar. Der junge Schwitters scheint der kommandierende Offizier gewesen zu sein. Erinnern Sie sich an ihn? Er …«

»Ja, ich erinnere mich. Fahren Sie fort!«

»Entschuldigen Sie, General. Leutnant Schwitters hatte also das Kommando. Er scheint etwas in Panik geraten zu sein und hat zunächst befohlen, in die Luft zu schießen. Als das nicht half, ließ er seine Männer in die Menge schießen. Dabei wurden etwa zwanzig Angreifer getötet. Wieviele genau, weiß keiner. Dann sind sie mit den Gewehrkolben auf die Reiter losgegangen. Das hat gewirkt. Sie haben sich ziemlich schnell zurückgezogen. Nur …«

»Ja?«

»Jahantsi denkt … Er denkt, das ist nur der Anfang, General.«

»Der Anfang? Wie kommt er denn darauf? Hat er einen Grund, das anzunehmen?«

»Die Aufständischen haben etwas von einem Kind gerufen, General. Einer Art Buddha, sagt Jahantsi. Ich habe nicht so richtig verstanden, wovon er da geredet hat. Für mich ist das alles Abrakadabra, entschuldigen Sie schon, General. Aber sie scheinen zu erwarten, dass dieses Kind zu einer Art

Führer wird. Zumindest sagt das Jahantsi. Und ich denke, er weiß, wovon er redet.

Das Kind soll eine Art Erlöser sein, auf den sie schon lange warten. So etwas kennen Sie doch. Jahantsi sagt, auch aus anderen Landesteilen gäbe es Gerüchte über dieses Kind. Ich habe ihn gefragt, ob …«

Sepailow verstummte. Ungern-Sternberg saß stocksteif da. Seine Hände umkrampften die Armlehnen des Ledersessels. Er trug einen roten mongolischen Seidenmantel über schwarzen russischen Reithosen und Lederstiefel: ein General, der sich darauf einstellte, ein Gott zu sein. Sein Gesicht erinnerte Sepailow an Ikonen, vor denen er als Kind gebetet hatte. Es war schmal und asketisch, ausgemergelt und byzantinisch, als warte es nur darauf, in Ocker- und Rottönen gemalt und mit Blattgold belegt zu werden. Es hatte die feine Spannung der Frömmigkeit, aber keine Spur von etwas wirklich Heiligem. Ungern-Sternberg war noch nie sehr gepflegt gewesen, doch in der letzten Zeit stellte Sepailow wachsende Unordnung bei ihm fest, die weniger körperlicher als geistiger Natur zu sein schien. Ungern baute sichtbar ab. Er war voller Prophezeiungen und unterschwelliger Träume von einer irrwitzigen Göttlichkeit. In Wirklichkeit pfiff er auf dem letzten Loch.

»Woher kommt dieses Kind?«, stieß er zornig hervor.

»Jahantsi meint …«

»Ja?« Ungern drückte die halb gerauchte Zigarette aus und steckte sich die nächste an.

»Er meint, der Junge könnte aus Tibet kommen. Eigentlich ist er sich ziemlich sicher. Ich denke, er weiß mehr, als er sagt. Jemand hat ihm berichtet, bei dem Jungen sei ein Mann.«

»Ein Mann? Ein Tibeter?«

Sepailow verneinte.

»Jahantsi denkt, er könnte Mongole sein oder …«

Wieder zögerte er.

»Na?«

»Oder Russe. Ein Burjate. So sagt Jahantsi.

Da ist noch ein zweiter Junge. Ein Europäer, besagen die Gerüchte. Es heißt, auch er sei eine Art Inkarnation.«

»Der erste Junge, der Tibeter – hat Jahantsi gesagt, wer der sein soll? Wofür er sich ausgibt?«

»Er hat nur von einer Art Erlöser gesprochen, General. Von einem Buddha. Vielleicht sollten Sie Jahantsi selber fragen.«

Ungern-Sternbergs Miene verfinsterte sich. Eine Ader auf seiner Stirn schlug heftig. Sepailow konnte ihm nicht in die Augen sehen.

»Was für ein Buddha? Hat das Jahantsi auch gesagt? Los, Mann! Raus mit der Sprache!«

»Ich …, ich …«, stammelte Sepailow. Wie viele Männer hatte er schon mit bloßen Händen umgebracht, aber vor Ungern-Sternberg stammelte er wie ein Schuljunge.

»Was denn nun?«

»Ich kann mich nicht erinnern, General. Es war etwas …, das mit M anfängt, glaube ich.«

»Maidari? War es das? Der Maidari Buddha? Sagen Sie schon!«

»Ja. Ja, ich glaube, das war es. Jetzt bin ich sicher. Aber Sie sollten wirklich Jahantsi fragen. Der weiß es genau.«

»Na schön. Sagen Sie Jahantsi, dass ich ihn sprechen will. Sofort. Sorgen Sie dafür, dass er das auch versteht. Es interessiert mich nicht, ob er gerade eine Sitzung des Ministerrates leitet oder was er sonst treibt. Und sagen Sie ihm, ich will heute Abend Bogdo Khan sprechen.«

»Den Hutuktu?«

»Ja, den Hutuktu. Allein. In seinem Palast. Heute Abend.«

»Zu Befehl.« Sepailow wollte sich erheben.

»Moment!«, schnarrte Ungern-Sternberg ihn an. »Wir sind noch nicht fertig.«

Erschrocken nahm Sepailow wieder Platz.

»Entschuldigung, ich …«

»Schicken Sie ein Telegramm an Kasanzew. Gehen Sie zum Telegrafen und überwachen Sie das selbst. Stellen Sie sicher, dass Kasanzew am anderen Ende der Leitung ist.«

»Zu Befehl, General.«

»Teilen Sie ihm mit, er soll sofort nach diesen Jungen und ihrem Begleiter suchen lassen. Dafür soll er jeden Mann abstellen, den er entbehren kann. Passen Sie auf, dass er das auch versteht. Gute Männer. Mongolen, Tibeter, Burjaten. Keine Russen. Verstanden?«

»Ja, General. Ist das alles?«

»Nein. Teilen Sie ihm mit, ich will, dass die Jungen getötet werden. Der Mann soll möglichst am Leben bleiben. Aber die Jungen müssen weg. Und wenn er dafür jeden Jungen zwischen hier und Uljassutai umlegen lassen muss. Hauptsache die beiden sind dabei. Vor allem der Tibeter. Stellen Sie das ganz klar. Jetzt können Sie gehen.«

Sepailow sprang auf, salutierte und wandte sich zum Gehen.

»Und, Sepailow …«

»Ja, General?«

»Teilen Sie Kasanzew mit, ich will seinen Kopf. Er soll mir den Kopf des Jungen schicken. Sagen Sie ihm das mit allem Nachdruck. Er kann ihn ja mit Stroh oder etwas anderem ausstopfen. Aber ich will seinen Kopf.«

»Ja, General. Den Kopf. Sehr gut, General. Ich werde es ihm mitteilen.« Das war doch etwas Handfestes. Auf Köpfe verstand sich Sepailow. Damit konnte er etwas anfangen. Der ganze andere faule Zauber war ihm einfach zuwider. Das mit dem Kopf würde er Kasanzew schon klarmachen.

Sepailow hob den Jurtenvorhang und trat hinaus. Ihm zitterten die Hände. So erregt hatte er Ungern-Sternberg seit Monaten nicht gesehen. Er atmete tief durch und ging. Der Gedanke an den Kopf ließ ihm keine Ruhe. Er hoffte, die Exekution werde noch vor dem Abend stattfinden.

55

»Wird er kommen?«

»Ja«, sagte Chindamani. »Er wird kommen.«

»Warum sollte er?«

»Weil ich ihn darum gebeten habe. Mir kann er es nicht abschlagen.«

Christopher stand auf und trat ans Fenster. Sie saßen in einem schäbigen Raum im Parterre des Hauses, das einmal das russische Konsulat von Urga gewesen war. Es lag etwa auf halbem Wege zwischen Ta Chure und Mai-mai-cheng. Das Konsulat war ein zweistöckiges Gebäude aus verputztem Holz mit einem Blechdach. Direkt daneben stand die Hauskapelle mit einer kleinen Kuppel.

Der Konsul und seine Mitarbeiter waren vor Monaten geflüchtet und hatten nur einen Priester, zwei Hunde, einen Verwalter und einen alten russischen Friedhof zurückgelassen – eine Wüstenei von Schutt, namenlosen Gräbern und Unkraut.

Dem Priester, Vater Anton, waren sie begegnet, als sie in die Stadt kamen. Winterpole hatte ihn in ein Gespräch verwickelt, ihm Geschichten von Begegnungen mit Vater Johann Sergejew von Kronstadt erzählt, dem berühmten geistlichen Heiler der Marinebasis, die St. Petersburg vorgelagert war. Sie stellten fest, dass sie gemeinsame Freunde und Lieblingsbücher hatten, wenn Christopher auch argwöhnte, Winterpoles Kenntnisse der russischen Orthodoxie seien wohl eher ein Bluff. Ob nun Bluff oder nicht, sie reichten jedenfalls aus, um den Priester als Freund zu gewinnen.

Er bot ihnen an, seine bescheidene Unterkunft im Konsulat zu teilen. Er selbst bewohnte einen Raum voller Ikonen im westlichen Teil des Parterres. Ihnen stellte er die Zimmer im ersten Stock zur Verfügung, die etwas luxuriöser waren und den früheren Diplomaten zur Verfügung standen.

Das Haus war bald nach der Abreise des Konsuls und seiner Angestellten geplündert worden. In den Zimmern gab es kaum noch Möbel oder anderes Inventar. Aber Vater Anton hatte Zugang zu ein paar dürftigen Lagerbeständen in einem kleinen Keller. Er brachte ihnen einen verbeulten Samowar und ein paar Teller, modrig riechendes Bettzeug und Petroleumlampen. Nach den Strapazen der Reise erschien ihnen dieses Quartier bei all seiner Einfachheit geradezu luxuriös. Sie hatten schwarzen Tee für den Samowar und Holzkohle, mit der sie nachts, wenn es kalt wurde, ein eisernes Öfchen heizen konnten. Am Morgen lag das Sonnenlicht wie warmes Öl über ihren Betten.

Winterpole saß oben und schrieb an einem Bericht, den er Gott weiß wem übermitteln wollte. Christopher und Chindamani warteten auf einen Mann aus der Stadt, einen Mönch, dem Chindamani am Tag zuvor über den Verwalter eine Nachricht hatte zukommen lassen. Tsering war ursprünglich *Trapa* in Dorje-la gewesen. Vor einigen Jahren war er nach Urga gegangen, um an der *Mampa tatsang*, dem hiesigen medizinischen Institut, zu studieren.

»Kann man ihm trauen?«, fragte Christopher.

»Ja, Ka-ris To-feh, wir können ihm vertrauen. Mehr als deinem Wan Ta-po.« Den Namen Winterpole konnte sie einfach nicht aussprechen.

»Wie heißt er?«

»Tsering. Tsering Gyaltsen. Sie waren zwei Brüder in Dorje-la – Tsering und Tsewong. Tsewong war bis kurz vor deinem Eintreffen in Dorje-la.«

Er wandte sich zu ihr um. Auf dem Hof wirbelte es eine gelbe Staubwolke auf.

»Von Tsewong habe ich schon gehört«, sagte er. »In Kalimpong, in Indien.«

Behutsam brachte er ihr bei, was er darüber wusste, wie Tsewong zu Tode gekommen war. Das silberne Kreuz, das Martin Cormac bei ihm gefunden hatte, erwähnte er nicht.

Als das Nötige gesagt war, klopfte es an der Tür. Christopher öffnete. Draußen stand der Verwalter.

»Der Mann, den Sie erwarten, ist da«, sagte er in gebrochenem Tibetisch. »Er möchte, dass Sie draußen mit ihm sprechen. Er will nicht hereinkommen.«

Christopher winkte Chindamani herbei, und zusammen gingen sie hinaus. Auf dem Korridor flogen Krähen durch zerschlagene Fenster herein und hinaus. Einer der beiden Hunde, ein großes braunes Tier, lief hin und her und knurrte böse. Vater Anton sang in seinem Ikonenraum mit überschnappender Stimme Wechselgesänge an eine Jungfrau aus Palästina.

Neben der Haustür stand verlegen ein junger Lama. Er trat unruhig von einem Bein aufs andere. Tsering hatte ein schmales, intelligentes Gesicht, war mager und asketisch wie alle Mönche, aber sicher nicht nur durch Gebete und Fasten.

Chindamani grüßte ihn höflich. Er errötete und verneigte sich tief, dann trat er einen Schritt vor und überreichte ihr einen *Khatag*-Schal, den sie lächelnd entgegennahm.

»Ich habe leider keinen, den ich dir darbieten kann«, sagte sie.

»Mir genügt es schon, wieder in Ihrer Gegenwart sein zu dürfen«, sagte er mit gesenktem Kopf.

»Auch ich bin froh, dich zu sehen«, antwortete sie. »Kannst du auch meinem Freund Ka-ris To-feh einen *Khatag* überreichen? Er ist der Sohn des Dorje Lama. Du hast ihn mit Respekt zu behandeln.«

Der junge Mann hob den Kopf und holte einen zweiten Schal hervor, den er über Christophers ausgestreckte Arme legte. Chindamani gab Christopher den Schal, den sie gerade empfangen hatte, und der legte ihn seinerseits wieder über Tserings Handgelenke. Der Mönch verneigte sich noch tiefer, blieb dann stehen und wartete auf weitere Anordnungen.

»Bitte tritt ein und sprich mit uns«, sagte Chindamani.

»Ich möchte lieber hier draußen bleiben«, sagte Tsering.

»Gut. Dann bleiben wir hier. Hast du getan, worum ich dich gebeten habe?«

Der Lama nickte. Sein langer dünner Hals bewegte sich, als ob ein Vogel Futter aufpickte. Er war in das übliche einfache Mönchsgewand gekleidet, wirkte aber nicht so unterwürfig und hoffnungslos auf seine Umgebung wie viele seiner Glaubensbrüder. Was immer die Quelle seines Asketentums sein mochte, mit Lebensüberdruss hatte es wenig zu tun.

Eine gelbe Robe schützt nicht vor menschlichen Regungen. Unwillkürlich fiel Christopher dieser Satz wieder ein. Hatte ihn nicht Martin Cormac über den Bruder dieses Mannes gesagt?

»Was hast du herausgefunden?«, fragte Chindamani.

»Wenn Sie erlauben, möchte ich Ihnen zuerst etwas zeigen«, sagte der Mönch.

Er wies auf einen Gegenstand, der seitlich von ihm auf

dem Boden lag. Es war ein kleiner Lederbeutel, der von einer groben Schnur zusammengehalten wurde. Der Mönch hob ihn auf und übergab ihn wortlos an Christopher. Der spürte etwas Rundliches, Unebenes und ziemlich Schweres darin.

»Öffnen Sie ihn«, sagte der Mönch. Christopher tat, wie ihm geheißen, und löste die groben Knoten, mit denen der Beutel zugebunden war. Das Leder fiel auseinander und zum Vorschein kam ein Kinderkopf. Das Gesicht war verzerrt und blutverschmiert. Zum Glück waren die Augen geschlossen, denn Christopher erschrak so sehr, dass er den grausigen Gegenstand beinahe fallen gelassen hätte. Chindamani trat an Christopher heran und schaute.

»Ist es Samdup?«, fragte Christopher, unsicher, ob er das tote Gesicht erkennen würde.

Chindamani schüttelte den Kopf.

»Nein«, flüsterte sie. »Es ist nicht Samdup.«

Sie wandte sich Tsering zu.

»Wo hast du das her?«

»Der russische General Ungern-Sternberg hat einen ganzen Raum voller solcher Köpfe. Alles Jungen in Dorje Samdup Rinpoches Alter. Er weiß, dass er im Lande ist. Er lässt ihn suchen.«

Christopher legte den Kopf in den Beutel zurück und band ihn wieder zu. Er war ratlos, was er damit tun sollte. Einen Moment lang kam ihm die Sache eher absurd als entsetzlich vor.

»Kannst du uns helfen, Samdup zu finden, bevor es dem General gelingt?«, fragte Chindamani.

»Ich denke, schon. Einer meiner Freunde im *Mampa tatsang* gehört einem revolutionären Klub an, den ein Mann namens Suche-Bator vor einigen Jahren gegründet hat. Er vertraut mir, weil ich Tibeter bin, und er meint, ich hätte liberalere Ansichten als die meisten. Seit einigen Tagen ist er aus irgendeinem Grunde in Hochstimmung, will aber nicht sagen, warum.

Etwas hat er allerdings doch angedeutet, das mir wichtig erscheint. ›Ungern-Sternberg sammelt Köpfe‹, sagte er. ›Er sucht nach einem Jungen, einem *Chubilgan*. Aber er wird ihn nicht finden. Der Junge ist sicher, doch das wird Ungern-Sternberg erst wissen, wenn es zu spät ist.‹ Er hat mir gesagt, wo sie die Köpfe aufbewahren, und ich habe mir einen beschaffen können. Sie haben sie einfach in einen Raum geworfen, wo sie verwesen sollen. Er ist nicht bewacht. Ich habe den Kopf mitgebracht, um zu beweisen, dass mein Freund die Wahrheit sagt.«

»Was ist ein *Chubilgan*?«, fragte Christopher.

»Es ist das mongolische Wort für *Trulku*«, antwortete Tsering. Seine Stimme klang frisch und seine Redeweise nicht so gestelzt, wie es Christopher bei anderen tibetischen Mönchen beobachtet hatte. »Die Bedeutung ist die gleiche. Mein Freund sprach aber von einem ›*Chubilgan gegen*‹, was ›erleuchtete Inkarnation‹ bedeutet. Da war mir klar, dass er jemanden von sehr hohem Rang meint. Wie zum Beispiel den Maidari Buddha.«

»Und hat dein Freund dir gesagt, wo der Junge sich versteckt hält?«

Tsering schüttelte den Kopf.

»Nein. Aber ich denke, ich weiß, wo sein revolutionärer Klub sich trifft. Sie haben eine große Jurte in einem Gässchen von Ta Chure. In der Nähe habe ich meinen Freund mehrfach gesehen. Wenn das ihr Stützpunkt ist, dann befindet sich unser Herr Samdup vielleicht dort.«

Christopher dachte nach. Das klang plausibel. Der Junge konnte durchaus in Urga sein und darauf warten, dass Samjatin handelte.

»Hat dein Freund etwas von einem zweiten Jungen gesagt, einer weiteren Inkarnation? Einer *Pee-ling*-Inkarnation?«

»Ich verstehe nicht. Meinen Sie einen *Trulku* wie den Dorje Lama?«

»Ja. Er ist der Enkel des Dorje Lama. Mein Sohn.«

»Nein«, sagte der Lama. »Er hat nur einen *Chubilgan* erwähnt. Ich denke, damit hat er einen Tibeter gemeint. Von einem *Pee-ling-Trulku* war nicht die Rede. Tut mir leid.«

Chindamani nahm seine Hand und drückte sie fest.

»Er wird dort sein, Ka-ris, da bin ich sicher. Mach dir keine Sorgen.«

Dankbar drückte er ihre Hand.

»Ich weiß«, sagte er. »Aber jetzt, da wir ihnen so nahe sind, werde ich immer unruhiger.«

Er wandte sich wieder Tsering zu.

»Wann können wir einen Blick darauf werfen, was in dieser Jurte vorgeht?«

»Möglichst bald. Wir haben nicht viel Zeit.«

»Wieso nicht?«

»Unsere Herrin Chindamani wird es Ihnen erklären.«

Christopher blickte sie erstaunt an.

Chindamanis Miene wurde ernst. Sie biss sich leicht auf die Lippen.

»Es ist eine Prophezeiung, Ka-ris. Der Maidari Buddha muss auf dem Parinirwana-Fest erscheinen.«

»Parinirwana?«

»Der letzte Eintritt unseres Herrn Buddha ins *Nirwana*, den Zustand himmlischer Seligkeit. Das Fest gedenkt des Tages seines irdischen Todes.«

»Und was besagt die Prophezeiung?«

Sie blickte erst Tsering, dann wieder Christopher an.

»Sie besagt, dass der Buddha des neuen Zeitalters an dem Tag erscheinen wird, da der letzte Buddha diese Welt verlassen hat. Sie sind ein und dieselbe Person. Der Buddha, der im Nirwana geweilt hat, muss aus der Seligkeit zurückkehren, um die Menschen zu retten. Es heißt, er wird im Maidari-Tempel von Urga auf der Erde erscheinen.«

»Und wenn er nicht an diesem Tag erscheint?«

Sie zögerte.

»Dann muss er sterben, um wiedergeboren zu werden«, sagte sie. »Wenn er nicht proklamiert wird, dann kehrt er ins *Nirwana* zurück, wo er sich einen neuen menschlichen Körper für die nächste Inkarnation erwählt.«

»Aber wenn Samdup dieses Jahr nicht erscheint, warum kann er das nicht nächstes Jahr tun? Oder im Jahr darauf?«

Sie schüttelte den Kopf. Eine Krähe mit schwarzen, zerfetzten Flügeln flog, in eine Staubwolke gehüllt, an ihr vorüber.

»Es muss in diesem Jahr sein«, sagte sie. Sie flüsterte fast. »Kannst du dich erinnern«, fuhr sie fort, »wie dein Vater dir in Dorje-la von einer anderen Prophezeiung erzählt hat? ›Wenn Dorje-la von einem *Pee-ling* regiert wird, dann wird die Welt von Dorje-la aus regiert.‹«

Er nickte. Er erinnerte sich.

»Hat dein Vater dir auch von der Fortsetzung berichtet?«

Christopher dachte nach.

»Ja«, sagte er. »Sie handelt vom Sohn eines *Pee-lings* Sohn. Er glaubte, damit sei William gemeint.«

Sie lächelte ihm zu.

»Ich denke, damit hatte er recht«, sagte sie. »Die Fortsetzung lautet: ›In dem Jahr, da der Sohn eines *Pee-ling* Sohns in das Land des Schnees kommt, in diesem Jahr wird der Maidari Buddha erscheinen. Der Sohn eines *Pee-ling* Sohns wird der letzte Abt von Dorje-la sein und zugleich der größte.‹ Verstehst du jetzt, warum es in diesem Jahr sein muss?«

Christopher schwieg. Er starrte sie an und sah, wie ein langer, vom Staub gedämpfter Sonnenstrahl über ihr Gesicht fuhr, wie eine Haarsträhne, schwarz wie ein Vorzeichen, über ihre Wange fiel. Hinter ihr stand der hagere Mönch im Schatten, die Augen auf Christopher geheftet. Der fühlte sich wie ein Spielzeug, das von Hand zu Hand ging und von Kräften, die er nicht beeinflussen konnte, hin und her geworfen wurde.

»Wann ist dieses Fest?«, fragte er. »Du sagtest, bald. Haben wir noch genug Zeit?«

Ihr Blick hielt den seinen fest. Am Ende des Korridors krächzte eine Krähe und schlug mit den Flügeln.

»Morgen«, sagte sie. »Es beginnt morgen bei Tagesanbruch.«

56

Als sie Ta Chure erreichten, war es schon dunkel. Es war eine scheußliche, furchterregende Dunkelheit. Auf den Straßen lagen Leichen in Wartestellung, Kissen unter ihren Köpfen und Gebetsbücher in den kalten Händen. Die Hunde taten sich an ihnen gütlich. So war es Sitte.

Auf Tserings Anraten waren sie zu Fuß vom Konsulat aufgebrochen; mit Pferden hätten sie sich der Gefahr ausgesetzt, Aufsehen zu erregen. Winterpole wollte zuerst nicht mitkommen, aber Christopher hatte darauf bestanden. Er misstraute ihm nach wie vor und wollte ihn nicht unbeaufsichtigt lassen.

Als sie sich durch das Gewirr der stillen Gassen in Richtung Zentrum bewegten, gerieten sie immer mehr in den Bannkreis der Mauern der heiligen Stadt. Die Tempel hallten von Gesängen und Gebeten wider. Lampen flackerten. Überall bereiteten sich Mönche auf den nahen Festtag vor. In den größeren Straßen gingen, hinkten oder krochen immer noch Pilger in Richtung Winterpalast des Hutuktu.

Es war kaum erklärbar, wie Tsering ohne Licht den Weg durch die Dunkelheit fand. Aber er zögerte kein einziges Mal, als habe er Eulen- oder Katzenaugen. Der Mond war noch nicht aufgegangen, und das schwache Licht der Sterne gelangte nicht bis in die verwinkelten, engen Gässchen, durch die sie schlichen.

Tsering und Christopher gingen voran, Chindamani und Winterpole bildeten die Nachhut. Auf dem Weg nach Ta Chure berichtete Christopher dem Mönch von den Umständen, unter denen sein Bruder zu Tode gekommen war. Dass Tsewong zum Christentum übergetreten war, dass er ein silbernes Kruzifix bei sich hatte, das einst Christophers Vater gehörte, behielt er für sich. *Nicht dem Abt von Dorje-la*, dachte er bei sich, *sondern meinem Vater, der vor vielen Jahren im Schnee am Nathu-la gestorben war.*

»Ich weiß nicht, warum Tsewong sich umgebracht hat«, bekannte Christopher. »Er hat keine Nachricht und keinen Hinweis hinterlassen. Vielleicht wusste es der Missionar, bei dem er untergekommen war. Aber der behauptete, er kenne deinen Bruder nicht.«

»Das habe ich erwartet«, sagte Tsering. »Dass er ihn am Ende verleugnet.«

»Ich verstehe nicht«, sagte Christopher erstaunt. »Du sprichst, als ob du ihn kennst. Als ob du Carpenter kennst.«

Tsering nickte, ein schmaler Schatten in der Dunkelheit.

»Ja, ich habe ihn gekannt. Er war einmal in Dorje-la. Wussten Sie das nicht? Ungefähr vor sechs Jahren, ein Jahr bevor ich Tibet verließ, um hier zu studieren. Vielleicht ist er danach wiedergekommen, das müsste Herrin Chindamani wissen.«

»Ich habe mit ihr nie über ihn gesprochen. Was wollte er in Dorje-la?«

Der Mönch antwortete nicht sofort. Er verlangsamte seinen Schritt.

»Er hatte gehört – woher, weiß ich nicht – dass der Abt von Dorje-la ein *Pee-ling* sei und früher Christ gewesen war. Vielleicht glaubte er, er sei noch immer Christ, eine Art Missionar wie er selbst. Jedenfalls tauchte er mitten im Sommer bei uns auf und bat um Unterkunft im Kloster. Er blieb mehrere Wochen. Seine Reise war sehr hart gewesen. Er wirkte völlig erschöpft und hatte Fieber. Als er sich nach einer Behandlung mit Kräutern wieder erholt hatte, durfte er dem Dorje Lama einen Besuch abstatten. Sie sprachen einen ganzen Tag miteinander. Dann machte sich Kah-pin-teh auf die Rückreise. Der Abt gab ihm meinen Bruder als Führer mit, der ihn über die Pässe nach Sikkim bringen sollte.«

Tsering ging noch langsamer. Die Dunkelheit schloss seine Worte ein, die Nacht umhüllte die Erinnerung an seinen Bruder.

»Als Tsewong zurückkam«, fuhr er fort, »haben wir beide lange miteinander gesprochen. Er sagte, der *Pee-ling*-Lehrer habe ihn zu seinem Glauben bekehrt, und er sei jetzt ein Christ.«

Tsering unterbrach sich und warf Christopher einen Blick zu. »Danach hat er nie wieder Ruhe gefunden. Er war immer eine Last für ihn, dieser ausländische Glaube von einem sterbenden Gott und der Rettung der Welt durch Blut. Mit seinem Leben als Mönch war er nie glücklich gewesen, aber auch der neue Glaube schien es nicht besser zu machen. Er hat sich sehr hart damit auseinandergesetzt, er schien ihn ganz und gar zu verschlingen. Er muss auch dem Abt von seinem Dilemma berichtet haben, hat mir aber nie gesagt, was zwischen den beiden vorgegangen ist.«

Christopher spürte das silberne Kruzifix auf seiner Brust. Er konnte sich vorstellen, wie sehr sein Vater Tsewongs Situation verstanden hatte.

Um sie herum wurde es immer dunkler. Winterpole

tauschte jetzt seinen Platz mit Christopher, damit der sich Chindamani zugesellen konnte.

Sie ging ganz nah bei ihm und hielt seine Hand fest in der ihren, als suche sie Sicherheit oder Wärme, die er ihr in diesem nervösen Zustand kaum geben konnte. Einmal berührten ihre Lippen in der Dunkelheit kurz die seinen, als sie an einer kleinen Kreuzung warten mussten, die vom Duft einer verborgenen Blüte erfüllt war. Er wusste nicht, ob sie Tsering etwas von ihrem Verhältnis gesagt hatte, aber bevor es dunkel wurde, hatte er gesehen, dass der Mönch nach wie vor alle Regeln der Ehrerbietung streng beachtete, die einer Inkarnation der Göttin Tara zukamen.

Christopher selbst fiel es inzwischen leichter, Chindamani wie eine normale Frau zu behandeln. Er sah sie jetzt mit etwas weniger Ehrfurcht als zuvor. Seit sie Dorje-la verlassen hatten, war die Göttin in ihr in den Hintergrund getreten. Vielleicht traf das nicht ganz das Wesen der Sache. Die weiten Ebenen und überwältigenden Landschaften der Mongolei hatten ihr etwas von der naiven Selbstbezogenheit genommen, die die hohen Mauern und die düsteren Kammern des Klosters mit ihren bemalten Wänden in ihr genährt hatten.

Sie fanden das Anwesen ohne Schwierigkeiten, obwohl Christopher nicht hätte sagen können, worin es sich äußerlich von den umliegenden unterschied. Urga war im Grunde wenig mehr als ein Nomadenlager, das sich stark ausgewachsen hatte und auf Dauer angelegt war. Viele Tempel bestanden aus Zelten, die abgebaut und verlegt werden konnten, wenn es die Situation erforderte. Die meisten Behausungen waren runde Jurten aus dickem Filz, der über leichte Gitter aus Birkenholz gezogen wurde.

Die Umfriedung überwanden sie ohne Mühe. Sie diente eher der Abgrenzung der häuslichen Sphäre als dem Schutz vor Räubern. Selbst in unruhigen Zeiten wie diesen kamen Diebstähle kaum vor. Sie stiegen hinüber, wobei sie sich stets im Schatten hielten und auf jedes Anzeichen von Leben achteten. Christopher trug eine Pistole bei sich, die er im Konsulat gefunden hatte. Er hielt sie schussbereit, betete aber, sie nicht einsetzen zu müssen. Er wollte Samdup und wenn möglich auch William finden und sie in aller Stille, ohne jedes Aufsehen von hier fortbringen. Samjatin konnte warten. Ohne Samdup, so vermutete Christopher, war der Russe ein Nichts.

Vor ihnen erhoben sich, kaum sichtbar, zwei Jurten – eine kleine und eine, die größer war als die übrigen. Sie ragten vor ihnen auf – weiße, gewölbte Gebilde, die die Umfriedungen einzuengen schienen.

»Welche ist es?«, flüsterte Christopher Tsering zu.

»Die größere. Die kleinere dient als Lager für Treibstoff und Proviant. Der Junge kann in der großen Jurte oder dem Holzhäuschen dahinter sein. Genau weiß ich es nicht. Wir sollten zuerst in der Jurte nachschauen.«

Gebückt und auf Zehenspitzen schlichen sie sich an die Jurte heran. Der Boden war gestampfter Lehm. Der feste und zugleich elastische Untergrund dämpfte ihre Schritte. Aus dem Zelt drang kein Laut. In der Ferne fingen Hunde heftig an zu bellen. Sie durchstreiften die Stadt auf der Suche nach Fressbarem, woran zur Zeit kein Mangel herrschte.

Plötzlich blieb Tsering stehen und beugte sich noch tiefer herunter. Er deutete Christopher und Chindamani an, das Gleiche zu tun. An der Südostseite des Zeltes, wo sich die Tür befand, erkannten sie im Dunkeln die Gestalt eines Mannes. Er stand, gestützt auf etwas, das ein Gewehr sein konnte, und schien Wache zu halten.

»Gehen Sie nach hinten«, zischte Tsering, »und warten Sie dort auf mich.« Geräuschlos verschwand er in der Dunkelheit

»Geht ihr zwei nur«, flüsterte Winterpole. »Ich gebe dem Mönch Deckung bei seinem Erkundungsgang.«

Winterpole folgte Tsering und wurde ebenfalls sofort von der Dunkelheit verschluckt. Christopher und Chindamani gingen um das runde Zelt herum. Hinten war es noch dunkler. Sie hockten sich nieder und lauschten gespannt.

Nach etwa fünf Minuten, die ihnen wie eine Ewigkeit vorkamen, war Tsering zurück.

»Sie haben nur die eine Wache ausgestellt«, flüsterte er. »Wir können von unten in die Jurte kriechen. Der Filz wird nur von Holzklötzen am Boden gehalten, um die Kälte nicht hereinzulassen.«

Er bückte sich und begann, Holzklötze von der *Chayaa*, dem Bodenteppich der Jurte, zu entfernen. Christopher half ihm dabei.

»Wo ist Winterpole?«, fragte er.

Tsering schaute ihn verdutzt an.

»Ist er nicht hier?«

»Nein, er wollte dich begleiten und dir Deckung geben.«

Tsering legte den Holzklotz, den er gerade in der Hand hielt, auf den Boden.

»Bei mir war er nicht«, sagte er. »Ich dachte, er sei bei Ihnen geblieben.«

Sie schauten sich um, aber von Winterpole keine Spur.

»Das gefällt mir gar nicht«, sagte Christopher zu Chindamani. »Habe ich doch gewusst, das man ihm nicht vertrauen kann. Wohin mag er nur gegangen sein?«

»Er kann jetzt überall sein. Aber ich denke, wir sollten uns beeilen.«

Sie bückte sich und half, die letzten Holzklötze fortzuräumen. Nun ließ sich ein Stück der *Chayaa* leicht anheben. Von innen drang ein schwacher Lichtschein heraus.

Mit gezogener Pistole kroch Christopher als Erster hinein.

Tsering und Chindamani folgten. Beide waren unbewaffnet.

Die Jurte war nach der Tradition eingerichtet. In der Mitte stand der Herd, in dem ein Feuer loderte. Davor lagen, in Dreieckform angeordnet, Teppiche und Kissen. An den Wänden sahen sie Schränkchen und Truhen. Neben der Tür war ein kunstvoller buddhistischer Altar aufgebaut, den man mit Bildern und anderem Schmuck versehen hatte. Die Beleuchtung war trübe.

Christopher kroch auf allen vieren vorwärts. Zuerst wirkte die Jurte völlig leer. Dann machte er zwei kleine Gestalten aus, die auf Kissen in der Nähe der Tür saßen. Sein Herz schlug wie wild, als er William und neben ihm Samdup erkannte. Ein mongolischer Wächter saß bei ihnen. Er drehte Christopher den Rücken zu und schien eingenickt zu sein. Hinter seiner linken Schulter ragte eine Gewehrmündung hervor.

Geräuschlos schob sich Christopher weiter vorwärts. Plötzlich erstarrte er. William hatte ihn entdeckt. Mit heftigen Gesten gebot er dem Jungen, sich still zu verhalten. Aber William konnte seine Aufregung nicht zähmen. Er rüttelte Samdup und wies aufgeregt in Christophers Richtung.

Was er befürchtet hatte, trat ein. Von den plötzlichen Bewegungen des Jungen schreckte der Wächter auf. Er erhob sich, drehte sich um und sah Christopher und seine Begleiter vor sich. Er stieß einen Schrei aus und riss das Gewehr hoch. Er feuerte hastig, ohne richtig zu zielen. Die Kugel verfehlte Christopher nur knapp, gab ihm aber die Möglichkeit, Deckung zu suchen. Beim zweiten Schuss kam er dem Wächter zuvor. Der Mann taumelte, ließ das Gewehr fallen und stürzte rückwärts auf den Altar, wobei er alle Opfergaben herunterfegte.

Der Türvorhang wurde aufgerissen, und der Wachtposten,

der draußen gestanden hatte, kam hereingerannt. Christopher schoss auf ihn, bevor dessen Augen sich an das gedämpfte Licht in der Jurte gewöhnt hatten.

»Schnell!«, rief er den Jungen zu. »Wir müssen hier weg, bevor jemand kommt.«

Aber trotz all der Eile musste er erst einmal William umarmen und sich versichern, dass er noch lebte. Chindamani drückte Samdup an sich und hob ihn vor Freude in die Luft.

Da waren draußen Stimmen zu hören. Christopher setzte William ab und rannte zur Tür.

»Komm schnell«, rief er und streckte William seine Hand entgegen. »Wir müssen fort!«

Aber William blickte ihn nur mit tränennassen Augen an. »Ich kann nicht!«, rief er. »Sieh her!«

Christopher schaute zu der Stelle, auf die William zeigte. Der Junge hatte eine Eisenfessel am Bein, die an einer schweren Kiste befestigt war. Auf dieselbe Weise war auch Samdup angekettet.

Christopher stieß einen Wutschrei aus. Er bückte sich und benutzte das Gewehr des Wächters wie einen Hammer, um die Kette von der Kiste zu lösen.

Draußen ertönten Schritte. Der Türvorhang wurde aufgerissen und mehrere Männer stürzten herein. Alle waren bewaffnet. Der Letzte hielt den Vorhang auf. Einen Augenblick später trat Nikolai Samjatin in die Jurte.

Christopher ließ Gewehr und Pistole fallen. Samjatin lächelte.

»Sie kommen gerade recht zur Party«, sagte er. »Das Fest beginnt in ein paar Stunden. Ich habe eine große Feier vorbereitet.«

57

Er hatte in der letzten Zeit so viel Blut gespuckt, dass noch etwas mehr in der Schale ihn kaum erschüttern konnte. Das machte ihn wütender als alles andere. Aber er war machtlos, denn wenn sein Körper rebellierte, konnte er wohl kaum seine eigene Erschießung befehlen. Er wollte auf dem Schlachtfeld sterben, und wenn er sich auf allen vieren dorthin schleppen musste. Doch jedes Mal, wenn er Blut hustete, wurden seine Zweifel größer, ob ihm das noch gelingen werde. Am Ende würde das Ungeheuer, das seine Lunge auffraß, ihm noch den ersehnten Heldentod verderben. Und blutigen Schleim in eine Stahlschüssel zu spucken, konnte man wahrlich nicht als Großtat ansehen.

Der Junge war ihm durchs Netz geschlüpft. Aus Berichten, die er erhalten hatte, ging hervor, dass er und der Mann, mit dem er reiste, die riesigen Ebenen zwischen Uljassutai und Urga durchquert hatten und höchstwahrscheinlich bereits in der Stadt waren. Unerkannt waren sie in der Menge verschwunden, hielten sich an einem verborgenen Ort versteckt und schlichen vielleicht nachts durch die dunklen Gassen.

Zwar hatte man ihm Dutzende Kinderköpfe geschickt, genug, um zehn Kupferbehälter zu füllen, doch der des Jungen war nicht darunter. Sie trafen täglich, in Leder oder Sackleinen gehüllt und mit klebrigem Blut beschmiert, bei ihm ein. Aber nach wie vor gab es Berichte, er sei hier und da, meist in verstreuten Jurten weitab von Pisten und Wegen, gesichtet worden. Alle seine Bemühungen, ihn zu fassen, waren fehlgeschlagen. Jetzt schickte er sich an, ihn hier im Herzen seines Königreiches herauszufordern. Es wurde Zeit, dass er den Hutuktu sprach und ihn vor den Folgen warnte, wenn der Junge in den nächsten achtundvierzig Stunden nicht gefasst wurde.

Als vor seiner Jurte Schritte ertönten, warf er rasch ein Tuch über die Schale. Er hörte, wie der Posten an der Tür salutierte und eine Stimme ihm befahl, bequem zu stehen. Der Türvorhang öffnete sich, und zwei Männer traten ein – Sepailow und ein Europäer in weißem Anzug. Warum fertigte der Oberst den nicht selber ab? Er wusste, dass er keine Genehmigung brauchte, um einen Mann auspeitschen oder gar hängen zu lassen.

Sepailow grüßte. Das tat er neuerdings recht salopp, dachte Ungern-Sternberg bei sich. Die Uniform des Obersten war fleckig und hatte aufgeplatzte Nähte. Allein dafür gehörte er erschossen. Ungern-Sternberg hasste die Russen, besonders die Militärs. Da verließ er sich lieber auf seine Burjaten und Tscharen, Tataren und Kalmücken. Der Rest konnte sich zur Hölle scheren, wenn es nach ihm ging. Das waren alles nur Trittbrettfahrer, und einige bezahlten nicht einmal dafür.

»Was gibt's, Oberst Sepailow?«, fragte er. »Wer ist dieser Mann? Warum bringen Sie ihn zu mir?«

Sepailow schluckte heftig. Er erspähte die Schale auf dem Tisch neben einem Stapel Papiere, die er dem Baron zur Unterschrift vorgelegt hatte. Ungern-Sternberg glaubte, niemand außer ihm selbst und dem Lagerarzt kenne sein Leiden. Aber Sepailow wusste, wie es um ihn stand. Auch, dass Ungern-Sternberg, wenn er Blut spuckte, noch unberechenbarer war als sonst.

Winterpole wartete nicht ab, bis der Oberst ihn vorstellte.

»Mein Name ist Major Simon Winterpole vom britischen Militärgeheimdienst. Sie erinnern sich vielleicht an mich, General. Ich habe Sie vor über einem Jahr in Daurien besucht. Damals war ich in offizieller Mission bei Ataman Semjonow. Wir haben Ihre Leuten im gemeinsamen Kampf gegen die Bolschewiken unterstützt.«

»Sie werden verzeihen, Major, aber ich kann mich nicht erinnern. In Daurien ist es hoch hergegangen. Ich habe jeden Tag Dutzende Besucher empfangen. Sie vertraten mehrere ausländische Mächte. Jetzt sollten Sie mir aber erklären, was ein Agent des britischen Militärgeheimdienstes zur Zeit in Urga tut. Ohne Genehmigung.«

»Ich habe Ihnen vor fast zwei Wochen ein Telegramm geschickt. Sie müssten also wissen, dass ich hier eintreffe.«

Ungern-Sternberg schüttelte den Kopf.

»Nein, Sir, ich habe kein Telegramm von Ihnen oder sonst wem im britischen Geheimdienst erhalten.«

Er griff in seine Innentasche und zückte ein silbernes Zigarettenetui. Sein Familienmonogramm war schon sehr abgewetzt, stellte er dabei fest. Das hatte wohl kaum Bedeutung, denn Nachkommen würde er ohnehin keine haben. Er nahm eine Zigarette heraus und steckte sie an. Das tat er rasch, damit man nicht sah, wie seine Hand zitterte.

»So ist das also.« Winterpole fragte sich bereits, ob es klug von ihm gewesen war, Ungern-Sternberg persönlich aufzusuchen.

»Also? Ich erwarte eine Erklärung von Ihnen. Ich bin sehr beschäftigt, Major. Von Ihnen weiß ich bis jetzt nur, dass Sie ein selbsternannter Spion sind, der seit einer noch nicht exakt festgestellten Zeit in einer Gegend operiert, die meiner Jurisdiktion untersteht. Das müssen Sie nun wirklich erklären.«

»Ich versichere Ihnen, General, dass ich nicht mit einem Spionageauftrag unterwegs bin. Ich nehme im militärischen Geheimdienst eine rein administrative Stellung ein.«

Ungern-Sternberg ließ grauen Rauch in Kringeln zur Decke aufsteigen.

»Was bedeutet, dass Sie andere die Schmutzarbeit für sich erledigen lassen.«

»Was bedeutet, dass ich bevollmächtigt bin, mit Vertretern

ausländischer Mächte zu verhandeln. Ich bin in die Mongolei gekommen, um Ihnen im Namen der britischen Krone ein konkretes Angebot finanzieller und militärischer Hilfe vorzulegen.«

Eine Augenbraue des Generals hob sich leicht.

»Tatsächlich? Ich gehe davon aus, dass Sie dafür eine Legitimation bei sich führen.«

»Natürlich.« Winterpole griff in die Innentasche seiner Jacke.

»Im Moment ist das nicht nötig, Major. Ich würde aber schon gern wissen, weshalb Sie mich so überhastet aufsuchen. Das ist doch nicht das normale Prozedere, das Sie natürlich kennen.«

Winterpole verzog den Mund ein wenig. Es sollte ein Lächeln sein.

»Heute bin ich hier, um Ihnen eine Nachricht zu bringen. Ich nehme an, sie ist wichtig für Sie. Sie betrifft einen Jungen. Zwei Jungen, genauer gesagt.«

Er sah sofort, dass er ins Schwarze getroffen hatte. Ungern-Sternbergs Arroganz war auf der Stelle verflogen. Er fuhr zusammen, als hätte der Engländer gerade die Hand gehoben, um ihm einen Schlag zu versetzen.

»Fahren Sie fort«, sagte er. Mit zitternden Fingern drückte er die Zigarette aus und zündete sich eine neue an.

»Ich weiß, wo Sie sie finden können, … wenn Sie rasch handeln. Ich kann Sie noch heute Abend dorthin führen. Wenn Sie Glück haben, geht Ihnen dabei zugleich der Hauptagent der Komintern in dieser Region ins Netz. Und vielleicht einige seiner mongolischen Mitverschworenen.«

Ungern-Sternberg hielt den Atem an. Wenn der Engländer die Wahrheit sagte …

»Und Sie«, sagte er hastig, »was wollen Sie als Gegenleistung für diese Information?«

»Ihre Kooperation. Für unsere militärische und finanzielle Hilfe. Großbritannien erkennt Sie oder wen Sie ernennen als das Staatsoberhaupt der Mongolei an. Wir sind gewillt, Sie hier an der Grenze Russlands zu etablieren, damit Sie, wenn die Stunde kommt, dorthin zurückkehren und das Ihre einfordern können. Die Information, die ich Ihnen gerade bringe, ist nur ein Anfang, ein Beweis für unsere guten Absichten sozusagen. Sie können sie entgegennehmen oder auch nicht, das hängt von Ihnen ab.«

»Wo sind die Jungen?«

»In Ta Chure. In einem Viertel zwei Straßen vom Tokchin-Tempel entfernt. In einer großen Jurte, die die Mongolen, so viel ich weiß, eine *Zwölfer-Chana* nennen. Dahinter steht ein Sommerhäuschen.«

Ungern-Sternberg blickte an Winterpole vorbei.

»Wissen Sie, wo das ist, Sepailow?«

»Jawohl, General. Wir beobachten den Ort schon eine ganze Weile. Das klingt sehr plausibel.«

»Gut. Dann schicken Sie sofort einen Trupp Männer dorthin. Sie sollen alle, deren sie habhaft werden können, lebend festnehmen, außer den beiden Jungen. Die sind auf der Stelle zu erschießen. Damit sich niemand etwas Dummes einfallen lässt. Am besten, Sie setzen Russen für diesen Auftrag ein.«

»Sehr gut, General. Ich kümmere mich unverzüglich darum.« Er salutierte und wandte sich zum Gehen.

»Oberst!«

Sepailow drehte sich um.

»Bevor Sie gehen, nehmen Sie diesen Mann mit und erschießen ihn sofort. Erledigen Sie das möglichst selbst.«

Winterpole fuhr zusammen, dann richtete er sich hoch auf.

»Darf ich fragen, was das bedeutet? Ich bin ein Vertreter

der Regierung Seiner Majestät. Ich besitze diplomatische Immunität. Ihr Verhalten ist höchst unangebracht, General.«

Ungern-Sternberg erhob sich und beugte sich über seinen Schreibtisch. Winterpole fuhr zurück. Jetzt befand er sich mitten unter seinen gläsernen Figuren und war selbst so spröde und verletzlich wie sie.

»Sie sind kein Diplomat, Major. Sie sind nach ihren eigenen Angaben ein Geheimdienstagent. Ob sie nun selbst Spion sind oder Spione aussenden, darüber habe ich nicht zu befinden. Meine Aufgabe hier ist es, drei Gruppen zu eliminieren: Bolschewiken, Juden und ausländische Agenten.«

»Um Gottes willen, General! Wir stehen auf der gleichen Seite!«

»Nicht mehr«, erklärte Ungern-Sternberg.

»Was meinen Sie damit?«

»Genau, was ich sage. Ihre Regierung hat gerade ein Handelsabkommen mit den Sowjets unterzeichnet. Das war im März. Sie können doch nicht behaupten, dass Sie das nicht wussten.«

»Ich versichere Ihnen, ich …«

»Ihr Mr. Lloyd George hat zusammen mit dem sowjetischen Vertreter Krassin am 16. März seine Unterschrift geleistet. Die russische Handelsdelegation hat bereits eine ständige Vertretung in London. Der nächste Schritt wird die diplomatische Anerkennung sein. Und davon wollen Sie nichts gewusst haben?«

»Ich bin lange vorher aus London abgereist. Mich hat niemand darüber informiert. Da muss ein Fehler passiert sein.«

»Das ist kein Fehler. Sie sind doch einer der Männer, die für den Tod von General Resuchin und sieben seiner Soldaten vor fünf Tagen Verantwortung tragen? Hatte der General Sie nicht verhaftet, weil Sie die Hinrichtung bolschewistischer Eindringlinge ausspioniert haben?«

Winterpole versuchte aufzustehen, aber die Beine versagten ihm den Dienst. Er spürte Sepailows schwere Hände auf seinen Schultern, die ihn niederdrückten. Er knickte ein. In ein paar Minuten würde es um ihn geschehen sein.

Ungern-Sternberg kam hinter seinem Schreibtisch hervor.

»Beeilen Sie sich, Oberst. Ich will, dass der Junge um Mitternacht nicht mehr am Leben ist.«

Er trat zur Tür und ging hinaus. Sepailow legte eine Hand um Winterpoles Kehle.

»Entspannen Sie sich, Major«, flüsterte er. »Wenn Sie keinen Widerstand leisten, tut es gar nicht weh.«

58

Manchmal wirkte das Ticken der Uhren beruhigend auf ihn. Dann wieder ging es ihm auf die Nerven, und er flüchtete sich in ruhigere Gemächer seines Palastes, wo die Zeit stillzustehen schien. Heute bereitete es ihm weder Freude noch Missvergnügen. Er stellte fest, dass er in die Jahre kam. Er war einundfünfzig, fühlte sich aber wesentlich älter und hinfälliger.

Morgen musste er wieder für die Menge, die sich schon in der Nacht draußen versammelte, den Gott spielen und den Festtagssegen spenden. Eine lange Kordel aus roter Seide führte durch den Palast bis zur Umfriedungsmauer und auf die Straße hinaus. Den ganzen Vormittag würde er auf seinem Thron sitzen und die Kordel in der Hand halten müssen, während Pilger sich draußen in Schmutz und Unrat drängten, um das andere Ende zu berühren. Sie glaubten, dass ein Segen von ihm durch die Kordel zu ihnen strömen, die Sünden von ihnen nehmen und sie von dem schlechten

Karma befreien werde, das sie auf sich geladen hatten. Es war eine Farce, aber er musste sie mitspielen.

Seit sieben Jahren war er nun schon blind. Die Ärzte hatten ihm gesagt, das komme vom vielen Trinken. Aber davon ließ er sich nicht beirren und sprach weiter dem Alkohol zu. Der tröstete ihn zumindest ein wenig über seine Blindheit hinweg. Er liebte *Maygolo*, einen süßen Anisschnaps, den chinesische Händler in kleinen runden Flaschen verkauften. Er mochte auch französischen Kognak, den er von Ungern-Sternberg bezog, wenn eine Lieferung bis zu diesem durchdrang, was nicht oft geschah. Sein Lieblingsgetränk allerdings war der *Boro-darasu*, den man ihm aus Peking schickte. Wenn er den trank, dann sah er zumindest einen blassen Lichtschein in der ewigen Finsternis.

Blind zu sein, störte ihn sehr. Denn nun konnte er all die schönen Dinge nicht mehr genießen, die er in langen Jahren gesammelt hatte. Die Welt war ein so schöner Ort, dachte er bei sich, und er hatte so wenig davon gesehen. Sein Leben lang in Klöstern und Palästen eingeschlossen, konnte er nicht in die Welt gehen. So hatte er sie eben zu sich geholt.

Seine Sekretäre schliefen bereits. Seine Frau amüsierte sich mit einem neuen Liebhaber in ihrem eigenen Palast außerhalb der Mauern von Ta Chure. Der würde ihre Brüste mit Öl und ihre Schenkel mit Sandelholzessenz netzen. Die Mönche, die ihn bedienten, beteten, um sich auf das Fest vorzubereiten. Einsam und allein streifte er durch die stillen Räume und Korridore seiner Residenz und betastete traurig seine Vergangenheit.

Es war alles da: Teller auf Teller seines Sèvres-Porzellans, von denen er nie gegessen hatte, weshalb sie fein eingestaubt waren; Klaviere, die zu spielen er nie gelernt hatte, inzwischen verstimmt und voller Risse; Uhren aller Art, deren Zeiger auf unterschiedlichste Zeiten gestellt waren; Alben, mit Elfenbein und Malachit, mit Perlmutt und Silber, mit Onyxen, Achaten und Jade belegt, in feines russisches Leder, blauen, roten oder lilafarbenen Samt gebunden. Darin die vergilbten Fotografien von Toten und Lebenden. Flaschenständer, Champagneröffner, Kerzenhalter aus Gold, Silber und Glas, die seit Jahren keine Kerze mehr gesehen hatten; Zigarrenetuis, Kartenetuis und Brillenetuis aus Schildpatt, Gold- und Silberdraht; Fernrohre, durch die er einst die Sterne beobachtet hatte und die seitdem verstaubten. Träume und Launen, um einen Gott glücklich zu machen und einen Mann zu beschäftigen. Mit seinen dicken Fingern fuhr er über ein japanisches Klangspiel. Es klimperte in der Stille, als fielen Eisstückchen herab.

Der Klang verstummte, wurde von einem anderen Geräusch vertrieben. Schwere Schritte kamen auf ihn zu. Er erwartete niemanden zu dieser Stunde. Schon gar nicht hier in seinen Privaträumen, die keiner ohne seine Erlaubnis betreten durfte. Doch immer mehr Füße stampften herbei, wenn die Tritte auch von dem dicken Koncob-Teppich gedämpft wurden, der den Fußboden bedeckte. Die Besucher waren keine Pilger, die eine Privataudienz bei ihm wünschten. Die hätten sich ihm geräuschlos oder auf allen vieren genähert. Die Schritte verstummten nur wenige Meter von ihm entfernt. Er wandte sich ihnen zu.

»Eure Heiligkeit«, sagte eine Stimme, »bitte verzeihen Sie diese Störung, aber ich habe jemanden zu Ihnen gebracht, der Sie sprechen will. Bitte hören Sie ihn an.«

Er erkannte die Stimme. Sie gehörte Bodo, einem hochgestellten Lama, der ihm einmal kurzzeitig als Sekretär gedient hatte. Was um alles in der Welt wollte der hier? Bevor er antworten konnte, nahm bereits ein zweiter Mann das Wort. Er war sich nicht sicher, glaubte aber, dass er auch diese Stimme schon einmal vernommen hatte.

»Sind Sie der *Chubilgan* des Jebtsundamba Hutuktu, der Bogdo Chan, dessen Herrschaftsdevise lautet ›Erhaben über alles‹?«

Er nickte. Jetzt war er sicher, dass er die Stimme kannte.

»Wer, glauben Sie, sollte ich sonst sein?«, fragte er.

»Dann bin ich bevollmächtigt, Ihnen im Namen der Provisorischen Regierung des mongolischen Volkes und des Zentralkomitees der Mongolischen Revolutionären Volkspartei zu erklären, dass Sie hiermit unter Hausarrest gestellt sind. Sie dürfen diesen Ort nicht verlassen, bis entschieden ist, was mit Ihnen geschehen wird. Haben Sie verstanden?«

Er nickte wieder.

»Ja«, antwortete er. »Ich habe sehr gut verstanden. Ich kenne Ihre Stimme, kann mich aber an Ihren Namen nicht erinnern. Wer sind Sie?« Er hatte Nervosität aus den Worten des Mannes herausgehört, als sei etwas nicht in Ordnung.

»Mein Name ist Nikolai Samjatin, ich bin burjatischer Repräsentant der Komintern. Wir sind uns letztes Jahr begegnet, als ich hier war, um mit Ihnen über Ihre mögliche Rolle bei der bevorstehenden Revolution zu verhandeln. Damals haben Sie abgelehnt. Jetzt werden Sie das nicht noch einmal tun.«

»Ich erinnere mich«, sagte er. »Sie haben davon gesprochen, die Macht an das Volk zu übergeben. Ich hatte aber damals gar keine Macht. Die lag ganz bei den Chinesen. Und jetzt nehmen Sie mir weg, was auch immer ich inzwischen erworben haben könnte. Wer wird hier der neue Herrscher sein? Sie?«

»Das Volk wird regieren«, sagte Samjatin.

»Aha«, antwortete er. »Aber wer wird das Volk regieren?«

»Wir verschwenden unsere Zeit! Ich habe bereits Ihre Sekretäre angewiesen, Ihren Arbeitsraum vorzubereiten. Sie müssen einige Papiere unterzeichnen.«

Er rührte sich nicht vom Fleck.

»Sie kommen zu früh«, sagte er. »Ich habe Sie erst morgen erwartet. Ich glaubte, Sie wollten mich nach den Zeremonien im Tsokchin festnehmen. Ist etwas geschehen, weshalb Sie Ihre Absicht geändert haben?«

Schweigen trat ein. Er stellte sich vor, dass der Burjate ihn anstarrte. Seine Stimme klang ein bisschen nervöser, als er wieder das Wort nahm.

»Woher wissen Sie das?«

»Ich weiß alles«, antwortete er. »Hat man Ihnen das nicht gesagt?« Er lächelte. Merkwürdigerweise hatte er gar keine Angst. Schließlich war die Situation nicht neu für ihn. Immerhin nahmen ihn diesmal Mongolen fest. Es war nur jammerschade, dass sie jetzt schon kamen. Damit warfen sie alle seine Pläne über den Haufen.

Jemand trat an ihn heran und nahm seinen Arm.

»Kommen Sie mit mir, Herr.« Es war Bodo. Er konnte Verwirrung in dessen Stimme spüren. Bodo wird sich nicht lange halten, dachte er bei sich. Er wird einer der Ersten sein, der an der Reihe ist, wenn sie die Guillotinen in Gang setzen. Eigentlich schade, grübelte er. Er hätte gern einmal eine Guillotine in Aktion gesehen. Er liebte mechanische Sachen. Und er hatte gehört, dass dieses Fallbeil besonders effizient sei. Vielleicht könnte er sich eine schicken lassen. Die würde ihn eine Weile unterhalten. Dann fiel ihm ein, dass er ja blind war.

Arm in Arm gingen sie den Korridor entlang. Vor sich hörte er die Schritte von mehr als einer Person. Als die Fremden bei ihm eingedrungen waren, hatte er sie auf etwa acht geschätzt. Darunter war eine Frau, glaubte er. Und zwei Kinder. In weniger als einer Minute hatten sie sein Arbeitszimmer erreicht. Bodo half ihm, seinen Sessel zu finden. Das hätte er auch allein gekonnt. Ein anderer öffnete den

Schrank mit den Getränken, nahm eine Flasche und ein Glas heraus.

»Am liebsten hätte ich einen Port«, sagte er. »Die Karaffe ist im obersten Regalfach.«

Das Getränk hatte ein englischer Forscher namens Barnaby oder Farnaby oder so ähnlich vor zwölf Jahren bei ihm eingeführt. Er hatte ihm mehrere Kisten dieses »roten Tropfens« über den chinesischen *Amban*, den Gesandten, geschickt, der einige Flaschen für sich selbst abgezweigt hatte. Inzwischen war er bei der letzten oder vorletzten Kiste angekommen, aber er hatte den Genuss noch etwas strecken wollen. Nun würde ihn der Wein vielleicht überleben.

Der Portwein erschien auf seinem Tisch, und er nippte ein wenig daran. Er trank ihn nur zu besonderen Gelegenheiten. Eine wie diese, so überlegte er, würde wohl so schnell nicht wiederkehren. Das Problem war, wie man Ungern-Sternberg an diesen Ort bringen konnte. Der Hutuktu hatte alles für das Fest vorbereitet, und nun waren sie schon da, trampelten über seine Teppiche, öffneten seine Flaschen, vergriffen sich an seinem Wein und würden, nach dem, was er wusste, auch sein Vermögen aufteilen.

»Was genau soll ich unterschreiben?« Zuerst die Chinesen, dann Ungern-Sternberg, ein Retter, der zum Monster mutiert war, und jetzt die Bedrohung aus dem eigenen Land. Alle hatten ihn etwas unterschreiben lassen. Vor zwei Jahren hatte General Xu Shuzeng ihm sechsunddreißig Stunden gegeben, um ein Blatt mit acht Artikeln zu unterzeichnen, mit dem er die Souveränität der Mongolei an die Regierung der Republik China in Peking abtreten sollte. Er hatte sich geweigert, worauf seine Minister gezwungen wurden, an seiner Stelle zu unterschreiben. Am Ende lief es immer auf das Gleiche hinaus: Er hatte keine wirkliche Macht, sondern nur die, die ihm andere zugestanden.

Der Burjate antwortete auf seine Frage.

»Dies ist ein Dokument, in dem Sie die Sünden bekennen, die Sie während Ihrer Herrschaft als Hutuktu begangen haben. Sie erklären, dass Sie wegen dieser Sünden kein *Chubilgan* mehr sind und der Jebtsundamba Hutuktu in einem anderen Körper wiedererschienen ist. Das akzeptieren Sie und gestatten aus freiem Willen, dass die Macht in die Hände der wahren Inkarnation übergeht, die an Ihrer Statt regieren wird, unterstützt von der Volksregierung unter Suche-Bator. Der neue Jebtsundamba Hutuktu und die Volksregierung erkennen die Hilfe an, die ihnen der Volkssowjet Russlands erwiesen hat und suchen um eine Sonderbeziehung zu diesem Lande nach. Sie selbst werden Privatmann, können in Ihrer Sommerresidenz wohnen, Ihr Vermögen und Ihr Lehensgut Shabi behalten.

Wir nehmen Ihnen nichts als Ihren Titel und die Macht. Sie dürfen weiter trinken. Sie können so viele Frauen und Jungen haben, wie sie möchten. Ebenso alle Ihre Spielzeuge und Raritäten, allerdings sollen keine neuen hinzukommen. Nach Ihrem Tod gehen sie in das Eigentum des Staates über.«

Wann sollte das geschehen?, fragte er sich. Es musste doch möglich sein, Ungern-Sternberg herbeizuholen. Sie sollten das mit dem General klären. Was hatte das alles mit ihm zu tun? Natürlich wusste er, wer eines der Kinder sein musste. Das hatte er erwartet. Doch wer war das zweite Kind?

»Und wenn ich nicht unterschreibe?«

»Sie haben keine Wahl, das wissen Sie. Aber wenn Sie kooperieren, wird sich Ihr Leben wesentlich angenehmer gestalten: ein komfortables Heim, eine großzügige Rente, die Erfüllung Ihrer weltlichen Wünsche. In mancher Hinsicht beneide ich Sie.«

»Wirklich?«, fragte er. »Vielleicht wollen Sie mit mir tauschen? Ihr Augenlicht für meine Blindheit, Ihre Macht für meine Bequemlichkeit, Ihr Menschsein für mein Gottsein und meine Trinkerei.«

Darauf gab der Burjate keine Antwort. Er hatte auch keine erwartet.

»Also«, sagte er nun. »Was soll ich noch tun? Welche weiteren Papiere soll ich unterschreiben?«

»Sie können uns helfen, Blutvergießen zu vermeiden«, sagte der Fremde. »Ihre Soldaten stehen nach wie vor hinter Ihnen. Die meisten sind mit Ungern-Sternberg unzufrieden – die Chalcha-Mongolen, einige Burjaten, die Tibeter, die Chinesen, die Sie amnestiert haben. Er will sie mit Beute aus Plünderungen an sich binden, aber die Soldaten haben auf Sie geschworen. Befehlen Sie ihnen, die Waffen niederzulegen oder sich der Volksarmee anzuschließen. Dann bleiben dem Baron nur noch seine Russen und die paar Japaner, die er im Februar nach Urga geholt hat. Ich habe ein Dekret in Ihrem Namen vorbereitet, das allen buddhistischen Truppen befiehlt, sich jeglicher Kampfhandlungen zu enthalten und weitere Befehle von Ihnen oder einem Ihrer Vertreter abzuwarten. Auch darauf fehlt nur noch Ihre Unterschrift und Ihr Siegel.«

Und wenn es ans Töten geht, dachte er bei sich, *wer wird dann als Erster am Galgen hängen*?

Laut sagte er: »Sie haben einen eigenen *Chubilgan*. Soll er doch das Dekret unterschreiben. Und die treuen Buddhisten um sich sammeln.«

»Sie wissen, dass das Zeit erfordert. Wir haben aber keine Zeit. Wir müssen sofort handeln, wenn Leben gerettet werden sollen.«

Wessen Leben?, fragte er sich. *Die von Mongolen? Oder von sowjetischen Truppen?* Er wusste, dass die Streitkräfte der Roten bereits in den Norden des Landes einrückten.

»Damit habe ich nichts zu tun. Aber wenn Sie gestatten, spreche ich mit meinem Kriegsminister.«

Er streckte den Arm aus und griff nach dem Telefon. Dandinsuren würde verstehen und Ungern-Sternberg schicken. Dann konnte er sich zurücklehnen und zuhören, wie die beiden um die Macht stritten.

Das Telefon war tot. Das hätte er sich denken können.

»Tut mir leid«, sagte der Burjate. »Ihre Leitung wurde zeitweilig unterbrochen. Sie müssen sich schon hier und jetzt entscheiden.«

Nun lehnte er sich in der Tat zurück, für den Augenblick außer Gefecht gesetzt.

»Bringen Sie mir den Jungen«, sagte er. »Ich will mit ihm sprechen. Ich will ihn berühren.«

Stille trat ein. Dann warf Samjatin einige Worte in schlechtem Tibetisch hin. Eine Frauenstimme antwortete, aber er fegte ihre Einwände beiseite. Es raschelte. Jemand stand neben seinem Sessel. Er streckte seine Hand aus und berührte ein Gesicht, das eines Kindes.

»Tritt näher, Junge«, sagte er auf Tibetisch. »Ich kann dich nicht richtig spüren. Ich sehe dich nicht, also muss ich dich berühren. Keine Angst, ich tue dir nichts.«

Der Junge blieb stocksteif stehen – in seiner Reichweite, aber Abstand haltend.

»Was ist?«, fragte er. »Hast du Angst vor mir?« Er spürte, wie sein Herz heftig schlug. Merkwürdig, jetzt, da sie einander so nahe waren, wurde ihm plötzlich mit Schrecken bewusst, dass er es war, der sich vor dem Jungen fürchtete. Es erschien ihm wie eine Art Blasphemie, dass sie hier zusammen waren – zwei Inkarnationen einer einzigen Gottheit. In einem Winkel seines Hirns entstand ein Bild und wurde immer deutlicher: eine endlose Reihe glänzender Spiegel, in denen dieselbe Gestalt immer wiederkehrte, bis sie nur noch ein winziger ferner Punkt war. Jetzt wurde ihm so klar wie nie: Er war ein Spiegel und kam sich plötzlich zerbrechlich vor wie Glas. Bei der geringsten Berührung würde er zerspringen und in winzige silberne Stückchen zerfallen.

»Ja«, sagte der Junge. Seine Stimme zitterte, aber sie hatte einen schönen Klang. Er war sicher, der Junge war hübsch und seine Wangen sicher sehr weich. Was wäre, wenn sie miteinander schliefen? Würden das die Spiegel aushalten?

»Wovor solltest du Angst haben?«, fragte er.

»Ich weiß nicht«, sagte der Junge. »Aber …«

»Ja?«

»Tobchen hat gesagt, du würdest versuchen, mich umbringen zu lassen. Wenn du von mir wüsstest.«

Er ließ einen Finger über die Wange des Jungen gleiten. Es war ihm immer eine Freude, Tibetisch sprechen zu hören.

»Wer ist dieser Tobchen?«

»Er war mein Lehrer. Und mein bester Freund. Außer Chindamani. Er war ein alter Mann. Er ist gestorben, während wir versucht haben, nach Gharoling zu kommen. Das ist lange her.«

»Verstehe«, sagte er. »Das tut mir leid. Und auch, dass er zu dir gesagt hat, ich wollte dich töten lassen. Warum hat er das wohl gesagt?«

»Weil du mein anderer Körper bist. Weil nur einer von uns der Hutuktu sein kann. Sie wollen mich an deiner Stelle zum Hutuktu machen.«

Wie weich dieses Kindergesicht war. Der alte Tobchen hatte natürlich recht gehabt. Er hätte den Jungen töten lassen, wenn er dadurch auf seinem Thron hätte bleiben können. Aber der Gedanke machte ihm Angst. Wenn er einen Spiegel zerschlug, was geschah dann mit den Bildern in all den anderen?

»Vielleicht«, murmelte er, »könnte ich dein Lehrer sein.

Und wir könnten Freunde werden. Ich habe einen Palast voller Spielsachen. Du könntest hierbleiben. Dir würde es nie langweilig werden.« Und alt würdest du auch nicht, dachte er bei sich.

Der Junge wagte sich ein wenig näher heran.

»Wie heißt du?«, fragte er den Jungen.

»Sie sagen mir, ich werde jetzt Jebtsundamba Hutuktu genannt werden. Aber ich kann das kaum aussprechen.«

Er zog seine Hand zurück. Wie pervers, die eigene Wange zu streicheln! Er fühlte, dass seine Hand kalt und leer war.

»Hast du noch einen anderen Namen? Einen tibetischen?«

»Dorje Samdup Rinpoche.«

»Dorje Samdup Rinpoche? Als ich vor vielen Jahren hierher gebracht wurde, hieß ich Losang Shedup Tenpi Donme. Der Name ist lang, nicht wahr? Damals war ich zehn Jahre alt. Wie alt bist du, Samdup?«

»Zehn.«

Ihm blieb fast das Herz stehen. Vielleicht traf es ja zu. Vielleicht war er in gewisser Weise wirklich bereits tot und wiedergeboren worden, während er auf andere Weise noch lebte.

»Wer ist das andere Kind, das mit dir gekommen ist? Ich habe seine Schritte gehört.«

»Er ist ein *Pee-ling*, antwortete der Junge. »Er heißt Willyam. Sein Großvater ist der Abt von Dorje-la. Einer der Männer hier ist sein Vater.«

»Sein Vater ist ein Bolschewik?«

»Nein. Die haben ihn gefangen genommen. Er ist gestern Abend gekommen, um Will-yam und mich zu retten.«

»Und wer ist die Frau, mit der du gesprochen hast?«

»Sie heißt Chindamani. Sie war mit mir in Dorje-la Gompa, wo ich gelebt habe.«

»War sie deine Dienerin?«

»Nein«, sagte der Junge. »Sie ist die Verkörperung der Göttin Tara in Dorje-la. Und meine beste Freundin.«

Wieder streckte er seine blinde Hand aus. Der Junge hatte langes Haar, von dessen Berührung seine Finger erbebten.

»Glaubst du, sie spricht mit mir?«, fragte er.

Der Junge verstummte. Dann antwortete eine Frauenstimme ganz nah. Sie hatte neben dem Jungen gestanden.

»Ja«, sagte sie. »Was möchten Sie mir sagen?«

»Ich möchte Ihren Rat«, sagte er.

»Meinen Rat? Oder den der Göttin Tara?«

»Die Hilfe der Göttin Tara«, sagte er. »Ich möchte wissen, was ich tun soll. Soll ich diese Papiere unterschreiben? Was ist richtig, was falsch?«

Sie antwortete nicht sofort.

»Ich denke«, sagte sie schließlich, »Göttin Tara würde Ihnen empfehlen, nicht zu unterschreiben. Sie sind immer noch der Hutuktu. Nicht diese Leute haben zu entscheiden, wer eine Inkarnation ist und wer nicht.«

»Glauben Sie, dass ich eine Inkarnation bin?«

»Nein«, antwortete sie.

»War ich jemals eine?«

»Vielleicht«, sagte sie. »Bevor das Kind geboren wurde.«

»Was raten Sie mir also?«

Sie schwieg.

»Ich kann Ihnen keinen Rat geben. Ich bin nur eine Frau.«

Er zuckte die Schultern.

»Und ich bin nur ein Mann. Das haben Sie selbst gesagt. Raten Sie mir also. Von Mensch zu Mensch.«

Mit ihrer Antwort nahm sie sich Zeit. Als sie dann schließlich sprach, war ihre Stimme matt vor Niedergeschlagenheit.

»Sie müssen diese Papiere unterzeichnen. Sie haben keine Wahl. Wenn Sie es nicht tun, wird man Sie töten. Diese Leute haben den Jungen in ihrer Gewalt. Sie haben alles, was sie brauchen.«

Darauf sagte er nichts mehr. Sie hatte wohl recht. Man würde ihn töten, und was wäre damit erreicht? Er wandte sich wieder dem Burjaten zu.

»Sind Sie noch da, Sa-abughai?«, fragte er. Er meinte Samjatin.

»Ja. Ich warte auf Ihre Entscheidung.«

»Gut«, sagte er. »Geben Sie mir meinen Füllfederhalter. Ich werde Ihre Papiere unterzeichnen. Dann können Sie gehen.«

59

Christopher fragte sich, wann dieser Alptraum wohl ein Ende hätte. Tsering hatten sie gleich erschossen, als sie in die Jurte eindrangen. Dann wurden er und Chindamani gefesselt und zusammen mit William und Samdup weggebracht. Sie mussten lange warten, bis Samjatin seine Männer für den Coup gegen den Palast des Hutuktu bereithatte. Irgendwie war es Christopher gelungen, sich in Williams Nähe zu schieben, mit ihm zu sprechen, ihn aufzumuntern und ihm zu sagen, dass dieses Martyrium bald zu Ende gehen werde. Etwa eine Stunde, nachdem Samjatin sie entdeckt hatte, brachen sie auf.

Er erinnerte sich an ein Gewirr krummer Gassen und Straßen, in denen es nach Kot und Fäulnis roch, an Hände, die ihn festhielten, kniffen und stießen, an Stimmen, die in der Nacht flüsterten und wimmerten, an eine Dunkelheit, die ganz materiell wirkte, wenn Gesichter aus ihr auftauchten und wieder verschwanden.

Dann war der Mond hinter den Wolken hervorgetreten, rot und fleckig an einem trüben Himmel, und aus den Gassen waren mit Silber übergossene schweigende Straßen geworden, in denen es von Hunden wimmelte und überall frische Leichen herumlagen. Über ihnen ragten die Türme des Maidari-Tempels fünfundzwanzig Meter hoch wie Säulen kühn in den Himmel. Auf dem Turm der Astrologie brannte ein einziges Licht in Erwartung des Festes.

Für Samjatin und dessen Männer war es nicht schwer gewesen, sich Zugang zum Palast zu verschaffen. Vor dem Eingang standen weniger Posten als gewöhnlich, denn die meisten waren mit Festvorbereitungen beschäftigt. Die verbliebenen leisteten kaum Widerstand, und die Revolutionäre hatten sie binnen Minuten überwältigt.

William saß auf seinem Knie. So wie er vor Jahren als viel kleineres Kind bei ihm gesessen hatte, bevor dies alles begann. Er berichtete seinem Vater Einzelheiten von seiner Reise nach Dorje-la. Christopher unterbrach ihn nicht. Der Junge sollte sich alles von der Seele reden. Er fragte sich, ob William das Erlebte je würde verarbeiten können, vorausgesetzt, sie kamen heil hier heraus und kehrten lebend nach England zurück.

Samdup hatte ihnen gesagt, Williams Nacken sei immer stärker angeschwollen und habe sich vor einer Woche schwarz verfärbt. Samjatin war viel zu sehr mit den Vorbereitungen auf seinen Coup beschäftigt, um Zeit auf einen Arzt für den Jungen zu verschwenden.

»Und wie fühlst du dich jetzt, mein Sohn?«, fragte Christopher.

»Es ist nicht besser geworden. Ich denke, es muss bald platzen. Ich habe das Gefühl, dort drinnen krabbelt ständig etwas herum. Wenn ich es anfasse, tut es furchtbar weh. Manchmal ist es so schlimm, dass ich es aufkratzen möchte. Samdup bindet mir seit zwei Tagen nachts die Hände zusammen. Ich habe Angst. Kannst du dafür sorgen, dass es bald besser wird, jetzt, wo du hier bist?«

Wie sehr der Junge an ihn glaubte, war fast nicht zu ertragen. Christopher fühlte sich hilfloser als je zuvor in den letzten Monaten. Der Hutuktu hatte bereits nach seinem Leibarzt geschickt. Jetzt konnten sie nur noch warten.

Der Herrscher aller Mongolen betrank sich nach und nach mit seinem Portwein. Er saß auf einem Sofa in einer Ecke des Raumes und rauchte mit der besonderen Hingabe des Blinden lange türkische Zigaretten. Chindamani und Samdup saßen bei ihm. Bei allen Differenzen verstanden sie einander. Alle drei waren *Trulkus*, litten an derselben Deformation.

Samdup fühlte sich müde und zerschlagen, aber an Schlaf war nicht zu denken. Chindamani war bei ihm und der *Peeling*, Williams Vater, der ihnen in jener Nacht geholfen hatte, aus Dorje-la zu entkommen. Samdup war in Hochstimmung. Vielleicht passierte etwas. Vielleicht gelang es ihm und William, Samjatin endlich zu entkommen.

Seinen anderen Körper mochte er nicht. Der Hutuktu sprach dem Alkohol zu, als sei er ein ganz gewöhnlicher Mann. Und er schien schon ziemlich betrunken zu sein. Samdup war es widerwärtig, wie der fette Alte ihn mit seinen weichen, feuchtkalten Fingern streichelte und tätschelte. Der leere Blick der blinden Augen machte ihn nervös. Da ihm Laster oder Sinnlichkeit fremd waren, wusste der Junge mit dem Wohlwollen des Mannes nichts anzufangen. Er war noch zu jung, um zu verstehen, dass die Sünde zum Leben gehörte wie das Gebet, dass Heiligkeit wie Wasser abgestanden wurde, wenn man zu lange keinen Gebrauch davon machte.

»Komm her«, sagte der Hutuktu, stand auf und nahm Samdups Hand. Der folgte ihm zu einem großen Tisch, wo ein Apparat mit einem hölzernen Horn stand. Das erinnerte Samdup ein wenig an die großen Instrumente auf den Terrassen von Dorje-la. Der Hutuktu beugte sich nieder und legte einen Hebel an einer Seite des Apparates um. Dann setzte er mit blinden Fingern, die von der Wirkung des Portweins und von Nervosität zitterten, eine Nadel auf eine sich drehende schwarze Scheibe. Sofort heulte eine raue Stimme aus dem Trichter, begleitet von einer schnellen, hüpfenden Musik.

> I would say such – wonderful things to you
> There would be such – wonderful things to do
> If you were the only girl in the world
> And I were the only boy.

»Das ist ein Grammophon«, sagte der Hutuktu. »Es macht Musik, als würde jemand darin sitzen und singen.«

»Schalten Sie die Höllenmaschine aus!« Samjatin saß an einem kleinen Tisch auf der anderen Seite des Raumes und sortierte die Papiere, mit denen er seinen Coup legitimieren wollte.

»Bis Herr Samdup morgen zu meinem Nachfolger gekürt wird«, sagte der Hutuktu, »ist das immer noch mein Palast. Wenn Sie Ruhe haben wollen, dann gibt es hier genügend andere Räume, wohin Sie sich zurückziehen können.«

»Der Junge sollte jetzt keine Musik hören. Er sollte schlafen. Morgen wird für ihn ein langer Tag. Große Verantwortung wird auf seine Schultern fallen.«

Der Hutuktu schnaufte empört.

»Der Junge sollte nicht schlafen. Er sollte in meiner Privatkapelle sein, beten, meditieren und sich auf seine Proklamation vorbereiten. Diese Formalitäten müssen eingehalten werden. Man darf den Jungen nicht unvorbereitet seinem Schicksal ausliefern.«

Er hielt inne und sog den Rauch tief in sich ein. Er erinnerte sich an die Tage vor seiner eigenen Inthronisierung als

Hutuktu – die Nachtwachen, die Opfer, das Fasten, die langen, trüben Stunden der Zeremonien. Diese Zeitverschwendung. Er wollte den Jungen von hier fortbringen, bevor die wirkliche Auseinandersetzung begann.

»Das geht Sie jetzt nichts mehr an.« Samjatin runzelte die Stirn, eher irritiert als wütend. Heute Abend wollte er sich nicht mehr aufregen. Die Mongolei war in seiner Hand. Nächsten Monat würde er in einem vergoldeten Saal des Kreml sitzen und mit Lenin und Sinowjew als Ebenbürtiger zu Abend essen.

»Ich bin jetzt der Lehrer dieses Jungen«, sagte der Hutuktu. »Wer wäre besser geeignet, ihn einzuweisen? Ihm das mitzugeben, was ich weiß? Keine Angst, meine Laster erspare ich ihm, wenn Sie ihm Ihre ersparen. Er braucht sie nicht. Aber meine Erfahrungen und meine Erinnerungen werden ihm von Nutzen sein. Ich sage noch einmal, in dieser Nacht braucht er eher Gebete als Schlaf. Und noch mehr Meditation. Oder wollen Sie auch der spirituelle Ratgeber des neuen Herrschers werden? Ich glaube kaum, dass Sie dafür qualifiziert sind.«

Darauf erwiderte Samjatin nichts. Ob der Junge nun schlief oder betete, war ihm gleichgültig. Solange er gefügig blieb und sich bereitfand, am nächsten Tag nach dem üblichen Ritual vorgeführt zu werden und die richtigen Gesten zu machen. Seine Männer durchsuchten bereits die Lagerräume des Palastes nach Kleidung, die die Hutuktus als Kinder zu tragen pflegten.

Von fern her waren plötzlich Schüsse zu hören. Dann wurde es wieder still. Eine Tür schlug mit einem schweren, dumpfen Geräusch zu. Erneut krachten Schüsse in das Ticken der Uhren hinein. In der Stille der Nacht waren sie überdeutlich zu vernehmen.

Samjatin schickte zwei Mann seiner Begleitung vor die Tür.

»Schaut nach, was da los ist«, sagte er, »und kommt so rasch wie möglich zurück. Ich bleibe hier bei den Gefangenen. Beeilt euch.« Er zog einen Revolver aus der Tasche und prüfte ihn.

Die Männer griffen nach ihren Gewehren und liefen hinaus. Niemand sprach ein Wort. Der Gegenangriff war schneller gekommen als erwartet, und Samjatin hatte nur eine kleine Truppe bei sich.

Kaum eine Minute später kehrten die beiden zurück und wirkten sichtlich verschreckt.

»Ein Angriff. Von Ungern-Sternberg. Er hat den Platz umstellt.«

»Wie viele Männer?«

»Schwer zu sagen, aber unsere Leute am Tor meinen, sie sind uns an Zahl überlegen.«

»Was ist mit Suche-Bator und seinen Leuten?«

»Die sitzen am Rundfunksender fest. Ungern-Sternbergs Chahar-Einheiten lassen sie dort nicht weg.«

Samjatin wandte sich an Bodo.

»Denken Sie nach, Mann! Kann man den Palast auch auf anderem Wege verlassen? Vielleicht durch einen Geheimgang? Die muss es doch hier zur Genüge geben.«

Der Lama schüttelte den Kopf.

»Die sind alle zugemauert worden, als die Chinesen den Hutuktu hier gefangenhielten. Man hat sie noch nicht wieder geöffnet. Außer …«

»Ja?«

»Außer einem, glaube ich. Hinter der Schatzkammer. Er war besser versteckt als die anderen. Dort beginnt ein Gang, der zum Tsokchin-Tempel führt. Wenn wir bis dorthin gelangen, kann ich Pferde beschaffen.«

Samjatin dachte rasch nach. Wenn sie bis nach Altan Bulak kamen, wo die Provisorische Regierung ihren Sitz hatte, dann gab es noch eine Chance, dass sie sich mit den Truppen der Bolschewiken vereinigen konnten, die von Norden her im Anmarsch waren. Er hatte den Hutuktu und die Jungen. Alle Trümpfe waren noch in seiner Hand.

»Schnell, schnell!«, rief er. »Gehen Sie voraus. Du und du«, er wies auf die beiden Bewaffneten, »ihr bildet die Nachhut. Vorwärts!«

Das Schießen wurde lauter. Ungern-Sternberg konnte binnen Minuten im Palast sein.

Rasch wurde die kleine Gruppe zusammengestellt. Bodo übernahm die Spitze, dann folgten die Gefangenen, hinter ihnen Samjatin und dessen Leute.

Vom Arbeitszimmer des Hutuktus führte ein Gang direkt in die Schatzkammer. Dort sah es aus wie in Aladins Höhle. Der große Raum war bis zum Rand mit allem möglichen Schnickschnack vollgestopft, den Ergebnissen einer lebenslangen Sammlerwut:

Kronleuchter, deren Kristallgehänge aussahen wie in Spinnweben eingehüllte Eisstückchen, Vasen aus China, Teppiche aus Persien, Pfauenfedern aus Indien, zwei Dutzend Samoware verschiedener Größen und Formen aus Russland, Perlenketten aus Japan – alles in heillosem Durcheinander. Der Hutuktu hatte das meiste in mehrfacher Ausführung erworben – ein Dutzend von diesem, eine Kiste von jenem. Manchmal hatte er bei seinen Gängen durch Mai-mai-cheng einem Händler seine gesamte Ware abgehandelt. Jetzt wirkte das Ganze wie ein riesiger Trödelmarkt, auf dem niemand etwas kaufte.

In einem Raum standen in langen Reihen Schusswaffen in Glaskästen: Jagdgewehre, Hinterlader, Remington-Repetierbüchsen, Pistolen und Karabiner – einige reine Zierstücke, andere für den praktischen Gebrauch gedacht, aber alle unbenutzt. Es folgte die große Sammlung mechanischer

Erfindungen, die der Hutuktu angelegt hatte. Da gab es eine Puppe an einem Klavier, die einen Strauß-Walzer nach dem anderen herunterklimpern konnte, ohne müde zu werden; einen Affen, der einen Pfahl hinaufkletterte, und einen anderen, der endlos um einen Balken kreisen konnte; Zinnsoldaten, die marschieren, Automobile, die auf lackierten Rädern fahren, Schiffe, die auf einem Meer von Blech schaukeln, Vögel, die singen und mit den Flügeln schlagen oder auf goldenen Zweigen mit smaragdenen Knospen herumhüpfen konnten. Alles verstaubt, vor sich hin rostend und bewegungslos.

Samjatin trieb sie zu schnell durch die Gemächer, als dass man etwas in näheren Augenschein hätte nehmen können. Vor dem Palast donnerten jetzt einige Explosionen, und Gewehrfeuer war von allen Seiten zu hören. Chindamani glitt aus und fiel gegen eine der Kisten. Christopher glaubte, sie habe sich verletzt. Doch Sekunden später stand sie wieder auf den Beinen und griff nach Christophers Hand. Er hatte den Eindruck, sie habe etwas aus der Kiste genommen, konnte es jedoch nicht genau sehen.

William blieb immer weiter zurück. In seinem Zustand erschöpfte ihn jedes schnelle Laufen. Aber er wollte nicht, dass Christoper ihn trug. Samjatin schubste und zerrte den Jungen, um ihn zur Eile anzutreiben. Als Christoper einschreiten wollte, hielt ihm der Russe die Pistole vor die Nase und befahl ihm weiterzugehen. Christopher wusste, dass der Burjate den Jungen nur am Leben ließ, weil er ihn bei Verhandlungen als Faustpfand zu nutzen gedachte.

Dann hatten sie den letzten Raum erreicht. Er war leer, dunkel getäfelt und reich mit tibetischen Teppichen behängt. Samjatin schob alle hinein und schloss die Tür.

»Wo geht es hier weiter?«, rief er.

Bodo kletterte über einen Haufen Kissen an der Rückwand und zog einen der Teppiche beiseite. Die Geheimtür war ideal in die Wandverkleidung eingepasst. Mit einem kleinen Hebel am Fußboden ließ sie sich öffnen. Bodo betätigte ihn, und die Holzverkleidung glitt mit leisem Geräusch zur Seite.

»Worauf wartet ihr?«, schrie Samjatin. »Rein mit euch!«

Bodo trat als Erster in den Geheimgang. Nach ihm kam Chindamani, gefolgt von dem Hutuktu und Samdup. Plötzlich ertönte ein Schrei.

»Ich gehe in keinen Gang mehr! Hilf mir, Vater!«

Es war William. Die dunkle Öffnung erinnerte ihn an die Gänge von Dorje-la. Er klammerte sich an Christopher.

»Was sagt er?«, fragte Samjatin. »Was hat er denn nun schon wieder?« Panik stand in seinen Augen. Er war dem Sieg so nahe gewesen, doch jetzt umgaben ihn nur noch Geräusche der Niederlage – Gewehrschüsse, Detonationen und nun auch noch ein weinendes Kind.

»Er hat Angst. Er geht nicht in diesen verdammten Tunnel. Sie wissen doch, was in Dorje-la passiert ist. Um Gottes willen, lassen Sie mich mit ihm zurück. Er stellt keine Gefahr für Sie dar.«

»Und Sie führen dann Ungern direkt zu diesem Gang? Keiner bleibt hier. Wenn er nicht mitkommt, dann erschieße ich ihn auf der Stelle und bin ihn endlich los!«

Samjatin streckte die Hand nach dem Jungen aus. Der versuchte ihm auszuweichen. Der Russe stürzte sich auf ihn und wollte den Jungen bei der Schulter packen. Aber seine Hand glitt ab und griff statt dessen an seinen Nacken.

Vor Schmerz schrie William laut auf. Samjatin hatte in die heftig angeschwollene Beule gefasst, und die Haut war aufgeplatzt. Bewusstlos fiel William in Christophers ausgebreitete Arme. Samjatin fuhr entsetzt zurück.

Sie erwarteten, dass Blut oder Eiter austrete. Aber da war

kein Blut. Zuerst sah es aus, als ob es drinnen brodelte, dann erschien etwas Schwarzes auf dem Nacken des Jungen. Es wurde größer und vervielfältigte sich zusehends.

Die Spinnen waren kurz vor dem Schlüpfen gewesen. Nun, plötzlich aus dem Körper ihres Wirtes geworfen, taumelten sie ans Licht, entfalteten ihre dünnen Beinchen und krochen zitternd über Nacken und Schultern des Jungen. Es waren Hunderte, jede nicht größer als eine kleine Ameise.

Christopher schrie vor Schreck und Ekel auf. Immer mehr winzige Spinnen erschienen und liefen nach allen Seiten auseinander. Chindamani stürzte zu Christopher und half ihm, sie von Williams Nacken abzustreifen. Samjatin stand wie gelähmt da und starrte auf den Jungen. Spinnen liefen über seine Füße und verschwanden.

Mit leerem Gesicht und eiskalten Augen blickte Christoper zu dem Russen auf.

»Er ist tot«, flüsterte er.

Samjatin verstand kein Wort.

»Er ist tot«, wiederholte Christopher auf Tibetisch. »Mein Sohn ist tot.«

60

Was anschließend passierte, nahm er nur noch verschwommen war. Draußen wurde wieder geschossen, dann sprang die Tür auf. Die beiden Bewaffneten im Raum eröffneten das Feuer. Zwei Sekunden später erschien die Mündung einer schweren Pistole im Türspalt. Die beiden hatten vergessen, in Deckung zu gehen, nachdem sie gefeuert hatten, und stellten jetzt ein leichtes Ziel dar. Drei schnelle Schüsse folgten. Die beiden Wächter und Bodo lagen tot am Boden.

Samjatin riss seine Pistole vom Gürtel und richtete sie auf den Hutuktu, der neben Christopher bei William kniete.

Chindamani packte Samdup und rannte zur Öffnung des Geheimgangs.

Der Mann an der Tür stieg über die Leichen der beiden Wächter und trat in den Raum. Seine Pistole zielte auf Samjatins Kopf. Es war Sepailow.

»Legen Sie Ihre Waffe auf den Boden, Gospodin Samjatin«, sagte er auf Russisch. »Sonst muss ich schießen.«

»Noch einen Schritt«, gab Samjatin zurück, »und Ihr Lebender Buddha ist tot.«

»Seien Sie mein Gast.« Das sagte eine andere Stimme. Ungern-Sternberg schob sich an Sepailow vorbei in den Raum. Er warf einen kurzen Blick auf Williams Leichnam, ohne zu verstehen, was diese kleine Tragödie bedeutete. Seine Männer waren in den Palast eingedrungen. Suche-Bators Truppen hatten sich zum Stadtrand zurückziehen müssen. Die verbliebenen Revolutionäre waren umstellt und wurden bereits verhört oder hingerichtet. Er hatte nur noch diese kleine Sache zu erledigen.

»Der Hutuktu ist ein Verräter«, fuhr Ungern-Sternberg fort. »Ich habe hier ein Papier mit seiner Unterschrift, das seinen Einheiten befiehlt, sich der revolutionären Armee anzuschließen. Ich habe bereits seine Hinrichtung angeordnet. Sie verschwenden Ihre Zeit, Samjatin. Erschießen Sie ihn, wenn Sie wollen. Damit nehmen Sie mir nur Arbeit ab.«

Samjatin blickte sich um. Vor ihm standen Ungern-Sternberg und Sepailow. Samjatin warf einen Blick auf den Hutuktu, dann auf Christopher. Er musste eine andere Karte ziehen, um den Baron zum Verhandeln zu zwingen. Als er um sich schaute, erblickte er Chindamani und Samdup, die immer noch zögerten, durch den Gang zu fliehen.

»Um Himmels willen, Chindamani!«, rief Christopher. »Verschwinde von hier! Nimm Samdup und lauf!«

»Ich kann nicht, Ka-ris To-feh! Nicht ohne dich! Verlange

nicht von mir, dass ich dich im Stich lasse.« Sie hatte den Jungen, und sie wusste, dass sie mit ihm davonlaufen musste. Es ging um sein Leben. Es war ihre Pflicht, ihn zu retten. Aber sie war zu keiner Bewegung fähig. Da William tot war, brauchte Christopher sie jetzt mehr als je zuvor. Sie fühlte sich zwischen der Liebe zu ihm und zu dem Jungen hin und her gerissen.

Samjatin hob die Pistole und zielte auf Samdup.

»Du!«, schrie er Chindamani zu. »Her zu mir, und bring den Jungen mit!« Er wusste, wenn Ungern-Sternberg den Hutuktu ausschalten wollte, brauchte er den Jungen. Er würde Sepailow nicht schießen lassen, solange er selbst die Pistole auf den Jungen gerichtet hielt.

»Ka-ris To-feh!«, rief Chindamani. »Sag ihm, er soll die Waffe wegnehmen, sonst muss ich ihn töten. Sag ihm das!«

Ungern-Sternberg und Sepailow an der Tür zögerten. Samjatin hatte begriffen, dass sie den Jungen brauchten. Aber warum stand die Frau wie angewurzelt da und lief mit dem Kind nicht davon? Und was meinte sie, als sie drohte, sie werde ihn töten?

»Geben Sie auf, Samjatin«, sagte Ungern-Sternberg. »Sie sind am Ende. Suche-Bator hat sich zurückgezogen. Die Mitglieder Ihrer Zelle in Urga sind entweder tot oder im Gefängnis. Wenn Sie den Jungen töten, bleibt der Hutuktu am Leben. Wenn Sie den Hutuktu erschießen, wird der Junge für mich denselben Zweck erfüllen wie für Sie. In jedem Fall wird Sepailow Sie erschießen. Also lassen Sie schon die Waffe fallen und ergeben sich in Ihr Schicksal.«

Samjatins Hand zitterte. Er konnte die Waffe kaum noch kontrollieren. Er zielte auf den Jungen, dann auf den Hutuktu. Sepailow trat einen Schritt vor. Samjatins Pistole war jetzt wieder auf Samdup gerichtet.

Ungern-Sternberg nickte. Sepailow zielte und schoss Samjatin in die linke Schulter. Aus dessen Pistole krachte ein Schuss. Dann fuhr seine Hand hoch, und die Waffe fiel wie ein Stein auf den weichen Teppich.

Sepailow gab Samjatin ein Zeichen, er möge sich zu Christopher und dem Hutuktu gesellen. Mit blutender Schulter fügte sich der Burjate.

Niemand hatte darauf geachtet, was im Hintergrund des Raumes geschah. Als Samjatin sich bewegte, sah Christopher, dass Chindamani über Samdup gebeugt war, der am Boden lag. Ihr langes schwarzes Haar fiel über den Jungen wie ein Vorhang und verdeckte sein Gesicht. Aber vom Rand des Vorhangs drangen wie kleine rote Blütenblätter aus dunkler Erde Blutstropfen hervor, wurden mehr und bildeten eine kleine Lache.

Niemand sagte ein Wort. Sepailow hielt mit seiner Pistole immer noch Samjatin in Schach. Ungern-Sternberg wandte sich jetzt der Frau und dem Jungen zu. Als sie endlich ihr Gesicht hob, war es blutverschmiert, und Blutstropfen hingen auch in ihrem Haar. Sie blieb stumm. Aber ihr Gesicht, das Blut an Wangen und Lippen, ihre Augen, die durch das herabgefallene Haar in den Raum starrten, sagten mehr als alle Worte.

Christopher erhob sich. Er war stocksteif und glaubte keinen Schritt tun zu können. Ihm fiel ein, was Chindamani über die Prophezeiung gesagt hatte: *Er muss sterben, um wiedergeboren zu werden.* Ihr blutbespritztes Gesicht ließ ihn zu Eis erstarren. Er begriff, dass ein schreckliches Verhängnis sie in ihrer Gewalt hatte und auf ein Ende drängte. Oder auf einen Anfang. Aber das war jetzt schon alles gleich.

»Lassen Sie mich zu ihr gehen«, sagte er zu Sepailow auf Englisch. Der Russe rührte sich nicht. Nach wie vor hielt er die Pistole auf Samjatin gerichtet, jederzeit bereit zu schießen. Christopher trat auf ihn zu, aber Sepailow blieb unbewegt. Er ließ Christoper passieren.

Wie fasziniert beobachtete Ungern-Sternberg, wie Christopher an Chindamani herantrat und sie aufhob. Samdups Kopf war von der Kugel zerschmettert. Für ihn gab es keine Rettung. Christopher drückte Chindamani an sich. Wie sinnlos die Welt doch war.

Sie standen da wie Wachsfiguren – einzeln, bewegungslos, wie im Traum. Niemand betete, niemand wischte das Blut ab oder suchte die Spinnen zu beseitigen, niemand versuchte, Leben zu retten. Keiner sah, wie Chindamani sich rührte, oder er ignorierte es.

Aus den Falten ihres Gewandes zog sie eine Pistole heraus, eine kleine Remington, die sie offenbar in der Schatzkammer des Hutuktu an sich genommen hatte. Sie wusste nicht genau, wie man sie bediente, ob sie geladen war oder überhaupt noch funktionierte. Sie hatte sie eingesteckt, ohne zu wissen, was sie damit tun wollte. Jetzt wusste sie es.

Der erste Schuss traf Sepailow in den Rücken, er sank ohne einen Laut in sich zusammen, tot oder gelähmt. Samjatin sah plötzlich eine Chance. Er stürzte vorwärts und griff nach der Waffe, die Sepailow aus der Hand gefallen war. Als er sich erheben wollte, schoss Chindamani noch zweimal.

Samjatin griff ins Leere. Er wollte atmen und schluckte dabei Blut. Er röhrte schrecklich auf, und eine hellrote Welle stürzte aus seinem Mund. Die Beine wurden ihm schwer wie Blei. Dann glaubte er frei und gelöst durch den Raum zu schweben. Er hörte sich husten und keuchen. Er sah eine rote Fahne vor einem samtenen Himmel flattern. Bald aber verdunkelte sich der Horizont. Endlich war er eins mit der Geschichte. Der Himmel war leer und schwarz wie die Nacht.

Chindamani ließ die Waffe fallen. Stöhnend sank sie in sich zusammen, barg das Gesicht in den Händen und schluchzte hemmungslos. Mit Samdup war der letzte Rest ihrer Welt dahin. Ihre Liebe zu Christopher hatte den Jun-

gen das Leben gekostet und alles zerstört, was er symbo-
lisierte.

Jetzt nahm Christopher die Waffe auf. Ihm war inzwischen klar, wer der Baron war. Er wusste, was er zu tun hatte, wenn sie hier noch lebend herauskommen wollten. Ungern-Sternberg trug eine Pistole bei sich, die in einer Ledertasche an seinem Gürtel steckte. Er war dem Drama ohne sichtbare Regung gefolgt – eher ein Zuschauer als ein Beteiligter. Jetzt schaute er auf Christopher und die Pistole in dessen Hand, als biete der ihm eine Blume dar.

Diese Präzision, diese Absolutheit und Endgültigkeit – das war es, was ihn am Tod so faszinierte und worüber er in den langen Tagen und Nächten von Urga nachgegrübelt hatte. Wie einfach er doch war, dachte er bei sich, wie klar und ungekünstelt. Das bewunderte er – diese letzte Demonstration der angeborenen Einfachheit des Menschen. Eine Perfektion, die er in nichts anderem gefunden hatte. Diese Vollkommenheit und kühne Einfachheit, die er sich so gern wieder und wieder hatte vorführen lassen.

Und nun sein eigener Tod. Er kam früher als erwartet, aber er war ihm willkommen. Es war wohl eine gute Zeit zum Sterben.

Christopher hob die Pistole. Im Magazin steckten noch mehrere Kugeln, doch er brauchte nur eine einzige. Er trat dicht an den Baron heran und schaute ihm direkt in die Augen. Jetzt begriff er die Geschichten, die er über ihn gehört hatte. Es war besser für alle, wenn er Ungern-Sternberg beseitigte. Er legte die Waffe an den Kopf des Barons und spürte, wie der Abzugshahn dem Druck seines Fingers nachgab. Der Mann machte keine Bewegung. Tief senkte er seinen Blick in Christopers Augen, geduldig und ohne jeden Vorwurf.

So ging das nicht. Christopher spürte, dass er nicht zum

Scharfrichter taugte. Nicht einmal bei diesem Mann. Er ließ die Waffe sinken und warf sie weit fort in eine Ecke.

Draußen erklang Fußgetrappel.

»Warum haben Sie nicht geschossen?«, fragte Ungern-Sternberg.

»Das werden Sie nie verstehen«, erwiderte Christopher, wandte sich ab und legte den Arm um Chindamani. Sie zitterte.

Die Tür sprang auf, und eine Gruppe Bewaffneter lief in den Raum. Sie blieben bestürzt stehen und suchten die Szene zu erfassen. Dann gingen zwei an Ungern-Sternberg vorbei, packten Christopher und Chindamani und zerrten sie auseinander.

»Lasst sie gehen!«, sagte Ungern-Sternberg in scharfem Ton.

Die Soldaten blickten ihn verwundert an, aber der Befehl war unmissverständlich. Sie ließen die Hände sinken. Christopher und Chindamani waren frei. Christopher beugte sich nieder und nahm Samdups Leichnam auf. Er war noch warm. Blut lief über Christophers Hände. Er drückte den Jungen einen Augenblick an sich und übergab ihn dann Chindamani. Ungern-Sternberg sah zu, wie Christopher durch den Raum zu seinem Sohn ging und ihn vorsichtig aufhob.

Als sie den Raum verließen, fiel kein Wort. Ungern-Sternberg gab ihnen einen Mann mit, der sie sicher hinausgeleiten sollte. Hinter ihnen blieb der Hutuktu zurück, der sich auf einem Haufen Kissen niedergelassen hatte und mit nervösen Fingern seine Seidengewänder zerknüllte. An seinen Händen hatte er immer noch den Geruch des Jungen. Wenn der Morgen graute, würde auch er verflogen sein. Er schloss die Augen, als sei etwas in seine Dunkelheit eingedrungen. Er träumte von Freiheit.

61

Sie trugen die beiden kleinen Leichname zum Maidari-Tempel und legten sie dort zu Füßen der riesigen Figur des Maidari Buddha nieder. Zwischen der Statue und Samdup war keine Ähnlichkeit festzustellen, wenn man davon absah, dass beide nicht lebten und atmeten. Chindamani ordnete Samdups Haar und Kleidung, tat aber sonst nichts, um die Tatsache zu verbergen, dass er tot war. Christopher nahm den kleinen Teddybär und legte ihn in Williams Arme, wie er es in England getan hatte, wenn der Junge schlief. Beide sprachen kein Wort.

Im Morgengrauen verließen sie den Tempel. Auf seinen Turmspitzen lagen bereits die ersten Sonnenstrahlen. Überall erhoben sich die Pilger zum ersten Gebet des Festtages. Mit Gebeten baten sie um das Paradies und um einen leichten Tod, der sie dorthin bringen sollte, um die Vergebung ihrer Sünden und um genug zu essen für die Heimreise. Heute würde ihnen nichts abgeschlagen werden.

Christopher und Chindamani verließen die Stadt, ohne zu wissen, wohin sie sich wenden wollten. Ihre Kleider und ihr Haar waren blutbefleckt, aber sie gingen vor sich hin ohne einen Gedanken daran, sich zu säubern oder auszuruhen.

Als sie endlich stehenblieben, war es bereits Nachmittag. Längst hatten sie alle festen Straßen und Pisten hinter sich gelassen. Sie waren gegangen, als folgten sie ihrem eigenen Weg – immer nach Norden in die Berge des Chingiltu-Ula hinein. Die steilen Hänge um sie herum bedeckte dichter Kiefernwald. Kein Mensch begegnete ihnen. Vogelgezwitscher war zu hören, aber sie sahen weder Vögel noch andere Tiere.

Schließlich rasteten sie in einem kleinen Tempel, der verlassen und halb verfallen vor ihnen lag. Dort verbrachten sie die Nacht, eng aneinandergedrängt, um sich zu wärmen. Am folgenden Morgen ging Christopher in den Wald, um nach etwas Essbarem zu suchen. Da waren Beeren an niedrigen Sträuchern und Pilze, die er in seinem Hemd sammelte. In der Nähe des Tempels floss ein kleiner Bach vorbei, von wo er in einem alten Topf, den er in einem inneren Raum fand, Wasser holte.

Den ganzen Tag blieben sie an diesem Ort, um ein wenig Kraft zu schöpfen. Mit Holz, das Christopher aus dem Wald holte, zündeten sie ein Feuer an und beschlossen, auch die nächste Nacht zu bleiben. Allmählich waren sie in der Lage, über das Erlebte zu sprechen.

Sie hätten nicht sagen können, wann sie beschlossen, länger in dem Tempel zu verweilen. Aber nach und nach richteten sie sich ein, und bald war er ihr Zuhause. Hierher kam niemand. Christopher stellte bald fest, dass es in dem Wald genügend Wild gab. Er baute kleine Fallen für Kaninchen und Rehe, aber Chindamani aß kein Fleisch und ernährte sich von dem, was sie von Bäumen und Büschen pflückte.

Schwere Schuldgefühle plagten sie. Sie war überzeugt, dass ihre unerlaubte Leidenschaft für Christopher Samdups Tod mitverursacht hatte. Ihr Zögern, durch den Geheimgang zu fliehen, hatte ihn das Leben gekostet. Davon konnte sie nichts abbringen.

Sie war ein *Trulku*, erklärte sie, eine Hülle für die Göttin Tara. Sie war nicht dafür geboren, zu lieben, zu heiraten oder Kinder zu gebären. Das war etwas für gewöhnliche Sterbliche. Die Göttin in ihr war aber nicht sterblich. Er hielt ihr die Argumente dagegen, die sie ihm selbst in die Hand gegeben hatte – dass sie eine Frau war und keine Göttin, dass ihre Liebe sich aus sich selbst rechtfertigte. Aber sie wollte nichts hören, und wenn, dann akzeptierte sie seine Überlegungen nicht.

Zwei Monate lang schlief sie nicht mit ihm. Er drängte sie nicht und kapselte sich nicht von ihr ab. Aber wenn sie durch den Wald gingen, nahm sie manchmal seine Hand. Dann spürte er, dass sie ihn gegen ihren Willen immer noch liebte. Eines Tages gegen Ende Juni – er führte einen groben Kalender an einem Baum vor dem Tempel – kam sie nachts zu ihm – ohne jede Erklärung, wie sie es bei ihrem ersten Mal getan hatte.

Der Sommer verging. Zart und ewig wechselnd fielen Licht und Schatten durch die Bäume. Chindamani betete jeden Tag in einem kleinen Schrein, der zu dem Tempel gehörte. Sie stellten das Gebäude wieder her, so gut sie konnten. Sie sprachen nicht darüber, ob sie diesen Ort eines Tages verlassen und sich für den Winter einen anderen Unterschlupf suchen wollten. Dabei wussten beide, dass sie nicht mehr lange bleiben konnten.

Anfang September kam ein Reisender in der Nähe des Tempels vorbei, ein Lama, der ausreichend Tibetisch sprach und ihnen berichten konnte, was geschehen war, seit sie Urga verlassen hatten.

Ende Mai war Ungern-Sternberg mit seinen Truppen aus Urga abmarschiert, um sich ein letztes Mal den sowjetischen Einheiten entgegenzustellen, die jetzt in großer Zahl ins Land strömten. Er war geschlagen, gefangen genommen und – so wollten es Gerüchte wissen – hingerichtet worden. Das geschah exakt einhundertdreißig Tage, nachdem er den Schrein der Prophezeiungen in Urga aufgesucht hatte, wo er die Worte gehört haben wollte, die er später auf die Schilder im Süden schreiben ließ. Suche-Bator hatte Urga mit seinen Partisanen und unterstützt von bolschewistischen Truppen Anfang Juni eingenommen und eine Volksrepublik ausgerufen. Nun kehrte das Land allmählich zu einem normalen Leben zurück.

Der Lama war zu einem Kloster nördlich der Berge unterwegs, einem Ort namens Amur-bayasqulangtu auf dem Berg Bürün-chan, von dem Christopher und Chindamani bereits gehört hatten. Dort war Ondür Gegen begraben, der Erste in der Reihe der Jebtsundamba Hutuktus.

Sie konnten den Lama überreden, noch ein, zwei Tage bei ihnen zu bleiben. Er erklärte ihnen, der Tempel, wo sie sich befänden, sei als Maidariin süme bekannt und dem Maidari Buddha geweiht. Er frage sie, ob sie ihn nach Amur-bayasqulangtu begleiten wollten. Sie willigten ein. Die Nächte wurden schon kalt, und bald würde ihnen die Nahrung ausgehen. Aber es gab noch einen anderen Grund. Chindamani war seit einem Monat schwanger.

Amur-bayasqulangtu war ein riesiges Kloster wie eine kleine Stadt, wo etwa zweitausend Lamas ständig lebten. Der Abt, als Chambo Lama bekannt, nahm sie mit Freuden auf und wies ihnen eine Unterkunft zu, wo sie den Winter verbringen konnten. In den Monaten, die folgten, lebten Christopher und Chindamani wie Mann und Frau zusammen. Einmal besuchte eine Abordnung der neuen Regierung das Kloster, um seine Besteuerung festzulegen. Die Lamas versteckten ihre Gäste, bis die Beamten gegangen waren. Als es dann richtig Winter wurde, brauchten sie keine Besucher mehr zu fürchten. Aber Christopher wusste, dass man die Mönche nicht ewig in Ruhe lassen werde. Die Felder mussten bestellt, Straßen gebaut und eine Armee aufgestellt werden. Die Unabhängigkeit würde ihren Preis fordern.

Jahre später erinnerte sich Christopher, dass er niemals im Leben so glücklich gewesen war wie in jenem Winter und Frühjahr. Er war ständig mit Chindamani zusammen und umsorgte sie rührend. Er glaubte, auch sie sei glücklich.

»Wenn ich dich verlassen sollte, Ka-ris To-feh, könntest du

das ertragen?«, fragte sie ihn einmal, als sie beisammenlagen und hörten, wie der Wind um die Jurte heulte.

»Nein«, sagte er und presste unter der groben Decke ihre Hand.

Der Wind blies, Schnee fiel und Eis lag dick vor ihrer Tür. Es war ein harter Winter, in dem viel Vieh des Klosters verendete. Aber der Frühling kam, und das Eis schmolz zu Wasser. Anfang Mai schenkte Chindamani einem Jungen das Leben. Sie nannten ihn William Samdup.

Eine Woche später stellte Christopher beim Erwachen fest, dass Chindamani und das Baby fort waren. Er suchte überall nach ihnen, konnte sie aber nicht finden. Dann sah er auf dem Tisch, an dem sie am Abend zuvor gemeinsam ihr Mahl eingenommen hatten, eine Nachricht auf Tibetisch. Es war nicht leicht für ihn, sie zu entziffern, doch er gab nicht auf, bis er sie verstanden hatte. Sie lautete:

Ka-ris To-feh, es tut mir leid, dass ich nicht auf andere Weise von dir gehen kann. Verzeih mir, wenn ich dir Schmerz bereite, aber auch mir tut es weh, mehr, als ich ertragen kann. Wenn ich die Wahl hätte, würde ich für immer bei dir bleiben. Selbst wenn es endlose Leben bedeutete. Ich liebe dich. Ich habe dich immer geliebt. Ich werde dich lieben, bis ich sterbe.

Aber ich kann nicht bei dir bleiben. Du hast das immer gewusst, da bin ich sicher. Unser Kind kann ebenfalls nicht hier leben, denn es wäre ständig in Gefahr. Wir können auch nicht in dein Land gehen, denn du hast mir gesagt, dass es dort keine Gompas gibt. Ich denke, du weißt, wer dieses Kind ist und welches Schicksal es erwartet. Ich werde ihm von dir erzählen. Jeden Abend, wenn die Sonne sinkt und die Mönche uns allein lassen, werde ich mit ihm über dich sprechen. Ich werde dich nie vergessen. Bitte behalte mich in deiner Erinnerung.

Der letzte Abend in Gharoling fiel ihm ein, als sie auf die Terrasse hinausgetreten war, um in die Dunkelheit zu schauen. *Glaube nicht, dass ich dir für immer gehören kann,* hatte sie damals gesagt. *Das darfst du nicht denken.* Aber er hatte es gedacht und es sich gewünscht.

Zwei Tage später verließ auch er das Kloster. Natürlich wusste er, wohin sie gegangen war. Vor sich sah er den See an der Grenze von Tibet mit der Felseninsel und dem Tempel darauf. Er hörte ihre Stimme in den Wind sagen: *Hier bin ich schon einmal gewesen. Und hierher werde ich zurückkehren.* Am liebsten wäre auch er dorthin zurückgekehrt, um sie noch einmal zu sehen. Aber er wusste, dass dies der einzige Ort auf der Welt war, den er nicht betreten durfte.

Er kehrte nach Urga zurück. Zum ersten Mal in diesem Jahr spannte sich über der Stadt ein wolkenloser Himmel. Bis nach England hatte er noch einen weiten Weg vor sich.

Daniel Easterman
Das Schwert
Thriller
Aus dem Englischen
von Eva Bauche-Eppers
406 Seiten
ISBN 978-3-7466-2478-5

Showdown im Schatten der Pyramiden

Jack Goodrich, ein renommierter Islamwissenschaftler, hat sich mit seiner Familie im turbulenten Kairo eingerichtet. Er glaubt, die Gefahren der Stadt einschätzen zu können – bis man ihm ein Schwert übergibt, das angeblich aus den Zeiten Mohammeds stammt und dessen Echtheit er beurteilen soll. Als seine Frau ermordet wird, weiß er, dass man ihn ins Visier genommen hat. Doch offenbar sind nicht nur skrupellose Islamisten, sondern auch westliche Nachrichtendienste dem Geheimnis des Schwertes auf der Spur. Eine rasante Hetzjagd beginnt.

»Einer der provokantesten britischen Thrillerautoren.«
Kirkus Review

Mehr Informationen erhalten Sie unter
www.aufbau-verlag.de oder in Ihrer Buchhandlung

aufbau taschenbuch

Lennart Ramberg
Schmetterlinge im Eis
Ökothriller
Aus dem Schwedischen
von Kerstin Schöps
397 Seiten
ISBN 978-3-7466-2507-2

Wenn die Pole schmelzen

Überraschend muss Kimi Hoorn auf der Polarstation Ny-Ålesund das wichtigste Experiment zur Klimabeobachtung allein beenden: Sein Professor ist spurlos verschwunden. Ein Netz von Intrigen liegt über dem Forschungsvorhaben. Schnell entwickelt sich das, was Kimi sich als ruhigen Job vorgestellt hatte, zu einer wilden Hetzjagd durch die Eiswüste von Svalbard, durch chromglänzende Konferenzräume bis tief hinein ins Herz der russischen Schwerindustrie.

»Ein Pageturner mit aktueller Botschaft.« HALLANDS NYHETER

Mehr Informationen erhalten Sie unter
www.aufbau-verlag.de oder in Ihrer Buchhandlung

Martina André
Schamanenfeuer
Das Geheimnis von Tunguska
Roman
496 Seiten. Broschur
ISBN 978-3-352-00761-3

Eine Reise in die Hölle

Sommer 2008. Hundert Jahre sind vergangen, seit in Sibirien eine
verheerende Explosion stattgefunden hat. Viktoria Vandenberg
versucht, mit zwei anderen deutschen Forschern dem Geheimnis
auf die Spur zu kommen. Hat es sich um den Einschlag eines
Meteoriten gehandelt? Leo, ein junger Hirte, erzählt Viktoria von
seiner neunzigjährigen Großmutter, deren Vater zu den ersten
Wissenschaftlern vor Ort gehörte. Die Alte beschwört Viktoria,
ihre Nachforschungen einzustellen: Geister, böse Schamanen
seien am Werk. Als sämtliche Stromgeneratoren ausfallen, scheinen die Prophezeiungen in Erfüllung zu gehen, erst recht als eine
Serie von geheimnisvollen Todesfällen über die Forschergruppe
hereinbricht. Doch Viktoria gibt nicht auf. Sie begreift, dass Leo
den Schlüssel zu einer Wahrheit besitzt, die weitaus unglaublicher
erscheint als ein Meteoriteneinschlag.

Mehr von Martina André im Taschenbuch:
Das Rätsel der Templer. Roman. AtV 2498
Die Gegenpäpstin. Roman. AtV 2323

Mehr Informationen erhalten Sie unter
www.aufbau-verlag.de oder in Ihrer Buchhandlung

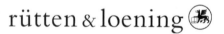

rütten & loening

Martina André
Die Gegenpäpstin
Roman
457 Seiten
ISBN 978-3-7466-2323-8

Undenkbar: Eine Frau soll auf den Heiligen Stuhl

Die Archäologin und junge Israelin Sarah Rosenthal ahnt nichts Böses, als sie eines Morgens mit ihrem deutschen Kollegen zu einer Baustelle gerufen wird. Eine Kettenraupe ist eingebrochen. Offenbar befindet sich unter der Straße ein größerer Hohlraum. Als Sarah in das Loch hinabsteigt, verschlägt es ihr beinahe den Atem. Sie entdeckt zwei Gräber mit einer Inschrift, die auf eine Sensation hindeutet: Anscheinend hat sie die letzten Ruhestätten von Maria Magdalena und einem jüngeren Bruder Jesu gefunden. Doch damit beginnen die Verwicklungen erst. Wenig später wird ein Archäologe getötet, die beiden Leichname werden gestohlen und ein Gen-Test besagt, dass Sarah selbst eine Nachfahrin Marias ist. Sie gerät ins Visier einer skrupellosen Sekte, die mit ihrer Hilfe plant, den Papst aus Rom zu vertreiben. – Packend, brisant und hintergründig: ein Religionsthriller der besonderen Art.

»Ein wirklich toller Thriller, spannend und intelligent.«
BERGISCHER ANZEIGER

Mehr Informationen erhalten Sie unter
www.aufbau-verlag.de oder in Ihrer Buchhandlung

aufbau taschenbuch

Eliot Pattison
Der Berg der toten Tibeter
Roman
Aus dem Amerikanischen
von Thomas Haufschild
459 Seiten
ISBN 978-3-7466-2480-8

So weise wie ein Mönch, so klug wie ein Meisterdetektiv

Shan wird in ein abgelegenes Bergdorf gerufen. Hier soll sich eine Tragödie abgespielt haben. Ein Fremder, der so schwer verletzt ist, dass er im Koma liegt, hat angeblich zwei Tibeter getötet. Doch Shan stößt auf Ungereimtheiten: Die Leichen wurden bereits abtransportiert, und ein seltsamer Deutscher hat in einem verlassenem Turm sein Lager aufgeschlagen. Als der Fremde aus dem Koma erwacht, wollen die Dorfbewohner ihn gleich töten, doch Shan erwirkt einen Aufschub – und erlebt die größte Überraschung seines Lebens.

»Eine Geschichte spannend bis zur letzten Seite. Ein Genuss!«
HESSISCHER RUNDFUNK

Mehr von Eliot Pattison bei Aufbau Taschenbuch:
Das Auge von Tibet. Roman. AtV 1984-2
Der fremde Tibeter. Roman. AtV 1832-6
Das tibetische Orakel. Roman. AtV 2136-4
Der Berg der toten Tibeter. Roman. AtV 2480-8

Mehr Informationen erhalten Sie unter
www.aufbau-verlag.de oder in Ihrer Buchhandlung

aufbau taschenbuch

Eliot Pattison
Das Ritual
Roman
Aus dem Amerikanischen von
Thomas Haufschild
543 Seiten
ISBN 978-3-7466-2521-8

Spannung mit Indian Spirit

Duncan ist von den Engländern wegen Hochverrats zu sieben
Jahren Gefängnis verurteilt worden. Nun soll er in den neuen
Kolonien seine Strafe verbüßen. Schon die Überfahrt ist voller
Rätsel und Gefahren. Zwei Morde geschehen, rituelle Zeichen
tauchen auf, und immer wieder ist von Stony Run die Rede,
einem Ort, wo es angeblich einen geheimnisvollen Kampf gegen
die Indianer gegeben hat. In New York hofft Duncan seinen
Bruder wiederzusehen, der bei der englischen Armee dient. Doch
Jamie ist zu den Indianern übergelaufen. Duncan ahnt, dass man
ihn nur als Lockvogel in die Kolonien geholt hat. In Stony Run
soll er seinen Bruder wiederfinden – und die Wahrheit über sich
selbst und den Kampf der Weißen erfahren. Eliot Pattisons packen-
der Kriminalroman offenbart die magischen Geheimnisse der indi-
anischen Kultur.

Mehr Informationen erhalten Sie unter
www.aufbau-verlag.de oder in Ihrer Buchhandlung

aufbau taschenbuch

Bernhard Jaumann
Die Vipern von Montesecco
Roman
275 Seiten
ISBN 978-3-7466-2301-6

Ein Dorf sucht seinen Mörder

Gluthitze über den alten Mauern von Montesecco: Abends treffen
sich die Familien in der Bar. Sie reden. Über einen Mörder, der
zurückgekehrt ist. Über die Schlangen. Und über einen neuer-
lichen Mord. Eine verschworene Gemeinschaft ist zugleich Täter
und Ermittler in diesem Kriminalroman der Extraklasse von
Glauser-Preisträger Bernhard Jaumann.

»Ein faszinierender Kriminalroman, der alle Vorurteile über
dieses Genre im besten Sinne Lügen straft.« Die Zeit

»Wir sehen dieses italienische Dorf vor uns, die Piazza, die
klapprige Bar – wunderbar!« Tobias Gohlis in »Die Zeit«

Mehr Informationen erhalten Sie unter
www.aufbau-verlag.de oder in Ihrer Buchhandlung

aufbau taschenbuch

Bernhard Jaumann
Die Drachen von Montesecco
Roman
278 Seiten
ISBN 978-3-7466-2452-5

Ganz Montesecco ermittelt

Das kleine Bergdorf in der Mitte Italiens ist in hellem Aufruhr: Das Millionenvermögen eines Toten weckt die Begierde aller Einwohner. Als auch noch ein Kind entführt wird, ist jeder verdächtig, und alle ermitteln. Einer von ihnen muss der Entführer sein, der das Leben des kleinen Minh Vannoni gefährdet.

»Ein wunderbares Buch!« Tobias Gohlis in »Die Zeit«

Mehr Informationen erhalten Sie unter
www.aufbau-verlag.de oder in Ihrer Buchhandlung

aufbau taschenbuch

Karl Olsberg
Der Duft
Thriller
421 Seiten
ISBN 978-3-7466-2465-5

Das Böse ist stärker als der Verstand

Während Marie Escher das Zukunftspotential einer Biotech-Firma analysiert, kommt es zu einem blutigen Zwischenfall. Um die Hintergründe zu klären, reist sie mit ihrem Kollegen Rafael nach Uganda. Hier in der Wildnis Afrikas aber gelten andere Regeln, denn gegen manche Sinneseindrücke ist der Verstand völlig machtlos. Die beiden müssen um ihr Leben kämpfen und wissen: Sie allein können die Welt vor dem Chaos bewahren. Nach dem großen Erfolg von »Das System« der neue, atemberaubende Thriller von Karl Olsberg.

Mehr von Karl Olsberg:
Das System. Thriller. AtV 2367
2057. Unser Leben in der Zukunft. AtV 7060

Mehr Informationen erhalten Sie unter
www.aufbau-verlag.de oder in Ihrer Buchhandlung

aufbau taschenbuch

Karl Olsberg
Das System
Thriller
403 Seiten
ISBN 978-3-7466-2367-2

Die Zukunft der Menschheit ist in Gefahr

Was wäre, wenn alle Computer der Welt plötzlich verrückt spielten? Als Mark Helius zwei Mitarbeiter seiner Softwarefirma tot auffindet, weiß er, dass im Internet etwas Mörderisches vorgeht. Stecken Cyber-Terroristen dahinter? Oder hat das Datennetz ein Eigenleben entwickelt? Eine Jagd auf Leben und Tod beginnt, während rund um den Globus das Chaos ausbricht.
Dieser atemberaubende Thriller zeigt beklemmend realistisch, wie schnell unsere technisierte Welt aus den Fugen geraten kann.

»Ihren PC werden Sie nach dieser Lektüre nur noch mit gemischten Gefühlen hochfahren.« EMOTION

Mehr Informationen erhalten Sie unter
www.aufbau-verlag.de oder in Ihrer Buchhandlung

aufbau taschenbuch